Der Moormann

Margarete von Schwarzkopf, geboren in Wertheim am Main, studierte in Bonn und Freiburg Anglistik und Geschichte. Sie arbeitete zunächst für die Katholische Nachrichtenagentur, dann als Feuilletonredakteurin bei der »Welt« und viele Jahre als Redakteurin beim NDR in Hannover. Sie ist seit 1974 verheiratet und hat sechs Kinder.

Dieses Buch ist ein Roman. Die Handlung ist frei erfunden, wenngleich teilweise im historischen Umfeld eingebettet. Einige Personen, Ereignisse und Orte sind authentisch, andere nicht. Darüber hinaus sind Ähnlichkeiten mit lebenden oder toten Personen rein zufällig.

MARGARETE VON SCHWARZKOPF

Der Moormann

KRIMINALROMAN

emons:

Bibliografische Information der Deutschen Nationalbibliothek
Die Deutsche Nationalbibliothek verzeichnet diese Publikation in der Deutschen Nationalbibliografie; detaillierte bibliografische Daten sind im Internet über http://dnb.d-nb.de abrufbar.

MIX
Papier aus verantwortungsvollen Quellen
FSC® C083411
FSC
www.fsc.org

Umschlagmotiv: mauritius images/imageBROKER/Lilly
Umschlaggestaltung: Franziska Emons, Tobias Doetsch
Gestaltung Innenteil: César Satz & Grafik GmbH, Köln
Druck und Bindung: CPI – Clausen & Bosse, Leck
Printed in Germany 2017
ISBN 978-3-7408-0215-8
Originalausgabe

Für TLF, insbesondere für Matilda und Elisabeth

Wanderer im schwarzen Wind; leise flüstert das dürre Rohr
In der Stille des Moors. Am grauen Himmel
Ein Zug von wilden Vögeln folgt;
Quere über finsteren Wassern.

Aus: Georg Trakl, »Am Moor«

Prolog

1788

Er fuhr aus einem Alptraum auf. Wieder hatte er diese starren, anklagenden Augen vor sich gesehen, diesen Körper, der verkrampft auf dem Boden lag, die Arme ausgestreckt, eine Blutlache um den Kopf. In seinen Traum drangen Wortfetzen und ein dumpfes Dröhnen, eine verzerrte dünne Stimme, die ihn zu rufen schien.

Mit Gewalt löste sich Reginald aus dem Traum, der sich an ihn klammerte und ihn mit Entsetzen und Angst erfüllte. Sein Gaumen fühlte sich ausgetrocknet an, seine Zunge geschwollen. Er lauschte in die Nacht. In der Ferne jaulte ein Hund. Der Nebel und der Regen dämpften die schrillen Töne, die jäh anschwollen und dann ebenso plötzlich abbrachen. Ein schweres Gefährt polterte durch die engen Straßen, ein Pferd wieherte, doch schon bald verschluckte das eintönige Rauschen des Regens auch diese Geräusche.

Mühsam stand Reginald von seinem Lager auf, auf dem er sich eigentlich nur für wenige Minuten hatte ausstrecken wollen. Doch die Müdigkeit steckte tief in seinen Knochen, und er war eingeschlafen, hineingesaugt worden in seine Erinnerungen, die ihn immer wieder in seinen Träumen überfielen. Er wankte hinüber zu seinem kleinen Schreibtisch und ließ sich auf den harten Stuhl fallen. Mit einem leichten Stöhnen versuchte er, einen klaren Kopf zu bekommen. Doch der Traum lastete schwer auf ihm, und nur mit größter Anstrengung gelang es ihm, ihn zu vertreiben und seinen Verstand zu ordnen.

Langsam tauchte er die Feder in das Tintenfass und sah hinüber zu dem Kamin, in dem ein spärliches Feuer brannte, das zuckende Schatten an die Wände warf. Dort hingen die Skizzen der Landkarten, die Zeugnis ablegten von seiner Arbeit. Er war Geograph und Kartenzeichner in Diensten der Royal Society.

Aber dem dürftig möblierten Raum, den das Kaminfeuer nur unzureichend wärmte, merkte man nicht an, dass er zu den Besten seiner Zunft gehörte und erst kürzlich mit einer besonderen Aufgabe betraut worden war.

Am Nachmittag war er von einer längeren Reise aus Deutschland nach London zurückgekehrt, hatte das Gepäck neben sein Bett geworfen und wollte sich nach einem mageren Imbiss sofort daranmachen, seine Reiseerlebnisse in sein schwarzes, in Leder gebundenes Notizbuch einzutragen. Doch dann war er eingeschlafen und in seinen Träumen zurückgekehrt in das Moor, in dem er einige Wochen zugebracht hatte. Nun aber war es höchste Zeit, seine Erinnerungen an diese Zeit festzuhalten. Das Notizbuch hütete Reginald wie seinen Augapfel. Es begleitete ihn auf all seinen Reisen. Doch während der langen, stürmischen Überfahrt über den Kanal, bei der er mit einem heftigen Anfall von Seekrankheit zu kämpfen hatte, hatte er seine Eintragungen nicht fortsetzen können. Die Zeit drängte. Obgleich er nur ein Stück Brot und ein klumpiges Stück Käse zum Abendessen gegessen hatte, Reste seines Reiseproviants, hätte ihn nichts dazu bewegen können, an diesem kühlen Novemberabend des Jahres 1788 seine Wohnung zu verlassen, um in irgendeinem Gasthaus in der Nähe ein etwas üppigeres Mahl einzunehmen. Seine Erlebnisse der vergangenen Wochen brannten ihm auf den Nägeln. Eigentlich hätte er schon vor gut einem Monat wieder in London sein sollen, aber immer wieder hatte sich seine Rückreise verzögert.

Die Unruhe, die er seit seiner Ankunft in London verspürte, verstärkte sich mit jeder Minute. Von Ferne hörte er den Schlag einer Kirchturmuhr. Die Müdigkeit der langen Rückreise kroch ihm erneut in die Glieder. Seine Augenlider wurden schwer. Und plötzlich war es ihm, als stünde er wieder im fernen Moor, und aus dem Nebel des Halbschlafs erhob sich anklagend die Stimme der alten Käthe. Mit einem Ruck riss Reginald die Augen auf.

Er war in jener Nacht nicht allein bei der Hütte der alten Frau gewesen. Im Dunkel hatte jemand gelauert, und der Schatten dieses Mannes schien ihn bis hierher nach London verfolgt zu haben. Draußen in der nächtlichen Stille der großen, kalten Stadt erahnte er eine Bedrohung, die sich wie eine schwarze Welle unaufhaltsam auf ihn zubewegte. Eine dunkle Ahnung überkam ihn, dass er dem Geheimnis des Moores nicht entronnen war.

EINS

Anna betrachtete das kleine Haus am Rand des Dorfes Bresterholz mit kritischem Blick. Auf den Fotos hatte es wesentlich größer und der kleine Garten um einiges hübscher ausgesehen.

An diesem milden Junitag blies ein leichter Wind vom Moor über eine blühende Landschaft. In allen anderen Gärten von Bresterholz wuchsen Blumen in unterschiedlichsten Farben. Doch in dem kleinen Vorgarten hier standen nur ein paar windzerzauste Rosen, ein Strauch Hortensien und einige Tulpen, dazu ein Apfelbäumchen und ein etwas krummer Forsythienstrauch. Nicht gerade ein gut gepflegter Landschaftsgarten, aber doch ein halbwegs freundlicher Flecken Erde, wie Anna fand, die alles andere als eine begnadete Gärtnerin war. Sie hatte auch nicht vor, das kleine Grundstück in einen englischen Garten zu verwandeln, sondern wollte in den kommenden zwei Monaten bloß in Ruhe in dem Haus arbeiten können. Sie hatte es durch eine Anzeige in einer hannoverschen Tageszeitung gefunden, als sie nach einer Unterkunft gesucht hatte, die ihr die nötige Ruhe für ihre Arbeit an dem Katalog für die große Kartenausstellung der hannoverschen Leibniz-Bibliothek versprach, die im nächsten Jahr eröffnet werden sollte.

Zu vermieten: Haus aus dem 18. Jahrhundert, frisch renoviert und in ruhiger Lage. Ideal für Menschen, die der Hektik des Alltags entfliehen möchten. 15 Kilometer von der Nordsee entfernt, in unmittelbarer Nähe des Brester Moores.

Anna fühlte sich von der Anzeige sofort angesprochen. Sie hatte schon einige Wochen nach einem solchen Ort gesucht, fernab von ihrem eher rastlosen Leben zwischen Hannover und Hamburg, wo sie, die Kunsthistorikerin und Historikerin, als Beraterin für Museen und Galerien arbeitete. Einem Ort, an dem sie ungestört an dem Katalog für die Ausstellung

»Aufbruch in die Zukunft – Karten aus der Zeit Georgs III.« arbeiten konnte.

Ihre Wohnung in Hannover lag zwar in einer eher ruhigen Gegend in der Nähe der Eilenriede, dennoch wurde sie dort durch den Alltag allzu sehr in Beschlag genommen. Und ihr winziges Apartment in Hamburg am Eppendorfer Baum bestand nur aus einem einzigen möblierten Zimmer mit Kochnische und einem Mini-Bad, kein idealer Ort, um sich intensiv mit dem riesigen Kartenwerk aus der Zeit des britischen Königs zu befassen. Zumal Anna neben einer üppigen Fotosammlung eine ganze Ladung von Kopien diverser Karten bearbeiten musste, um sie für den Katalog zu sortieren, mit Texten zu versehen und zu untersuchen, ob es wirklich Karten aus der Zeit Georgs waren, also angefertigt zwischen 1760 und 1820.

Es waren einige Fälschungen im Umlauf, vor allem Seekarten, die angeblich während der drei Reisen von James Cook entstanden und dann unter der Hand unmittelbar nach dem Tod des berühmten Seefahrers als Originale verkauft worden waren. Unter diese Kartenflut war allerdings auch das eine oder andere noch nicht weiter erforschte Original geraten, das nun der hannoverschen Bibliothek für die eigenen Bestände und für die Ausstellung angeboten wurde. Hierfür war die Provenienzforschung wichtig.

Einhundertachtzig Karten sollte die Ausstellung umfassen, darunter allein achtzig Blätter aus den Jahren zwischen 1764 und 1789 mit Darstellungen der norddeutschen Gebiete des Vereinigten Königreichs. Abgabetermin für das Manuskript mitsamt Fotohinweisen, Fußnoten und Quellenangaben sollte Mitte Dezember sein. Der Weg zum fertigen Katalog dauerte dann noch einmal zwei Monate, um die abgelichteten Karten einzubringen, diverse Vorworte und Begleitessays von illustren Kollegen einzufügen und eine genaue Auflistung der zusätzlichen Literaturangaben zu erstellen. Allerdings würde sie dafür genügend Hilfe vor Ort in Hannover erhalten. In dieser Zeit ging es eher um den Kern des Katalogs, um die sehr unterschiedlichen Karten mit ihren Abbildungen von Ländern, Kontinenten,

Ozeanen, Städten und Landschaften, dazu Verkehrsrouten und regionale Randgebiete.

Für die anstehenden Arbeiten brauchte Anna Muße und nicht das Gefühl, dass ihr ständig jemand über die Schulter schaute. Vor allem einem Kollegen wollte sie nicht gerne während der Arbeit begegnen. Harald Frostauer, ehrgeiziger Historiker und selbst erklärter Fachmann für die Zeit der Personalunion zwischen England und dem Kurfürstentum, später Königreich Hannover, zwischen 1714 und 1837, konnte höchst unangenehm werden in seinem Eifer, allen seine Kenntnisse permanent unter die Nase zu reiben. Er arbeitete als Berater für Museen in ganz Deutschland und tauchte immer gerne da auf, wo Anna gerade einen Auftrag erhalten hatte. Es war kein Geheimnis, dass Frostauer sich nicht nur aus fachlichen Gründen für Anna interessierte.

Anna ließ den Blick noch einmal über das Häuschen schweifen. Es hatte in der Zeitung noch einige weitere Wohnungsangebote in ähnlich ländlicher Abgeschiedenheit gegeben. Was sie aber an diesem Haus reizte, war seine Nähe zu Moor und Meer. Die anderen Wohnungen lagen in der Lüneburger Heide und im Harz oder waren ihr schlicht zu teuer gewesen. Kurz hatte sie mit einer Gästewohnung in einem Herrenhaus aus dem 17. Jahrhundert geliebäugelt, ebenfalls renoviert und saniert. Der Landsitz lag nicht weit entfernt von Bresterholz bei Bremervörde. Aber selbst wenn die Zeile »Benutzung des Schwimmbeckens im Park möglich« verführerisch klang, musste sie sich damit abfinden, dass die vierhundert Euro Miete für das kleine Haus bei Bresterholz ihrem Budget zuträglicher waren als die tausend Euro für die Gästewohnung in dem barocken Herrenhaus. Also bewarb sie sich rasch für das Haus am Moor, erhielt umgehend die Nachricht, dass sie so bald wie möglich kommen sollte, und brach schon zwei Tage nach der Buchung in Hannover auf, um sich mit ihrer Vermieterin Anke Kück zu treffen. Die allerdings ließ nun auf sich warten.

Anna stieg aus dem Auto und ging durch den kleinen Garten zum Haus. Es war aus Feld- und Backsteinen erbaut, hatte auf der Vorderfront zwei Fenster links und rechts neben der Eingangstür und drei weitere kleine im ersten Stock. Viel mehr konnte sie auf den ersten Blick nicht erkennen.

»Das Haus ist aus dem Jahr 1770«, ertönte plötzlich eine Stimme von der Straße her.

Anna drehte sich um und sah eine magere Frau um die siebzig, die von ihrem Fahrrad stieg und auf sie zukam. Sie trug ihr weißes Haar kurz geschnitten und musterte Anna mit kühlen hellblauen Augen hinter dicken Brillengläsern. Anna fuhr sich automatisch durch ihre vom Wind zerzausten Haare und fragte sich, was der Frau bei ihrem Anblick wohl durch den Kopf ging. Sie war keine Schönheit, aber sie hatte freundliche graue Augen, ein eher blasses Gesicht mit einigen Sommersprossen auf der Nase und mittellange Haare, die in der Sonne rötlich schimmerten. Sie war schlank und wirkte sportlich, selbst wenn sie nur gelegentlich Tennis spielte oder durch die Eilenriede spazierte. Auf jeden Fall sah sie jünger aus als ihre sechsundvierzig Jahre, auch wenn sie um die Augen ein paar unübersehbare Lachfältchen hatte.

»Anke Kück«, sagte die Frau und schüttelte Anna kurz und energisch die Hand.

»Anna Bentorp, guten Tag. Schön, dass es geklappt hat«, antwortete Anna.

»Sie haben Glück, dass Sie so schnell auf meine Anzeige geantwortet haben«, fuhr Anke Kück fort, ohne auf Annas Begrüßung einzugehen. »In den Tagen darauf haben sich gleich drei weitere Interessenten gemeldet, darunter sogar ein Herr aus London.« Sie lächelte kurz, kramte aus einem Leinensack einen Schlüsselbund hervor und schob den größten Schlüssel ins Haustürschloss.

Mit einem leichten Quietschgeräusch sprang die Tür auf. Anke Kück schob Anna in den Flur. »Das Haus ist, wie schon gesagt, um 1770 entstanden. Damals hieß dieser Flecken noch Brester Holz, in zwei Wörtern geschrieben, und es gab hier nur ein paar Häuser von Torfstechern, ein paar Bauernhäuser ein Stück weit entfernt, und unsere Kirche war auch schon da. In dem Haus wohnte damals ein Torfstecher mit seiner Familie. Aber dann tauchte ein ausländischer Herr auf, der sich für das

Haus interessierte. Der Torfstecher zog aus, und der Fremde hat dann wohl eine Zeit lang hier gelebt.«

Anke Kück lächelte, wobei sie kaum ihre Zähne zeigte. Aber ihr Gesicht wirkte sofort etwas weicher und weniger distanziert.

»Es gibt in Osterheide noch ein zweites kleines Haus, in dem heute unser alter Pastor wohnt«, fuhr sie fort. »Das ist noch älter, und dort hat wohl damals um 1790 auch für kurze Zeit jemand aus dem Ausland gewohnt. Was die damals ins Moor getrieben hat, weiß man nicht mehr. Tja, und dann hat dieses Haus ein Vorfahre meines Mannes erstanden, weil es um 1800 hier mit der Landwirtschaft so richtig losging. Der hatte ein paar kleine Felder am Rand des Moores und auch noch ein bisschen was im Moor. Doch irgendwie hat nie jemand lange im Moorhaus gewohnt. Es soll hier nämlich spuken. So ein Quatsch.« Anke Kück lachte. »Wenn es spukt, dann im Moor, aber nicht in diesem Häuschen.«

Anna nickte nur. Sie fand die Vorgeschichte des Hauses zwar durchaus interessant, doch es drängte sie zu sehen, ob es sich überhaupt für ihre Zwecke eignete.

Hinter der Eingangstür lag ein schmaler dunkler Gang, rechts und links befand sich je eine Tür und am Ende des Ganges eine dritte. Hinter der linken Tür verbarg sich eine kleine Küche, deren alte Schränke mit Glasfront aus den fünfziger Jahren stammten, wie Anna erkannte. Eine ihrer Tanten besaß noch heute so eine Küche, die jetzt wieder als modern galt. Retrolook, wie ihre Tante Christine ihr stolz erklärt hatte. Immerhin war die Küche ausgestattet mit einem neuen Herd, einem sanft brummenden Kühlschrank, einer Waschmaschine, einer Spülmaschine und einer Mikrowelle auf einer hölzernen Arbeitsplatte. Das Waschbecken dagegen stammte ebenfalls aus älteren Zeiten.

»Ja, das ist aber völlig in Ordnung«, sagte Anke Kück, als sie Annas skeptischen Blick sah. »Die Wasserleitungen sind alle erneuert – wir hatten letzten Winter einen Rohrbruch.«

Der Boden der Küche aus schwarz-weißen Kacheln besaß nostalgischen Charme, den die Decke mit ihren schweren schwarzen Balken verstärkte. In den Küchenschränken entdeckte

Anna solides, spülmaschinenfestes Geschirr für sechs Personen und einige dicke Kaffeebecher, eine Teekanne und eine große Kaffeekanne. Was wollte sie mehr? Sie musste ja glücklicherweise nicht ihre eigene stetig wachsende Sammlung von Trinkbechern in ihrem Kurzzeitdomizil unterbringen. Etwa hundert dieser Becher hatte sie im Laufe der Zeit zusammengetragen. Ihre Freunde lächelten über diesen Spleen, aber unterstützten ihn sogar noch. Erst vor wenigen Wochen hatte sie einen »Muggel-Becher« mit Harry-Potter-Insignien geschenkt bekommen, und die Zierde ihrer Sammlung war ein überaus kitschiger Becher mit dem Konterfei der britischen Königin anlässlich ihres sechzigsten Krönungsjubiläums. Aus ihm hatte Anna noch nie getrunken. Da zog sie einen etwas schlichteren Becher aus Südafrika vor, geschmückt mit einem tönernen Elefantenrüssel.

Töpfe und Pfannen schienen ebenfalls ausreichend vorhanden zu sein, und es gab auch einen Wasserkocher. Zufrieden ging sie hinter Anke Kück aus der Küche und sah sich im Geiste schon an dem kleinen Küchentisch mit Blick auf das Apfelbäumchen im Vorgarten ihren Morgenkaffee schlürfen. Vielleicht sollte sie doch ein oder zwei ihrer Becher aus Hannover holen? Den Elefantenbecher und den Becher mit den dicken Hasen, dessen Henkel Keramikkarotten waren? Platz genug gab es hier. Aber sicher würde sie in der Umgebung noch einige weitere Becher für ihre Sammlung entdecken.

Anke Kück war ihr mittlerweile flott vorausgeeilt. Hinter der rechten Tür auf der anderen Seite des Ganges lag ein Zimmer, das wohl früher als Haushaltsraum genutzt worden war. Jetzt standen darin ein mächtiger Eichentisch mit einer neuen Schreibtischlampe in modernem Design, ein Stuhl, ein Bücherregal, eine hübsche alte Kommode und in der Ecke ein Ohrensessel, wie ihn Anna zuletzt bei ihrer inzwischen fast neunzigjährigen Tante Brigitte, der ältesten Schwester ihrer Mutter, gesehen hatte.

»Das Zimmer könnte ich als Arbeitszimmer nutzen«, sagte sie. »In der Anzeige stand, es gibt Internet im Haus, ist das richtig?«

Anke Kück musterte sie mit leicht zusammengekniffenen Augen. »Wir leben doch nicht in der Steinzeit. Ja, Internet gibt es wohl bei uns im Dorf und auch hier im Haus. Allerdings ist es nicht immer ganz zuverlässig. Handys funktionieren ebenso, aber auch hier kann es manchmal schwierig sein. Dieses Haus hat dicke Mauern, da ist die Verbindung nicht immer optimal.« Damit marschierte sie zum hinteren Teil des Hauses und öffnete die dritte Tür. »Das Wohnzimmer«, erklärte sie.

Anna gefiel, was sie sah. Vor dem Kamin, in dem dekorativ ein paar kunstvoll aufgetürmte Holzscheite lagen, standen zwei Sessel, ein kleines Sofa und ein Couchtisch mit einer Vase, gefüllt mit einem bunten Strauß Feldblumen. Von der Decke hing eine Kugellampe, und die Stehlampe neben dem Sofa sah neu aus.

In einer Ecke entdeckte sie auf einem Tischchen einen modernen Fernsehapparat und ein weiteres Bücherregal, in dem etwa zwanzig Bücher standen, darunter Romane von Ken Follett und Dan Brown, Charlotte Link und Jussi Adler-Olsen, ein Bildband über Worpswede und ganz oben auf dem Regal einige alte, in Leder gebundene Bücher, die Annas Neugierde weckten. Sie nahm eines davon in die Hand und schlug es auf. Es war eine Ausgabe von Laurence Sternes Roman »Tristram Shandy« aus dem Jahr 1780. Der Name des einstigen Besitzers stand auf der zweiten Seite, aber sie konnte den Namen nicht entziffern, weil die Buchstaben verwischt waren.

Daneben stand ein weiteres Buch im Ledereinband. Es war Jonathan Swifts 1704 erschienenes »A Tale of a Tub«, ebenfalls in einer Ausgabe aus dem Jahr 1780. Und als drittes und letztes Buch in dieser Sammlung erkannte Anna Georg Forsters Werk »A Voyage round the World«, das der Naturforscher, Reiseschriftsteller, spätere Revolutionär und Begleiter von James Cook bei dessen zweiter Weltumseglung nach seiner Rückkehr im Jahr 1777 veröffentlicht hatte. Und dieses Buch stammte tatsächlich aus dem Erscheinungsjahr. Anna staunte. Drei überaus wertvolle Bücher im Regal eines kleinen Hauses am Rande des Moores. Wie kamen sie hierher? Wer war ihr ursprünglicher Besitzer?

»Von wem stammen denn diese drei Bücher?«, fragte sie Anke Kück.

Diese zuckte mit den Achseln. »Die haben wir entdeckt, als

wir das Haus vor fünfzig Jahren von meinem Onkel Adalbert geerbt haben. Im Keller stand eine alte Kiste, und darin waren allerlei lose Blätter, Skizzen von irgendwelchen Landschaften und diese drei Bücher. Eigentlich waren es noch mehr Bücher, aber mein Bruder hat die anderen in Stade bei einem Antiquar verkauft. Die Bücher haben einen guten Preis gebracht. Schon komisch, was Leute für so alte Schinken zahlen. Diese drei haben wir behalten, weil sie schon etwas mitgenommen aussehen und ganz gut in dieses alte Haus passen.«

Damit schien das Thema für Anke Kück erledigt. Anna stellte den Forster zurück neben die beiden anderen Bücher und beschloss, die Bücher irgendwann in aller Ruhe noch einmal anzuschauen. Dieses erste Werk von Swift kannte sie nicht aus eigener Anschauung; sie hatte bislang nur »Gullivers Reisen« gelesen. Doch sie hatte davon gehört und wusste, dass Swift darin Kritik an bestimmten Institutionen in seinem Land und an der Heuchelei adliger und politischer Kreise, vor allem an der Regierung unter der damaligen Königin Anne, übte. Ihre Nachfolge trat im Jahr 1714 dann der Kurfürst von Hannover an, der erste Georg auf dem englischen Thron, Urgroßvater »ihres« Georgs III., des Kartensammlers.

An den grau gestrichenen Wänden des Wohnzimmers hingen ein paar Drucke von Gemälden Worpsweder Künstler, darunter Paula Modersohn-Becker, und eine schön gerahmte Landkarte, die offenbar Teile des hiesigen Moores zeigte. Anna versuchte zu erkennen, wann die Karte entstanden war, und glaubte die Zahl 1803 zu entziffern. Es war sicherlich kein Original, aber eine sehr gute Kopie. Durch die Schiebetür im hinteren Teil des Wohnzimmers gelangte man auf eine kleine Terrasse und in den rückwärtigen Bereich des Gartens. Auch hier wuchsen nur wenige Blumen, dazu ein Birnbaum und ein Haselnussstrauch. Jenseits des Gartenzauns erstreckte sich eine Wiese, auf der ein paar Pferde standen.

»Eine von unseren Weiden«, sagte Anke Kück. »Milchwirtschaft lohnt sich nicht mehr. Die Wiese haben wir an Gerd Meier verpachtet, der selbst reitet und ein paar Pferde von Städtern hält, die alle naselang mal hierherkommen, um Ferien auf dem Land zu machen.« Sie schnaubte verächtlich. »Aber immerhin verdient Gerd damit ein paar Euro. Er hat fünf Kinder. Die wollen ja auch eine Chance haben.« Damit war auch dieses Thema für sie abgehakt.

In einer Ecke des Wohnzimmers führte eine Treppe nach oben. »Bei der Renovierung haben wir das so gelassen«, erklärte Anke Kück. »Oben sind zwei Schlafzimmer und das Bad.« Nicht ohne Stolz fügte sie hinzu: »Und das ist ganz neu.«

Die beiden kleinen Schlafzimmer machten einen gemütlichen Eindruck mit ihren gestreiften Vorhängen und jeweils einem breiten Bett mit einer bunten Tagesdecke, einem einfachen Kleiderschrank und einer Wäschekommode. Sie waren fast identisch, wobei in dem einen Zimmer blau gestreifte, in dem anderen grün gestreifte Vorhänge hingen. Und zu Annas geheimer Freude stand in jedem der beiden Zimmer ebenfalls ein Ohrensessel, allerdings wesentlich zierlicher als das Ungetüm in ihrem künftigen Arbeitszimmer. Ideal für abendliche Lesestunden, sollte sie Zeit dafür haben. Das Bad sah wie erwartet frisch saniert aus. Dusche, Waschbecken, WC, klein, aber sauber und hübsch gekachelt mit hellblauen Fliesen.

»Wer nutzt denn das Haus, wenn Sie es nicht vermieten?«, fragte sie, als sie die Holztreppe wieder ins Wohnzimmer hinunterstiegen.

»Im Winter wohnt hier niemand«, sagte Anke Kück. »Aber von Mai bis November wollen wir in Zukunft an Feriengäste vermieten. Bis zum letzten Jahr hat hier eine Verwandte meines Mannes gelebt. Aber dann ist sie krank geworden und zurück nach Hannover gezogen. Das Haus hat davor viele Jahrzehnte praktisch leer gestanden. Alles war vergammelt, voller Mäuse und sogar Ratten. Mein Onkel hat es nie bewohnt, sondern auch geerbt, von seiner Mutter. Keiner wollte hier leben außer dieser verrückten Verwandten aus Hannover, die immer mit ihrem Fernglas durchs Moor gezogen ist und angeblich Vögel beobachtet hat.«

Anke Kück zuckte mit den Achseln. Anna wurde nicht recht

schlau aus dieser Frau, die einerseits recht mitteilsam wirkte, aber dabei immer irgendetwas zu verschweigen schien. Vielleicht war es aber auch ein Hauch von Skepsis gegenüber der »Städterin«, der sie viel, aber nicht alles erzählen wollte. Anke Kück holte Luft und sprach weiter.

»Mein Mann will mit dem Haus nichts zu tun haben. Er puzzelt lieber an seinen alten Treckern herum und lässt mich alles andere erledigen. Am liebsten hätte er das Haus verkauft. Aber dann hat ihm jemand geraten, er solle mal lieber warten. Wissen Sie, Häuser auf dem Land gewinnen derzeit an Wert. Angeblich. Und so haben wir das Haus halt immer noch an der Backe. Muss immer was dran repariert werden. Mal ist es das Dach, mal der alte Kamin. Und dann der Rohrbruch. Die Verwandte von meinem Mann, die Greta, hat allen Leuten erzählt, es habe hier gespukt und im Keller habe es in der Wand geklopft. Kein Wunder bei den alten Rohren, die bis zum letzten Sommer hier im Haus waren. Die gute Greta ist einfach ein bisschen verrückt. Hat immer so auf Vogelforscherin getan, war in Wirklichkeit aber eine von diesen Sondengängern, die jetzt überall losmarschieren und hoffen, auf irgendwelche vergrabenen und verschütteten Altertümer zu stoßen. So wie vor ein paar Jahren in Harzhorn bei Göttingen, wo man ein römisches Schlachtfeld entdeckt hat.«

Anna staunte, dass Anke Kück darüber so gut informiert zu sein schien. Sie kannte nicht viele Leute, die diesen aufregenden Fund in den Medien verfolgt hatten.

»Und? Gefällt Ihnen das Haus?« Anke Kück war im Vorgarten stehen geblieben, wartete aber keine Antwort ab. »Das nächste Geschäft liegt im Dorf. Wenn Sie größere Einkäufe machen wollen, dann müssen Sie nach Bremervörde fahren oder nach Stade. Aber das liegt eine gute halbe Stunde von hier. Bremervörde ist nur fünfzehn Minuten entfernt.«

»Ja, das Haus ist genau das Richtige für mich«, antwortete Anna. »Ich muss morgen noch mal nach Hannover fahren, um ein paar Sachen zu holen. Aber ab morgen Abend bin ich dann hier.«

»Mich erreichen Sie am besten per Telefon, Festnetz ist besser als Handy, das ich nicht immer dabeihabe, oder kommen Sie vorbei, falls noch was sein sollte. Wir wohnen nicht in Bresterholz, sondern im Nachbarort Osterheide. Der ist zwei Kilometer von hier entfernt. Mein Mann, der Heiner, geht nicht so gerne ans Telefon. Und Handys findet er total schrecklich. Deshalb habe nur ich eins für den Notfall. Na ja, ich habe ihn wenigstens überreden können, einen neuen Fernseher mit Flachbild anzuschaffen. Da guckt er dann die Bundesliga und ich Krimis. Der Heiner würde am liebsten noch mit der Pferdekarre umherfahren. Na ja, er geht jetzt auch auf die achtzig zu. Da wird wohl manch einer sonderlich. Übrigens, Sie sollten sich ein Fahrrad anschaffen. Diese Gegend ist berühmt für ihre schönen Fahrradwege.« Nach diesem Redeschwall drückte Anke Kück ihr den Schlüsselbund in die Hand, schwang sich auf ihr Rad, hob zum Abschied winkend die Hand und fuhr davon.

Anna atmete tief durch. Auf einmal roch sie das warme Gras, den Duft der Rosen und etwas anderes – die dunkle, schwere Erde des Moores. Das nächste Haus, ein paar hundert Meter entfernt an der Straße, die durch den Ort führte, war von hier aus kaum zu sehen, da es hinter einer Straßenbiegung lag. Das vermittelte Anna ein seltsam prickelndes Gefühl von Isolation. Doch das störte sie nicht. Sie hoffte nur, dass das Internet funktionierte und sie schon bald mit ihren Recherchen beginnen konnte.

Zwei Stunden später hatte sie ihre Koffer ins Haus getragen und ihre Kleidungsstücke, vor allem Jeans und Blusen, in den Kleiderschrank des Schlafzimmers mit den blau gestreiften Vorhängen eingeordnet – das andere Zimmer mit den grün gestreiften Vorhängen würde sie eventuell als Gästezimmer nutzen können. Und dann saß sie auch schon wieder im Auto nach Hannover, um dort Bücher, Karten, ihren Laptop und all das einzupacken, was sie für ihre Arbeit an dem Katalog zu »Aufbruch in die Zukunft« brauchen würde – plus zwei Kisten mit gutem Weißwein und einer großen Einkaufskiste voller Lebensmittel, um in den nächsten Tagen über die Runden zu kommen. Als sie losfuhr, warf sie noch einen Blick auf das kleine Haus, das still in der Mittagssonne lag. Ein Gefühl der Vorfreude überkam sie, gemischt mit einer vagen Ahnung, dass die kommenden Wochen die eine oder andere Überraschung für sie bereithielten. Und vielleicht barg dieses so harmlos aussehende Haus am Rand des Moores ja auch ein Geheimnis? Anna konnte es kaum mehr erwarten, in das Moorhaus zurückzukehren.

1788

Reginald starrte in das flackernde Kaminfeuer. Er musste sich zusammenreißen. Der Schluck Branntwein aus einer leicht angestaubten Flasche, die er in einer Ecke seines Schranks aufbewahrte, half ihm, seine Nerven ein wenig zu beruhigen und die Spukgestalten zumindest fürs Erste zu bannen. Mit neu gewonnener Energie tauchte er die Feder wieder in die Tinte.

London, Dienstag, 18. November 1788
Das Wetter hier ist, wie so oft um diese Jahreszeit, furchtbar. Wind, Regen, vor allem aber der klebrige Nebel, der von der Themse aufsteigt. Aber drüben in Deutschland war das Wetter auch nicht besser. Und das kleine Haus am Rand des Moores, in dem ich die letzten Tage vor meinem Aufbruch nach London noch einmal gewohnt habe, besaß nicht einmal einen ausreichend großen Kamin, um die Mauern zu wärmen. Die Reise war beschwerlich, das Schiff, mit dem ich übersetzte, klein und ziemlich heruntergekommen. Der Kapitän, ein schlecht gelaunter Schotte, der Engländer offenbar noch weniger mochte als die stürmische See, war auch nicht eben dazu geeignet, die Stimmung an Bord aufzuheitern. Als ich ihm erklärte, ich sei Ire, wurde er etwas freundlicher, aber viel nützte es nicht. Ihm stieß wohl übel auf, dass ich für die Royal Society arbeite. Doch dauerte die Überfahrt ja glücklicherweise nicht ewig.

Nun bin ich wieder in London. Mein Kopf schwirrt noch von all den Dingen, die ich erlebt habe. Vor allem aber bin ich von einer großen Unruhe erfüllt: Seit meiner Ankunft habe ich das unangenehme Gefühl, dass ich verfolgt werde. Bereits in Deutschland fühlte ich mich bei meiner Arbeit beobachtet. Mein Kollege und Assistent Jonathan Spyrer hat angeblich nichts davon gespürt. Im Gegenteil. Er klagte darüber, dass wir beide allein an diesem feuchten Flecken am Moor irgendwo zwischen Bremervörde und Worpswede seien, nur um den innigsten Wunsch unseres Königs Georg zu erfüllen, nämlich das gesamte Gebiet seiner deutschen Besitzungen in dieser Region zu vermessen und zu kartographieren. Als dann dieser Ingenieur aus Hannover auftauchte, war Jonathan erleichtert. Ich hingegen weniger. Aber davon später mehr.

Eigentlich sollten uns Ingenieure aus Hannover zur Seite stehen, doch an dem kleinen Landstrich, der uns zugewiesen worden war, hatten sie wenig Interesse. Sie zog es eher in die Gegend von Stade etwa zwanzig Meilen weiter nördlich, immerhin eine hübsche Stadt, die seit gut siebzig Jahren zum Kurfürstentum Hannover gehört und damit Teil ist dieser seltsamen Verbindung zwischen England und Deutschland unter der Herrschaft unserer Könige aus dem Haus Hannover. Ich war nach Deutschland geschickt worden, um mit diesen Männern vom Ingenieurcorps zusammenzuarbeiten, doch sie ignorierten mich weitgehend und taten mich als weltfremden Zeichner ab. Das war mir nur recht. Ich spreche leidlich gut Deutsch, da ich einmal ein paar Monate in Hannover und für kurze Zeit in Göttingen gelebt habe. Mir hat Hannover, diese kleine Stadt, gefallen, aus der die Familie unseres gnädigen Königs stammt. Im Vergleich zu London wirkt sie wie ein Dorf. Der Vorteil davon ist, dass man sich schnell dort zurechtfindet und auch die umgebende Landschaft recht gefällig wirkt. Unser König Georg zeigt allerdings nicht das geringste Interesse, je dorthin zu reisen. Wie anders als sein Großvater, der selige Georg II., und dessen Vater Georg I. Diese beiden Könige hingen sehr an ihrer deutschen Heimat. Dank meiner Deutschkenntnisse konnte ich verstehen, was die hannoverschen Ingenieure hinter meinem Rücken redeten. Wenn sie ahnen würden, was der »weltfremde Zeichner« entdeckt hat …

Doch ich schweife ab. Diese Unruhe, die ich seit jenen merkwürdigen Ereignissen im Moor bei Bremervörde spüre, drängt mich dazu, nun so rasch wie möglich meine Entdeckungen zu notieren, meine Skizzen aufzuarbeiten und alles an jene Menschen weiterzuleiten, denen ich in London noch trauen kann. Ich diene meinem König treu und lasse mich nicht von den Machenschaften seines Sohnes, des Thronfolgers, beirren. Jeder weiß, dass der Prince of Wales seinen Vater mit jedem Mittel kompromittiert, dass er überall Spitzel hat und vor allem eines will: Geld. Egal, aus welchen Quellen. Und meine Entdeckung wäre wunderbar für seinen leeren Geldbeutel. Man munkelt, dass er etliche Leute hat, die ihm Geldquellen erschließen sollen. Vielleicht träumt er auch von Schatzinseln in der fernen Südsee, durch die James Cook gesegelt ist. Wer weiß.

Jedenfalls habe ich das Gefühl, dass ich seit bestimmten Ereignissen in Deutschland fast niemandem hier mehr trauen kann. Sogar meine Wirtin, Mrs Gregory, hat mich bei meiner Ankunft eigenartig begrüßt und mir nicht in die Augen geschaut. Gott gebe, dass ich mir dieses Gefühl, beobachtet und verfolgt zu werden, nur einbilde. Aber was ich im Moor erlebt habe, war kein Hirngespinst. Der Auftrag meines Königs erwies sich als weitaus delikater, als ich je geglaubt hätte, und wenn seine Widersacher entdecken, was ich gefunden habe, dann ist viel verloren, im schlimmsten Fall mein Leben. Denn sie werden sicher vor nichts zurückschrecken, um ihr Ziel zu erreichen.

Das Kerzenlicht flackerte, als Reginald die Feder beiseitelegte, den Kopf hob und wieder in die Nacht lauschte. Doch er vernahm nur das einschläfernde Rauschen des Regens und gelegentlich den Schrei eines Nachtvogels. Auch in dem schmalen Haus herrschte Stille. Das war ungewöhnlich, da Mrs Gregory abends häufig noch in der Küche mit ihrer Magd Betty stritt oder ihr kleiner Hund Feathers aus unersichtlichen Gründen kläffte. Vielleicht weil eine Ratte durch die Küche huschte oder einfach, weil er ein streitsüchtiger Spitz war, eine Rasse, die es erst seit Kurzem in England gab, von Königin Charlotte, der Ehefrau Georgs III., höchstpersönlich eingeführt.

Reginald schloss das Notizbuch, schob es unter einen Haufen loser Blätter auf dem Tisch und stand auf. Die Unruhe, die er für kurze Zeit überwunden hatte, lähmte ihn erneut. Irgendetwas schien da draußen in der Stille der Nacht zu lauern. Reginald war von Haus aus eher ruhig und gelassen, aber diese Nacht zerrte an seinen Nerven, machte ihn fahrig und lenkte ihn ab.

Er ging in die Ecke des Zimmers, wo er bei seiner Rückkehr sein Gepäck neben das Bett hatte fallen lassen, und holte mehrere Skizzen aus seiner Reisetasche hervor. Doch er fühlte sich zu müde, um sie näher zu studieren, zumal das Licht in der Kammer zu wünschen übrig ließ. Mrs Gregory sparte mit Kerzen, und Reginald hatte noch keine Gelegenheit gehabt, den Vorrat selbst aufzufrischen. Vorsichtig schob er die Skizzen unter sein Bett. Morgen würde er damit beginnen, sie zu übertragen, die ersten Karten maßstabsgerecht zu entwerfen und das Tagebuch fortzuführen.

Nie hätte er gedacht, dass er, der Junge aus Dublin, je in ein solches Abenteuer geraten würde. Sein Leben war eigentlich immer in vorhersehbaren Bahnen verlaufen. Reginald war am 14. Oktober achtundzwanzig Jahre alt geworden, ein schlanker Mann von mittlerer Größe mit wachen dunkelblauen Augen und kastanienbraunem Haar, das er zu einem lockeren Pferdeschwanz gebunden hatte. Seiner Kleidung, obwohl sauber und gepflegt, sah man an, dass sie viel getragen und nicht aus bestem Stoff gefertigt war. Seine Schuhe zeigten verkrustete Spritzer von braunem Lehm.

Schon als Junge hatte er begonnen, sich täglich Notizen zu machen, den Alltag in Dublin zu schildern, seine schulischen Erfahrungen oder die Launen seines Vaters, eines gebildeten, melancholischen Mannes, der zu Wutausbrüchen neigte. Dennoch schätzte er seinen Vater, der ihn an seinem umfassenden Wissen gerne teilhaben ließ und dabei überraschend viel Geduld bewies. Reginald schmückte seine Tagebücher mit Bildern von Dubliner Straßenszenen und Gebäuden, mit Impressionen der umliegenden Landschaft, vor allem der Strände bei Howth und der Landschaften der Wicklow Mountains, wohin er gelegentlich mit seinen Eltern zu Verwandtenbesuchen fuhr. Für ihn waren das Höhepunkte in seinem eher eintönigen Leben, das geprägt war von der Schule und dem wenig inspirierenden Alltag in seinem Elternhaus. Seine Mutter unterstützte ihren einzigen Sohn in seiner Begeisterung für das Zeichnen, der Vater dagegen zeigte sich wenig beeindruckt von Reginalds Zeichenkünsten, sah darin nicht nur eine Zeitverschwendung, sondern eine geradezu sündhafte Vergeudung von Papier und Stiften. Doch der Familienfrieden war wiederhergestellt, als Reginald am Trinity College aufgenommen wurde. Allerdings durfte nicht ruchbar werden, dass er ursprünglich auf Betreiben seiner Mutter katholisch getauft worden war und erst danach den Segen der

Staatskirche erhalten hatte, der sein Vater angehörte. Denn das Trinity College, 1592 von Königin Elisabeth gegründet, nahm nur Protestanten in seine illustren Reihen auf. Aber da Reginald nicht Theologie, sondern Naturwissenschaften studierte, fragte ihn keiner nach seiner Religion.

Der Sprung von Dublin nach London wäre ihm wohl trotz seiner guten Leistungen nie gelungen, wäre nicht Sir Alexander Weight, ein alter Freund des Vaters, eines Abends im März des Jahres 1781 bei Reginalds Eltern erschienen und hätte fast beiläufig erzählt, dass König Georg eine große Leidenschaft habe: Karten. Egal, ob Weltkarten oder kleinere ländliche Teile seines stetig wachsenden Reiches – alles wollte der Monarch vermessen und kartographiert haben. Als Sir Alexander an jenem Abend in Dublin von der Begeisterung des Königs für Karten aller Art berichtete, lag es erst knapp zwei Jahre zurück, dass der sagenumwobene James Cook auf seiner dritten großen Seereise auf Hawaii erschlagen worden war. Damit hatte sich ein Jugendtraum Reginalds in Luft aufgelöst – er wäre allzu gerne mit Kapitän Cook auf Weltreise gegangen und hätte nicht nur Karten gezeichnet, sondern auch Flora und Fauna in aller Welt in Bildern festgehalten, ähnlich dem Deutschen Georg Forster, der auf der zweiten Reise dabei gewesen war. Doch Sir Alexander Weight hatte einen anderen Vorschlag für den Sohn seines alten Freundes: »Warum gehst du nicht nach London? Dort werden fähige junge Männer gesucht, die für den König durch die Lande reisen und kartographieren. Der König ist vor allem an Gegenden interessiert, die landwirtschaftlich nutzbar erscheinen und die man kultivieren könnte. Nicht umsonst wird er ›Farmer George‹ genannt. Gärten und Landwirtschaft interessieren ihn, und er möchte gerne, dass jeder Winkel seines Reichs aufgezeichnet wird.«

Dank der Vermittlung von Sir Alexander zog Reginald tatsächlich ein Jahr später nach London und machte sich bald einen Namen aufgrund seiner präzisen Skizzen und seines Sinns für genaue Daten. Seit sechs Jahren lebte er nun schon hier. Viel Geld verdiente er nicht mit seiner Arbeit. Aber immerhin hatte er weite Teile des Vereinigten Königreichs gesehen, war nach Hannover geschickt worden, um dem dortigen Ingenieurcorps bei seiner Arbeit zuzuschauen, und besuchte danach noch einige Monate die Universität Göttingen, die Georgs Großvater Georg II. gegründet hatte. Dort lernte er Gelehrte kennen wie den sonderlichen, aber faszinierenden Georg Christoph Lichtenberg und den Dichter Gottfried August Bürger. Reginald mochte den deutschen Teil des durch die Personalunion von 1714 entstandenen Zusammenschlusses des Vereinigten Königreichs mit dem Kurfürstentum Hannover recht gerne. Und so hatte er sich gefreut, als man ihn im Frühling des Jahres 1788 mit der Aufgabe betraute, in den Moorgebieten südlich von Stade die Landschaft zu vermessen und zu skizzieren.

Zusammen mit seinem Assistenten Jonathan war er frohgemut an einem milden Julitag in London aufgebrochen und hatte dank des guten Wetters, das die Seereise begünstigte, knapp zehn Tage später sein Ziel erreicht, einen winzigen Ort im Moor bei Bremervörde. Das Moorgebiet nannte sich Brester Moor, die Gruppe der zusammengewürfelten Häuser und wenigen Bauernhöfe, die sich am Rande des Moores um eine Kirche scharten, hieß Brester Holz. Dort bezog er sein Quartier in einem kleinen Haus am Ortsrand, umgeben von einem Gärtchen voller Blumen und Apfelbäume. Trotz der herben Landschaft wirkte dieser Ort an jenem Sommertag fast idyllisch. Und schon am nächsten Tag begann er mit seiner Arbeit. Alles ließ sich gut an, doch dann …

Reginald seufzte. Wie sollte er seine Entdeckungen vermitteln, wem durfte er davon berichten, was würde das für ihn selbst bedeuten? Gab es eine Art Komplott, dessen Opfer er war? Doch dann fiel ihm die alte Frau wieder ein, deren starrer Todesblick ihn in seinen Träumen verfolgte, und er ahnte, dass er sich nicht getäuscht hatte. Es musste jemanden geben, der an den Geheimnissen des Moores interessiert war und vor nichts zurückschreckte. Plötzlich überkam ihn bleierne Müdigkeit. Mühsam schleppte er sich in sein Bett, und wenig später schlief er fest, während draußen der Regen rauschte und in der Ferne wieder der Hund jaulte, der schon wenige Stunden zuvor die abendliche Stille gestört hatte.

Reginald träumte, dass er nach langer Zeit seine inzwischen verwitwete Mutter in Dublin besuchte und sie ihm allerlei Fragen stellte, vor allem darüber, weshalb er mit seinen achtundzwanzig Jahren noch nicht verheiratet sei, als ihn ein heftiges Pochen an der Tür aus der sehr realistisch anmutenden Situation rettete, sich eine passende Antwort auf die drängende Frage seiner Mutter auszudenken. Verwirrt fuhr er hoch.

»Mr Fitzgibbon, Mr Fitzgibbon!« Die schrille Stimme seiner Vermieterin, einer Frau um die fünfzig, die bereits drei Ehemänner überlebt hatte, drang durch seine Benommenheit. »Eine Nachricht für Sie!«

Reginald erhob sich taumelnd – er hatte gestern Abend wohl doch mehr als nur einen Schluck von dem Branntwein zur Beruhigung seiner Nerven getrunken und zu wenig gegessen. Mrs Gregory stand vor der Tür und hielt ihm einen versiegelten Umschlag entgegen. Die Nachricht darin lautete kurz und bündig, er solle sich umgehend bei Sir Albert Demphurst, seinem Auftraggeber, im British Museum melden. Reginald kam das ein wenig merkwürdig vor, da sich der Sitz der Royal Society, für die er arbeitete, seit einigen Jahren im Somerset House unweit der Themse befand. Aber vielleicht wollte ihm Demphurst entgegenkommen und ihn nicht durch die halbe Stadt schicken, um ihn, wie Reginald vermutete, zu seiner Arbeit in Deutschland zu befragen.

Er zog sich rasch an, tauchte das Gesicht in eine Schüssel mit kaltem Wasser und schob sich den letzten Kanten Brot zwischen die Zähne. Auf dem Rückweg würde er im »St. George and the Dragon« dann in Ruhe frühstücken.

Kurz überlegte er, ob er seine Aufzeichnungen mitnehmen sollte. Doch dann entschied er sich dagegen. Demphurst wollte sich gewiss nicht mit Skizzen abgeben, und es schien Reginald verfrüht, den freundlichen älteren Herrn mit seinen anderen Entdeckungen zu konfrontieren. Ohnehin hatte er vor, die Society zu bitten, ihn noch einmal nach Deutschland zu schicken, sobald es das Wetter erlaubte, damit er Details in seine Zeichnungen einfügen konnte. In Wahrheit plante er, seinen eigenen Erkundungen nachzugehen.

Ehe er die Wohnung verließ, versteckte er das Notizbuch hinter einem lockeren Stein über dem Kamin und die Skizzen unter seiner Matratze. Er traute Mrs Gregory nicht, die er schon gelegentlich dabei erwischt hatte, wie sie in seinen Sachen wühlte, angeblich, »um Ordnung zu schaffen«.

Als er eine halbe Stunde später im British Museum im Montagu House ankam, in dem seit 1759 die umfangreichen Sammlungen des Arztes Hans Sloane ausgestellt wurden, wartete niemand auf ihn.

»Sir Albert befindet sich derzeit auf einer Reise durch Yorkshire«, wurde ihm beschieden. »Er wird erst in zwei Wochen wieder zurück sein.«

Reginald war nur für den Bruchteil einer Sekunde überrascht, dann durchzuckte ihn eine dumpfe Ahnung. So schnell er konnte, eilte er durch den feinen Nieselregen, der das Kopfsteinpflaster der Gassen in Rutschbahnen verwandelte, zu seiner Wohnung zurück. Mrs Gregory war nirgends zu sehen, als er das schmale Haus erreichte. Er stürmte die Treppe hinauf in den zweiten Stock.

Die Tür seiner Wohnung stand weit offen, die wenigen Möbel waren umgestürzt, die Matratze aus dem Bett gerissen; auf dem Boden lagen Skizzen früherer Aufträge, das umgestürzte Tintenfass hatte den Tisch mit einer dunkelblauen Lache überzogen, der Inhalt seiner Reisetasche, die er gestern noch nicht ausgepackt hatte, häufte sich in der Ecke. In dem Nebenraum, in dem er seine kleine Bibliothek aufgebaut hatte, waren die Regale umgeworfen worden und die Bücher in wildem Chaos auf dem Boden verteilt.

Doch das Schlimmste war, dass die Skizzen unter der Matratze fehlten. Er hoffte nur, dass die Diebe damit nichts anzufangen wussten, was immer sie damit vorhatten. Es waren in den Augen von Laien ja nur Skizzen, auch wenn sie Reginald viel bedeuteten.

Zorn loderte in ihm auf, als er auf die Verwüstung starrte. Und Ärger über sich selbst. Er war auf einen der ältesten Tricks der Welt hereingefallen, indem er, ohne das Schreiben weiter zu prüfen, der angeblichen Aufforderung seines Arbeitgebers blindlings Folge geleistet hatte. Bittere Galle stieg in seiner Kehle hoch. Seine Ahnungen hatten ihn also nicht getrogen. Und seine Wirtin, die geldgierige Annabell Gregory, mischte gewiss bei diesem Ränkespiel mit.

Doch noch war nicht alles verloren. Sein Notizbuch hatten die Schurken nicht entdeckt. Es befand sich wohlbehalten in der kleinen Nische über dem Kamin, gut verborgen hinter dem rußgeschwärzten Stein. Die Notizen darin würden es ihm ermöglichen, die Skizzen noch einmal zu erarbeiten. Dieser Gedanke erfüllte ihn mit neuer Energie. Noch war nichts verloren.

Er musste diesen Ort verlassen, solange es noch möglich war. Bei dem einen Einbruch würde es nicht bleiben; der oder die Räuber, deren Auftraggeber er zu erraten glaubte, würden wiederkommen. Denn sie hatten beileibe nicht alles gefunden, was sie offenbar gesucht hatten.

Den größten Schmerz der Enttäuschung bereitete ihm die Erkenntnis, dass ihn offenbar sein Assistent Jonathan, dem er vertraut hatte, ans Messer geliefert hatte. Jonathan, der angeblich nichts von den sonderbaren Vorfällen im Moor gespürt und ihn immer zu beschwichtigen versucht hatte, wenn er von diesem »Kribbeln« berichtete, als ob ihn etwas vor einer Gefahr warnte. Denn nur Jonathan wusste, dass Reginald nicht nur brav seinen Auftrag erfüllt, sondern etwas entdeckt hatte, das ungewöhnlich war. Und Jonathan hatte allzu oft mit diesem Kartographen aus Hannover zusammengesteckt, den Reginald instinktiv abgelehnt hatte. Vielleicht hatte er nur gutgläubig irgendetwas ausgeplaudert, aber Reginald glaubte eher, dass Jonathan für ein paar Münzen seine Seele verkaufen würde.

Im Rückblick auf bestimmte Geschehnisse im August und frühen September überraschte ihn diese späte Erkenntnis nun nicht mehr. Er neigte zwar nicht zu Misstrauen und wirkte manchmal etwas zerstreut, aber er war weder naiv noch töricht.

Doch alle diese Gedanken nutzten ihm in diesem Augenblick wenig. Er musste handeln. Und handeln hieß in diesem Fall erst einmal, unterzutauchen.

ZWEI

Anna brauchte drei Tage, um sich in dem Haus einzurichten. Ihre Bücher verstaute sie in den Regalen im Arbeitszimmer und im kleinen Wohnzimmer; die großformatigen Mappen mit den Karten legte sie auf den Küchentisch, den sie als Ablagetisch ins Arbeitszimmer geschoben hatte. Am zweiten Tag regnete es, und sie nutzte die Zeit, um den Laptop und den Drucker anzuschließen, die Kartenmappen chronologisch zu ordnen und das Haus genauer unter die Lupe zu nehmen. Es hatte sogar einen Speicher, zu dem eine ausklappbare Holztreppe führte. Aber offenbar war dieser Speicher eher als Abstellraum für Koffer gedacht, denn er konnte nicht ausreichend hoch sein, dass man darin stehen konnte. Sie brauchte diesen Raum ohnehin nicht. Und es gab ja noch den Keller.

Aber als sie die Tür, die vom Flur nach unten führte, öffnete, reizte es sie wenig, die schmale Treppe hinunterzusteigen. Die schwache Glühbirne an der Kellerdecke erzeugte weniger Licht als vielmehr an den Wänden tanzende Schatten, und es roch nach Morast und Moder. Anna beschloss, ihre Lebensmittelvorräte und die Weißweinflaschen lieber in den Küchenschränken unterzubringen. Sie musste ihren kleinen Vorrat an Flaschen nicht in den kühlen Keller schaffen. Ohnehin trank Anna sehr mäßig. Eine Flasche reichte für eine Woche. Anke Kück hatte veranlasst, dass gleich am ersten Tag ein Getränkelieferant kam und mehrere Kästen mit Mineralwasser ins Haus schleppte. Auch die fanden Platz in der Küche. Für die Aufbewahrung von Vorräten müsste sie also nicht extra in den Keller hinunter. Anna schloss die Kellertür energisch. Keller, nein danke!

Am zweiten Tag tauchte Anke Kück mit einem selbst gebackenen Streuselkuchen bei ihr auf. Glücklicherweise hatte Anna in weiser Voraussicht ihre Kaffeemaschine aus Hannover mitgebracht. In der Küche gab es lediglich einen Filteraufsatz und eine bauchige Kaffeekanne, auf die man diesen soliden Keramikaufsatz stellte.

Sie setzten sich ins Wohnzimmer, in das der von Regenwolken bedeckte Himmel kaum Tageslicht hineindringen ließ und alle Farben dämpfte. Anna nutzte den Besuch ihrer Vermieterin und befragte sie zur Geschichte des Ortes, zu seinen Bewohnern und zu dem Moor, von dem sie bei ihrer ersten Begegnung erzählt hatte, dort würde es spuken.

Anke Kück winkte ab. »Ach, wissen Sie, ich weiß nicht so viel darüber. Da sollten Sie andere wie Pastor Burmeister befragen. Und spuken? Na ja, es gibt ein paar saftige Gruselgeschichten, aber ich glaube eher, dass manch einer im Suff gemeint hat, im Moornebel irgendwelche Geiser zu sehen. Ich persönlich halte da nicht viel von.«

Erneut fiel Anna auf, dass der Redefluss ihrer Vermieterin um manche Themen einen Bogen machte. Auch ihr Interesse an Annas Leben und Arbeit hielt sich in Grenzen.

»Ach, Kunst und Geschichte haben Sie studiert, ist ja spannend«, kommentierte sie Annas kurze Angaben zu ihrer Biographie. »Und geschieden und kinderlos sind Sie? Das ist aber schade. Unser Sohn lebt zwar auch nicht mehr hier, aber er hat immerhin drei Kinder und arbeitet in Bremen als Automechaniker in einer großen Werkstatt. Unsere Enkel sind jetzt zehn, sieben und drei Jahre alt, alles Jungs, die aber viel zu selten hierherkommen ...«

Nach knapp anderthalb Stunden weiteren Geplauders verabschiedete sich Anke Kück mit den Worten: »Na, dann muss ich mal wieder. Wenn Sie noch was brauchen oder Fragen haben, melden Sie sich einfach bei mir.«

Anna dankte ihr für den köstlichen Kuchen, dessen Reste sicherlich noch für die nächsten beiden Tage reichen würden.

»Nich dafür.« Anke Kück stieg auf ihr Fahrrad und fuhr durch den feinen Nieselregen davon.

An dem Tag arbeitete Anna nicht mehr und sah am Abend im Fernsehen einen Schwarz-Weiß-Krimi, der in einer englischen Moorgegend spielte. »Tod im Torf« hieß der uralte Film. Anna mochte Horrorfilme, aber dieser ging ihr fast zu nahe, da die Moorlandschaft sie an das Brester Moor erinnerte, das sie ja noch näher erkunden wollte. Danach träumte sie von formlosen Wesen im Moor und glaubte, in ihrem Traum ein fernes Klagen zu hören.

Am dritten Tag kam die Sonne wieder heraus, und Anna beschloss, sich vor ihrem Gang ins Dorf doch noch den Keller anzusehen. Ihre Abneigung dagegen kam ihr beim hellen Sonnenlicht albern vor.

Das schwache Licht fiel auf die steinerne Treppe, die ohne Geländer in die Tiefe führte. Vorsichtig stieg Anna Stufe um Stufe hinunter. Die Treppe mündete in einen leeren Raum. Der Boden sah aus wie festgestampfte Erde, war aber aus Stein. Zwei Türen gingen von ihm ab. Ihre Vermieterin hatte Anna gesagt, dass sich in dem einen Raum die Heizung, eingebaut in den achtziger Jahren, und der Schaltkasten für die Elektrizität befänden.

In dem anderen Raum stand ein klappriges Regal, wie Anna es aus ihrer Kindheit kannte. Ihre Großmutter hatte auf einem solchen Gerüst die Gläser mit eingemachten Pflaumen, Birnen und Quitten aufbewahrt. Noch vor Kurzem hatte Anna ein solches Glas wiederentdeckt, als sie bei ihrer Mutter in Köln die Abstellkammer aufräumte. Auf dem Glas stand die Jahreszahl »1968«. Als Anna es öffnete, sah es so aus, als ob man die darin eingemachten Pflaumen noch essen könnte. Sie hatte den Inhalt des Glases dann aber doch entsorgt. Wenig später hatte sie gelesen, dass Stadtarchäologen im Keller eines baufälligen Hauses in Hannover ein Glas eingemachter weißer Bohnen aus dem Jahr 1944 entdeckt hatten, das den Krieg und die Zerstörung Hannovers überlebt hatte. Der Archäologe hatte der staunenden Journalistenschar erzählt, dass die Bohnen durchaus noch essbar gewesen seien – nach siebzig Jahren.

Auf diesem Regal aber standen keine Gläser mehr, stattdessen lag eine dicke Staubschicht darauf. Überall in dem Keller roch es nach feuchter Erde, auch wenn die Wände wie der Boden aus solidem Stein zu sein schienen. In den zweiten Raum mit der Heizung ging sie nicht hinein. Nichts Aufregendes oder gar

Gruseliges gab es in diesem unterirdischen Gemäuer, und doch war sie froh, als sie die Treppe wieder hinaufstieg und wenig später vor der Haustür die frische Luft einatmete.

Sie mochte Keller nicht. Ihr Onkel Ernst hatte einen riesigen Keller besessen, in dem er vor allem seine Alkoholvorräte lagerte. Wenn Anna ihn und seine Frau Hildrun in der Nähe von Hameln besucht hatte, musste sie immer in den Keller, um irgendwelche Flaschen heraufzuholen. Sie hatte diese Besuche in dem alten Haus mit dem halb verwilderten Garten gehasst. Onkel Ernst war ein Vetter ihres Vaters und Tante Hildrun seine dritte Ehefrau. Sie roch immer stark parfümiert, vermutlich um damit ihren eigenen Alkoholgeruch zu überdecken. Inzwischen war Onkel Ernst gestorben, Tante Hildrun lebte in einem Heim mit betreutem Wohnen, der riesige Weinkeller war aufgelöst worden, das Haus verkauft. Die Erben der beiden, Annas Vater und ihre Tante Beatrix, hatten Tabula rasa gemacht und alles verkauft. Ihr Vater wohnte inzwischen auf Mallorca, war mit seinen achtundsiebzig Jahren noch sehr rüstig und mittlerweile mit seiner langjährigen Freundin Bella verheiratet. Ihre Mutter dagegen wohnte wieder in Köln, kümmerte sich um ihre eigene uralte Tante und ihre Schwester Brigitte, spielte leidenschaftlich gerne Bridge und arbeitete ehrenamtlich.

Anna sah ihren Vater einmal im Jahr, wenn sie für ein paar Tage nach Mallorca flog, um auszuspannen. Ihre Mutter besuchte sie fast alle sechs Wochen für ein Wochenende. Zu ihren beiden Geschwistern, ihrem fünf Jahre älteren Bruder Sebastian, der als Neurologe in Hamburg lebte, und ihrer zwei Jahre jüngeren Schwester Lara, so benannt nach Mutters Lieblingsfilm »Doktor Schiwago«, die als Bibliothekarin in der Deutschen Nationalbibliothek in Frankfurt arbeitete, hatte sie ein nicht sehr enges, aber freundliches Verhältnis. Anna galt als Außenseiterin der Familie. Ihre Ehe mit Magnus, einem Kollegen, der Neuere Geschichte an der Universität Göttingen unterrichtete, hatte gerade mal vier Jahre gehalten, war nach einer Trennungszeit von drei Jahren vor einem Jahr geschieden worden, und Magnus hatte zwei Monate danach wieder geheiratet. Aber immerhin hatten sie sich als gute

Freunde getrennt, und Anna rief Magnus sogar gelegentlich an, um ihn bei speziellen historischen Fragen um Hilfe zu bitten.

Sie trat auf die sonnenüberflutete Straße, die ins Dorf führte. Von ihrer Vermieterin wusste sie, dass Bresterholz aus einem Zusammenschluss von ehemaligen kleinen Bauernhöfen bestand, deren Besitzer meistens keine Landwirtschaft mehr betrieben, sondern die Flächen an den einzigen Großbauern der Gegend, Karl Heinz Fichte, verpachteten. Der wohnte in einem stattlichen modernen Haus am Rande von Bresterholz, hielt sich aber meist in Stade oder Hamburg auf, wo er Wohnungen und Büros besaß. Auch die Flächen der Kücks, ungefähr zwanzig Hektar, hatte er gepachtet und wollte sie ihnen seit Jahren abkaufen. Doch sie weigerten sich. »Der will keinen richtig anständigen Preis zahlen«, meinte Anke.

Anna ging in Richtung Dorf und kam an der kleinen Kirche von Bresterholz vorbei, die einen Besuch wert sein sollte. Sie war umgeben von einem Friedhof, auf dem aber niemand mehr beigesetzt werden konnte. »Wegen Überfüllung«, hatte Anke Kücks trockener Kommentar gelautet. Anna interessierte sich für alte Grabsteine und nahm sich vor, dem Friedhof einen gesonderten Besuch abzustatten. Wie sie gehört hatte, stammten die ältesten Grabsteine aus der Mitte des 17. Jahrhunderts, als die Kirche von »Brester Holz«, wie der Ort damals hieß, die einzige im näheren Umfeld gewesen war und als Gotteshaus auch für die umliegenden Orte Osterheide, Geestermoor, Vleethenhaus und Aspenvelde diente.

Anna schlenderte an dem kleinen Bahnhof vorbei, an dem die Züge von Bremerhaven nach Buxtehude und umgekehrt alle zwei Stunden in Bresterholz hielten und diejenigen Dorfbewohner beförderten, die ringsum in anderen Orten zwischen Bremerhaven und Buxtehude arbeiteten. Der Bahnhof war einst der Stolz des Ortes gewesen, und Anna konnte an dem hübschen Haus aus Backstein noch einen Rest der guten alten Zeit erkennen, als es hier noch einen Kartenschalter und einen Schrankenwärter gegeben hatte und nicht nur einen Automaten, der mit Graffiti beschmiert war. Die ehemalige Dorfschule, auch das wusste Anne von Anke Kück, diente heute als einzige Dorfkneipe. Sie hieß »Zur Moorbirke«, gepachtet von einem Ehepaar aus Stade, das vor acht Jahren nach Bresterholz gezogen war, weil es hier mit seinen fünf Kindern preiswerter wohnen konnte als in der Stadt. Die Kneipe hielt sich mehr schlecht als recht, war aber im Sommer aufgrund ihrer Terrasse bei Durchreisenden, Touristen und dann auch bei den Bresterholzern beliebt. Im Winter, so Anke Kück, war da »eher tote Hose«. Immerhin gab es in Bresterholz auch einen Lebensmittelladen, der sich gegen die Konkurrenz der Einkaufszentren in der Umgebung behauptet hatte. Dorthin steuerte Anna jetzt. Der Laden hatte von sieben Uhr bis achtzehn Uhr geöffnet und offerierte neben Lebensmitteln und Haushaltsgegenständen auch Kuchen und frischen Kaffee.

Anna stieß die Tür auf. Vor der Ladentheke standen zwei Frauen. Die eine nickte Anna freundlich zu, die andere sah sie misstrauisch an. Die Frau hinter der Theke dagegen begrüßte Anna herzlich.

»Sie müssen Ankes Mieterin sein. Wie schön, dass Sie vorbeikommen«, rief sie. »Wie gefällt Ihnen das Moorhaus?«

»Es ist sehr gemütlich«, sagte Anna.

»Gut, dass es jetzt wieder genutzt wird. Häuser sollten nicht so lange leer stehen«, erwiderte die Frau, der offenbar der Laden gehörte. »Übrigens, ich bin Birthe Hoffmann, und diese beiden Damen sind Elsa Wirtz und Beate Steffens.« Elsa Wirtz nickte Anna nochmals zu, sagte aber nichts, während Beate Steffens, die etwa in Annas Alter war, aber durch ihre schief geschnittene, rot gefärbte Frisur älter aussah als Mitte vierzig, nur kurz brummte: »Na, hoffentlich gibt es bei Ihnen nicht auch einen Rohrbruch.«

Anna fand diese Äußerung befremdlich, erinnerte sich aber, dass Anke Kück von einem Rohrbruch gesprochen hatte. »Ja, hoffentlich nicht. Das wäre übel«, antwortete sie höflich.

»Aber falls das passieren sollte, könntest du dich darüber doch eigentlich freuen, Beate. Dein Mann ist schließlich Klempner«, sagte Birthe Hoffmann.

»Nee, der geht aber nicht gerne in das olle Haus«, erwiderte

Beate. »Ist irgendwie gruselig da unten im Keller. Da schickt er lieber die Kollegen aus Bremervörde her.«

»Das ist doch nur dummer Aberglaube. Das klingt eher nach deinem Schwiegervater mit seiner Spökenkiekerei.« Birthe Hoffmann wandte sich an Anna und sagte mit einem entschuldigenden Lächeln: »Hören Sie nicht auf Beate. Es soll komische Geräusche in dem Haus gegeben haben – aber das kann auch an den alten Rohren liegen. Die klopfen manchmal. Und spuken tut es nur im Moor.«

Das hatte Anna bereits von Anke Kück gehört und wunderte sich, dass auch Birthe das erwähnte. »Ich glaube nicht an Geister«, sagte sie lächelnd. »Auch wenn das Haus alt ist. Aber vielleicht sollte ich mal ins Moor gehen«

»Es lohnt sich. Es ist sehr schön dort«, warf Elsa ein. »Allerdings natürlich nicht nachts. Sie sollten bei diesem Wetter einen Spaziergang machen. Die Wege sind gut ausgeschildert, und es ist ja auch nicht mehr wie vor zweihundert Jahren. Da sind manchmal Leute im Moor verschwunden.«

»Gibt es denn hier auch Moorleichen?« Annas Interesse war geweckt.

»Wir haben noch keine gefunden, obwohl so ein Moorarchäologe schon ein paarmal hier war und danach gesucht hat. Der meinte, jedes Moor hat seine Leichen, und er hatte von dieser alten Sage gehört, nach der vor langer Zeit jemand im Moor verschwunden ist und seitdem als Moormann dort einen Schatz hütet. Er wird der Rote Piet genannt wegen seiner angeblich roten Haare«, sagte Birthe. »Den Roten Franz aus dem Moor bei Versen hat es ja wirklich gegeben. Der ist ja sogar in Hannover im Museum. Aber ein Moormann als Schatzhüter bei uns im Moor? Wenn Sie mich fragen, ist das alles dumm Tüch. Keine Leiche und kein Schatz. Und Gespenster gibt es hier nicht. Unsere Toten liegen alle brav auf dem Friedhof. Jedenfalls die von früher. Jetzt ist da kein Platz mehr, und die müssen rüber nach Bremervörde oder Stade oder Bederkesa.«

Sie wandte sich an Elsa. »So, willst du nun den restlichen Käsekuchen oder nicht?«

Elsa nickte, Birthe packte drei große Stücke Käsekuchen ein, und mit einem etwas schüchternen »Denn man tschüs« verschwand Elsa aus dem Laden. Beate murmelte etwas, packte ihre beiden Einkaufstüten und folgte ihr.

Birthe sah den beiden mit einem sonderbaren Ausdruck hinterher. Seufzend wandte sie sich dann an Anna. »Was kann ich für Sie tun?«

Anna wies auf einen der Käselaibe in der Theke. »Zehn Scheiben davon, eine Leberwurst bitte und einen Liter Milch. Und ein frisches Brot.«

Birthe reichte ihr alles, Anna packte es in ihre Stofftasche, bezahlte und wollte gerade den Laden verlassen, als Birthe sagte: »Wenn Sie möchten, dann trinken Sie mal einen Kaffee mit mir. Sie kennen ja noch niemanden hier, und es kann ganz schön einsam in unserem Dorf sein. Ich könnte Ihnen eine ganze Menge über Bresterholz und über diese Gegend erzählen. Ich bin hier geboren worden, und mein verstorbener Mann stammte auch von hier. Also alteingesessen, wie man so sagt.«

Anna bedankte sich. Sie fand Birthe, die nur wenige Jahre älter war als sie, sympathisch. »Das tut mir leid, dass Sie Ihren Mann verloren haben«, sagte sie etwas verlegen.

»Danke. Ralf ist schon seit fünf Jahren tot. Er ist bei einem Feuer umgekommen. Freiwillige Feuerwehr. Das Feuer ist in der Scheune von Piet Carstens ausgebrochen. Dem hat man sogar versuchten Versicherungsbetrug vorgeworfen. In Wahrheit aber haben da ein paar Jungs mit Streichhölzern gespielt und wollten sich ein gemütliches Lagerfeuer machen. Da ist das Stroh in Flammen aufgegangen. Einer der Jungen wäre fast verbrannt, der Sohn von Karl Heinz Fichte, der Herbert. Trägt heute noch eine Narbe davon. Aber er hat überlebt und die beiden anderen Jungs auch. Nur meinen Ralf, den hat es erwischt. Rauchvergiftung, als er den Herbert aus der Scheune gezerrt hat. Und sein Herz war ja auch nicht mehr so gesund, er war schon viel älter als ich.«

Birthe starrte einen Augenblick vor sich hin. »Die Eltern von dem Herbert waren ziemlich verzweifelt und wollten irgendwie was Gutes für mich tun, weil ihr Sohn wohl der Anführer von den drei Jungs war und sie überredet hat, das Feuer zu machen. Die haben mir die Miete für den Laden für immer erlassen. Das Haus hier gehört ihnen ja. Und über dem Laden ist meine Wohnung. Das bringt mir zwar den Ralf nicht zurück, aber ich kann ganz gut allein über die Runden kommen. Unserer Tochter Susanne haben sie dann auch noch die Ausbildung bezahlt. Die ist Apothekerin in Stade.«

Da soll noch einer sagen, dass nur in Städten etwas passiert, dachte Anna.

»Dieser Scheunenbrand hat uns alle ziemlich erschüttert.« Birthe wirkte für einen Augenblick nachdenklich. Dann aber lächelte sie. »Alles lange her!«

Anna hätte gerne noch länger mit der freundlichen Ladenbesitzerin geplaudert. Aber dazu würde es ja noch die eine oder andere Gelegenheit geben. Sie verabschiedete sich mit einem »Bis bald« und trat auf die Straße, die im milden Sonnenlicht dieses schönen Junitages lag. Ein paar Autos fuhren durch das Dorf, ein Mann auf einem Fahrrad sauste vorbei, ein Hund trottete zwischen den Häusern entlang. Da es keine Schule und keinen Kindergarten in Bresterholz gab, konnte Anna keine Kinder entdecken. Nur in einem der Häuser hörte sie ein Baby schreien.

Langsam ging sie die Straße entlang. Alle Häuser sahen adrett und gepflegt aus. Blumen im Vorgarten, Holzscheite unter kleinen Unterständen für die offenen Kamine, schon jetzt gesammelt und getrocknet, hier und da ein Zierteich, hinter den Häusern Felder und Weiden, dazwischen immer wieder ein Stückchen dunkler Erde. Der Himmel spannte sich leuchtend blau über den Ort, Birken wiegten sich im Juniwind, und hoch oben kreisten zwei Bussarde. Anna fühlte sich plötzlich ganz leicht und frei. Im Haus wartete jede Menge Arbeit auf sie, die sie möglichst bald erledigen sollte. Aber im Augenblick hatte sie das Gefühl, alles Schwere hinter sich gelassen zu haben.

Unbewusst steuerte sie mit ihrer leichten Einkaufstüte in der Hand auf das große Anwesen am Ende der Straße zu. Es lag ein wenig abseits. Den weitläufigen Vorgarten begrenzte eine

Lebensbaumhecke, die die Sicht auf das Haus weitgehend versperrte, doch von der Einfahrt des Grundstücks, das ein poliertes Messingschild als das der Fichtes auswies, konnte man das zweistöckige Haus sehen. Es war aus hellem Sandstein erbaut, nicht wie die anderen Häuser in Bresterholz aus rotem Backstein.

Anna hielt kurz vor der imposanten Hecke inne. Nichts rührte sich auf dem Grundstück. Kein Wagen stand in der Auffahrt, keine Stimmen waren zu hören. Fast gespenstisch ruhig lag das prächtige Haus mit seinen großen Fenstern im Sonnenlicht. Anke Kück hatte ihr von den Fichtes erzählt und dass im hinteren Teil ihres Grundstücks ein Pferdestall mit vier Boxen stand und sich an den zweitausend Quadratmeter großen Garten eine Weide von ungefähr zwei Hektar anschloss. Ein Teil davon hatte einst zum Moor gehört.

Anna wollte gerade umkehren, als ein silbergrauer Mercedes die Straße heruntergefahren kam, am Steuer eine Frau mittleren Alters. Sie hielt kurz vor der Einfahrt an, und wenig später schob sich das Gitter zwischen Grundstück und Straße zur Seite. Anna hatte sich abgewandt. Sie wollte nicht neugierig erscheinen. Der Wagen schob sich langsam durch die Einfahrt, und Anna erhaschte einen Blick auf die Frau hinter dem Steuer, wahrscheinlich Agnes Fichte, die Frau von Karl Heinz; auch von ihr hatte Anke Kück erzählt. Anna sah ein schmales Gesicht mit einer großen Sonnenbrille, ähnlich der, die Audrey Hepburn in »Frühstück bei Tiffany« getragen hatte. Mehr konnte sie nicht erkennen, das Gitter schloss sich wie von Geisterhand.

Anna ging die Straße wieder in die andere Richtung hinunter, vorbei an dem kleinen Bahnhof ohne Wartesaal und Aufsicht, an dem die Züge nur kurz anhielten und beim Dorfausgang eine Art Hupen von sich gaben, ehe sie Fahrt aufnahmen. Irgendetwas hatte ihre Sorglosigkeit beeinträchtigt. Vielleicht der Blick von Agnes Fichte. Obwohl sie eine Sonnenbrille getragen hatte, wurde Anna das unbestimmte Gefühl nicht los, dass sie sie sehr genau gemustert hatte. Nicht nur angesehen, sondern abschätzend taxiert.

Ich bilde mir wieder mal Dinge ein, dachte sie, als sie wenig später ihre Haustür aufschloss und das kühle Haus betrat, in dem sie die nächsten acht Wochen leben und arbeiten wollte.

Als sie eine Viertelstunde später mit einer Tasse Tee an ihrem Schreibtisch saß, kam ihr die Geschichte von Herbert, dem Sohn der Fichtes, in den Sinn. Warum musste sie ausgerechnet an diesen Jungen denken, der mit seinen Freunden gezündelt und damit eine Scheune in Brand gesteckt hatte?

Sie versuchte, Agnes Fichte und die Geschichte von Herbert zu verdrängen. Was ging sie diese Familie an? Aber sie konnte sich nicht konzentrieren. Sie schob ihre Unterlagen zusammen, schloss ihren Laptop und überlegte, ob sie nicht einen Spaziergang ins Moor machen sollte. Der Tag war hell und warm, eigentlich ideal, um auch die Gegend um Bresterholz zu erkunden.

Kurz hinter dem Dorf begannen die Weideflächen, erstreckten sich Felder mit Roggen und Hafer. An ihren Rändern standen kleine Baumgruppen. Ein windschiefes Schild mit einem dicken roten Pfeil wies zum »Moor«, das hinter einem kleinen Wäldchen seinen Anfang nahm.

Die Sonne schimmerte auf den Glockenblumen, dem Wollgras und den zartgrünen Birkenblättern. In den Ästen einer kleinen Weide saß eine Wildtaube und gurrte lauthals. Insekten flirrten umher, eine riesige Libelle schoss über den Pfad. Abgesehen von dem gleichmäßigen Summen von Käfern und Bienen herrschte frühsommerliche Stille. Gelegentlich flog ein Vogel mit knallendem Flügelschlag auf, und hoch oben kreisten die zwei Bussarde auf der Suche nach Nahrung. Eine fast schläfrige Atmosphäre lag über der Landschaft. Gerne hätte Anna sich irgendwo hingesetzt, sah aber keine Bank.

Das nächste Mal nehme ich mir eine Decke mit und versuche, irgendwo ein Plätzchen zu finden, das nicht ganz so feucht ist, dachte sie mit etwas kritischem Blick auf das Moos und die Flechten, die den Boden bedeckten. Langsam ging sie weiter, fasziniert von dem Licht über dem Moor, das fast durchsichtig schimmerte und die Konturen der zerzausten Büsche und Bäume weich umrahmte.

Bisher hatte sie sich allein geglaubt, aber jetzt sah sie eine Gestalt in der Ferne auftauchen, einen Mann, der mit festem Schritt auf sie zukam. Das Licht flimmerte so stark, dass es fast so aussah, als ob er über dem Boden schwebte. Anna blieb stehen. Wenige Augenblicke später konnte sie den Mann deutlicher sehen. Er war etwa Mitte fünfzig, trug ein kariertes Hemd, eine dunkle Jeans, halbhohe Stiefel und hatte einen Rucksack umgeschnallt. Als er näher kam, erkannte Anna ein gegerbtes gebräuntes Gesicht mit einem schütteren weißen Bart und sehr hellen blauen Augen.

Anna hob grüßend die Hand, wie es bei Spaziergängern üblich ist. Wenige Meter vor ihr blieb der Fremde stehen. Von Nahem betrachtet sah er doch einige Jahre älter aus. Zögernd hob auch er die Hand zum Gruß.

»Schöner Tag heute«, versuchte sie das Eis zu brechen. Der Mann brummte eine unverständliche Antwort und schob sich an ihr vorbei. Anna rümpfte unwillkürlich die Nase. Er roch penetrant nach Tabak und Schweiß, vermischt mit dem schalen Geruch von Bier. Sie sah ihm hinterher, als er davonstapfte. Er warf keinen Blick zurück, sondern strebte geradewegs in Richtung Straße.

Seltsamer Kauz, dachte Anna und spürte, wie die schwere Luft über dem Moor sie schläfrig machte. Sie ging noch etwa zweihundert Meter weiter, vorbei an den vom Wind zerzausten Sträuchern und den kleinwüchsigen Weiden. Gerade als sie umkehren wollte, entdeckte sie ein paar Meter abseits des Pfades eine Stelle im Boden, die so aussah, als habe hier jemand einen Spaten oder eine Schaufel angesetzt. Torf wurde nicht mehr im Brester Moor gestochen, wusste sie, aber vielleicht hatte jemand nach seltenen Pflanzen gesucht oder eine Blume ausgegraben.

Annas Neugierde war geweckt. Als sie versuchte, sich dem kleinen Erdhaufen zu nähern, der neben dem Pfad lag, geriet sie von den Holzbohlen des Weges auf den feuchten Untergrund. Ihre Schritte verursachten ein schmatzendes Geräusch, und ihr rechter Schuh blieb stecken. Sie hätte klüger sein und wie der merkwürdige Wanderer Stiefel anziehen sollen. Mit einem lauten Plopp zog sie ihren Schuh aus dem morastigen Boden und steckte ihren Fuß wieder hinein. Schmutzige Schuhe störten sie wenig, nur die leichte Nässe an ihrer Fußsohle empfand sie als unangenehm. Energisch ging sie weiter zu dem Erdhaufen und betrachtete ihn nachdenklich.

Da hatte jemand – vielleicht der Wanderer? – gründlich mit einem Spaten gegraben. Hinter dem Erdaushub verbarg sich ein kleines Loch, das aber recht tief in die Erde reichte, viel zu tief, um eine Pflanze auszubuddeln. Vielleicht war der grummelige Fremde ein Schatzsucher und gehörte zu den Sondengängern, die mit Hilfe von Metalldetektoren Metalle wie Bronze, Eisen, Gold oder Silber im Boden zu entdecken versuchten. Oft zum Ärger von Wissenschaftlern, wenn sich diese Sondengänger als Pseudoarchäologen betätigten, mögliche Fundorte zerstörten oder gar Dinge bargen und als Beute mitnahmen, ohne ihre Funde zu melden. Aber manchmal erwiesen sie sich auch als nützlich, wie der Fall Harzhorn, ein Grabungsfeld bei Göttingen, bewiesen hatte, auf den ihre Vermieterin angespielt hatte. Sondengänger hatten dort auf der Suche nach Objekten aus dem Zweiten Weltkrieg die Hufnägel von Pferden römischer Legionäre aus der Zeit um 300 nach Christus aufgespürt. Das durch Zufall entdeckte Schlachtfeld erwies sich nicht nur als eine wahre Fundgrube von Objekten aus dem 4. Jahrhundert, sondern auch als eine Quelle neuer Erkenntnisse über die Römer in Norddeutschland nach der verlorenen Varusschlacht im Jahre 9 nach Christus.

Was aber konnte man hier im Brester Moor, das abseits aller großen Handelswege oder gar des römischen Einflussgebiets lag, suchen? Vielleicht klapperte der Wanderer alle moorigen Gebiete ab, in der vagen Hoffnung, eine Moorleiche wie die legendäre Moora aus der Gegend bei Nienburg zu entdecken oder irgendein Relikt aus dem Mittelalter, als Torfstecher hier lebten.

Anna sah auf ihre Uhr. Höchste Zeit, sich zu Hause endlich an die Arbeit zu machen. Der Katalog würde sich nicht allein schreiben, und sie musste noch zahlreiche Fotografien und die Kopien von Karten einordnen und studieren, ehe sie überhaupt die erste Zeile zu Papier bringen konnte. Und zwei Monate waren keine lange Frist, um all das zu schaffen.

Mit einem Seufzer drehte sie um und machte sich auf den Heimweg. Von Westen segelten Wolken heran, und sie erinnerte sich an die Wettervorhersage im Radio am Morgen: Es sollten Gewitter kommen. Jetzt schien noch die Sonne, aber Anna dachte daran, was Anke Kück gesagt hatte: »Bei uns schlägt das Wetter schneller um, als du bis drei zählen kannst.«

1788

George Augustus Frederick, im Jahre 1762 als ältester Sohn von König Georg III. und seiner Frau Sophie Charlotte von Mecklenburg-Strelitz geboren, Prince of Wales und Herzog von Cornwall und Rothesay, war wieder einmal schlecht gelaunt. Wie so oft in den vergangenen Jahren hatte der inzwischen sechsundzwanzigjährige designierte Erbe des British Empire einen heftigen Streit mit seinem Vater und in diesem Fall sogar mit seiner Mutter Sophie Charlotte gehabt.

Seit George sechzehn Jahre alt war, rebellierte er gegen seinen Vater. Dieser, der seit 1761 mit seiner Frau Sophie Charlotte offenbar glücklich verheiratet war, die ihm fünfzehn Kinder geboren hatte, und der im Gegensatz zu seinem Großvater und Urgroßvater nie eine Geliebte gehabt hatte, warf seinem ältesten Sohn mehr als einmal dessen sittenlosen und verschwenderischen Lebenswandel vor. Dazu gehörte auch die goldene Kutsche, die sich der junge George 1783 anlässlich seiner Volljährigkeit zur Parlamentseröffnung hatte bauen lassen. Dieses Prunkgefährt wurde selten benutzt, immer wieder umgearbeitet und war dem sparsamen König ein Dorn im Auge.

Selbst an diesem grauen Novembertag musste der Prinz, der, was er nicht ahnen konnte, seinem Vater erst 1820 als Georg IV. auf dem Thron folgen sollte, lächeln, als er sich an dieses Ereignis vor fünf Jahren erinnerte. Er hatte die Kutsche zur Parlamentseröffnung bauen lassen und war damit zum Staunen aller Versammelten vorgefahren. Ach, was hatte er für einen wunderschönen Samtanzug getragen mit Satinaufschlägen und goldenen Borten, dazu Schuhe mit rosa Absätzen! Und dann das Gesicht seines Vaters! Zum Niederknien! Dieser einfache Mann, den man »Farmer George« nannte, weil er das Landleben, seine Gärten und die Landwirtschaft höher schätzte als alle Paläste Londons, hätte sich wahrscheinlich am liebsten in Sack und Asche gehüllt ob der Aufmachung seines Sohnes.

Der Alte galt ja ohnehin als Geizhals, lebte frugal und sparsam und war gerade überdies nicht auf der Höhe. Er hatte die amerikanischen Kolonien verloren, die sich erdreistet hatten, ihre Unabhängigkeit zu erklären. Und tatsächlich hatten sie die britischen Truppen mitsamt ihren Verbündeten aus Deutschland, darunter die armen Kerle, die der Landgraf von Hessen für einen guten Preis über den Großen Teich verschiffen ließ, in mehreren Schlachten bezwungen. Welche Schmach, welch ein Schmerz in der Seele Großbritanniens!

Was nützte es da, dass das Empire an vielen anderen Fronten wuchs, dass James Cook dreimal die Weltmeere durchkreuzt, dass der aus Hannover stammende William Herschel 1781 einen neuen Planeten entdeckt hatte, den er zunächst nach Georg III. »Georgium Sidus«, dann Uranus getauft hatte? Es gärte im Königreich, zumal der König wieder einmal kränkelte. Aber noch immer hatten George und seine Anhänger nicht durchsetzen können, dass der Thronfolger die offizielle Vertretung für den Vater übernahm oder der König gleich ganz abgesetzt wurde. Der Führer der Opposition im Unterhaus, Charles James Fox, der sich im vergangenen Jahr für die Abschaffung der Sklaverei eingesetzt hatte, hielt es für selbstverständlich, dass der Thronerbe seinen Vater in diesen krankheitsbedingten Krisenzeiten vertreten sollte. Aber noch leisteten die Gehilfen seines Vaters Widerstand, und vor allem seine Mutter war ein Bollwerk in diesem Kampf. Eine deutsche Prinzessin mit Rückgrat und einem ausgeprägten Gerechtigkeitssinn, die ihren Sohn in Briefen an Verwandte immer wieder recht herb kritisierte.

Der Prince of Wales schnaubte verstimmt. Er saß in einem seiner Lieblingssalons im Carlton House, das er kurz nach Erreichen der Volljährigkeit bezogen hatte. Die ständigen Um- und Ausbauten dieses ohnehin schon prächtigen Stadtpalastes in London trieben seine beträchtlichen Schulden immer weiter in die Höhe. Er befürchtete, dass er demnächst, um dem Unmut seines Vaters zu entgehen und dessen Absicht, ihm Carlton House wegzunehmen, zu seiner heimlichen Ehefrau Maria Fitzherbert würde umziehen müssen. Seine Beziehung zu der zweifachen, zudem katholischen Witwe befeuerte den Zorn beider Eltern gegen ihren »unverantwortlichen, leichtsinnigen Sohn«, wie sich die Königin ausdrückte. Dass er die hübsche junge Frau längst heimlich geheiratet hatte, wusste fast niemand. Wenn das ruchbar würde, könnte ihn das seine Position als Thronerbe kosten. Denn laut des »Act of Settlement« aus dem Jahr 1701 bedeutete die Eheschließung mit einem katholischen Ehepartner das Aus für die Thronfolge, und zudem musste jede Ehe eines Thronfolgers vom König selbst genehmigt werden. Ein Alptraum, da er für Maria wahre Gefühle hegte und sie nicht nur als eine seiner vielen Affären betrachtete. Das alles war schon mühsam genug. Aber die größte Sorge bereitete ihm zunehmend das fehlende Geld, um seine riesigen Wettschulden und die Kosten für sein opulentes Leben zu bezahlen.

Vor ihm auf dem kleinen vergoldeten Tisch stand ein Krug mit Wein. Er hatte ihn bereits fast ganz geleert, und das noch vor Anbruch der Dunkelheit. Geistesabwesend steckte er sich einen Käsehappen und Trauben in den Mund. Seine Gedanken kreisten nur um ein Thema: Er musste eine rasche Lösung für seine Geldsorgen finden, ehe er sein Haus verlor oder seine Eltern auf andere Gedanken kommen würden, um ihn an die Leine zu nehmen. Der ersehnte und erstrebte Erfolg in der Politik wäre schon nützlich, aber das war ein schwankendes Schiff. Und wirklich verlassen konnte er sich nicht einmal auf den Führer der Opposition im Parlament, Charles Fox, den alten »Fuchs«, der seinem Namen alle Ehre machte. Bisher hatten sie gemeinsam recht gut gegen den König zusammengearbeitet, aber Fox dachte vor allem an einen Menschen – an Charles Fox. Wobei er sich hier nicht sehr von dem Thronfolger unterschied, der auch vor allem an sich selbst dachte.

Georges Laune befand sich auf dem Tiefpunkt, zumal ihm allmählich der Alkohol zu Kopf stieg, als es an der Tür klopfte. Mürrisch rief er: »Herein!«

Als ihm sein Diener Alistair, ein knorriger Schotte aus Edinburgh, verkündete: »Es sind die Herren, nach denen Ihr geschickt habt«, wobei er das »Herren« mit leicht verächtlicher Miene aussprach, ging ein zufriedenes Grinsen über Georges Gesicht.

»Sie sollen hereinkommen«, befahl er.

Drei Männer betraten den Raum. Der erste war zierlich mit einer gepuderten Perücke und einem Gehrock aus dunklem Samt. Er trug Schuhe mit recht hohen Absätzen, wahrscheinlich um seine geringe Körpergröße zu kaschieren. Beim Anblick der beiden Burschen, die mit ihm in den mit vergoldeten Möbeln eingerichteten Raum traten, verdunkelte sich Georges Miene. Wirkte Sir Henry in seinem eleganten Gewand wie ein waschechter Höfling, so schienen diese beiden Kerle den dunkelsten Ecken Londons entsprungen zu sein. Der eine war breit und groß wie ein Schrank mit einer dichten schwarzen Mähne und einem verschlagenen Blick in den kleinen grünen Augen. Der andere hatte kaum Haare auf dem Kopf, war schlaksig, aber nicht dünn, und seine sehr hellen blauen Augen wirkten kalt und emotionslos. Um seine dünnen Lippen spielte ein Lächeln, das dem Prinzen ein unbehagliches Gefühl bescherte. Im Gegensatz zu seinem Kumpan wirkte dieser Kerl schlau, was ihn aber nicht sympathischer erscheinen ließ. Im Gegenteil.

»Willkommen, Sir Henry!«, rief George mit gekünstelter Fröhlichkeit. Er winkte die Männer heran und musterte sie kurz. Dann wandte er sich an Sir Henry, der unruhig an seinem Ärmel zupfte und sich ganz offensichtlich mit seiner Begleitung nicht recht wohlfühlte. »Nun, mein Lieber, wie ist es gelaufen? Haben Eure beiden Gehilfen den Auftrag ausführen können? Ich frage mich allerdings, weshalb Ihr die beiden mit hierhergebracht habt. Das war nicht so verabredet.« George runzelte die Stirn. »Ihr seid mein Mann für bestimmte Aufgaben. Und Ihr beauftragt für bestimmte Geschäfte Eure Leute. Das ist dann ganz allein Eure Sache. Es muss schon einen triftigen Grund geben, weshalb Ihr die beiden mitgebracht habt. Also, was ist geschehen?«

Sir Henry hüstelte. »Verzeihung, Hoheit. Ich habe Jeffrey Morgate und Peter Shaffer mitgebracht, damit sie Euch direkt Meldung machen können. Sie sind meine besten Mitarbeiter –«

»Haben aber in Carlton House nichts zu suchen«, ging der Prinz unwillig dazwischen. »Mein Auftrag an Euch, Sir Henry, ist von delikater Natur. Und ich möchte nicht mit der Art der

Ausführung behelligt werden. Ihr erledigt das mit Hilfe Eurer Leute und berichtet mir hinterher unverzüglich darüber! Also, dann sehe ich dies heute als Ausnahme.«

Mit einem Achselzucken wandte er sich den beiden Männern zu. Der Kantige blickte unsicher zu Boden und hatte die Schultern wie zum Schutz hochgezogen. Der andere aber blickte ihn aus seinen hellen Augen unverfroren und ohne jede Scheu an. Er schien sogar spöttisch zu grinsen, was George irritierte.

»Nun, wenn ihr beiden schon da seid, dann könnt ihr mir in der Tat selbst erzählen, wie eure Mission gelaufen ist. Eines aber sage ich gleich: Dies ist das erste und einzige Mal, dass ihr mich hier aufsucht.« Er trank einen Schluck aus seinem halb leeren Weinglas, dann wandte er sich wieder an die beiden Burschen. »Ich hoffe, dass ihr mir gute Nachricht bringt. Ich habe keine Zeit und Lust auf noch mehr Ärger. Also, Jeffrey Morgate, berichte!«

Der Schwarzhaarige mit den kleinen grünen Augen knetete seine Mütze in den großen Händen und trat verlegen von einem Fuß auf den anderen.

»Also, Hoheit«, begann er mit erstaunlich leiser Fistelstimme, »wir haben alles so ausgeführt, wie Ihr befohlen habt –«

»Das will ich hoffen«, unterbrach ihn George und wandte sich an den anderen, der ihn mit seinen kühlen Augen unverwandt musterte. »Und du, Peter Shaffer, was sagst du, ehe dein Freund hier zu einer längeren Rede ansetzt?«

Shaffer lächelte, doch seine Augen blieben kalt. »Wir haben einiges mitgebracht«, sagte er kurz. »Der Mann war nicht da, seine Wirtin hat uns, wie verabredet, in seine Wohnung gelassen. Wir hatten aber nicht viel Zeit und haben die Sachen zusammengesucht, die wir beauftragt waren zu holen, nämlich die Skizzen und Kartenentwürfe.«

»Dann lass sehen«, befahl der inzwischen sehr ungeduldige Prinz. Er richtete sich etwas mühsam auf. Der Wein war ihm in den Kopf gestiegen. Shaffer griff in eine abgewetzte Ledertasche und zog einen Stapel Blätter heraus. Wortlos reichte er sie George. Der warf nur einen kurzen Blick darauf und hob die Augenbrauen. »Und?«

»Das sind die Skizzen für die Karten von der Moorgegend, die der Kartenmacher im Auftrag Eures Vaters, König Georgs, anfertigen sollte. Nach den Informationen Eures Agenten sind darauf Fundorte von Schätzen verzeichnet, die der junge Fitzgibbon entdeckt hat.« Shaffer, der zweifelsohne der Kopf der Zweiergruppe war, lächelte selbstgefällig. »Es war unser Auftrag, diese Karten aufzuspüren und sie Euch zu bringen. Nun, hier sind sie.«

George verzog das Gesicht. »Ich kann nicht erkennen, wo auf diesen Blättern Schätze verzeichnet sein sollen«, sagte er mit dem nörgelnden Unterton eines verwöhnten Kindes, das nicht schnell genug den ersehnten Kuchen bekommt.

Shaffer lächelte wieder. In seine Augen trat ein Ausdruck von Verachtung, der dem Prinzen glücklicherweise entging. »Hoheit, die Schätze liegen noch im Boden verborgen, aber diese Skizzen sind Schatzkarten im wahrsten Sinn des Wortes. Man muss nur nach diesen Aufzeichnungen graben und die Verstecke ausheben.« Er wies auf eines der Blätter. »Wahrscheinlich hat Fitzgibbon darauf kleine Hinweise versteckt, die uns die möglichen Fundorte anzeigen. Man muss sie durch eine Lupe betrachten.«

George schob die Blätter unwillig beiseite. »Was nutzen uns diese Blätter ohne nähere Angaben? Wahrscheinlich hat dieser Kartograph irgendwo noch genauere Aufzeichnungen versteckt, oder er hat andere Kopien gemacht, auf denen er die Verstecke präzise eingezeichnet hat. Oder er hat mehrere Stellen markiert, um Neugierige in die Irre zu führen. Mein Agent hat mir berichtet, dass der Mann offenbar gemerkt hat, dass er beobachtet wurde. Er war zwischendurch spurlos verschwunden und ist erst wieder gesichtet worden, als er sich von Cuxhaven nach Yarmouth eingeschifft hat.«

Er warf einen erneuten Blick auf die Skizzen und runzelte die Stirn. »Auf diesen Blättern kann ich keine besonderen Hinweise erkennen. Sie sehen aus wie ganz gewöhnliche Entwürfe für diese unsinnigen Karten, die mein Herr Vater von allen möglichen Teilen seines Reiches zeichnen lässt. Für landwirtschaftliche Nutzung! Moore, Wiesen, Wälder – er ist besessen davon. Wenn ich erst einmal regiere, dann lasse ich nur noch Karten von Ländern und Kontinenten, von Weltmeeren und Städten zeichnen, aber nicht mehr dieses kleingeistige Zeug, mit dessen Hilfe irgendwelche öden Regionen in landwirtschaftlich nutzbares Land umgewandelt werden sollen. Sumpf bleibt Sumpf, da helfen auch die besten Karten nichts! Und diese kleinen Zeichen da auf den Skizzen können genauso gut Bäume oder Büsche bedeuten.«

Er wandte sich an die beiden Männer. »Die Mission ist noch nicht beendet. Zum einen fehlen konkretere Aufzeichnungen, zum anderen ist es ein langer Weg von diesen Karten bis zum Schatz selbst. Seht, wie ihr mit dieser Herausforderung fertigwerdet. Ich will keine Landkarten, ich will die Schätze, von denen unser Agent geschrieben hat – und zwar rasch. Beeilt euch, den Kartographen aufzutreiben und ihm weitere Unterlagen und Notizen abzunehmen. Gebt Sir Henry Bescheid, wenn ihr das erreicht habt. Mein Agent in Deutschland wird dann weitere Maßnahmen einleiten. Macht ihr eure Sache gut, erhaltet ihr reichen Lohn. Findet Fitzgibbon, gelangt an seine genaueren Aufzeichnungen und dann macht keinen langen Prozess.«

In Shaffers kalte Augen trat ein Funkeln. »Heißt das, dass wir freie Hand haben und ihn zur Not beseitigen dürfen?«, fragte er mit heiserer Stimme.

George hob die Hände. »Um Himmels willen, nein! Seid ihr verrückt geworden? Der künftige König von England als Auftraggeber eines Mordes? Nein, versucht die Notizen und Skizzen zu stehlen, und wenn das nicht gelingt und ihr ihm begegnet, dann macht ihm klar, dass er am besten umgehend von dem deutschen Projekt zurücktritt und euch ohne langes Lamentieren alle Unterlagen gibt. Er kann ja seine Karten von diesem vermaledeiten Moor zeichnen, stechen, drucken, was auch immer. Aber was da im Moor liegt, das will ich haben. Ich werde sehen, dass er andere Aufträge, entweder in Nordengland oder in seiner Heimat Irland, bekommt und London möglichst rasch für immer verlässt. Also, keine Gewalt, Überredungskünste sind angesagt.« Er wandte sich wieder an Sir Henry. »Ihr haftet mir dafür, Sir Henry, dass Eure beiden Männer nur die restlichen

Unterlagen beschaffen und dem Kartenmacher nichts zustößt. Einen solchen Skandal darf und will ich mir nicht leisten.«

Als George die beiden Männer ansah, beschlich ihn jedoch ein ungutes Gefühl. Er war zwar ein Verschwender, ein Intrigant und ein leichtsinniger Mann, aber nicht ohne jedes Ehrgefühl und vor allem kein gewalttätiger oder gar völlig skrupelloser Mensch. Er ging über politische Leichen, aber nicht im physischen Sinne des Wortes. Die Zeiten eines Richard III. lagen lange zurück.

Doch er brauchte rasch Geld. Viel Geld! Und als er vor einigen Wochen durch seinen in Hannover stationierten Agenten erfahren hatte, dass der junge Kartenmacher, der dort in irgendwelchen Moorgegenden im Auftrag der Royal Society Skizzen zur Kartographierung der Region anfertigte, offenbar auf außergewöhnliche Funde gestoßen war, da war sein Interesse geweckt. Erst vor wenigen Jahren hatte ein Bauer in Devon beim Pflügen einen alten Goldschatz aus der Wikingerzeit entdeckt, den der brave Mann den Behörden umgehend gemeldet hatte. Einige der Münzen lagen nun im British Museum, ein Teil war in den Staatsschatz übergegangen. Der Bauer hatte auch einen Finderlohn erhalten, und alle schienen zufrieden.

George aber strebte danach, falls es in dem Moor tatsächlich einen verborgenen Schatz geben sollte, diesen heimlich bergen zu lassen und zu seinem eigenen Nutzen zu gebrauchen. Es gab genügend dunkle Kanäle, um diese alten Goldschätze in Geld zu verwandeln. Und da er durch seine Pferdewetten mit einigen wenig standesgemäßen Gesellen zusammenkam, war er auf Sir Henry getroffen. Dieser vielversprechende junge Mann, der jüngste Sohn des Viscount of Chesterham, hatte es im Leben zu nicht viel gebracht, sondern vergeudete das von seiner Mutter geerbte Geld an Spieltischen und bei Pferdewetten. Er hatte im Laufe der Zeit Beziehungen zu eher undurchsichtigen Kreisen aufgebaut und betrieb ein kleines »Geschäft« mit der Vermittlung von bestimmten Diensten. So hatte er für einen Freund von George vor einiger Zeit einen Mann engagiert, der als Einbrecher getarnt in das Boudoir einer gewissen Dame eingestiegen war und dort Briefe nebst einigem Schmuck entwendet hatte, die diesen Freund kompromittiert hätten. Besagte Dame, eine recht bekannte Schauspielerin, war die Geliebte dieses Freundes gewesen. Da er sich mit der Erbin eines beträchtlichen Vermögens vermählen wollte, störte ihn der Gedanke, dass seine einstige Flamme die Briefe und kleineren Geschenke gegen ihn benutzen konnte. Inzwischen war dieser Freund mit seiner Erbin verheiratet und schien sogar recht zufrieden mit seiner nicht hübschen, aber freundlichen Gattin zu sein. Immerhin erwartete seine Frau in den nächsten Monaten ein Kind, dessen Patenonkel George werden sollte.

Sir Henrys Dienste wurden von einigen Hofleuten in Anspruch genommen. Er galt als verschwiegen, was für diese Art von Beschäftigung eigentlich die wichtigste Voraussetzung war. Als George ihn in seinen hoffnungslosen Geldnöten ansprach – natürlich ganz unauffällig während einer Fuchsjagd –, hatte dieser sofort seine Bereitschaft erklärt, ihm zu helfen, und zwei seiner »Bekannten« beauftragt, sich um die Angelegenheit zu kümmern. Doch glatt war das offensichtlich nicht gelaufen.

George seufzte und sah sich suchend nach einem weiteren Krug Wein um. Aber offenbar hatte sein getreuer Alistair in seiner schottisch-puritanischen Art wohl gedacht, ein Krug Wein müsse für den Nachmittag reichen.

»Nun«, sagte George. »Damit ist das wohl geklärt. Viel Zeit bleibt nicht, zumal bald die ersten Winterstürme die Überfahrt zum Kontinent erschweren werden. Ich möchte jedoch, dass der Schatz aus dem Moor in den nächsten Wochen in Carlton House ankommt.« Er zweifelte selbst daran, dass sich diese Angelegenheit wirklich so schnell vollenden ließe. Der Winter in den Mooren Norddeutschlands war berüchtigt kalt. Schnee und Eis, Stürme und Nebel würden die Bergung eines möglichen Schatzes behindern. Aber er wollte seinen Zweifeln keinen Raum geben.

»Ja, Hoheit«, sagte Sir Henry. »Meine Männer machen sich sofort daran, Fitzgibbon aufzutreiben.« Er verneigte sich. Auch Jeffrey Morgate versuchte eine tiefe Verbeugung, die ihm allerdings misslang. Peter Shaffer dagegen beugte nur leicht den Kopf.

Impertinenter Kerl, dachte George. Das mulmige Gefühl, das ihn schon beim ersten Anblick des Mannes beschlichen hatte, verstärkte sich. Ihm erschien sein Auftrag auf einmal als purer Wahnsinn, und am liebsten hätte er alles abgeblasen. Doch die Geister, die er gerufen hatte, wurde er so leicht nicht mehr los. Zudem sah er Carlton House, das er mit so viel Liebe und Kunstsinn hatte aus- und umbauen lassen, sonst bereits verloren. Und wer wusste schon, auf welche Gedanken sein Vater, sollte er je wieder bei klarem Verstand sein, noch kommen würde, um ihn an die Kandare zu legen. Die schlimmste Vorstellung für George war, dass man ihm eine dieser deutschen Prinzessinnen zur Frau aussuchte, protestantisch, ehrbar und bieder. Dann wären seine Eltern endlich zufrieden. Der Gedanke, Maria aufgeben zu müssen, schmerzte ihn noch mehr als die Vorstellung, aus Carlton House auszuziehen.

Nein, falls es eine Chance gab, dass sich in diesem abgelegenen Moor im Nordwesten Deutschlands tatsächlich ein Schatz verbarg, von dem niemand wusste und der deshalb nicht vermisst würde, dann musste er diese Gelegenheit beim Schopfe packen und ihn mit der Unterstützung von Sir Henrys Leuten, so unsympathisch sie ihm auch waren, und seinem Agenten in Hannover finden. Was den armen Reginald Fitzgibbon anging, so würde er sich schon etwas ausdenken. Der würde ja den Schatz, wenn er ihn tatsächlich selbst bergen würde, auch nicht behalten wollen. Also, was sollte der Junge aus Dublin schon damit anfangen? Den Fund dem British Museum übergeben, dem königlichen Fiskus? Der Royal Society? Das wäre nur Vergeudung.

Nachdem die drei Männer den Raum verlassen hatten und Alistair ihm einen zweiten Krug Wein gebracht hatte – allerdings hatte er dabei etwas von »Sünde« und »Verderben« gemurmelt –, lehnte sich George zufrieden in seinen Kissen zurück. Doch gerade als er sich ein Glas eingeschenkt hatte, überfiel ihn ein Anflug von Panik. Er sah vor seinem geistigen Auge wieder den Gesichtsausdruck Peter Shaffers. Dem Mann war alles zuzutrauen, auch dass er sich nicht an die Abmachung hielt, Fitzgibbon nicht zu verletzen. Zudem, wer konnte sicher sein, dass

Shaffer nicht den Schatz holen und damit türmen würde? Hätte er ihn zurückrufen können, er hätte es getan. Aber die Lawine rollte bereits. George stellte den Krug auf den Tisch zurück, nahm die kleine goldene Klingel, die dort stand, und läutete. Als Alistair erschien, offenbar besorgt, dass sein Herr noch mehr Wein fordern könnte, sagte er nur: »Hol mir John Waterstone. Ich muss ihn dringend sprechen.«

Zwei Stunden und einen Krug Wein später kündigte Alistair seinem Herrn, der inzwischen mit recht glasigem Blick auf dem Sofa saß, einen weiteren Besucher an.

Der Mann, der daraufhin den Salon des Kronprinzen betrat, war eine imposante Erscheinung. Hochgewachsen mit schwarzem Haar, auf dem keine Perücke saß, ein prägnantes schmales Gesicht mit blauen Augen und einer auffallenden Narbe auf der rechen Wange, die seinem guten Aussehen jedoch keinen Abbruch tat: John Waterstone war ein Mann, nach dem sich Frauen umschauten und dem Männer Respekt erwiesen. Er hatte im Amerikanischen Unabhängigkeitskrieg seinen Mut und vor allem seine Fairness bewiesen. Niemand konnte ihm Grausamkeit oder Gewaltbereitschaft nachsagen, dafür Disziplin und Ehrlichkeit. Waterstone verneigte sich vor George, der ihn mit einer Mischung aus Achtung und gespielter Nonchalance begrüßte.

»Ich habe einen Auftrag für Euch, Waterstone. Ihr sollt möglichst unauffällig zwei Männer im Auge behalten, die einen bestimmten Auftrag erhalten haben. Es geht dabei um eine heikle Sache. Ein Kartograph in königlichen Diensten scheint eine interessante Entdeckung gemacht zu haben, die mir nützen könnte. Doch es ist wichtig, dass dieser junge Mann nicht ernstlich zu Schaden kommt. Das wäre der Sache nicht zuträglich und würde vor allem meinem Ruf schaden. Ihr, Waterstone, sollt eingreifen, wenn die beiden ihre Grenzen überschreiten und das Leben des jungen Mannes ernsthaft gefährden. Lasst die beiden so lange gewähren, wie es Euch richtig erscheint, und greift erst ein, wenn Ihr glaubt, dass das Maß voll ist. Ich werde Euch in den nächsten Tagen Einzelheiten zukommen lassen.«

Waterstone, kein Mann großer Worte, verneigte sich erneut. George und er kannten sich seit der unglücklichen Affäre des jungen Prinzen mit der Schauspielerin und Dichterin Mary Robinson, die 1783 geendet hatte. Damals gehörte Waterstone noch zum Freundeskreis des im Unabhängigkeitskrieg wegen seiner Härte umstrittenen Offiziers Banastre Tarleton, der den Prinzen als Liebhaber von Mary Robinson ablöste. Bei einem Abendessen, das George für Tarleton gab, brachte dieser John Waterstone mit. George fühlte sich zu dem gut aussehenden Leutnant hingezogen, der wenige Worte verlor, aber offenbar Sinn für Humor und Ironie besaß. George lud ihn daraufhin gelegentlich zu Whist-Abenden ein, wenn ein vierter Spieler gebraucht wurde. Waterstone entwickelte zwar keine tiefe Freundschaft zu dem leichtsinnigen, wettsüchtigen jungen Prinzen, aber er verhielt sich George gegenüber loyal.

Als Mary Robinson den Prinzen finanziell an den Rand des Ruins brachte, indem sie Schweigegeld für die Nicht-Veröffentlichung seiner Liebesbriefe verlangte, war Waterstone zu ihr gegangen und hatte sie mit höflichen, aber eindringlichen Worten an ihre Pflichten als Untertanin des Empire erinnert. Als die Angelegenheit vorüber war, übertrug der dankbare Prinz seinem getreuen Gefolgsmann Waterstone, der inzwischen das Militär verlassen hatte und die Besitztümer seiner Familie in Nordengland und Irland verwaltete, immer wieder diskrete Aufgaben, die dieser stets vorbildlich löste. Und das, da war sich George sicher, würde Waterstone auch dieses Mal tun.

Als Waterstone den Salon verließ, lächelte der Prince of Wales zufrieden und orderte den nächsten Krug Wein. In Gedanken sah er sich schon von seinen finanziellen Sorgen befreit. Das Schönste an dieser Vorstellung aber war, dass er damit seinen Eltern in die Parade fahren würde. Keine deutsche Prinzessin für ihn!

DREI

Anna stützte den Kopf in die Hände und gähnte. Seit dem frühen Morgen saß sie an dem Schreibtisch in ihrem kleinen improvisierten Arbeitszimmer und sichtete die Kopien der Karten für die Ausstellung im kommenden Jahr.

Sie war nicht richtig bei der Sache. Am Abend zuvor hatte ihr Handy mehrfach geklingelt. Jedes Mal, wenn sie das Gespräch entgegennehmen wollte, brach der Klingelton – die Auftaktmelodie von »Star Wars« – abrupt ab. Das nervte und ärgerte sie, zumal auf dem Display immer nur »Unbekannter Teilnehmer« erschien. Wenn das einer dieser gängigen Telefonscherze sein sollte, dann war das nach dem fünften Mal nicht einmal mehr im Ansatz witzig. Wenn es jemand war, der sich permanent verwählte, war das auch nicht sehr amüsant. Um Mitternacht schaltete sie das Handy aus, nachdem sie ihrer Schwester kurz eine Nachricht geschrieben hatte, die vor ein paar Wochen vorgeschlagen hatte, sie könne ja in den Sommerferien mit Anton bei ihr auf dem Land vorbeikommen.

»Muss ja ganz schön öde da sein«, hatte die überzeugte Städterin gesagt. »Wir würden sicher ein bisschen Abwechslung bringen, und Anton möchte dich gerne wiedersehen.« Anton, nicht ihre Schwester, stand offenbar hinter diesem Plan. Anna hatte ihrer Schwester zu verstehen gegeben, so höflich das ging, dass sie diese Idee nicht prickelnd fand. Ihre Schwester meinte wohl, dass Anna zum puren Vergnügen in Bresterholz gelandet war. Dass sie dort arbeitete, schien ihr unverständlich.

Öde fand Anna ihre Umgebung keineswegs. Sie mochte die stille Landschaft, das kleine Dorf mit seinen Backsteinhäusern und hatte sich in den wenigen Tagen seit ihrer Ankunft recht gut eingelebt. Morgen war Sonntag, da wollte sie in die Dorfkirche gehen. Ins Moor war sie bislang nicht noch einmal spaziert.

Das Moor, das wusste sie mittlerweile, spielte in dieser Gegend auch heute noch eine große Rolle, und das, obwohl es doch nur den Bruchteil seiner alten Größe besaß. Der größte Teil der ursprünglichen Fläche war längst kultiviert und in Ackerland umgewandelt worden. Um 1750 hatte die Kultivierung des Teufelsmoores, des wesentlich größeren »Vetters« des eher kleinen Brester Moores, unter Jürgen Christian Findorff begonnen. Unter den Karten, die darauf warteten, für die hannoversche Ausstellung gesichtet zu werden, befanden sich auch einige, die das Moor in der Nähe von Bremervörde und das bei Bresterholz zeigten. Früher hatte das Bresterholzer Moor oder auch Brester Moor etwa fünfzig Hektar umfasst. Noch etwa fünfzehn Hektar, also hundertfünfzigtausend Quadratmeter, waren heute vor allem für touristische Zwecke im Originalzustand erhalten geblieben.

Anna blätterte in einer Biographie über die hannoverschen Fürsten auf dem britischen Thron und vor allem über König Georg III. Der Kurator der Ausstellung hatte ihr dieses dicke Werk in die Hand gedrückt. Der König aus dem Haus Hannover war anders als sein Großvater und Urgroßvater nie in Deutschland gewesen, und dennoch interessierte er sich für die unterschiedlichen Regionen im Norden. Anna konnte verstehen, dass der König von fernen Kontinenten und den Weltmeeren fasziniert gewesen war, die das stetig wachsende Weltreich umfasste. Was aber hatte König Georg III. nur so an diesem Moor fasziniert?

Die Fülle der in jener Zeit entstandenen Karten erstaunte Anna immer wieder. Es gab Karten über das Bremervörder Moor, über die Wege durchs Teufelsmoor und über küstennahe Moore, durch die einst alte Handelswege gingen. Spannend waren die Karten über die Straßen, die sich von Hannover aus quer durch das Land zum Meer hin erstreckten und den Boten des Königs und anderen Reisenden eine schnellere Reise vom Landesinneren an die Küste ermöglichten. Diese Chausseen waren Vorläufer der modernen Bundesstraßen. Karten der alten Poststraßen waren schon um 1762 entstanden. Kaum zu glauben, wie gründlich diese Region Deutschlands um 1790 verkehrsmäßig erschlossen war. Und das unter der Regierung eines Königs, der zwischenzeitlich immer wieder an den Auswirkungen seiner furchtbaren Stoffwechselerkrankung, der Porphyrie, litt, die ihn

1788 fast den Thron gekostet hätte. Damals hatte sein ältester Sohn George Augustus Frederick heftig gegen ihn intrigiert.

Anna stieß auf ein Kapitel über den Prince of Wales, der aufgrund seines verschwenderischen Lebensstils mehr als einmal in die Bredouille geraten war. Ein hübscher Mann in seiner Jugend, der wegen seines modischen Geschmacks zeitweise auch als »First Gentleman« bezeichnet wurde, in fortschreitendem Alter von Fettsucht gezeichnet war und aufgedunsen oder auch »saufgedunsen« wirkte, wie es ein Zeitgenosse formulierte. Und die Karikaturisten liebten den künftigen Georg IV. noch mehr als seinen etwas biederen Vater, zu dessen liebsten Gaben zu seinem sechsundsechzigsten Geburtstag im Jahr 1804 ein vergoldeter Eierkocher zählte, den ihm seine Töchter schenkten.

Das sind schon sonderbare Herrscher auf Englands Thron gewesen, dachte Anna und zog sich den nächsten Packen Karten heran. Es gab da einige, die sie noch einmal etwas eingehender ansehen wollte. Ihr war bei der ersten Ansicht bei zwei Karten, deren Urheber sie nicht feststellen konnte, etwas aufgefallen. Aber sie wusste nicht mehr genau, was es war. Eine Verfärbung? Eine Wegmarkierung, die irgendwie nicht zu dem Moorgelände passte? Es waren nur Kopien, aber eigentlich originalgetreu und von bester Qualität. Sie würde das jetzt mit Hilfe ihrer Lupe genauer studieren.

Draußen zog wieder ein Gewitter auf. Schon der dritte Tag mit Regen und schwüler Luft. Ihren kleinen Garten hatte Anna bisher kaum nutzen können. Gerne hätte sie den Vorgarten ein wenig netter gestaltet – vielleicht im nächsten Baumarkt einige Gartenstühle oder eine Bank besorgt –, denn er eignete sich wunderbar für den ersten Morgenkaffee, da er nach Osten ging. Dort morgens zu sitzen und die Stimmung des noch jungen Tages zu genießen, reizte Anna sehr. Sie war ein Morgenmensch. Spätestens gegen dreiundzwanzig Uhr verfiel sie meist in bleierne Müdigkeit und freute sich aufs Bett, wenn sie nicht vorher bereits vor dem Fernseher einschlief.

Als sie ihre Lupe ausgepackt hatte und die erste der Moorkarten aus dem Umfeld von Bremervörde näher betrachten wollte, hörte sie ein Geräusch im Vorgarten. Sie legte die Lupe fort und sah zum Fenster hinaus. Dort stand ein Mann, den sie noch nie gesehen hatte. Groß, etwa fünfzig Jahre alt, gekleidet in Jeans und ein Polohemd in leuchtendem Königsblau. Er blickte zur Haustür und wollte gerade klingeln, als Anna, die von ihrem Schreibtisch aufgesprungen und durch den kleinen Flur geeilt war, ihm zuvorkam. Mit einem Ruck öffnete sie die Tür. Das knarrende Geräusch verriet den akuten Mangel an Schmieröl an den Scharnieren.

»Hallo? Kann ich Ihnen helfen?«, fragte sie. Wahrscheinlich hatte der Fremde sich verfahren. Auf der Straße stand ein roter Golf mit einem hannoverschen Kennzeichen. Der Mann lächelte breit. Dieses durchaus charmante Lächeln ließ seine goldbraunen Augen attraktiv aufleuchten.

»Entschuldigen Sie die Störung, sind Sie Anna Bentorp?«

»Ja, weshalb?«

»Ich bin aus Hannover gekommen, um Sie zu treffen. Man hat mir dort in der Bibliothek Ihre Adresse gegeben, wobei die für ein Navi eher ungenau ist. Moorhaus in Bresterholz, das war alles. Ich habe mich im Dorf umgehört, und eine nette Dame in einem Lebensmittelladen hat mich hierher verwiesen.«

Anna war etwas indigniert. Sie hatte genau das vermeiden wollen. Warum hielt sich die Bibliothek nicht an die Abmachung, dass sie hier in aller Ruhe arbeiten wollte und nur im Notfall zu erreichen war?

»Warum sind Sie den ganzen Weg von Hannover hierhergefahren?« Anna hörte selbst, dass sie nicht sehr freundlich klang.

Der Mann sah sie verlegen an. »Darf ich mich erst einmal vorstellen: Ich heiße Richard Bernhard und habe eine Antiquitätenhandlung in der Altstadt von Hannover, in der Nähe vom Alten Rathaus. Der Laden befindet sich schon gut hundertzwanzig Jahre in Familienbesitz. Ich handele vor allem mit Möbeln aus dem frühen 19. Jahrhundert, Porzellan, Stichen aus der Zeit zwischen 1750 und 1900 und mit alten Karten.«

Anna schämte sich mit einem Mal für ihre Unhöflichkeit. »Kommen Sie doch herein«, forderte sie Richard Bernhard auf.

Vage glaubte sie sich an sein Geschäft zu erinnern. Sie war wohl schon daran vorbeigegangen. Aber in der Altstadt von Hannover zwischen Marktkirche und dem Maschsee gab es einige Antiquitätenhändler, und sie hatte selten Zeit, in Ruhe durch die Stadt zu bummeln.

»Gerne, danke.« Richard Bernhard folgte ihr in das kleine Wohnzimmer, das wegen des wolkenbedeckten Himmels trotz der vormittäglichen Stunde bereits dämmrig wirkte.

»Kaffee, Tee?«

»Vielen Dank, gerne ein Glas Wasser.« Bernhard setzte sich in einen der Sessel.

Anna holte eine Flasche Wasser mit zwei Gläsern und ließ sich auf dem Sofa nieder. In den wenigen Tagen, die sie hier lebte, hatte sie den Raum nur selten genutzt, höchstens um fernzusehen. So einiges war bisher liegen geblieben, darunter in Ruhe die alten Bücher zu durchforsten, wobei sie immerhin schon in ihnen gestöbert, Papierschnitzel hineingelegt und sich kleine Vermerke gemacht hatte, und demnächst nach Bederkesa ins Burgmuseum zu fahren, um sich dort die archäologischen Funde aus der Gegend von Cuxhaven anzuschauen. Außerdem wollte sie sich dringend ein Fahrrad zulegen. Die Zeit schien hier auf dem Land noch rascher zu vergehen als in der Stadt. Warum das so war, konnte sich Anna nicht erklären. Sie wandte sich ihrem Gast zu.

»Ich hoffe, ich überfalle Sie nicht allzu sehr bei Ihrer Arbeit. Man hat mir in der Bibliothek angedeutet, dass Sie nicht gestört werden wollen und in Ruhe an dem Katalog arbeiten möchten.« Richard Bernhard blickte Anna fragend an.

Anna murmelte nur: »Na ja, eine kleine Pause kann nichts schaden.« Dabei saß sie wie auf glühenden Kohlen. Wenn sie weiter so trödelte, würde sie mit dem Katalog ins Hintertreffen geraten.

»Es ist so«, hob Richard Bernhard an. »Ich habe von der großen Ausstellung im kommenden Jahr gehört. An sich liegt der Schwerpunkt meines Geschäfts auf Stadtansichten vom Mittelalter bis zum Jahr 1900. Aber dazwischen gibt es auch einige schöne Karten von Ländern, ein paar Seekarten und Weltkarten. Zusätzlich besitze ich einige Karten, die ich von meiner Großmutter Teresa bekommen habe. Sie war halb Engländerin, halb Irin. Großmutter Teresa hat mir diese Karten zur Konfirmation geschenkt mit der Auflage, sie nicht zu verkaufen, woran ich mich auch halten werde. Sie konnte wunderbar erzählen und sagte, dass sich mit diesen Karten eine spannende Geschichte verbinde. Allerdings hat sie mir diese Geschichte nie erzählt, da sie ein Jahr nach meiner Konfirmation nach England zurückging, um bei ihrem Bruder in Essex zu leben. Drei Jahre später ist sie gestorben. Ich habe sie nicht mehr gesehen.«

Richard Bernhard nahm einen tiefen Schluck aus dem Wasserglas. Draußen grollte der erste Donner, und ein riesiger Blitz riss den grauen Himmel in zwei Teile. »Oje«, sagte er. »Jetzt geht es los. Man hatte mich schon gewarnt, dass es heute ein Unwetter geben würde. Aber ich wollte nicht noch länger mit meinem Angebot warten.«

»Angebot?« Anna warf einen Blick nach draußen. Im nächsten Augenblick würde der schwere Regen herabpladdern.

»Ich möchte der Ausstellung diese vier Karten meiner Großmutter zur Verfügung stellen«, sagte Richard Bernhard. »Aber erst sollten Sie sie sich mit Muße anschauen und prüfen, ob sie sich überhaupt für die Ausstellung eignen. Sie haben bestimmt schon etliche Karten mit Moor und Heide. Echt sind sie sicherlich, da sie aus dem Familienbesitz meiner Großmutter stammen.«

»Wie ist sie darangekommen?« Anna spürte eine erste Regung von Interesse. Auch war ihr Richard Bernhard sympathisch. Und da sie ohnehin plötzlich trotz des Zeitdrucks keine besondere Lust mehr hatte, rasch an ihren Schreibtisch zurückzukehren, war ihr dieser Besuch nun doch recht.

»Genau weiß ich das nicht. Aber es muss im 18. Jahrhundert einen Vorfahren gegeben haben, der entweder Karten gesammelt oder sie sogar selbst gezeichnet hat. Ich wollte immer schon einen Ausflug in unsere englische beziehungsweise irische Familiengeschichte unternehmen, aber mein Vater verstand sich nicht so gut mit seinen englischen Verwandten, und so kenne ich nur einen Vetter, der in London lebt und der angeblich keine Ahnung von der Familie meiner Großmutter, seiner Großtante, hat. Wobei es auch noch irische Verwandte dieser Großmutter geben soll, aber mit denen hatten wir nie etwas zu tun.«

»Und Sie wollen diese Karten nicht verkaufen?«

»Nein, ich hänge emotional daran. Sie sind vielleicht nicht sonderlich wertvoll, aber interessant. Da sie einen Teil des Brester und des Bremervörder Moores zeigen, haben sie irgendwie mit dieser Region um 1780 zu tun. Und ich hätte zu gerne noch die historischen Hintergründe erfahren, die meine Großmutter mir erzählen wollte. Vielleicht bekommen Sie ja etwas über die Umstände der Entstehung heraus. Da meine Großmutter halbe Irin war, gibt es sicher auch ein paar Geistergeschichten in Verbindung mit dem Moor.« Er lächelte.

Anna seufzte. Was für ein Klischee! Alle Iren glaubten an Geister, und alle Deutschen liebten Bier.

Richard Bernhard trank sein Glas leer. Der Donner grollte inzwischen gewaltig, und wieder zuckte ein Blitz über den schwefelfarbenen Himmel. Mit einem Schlag setzte der Regen ein, der wie ein Laken aus Wasser herunterfiel. Anna machte die Lampen im Wohnzimmer an. Elf Uhr vormittags und so dunkel wie an einem Herbstabend!

»Da ist noch etwas«, unterbrach Richard Bernhard ihre Gedanken über das Phänomen der frühen Dunkelheit an einem Junitag. »Vor wenigen Wochen bekam ich einen Anruf aus England. Ein Mann namens Stafford kündigte seinen Besuch an und sagte mir, dass er in Norddeutschland auf der Suche nach Landkarten der Gebiete des heutigen Niedersachsen aus dem 18. Jahrhundert sei. Er sei ohnehin für ein paar Tage in Bremen und wolle nach Hannover fahren. Als er dann auftauchte, dachte ich im ersten Augenblick nicht an die Karten meiner Großmutter, da ich die nicht in meinem Geschäft, sondern zu Hause aufbewahre. Eigentlich hätte ich sie längst rahmen sollen, aber ich habe in meiner Wohnung zu wenig Platz für großflächige Bilder an der Wand.«

Richard Bernhard schenkte sich Wasser nach und nahm einen weiteren Schluck, bevor er fortfuhr. »Ich zeigte ihm also Städteansichten von Hannover mit Plänen der umliegenden Felder und Waldgebiete, dazu auch noch Karten der Region rund um Hameln und Göttingen und von Stade. Stade schien ihn am meisten zu interessieren, alles andere lehnte er mit höflichen Worten ab. Er schien enttäuscht zu sein, versicherte mir aber, dass meine Karten und Stiche sehr schön seien, er aber nun mal mehr an Landkarten und weniger an Stichen interessiert sei. Und er interessiere sich vor allem für die Gegend zwischen Stade und Bremen. Als er dann weg war, fielen mir meine vier Karten zu Hause ein. Da ich diese aber ohnehin nicht gerne verkauft hätte, habe ich das dann wieder verdrängt. Bis vor drei Tagen. Da kam mir die Idee, sie der Bibliothek für die Ausstellung anzubieten.«

»Wissen Sie denn, wer genau der Mann mit dem Interesse an norddeutschen Landkarten aus der Zeit Georgs III. ist?« Anna war neugierig geworden.

»Er hat mir seine Visitenkarte dagelassen. Die liegt jetzt irgendwo in dem Chaos auf meinem Schreibtisch. Wie gesagt, er heißt Stafford. Genauer habe ich mir seine Karte dummerweise noch nicht angesehen. Er ist wohl Antiquar in London, in Notting Hill. Wahrscheinlich hat er einen Auftraggeber, der sich für das 18. Jahrhundert interessiert, und sucht Karten aus der Zeit von Georg II. und Georg III., die noch im Handel sind.«

Der Regen hörte ebenso plötzlich wieder auf, wie er begonnen hatte. Und mit einem Mal brach die Sonne mit Wucht durch die Wolken, die sich innerhalb weniger Minuten in Dunstfetzen auflösten. Der eben noch dunkelgraue Himmel verwandelte sich in ein strahlendes Blau, und Anna löschte die Lampen.

»Schön haben Sie es hier«, sagte Richard Bernhard und schien sich das erste Mal, seit er in ihrem Vorgarten aufgetaucht war, bewusst umzuschauen.

Anna nickte. Seltsam, dass auf einmal Karten aus der Zeit, die im Mittelpunkt der geplanten Ausstellung stand, gefragt zu sein schienen. Sie hätte das nie für ein spannendes Sammlergebiet gehalten, zwar historisch interessant und für die wirtschaftliche, insbesondere landwirtschaftliche Entwicklung dieser Region aufschlussreich, aber weniger faszinierend als die großen Land- und Städtekarten, die in der Ausstellung ja auch eine wichtige Rolle spielen würden. Doch wahrscheinlich fiel ihr das nur auf, weil sie sich damit nun intensiver beschäftigte. Und diese Mooransichten hatten durchaus einen herben Charme, insbesondere für Kenner.

»Dann zeigen Sie mir doch bitte Ihre Karten«, forderte sie Richard Bernhard auf. Vielleicht konnte sie seine Karten ja tatsächlich als Exponate für die Ausstellung vorschlagen.

Als sie mit ihm vor das Haus trat, lag ein mildes Licht auf Bresterholz. In der Ferne bellten Hunde, eine dicke Taube gurrte auf dem Dach des Moorhauses, und ein leichter Duft nach feuchter Erde und Blumen drang an Annas Nase. Eine Welle der Zufriedenheit durchfloss sie, und sie vergaß völlig, dass sie erst vor Kurzem noch unkonzentriert am Schreibtisch gesessen hatte. Licht und Wärme verwandelten die Welt sofort in einen lebenswerten Ort.

Richard Bernhard holte eine große Mappe aus seinem roten Wagen. »Hier«, sagte er, »das sind sie. Keine Sensation, aber doch vielleicht nützlich für Ihre Arbeit.«

Sie legten die Mappe auf den Schreibtisch im Arbeitszimmer. Anna betrachtete die Karten. Tatsächlich, es waren vier großräumige Skizzen vom Brester Moor, auf denen Bäume und Erhebungen, sogar einige der kleinen Gräben, die noch heute übrig geblieben waren, und die wenigen umliegenden Gebäude, darunter die Kirche, angedeutet waren. Ihr fiel auf, mit welch feinem Strich und Sinn für Details der Kartograph diese Karten gezeichnet hatte. Einen solchen Kunstsinn hatten auch die berühmten Kartenmacher jener Zeit, darunter Thomas Jefferys und C. F. Weiland, bewiesen. Offenbar hatte der Zeichner der vier Karten einen guten Lehrer gehabt. Noch wusste Anna nicht, ob sie die Karten tatsächlich benutzen konnte. Auch musste sie in der Bibliothek nachfragen; so einfach durfte sie keine Leihgaben annehmen. Aber ihr Rat war gefragt, und wenn sie diese Karten für gut und wichtig befand, dann könnte Richard Bernhard das

Geschenk seiner Großmutter vielleicht in der Ausstellung im kommenden Herbst in passender Umgebung bewundern.

Ein paar ähnliche Karten hatte Anna unter den Kopien gefunden, die sie für den Katalog studieren musste. Karten aus dieser Region, zum Teil von weiter nördlich in Richtung Stade und auch weiter südlich und östlich in Richtung Bremervörde, Zeven und Worpswede gelegenen Landstrichen. Und die Skizzen vom Brester Moor, die sie näher studieren wollte, weil ihr etwas Ungewöhnliches darauf aufgefallen war, glichen seltsamerweise diesen Karten. Sie konnte diese jetzt mit Richard Bernhards Karten vergleichen und feststellen, ob sie alle aus derselben Zeit stammten oder sogar Kopien dieser Originale waren.

»Darf ich die Karten vorübergehend behalten?«, fragte sie.

»Gerne. Dazu habe ich sie ja hierhergebracht. Falls Sie mein Angebot nicht annehmen können oder es sich aus anderen Überlegungen nicht ergibt, dann rufen Sie mich an, und ich hole die Karten wieder ab, damit Sie nicht durch noch mehr Papier belastet werden. Außerdem sind sie ja Originale und sollten nicht nutzlos herumliegen.« Er lächelte. »Sie haben sicher auch einen bestimmten Wert, wobei ich nicht einmal weiß, wie hoch er ist. Sollte ich eigentlich als Antiquitätenhändler wissen, aber diese Karten waren immer so sehr Teil meines Privatlebens, dass ich das nicht recherchiert habe.«

»Würden Sie denn diese Karten dann doch noch dem Interessenten aus England verkaufen?«

»Nein, die bleiben bei mir. Ich werde sie dann vielleicht endlich rahmen und aufhängen. Oder eines Tages der Leibniz-Bibliothek in Hannover schenken. Aber verkaufen? Kommt nicht in Frage. Allerdings werde ich ihren Wert doch bald schätzen lassen. Aber es geht mir hier weniger um den materiellen als um den ideellen Wert. Ich mochte meine Großmutter, und es ist das Einzige, was ich von ihr habe. Alles andere, was sie noch besessen hat, haben sich ihre englischen Verwandten unter den Nagel gerissen.«

»Dann werde ich mich rasch an die Arbeit machen. Und falls wir, das heißt die Bibliothek, Ihr Angebot annehmen, sage ich

Ihnen natürlich so schnell wie möglich Bescheid. Ich muss aber auch noch mit dem Kurator der Ausstellung sprechen. Und ich sehe es wie Sie: Ich habe ungern Originale herumliegen. Kopien wären mir lieber.«

Zu Annas Urängsten gehörte die Vorstellung, dass ein Hausbrand oder ein Wasserschaden kostbare Dokumente vernichten könnte. Zwar war alles gut versichert, und die Kopien ließen sich ersetzen. Aber Originale nutzte sie nicht gerne, außer wenn sie vor Ort in Museen oder Bibliotheken arbeitete.

Fast alle Karten, die sie im Moorhaus für ihre Arbeit benötigte, hatte sie bereits im Original gesehen, ausgenommen einige Karten aus der British Library. Sie hatte geplant, irgendwann einige Tage nach London zu reisen, um sich diese Karten, die als Leihgaben vorgesehen waren, noch einmal genauer anzuschauen. Sie hatte die Reise schon mehrmals verschieben müssen, aber vielleicht gelang es ihr, bald von Bremen oder Hamburg nach London zu fliegen und sogar am selben Tag abends wieder zurückzukommen.

Anna sah auf und bemerkte, dass Richard Bernhard sie anlächelte. Dieses Lächeln machte sie verlegen. Der Mann sah wirklich gut aus. Aber da sie nicht wusste, ob er verheiratet war, und ihr der Sinn gerade nicht nach einem Flirt oder Ähnlichem stand, verdrängte sie das ganz schnell wieder.

Er stand auf. »Es ist schön, dass Sie sich der Karten annehmen. Vielen Dank. Ich bin sehr gespannt auf das Ergebnis. Und ich würde gerne überhaupt mehr über Ihre Arbeit hören und über diese Ausstellung. Deshalb habe ich noch eine Frage oder besser Bitte«, sagte er. »Hätten Sie Zeit und Lust, mit mir essen zu gehen, ehe ich wieder zurück nach Hannover fahre? Wie wäre es mit Worpswede? Das liegt doch nur etwa fünfzig Kilometer von hier.«

»Stade wäre näher«, sagte Anna. »Und da gibt es auch nette Restaurants.« Ach du lieber Himmel! Damit hatte sie ihm ja quasi schon zugesagt!

Er lächelte wieder. »Aber Worpswede liegt landschaftlich schön in dieser typischen Moorgegend mit Birken und dem wundervollen Licht, das vor über hundert Jahren schon die Maler an dieser Gegend gereizt hat. Sicher haben Sie ein paar Karten für die Ausstellung, die auch diesen Teil des alten Personalunion-Gebietes zeigen, oder?«

Der Mann kannte sich aus, das musste Anna zugeben. Und plötzlich überkam sie die Lust, zumindest für ein paar Stunden ihre Arbeit und Bresterholz hinter sich zu lassen, Zeitmangel hin oder her.

»Gerne«, sagte sie.

Wenig später saßen sie im Auto und fuhren in Richtung Worpswede. Inzwischen war der Himmel wolkenlos, es wehte eine sanfte Brise, und wenn die Wiesen nicht feucht geglänzt und auf den Straßen noch Reste von Pfützen gestanden hätten, dann hätte man kaum glauben können, dass erst vor wenigen Stunden ein gewaltiges Gewitter mit Wolkenbrüchen getobt hatte.

Richard Bernhard war ein guter Fahrer, und Anna, die gewöhnlich sehr ungern auf dem Beifahrersitz saß, entspannte sich. Links und rechts flogen die Weide- und Ackerflächen vorbei. Die Backsteinhäuser der kleinen Ortschaften schimmerten rötlich im warmen Sonnenschein, hier und da grasten Pferde, Schafe, Kühe. Eine friedliche Landschaft an einem schönen Tag im Frühsommer. Richard Bernhard erwies sich als angenehmer Unterhalter, der mit leichter Selbstironie von seinem Antiquitätenhandel erzählte, in den sich gelegentlich das eine oder andere »Stück Scheußlichkeit« verirrte und wo besonders kitschige Lüster und vergoldete Kommoden eine Zeit lang der Renner gewesen waren. In den geldärmeren Zeiten sahen sich die Käufer schon eher nach solider Ware um, vor allem Stiche und Vasen waren gefragt. Insgesamt lief das Geschäft recht gut. Drei Angestellte arbeiteten dort neben ihrem Chef, der manchmal auch als Gutachter bei einer täglichen Fernsehshow »als Vertretung« auftrat, um den Wert von zum Verkauf angebotenen Kleinmöbeln und Bildern zu beurteilen.

»Das mache ich einmal im Monat jeweils zwei Tage hintereinander«, erzählte er. »Meistens findet die Aufzeichnung der Show in Köln statt, manchmal auch in Süddeutschland.« Die Sendung

»Gutes für Geld« hatte viele Zuschauer, und selbst Anna kannte sie. Allein Richards Anekdoten über diese Tätigkeit füllten die knapp fünfzig Minuten Fahrzeit nach Worpswede.

Auf der Rückfahrt, die sie in einvernehmlichem Schweigen verbrachten, erschien Anna der vergangene Tag fast wie ein Traum. Der gewittrige Morgen, der Fremde aus Hannover, die vier Karten, der Ausflug in das Künstlerdorf Worpswede im Sonnenschein, das gemütliche Mittagessen und schließlich die Heimfahrt jetzt am frühen Abend.

Nach dem Essen hatten sie noch einen Bummel durch das Städtchen gemacht, sich den Barkenhoff und einige Galerien angeschaut. Anschließend hatten sie einen »Absacker« im »Café Verrückt«, wie das Café Worpswede mit Spitznamen hieß, genommen, und es war darüber früher Abend geworden.

Anna konnte ihre Gefühle für den Antiquitätenhändler nicht ganz einordnen. Sie fand ihn charmant, humorvoll, intelligent und herzlich. Und trotzdem gab es etwas, was sie irritierte, ihr einen leisen Stich der Unsicherheit versetzte. Aber vielleicht war es auch nur ihre Eigenschaft, Fremden gegenüber skeptisch zu sein, insbesondere Männern mit Charme in einem gewissen Alter. Inzwischen wusste sie, dass Richard seit fünf Jahren geschieden war und seine Ex-Frau mit der gemeinsamen achtzehnjährigen Tochter Christina in München lebte. Seine Ex-Frau war Lektorin bei einem großen Verlag, und er hatte, wie er meinte, ein ganz ordentliches Verhältnis zu ihr. Seine Tochter sah er allerdings nur alle drei Monate. Das schien ihn nicht sehr zu berühren, was Anna befremdlich fand.

Doch sie wusste letztlich zu wenig über ihn, um sein Verhalten beurteilen zu können. Vielleicht wollte er ja auch seine wahren Gefühle nicht offen zeigen, und jeder Mensch, wusste Anna, trug eine Maske, hinter die man oft lange nicht oder sogar manchmal nie schauen konnte. Das hatte sie selbst bei ihrem Ex-Mann erlebt, der nach außen immer freundlich und höflich gewesen war, aber innerlich mit Dämonen kämpfte, die zum Teil in seiner Unfähigkeit begründet lagen, Vertrauen aufzubauen und Menschen nahe an sich heranzulassen. Irgendwann hatte Anna diesen Zwiespalt nicht mehr ertragen, zumal ihre Hoffnung, diesen Abgrund mit Geduld und Zuwendung überbrücken zu können, mit den Jahren zerronnen war.

Sie waren am Moorhaus angelangt. Richard Bernhard hielt nur kurz an, öffnete die Beifahrertür und sagte mit entschuldigendem Ton: »Ich muss jetzt leider mit Volldampf nach Hannover zurück. Danke für einen wunderschönen Tag. Ich rufe Sie im Laufe der Woche an, falls Sie sich nicht vorher melden, um mir etwas Spannendes über meine Karten zu berichten. Hoffentlich kommen sie als Leihgaben in die Ausstellung, und Sie können etwas Schönes im Katalog darüber schreiben.«

Ehe Anna es sich versah, drückte er ihr einen Kuss auf die Wange und fuhr winkend davon. Etwas verdattert stand sie vor ihrem Haus.

Das war aber ein rascher Abschied nach einem eher geruhsamen und entspannten Tag! Sie zuckte mit den Achseln. Sie würde ihn ja wiedersehen, und sie glaubte gespürt zu haben, dass er sie recht attraktiv fand. Aber vielleicht bildete sie sich das auch nur ein. Anna betrachtete sich selbst mit Skepsis. Dieser Ausflug war wohl wirklich nur ein Dankeschön für ihr Versprechen gewesen, sich mit seinen Karten zu befassen. Falls sie nicht in der Ausstellung unterkamen, konnte sie vielleicht privat ein Gutachten für ihn erstellen und etwas mehr über den Kartenmacher und seinen Hintergrund erfahren. Und vielleicht sogar über die ursprünglichen Besitzer, die Vorfahren von Richards Großmutter.

Anna trat auf die Haustür zu und schob den Schlüssel ins Schloss. Es war nicht zugesperrt. Hatte sie heute Vormittag die Tür nur zugezogen und nicht abgeschlossen? Das war eigentlich nicht ihre Art. Sie drehte den Schlüssel meist sogar zweimal um. Doch in der Eile des Aufbruchs mochte sie das vergessen haben.

Mit einem Seufzer und dem unangenehmen Gedanken, dass sie wohl anfing zu vertrotteln in dieser ländlichen Ruhe, öffnete sie die Tür. Es war still in dem kleinen Haus. Fast unheimlich. Diese absolute Stille war ihr noch nie so aufgefallen. Als ob jemand den Atem anhielte. Sie schüttelte den Kopf. Was sollte das? Beeinflusste das eine Glas Weißwein zum Essen schon ihre Wahrnehmung?

Mit Schwung stieß sie die Tür zum Arbeitszimmer auf, um ihr Gewissen zu beruhigen und wenigstens noch einige Kartenkopien für eine genauere Untersuchung am nächsten Tag zurechtzulegen. Sie wollte auch noch einen kurzen Blick auf die Leihgaben von Richard Bernhard werfen, die in der Mappe auf dem Tisch lagen. Sie hatte ihren Laptop und zwei dicke Bücher über »Das Stader Land und seine Sehenswürdigkeiten« auf die Kartenmappe gelegt. Doch als sie nun an den Tisch trat, waren die beiden Bücher verrutscht, und der Laptop stand neben der Mappe. Es sah aus, als habe jemand die Karten herausgeholt und wieder hineingestopft, denn aus der Mappe ragte ein Kartenrand hervor.

Anna durchfuhr ein eisiger Schrecken. Hatte sie selbst heute Vormittag das so auf dem Schreibtisch zurückgelassen und sich nur eingebildet, die Mappe unter die Bücher und ihren Laptop gelegt zu haben? Oder – und das würde auch das nicht versperrte Türschloss erklären – hatte sich jemand in ihrer Abwesenheit in ihrem Arbeitszimmer umgesehen? Ein Einbrecher, der etwas Wertvolles gesucht hatte? Und der enttäuscht war, nur Papierkram zu finden?

Womöglich war er nicht nur im Arbeitszimmer gewesen. Mit zitternden Beinen und trockenem Hals ging Anna auf das Wohnzimmer zu. Als sie vor der Tür stand, hörte sie ein seltsames Geräusch aus dem Inneren, das sie erstarren ließ. Sie nahm all ihre Energie zusammen, um die Klinke herunterzudrücken, verängstigt und zugleich verwirrt über den eigenen Mut.

VIER

Anke Kück freute sich darauf, an diesem lauen Samstagabend im Garten zu arbeiten und dann in aller Ruhe auf ihrer Terrasse ein Bier zu trinken. Ihr Mann Heiner war am späten Nachmittag zu seinem alten Freund Jens gefahren, der vor mehr als fünfzig Jahren eine Zeit lang eine Milchwirtschaft betrieben hatte, aber jetzt seit fast dreißig Jahren in seinem Haus drei Zimmer an Touristen vermietete. Offenbar konnte er davon leben. Jens war ein Lebenskünstler, das genaue Gegenteil von Heiner, der meistens eher grimmig aus der Wäsche schaute und im besten Fall einmal im Jahr die Mundwinkel zum Anflug eines Lächelns verzog. Weshalb sie ihn vor dreiundvierzig Jahren geheiratet hatte, war ihr inzwischen schleierhaft. Aber er hatte immer gut für sie und die Kinder gesorgt und ihr seine schräge Verwandtschaft, allen voran seine Cousine Greta, vom Leib gehalten. Nach seinem letzten Besuch bei der alten Frau hatte er gebrummelt: »Sie hat wieder vom Moormann gefaselt und gemeint, wir sollten den Schatz suchen, den der Rote Piet bewacht. Ich kann es nicht mehr hören.« Dann war er in seinem Schuppen verschwunden und hatte stundenlang an seinem alten Massey Ferguson herumgebastelt. Anke war noch nie in Hannover gewesen. Auch Hamburg stand nicht auf ihrer Liste, obwohl da eine entfernte Tante von ihr wohnte. Die einzige größere Stadt, die sie kannte, war Bremen. Das genügte ihr.

Der Abend ließ sich gut an. Ihr Handy, das sie ohnehin selten benutzte, war ausgestellt, und sie hoffte, dass auch keiner auf den Gedanken käme, sie zu besuchen. Als das Festnetztelefon schrillte, wollte sie erst gar nicht drangehen. Feierabend ist Feierabend, dachte sie missmutig. Aber das Schrillen hörte nicht auf, also erhob sie sich steifbeinig aus dem Rosenbeet und ging ins Haus. Das Telefon stand in der Diele, war aber so laut gestellt, dass es der schwerhörige Heiner sogar im Schuppen hören konnte und sie im hintersten Winkel ihres großen Gartens.

»Ja?« Sie schob den Hörer ans Ohr.

»Frau Kück?«

Fast hätte sie Anna Bentorps Stimme nicht erkannt.

»Frau Kück, sind Sie das?«

»Wer denn sonst?«, knurrte Anke. Gott, was wollte denn diese Großstadtpflanze von ihr?

»Frau Kück, können Sie bitte ganz schnell zu mir kommen?«

»Ist Feuer ausgebrochen? Da rufen Sie mal die 112 an.«

»Nein, kein Feuer!« Ihre Mieterin klang panisch. In Anke regte sich das Gewissen. Wahrscheinlich war mal wieder etwas mit dem Moorhaus nicht in Ordnung, eine Ratte in der Küche oder eine Fledermaus im Schlafzimmer. Manchmal flogen auch Tauben zum Fenster herein. Vor Kurzem hatte es sich ein Käuzchen im Dachboden allzu gemütlich gemacht, ganz zu schweigen von dem Marder, der vor ein paar Wochen seine Spur durchs Haus gezogen hatte.

»Beruhigen Sie sich, ich komme ja«, rief Anke, legte den Hörer auf, zog ihre Gartenschürze mit den lachenden Kürbissen aus und schwang sich auf ihr Fahrrad.

Als sie gut zehn Minuten später vor dem Moorhaus absprang, stand Anna Bentorp vor der Haustür. Ihr Ausdruck spiegelte eine Mischung aus Scham, Entsetzen und Verlegenheit wider.

»Nu, wo brennt es denn?«, fragte Anke.

»Frau Kück, es war jemand im Haus, als ich heute unterwegs war! Und … aber kommen Sie und sehen Sie selbst!« Sie hatte hektische rote Flecken im Gesicht.

Anke tätschelte ihr vorsichtig den Arm. »Ist ja gut, ich bin ja jetzt da.« Der Zustand von Anna Bentorp ließ in ihr offenbar tief vergrabene Muttergefühle wach werden.

Gemeinsam gingen sie ins Haus. Schweigend stieß ihre Mieterin die Tür zum Arbeitszimmer auf und deutete auf ihren improvisierten Schreibtisch.

»Ich hatte mehrere Bücher und meinen Laptop auf diese Mappe gelegt. Als ich vorhin nach Hause gekommen bin, war alles verrutscht. Der Laptop stand sogar neben der Mappe, und ich hatte ihn garantiert darauf abgestellt. Das kann nicht von allein passiert sein.« Anna Bentorp blickte Anke fast vorwurfsvoll an. »Und im Wohnzimmer habe ich vorhin seltsame Geräusche gehört. Als ich dann den Mut hatte, hineinzugehen, da …« Sie öffnete die Tür.

Auf den ersten Blick konnte Anke nichts erkennen, was auf einen Eindringling hinwies. Im Raum herrschte abendliches Dämmerlicht, auf dem Tisch stand die kleine Vase mit dem inzwischen reichlich vertrockneten Feldblumenstrauß. Auf dem Dielenboden lagen ein paar Papiere verstreut.

Hier müsste mal wieder geputzt werden, dachte sie unwillkürlich.

Anna Bentorp zeigte auf die Papiere. »Genau das meine ich! Diese Seiten lagen heute Morgen noch auf dem Bücherregal. Aber das ist nicht alles.« Sie schob Anke zu dem Regal hin. »Diese drei alten Bücher, die auf dem obersten Regalbrett standen, sind eindeutig umgeworfen worden, und jemand hat in ihnen gestöbert.«

»Wie das denn?«, fragte Anke etwas verwirrt.

»Na, sehen Sie doch selbst!«

Anna Bentorp nahm das erste Buch mit einem für Anke unverständlichen englischen Titel in reichlich verschnörkelter Schrift in die Hand und schlug es auf. »Ich habe angefangen, in dem Buch etwas zu lesen, war aber durch ein Telefonat gestört worden und hatte ein Stück Papier hineingelegt, um damit die Seite zu markieren. Das Papier ist nicht mehr da.«

»Kann das Buch nicht einfach umgefallen sein, und das Papier ist herausgefallen?«

»Nein, das Papier war zwischen die Seiten geklemmt, und das Buch stand auf dem Regal. Nicht nur, dass alle drei umgefallen sind, sondern die Reihenfolge der Bücher ist geändert worden. Bei mir war ganz links der Laurence Sterne, in den ich das Papier gelegt hatte, dann der Swift und schließlich der Forster. Jetzt liegt der Swift links, daneben der Forster und der Sterne ganz rechts. Jemand hat die Bücher vom Regal genommen, darin geblättert und sie dann rasch wieder abgelegt. Vielleicht weil ich schon im Haus war und ihn gestört habe!« Bei dem Gedanken erschauderte

Anna Bentorp sichtbar. Anke verstand zwar kein Wort und hatte keine Ahnung, wer dieser Swift oder Sterne sein sollte. Aber offenbar war ihre Mieterin deswegen völlig aus dem Häuschen.

»Und wie soll dieser Unbekannte aus dem Haus herausgekommen sein, wenn er Sie gehört hat und noch im Wohnzimmer zugange war? Sie standen doch vor der Zimmertür. Und die Terrassentür scheint abgeschlossen zu sein.« Ankes Gesicht drückte Skepsis aus. Doch Anna stieß plötzlich einen Schrei aus.

»Sehen Sie doch!« Sie zeigte auf die Terrassentür. Davor lagen Erdkrumen, und als Anna zur Tür ging, sah Anke, dass sie nur angelehnt war.

»Sie haben wohl vergessen abzuschließen?« Diese Städter! Gingen aus dem Haus und meinten, dass auf dem Land die Welt noch in Ordnung sei. Dabei waren diese seligen Zeiten längst vorüber, aber das wollte sie ihrer Mieterin ja nicht gleich auf die Nase binden.

»Nein, ich habe diese Tür zugemacht«, sagte Anna Bentorp bestimmt. »Als ich vorhin wiederkam, war die Haustür nicht abgeschlossen. Ich bin mir ganz sicher, dass vorn jemand ins Haus gekommen ist und hinten durch die Terrassentür wieder hinaus.«

»Fehlt denn etwas?« Anke blickte sich um. Viel gab es hier nicht zu stehlen. Der Laptop hatte den Eindringling, wenn es denn überhaupt einen gegeben hatte, nicht interessiert. Und das Fernsehgerät war zwar recht neu, aber auch nicht das teuerste und ziemlich unhandlich für einen schnellen Bruch.

»Hier unten nicht«, antwortete Anna Bentorp mit leichtem Zögern.

»Und oben?«

»Da war ich noch nicht.«

In diesem Moment ging die Terrassentür auf, und eine große schwarz-weiße Katze stolzierte herein, sah sich kurz um und sprang dann mit einer Selbstverständlichkeit auf das Sofa, als sei sie hier zu Hause. Anna Bentorp sah das große Tier etwas unwillig an, war aber offenbar zu überrascht, um die Katze zu verscheuchen.

»Da haben Sie Ihren Eindringling«, sagte Anke. »Sie haben

vergessen, die Terrassentür richtig zu verschließen, und Leo, der Kater von Fichtes, der ständig durch die Gegend streunt, hat sich bei Ihnen umgesehen und dabei Unordnung gemacht. Sicher hat er auch die Bücher auf dem Regal umgestoßen. Er schleicht öfter in fremde Häuser und fühlt sich offenbar überall zu Hause.«

»Und wie bitte soll der Kater vom Wohnzimmer in mein Arbeitszimmer gekommen sein? Die Tür zum Flur war zu. Und wie hat er die Terrassentür aufgemacht? Ich mag sie zwar nicht abgeschlossen haben, wobei ich mir eigentlich sicher bin, dass ich das getan habe. Sie war zumindest nicht nur angelehnt, als ich heute Morgen weggegangen bin. Leo kann ja vorhin hier gewesen sein und ein paar Sachen umgeworfen haben. Aber ich habe noch nie eine Katze getroffen, die Bücher umstellen kann.« Anna Bentorp schüttelte den Kopf. »Nein! Es war jemand hier und hat nach irgendetwas gesucht.«

»Nach was denn?« Anke wurde langsam ungeduldig. Sie wollte nach Hause und ihr Feierabendbier auf der Terrasse trinken, ehe es dunkel wurde. »Dann schauen Sie eben schnell mal oben nach.«

Anna drehte sich um und stürmte die Treppe hinauf. In ihrem Schlafzimmer sah alles so aus, wie sie es am Morgen verlassen hatte. Oder doch nicht? Auf den ersten Blick schon, aber als sie genauer hinsah, entdeckte sie Erdkrumen auf dem Boden vor ihrem Schrank. Mit einem Ruck riss sie ihn auf. Ihre Kleider hingen auf den Bügeln, wie sie sie aufgehängt hatte, in der kleinen Kommode häuften sich ihre Socken und ihre Unterwäsche genauso chaotisch wie immer. Sie gehörte nicht zu den ordentlichsten Menschen, vor allem was ihre Wäsche betraf. Da hatte wohl niemand herumgewühlt. Aber die Erdkrumen stammten nicht von ihr und sicher auch nicht von Kater Leo, der wahrscheinlich vieles konnte, aber weder Bücher umstellen noch Türen öffnen.

Anna setzte sich schwer atmend auf ihr Bett. Das durfte doch alles nicht wahr sein! Wer war hier gewesen, und vor allem, warum? Es war kein gewöhnlicher Einbrecher gewesen, sonst wäre sicherlich der Laptop verschwunden. Aber was hatte der Eindringling gesucht? Oder hatte er einfach nur einen Rundgang durch die Zimmer gemacht? Vielleicht sollte sie mit Anke Kück zusammen im Keller nachsehen. Doch bei dem Gedanken sträubte sich alles in ihr.

Ihre Vermieterin stand im Flur. »Und?« Die Frau war die Ruhe in Person.

»Es war jemand oben. Aber es ist nichts weggekommen. Ich möchte das Schloss austauschen lassen. Wo ist der nächste Schlüsseldienst? Und gibt es hier überhaupt Polizei?«

»Ja, der alte Rolf Peters war früher Polizist in Bremervörde. Aber wenn nichts weggekommen ist, dann kann er auch nichts machen.«

»Doch! Er muss das protokollieren.« Anna spürte leichte Panik aufsteigen.

»Liebe Frau Bentorp! Vielleicht haben Sie ja recht, und es ist jemand hier gewesen. Aber das sieht doch eher wie ein Dummejungenstreich aus. Vielleicht waren es Jugendliche, die eine Mutprobe machen wollten. Ich rufe gleich den Schlüsseldienst an, und damit erledigt sich das Thema doch, oder?«

Anna gab widerwillig nach. Sie fühlte sich plötzlich sehr müde und wollte nicht noch mehr Unruhe am heutigen Abend erleben. Vielleicht war es ja wirklich nur ein Streich gewesen. Neugierige Dorfjugend, die sich langweilte und mal sehen wollte, was diese Frau aus Hannover so trieb. Dennoch nahm sie sich vor, Rolf Peters zu besuchen und ihm davon zu erzählen.

Eine knappe Stunde später, kurz nach Einbruch der frühsommerlichen Dunkelheit, kam der Schlüsseldienst aus Bremervörde. Für das Auswechseln der Schlösser der Haustür und der Terrassentür kassierte der junge Mann hundertfünfzig Euro, und Anke Kück kaufte noch ein dickes Vorhängeschloss dazu. Für sie schien das Thema damit erledigt. Kater Leo hatte inzwischen das Weite gesucht.

Als Anna an diesem Abend zu Bett ging, war sie völlig erschöpft. Irgendein Gedanke hatte sich in ihrem Hinterkopf eingenistet, doch er blieb verschwommen. Seltsamerweise spürte sie keine panische Furcht mehr. Dennoch überkam sie das dumpfe Gefühl, dass der Unbekannte etwas ganz Bestimmtes gesucht, es aber wohl nicht gefunden hatte. Vielleicht hatte sie ihn ja durch ihre Rückkehr bei seiner Suche gestört. Sie ahnte nicht, was er zu entdecken gehofft hatte. Und die Frage blieb, ob er es noch einmal versuchen würde. Doch falls er sich Wertsachen erhofft hatte, war ihm vielleicht klar geworden, dass es bei ihr nichts zu holen gab. Mit Kartenkopien konnte niemand etwas anfangen, und Wertgegenstände besaß sie nicht. Dass in der Mappe vier Originale lagen, hatte er offenbar nicht bemerkt, oder aber – was wahrscheinlicher war – Karten interessierten ihn nicht. Auch wenn er in den alten Büchern gestöbert hatte, schien er nicht von antiquarischen Stücken begeistert zu sein. Diese Bücher würden sicherlich ein paar hundert Euro bringen. Doch er hatte sie zurück ins Regal gelegt. Anke Kück hatte mit den Namen Swift, Sterne und Forster rein gar nichts anfangen können. Vielleicht war es dem Einbrecher ähnlich ergangen. Ihr eigenes Interesse aber war wieder erwacht. Morgen würde sie sich diese Bücher endlich genauer vornehmen. Sie wollte wissen, ob sie den Namen des früheren Besitzers entziffern könnte.

Die Müdigkeit senkte sich wie eine Glocke über Anna, und sie schlief ein. Sie träumte vom Keller des Moorhauses, in dem Kater Leo auf einer alten Weinkiste hockte und sie aus seinen dunkelgrünen Augen spöttisch ansah. In seinen Vorderpfoten hielt er den Roman von Laurence Sterne, dessen Titel in leuchtend goldenen Lettern im Dunkel des Kellerraums leuchtete. Als Anna im Traum auf den Kater zuging, verwandelte er sich in eine Fledermaus und huschte an ihrem Kopf vorbei. Dabei ließ er den Roman fallen, der sich vor Annas Augen in Rauch auflöste.

FÜNF

Als Anna am nächsten Morgen aufwachte, fühlte sie sich immer noch erschöpft. Dennoch wollte sie in die Kirche gehen. Der Gottesdienst begann um zehn Uhr, jetzt war es kurz nach acht. Helles Sonnenlicht flutete in ihr Zimmer, und die Schrecken des gestrigen Abends verkrochen sich in die Ecken. Da erinnerte sie sich doch lieber an den unterhaltsamen Ausflug nach Worpswede und an Richards angenehme Gesellschaft.

Mit ihrem Morgenkaffee, den sie heute aus einem Becher mit der Aufschrift »Wat mutt, dat mutt« trank, setzte sie sich im Bademantel an den Schreibtisch, zog Richard Bernhards vier Karten aus der Mappe und betrachtete sie. Aber ihre Gedanken schweiften ab. Etwas gab ihr Rätsel auf und beschäftigte sie seit gestern Abend: Woher konnte irgendjemand wissen, dass sie für mehrere Stunden weg sein würde? Sie hatte niemandem bezüglich ihres Ausflugs Bescheid gesagt. Hatte jemand das Haus beobachtet und gesehen, dass sie wegfuhr, oder war es wirklich nur ein Dummejungenstreich gewesen? So etwas, was früher vielleicht Herbert Fichte gemacht hätte. Aber der war diesen Streichen sicherlich längst entwachsen.

Sie schüttelte den Kopf und versuchte sich auf Richards Karten zu konzentrieren. Wieder fiel ihr die Kunstfertigkeit des Kartenmachers auf. Sie glaubte, sogar jenen Teil des Brester Moores wiederzuerkennen, den sie vor einigen Tagen besucht hatte. In der linken Ecke erkannte sie eine feine Signatur. Mit Hilfe ihrer Lupe entzifferte sie ein R. und ein F. Diese Initialen waren ihr bei ihrer bisherigen Arbeit nicht begegnet. Das hieß aber nichts. Nicht alle Karten waren signiert, und sie kannte beileibe auch nicht alle Kartenmacher.

Das 18. Jahrhundert war eine hohe Zeit für Drucker, Kupferstecher und Kartenmacher gewesen. Neue Techniken erleichterten die Herstellung von Karten, egal, ob Stadtansichten oder Karten von ganzen Kontinenten. Überall in Deutschland blühte diese Zunft, und jeder Herrscher, der etwas auf sich hielt, ließ Karten und Atlanten anfertigen. Nicht nur Georg III. war ein begeisterter Kartensammler gewesen. In Hannover aber waren es vor allem Ingenieure gewesen, die in königlichem Auftrag Karten erstellten. Viele von ihnen blieben weitgehend anonym. Vor einiger Zeit jedoch hatte Anna die Kurzbiographie eines gewissen Johann von Stocker in die Hände bekommen. Im Zusammenhang mit einem Porträt einer unbekannten jungen Frau aus dem Jahr 1786, das die Erben eines alten Hauses in Hannover auf dem Dachboden entdeckt hatten, hatte man ihre Expertise eingeholt. Woher das Bild stammte, wussten die Erben nicht, zumal darauf kein Name eines Malers stand, nur die Jahreszahl. Ihr verstorbener Vater war Sammler von Gemälden des 17. und 18. Jahrhunderts gewesen, vor allem von Frauenbildnissen.

Es stellte sich heraus, dass diese junge Frau Annette von Stocker, geborene Arnheim, hieß und mit einem Ingenieur in königlichen Diensten namens Johann von Stocker verheiratet gewesen war, der einige Karten im Auftrag Georgs III. im Umfeld von Stade und Verden erstellt hatte. Anna konnte allerdings nicht herausfinden, wer dieses Gemälde angefertigt hatte. Vielleicht war es der Ehemann selbst gewesen, der seine Frau liebevoll porträtiert hatte. Immerhin besaß Stocker eine solide Ausbildung als Zeichner.

Anna rührte diese Geschichte. Johann von Stocker war laut offizieller Angaben nach dem Tod seiner jungen Frau im Januar 1789 mit den beiden Söhnen nach London gezogen, wo seine Schwester mit einem englischen Kartenmacher namens George Clairfield verheiratet war. Im Frühling 1789 verlor sich Stockers Spur. Es hieß, er sei bei einer Expedition in Gambia gestorben, wo er Karten verschiedener Küstenregionen anfertigen sollte. Allerdings waren dies eher vage Gerüchte, und es schien irgendein Geheimnis um Stockers Schicksal zu geben, da die Royal Society keine Einzelheiten zu dem Auftrag in Afrika und seinem Verbleib archiviert hatte. Ein Grund mochte auch sein, dass Stocker kein berühmter Mann war und sich deshalb niemand von offizieller Seite um seinen Tod kümmerte. Von Stocker sollte eine Karte von Verden und Umland aus dem Jahr 1787 in der hannoverschen Ausstellung gezeigt werden. Stockers Initialen lauteten J. v. S.

Aber R. und F.? Möglicherweise versteckte sich dahinter einer der englischen Kartenmacher von Georg III. Sie würde sich mit Harold Kingsley, ihrem Kollegen von der British Library, in Verbindung setzen. Vielleicht konnte er ihr weiterhelfen. Für die Besucher der Ausstellung war es interessant, etwas über die biographischen Hintergründe der Kartographen zu erfahren. Auf Stockers Schicksal würde sie gewiss im Katalog eingehen, wobei sie sein genaues Todesdatum und auch den Todesort nicht recherchieren konnte. Anna interessierte sich vor allem für das Leben von weniger bekannten Kartographen, wobei es genügend große Namen gab, die in der Leibniz-Bibliothek ausgestellt würden. Ihr Leben in kurzen Abrissen zu skizzieren fiel ihr leicht.

Zum Beispiel Thomas Jefferys, der von 1719 bis 1771 gelebt hatte. Er zählte zu den Stars unter den Kartographen und druckte zahlreiche Karten englischer Landschaften, aber auch von Holland, Korsika, Alaska und weit entfernten Regionen auf eigene Faust. In der Ausstellung würde eine seiner Karten von Hannover zu sehen sein. Gemäß dem Motto der Schau sollten auch einige seiner Karten aus den ferneren Gebieten des seinerzeit wachsenden British Empire gezeigt werden. Nordamerika gehörte zu den Teilen des britischen Herrschaftsgebietes, die den viel gereisten Künstler fasziniert hatten. Er konnte ja nicht ahnen, dass sich die dreizehn Neuenglandkolonien nur vier Jahre nach seinem Tod vom Mutterland England lösen würden. Anna schätzte Jefferys' Werke besonders und freute sich, dass Stiche mit dem Bildnis Georgs II. und einiger seiner Hofleute und dazu Drucke einiger Stadtteile Londons den Eindruck von der Kunstfertigkeit dieses Kartographen abrunden würden. Zwei weitere Glanzlichter der Ausstellung aber sollten die große Stadtkarte Londons von John Rocque aus dem Jahr 1746 sein und die in den Bibliotheksbeständen ebenfalls gehütete »A New Map of England and Wales«, entstanden im Jahr 1760, dem ersten Jahr der Regierung von Georg III.

Anna schob die Karten zurück in die Mappe und machte sich für ihren Kirchgang bereit.

Es war ein freundlicher Sonntagmorgen. Die Sonne ließ die Blätter der Birken am Straßenrand zart aufblitzen. Anna fielen die ersten Zeilen aus Paul Gerhards schönem Lied ein: »Geh aus, mein Herz, und suche Freud«. Die Lerchen schwangen sich in die Luft, die Blumen sahen prächtiger aus als »König Salomonis Seide«. Das Läuten der Kirchenglocken wirkte fast magisch. Anna beschleunigte ihren Schritt. Auf dem Weg zur Kirche sah sie einige bekannte Gesichter: Birthe Hoffmann, Elsa Wirtz und Beate Steffens grüßten sie freundlich.

Anna betrat die Kirche und sah sich um. Es war ein schlichter Backsteinbau aus dem 17. Jahrhundert, der nach dem Dreißigjährigen Krieg anstelle einer von den Dänen zerstörten Kirche errichtet worden war. Innen aber überraschte die Kirche mit einem kunstvoll geschnitzten Altar, den ein altes Altarbild aus der Zeit vor dem Dreißigjährigen Krieg schmückte, einer mit vergoldetem Holz verzierten Kanzel und einer wunderschönen Kassettendecke mit floralen Motiven. Ein großes Steinrelief verwies auf die Stifter der ursprünglichen Kirche. Ein paar schwarze Verfärbungen des Steins legten Zeugnis ab von der Brandschatzung durch die Dänen, die den Stein jedoch nur mit Ruß überzogen, nicht aber zerstört hatte.

Das Taufbecken bestand aus schwarzem Marmor, die Orgelempore war mit Engelsköpfen und Blumenornamenten verziert. Etwa hundert Menschen passten in die Bänke, die sich jetzt rasch füllten.

Anna setzte sich in eine der hinteren Bänke. Da die Gemeinde keinen eigenen Pfarrer mehr hatte, sollte heute der altgediente Pastor Eckart Burmeister den Gottesdienst halten, ein hochgewachsener Mann mit schlohweißen Haaren und funkelnden Augen, den Anna auf Anhieb sympathisch fand.

Kurz vor Beginn des Gottesdienstes öffnete sich die Kirchentür, die die Küsterin bereits geschlossen hatte, noch einmal, und eine Frau huschte herein, in der Anna Agnes Fichte erkannte.

Sie trug ein elegantes hellgrünes Kostüm mit dazu passenden cremefarbenen Schuhen und einer sehr schicken Handtasche. Sie nickte nur schnell Pfarrer Burmeister zu, der sich gerade erhoben hatte, und setzte sich in eine der vorderen Reihen, wo man ihr respektvoll Platz machte.

Die Orgel begann zu spielen, die Gemeinde sang aus voller Kehle, und der Gottesdienst nahm seinen Gang. Anna konnte von ihrem Platz aus Agnes Fichte beobachten, die keines der Lieder mitsang und auch später beim Vaterunser ihren dunkelrot geschminkten Mund nicht öffnete. Sie starrte konzentriert zum Altar und schien auch der Predigt von Pfarrer Burmeister nicht zu folgen, der sehr beredt über die Botschaft des Evangeliums für diesen Sonntag sprach und darauf hinwies, dass bald Sommerferien seien, er aber dennoch hoffe, dass die Kirche dann nicht sechs Wochen lang leer stehen würde.

Nach dem Abschlusslied und einem kurzen Orgelnachspiel drängten die Kirchenbesucher in das warme Sommerlicht. Anna schüttelte Pastor Burmeister die Hand und wollte ihm gerade für seine Predigt danken, als er sagte: »Sie wohnen im Moorhaus, richtig? Mein Haus ist noch einige Jahre älter als Ihres. Vielleicht interessiert es Sie, mal bei mir vorbeizukommen und es sich anzusehen. Es ist natürlich seit dem 18. Jahrhundert modernisiert worden, aber trotzdem könnten Sie als Historikerin einiges daran entdecken, was spannend ist. Vor allem der Keller hat es in sich. Ähnlich wie in Ihrem Haus soll es bei mir spuken.« Er lächelte augenzwinkernd.

»Ich komme gerne«, sagte Anna, hocherfreut über die Einladung. Auch wenn ihr der Gedanke nicht gefiel, in einen Keller zu steigen, reizte es sie sehr, dem freundlichen Pfarrer, der als großer Heimatkundler galt, einen Besuch abzustatten.

Etwas unschlüssig stand sie danach auf dem Kirchenvorplatz, als eine zarte Stimme an ihrer Seite sagte: »Wie schön, Sie hier zu treffen, Frau Bentorp. Mit unserem Kater Leo haben Sie ja, wie man sich im Dorf erzählt, schon Bekanntschaft gemacht. Das tut mir leid. Aber er ist ein furchtbarer Vagabund und zudem überaus neugierig.«

Anna wandte sich um, und da stand Agnes Fichte mit ihrer obligatorischen Sonnenbrille auf der Nase und lächelte sie tatsächlich an.

»Oh, Frau Fichte!«, entfuhr es Anna. »Das ist aber nett, Sie kennenzulernen. Wir sind uns noch nicht vorgestellt worden, aber natürlich weiß ich, wer Sie sind.«

»Dito«, erwiderte Agnes Fichte. »Falls Sie Zeit haben, besuchen Sie mich doch mal. Mich interessiert Ihre Arbeit. Ich fahre gelegentlich nach Hamburg, Hannover oder Bremen, um dort einen Hauch von Kultur mitzubekommen. Und selbstverständlich werde ich Ihre Ausstellung im kommenden Jahr ansehen.«

»Woher wissen Sie davon?«

»Ach, ein alter Bekannter aus Hannover hat es mir erzählt, und im Internet findet man auch schon erste Hinweise.« Agnes Fichte lächelte und schob Anna einen Zettel in die Hand. »Meine Handynummer. Melden Sie sich. Wir verreisen erst Ende Juli für ein paar Tage, wenn die Kinder Semesterferien haben. Bis dahin können Sie mich fast täglich erreichen – außer wenn ich im Moor ausreite.« Damit verabschiedete sie sich und stieg in ihren Wagen. Offenbar ging Agnes Fichte nicht gerne zu Fuß, denn ihr Anwesen lag nur etwa achthundert Meter entfernt.

Zwei Einladungen an einem Tag. Anna hatte das Gefühl, dass sie in Bresterholz angekommen war. Allerdings wunderte sie sich, dass Beate Steffens ihr einen schrägen Blick zuwarf und den Mundwinkel verzog. Das aber störte sie in ihrem Hochgefühl nicht weiter. Sie musste sich ja nicht mit Beate Steffens beschäftigen, mit der sie sicherlich keine freundschaftlichen Bande knüpfen würde. Die Frau wirkte verbittert und sauertöpfisch. Ihr Schwiegervater interessierte sie da schon mehr. Hatte Birthe Hoffmann den alten Steffens nicht als Spökenkieker bezeichnet, denen man den sechsten Sinn nachsagte? Beate besaß offenbar nicht mal den ersten Sinn, nämlich den für Humor. Anna grinste bei dem Gedanken. Sollte Beate doch finster dreinschauen. Damit konnte sie ihr diesen Tag nicht verderben.

Zufrieden ging sie zurück zum Moorhaus und seufzte erleichtert, als sie die Haustür verschlossen vorfand und auch die

Terrassentür nicht offen stand. Vor allem kein Leo im Haus und keine frischen Erdkrumen.

Kaum hatte sie sich an den Schreibtisch gesetzt, klingelte ihr Handy. Es war Richard Bernhard. Als sie seine tiefe Stimme vernahm, wurde es Anna warm ums Herz. Wahrscheinlich aber wollte er bloß Einzelheiten zu seinen Karten wissen. Umso erstaunter war sie, als er sagte: »Ich wollte nur hören, wie es Ihnen nach dem Ereignis von gestern geht.«

»Welches Ereignis?«, tat Anna unschuldig.

»Na, dass offenbar jemand in Ihrem Haus war, während wir den Ausflug nach Worpswede unternommen haben.«

»Woher wissen Sie das denn?«

Anna war unangenehm überrascht. Wie konnte diese Nachricht in so kurzer Zeit Richard Bernhard in Hannover erreicht haben?

Er wirkte etwas verlegen, als er antwortete: »Agnes Fichte hat es mir am Telefon erzählt. Wir sind alte Bekannte.«

1788

Würde denn dieser kalte Regen nie mehr aufhören? Die Themse lag unter einem dichten Schleier aus sprühendem, feinstem Dunst. Nur wenige Menschen zeigten sich in den Straßen der Stadt. Ende November, und der Geruch des ersten Schnees lag in der Luft.

Reginald kauerte in einer Ecke des »The King's Men«, einem Pub in Hafennähe, und versuchte bei dem trüben Licht einer Funzel zu schreiben. Seit fast zehn Tagen wohnte er in einer winzigen Kammer in dem Haus, dessen Besitzer John Marlowe ihm für wenige Schilling Unterschlupf gewährte. Marlowe wirkte wie ein riesiger Bär mit seiner wilden, längst ergrauten Haarpracht und seinem noch immer rötlichen Bart. Er erinnerte Reginald an jemanden, den er im Moor getroffen hatte.

Marlowe hatte viele Jahre erst als Matrose, dann als Maat auf verschiedenen Schiffen gedient, sogar auf der ersten Reise von James Cook war er dabei gewesen. Nun ging er auf die sechzig zu und hatte sich von seiner ersparten Heuer das alte Haus in der Seaman's Grove gekauft und darin den Pub eröffnet. Nebenbei vermietete er je nach Bedarf zwei oder drei Zimmer an Seeleute auf Landgang. Doch als vor zehn Tagen dieser junge Bursche bei ihm auftauchte, der gewiss kein Seemann war, da hatte er sich überreden lassen, eine Ausnahme zu machen und ihm eine der Kammern billig zu vermieten.

Der junge Mann sprach ein recht gepflegtes Englisch mit leicht irischem Singsang, was Marlowe für ihn einnahm. Seine Mutter Maureen stammte aus County Meath, eine Bauerntochter, die gegen alle Schwierigkeiten an ihrem katholischen Glauben festhielt und sich darin nicht beirren ließ. Jeden Abend hatte sie mit dem kleinen John gebetet und ihm ein Kreuz auf die Stirn gezeichnet, ehe er einschlief. Er liebte seine Mutter, ihre weiche irische Stimme, die Lieder, die sie sang, die Heiligenlegenden, die sie ihm erzählte, und selbst sein Vater Alexander, ein eher rauer Mann, der sein Geld in den Docks verdiente, wurde in der Gegenwart von Maureen sanfter. Sie starb, als Marlowe acht Jahre alt gewesen war. Sein Vater heiratete einige Jahre später Julie, Tochter eines Schusters, eine robuste junge Frau, die ihm drei Töchter gebar. Aber Alexander Marlowe trauerte bis zu seinem Tod um die Irin mit den schwarzen Haaren und den blauen keltischen Augen. Als John Marlowes neuer Mieter ihm eines Abends von seiner Mutter erzählte, die ihn heimlich von einem Priester hatte taufen lassen, musste er grinsen. Offenbar ähnelte diese Martha Fitzgibbon seiner eigenen viel zu früh verstorbenen Mutter.

Reginald hatte durch Zufall von dem Pub gehört, als einer seiner Kollegen vor geraumer Zeit von dem ordentlichen Essen und dem guten Bier zu soliden Preisen schwärmte und John Marlowe einen »anständigen Burschen« nannte.

Nach seiner überstürzten Flucht aus dem Haus von Mrs Gregory war er verzweifelt durch London geirrt. Er wusste nicht, wohin, und fürchtete sich vor den Schatten der Nacht, in denen überall Ganoven zu lauern schienen. Irgendwann hatte er dann seinen ganzen Mut zusammengenommen und war zum »The King's Men« gegangen, vom Regen völlig durchweicht, hungrig, müde und am Ende seiner Kraft.

Marlowe hatte nur einen kurzen Blick auf ihn geworfen, in ihm offenbar weder einen Fahnenflüchtigen noch einen entlaufenen Seemann gesehen und sich seine Kurzfassung der Ereignisse der letzten Nacht angehört, die Reginald leicht abänderte und zu einer simplen Geschichte um Einbruch und Räuber, eine käufliche Zimmerwirtin und Gefahr im Verzug vereinfachte. Daraufhin hatte ihm der Wirt das beste der drei Zimmer im obersten Stockwerk seines Fachwerkhauses für einen guten Preis gegeben.

Diese Kammer bot allerdings noch weniger Komfort als Reginalds Zimmer bei Mrs Gregory. Ein Bett, ein Tisch mit Stuhl, ein Schrank und ein Wasserkrug auf einer kleinen Kommode in der Zimmerecke bildeten die Einrichtung. Zudem war es düster in dem winzigen Raum, in den tagsüber nur durch ein kleines

Fenster zum Hinterhof, aus dem es fürchterlich nach Fischresten stank, Tageslicht eindrang. Die Kerze, die ihm Marlowe auf den Tisch gestellt hatte, erhellte die Kammer nur notdürftig. Aber dafür zahlte er einen für Londoner Verhältnisse sehr geringen Preis, und in der Wirtsstube konnte er in einer warmen Ecke sitzen und endlich mit dem Niederschreiben seiner Notizen fortfahren.

In den vergangenen Tagen hatte er dazu kaum Muße gehabt. Vorsichtig war er am Tag nach dem Einbruch zu seinem alten Quartier gegangen, um zu sehen, ob er noch einmal in seine alte Wohnung schleichen könne. Dabei erspähte er Mrs Gregory mit zwei Männern ins Gespräch vertieft. Der eine trug eine wilde schwarze Haarpracht, der andere hatte seinen Hut tief ins Gesicht gezogen. Feathers schien Reginald gewittert zu haben, denn der Spitz zerrte an der Leine, mit der Mrs Gregory ihn zu zügeln versuchte, und kläffte mit sich überschlagender Stimme. Mrs Gregory befahl ihm mit ihrer kaum weniger schrillen Stimme, ruhig zu sein, und die beiden Männer gingen davon. Sie sahen nicht sehr zufrieden aus, und der eine der beiden lüftete kurz seinen Hut und spähte um sich. Reginald hatte selten so kalte Augen gesehen, die er selbst aus der Entfernung wie zwei Eiszapfen empfand.

Er war davongehastet und zum British Museum gelaufen in der Hoffnung, dort Zuflucht zu finden. Doch kaum hatte er sich in einen der Säle gesetzt, um sich auszuruhen, tauchten wieder die beiden Männer auf und sahen sich suchend um. Sie entdeckten ihn glücklicherweise nicht hinter dem Bücherstapel, den er als Schutzmauer vor sich errichtet hatte. Doch ihn überkam das Gefühl, dass sie überall waren und er auf keinen Fall in seine Unterkunft zurückkonnte. Vor allem traute er Mrs Gregory nicht über den Weg, die wie eine Spinne im Netz zu lauern schien.

Er wusste nicht mehr ein noch aus, bis ihm schließlich die Bemerkung seines Kollegen über den Pub einfiel. Durch den kalten Londoner Regen war er zum Hafenviertel gewandert, um bei John Marlowe Zuflucht zu suchen und zu seinem Glück auch zu finden. In den Tagen darauf verließ er »The King's Men«

nicht. Da das Wetter unwirtlich blieb, verspürte er ohnehin keine große Lust, sich hinauszuwagen. Ihn drückte nur sein Gewissen. Eigentlich sollte er über seine Arbeit in Norddeutschland einen Bericht fertigen, die Karten sauber zeichnen, stechen und drucken lassen und zumindest Demphurst ein Lebenszeichen geben. Vielleicht konnte er auch seinen alten Kollegen Michael Moore, Ire wie er, irgendwie benachrichtigen und ihn sogar unauffällig treffen und ihm seine Skizzen und Aufzeichnungen übergeben. Aber er wollte lieber noch warten. So nutzte er die Zeit, um seine Notizen zu vervollständigen.

Im Schankraum saßen außer ihm nur zwei ältere Männer, die verdrossen in ihr Bier starrten und gelegentlich ein paar Worte austauschten. Reginald schlug sein schwarzes Buch auf. In Gedanken sah er das Brester Moor in der Nähe des winzigen Sprengels Brester Holz vor sich, ein zusammengewürfelter Haufen von kleinen Häusern. In der Mitte dieses Dörfchens, das bei schönem Wetter recht liebenswert, bei grauem Himmel aber trostlos wirkte, stand die wunderschöne Kirche mit der beeindruckenden Kassettendecke und dem kunstvoll geschnitzten Altar. Ein Kleinod inmitten der von der Urgewalt des Moores geprägten Landschaft und für Reginald ein Ort der inneren Einkehr.

Das Haus, das man ihm zugewiesen hatte, war klein und dunkel. Eine Kammer, ein Kochraum, im oberen Stockwerk ein Schlafgemach, ein kleiner Garten mit einer Handvoll Apfelbäume und ein paar vom Wind zerzausten Sträuchern. Nahe am Haus ein Schuppen, den er als Stall nutzen konnte. Aber es genügte ihm. Er würde tagsüber ohnehin meist unterwegs sein. Sein Assistent Jonathan wohnte bei einer Bauernfamilie am Rand des Moores. Morgens früh brachen sie zu ihren Vermessungen und ihren Rundgängen auf, mittags aßen sie bei Jonathans Wirtsleuten eine kräftige Suppe, abends versuchte Reginald sich an der Kochstelle in seinem Häuschen. Doch Kochen war keines seiner Talente. Einmal in der Woche ritten sie in den nächsten größeren Ort, in dem das Gasthaus »Zum Ochsen« lag, und aßen dort ein deftiges Mahl und tranken Bier.

Der immer gleiche Rhythmus tagaus, tagein tat Reginald gut. Wenn nicht immer deutlicher das beklemmende Gefühl in ihm aufgestiegen wäre, dass etwas nicht stimmte. Das Moor schien Augen zu haben, und an manchen Tagen fühlte er sich wie in einer Falle gefangen. Doch er konnte diese Gefühle nicht greifen, und da Jonathan in aller Seelenruhe seine Arbeit verrichtete und nicht beunruhigt schien, schwieg Reginald.

Er hatte zwar bereits im Sommer mit den ersten Aufzeichnungen seiner Erlebnisse begonnen, doch seine privaten Notizen mussten hinter seinen professionellen Aufzeichnungen zurückstehen. Sein schwarzes Notizbuch blieb meist unberührt auf dem Tisch in seiner Schlafkammer liegen. Allerdings konnte er sich manchmal des Eindrucks nicht erwehren, dass jemand das Buch angefasst, vielleicht sogar darin geblättert hatte. Was er damals als falschen Eindruck und Überreiztheit abgetan hatte, war im Licht späterer Erfahrungen erklärbar: Offenbar hatte Jonathan in seinen Notizen nach irgendetwas gesucht, was ihm hätte Aufschluss geben können über Reginalds private Beobachtungen. Wie gut, dass er in diesem Sommer nur hie und da eher oberflächliche Bemerkungen und Landschaftsschilderungen, versehen mit kleinen Zeichnungen, in das Notizbuch eingetragen und erst jetzt begonnen hatte, alles genauer zu schildern.

Es wunderte ihn nun nicht mehr, dass Jonathan seelenruhig durchs Moor gestapft war und nichts von seiner Unruhe gespürt zu haben schien. Er hatte seine eigenen Pläne im Kopf gehabt und Reginald möglichst genau beobachtet, sich aber nichts anmerken lassen. Dieser Verräter! Dabei kannte er Jonathan schon mehrere Jahre. Sie hatten gemeinsam die Drucktechniken und den Kupferstich gelernt, wobei Jonathan, der aus einer Londoner Advokatenfamilie stammte, sich nicht sehr gelehrig anstellte. Deshalb wurde er, der sogar zwei Jahre älter war als Reginald, dessen Assistent.

Den immer lächelnden Jonathan mit seinen runden roten Wangen und seinen fröhlichen Äuglein schien das nicht zu stören. Im Gegenteil. Er betonte immer wieder, dass er zufrieden sei mit seinen Aufgaben und wenig Ehrgeiz verspüre. Aber offenbar hatte er dann doch irgendwann einen anderen Weg eingeschlagen, sich vielleicht durch die Aussicht auf eine bessere berufliche Laufbahn oder Geld kaufen lassen. Dass Jonathan nicht allein handelte, sondern für jemanden arbeitete, war Reginald inzwischen klar. Nur hatte er das alles nicht sehen wollen, weltfremd, wie er manchmal war.

Reginald seufzte. Erneut erfasste ihn die fast schon vertraute Unruhe. Irgendwie musste er mit seinem alten Mentor Sir Alexander Weight Kontakt aufnehmen, der inzwischen außerhalb von London in einem schönen Manor House lebte und sich von seinen Londoner Pflichten zurückgezogen hatte. Aber Weight war noch immer ein Mann mit Beziehungen. Und durch ihn würde er auch mit Sir Albert Demphurst in Verbindung treten können, der sich gewiss längst wunderte, wo sein sonst so zuverlässiger und tüchtiger Mitarbeiter steckte. Reginald schuldete ihm die Skizzen seiner Reise und die offiziellen Aufzeichnungen. Glücklicherweise war Demphurst ein viel beschäftigter Mann und oft unterwegs, sodass er vielleicht noch nicht schmerzhaft bemerkt hatte, dass Reginald seit gut zehn Tagen überfällig war. Sein geschätzter Kollege Michael Moore, den er eigentlich als seinen Boten ausersehen hatte, reiste in diesen Wochen an Bord eines Segelschiffes nach Indien, um dort Karten der großen Flussmündungen zu erstellen. Also musste Reginald irgendwann einen anderen Weg finden, seine Unterlagen weiterzuleiten.

Er sah auf seine Notizen und las, was er vor drei Monaten niedergeschrieben hatte – alles unverfänglich und für den Spitzel Jonathan von geringem Interesse.

11. August 1788

Heute wieder eine Ecke im Moor vermessen. Keine sehr inspirierende Gegend. Schwüle Luft und viele Mücken. Ich frage mich, ob nicht schon vor langer Zeit Menschen hier gesiedelt haben. Das Meer liegt nicht sehr weit entfernt, nur etwa zwanzig Meilen, und jenseits der Moore erstrecken sich Weiden und Wälder. In der nächsten Woche sollen wir einem aus Hannover anreisenden Ingenieur Bericht erstatten.

Ich hoffe, dass ich demnächst auch nach Hannover reisen darf. Ich bin zwar erst seit einem Monat hier, aber mir fehlt allmählich die Anregung, die über meine tägliche Arbeit hinausgeht. Und Hannover ist eine hübsche kleine Stadt mit einigen sehr guten Kneipen. Die Entfernung von hier beträgt knapp hundertzehn Meilen, was sich gut an anderthalb bis zwei Tagen bewältigen lässt. Mein Pferd ist zwar nicht das schnellste, aber Windbag stammt immerhin aus dem Celler Gestüt, das der Großvater unseres Königs vor fünfzig Jahren gründete. Ein ordentlicher Gaul, wenn auch schon in die Jahre gekommen. Die meiste Zeit steht das arme Tier in dem kleinen Schuppen, und ich sollte ihn öfter bewegen, nicht nur, wenn ich einmal die Woche im Nachbardorf zum Gasthaus reite.

Am gestrigen Sonntag war ich in der schönen kleinen Kirche, die das Schmuckstück dieser Gegend ist. Der Pfarrer, ein strammer Lutheraner, hat über Sünde und Verderben gepredigt. Leider war ich abgelenkt, denn in einer der vorderen Reihen saß die hübsche Hildegard, Tochter von Bauer Vitting, der unweit von Brester Holz, jenseits des Moores, ein stattliches Haus und saftige Weiden besitzt. Meine Mutter drängt mich schon lange, ein nettes Mädchen zu heiraten. Am liebsten natürlich eine Irin, aber eine freundliche Deutsche würde es wohl auch tun. Mal sehen, ob ich mit Hildegard ins Gespräch kommen kann. Gestern ging es nicht, weil sie gleich nach dem Gottesdienst mit ihren Eltern und drei Brüdern, einer breitschultriger als der andere, in ihre Kutsche stieg und davonfuhr. Vielleicht am nächsten Sonntag!

Reginald musste bei der Erinnerung grinsen. Leider war aus seinen Plänen hinsichtlich der hübschen Hildegard nichts geworden. Sie war bereits dem ältesten Sohn von Bauer Henner Großkort in Bremervörde versprochen. Da konnte ein fast mittelloser Kartenmacher aus London nicht mithalten. Aber sein Herz war deshalb nicht gebrochen. Die Tändelei hätte ihn nur von seiner Arbeit abgehalten, und eigentlich wollte er so rasch als möglich zurück nach London und sich neuen Aufgaben stellen. Am liebsten irgendwo in der Gegend der City oder aber in Irland. Er hatte manchmal heftiges Heimweh nach Dublin und den grünen Hügeln der Wicklow Mountains und auch nach seiner Mutter. Und es gab in Irland genügend hübsche Mädchen, die ihm und sogar seiner überaus kritischen Mutter gefallen würden.

Reginald blätterte weiter. Zu den sporadischen Aufzeichnungen im August zählte die Bemerkung, dass der angekündigte Ingenieur aus Hannover am 20. August, einem Mittwoch, eingetroffen war. Ein schneidiger Mann auf einem schönen Schimmel, gut gekleidet und mit einem etwas arroganten Lächeln. Johann von Stocker hieß er, und er verkündete, dass er einige Zeit vor Ort bleiben werde, um ein Auge auf die »Vermessungskünste der englischen Kollegen zu werfen«. Das sollte humorvoll klingen, wirkte aber nur selbstgefällig. Reginald war wenig begeistert und sogar gekränkt gewesen. Er erinnerte sich noch lebhaft an die lästernden Sprüche der hannoverschen Kollegen, die er leider allzu gut verstanden hatte. Er gab Stocker zu verstehen, dass die Arbeit gut laufe und er damit rechne, in spätestens drei Wochen das Brester Moor und die umliegenden Landschaften vermessen und skizziert zu haben. Es ärgerte ihn zusätzlich, dass er Deutsch mit Stocker sprach, dieser aber auf Englisch antwortete. Zugegeben sprach Stocker recht passables Englisch mit einem nur leichten deutschen Akzent. Aber er ignorierte Reginalds Versuche völlig, mit ihm in der Landessprache zu kommunizieren.

Dafür verstand sich Stocker umso besser mit Jonathan. Die beiden stellten innerhalb kurzer Zeit fest, dass sie beide im Mai 1758 geboren worden waren, und schon am selben Abend zogen sie zusammen los, um ein Bier zu trinken. Reginald blieb zurück. Zwar legte er nicht viel Wert auf Stockers Freundschaft, aber er betrachtete Jonathans Benehmen als Verrat. Die beiden steckten allzu oft ihre Köpfe zusammen. Schon damals hätte Reginald eigentlich misstrauisch werden können. Doch er fühlte sich nur erleichtert, Stocker nicht auch noch abends begegnen zu müssen.

23. August 1788
Der heutige Samstag ist kein Ruhetag für uns. Bald sind wir fertig mit unserer Arbeit. Morgen werden wir den Rest des Moores vermessen und dann die Umgebung noch einmal näher begutachten. Unser König ist vor allem an der Umwandlung des Moores zu Ackerland interessiert. Ob sich dieses kleine Moor dafür eignet, wird sich zeigen. Doch Jürgen Christian Findorff hat ja im Auftrag des Königs schon eine Reihe von

Moorgegenden kolonisiert. Ich würde diesem Mann gerne einmal begegnen. Vielleicht kommt er irgendwann hierher, um sich die Möglichkeiten für die landwirtschaftliche Nutzung dieses Moores anzusehen. Was er im Teufelsmoor geleistet hat, ist beachtlich. Ich war vor einigen Jahren in Eickedorf, das zu den Projekten Findorffs zählt. Beeindruckend! Wo früher nur Torf gestochen werden konnte, liegen heute Felder. Unser König mag die amerikanischen Kolonien verloren haben, doch dafür hat er in seinen deutschen Landen umso mehr an fruchtbarem Land gewonnen. Er ist ein Mann mit Weitblick, mag er auch, wie das Gerücht sagt, derzeit durch seine Krankheit eingeschränkt sein. Schade ist jedoch, dass er nicht wie sein Vater und Großvater den deutschen Teil seines Königreiches besucht. Auch daran mag sein Gesundheitszustand schuld sein.

Die Gerüchteküche hatte in jenen Sommermonaten gebrodelt. Die Eröffnung des Parlaments, so hieß es, sollte von September auf November verschoben werden. George Augustus Frederick, der Prince of Wales, rasselte mit dem Säbel, sprungbereit, seinen Vater zu vertreten und im schlimmsten Fall sogar zu ersetzen. Doch der junge Prinz hatte finanzielle Probleme, und auch sein Privatleben lag im Argen. Vielen Untertanen Georgs III. wurde langsam klar, dass dieser König nicht der schlechteste Herrscher war. Immerhin führte er ein solides Privatleben, und seine einst als Marotte verschriene Begeisterung für das Sammeln von Karten hatte sich für das aufblühende Weltreich als Segen erwiesen. Zwar lag ein Schwerpunkt auf der genauen Auflistung und Darstellung der Kolonien in aller Welt, aber gerade die Karten, die Reginald und seine Kollegen erstellten, hatten ihren Nutzen. Auch wenn Maschinen eine immer größere Rolle spielten und die Erfindungen des cleveren Schotten James Watt den Fortschritt beflügelt hatten, so brauchte man nach wie vor die Landwirtschaft, um die rasch wachsende Bevölkerung zu ernähren. Und dem kam die Moorkolonisation entgegen.

Reginald hatte in den Tagen, als Stocker bei ihnen im Moor gewesen war, kaum mehr Zeit gefunden, sein Tagebuch weiterzuführen. Auch wenn der hannoversche Ingenieur mit ihm wenig zu tun haben wollte, war allein der Gedanke an dessen

Präsenz störend gewesen. Die Harmonie der ersten Wochen wich einem Gefühl von Unruhe. Sein Tagebuch legte er neben seine Skizzen in der Hoffnung, dass er bald wieder das innere Gleichgewicht spüren würde, um mit seinen Aufzeichnungen fortzufahren. Stattdessen saß er abends, solange es noch hell war, mit einem der Bücher, die er aus London mitgebracht hatte, auf einer Bank vor seinem Haus und las. Er liebte Bücher. Insgesamt zwanzig Werke hatte er in seiner zerbeulten Reisetasche nach Deutschland mitgenommen, darunter Laurence Sternes wundersamen Roman »Tristram Shandy«, den ihm seine Mutter zum einundzwanzigsten Geburtstag geschenkt hatte, und mehrere Werke des irischen Schriftstellers Jonathan Swift, einem großen Kritiker der sozialen Missstände in Irland unter britischer Herrschaft. Reginald genoss diese ruhigen Lesestunden, und er hatte nun Muße, allein durchs Moor zu streifen. Dabei hielt er sich allerdings an die Knüppelpfade, die seit vielen Generationen den Weg durchs Moor ermöglichten. Bei einem seiner Versuche, diese sicheren Wege zu verlassen, war er bis zum Oberschenkel eingesunken und hatte sich nur mit Mühe auf den hölzernen Pfad zu retten vermocht. Seine Strümpfe musste er mehrfach waschen, um die dunkelbraunen Flecken daraus zu entfernen.

Eines Nachmittags hatte er wieder einmal einen kleinen Gang ins Moor unternommen, fast magisch angezogen von einer Stelle, an der ein paar farblich auffallend schöne Moorblumen wuchsen. Er pfiff vor sich hin und freute sich an diesem schönen Tag, als er plötzlich die alte Frau sah. Er kannte sie flüchtig von seinen sonntäglichen Kirchgängen. Dort saß sie stets in der ersten Bankreihe, still und in sich gekehrt, in einem dunkelgrauen Kleid und mit einer schwarzen Haube. Die alte Käthe, von der es hieß, sie sei fast hundert Jahre alt, lebte allein in einer Hütte am Rand des Moores. Sie war eine Kräuterfrau, die manche sogar als Hexe bezeichneten. Doch sie kannte viele Heilmittel gegen mancherlei Gebresten und half auch bei Geburten. Manches Mal hatte Reginald sie von Weitem durchs Moor humpeln gesehen, einen Weidenkorb unter dem Arm. Sie sammelte Blumen, Gräser und Kräuter und gelegentlich dürre Äste und Torfklumpen. Zum ersten Mal in all den Wochen, die sich Reginald nun schon in dieser Gegend aufhielt, stand er ihr nun unmittelbar gegenüber. Eine kleine, zierliche Frau mit einem Gesicht wie ein verschrumpelter Apfel, aber erstaunlich wachen blaugrünen Augen. Unter dem Arm trug sie, wie immer, ihren Weidenkorb.

Reginald grüßte sie freundlich. Sie lächelte und zeigte dabei einige braune Zahnstümpfe. Das Lächeln verwandelte ihr Gesicht, und Reginald konnte sich vorstellen, dass sie vor langer Zeit einmal eine recht hübsche Frau gewesen sein musste.

Er wollte vorsichtig an ihr vorbeigehen, doch sie hob die Hand und sagte ohne jeden Anflug von Plattdeutsch, der Sprache, die sie gewöhnlich mit den Dorfbewohnern sprach: »Junger Mann, ich beobachte dich und deinen Begleiter schon seit Längerem. Ihr stapft durch das Moor, ohne zu ahnen, dass dies ein alter Ort mit heiligen Stätten und einer uralten Geschichte ist. Weißt du eigentlich nichts über diese Gegend? Hat dir niemand etwas erzählt über die Geheimnisse dieses Moores?«

Reginald lief bei ihrem intensiven Blick und ihrer rauen Stimme ein Schauder über den Rücken. Er schüttelte den Kopf. »Nein, ich kenne diese Legenden nicht.«

Er hatte keine Zeit gehabt, sich damit zu beschäftigen. Warum sollte er auch? Er bekam einen Auftrag, reiste in die besagte Gegend, erledigte seine Arbeit und verließ diese Region dann wieder. Zeit für Sagen und Märchen hatte er nicht.

Die alte Frau sah ihn weiter mit ihren seltsamen hellen Augen an.

»Vor vielen tausend Jahren wohnten hier Menschen, die ihre Hütten auf Pfählen bauten. Sie waren Jäger, und sie sammelten die Pflanzen im Moor, sie begruben ihre Toten hier und brachten ihren Göttern Blutopfer. Und immer wieder zogen andere Menschen auf der Suche nach besseren Siedlungsmöglichkeiten hier hindurch. Das alles hat Spuren hinterlassen.« Sie blickte ihn eindringlich an. »Und wer danach sucht, der wird finden. Denn nichts vergeht für immer. Das Moor lässt nichts verkommen und begräbt seine Geheimnisse so lange, bis sie jemand enträtselt, auch wenn man tief graben muss.«

Sie kramte in ihrem Weidenkorb und holte etwas heraus, das wie ein Zweig aussah, drückte es Reginald in die Hand und flüsterte: »Das ist ein menschlicher Knochen, der seit Ewigkeiten im Moor begraben lag. Ich habe ihn dort unter der verkrüppelten Weide gefunden. Und glaub mir, mein Junge, hier liegen noch mehr Tote. Begraben oder geopfert, das ist alles gleich. Die Sage erzählt vom Moormann, der hier einen Schatz bewacht, Jahr um Jahr, Jahrhundert um Jahrhundert. Dein König mag zwar andere Pläne für das Moor haben, aber niemand kann die Seele des Moores bezwingen. Und ihre stummen Wächter bewachen weiterhin ihre Schätze.«

Sie lächelte wieder und nahm Reginald den kleinen Knochen aus der Hand, den er mit einer Mischung aus Ekel, Zweifel und Faszination angestarrt hatte. Ehrlich gesagt sah dieses braune Ding nicht aus wie ein menschlicher Knochen. Aber sicherlich irrte sich die alte Käthe nicht. Sie kannte sich im Moor besser aus als jeder andere. Er selbst verspürte jedoch keine große Lust, sich auf Knochensuche zu begeben. Sollten die Toten doch ruhen.

Die alte Frau legte den dürren Knochen zurück in ihren Weidenkorb und wandte sich zum Gehen. Als sie ein paar Schritte weitergehumpelt war, drehte sie sich noch einmal zu ihm um.

»Wenn du mehr über die wahre Natur dieses Moores wissen willst, das du auf deinen Blättern so herzlos zeichnest, ohne seine Seele zu verstehen, dann besuch mich«, sagte sie leise. »Ich mag dich, weil du gute Augen hast und weil ich glaube, dass du mit dem Moor in Einklang stehen wirst, wenn du es wirklich kennenlernst. Nicht wie diese beiden anderen Kerle, die hier herumstampfen und sich dabei mit lautem Lachen Albernheiten erzählen, aber auch dunkle Pläne austauschen. Oh ja, ich höre viel, ich sehe viel, ich weiß viel.«

Mit langsamen Schritten entfernte sie sich und ließ Reginald verwirrt zurück. In diesem Moment fasste er den Entschluss, dass er sie besuchen würde, um mehr über die Rätsel des Moores zu erfahren. Dass es hier einen Schatz geben sollte, glaubte er allerdings nicht. Wie oft hatte er schon von verborgenen Schätzen gehört, und manchmal fand irgendein Bauer tatsächlich ein paar

Münzen im Acker. Doch der Mann, der in England beim Pflügen einen Wikingerschatz entdeckt hatte, war eine dieser Ausnahmen. Aber dass in diesem Moor Menschen begraben lagen oder sogar vor endloser Zeit Opfer an die Götter stattgefunden haben sollten, das erschien ihm wahrscheinlich und machte diese oft nebelige Landschaft mit ihren Baumstümpfen und dürren Weidenästen zur idealen Quelle für Gruselgeschichten. Der Wind blies nächtliche Klagelaute übers Moor, und die Äste der kleinen Erlen ächzten im Sturm wie brechende Knochen. Immerhin war Reginald als Ire aufgewachsen mit all den Geschichten über Banshees und Leprechauns, Spukwesen, Hexen und Kobolde. »Sagen«, pflegte seine Mutter zu sagen, »bergen wie Märchen einen Kern Wahrheit.« Käthe würde ihm sicher mehr davon berichten können.

Schon am nächsten Abend – Stocker und Jonathan wollten einen Ausflug nach Stade machen und dort übernachten – ging Reginald zur Hütte der alten Käthe, einem winzigen Häuschen aus gestampftem Lehm mit einem Dach aus Reisig und Schilf. Vor ihrer Tür hingen Kräuter an dünnen Schnüren, und schon beim Eintreten roch Reginald allerlei fremdartige Essenzen. Die Hütte bestand nur aus einem einzigen Raum mit zwei kleinen Fenstern, durch die kaum Licht drang. Käthe stand an einer Feuerstelle. Mit konzentriertem Blick rührte sie in dem Kessel darauf, aus dem Dampf und seltsame Gerüche stiegen. Sie erinnerte Reginald an die Hexen in den Märchen seiner Mutter, die auch immer irgendwelche Süppchen mit zum Teil unheimlichen Beigaben kochten. Obgleich Käthe nicht wie eine der drei Hexen wirkte, die Reginald in dem Drama »MacBeth« im Haymarket Theatre auf der Bühne erlebt hatte und die ihn tief beeindruckt hatten. Sie war wohl eher eine gutmütige alte Kräuterfrau.

Käthe begrüßte ihn lächelnd. »Ich koche gerade eine kräftigende Suppe für Wöchnerinnen«, erklärte sie, als sie Reginalds fragenden Blick sah. »Drüben in Osterheide werden in den nächsten Tagen mehrere Kinder geboren. Ich bin zwar keine Geburtshelferin, aber ich kenne mich aus mit Kräutern, die

Gebärenden guttun, und mit Getränken, die den Milchfluss in Gang setzen. Aber das kümmert dich gewiss wenig, da du ja keine schwangere Frau hast und offenbar auch ohne Weib gut zurechtkommst.«

Sie kicherte leise und trat von der Feuerstelle zurück. Die Suppe dampfte vor sich hin, und es roch angenehm nach Salbei und Brennnesseln. »Du bist gekommen, um meine Geschichten zu hören. Aber erst zeige ich dir etwas, was ich im Moor gefunden habe. Und nur dir zeige ich es. Verrate es nicht den beiden anderen Männern. Ich traue ihnen nicht. Sie haben gierige Augen.«

Sie humpelte in eine dunkle Ecke ihrer Hütte und kramte unter einem Strohsack ein Kästchen hervor. »Das habe ich vor einigen Monaten unter der kleinen Weide im Moor entdeckt, als ich ein paar Pflanzen ausgraben wollte. Der Bewuchs an dieser Stelle ist anders als sonst im Moor, das ist mir schon lange aufgefallen. Und nun habe ich dies gefunden.«

Käthe drückte Reginald etwas in die Hand. Es sah aus wie eine Scherbe mit seltsamen Ritzungen und Strichen, die eindeutig von Menschenhand stammten. Verwundert blickte er die Scherbe an. Eigentlich war es bei genauerem Hinschauen eher ein Stück hellen Steins als eine Scherbe. Er konnte mit der Abbildung nichts anfangen. Waren diese Gravuren Schriftzeichen oder geritzte Muster? Stammte dieses Objekt aus jüngerer Zeit, oder war es »steinalt«?

Reginald war kein Archäologe, hatte aber vor einigen Jahren gesehen, wie eine Gruppe von Männern in der Nähe der Themse nach römischen Überresten grub und tatsächlich Scherben, Münzen und ein römisches Kurzschwert aus der Erde holte. Doch diese Scherben waren aus Keramik gewesen, während dieses Stück, das er in der Hand hielt, anders aussah. Ja, das hier war ein Stein, von einem größeren abgeschlagen und bearbeitet.

»Was ist das?«, fragte er und gab Käthe den Stein zurück.

Käthe kicherte leise. »Dummer Junge! Das ist wahrscheinlich die kultische Darstellung einer Göttin.«

»Göttin? Ich habe keine Frauenabbildung darauf erkannt.«

»Dieser Stein hat viele tausend Jahre in der Erde gelegen. Er stammt aus einer Zeit, als die ersten Menschen ins Moor kamen und ihre Götter mitbrachten. Sie haben damals noch keine Figuren geformt, sondern der Göttin Zeichen gewidmet und auf Steine geritzt.«

»Woher wollt Ihr das wissen? Darauf sind doch nur vier oder fünf Striche zu sehen. Ich gebe zu, dass sie aussehen, als habe das ein Mensch gemacht. Aber Göttin? Kultgegenstand? Das glaube ich nicht.«

Käthe sah Reginald nachdenklich an. »Meine Familie lebt seit vielen Generationen in dieser Gegend. Wahrscheinlich schon vor den Römern, die dieses Land zwar nicht beherrschten, aber dennoch Handel mit den ansässigen Bewohnern getrieben haben. Mein Vater war wie schon alle seine Vorväter ein Wissender, der die Überlieferung mit sich trug und immer an den ältesten Sohn weitergab. Aber meine fünf Brüder und vier Schwestern starben alle im Kindesalter, ich war das einzige überlebende seiner insgesamt zehn Kinder. Und so hat mein Vater mir, der Jüngsten, die alten Sagen und Legenden erzählt.« Käthe strich sanft über die Gravuren auf dem Stein. »Aber die Geschichten von den Menschen, die hier einst lebten, sind keine Sagen und Märchen. Leer war es nie im Moor, und jetzt kommen wieder neue Siedler, die bald Äcker anlegen und das Wasser dem Boden entziehen werden, um bessere Weideflächen zu gewinnen. Auch unser Moor wird sich wandeln, nicht zuletzt, weil dein König überall Ackerland wittert. Wer weiß, wen es hierhertreibt. Und irgendwann werden die Städte bis ins Moor wachsen.«

Reginald staunte, dass die alte Käthe, die allein in ihrer Hütte lebte, so gut über die Ereignisse außerhalb ihres eigenen Dunstkreises Bescheid wusste.

»Aber was hat das alles mit der Steinscherbe zu tun?«, fragte er mit leichter Ungeduld.

»Die Menschen haben immer eine Religion gehabt. Die Scherbe könnte ein Zeugnis davon sein. Als sie hier wieder fortgingen, haben sie einige ihrer Götterfiguren im Moor zurückgelassen.« Sie lächelte listig. »Und wie ich dir schon sagte, mein Junge, es gibt auch ganz andere Schätze dort im sumpfigen Untergrund. Aber die Schätze, die der Moormann hütet, sind nicht für jene gedacht, die von Habsucht getrieben werden. Manch einer, der danach gesucht hat, ist im Moor verschwunden.«

Reginald lief ein Schauer über den Rücken. Der Moormann spukte in den Köpfen der Menschen umher, und die Geschichten über ihn wurden immer grotesker, je mehr Bier und Schnaps in den Kneipen rund um das Moor flossen. Manch einer glaubte, ihn gesehen zu haben. In Neumondnächten oder bei Vollmond, eine große hagere Gestalt, die sich jäh aus dem Moor erhob und drohend zum Himmel aufragte. Wo genau man ihn erblickt hatte, variierte von Mal zu Mal und hing vom Betrunkenheitsgrad des jeweiligen Erzählers ab. Mal war er in der Nähe der alten Weide gesichtet worden, mal verortete man ihn weit drinnen im Moor, dort, wohin sich die Menschen meist nicht mehr wagten, da der Boden zu trügerisch war und auch noch keine Knüppelpfade hinführten. Vor einigen Monaten, so erzählte man in der Kneipe »Zum Ochsen«, habe der jüngere Sohn von Bauer Großkort, Peter, der kleine Bruder von Hildegards Verlobtem, den Moormann gesehen, als er nachts aus der Kneipe kommend am Rande des Moores entlangwanderte. Der Moormann habe versucht, ihn ins Moor zu locken, und etwas Blitzendes in der Hand gehalten – etwas wie Gold. Aber der Junge hatte der Versuchung widerstanden und war nach Hause geeilt. »Wahrscheinlich stockbetrunken«, munkelte man. Doch insgeheim glaubten ihm fast alle, die von der Geschichte hörten. Der Moormann war für sie Wirklichkeit.

Die alte Käthe verstaute den Stein mit den eingeritzten Kerben wieder in dem Kästchen. »Du kannst ja auch dein Glück versuchen, Engländer, und nach dem Schatz suchen«, sagte sie.

»Ich bin Ire«, verbesserte Reginald sie.

»Ire oder Engländer – was ist da der Unterschied? Ihr seid hier, um das Moor auf Papier zu bannen und ihm seine Freiheit zu nehmen«, sagte Käthe unwillig. »Durch eure Arbeit zerstört ihr unsere Heimat. Denn warum sollen hier noch mehr Menschen wohnen und Kühe herumtrampeln? Nicht alles muss von Menschen beherrscht werden. Es genügt schon, dass wir den Torf stechen. Wir sollten uns mit dem begnügen, was wir zum täglichen Leben hier finden. Ich bin eine der letzten Hüterinnen des Moores und seiner Geheimnisse. Was ich dir heute gezeigt habe, darfst du niemandem verraten. Ich habe es getan, weil ich hoffe, dass du Respekt vor dieser Landschaft hast. Da ist etwas an dir, Engländer, dem ich vertraue. Wenn ich nicht mehr bin, dann hol dieses Kästchen und bewahre es auf. Darin liegt die Vergangenheit des Moores.«

Käthe schien erschöpft, und Reginald verabschiedete sich von ihr. Sein Kopf schwirrte. Was sollte er mit diesen Geschichten anfangen? Er wusste, dass seit einiger Zeit immer mehr Forscher auf Wiesen und Weiden nach Spuren von menschlicher Besiedlung suchten. Auch in England forschte man längst nicht mehr nur nach der römischen Historie, sondern ging weiter zurück und entdeckte dabei Dinge, die nicht mit der Theorie übereinstimmten, dass die Geschichte der Menschheit erst vor viertausend Jahren begonnen habe. Vielleicht stimmte ja, was Käthe behauptete, und dieser so harmlos aussehende Stein war Zeuge eines uralten Kultes.

Neugierde regte sich in ihm, und er beschloss, sich auf Spurensuche zu machen. Er würde bei seinen Streifzügen durch das Moor nach Besonderheiten wie Erdverfärbungen oder Bodenvertiefungen Ausschau halten. Und er war sich sicher, dass die alte Käthe bei ihrem Sammeln von Kräutern und Blumen mehr gefunden hatte als ein kleines Stückchen Knochen und diesen Stein. Er würde bald wieder bei ihr vorbeischauen und sie bitten, ihn zu den Orten zu führen, an denen sie Spuren aus der Vergangenheit vermutete. Dass er dabei »Schätze« aus Gold und Silber entdecken würde, bezweifelte er.

Als er an diesem Abend in sein Bett stieg, fühlte er sich angeregt und unzufrieden zugleich. Ihm blieb nicht mehr viel Zeit, denn der August schritt rasch voran, und bald musste er mit seiner Arbeit fertig sein und die Gegend verlassen.

Reginald blätterte weiter. Die letzte Notiz aus diesem Sommer stammte vom 27. August. Danach rissen seine Aufzeichnungen ab, die er nun endlich im fernen London weiterführen wollte.

27. August 1788
Stocker ist heute nach Hannover zurückgeritten. Seiner Frau geht es wohl nicht gut. Das tut mir leid. Er hat uns ein Bildnis in einem Medaillon von ihr gezeigt. Eine hübsche junge Frau, Mutter seiner zwei Söhne. Aber ich bin erleichtert, dass er fort ist. Zwar verliefen die letzten Tage recht friedlich. Doch ich habe bisher keine Muße gehabt, einer Sache nachzugehen, die mir auffiel, als ich vor zwei Tagen abends noch einmal einen kleinen Spaziergang ein Stückchen weiter hinein ins Moor unternommen habe. Da habe ich unter der verkrüppelten Weide, von der Käthe gesprochen hat, eine Verfärbung im Boden entdeckt, die ich bislang nicht bemerkt hatte. Wie ein zugeschüttetes Loch, über das Moos gewachsen ist.

Vielleicht ist es nur einer der Orte, an denen Käthe Pflanzen für ihre heilenden Tränke ausgegraben hat. Doch das Moos sah nicht so aus, als sei es erst in letzter Zeit dort gewachsen. Ich bin kein Pflanzenkenner und weiß auch wenig über Bodenstrukturen. Aber ich will es mir trotzdem ansehen und mit Käthe darüber sprechen. Sie wird wissen, was das sein könnte. Außerdem habe ich einen schwarzen Stein entdeckt, der eigenartig glatt und an einer Seite abgeflacht aussieht, als ob er nicht von Wind und Wetter, sondern von Menschenhand bearbeitet worden sei. Er liegt zwischen dem Wurzelwerk der Weide, und ich werde ihn heute ausgraben. Seltsam, dass mir diese Dinge erst jetzt auffallen, nachdem ich mit Käthe gesprochen habe. Vorher bin ich wie blind durchs Moor gelaufen und habe nur dessen Konturen und Strukturen aufgezeichnet und nichts weiter bemerkt.

Wir sind fast fertig mit unserer Arbeit hier, und nun fällt es mir fast schwer, mich von diesem Stück Land zu verabschieden. Nächste Woche reite ich nach Hannover, um dort zusammen mit Kollegen ein paar meiner Skizzen durchzusehen. Im September komme ich noch einmal hierher zurück, um ein paar Entwürfe nachzubearbeiten. Im Oktober muss ich wieder in London sein. Das Wetter wird hier, wie mir die Dorfleute versichern, zu unwirtlich. Nebel, Regen, Kälte, manchmal sogar schon der erste Schnee im Oktober.

Nicht dass es in London viel gemütlicher sein wird, aber meine Zeit hier ist dann abgelaufen, und ich kann zu Hause an das Anfertigen der Karten gehen. Das ist auch noch ein gutes Stück Arbeit, zumal ich nicht ein solcher Kartenkünstler bin, wie es John Rocque war. Es soll jetzt ein neues Genie auf diesem Gebiet geben. Richard Horwood heißt er, und er will angeblich die größte Karte von London herstellen, die es je gegeben hat. Diesen Ehrgeiz besitze ich nicht. Aber vielleicht treffe ich ihn ja in London und kann mich von seiner Arbeit inspirieren lassen. Heute am frühen Abend, vor Anbruch der Dunkelheit, mache ich mich auf ins Moor. Ich muss nur sehen, dass Jonathan anderweitig beschäftigt ist.

Ein Hauch von Herbst hatte an jenem Augustabend in der Luft gelegen. Daran erinnerte sich Reginald im Dämmerlicht des Londoner Pubs, während draußen der kalte Novemberregen mit eintönigem Rauschen vom Himmel strömte. Dieser 27. August war ein stiller Abend gewesen, an dem die ersten Blätter von den Birken taumelten und die Sonne, umhüllt von kleinen roten Wolken, langsam im Westen sank.

Er musste sich beeilen, die Dämmerung würde bald einbrechen. Jonathan hatte sich für den Abend verabschiedet und Kopfschmerzen vorgeschützt. Seit Stocker hier gewesen war, hatte er sich verändert. Sein Assistent, der früher gerne geplaudert hatte, war oft schweigsam oder gab nur einsilbige Antworten. Als Reginald ihn fragte, ob er sich auf London freue, erwiderte er nur: »Ja, es wird Zeit.« Danach wandte er sich ab und gab vor, eine Skizze genauer in Augenschein zu nehmen.

Von Reginalds Häuschen aus betrug der Weg zum Moor nur etwa eine Viertelstunde zu Fuß. Der steinige Pfad führte durch das Dorf, an der Kirche und an einigen kleinen Häusern vorbei. In der Nähe eines Busches hielt Reginald an. Das Moor lag im milden Abendlicht vor ihm. Etwa zweihundert Fuß weiter einwärts stand die verkrüppelte Weide, in deren Umkreis Käthe ihre Heilkräuter suchte. Viel tiefer ging sie nicht hinein ins Moor, denn sie kannte die Gefahren.

Aber an diesem Augustabend fühlte Reginald keinerlei Bedrohung durch Moormänner und Geister. Mücken tanzten in der Luft, ein Schmetterling taumelte vorbei, und aus der Ferne rief ein Vogel. Reginald freute sich auf den Augenblick, da er Käthe den schwarzen Stein zeigen und sie um ihre Meinung dazu fragen konnte. Am letzten Sonntag, vor drei Tagen, war sie nicht beim Gottesdienst gewesen. Doch sie war eine alte Frau, und ohnehin kam sie nicht jeden Sonntag in die Kirche. Deshalb wollte er sie nach seinem Ausflug besuchen, auch um zu sehen, ob es ihr gut ging. Hundert Jahre war sie zwar nicht alt, wie er inzwischen gehört hatte, aber sie zählte immerhin fünfundachtzig Lenze, geboren im Jahr 1703, als der Spanische Erbfolgekrieg noch tobte, der Nordische Krieg zwischen Schweden und Russland auf seinen Höhepunkt zusteuerte und sich John Sheffield, 1. Duke of Buckingham, in London ein gewaltiges Stadtpalais erbauen ließ, den Buckingham Palace. Reginald kannte sich gut mit historischen Daten aus und wusste auch, dass Mitte Dezember in Käthes Geburtsjahr ein gewaltiger Sturm über die Britischen Inseln hinweggefegt war, dessen Auswirkungen auch Teile von Deutschland zu spüren bekommen hatten.

1703 – was für ein turbulentes Jahr. Aber jedes Jahr barg seine Aufregungen, auch das Geburtsjahr von Reginald. 1760 war das Jahr der Thronbesteigung Georgs III. gewesen, der seinem Großvater Georg II. folgte. Georgs ältester Sohn Friedrich Ludwig, der mit seinem Vater in ständigem Streit gelegen hatte, war schon lange tot, und so bestieg Friedrich Ludwigs ältester Sohn als Georg III. den Thron. In Nordamerika rangen Großbritannien und Frankreich um die Kolonien, in Europa wütete der Siebenjährige Krieg, in dessen Verlauf kurz vor Reginalds Geburt die Stadt Berlin durch die Russen und Österreicher vorübergehend eingenommen wurde. In den Zeitungen und Kaffeehäusern wurde damals ausgiebig das Missgeschick des belgischen Musikinstrumentenbauers und Violinisten Jean-Joseph Merlin geschildert, der einen Rollschuh erfunden hatte und bei der Vorführung seiner Erfindung auf dem Ball des englischen Königshauses im Carlisle House auf seiner Geige spielend in einen Spiegel raste und sich schwer verletzte. Reginald brachte sein Geburtsjahr

1760 weniger mit den Kriegsereignissen in Zusammenhang – wann hatte es einmal ein Jahr ohne Krieg gegeben? – als vielmehr mit Merlins Rollschuh.

Auf seinem abendlichen Gang ins Moor dachte er mit Schmunzeln an den Rollschuh, ein Gerät, das er selbst noch nie gesehen hatte und das er sicher niemals benutzen würde. Laufrollen unter Schuhen – wie kam man nur immer auf solche unsinnigen Ideen! Der arme Merlin! Seine Erfindung hatte nach dem Missgeschick im Carlisle House wenig Begeisterung gefunden. Wahrscheinlich würde nie jemand mit solchen Rollschuhen zu tun haben wollen.

Gut gelaunt näherte sich Reginald der kleinen Weide, zwischen deren Wurzeln wie festgewachsen der schwarze Stein lag, umgeben von ungleichmäßigem Moosbewuchs und dürftigem Gras. Diese Stelle wollte er sich auch näher anschauen und dort graben.

Nicht dass er hoffte, einen Schatz zu finden. Aber Knochenreste oder Scherben wären auch schon die Mühe wert. Das British Museum freute sich über alles, was mit der Menschheitsgeschichte zusammenhing. Und diesem Haus würde er schenken, was immer er im Moor an Zeugnissen menschlicher Vergangenheit entdecken konnte. Doch dazu brauchte er Tageslicht, Zeit und vor allem eine Schaufel. Den Stein aber konnte er mit Hilfe seines Jagdmessers, das er immer bei sich trug, zwischen den Wurzeln der Weide herausschälen.

Es dauerte eine Weile, bis er Wurzel um Wurzel von dem Stein gelöst hatte, und mittlerweile begann die Sonne in einer Flut kleiner roter Wolken zu versinken.

Mit einem Ruck löste er den Stein schließlich aus der Umklammerung der Weide und betrachtete ihn. Er hatte zwar keine Ritzen oder Einkerbungen wie der Stein in Käthes Besitz. Aber er sah aus, als sei er wirklich von Menschenhand bearbeitet worden, geeignet als Messer oder als Speerspitze. Die eine Kante war recht scharf und spitz. Reginald durchfuhr freudige Erregung. Hatte die alte Käthe tatsächlich recht gehabt! Dies konnte ein Überbleibsel aus alter Zeit sein, das sich in der Erde langsam nach oben gearbeitet hatte, so wie das auch Feldsteine taten. Oft genug hatte Reginald als Junge auf dem Feld seines Onkels bei Bray, südlich von Dublin, Steine vom Feld geräumt, die aus dem tiefen Erdreich an die Oberfläche gewandert waren. Er hatte diese Arbeit eigentlich gehasst, aber Onkel Patrick verstand es, ihn und seine eigenen drei Söhne für die Feldarbeit einzusetzen: Zur Belohnung gab es danach eine Tasse heißer Schokolade – ein besonderer und rarer Genuss, an den sich Reginald noch immer mit einem leichten Glücksgefühl erinnerte. Die Aussicht auf diesen Lohn erleichterte die Arbeit, und Reginald hatte sich sogar trotz aller Abneigung gegen die Mühen auf dem Feld freiwillig dafür gemeldet. Heiße Schokolade war für ihn der Inbegriff aller irdischen Freude gewesen.

Sorgfältig wischte er nun die Erde von dem Stein und machte sich auf den Rückweg. Er wollte vor Einbruch der Nacht bei Käthe vorbeischauen. Sicher würde sie ihm etwas zu dem Stein erzählen können, und er freute sich schon auf ihre Geschichte. Mit schnellen Schritten näherte er sich ihrem Häuschen.

Dort brannte kein Licht. Das wunderte Reginald nicht weiter. Käthe besaß nur eine einzige Ölfunzel und nutzte ansonsten das Herdfeuer, um den Raum zu erleuchten. Die Tür stand einen Spalt weit offen. Er rief ihren Namen, erhielt aber keine Antwort. Als er die Tür ganz aufstieß und eintrat, stolperte er über einen Stuhl, der hinter dem Eingang auf dem Boden lag. Seine Augen gewöhnten sich langsam an das Dämmerlicht in der Hütte. Er sah den Tisch, auf dem sich Kräuter und getrocknete Blumen häuften, und auf dem Boden die Scherben mehrerer Gefäße – und dann sah er Käthe. Zusammengekrümmt lag sie vor ihrer Feuerstelle, reglos. Um ihren Kopf hatte sich eine dunkle Lache gebildet. In der linken Hand hielt sie etwas fest umklammert. Der rechte Arm war ausgestreckt, und ihre Hand schien auf etwas zu zeigen.

Reginald stand stocksteif vor Entsetzen da. Im Halbdunkel konnte er erkennen, dass Käthes Gesicht zu einer von Schmerz verzerrten Grimasse erstarrt war, die Augen blicklos auf den Boden gerichtet.

Mühsam löste er sich aus seiner Starre und kniete sich neben sie. Kein Atem mehr, keine Regung, nur eine unheimliche Stille umgab Käthe, als ob die Zeit selbst stillstünde. Es bestand kein Zweifel: Die alte Frau vom Moor war tot.

SECHS

Richard Bernhards »Geständnis«, dass er ein alter Bekannter von Agnes Fichte sei, beunruhigte Anna seltsamerweise. Weshalb hatte er ihr das nicht sofort erzählt? Offenbar kannte er Bresterholz und die Gegend besser, als er zugegeben hatte. Ihre Hoffnung, sich im Moorhaus ungestört ihrer Arbeit widmen zu können, wich immer stärker einem Gefühl von Nervosität. Steckte hinter Richards Besuch bei ihr etwas anderes als bloß das Angebot, ihr seine Karten anzuvertrauen? Ein Vorwand, nach Bresterholz zu kommen, wo seine »gute Bekannte« Agnes wohnte, deren Mann mal wieder nicht im Lande war, sondern in den USA, wie Anna im Dorfladen erfahren hatte, und der deshalb keine Zeit für sie hatte? War Richard gar nicht nach Hannover zurückgefahren, wie er behauptet hatte, sondern hatte Agnes nach dem gemeinsamen Tag aufgesucht?

Es ging sie ja eigentlich nichts an, und so reagierte sie nur mit einem kurzen »Ach so«. Auf seine erneute Frage, ob sie seine Karten bereits näher angesehen habe, antwortete sie ebenso kurz angebunden: »Noch nicht. Das werde ich aber heute machen.« Danach beendete sie das Gespräch mit einem unpersönlichen: »Ich melde mich.«

Sie ärgerte sich, dass sie sich so kindisch benahm, aber es störte sie, dass dieser charmante Bursche sie eingewickelt hatte. Was sie empfand, ähnelte einem Gefühl, das sie schon lange nicht mehr verspürt hatte: Eifersucht. Anna beschloss, sich lieber auf ein anderes Thema zu konzentrieren, ehe sie Richard innerlich zur Hölle schickte. Sie wollte in diesen Tagen einige Besuche absolvieren, bei Rolf Peters, dem Ex-Polizisten, und dann bei Agnes Fichte, der sie ja nicht vorwerfen konnte, ihr nichts über ihre Bekanntschaft mit Richard erzählt zu haben. Der Kaffeeklatsch mit Birthe Hoffmann musste noch warten, Pastor Burmeister hatte Vorrang. Doch zunächst holte sie Richard Bernhards Karten aus der Mappe.

Durch die Lupe betrachtet wirkten sie in ihrer Detailliertheit noch beeindruckender. Anna entdeckte vier sehr fein gestrichelte Markierungen, die kleinen Kreuzen ähnelten. Mitten auf der Karte sah sie ein winziges Viereck, das sie nicht interpretieren konnte. Sollte das ein Haus darstellen? Aber wer sollte damals dort gelebt haben? Die Torfstecher wohnten zu jener Zeit in ihren Katen am Rand des Moores, nicht *im* Moor. Und was sollten diese kleinen Kreuze? Sie hatte die gleichen auf zwei weiteren Kopien mit Abbildungen dieser Region entdeckt. Diese Karten waren nicht signiert und insgesamt weniger sorgfältig entworfen und gezeichnet als die Karten von »R. F.«. Er hatte maßstabsgerechte Abbildungen geschaffen, nach denen man wahrscheinlich auch heute noch die Orte finden konnte, die er durch die kleinen Kreuze und das Viereck markiert hatte. Offenbar hatte er etwas entdeckt, das ihm so wichtig erschienen war, dass er es durch die winzigen Markierungen kennzeichnete. Auf jeden Fall aber waren diese Karten von so herausragender Qualität, dass sie den Kurator anrufen würde, um ihm diese Exponate für die Ausstellung zu empfehlen. Vielleicht nicht alle vier, da sie dasselbe Moor nur aus wenig unterschiedlicher Perspektive zeigten, aber doch mindestens eine oder zwei davon.

Morgen musste sie unbedingt ihren englischen Kollegen Harold Kingsley anrufen, um ihn nach diesem R. F. zu fragen. Sie hatte sich mittlerweile Gedanken zu den Initialen gemacht. Es gab ein paar Kartographen mit diesen Anfangsbuchstaben aus dem späten 18. und frühen 19. Jahrhundert. Der eine, Richard Figgins, hatte seine Karriere aber erst um 1820 begonnen, dann waren da noch Roderick Fallon, der aber nur in Irland kartographiert hatte, und ein gewisser Robert Fitzroy, der um 1830 einige sehr schöne Karten nordenglischer Grafschaften und der Küstenregionen um Dover gedruckt hatte. Ihr R. F. aber hatte offensichtlich um 1780 diese Gegend besucht. Vielleicht war er sogar Bewohner dieses Hauses gewesen – hatte nicht Anke Kück von »ausländischen Herren« erzählt, die hier vor längerer Zeit einmal Quartier bezogen hatten? Möglicherweise hatten ihm sogar die Bücher gehört, die im Wohnzimmer standen?

Bei Sonnenlicht wirkte das kleine Wohnzimmer recht heimelig. Staub tanzte in der Luft, und Anna schwor sich, demnächst den Putzlappen zu schwingen. Sie holte die drei alten Bände vom Regal.

In dem Swift fand sie keine Eintragung, im Forster entzifferte sie mit einiger Mühe die verschnörkelten Lettern als den Namen »Alexander Weight«, und in dem »Tristram Shandy« war der Namenszug so stark verblichen oder auch durch die Einwirkung von Wasser verwischt worden, dass sie kaum etwas erkennen konnte. Darunter stand allerdings ein Datum: »10/14/1781«, also auf Deutsch: 14. Oktober 1781.

Anna stellte die Bücher wieder auf das Regal zurück. Jammerschade, dass Anke Kück die Kiste mit den anderen alten Büchern aus dem Keller verkauft hatte. Vielleicht hätte sie mit Hilfe eines dieser Bände den Besitzer ausfindig machen können. Obwohl ein Name in einem Buch nicht immer unbedingt auf den ursprünglichen Besitzer verwies. Sie besaß eine Reihe von Büchern aus dem Besitz ihrer Tante und von einer privaten Bibliothek, bei deren Auflösung ihre Mutter vor bald vierzig Jahren viele Kinderbücher erstanden hatte. Sie hatte überall hemmungslos ihren Namen hineingeschrieben, obwohl diese Bücher ihrer Tante gehört hatten und der Bibliothek einer Pfarrei.

Anna stellte die Bücher wieder ins Regal. Die Sonne schien, wenn sich auch immer wieder Wolken davorschoben, und sie wollte nicht lesen, sondern die Gunst der Stunde nutzen, um bei Rolf Peters vorbeizusehen. Er wohnte in Osterheide in der Nähe von Anke Kück und nicht weit entfernt vom Pastor.

Sie besaß immer noch kein Fahrrad. Bisher war es beim Vorsatz geblieben, sich eines anzuschaffen. Aber es kam ihr immer irgendetwas dazwischen. Genauso wie bei ihrem schon ewig geplanten Besuch im Museum von Bederkesa. Nach mehreren Anläufen hatte sie dieses Vorhaben erst einmal ad acta gelegt. Jetzt blieb ihr nichts anderes übrig, als zu Fuß zu Rolf Peters zu marschieren.

Der Spaziergang vom Moorhaus zum Haus von Rolf Peters dauerte eine knappe halbe Stunde. Wieder bewunderte Anna die hübschen Häuser und Gärten, wobei ihr auffiel, wie still es überall war. Hier und da das Bellen eines Hundes, das Gurren einer Taube, ein Flügelschlag, auf der Bundesstraße in der Ferne ein Auto, das kurze Knattern eines Motorrades. Die Sonntagsruhe lag wie eine große Glocke über Bresterholz. Vor der Kirche spielten ein paar Kinder Ball, aber auch sie machten kaum Lärm.

Eigentlich hatte Anna ein schlechtes Gewissen, um diese Uhrzeit zu Rolf Peters zu gehen. Aber am Nachmittag wollte sie wieder arbeiten und Agnes Fichte wegen eines Treffens anrufen.

Das Haus des ehemaligen Polizisten in dem adretten Dorf Osterheide stand in einem gepflegten Garten. An der Hauswand wuchsen Kletterrosen, in den Fenstern spiegelte sich der hellblaue Junihimmel, über den die Wolken jagten. Gerade wollte Anna klopfen – eine Klingel konnte sie nicht entdecken –, da öffnete sich die Haustür, und ein Mann von Ende sechzig mit Glatze und einem von Wind und Wetter gegerbten Gesicht mit blitzenden grauen Augen stand im Türrahmen.

»Ah, die Frau Bentorp«, begrüßte er sie mit tiefer Stimme. Offenbar kannte er ihren Namen, was sie aber nicht weiter überraschte. Die Kunde, dass sie im Moorhaus wohnte, schien sich wie ein Buschfeuer verbreitet zu haben. Und Anke Kück hatte sicher nicht mit Informationen über ihre Mieterin gespart. Schließlich wohnten nicht alle Tage Fremde in Bresterholz. Wie Anke Kück ihr wiederum erzählt hatte, sang Rolf Peters seit Jahren im Kirchenchor von Bremervörde und hatte das auch nach seiner Pensionierung nicht aufgegeben. Mit dieser Bassstimme kein Wunder! Er bat Anna ins Haus. Von einem kleinen Flur gelangte man in ein großes helles Wohnzimmer, dominiert von einem riesigen Flachbildschirm und einem roten Sofa.

»Ich hoffe, ich störe Sie nicht beim Mittagsschlaf«, sagte Anna, als Peters ihr ein Zeichen gab, sich auf einen im Vergleich zu dem Sofa-Monster eher zierlichen Sessel zu setzen.

»Nein, nein! Ich wollte ohnehin auch einmal bei Ihnen vorbeikommen, aber ich weiß ja, dass Sie zu tun haben.« Peters wartete nicht auf eine Erwiderung von Anna, sondern fuhr fort: »Anke Kück hat mir von dem Vorfall letztens erzählt. Sehr ärgerlich, aber aus dem, was sie mir geschildert hat, sieht das wirklich eher wie ein Dummejungenstreich aus. Ähnlich wie vor ein paar Jahren in dem alten Haus von Pastor Burmeister. Das war damals Herbert Fichte mit seiner Bande. Doch die gibt es nicht mehr. Die Jungens sind ja jetzt mehr oder minder erwachsen. Herbert studiert in München, die beiden anderen haben eine Lehre gemacht und leben inzwischen in Bremen und Osterholz.« Mit diesen Worten verschwand er im Flur, und Anna hörte ihn in einem Nebenraum hantieren. Offenbar die Küche, denn er kam nach wenigen Minuten mit einem Tablett zurück, auf dem Tassen, eine Kaffeekanne, Milch, Zucker und eine Schale mit Gebäck standen.

Sie bedankte sich und sagte: »Eigentlich wollte ich Sie sofort selbst informieren, aber Anke Kück hat mich davon überzeugt, dass das keine professionellen Einbrecher waren. Trotzdem wäre es mir lieber, wenn es eine Alarmanlage gäbe, auch wenn die Schlösser ausgewechselt worden sind. Es ist schon ein beunruhigender Gedanke, dass irgendwelche Fremden ins Haus marschieren können.«

Rolf Peters lachte. »Ich verstehe das gut. Ja, bitten Sie Anke darum. Oder besser: Geben Sie selbst den Auftrag. Anke nimmt so was nicht ernst und vergisst es vielleicht. Ich gebe Ihnen nachher die Telefonnummer einer Firma für Sicherheitsanlagen in Cuxhaven, die ich seit meiner Zeit als Polizist gut kenne. Ordentliche Leute, schnell und preisgünstig. Berufen Sie sich auf mich, und die Rechnung zahlen muss ohnehin Anke. Es ist schließlich ihr Haus, und es würde ihr wenig nutzen, wenn Sie später in einem Internetforum schreiben würden, dass Sie sich in dem Haus unsicher gefühlt haben.« Peters trank einen großen Schluck Kaffee. »Nun erzählen Sie aber mal, was Sie eigentlich zu mir führt. Es ist doch nicht dieser Hausfriedensbruch oder wie immer man das nennen mag.«

Anna nickte. »Meine Vermieterin hat mir erzählt, dass Sie die Gegend sehr gut kennen. Ich hätte gerne mehr über das Moorhaus gewusst, über die Besiedlung des Moores um 1790 und über die Sagen, die es dazu gibt. Ich habe von einem ›Roten

Piet‹ gehört, der so etwas wie ein Verwandter vom Roten Franz zu sein scheint, der beliebtesten niedersächsischen Moorleiche.«

Rolf Peters grinste. »Wenn es um Heimatkunde geht, dann ist der Pastor der bessere Ansprechpartner. Aber ich kenne ein paar gute Geschichten. Immerhin war ich ja lange genug Polizist in dieser Gegend. Ja, ja, der gute alte Piet! Dieses Moor ist die reinste Gerüchteküche. Ich beschäftige mich seit 1990 damit, als ein zehnjähriger Junge im Moor verschwand. Als er am nächsten Tag wiederauftauchte, glücklicherweise gesund und munter, da erzählte er von einem Moormann mit roten Haaren. Wir haben das ganze Moor abgesucht – so groß ist es ja nicht mehr. Gefunden haben wir nur die Überreste einer Hütte, die aber schon sehr lange verlassen sein muss. Doch der Junge bestand darauf, dass er den Moormann gesehen habe. Er trug einen Rucksack und einen Wanderstab oder etwas in der Art. Ich glaube, dass es einer dieser Sondengänger war, die ständig mit ihren Metalldetektoren auf Schatzsuche sind. Was der Junge im Moor getrieben hat, wissen wir bis heute nicht. Seine beiden Kumpels haben das zwar abgestritten, aber ich habe damals schon angenommen, dass es so etwas wie eine Mutprobe gewesen sein muss.«

Peters nahm einen Schluck Kaffee, bevor er fortfuhr. »Er selbst hat dann einige Jahre später erzählt, dass er in einer verlassenen Hütte übernachtet hätte und ihm der Moormann Schokoriegel und Cola gegeben habe. Er hat dem Jungen kein Leid zugefügt. Das war natürlich die Befürchtung der Eltern gewesen. Aber der Junge hat das Abenteuer unbeschadet überstanden. Es kam später dann heraus, dass es tatsächlich eine Art Mutprobe war: Seine Freunde haben ihn ins Moor geführt, und er hat den Weg hinaus nicht mehr gefunden. Als er dann am Abend nicht zurückkam, haben seine Kumpels sich nicht getraut, den Eltern davon zu erzählen, und gehofft, dass ihr Freund schon wiederauftaucht. Was er ja auch gemacht hat. Angeblich wollten sie nach ihm suchen, aber da war das ganze Dorf schon unterwegs.« Peters lächelte. »Na ja, das liegt alles schon gute siebenundzwanzig Jahre zurück. Alle drei sind längst erwachsen und leben nicht mehr in dieser Gegend.«

Anna trank ihren Kaffee und naschte einen der Kekse mit Schokoladenglasur.

»Und danach haben Sie angefangen, sich mit dem Moor näher zu beschäftigen?«, fragte sie.

Peters nickte. »Ich finde besonders die Epoche der Moorkolonisation spannend, als die Gegend im Auftrag des englischen Königs Georg III. kartographiert wurde. Mehrere Kartenmacher waren wohl hier vor Ort. Irgendetwas soll damals passiert sein, auf jeden Fall verschwanden diese Kartographen dann allesamt sehr plötzlich. Einer meiner Vorfahren war damals Pastor in dieser Gegend, Fritz Peters. Er liegt auf dem kleinen Friedhof bei der Kirche begraben. In der alten Kirchenchronik habe ich einen Eintrag gefunden, dass eine Frau namens Käthe Brunkhorst, geboren 1703, wohl im August 1788 gewaltsam zu Tode gekommen sei. Diese Frau galt als weise Kräuterfrau, die den Bewohnern hier manches heilsame Tränklein gebraut hat. Deshalb ist sie auch etwas ausführlicher in der Chronik erwähnt. Es gab wohl in jener Zeit einige Gerüchte, dass Käthe im Moor einen Schatz entdeckt und der sogenannte Moormann, der die Geheimnisse des Moores hütet, sie erschlagen habe. Man hat aber nie herausgefunden, ob sie wirklich ermordet wurde oder in ihrer Hütte gestürzt ist und dabei zu Tode kam. Auf jeden Fall hat einer meiner Vorfahren sie beerdigt.«

»Und was ist dran an der Geschichte von dem Schatz, den Käthe angeblich gefunden hat?« Anna schob sich noch einen Keks in den Mund. Sie hatte nur spärlich gefrühstückt und spürte ein leichtes Grummeln im Magen.

»Darüber ist nichts bekannt. Aber wenn Käthe tatsächlich einen Schatz entdeckt hätte, dann wäre das ruchbar geworden, außer sie ist tatsächlich ermordet worden und man hat den Schatz gestohlen. In ihrer Hütte ist wohl nichts weiter gewesen außer ihren Kräutern, Tinkturen und ein paar Scherben. So jedenfalls steht es in der Chronik aus dem Jahr 1788. Seitdem aber spukte der Moormann noch intensiver in den Sagen herum, und fast jeder im Dorf will ihn gesehen haben. Ich glaube ja, dass es damals ein Torfstecher gewesen sein könnte, der im Nebel durch das Moor gewandert ist und aus der Ferne unheimlich wirkte. Heute wäre das eher ein Tourist, der verloren durch den Nebel tapert. Bisher sind bei uns im Brester Moor jedenfalls weder Moorleichen noch Artefakte oder Objekte aus einer prähistorischen Siedlung gefunden worden.«

»Aber glaubt man denn, dass da etwas zu entdecken ist? Es gibt Hunderte von Mooren allein in Niedersachsen, und in einigen findet man tatsächlich solche Relikte. Auch im Teufelsmoor hat man ein Wikingerschwert entdeckt.«

Rolf Peters lächelte und leerte seine Tasse. Ein nachdenklicher Ausdruck trat in seine Augen. »Sicher, alles ist möglich. Ich weiß es nicht. Das Gerücht hält sich seit vielen Generationen, dass das Brester Moor noch ein unentdecktes Geheimnis birgt. Da mag etwas dran sein, oder es ist Wunschdenken.«

Anna dankte Rolf Peters für den Kaffee und seine Zeit. Viel Neues hatte sie, außer der Geschichte um den Jungen, der im Moor verschwunden war, nicht erfahren. Zum Abschied fragte sie noch: »Sie haben keine Idee und auch keine Möglichkeit, der Sache mit meinem Haus nachzugehen, oder? Frau Kück hat das alles heruntergespielt, aber Sie waren Polizist. Was raten Sie mir?«

Rolf Peters lächelte. »Wer immer das war, ist sicher längst über alle Berge. Machen Sie sich keine allzu großen Sorgen. Wir hatten hier seit vielen Jahren keinerlei ernste Probleme, mal einen Diebstahl, oder jemand hat einen Trecker für eine Spritztour entwendet. Aber abschließen sollten Sie Ihr Haus schon, wenn Sie es für längere Zeit verlassen. Denn gelegentlich fahren Leute durch die Lande, die vielleicht auf dumme Ideen kommen könnten. Und sagen Sie Anke, dass Sie diese Alarmanlage einrichten lassen wollen.«

Seine Worte beruhigten Anna nicht völlig, doch als sie ins Sonnenlicht trat, verflogen diese Ängste rasch. Stattdessen ließ sie Revue passieren, was ihr Rolf Peters über die vergangenen Zeiten im Moor erzählt hatte. Es bestärkte sie in ihrem Gedanken, dass die Kreuze auf den Karten von R. F. vielleicht tatsächlich eine besondere Bedeutung haben konnten. Sie war sich jetzt sicher, dass R. F. aus England hierhergekommen war, um im Dienste der Royal Society Karten zu erstellen. Umso dringlicher wurde ihr Wunsch, morgen ihren britischen Kollegen zu kontaktieren.

Als sie in ihrem Vorgarten ankam, klingelte ihr Handy.

»Frau Bentorp?«

Im ersten Moment erkannte Anna die Anruferin nicht. Aber dann erinnerte sie sich an Agnes Fichtes eher dünne Stimme.

»Frau Fichte? Sind Sie das?«

»Ja, ich wollte Sie fragen, ob Sie Lust hätten, morgen gegen sechzehn Uhr zum Tee vorbeizukommen?«

Das war aber eine schnelle Einladung – vielleicht steckte Richard Bernhard dahinter, der »gute Bekannte«. Wieder ärgerte sich Anna, dass sie so etwas überhaupt dachte. Dieser Mann nahm zu viel Raum in ihren Gedanken ein.

»Gerne«, antwortete sie rasch. Das kam ihr sehr entgegen, dann könnte sie diesen geplanten Besuch auch von ihrer To-do-Liste streichen.

Agnes Fichte erwiderte: »Dann bis morgen«, und schon hatte sie aufgelegt, offenbar keine Freundin langer Telefonkonversationen.

Nach ihrem Besuch bei Rolf Peters verspürte Anna plötzlich Lust, sich auch mit dem Pastor zu unterhalten, der sie ja ebenfalls eingeladen hatte, ihn in seinem kleinen Haus am Moor zu besuchen. Sollte sie das gleich heute am Sonntag versuchen? Im schlimmsten Fall hatte er keine Zeit, war nicht zu Hause oder wollte seine Ruhe. Dann konnte sie immer noch weiter ins Moor gehen und vor Ort darüber nachdenken, welche Stellen der unbekannte R. F. mit einem Kreuzzeichen versehen haben könnte. Allerdings würde das ohne die Karten, die sie nicht ins Moor mitnehmen wollte, ein wenig mühsam werden. Doch sie könnte sich ein paar Skizzen machen.

Schnell bereitete sie sich in ihrer kleinen Küche eine Tomatensuppe zu – die Schokoladenkekse von Rolf Peters hielten nicht lange vor – und aß sie auf der Bank vor der Haustür.

Ein Auto fuhr vorbei, Kinderstimmen drangen aus der Ferne herüber, und die Kirchenuhr zerteilte mit ihren Schlägen die Zeit in Viertelstunden. Anna fielen die Augen zu.

Das Klirren der zersprungenen Suppenschale, die ihr aus der Hand geglitten war, riss sie aus dem Halbschlaf und einem sonderlichen Zustand zwischen Träumen und Wachen, in dem rothaarige Wesen und alte Frauen im Moor unter einer verkrüppelten Weide im Boden gestochert hatten. Verwirrt fuhr sie hoch. Nicht nur die zerberstende Keramik, sondern auch das penetrante Klingeln ihres Handys hatte ihren Traum zerrissen. Die Nummer auf dem Display kannte sie nicht.

»Ja?« Mühsam konzentrierte sie sich auf das Handy.

»Frau Bentorp? Hier Pastor Burmeister. Hätten Sie Lust, mich heute am späteren Nachmittag zu besuchen? Ich habe Sie ja heute Morgen eingeladen, irgendwann mal vorbeizukommen. Aber da ich überraschend verreisen muss, wäre heute günstig.«

»Sehr gerne. Gegen achtzehn Uhr?«, antwortete Anna, noch immer leicht benommen.

»Das wäre schön. Bis später dann und noch einen schönen Tag.« Erstaunlich – der Mann schien ein Gedankenleser zu sein! Alles fügte sich bestens in ihre Pläne.

Nach ihrem Halbschlaf noch ein wenig geistig abwesend setzte sie sich wieder an den Schreibtisch. In Gedanken aber war sie noch bei ihrem Besuch bei dem Ex-Polizisten. Vielleicht konnte ihr der Pastor mehr erzählen als Rolf Peters, bei dem sie zudem das Gefühl gehabt hatte, dass er ihr nur einen Bruchteil von dem gesagt hatte, was er wusste. Vielleicht vertraute er ihr, der Städterin, auch nicht wirklich. Sie hoffte, dass Burmeister weniger zurückhaltend sein würde.

Um kurz vor achtzehn Uhr packte sie die vier Karten von Richard Bernhard behutsam in die Mappe und schloss die Haustür zweimal hinter sich ab. Sie wollte mit Pastor Burmeister über ihre Vermutung sprechen, dass R. F. mit seinen Kreuzen irgendwelche außergewöhnlichen Entdeckungen markiert hatte.

Der Fußweg führte sie erneut quer durch Bresterholz nach Osterheide, das nur anderthalb Kilometer entfernt lag. Dennoch – ein Fahrrad musste her! Das war jetzt das ungefähr zehnte Mal an diesem Tag, dass sie sich das vornahm. Das wurde allmählich zum Running Gag. Die Mappe erwies sich zudem als unhandlich, aber Anna wollte die kurze Strecke nicht mit dem Auto fahren. Das Laufen tat ihr bei ihrer vielen Arbeit in sitzender Position gut.

Anke Kück hatte ihr erzählt, wo der Pfarrer wohnte. Das kleine Haus, das ihrem ähnelte, ließ sich leicht finden. Der Pfarrer erwartete sie schon an der Haustür. Freundlich lächelnd bat er sie ins Haus. Auch sein Wohnzimmer wirkte wie ihres eher klein, dafür war die Terrasse, auf die er sie führte, umso größer, und die gepflegten Beete in seinem Garten prangten üppig im Junilicht. Ein Unterschied wie Tag und Nacht im Vergleich zu ihrem chaotischen Vorgarten und kaum weniger chaotischen Gärtchen hinter dem Moorhaus, in dem Anke Kück offenbar nur gelegentlich mal Unkraut jätete und den schmalen, von Moos durchwachsenen Rasen mähte.

Anna setzte sich in einen der bequemen Gartenstühle, und schon wenig später servierte Pastor Burmeister Tee und einen Obstkuchen.

»Der stammt nicht aus eigener Produktion«, erklärte er schmunzelnd. »Den hat unsere unvergleichliche Birthe gebacken.«

Es fiel Anna leicht, mit dem Geistlichen ins Gespräch zu kommen. Er schilderte anschaulich seinen Werdegang, erzählte von seiner Frau Dorothee, mit der er vierzig Jahre verheiratet gewesen und die mit nur fünfundsechzig Jahren gestorben war. Sein Sohn arbeitete in Hamburg bei einer Werft als Jurist, seine Tochter in München als Ärztin. Beide »Kinder« hatten inzwischen jeweils selbst zwei Kinder.

Manchmal überkam Anna das Gefühl, dass es doch schön wäre, Kinder zu haben. Sie hatte es sich zwar nie richtig vorstellen können, und auch ihr Ex-Mann verspürte wenig Lust, Kinder zu haben. Doch nun, da sie auf die fünfzig zuging, war sie nicht mehr wirklich glücklich mit dieser Entscheidung. Schnell schob sie den Gedanken beiseite. Es hatte keinen Sinn, sich mit dem »Wenn« und »Hätte« zu beschäftigen. Aber ein kleiner Stachel blieb, als Pastor Burmeister strahlend berichtete, dass seine Kinder mit den Enkelkindern zu Weihnachten und zu Ostern immer nach Osterheide reisten und sie dann einige Tage zu siebt in dem kleinen Haus verbrachten.

Nach weiterem Geplauder, bei dem Anna auch von ihrem Leben ein paar Fakten preisgab, kam sie zum eigentlichen Zweck ihres Besuchs. »Ich habe Ihnen ein paar Karten mitgebracht, die das Brester Moor vor mehr als zweihundert Jahren zeigen. Sie kennen diese Gegend hier ja sehr gut und haben sich, wie ich hörte, auch mit der Geschichte der Moore beschäftigt. Mir ist da etwas auf diesen alten Karten aufgefallen, und ich wollte Sie fragen, ob Sie sich das erklären können.«

Pfarrer Burmeisters Interesse war sofort geweckt. »Ich habe mich tatsächlich viel mit dieser Gegend beschäftigt, vor allem mit der These, dass hier schon vor Tausenden von Jahren Siedler als Jäger und Sammler, später als Viehhirten gelebt haben könnten. In vielen Mooren sind ja Spuren solcher eisenzeitlichen und bronzezeitlichen Siedlungen gefunden worden, nur seltsamerweise bei uns nicht. Ich hoffe ja immer noch, dass diese Sondengänger etwas entdecken. Der alte Willems spukt schon seit Jahren durchs Gelände.«

Anna sah ihn fragend an.

Burmeister schmunzelte und fuhr fort: »Harm Willems ist ein pensionierter Lehrer aus Hamburg, der jedes Jahr im späten Frühling und Sommer hierherkommt und dann durchs Moor streift und hofft, irgendwelche Schätze zu finden. Vielleicht sind Sie ihm schon einmal begegnet.«

Anna musste an den schlecht gelaunten Wanderer denken, dem sie bei ihrem ersten Gang ins Moor begegnet war. Vielleicht war das dieser Willems?

»Er ist ein bisschen sonderbar, aber harmlos«, sagte Burmeister. »Angeblich schreibt er an einem Buch über ›Die Geheimnisse im Moor‹. Doch selbst wenn er etwas gefunden hätte, würde er wohl versuchen, es zumindest eine Zeit lang geheim zu halten. Es wäre nicht das erste Mal. Ihm eilt ein gewisser Ruf voraus. Wahrscheinlich würde er aber irgendwann erkennen, dass es sinnvoller und auch für ihn lukrativer ist, im Falle einer erfolgreichen Schatzsuche die Öffentlichkeit daran teilhaben zu lassen.

Die meisten halten ihn aber für einen etwas weltfremden Spinner. Letztens hat er behauptet, er habe vor ein paar Wochen an einem dunstigen Spätnachmittag den Moormann gesehen. Von dem haben Sie ja bestimmt schon ein paarmal gehört, seit Sie hier sind. Doch Willems konnte nicht genau sagen, wo er ihn gesehen haben wollte. Irgendwo im Dunst. Da der gute Mann gerne einen zur Brust nimmt, hat ihm das niemand geglaubt. Er sieht wahrscheinlich auch am helllichten Tag Geister durchs Moor schweben.« Burmeister hielt inne. »Jetzt bin ich ins Erzählen gekommen. Lassen Sie uns lieber mal diese Karten anschauen, ehe ich Sie langweile.«

Anna breitete die Karten auf dem Gartentisch aus, von dem Burmeister das Tablett mit dem Kaffeegeschirr abgeräumt hatte. Er beugte sich über die oberste Karte. Auch ohne Lupe schien er die kleinen Kreuze im noch hellen Licht des frühen Abends zu erkennen.

»Hm«, machte er. »Sehr interessant. Eines der Kreuze ist da, wo heute die Fichtes ihren Garten haben. Die anderen kann ich nicht exakt zuordnen. Aber es könnte in der Tat sein, dass der Kartograph mit den Kreuzen einen Fund oder ein für das Moor ungewöhnliches Phänomen markieren wollte, um es sich später noch einmal näher anzusehen. Kennen Sie den Namen des Kartenmachers?«

»Seine Initialen sind R. und F.«

»Sagt mir nichts.« Burmeister sah sich auch die anderen drei Karten an. »Hier! Die Kreuze sind auf jeder der Karten an etwas unterschiedlichen Stellen angebracht. Das sieht aus, als ob insgesamt sechzehn Stellen markiert seien.«

»Ob das bedeutet, dass er an sechzehn Stellen etwas Außergewöhnliches gefunden hat?«

Wieder machte Pastor Burmeister »Hm«, dann stutzte er. »Ganz schön verstreut, diese Kreuze, und ich glaube, manche der eventuell damit markierten Stellen sind heute gar nicht mehr im Moor selbst. Der Garten der Fichtes ist ja nicht die einzige Veränderung an der Umgebung des Moores. Ganze Teile sind heute Felder und Weiden. Falls Sie all diese Stellen finden wollen, ist das ein intensives Stück Arbeit. Vielleicht ist sogar einiges verschwunden und nicht mehr auffindbar. Denn das Moor verändert sich auch ohne menschliches Zutun ständig. Vielleicht gibt es doch noch nirgendwo nähere Angaben dazu, was der unbekannte Kartograph damals damit markieren wollte.« Burmeister blickte nachdenklich vor sich hin.

»Ich habe eine Idee«, sagte er schließlich. »Im Keller befinden sich ein paar Kartons mit alten Atlanten und Büchern, die ich beim Sanieren des Hauses hinter einem Regal mit leeren Weinflaschen entdeckt habe. Ich wollte diese alten Schwarten nicht wegschmeißen, glaube aber, dass sie nicht mehr viel wert sind, da sie einen Wasserschaden haben. Ich gehe nur selten in den Keller. Er ist irgendwie unangenehm und riecht feucht. Ist aber kein Wunder, da dieses Haus wie die meisten Häuser hier auf moorigem Grund erbaut worden ist. Vielleicht finden wir ja etwas da unten, das Sie interessieren und Ihnen sogar weiterhelfen könnte.«

Beim bloßen Gedanken, in den Keller zu steigen, überkam Anna ein Schauder. Aber immerhin musste sie nicht allein hinunter. Und was sollte schon passieren? Ihre Angst vor Kellern wurde allmählich zur Neurose. Da half nur eines: In möglichst viele Keller zu gehen und sich zu überzeugen, dass dort weder Gespenster noch andere Phantome lauerten.

Die Treppe, die in Pastor Burmeisters Keller führte, war breiter als die schmale Stiege im Moorhaus. Aber in der Tat entströmte dem unteren Geschoss der gleiche Geruch wie Annas Keller, eine Mischung aus Erde und altem Gemäuer. Die Deckenlampe, eine einzelne Glühbirne wie in ihrem eigenen Keller, schwankte leicht im Luftzug, als Anna und der Pastor die Treppe hinabstiegen. Im Gegensatz zu ihrem Keller, der fast leer war, lagen hier im ersten Raum einige Kartons, eine Matratze mit Stockflecken und mehrere abgewetzte Koffer.

Burmeister sagte entschuldigend: »Ich wollte den Keller demnächst mal entrümpeln lassen. Im Nebenraum stehen Regale herum, ein paar angeknackste Gartenmöbel und ein alter Esstisch.« Er steuerte auf eine Ecke des Raumes zu, die im Schatten lag. Das dürftige Licht der Glühbirne reichte gerade aus, um die anderen Gegenstände erahnen zu lassen. In der Ecke standen drei aufeinandergestapelte Kartons, von denen Burmeister den obersten herunterwuchtete und öffnete. Dem Karton entwich ein Geruch nach altem Papier und Schimmel. Burmeister kramte in dem Karton herum und zog schließlich zwei große Bücher und etwas hervor, das aussah wie ein alter Schulatlas.

»Voilà«, sagte er. »Das sind die Bücher und einer der Atlanten, die ich erwähnt habe. Nicht sehr ergiebig, aber immerhin. Da unsere Häuser praktisch aus derselben Zeit stammen, ähneln sich natürlich nicht nur der Grundriss und die Aufteilung der Zimmer, sondern auch die Keller. Viel mehr gibt es nicht zu sehen, aber ich zeige Ihnen gerne noch den Rest.« Er lächelte.

Anna wollte ihn nicht kränken und nickte höflich, auch wenn sie schon nach diesen wenigen Minuten ein Gefühl der Beklemmung verspürte. Ihre alte Kellerangst begann sich zu rühren, Vorsätze hin oder her.

Burmeister öffnete die Tür zum Nebenraum, in dem ein Weinregal stand, gut gefüllt mit diversen Rot- und Weißweinflaschen und mindestens zwanzig Gläsern mit Eingemachtem. In dem kleinen Raum daneben befanden sich der Heizkessel und eine Waschmaschine. Alles völlig harmlos. Aber warum fühlte sie sich hier dann so unwohl? War es der Geruch, waren es die Schatten in den Ecken, die sie zu belauern schienen, oder war es ein Urinstinkt?

Es gab noch eine weitere Tür im hinteren Teil des Raumes, die mit einem Vorhängeschloss gesichert war.

»Und was bewahren Sie darin auf? Einen Schatz?« Anna bemühte sich um einen leichten Ton.

Burmeister schüttelte den Kopf. »Der Raum war schon verschlossen, als ich hier eingezogen bin, aber ich habe keinen Schlüssel für das Vorhängeschloss. Man hat mir gesagt, der Raum dahinter sei nur eine Art Puffer zwischen den Kellerräumen und der Außenmauer. Das Haus gehört den Fichtes und nicht der Familie Kück wie das Moorhaus. Agnes Fichte war einmal hier, als sie nach den Renovierungsarbeiten das Haus besichtigt hat, und wollte in den Raum hinein, aber selbst sie hat keinen Schlüssel für das Schloss. Sie war auch nicht sonderlich an dem Haus interessiert und vor allem nicht am Keller. Aber wenn Sie es wünschen, könnte ich ja die Tür öffnen lassen und nachschauen, ob dort eine Schatztruhe steht.«

Er lächelte. »Wenn ich hier je etwas Kostbares finden sollte, was aber ein schöner Wunschtraum bleiben wird, würde ich das dem Land mit der Auflage übergeben, in unserer schönen Kirche dringende Renovierungsarbeiten vorzunehmen. Die Kirche steht nämlich auch auf einem unterirdischen Gewölbe, das tief in den Moorboden reicht. Irgendwann könnte das alles ins Rutschen kommen. Die Grundmauern müssten dringend saniert werden. In der Krypta unter der Kirche stehen zwei Sarkophage aus dem 17. Jahrhundert, die irgendwie die Jahrhunderte überdauert haben. Und ein paar Heiligenfiguren haben da unten auch überlebt.«

Mit den Büchern und dem Atlas unter dem Arm stieg Burmeister die Treppe hinauf, gefolgt von Anna, die froh war, den Keller hinter sich zu lassen. Sie schimpfte innerlich mit sich selbst. Doch irgendetwas nagte an ihrem Unterbewusstsein. Vielleicht die Frage, was sich hinter der Tür mit dem Vorhängeschloss verbergen mochte? Wahrscheinlich auch nur ein leerer Raum, aber warum war er verschlossen? Und das mit einem Vorhängeschloss, zu dem niemand einen Schlüssel zu besitzen schien. Es konnte aber auch der intensive Moorgeruch sein, der sie an etwas erinnerte und sie irritierte. Wie auch immer, sie folgte dem Pastor auf die Terrasse und ließ die Schatten des Kellers hinter sich.

Der Atlas stammte aus dem Jahr 1932 und erwies sich als Enttäuschung, zumindest für Anna, die kurz darin blätterte, aber nichts entdeckte, was sie nicht aus ihren Schulatlanten bereits kannte.

»Schade«, seufzte Burmeister. »Viel kann man damit nicht anfangen.« Er schob den Atlas beiseite und zog eines der beiden großen Bücher heran. Der in Leder gebundene Band trug den

Titel »General Atlas of the World«. Anna bekam fast einen Herzinfarkt, als sie das Buch aufschlug.

»Wissen Sie eigentlich, was für einen Schatz Sie hier haben?«, fragte sie mit leicht zitternder Stimme.

Pastor Burmeister schüttelte den Kopf. »Nein, was ist denn damit?«

»Das ist das Standardwerk von William Faden, der zu den größten Kartographen seiner Zeit gehörte. Er hat schon unter Georg III. Karten von Nordamerika gedruckt und seinen ersten Atlas mit dem Schwerpunkt Kolonien um 1780 herausgegeben. Neben Thomas Jeffery ist er der Meister unter den Kartographen. Wenn das hier wirklich ein Original aus der Zeit um 1810 sein sollte, dann könnten Sie dafür bei einem Auktionshaus um die dreißigtausend Euro bekommen. Dann hätten Sie Ihren ersehnten Schatz gefunden! Aber nein, wahrscheinlich gehört das Werk legal den Fichtes, weil es ja ihr Haus ist. Schade.«

Burmeister starrte das alte Buch ungläubig an. Fast erleichtert schien er, als Anna wenig später nach näherer Inspektion des Werkes sagte: »Nein, es ist ein Nachdruck vom Ende des 19. Jahrhunderts. Aber trotzdem wertvoll. Nicht dreißigtausend Euro, aber sicherlich noch mindestens tausend Euro. Wie und wo, sagten Sie, haben Sie die Bücher gefunden?«

»Im Zuge der Sanierung im Keller. Das liegt jetzt einige Zeit zurück. Es waren etliche Kartons mit alten Büchern, die meisten allerdings aus den dreißiger und vierziger Jahren und arg beschädigt.«

Anna nahm sich das zweite Buch vor. Auch der Titel dieses Werkes versetzte ihr einen kleinen Schock. »Atlas Portatilis«, stand da in geschwungenen Lettern. Dieses Standardwerk des Kupferstechers Johann Christoph Weigel war einer der ersten Schulatlanten Deutschlands gewesen. Ursprünglich 1723 erschienen, erlebte er immer wieder Neuauflagen. Dieser Band stammte aus dem Jahr MDCCXC, also 1790, und war damit eine der spätesten Ausgaben des Standardwerkes. Und in diesem Fall eine wirklich alte, rare Ausgabe. Anna wagte gar nicht zu spekulieren, was das an Wert bedeutete. Auf keinen Fall durfte dieses Buch länger im Keller verbleiben. Als sie das dem Pastor sagte, sah er sie verwirrt an.

»Sie wollen damit sagen, dass ich wirklich und wahrhaftig die ganze Zeit einen Schatz in meinem Keller hatte? Wer weiß, was da unten noch alles lagert! Vielleicht ist hinter der Tür mit dem Vorhängeschloss tatsächlich noch eine Kiste mit kostbaren Büchern.« Burmeister fuhr sich mit der Hand durchs Haar. »Wie Sie schon sagten, gehört dieses Buch den Fichtes, schließlich ist es ihr Haus. Ich werde es ihnen in den nächsten Tagen geben.« Vorsichtig strich er über das eben entdeckte Meisterwerk deutscher Kartographie und Kupferstichkunst. »Und? Finden Sie etwas darin, das uns weiterhelfen könnte, das Rätsel mit den Kreuzen auf Ihren Karten zu lösen?«

Anna blätterte behutsam durch den Band mit den Deutschlandkarten und einer zweiteiligen Weltkarte, die schon in der ersten Hälfte des 18. Jahrhunderts entstanden war. Immer wieder erstaunte es sie, wie präzise diese Kartenmacher vor mehr als zweihundert Jahren Kontinente und Länder auf Papier gebannt hatten.

Als sie das Buch beiseitelegen wollte, löste sich ein einzelnes Blatt daraus und segelte auf den Terrassenboden. Sie hob es auf.

Auf der bunten Karte war das gesamte Gebiet des heutigen Niedersachsen eingezeichnet. In einer Ecke stand: »Historical Map 1789«. Deutlich zu sehen waren die Grenzen des Kurfürstentums Hannover mit einzelnen Gebieten und zusätzlich die Daten, wann diese Regionen im Verlauf des 18. Jahrhunderts dem Kurfürstentum angegliedert worden waren, darunter Bremen und Verden im Jahre 1719 und das Fürstentum Lüneburg 1705. Sogar der Ort Bederkesa war auf der Karte verzeichnet, und zwischen diesem Ortsnamen und der Nordseeküste hatte jemand ein kleines Kreuz gestrichelt, kaum sichtbar. Anna reichte das Blatt Pastor Burmeister.

»Sehen Sie, da ist auch so ein Kreuz. Das könnte das Moor markieren.«

»Gehört dieses Blatt denn auch in das Buch?« Burmeister runzelte die Stirn. »Es scheint neueren Datums zu sein.«

Anna musste ihm recht geben. »Es ist offensichtlich aus jüngerer Zeit und basiert nur auf einer alten Karte aus dem Jahr 1789.« Irgendjemand aber hatte sich offenbar mit Hilfe des Atlanten von Weigel und dieser nachgedruckten Fassung einer alten Karte ein genaueres Bild von dem Moorgebiet machen wollen. Wobei die Karte aus dem Jahr 1789 keinerlei Details aufwies, sondern nur eine Übersicht dieses Teils des britischen Königreichs und der angrenzenden deutschen Fürstentümer bot. Eine ähnliche Karte von John Cary aus dem Jahr 1801 war für die hannoversche Ausstellung vorgemerkt.

»Wer hat denn vor Ihnen in diesem Haus gewohnt?«, fragte sie.

Burmeister dachte nach. »Fichtes haben es einige Zeit als eine Art Ferienhaus vermietet. Vor zwei Jahren dann wurde es saniert und mir angeboten, als ich nach dem Tod meiner Frau nicht mehr in unserem Haus in Geestermoor leben wollte. Soweit ich mich erinnern kann, waren die letzten Mieter zwei Männer, von denen der eine wohl ein Historiker, der andere Moorarchäologe war. Ich weiß noch, dass viel darüber geredet wurde, was die beiden denn hier zu finden hofften. Ich glaube, sie waren von Ende April bis Mitte Mai hier. Das muss 2015 gewesen sein, denn ich bin Ende Oktober des Jahres hier eingezogen. Aber Genaueres kann Ihnen dazu sicherlich Agnes Fichte sagen.«

Ein Historiker und ein Moorarchäologe? Anna fielen sofort zwei Namen ein: Harald Frostauer, der eitle Historiker, den sie persönlich wenig schätzte, und Knut Dierksen, den sie seit vielen Jahren als einen besonnenen und bescheidenen Wissenschaftler kannte und mochte. Möglicherweise hatten die beiden einige Zeit hier gemeinsam verbracht. Dierksens Spezialgebiet waren alte Bohlenwege im Moor, Frostauer dagegen träumte von sensationellen Entdeckungen und hatte vor einigen Jahren in einer Höhle im Harz die Überreste von Werkzeug aus der Steinzeit gefunden. Im hinteren Teil dieser Höhle entdeckten dann Frostauers Archäologiekollegen eine Art menschliches Massengrab mit zahlreichen Knochenresten. Dieser Fund wurde als Sensation gefeiert und brachte auch Frostauer einigen Ruhm. Aber was hatten sie sich in dieser Gegend erhofft? Alte Bohlenwege, germanische Gräber oder prähistorische Statuen?

»Ob die beiden auch diese alten Bücher gefunden und vielleicht sogar dieses Blatt hineingelegt haben? Und es dann hier liegen gelassen haben, weil es sie nicht weitergebracht hat? Warum hätten sie es mitnehmen sollen, wenn sie hier nur kurz gewohnt haben und die Atlanten nicht weiter wertvoll für sie waren?«, sinnierte Burmeister.

»Oder sie wollten wiederkommen. Aber wenn es die beiden Wissenschaftler sind, von denen ich annehme, dass sie hier auf Entdeckungstour waren, dann sind sie vielleicht zwischendurch anderswo unterwegs gewesen und könnten irgendwann hier weiterforschen wollen.« Wahrscheinlicher war allerdings, dass sie ihre Suche abgebrochen hatten. Anna würde Dierksen bei nächster Gelegenheit anrufen und sich danach erkundigen.

Sie fragte Burmeister, ob sie die Karte mitnehmen dürfe.

Der Pastor nickte. »Die Bücher und den Atlas würde ich Ihnen auch gerne leihen, aber die gehören zum Inventar, das heißt den Fichtes. Die Karte ist ja wohl nur eine Kopie. Die können Sie gerne behalten.«

Sie tranken noch ein Glas Wein zusammen, während die Sonne die Wolken im Westen allmählich in orangefarbenes Licht tauchte. Es dämmerte, als Anna Burmeisters Haus verließ und einer Laune folgend beschloss, auf dem Rückweg einen Abstecher ins Moor zu machen. Noch war es hell genug, und hier in Norddeutschland hielt sich das Licht Ende Juni länger als im Süden und sogar in Hannover.

Es war sehr still, als sie zum Knüppelpfad kam. Irgendwo im Dickicht gurrte ein Täubchen, aber ansonsten hörte sie keine Vogelstimmen, und selbst das Surren der Insekten war verstummt. Eine merkwürdige Ruhe lastete über dem Moor, auf das nun die ersten Abendschatten fielen, als die Sonne in einem Meer von roten und gelb-blauen kleinen Wolken versank.

Anna hatte eigentlich nur einen Blick auf das abendliche Moor werfen wollen. Doch dann wurde ihre Aufmerksamkeit durch etwas gefesselt, das aussah wie ein kleiner Erdhügel unter einer der Krüppelweiden etwa zweihundert Meter tiefer im Gelände, ein Stück abseits vom Pfad. Vorsichtig ging sie über die soliden Holzbohlen auf diesen Erdhügel zu. Hatte dort jemand gegraben? Ein plötzlicher Windstoß fuhr durch die Halme, und in den Büschen raschelte es jäh. Der Wind legte sich sofort wieder, und das Rascheln verklang ebenso schnell, wie es gekommen war. Anna war kurz abgelenkt, aber dann ging sie weiter auf die Erhebung zu.

Als sie näher kam, sah sie, dass es kein Erdhügel war. Zudem fiel ihr ein seltsames Brummen auf, das sie zunächst nicht einordnen konnte, bis sie zu der kleinen Weide kam. Darunter lag der Wanderer, der ihr schon einmal begegnet war und der Harm Willems sein musste, von dem Pastor Burmeister ihr erzählt hatte.

Er hatte beide Arme ausgestreckt, neben ihm lag sein alter Rucksack. Seine blicklosen Augen starrten hinauf zum dunkelblauen Abendhimmel, an dem die schmale Sichel des abnehmenden Mondes aufflammte. Auf seinem Gesicht lag ein Ausdruck von Entsetzen und Erstaunen zugleich. Der Mund war leicht geöffnet. Er war offenbar mit dem Hinterkopf auf einen großen Stein gestürzt, denn um seinen Kopf hatte sich eine Blutlache gebildet, über der sich ein laut brummender Fliegenschwarm gesammelt hatte.

Anna unterdrückte einen Schrei. Sie musste nicht näher herantreten, um zu erkennen, dass der Mann tot war. Hastig zog sie ihr Handy heraus und wählte den Notruf.

Wie betäubt wandte sie sich wieder zu dem Toten. Sie sah, dass der Inhalt des schäbigen Rucksacks auf dem Boden verstreut lag. Eine Thermosflasche, eine Packung mit Papiertaschentüchern, eine aufgerissene Tüte mit Keksen und ein Plastikfeuerzeug waren auf den Boden gekullert. Ein Stück entfernt vom Rucksack, durch das dichte Gras fast verdeckt, fiel ihr ein Stein auf. Er sah nicht aus wie die Steine, die sonst im Moor lagen, sondern schien mit allerlei Zeichen bedeckt zu sein, die aussahen wie aufgemalte Striche oder Einritzungen. War er aus dem

Rucksack ins Gras gerollt? Hatte Harm Willems ihn bei seinen Moorgängen gefunden?

Anna blieb keine Zeit für Spekulationen, da sie von Weitem die Sirenen des Notarztwagens und eines Polizeiautos hörte. Ohne weiter nachzudenken, hob sie den Stein auf und schob ihn in ihre Hosentasche. In diesem Moment eilten zwei Sanitäter und zwei Polizisten herbei, gefolgt von Rolf Peters. Obwohl sie ihn erst vor wenigen Stunden besucht hatte, beachtete er sie nicht. Trotz der schrecklichen Situation spürte Anna Ärger darüber aufsteigen, dass er sie wie Luft behandelte. Ein »Hallo« hätte schon genügt.

Während sich die Sanitäter und die beiden Polizisten um den Toten bemühten, widmete sich Rolf Peters dem weit verstreuten Inhalt des Rucksacks. Für eine Sekunde fühlte Anna den Drang, ihm ihren Fund auszuhändigen, aber irgendetwas hielt sie davon ab. Vielleicht dass sie sich über ihn geärgert hatte? Aber das war letztlich eine Lappalie. Wahrscheinlich spielte ihre Neugierde die Hauptrolle, die zu ihren hervorstechenden Eigenschaften zählte und sie manchmal zu unüberlegten Aktionen mit nicht immer nur positiven Ergebnissen verführte. Und zudem: Wer sagte, dass sich der Stein überhaupt im Rucksack des Toten befunden hatte? Anna beschloss, dass sie den Stein ja später immer noch aushändigen könnte – aber erst wollte sie ihn sich genauer anschauen.

1788

Die Erinnerung an die alte Käthe, die tot in ihrer Hütte auf dem Boden lag, lastete wie ein dunkler Schatten auf Reginalds Gemüt. Während draußen der Londoner Regen in grauen Vorhängen vom Himmel fiel, versuchte er sich in »The King's Men« noch einmal an jenen Moment zu erinnern. Wie er dort vor gut drei Monaten in der Kate gestanden hatte, starr vor Schreck; wie er sich zu der Alten hinuntergebeugt hatte, um genauer zu sehen, was mit ihr geschehen war. Wie er mit Entsetzen die große Wunde an ihrem Hinterkopf entdeckt und ihn die dumpfe Ahnung beschlichen hatte, dass Käthe keinem Unfall zum Opfer gefallen war, sondern ein Außenstehender ihren Tod herbeigeführt hatte, versehentlich oder mit voller Absicht.

Aber warum? Und vor allem wer? Was hatte Käthe, das so wertvoll erschien, dass man sie dafür tötete? Vorsichtig hatte Reginald die Hand der Alten geöffnet, die sich fest um einen Gegenstand geschlossen hatte. Sie hielt den Stein mit den seltsamen Gravuren umklammert. Noch im Tod hatte sie ihn verteidigt, diesen Stein, den sie für das Idol einer vorzeitlichen Göttin hielt, und offenbar hatte der Eindringling sich nicht die Mühe gemacht, ihr den Stein aus der Hand zu winden. Wahrscheinlich hielt er ihn für wertlos, hatte etwas anderes gesucht. Wenn denn wirklich ein Fremder in Käthes Hütte eingedrungen war und Käthe tatsächlich getötet hatte.

Behutsam hatte er den Stein genommen und ihn eingesteckt. Dann hatte er sich umgesehen. In der Ecke, in der das Kästchen mit dem Stein gestanden hatte, war alles durcheinander. Krüge lagen in Scherben, zerborstene Gläser, zertretene Kräuter, übereinandergestürzte Töpfe und Pfannen. Das sprach dafür, dass jemand in Käthes Hütte etwas gesucht hatte und dabei nicht eben zimperlich vorgegangen war.

Vielleicht war dieser Jemand noch in der Nähe. Reginald kroch Gänsehaut über den Rücken. Er musste so schnell wie möglich ins Dorf und Käthes Tod melden. Aber wem? Und vor allem, was sollte er sagen? Dass er Käthe besuchen wollte, sie in einer Blutlache fand und den Verdacht hegte, dass jemand bei ihrem Tod nachgeholfen hatte? Wer würde ihm glauben, ihm, dem Ausländer? Und sollte er seinen Verdacht äußern, dass irgendjemand die Hütte durchwühlt hatte? Das klang noch lächerlicher, war Käthe doch nur eine alte Kräuterfrau ohne irdische Besitztümer.

Reginald fühlte sich hilflos. Doch vielleicht wusste Eva Bescheid, wen man benachrichtigen sollte – Eva, die Frau, die das Moorhaus alle zwei Wochen reinigte und mit Fritze Meier verheiratet war, dem Bauern, dem der Grund und Boden gehörte, auf dem das Haus stand. Ein wortkarger Mann, der aber Reginald und Jonathan stets mit zurückhaltender Höflichkeit begegnete und sich ansonsten von ihnen fernhielt. Nur mit Stocker hatte Fritze Meier hie und da ein Wort gewechselt, und ein- oder zweimal waren sie gemeinsam ins Wirtshaus gegangen, um ein Bier zu trinken. Doch Eva kannte die Gegend und die Menschen hier besser als ihr Mann, der nicht aus Brester Holz, sondern aus Aspe stammte. Ihr Vater war Torfstecher gewesen, und die Hütte, in der sie mit sieben Geschwistern aufgewachsen war, gehörte zu den ältesten Katen am Moor, kaum größer als die Hütte der alten Käthe.

Reginald kniete sich neben Käthe, sprach ein Gebet, schlug das Kreuzzeichen und drückte der alten Frau vom Moor die Augen zu. Als er ins Freie trat, lauschte er unwillkürlich. Dort in der Hütte hatte ihn das Gefühl beschlichen, dass er nicht allein mit der Toten war, sondern dass ihn jemand beobachtete. Doch er hörte nichts außer den üblichen abendlichen Geräuschen, dem Jaulen eines Hundes, dem Ruf eines Käuzchens und dem Flüstern des Windes in den Blättern der Erlen. Reginald schlug den Kragen seiner Jacke hoch und eilte zum Haus der Meiers, das ein Stück entfernt am Rand des Moores lag.

Inzwischen hatte die unergründliche Dunkelheit, die nachts das Moor umschloss, das letzte Dämmerlicht verdrängt. Im Haus der Meiers brannte ein spärliches Licht. Dort fand er Eva Meier mit ihren drei Töchtern und ihrem kleinsten Sohn, die in der Stube saßen und fröhlich miteinander plauderten. Im Kamin brannte ein kleines Feuer, denn die Nächte begannen um diese Jahreszeit abzukühlen. Die Meiers hatten neben den drei Töchtern, die zwölf, neun und sieben Jahre alt waren, noch zwei Söhne, den fünfzehnjährigen Tobias, der dem Vater schon bei der Arbeit half, und den dreijährigen Christian, einen zarten Jungen, der aber schon früh sprechen gelernt hatte und den Eva vergötterte. Es fiel Reginald schwer, diese Familienidylle mit seiner Nachricht zu zerstören.

In Reginalds Erinnerung, die er in seinen schriftlichen Schilderungen verzweifelt wiederzubeleben versuchte, waren die folgenden Stunden ein Gemisch aus Schreien, Flüchen und Dunkelheit gewesen. Als er Eva vom Tod der alten Käthe berichtet hatte, war sie totenbleich geworden, hatte gemurmelt: »Der Fluch des Moormannes! Das war der Rote Piet«, und ihre Kinder aus der Stube gescheucht. Wenig später tauchte Fritze auf, gefolgt von Tobias, bald darauf kam ein großer, beleibter Mann, den Eva Reginald als Doktor Behrens vorstellte. Der Arzt wohnte nur ein paar Häuser weiter, ein freundlicher Mann, dessen Qualitäten als Medicus Reginald nicht einzuschätzen vermochte, da er seine Dienste noch nicht hatte in Anspruch nehmen müssen. Doktor Behrens, hatte er gehört, verstand sich bestens auf den Aderlass, aber wenn es um Geburten ging, holten die Frauen immer noch lieber Hebammen und vor allem Käthe in ihr Haus.

Am Himmel standen inzwischen die ersten Sterne, und das schwache Licht des abnehmenden Halbmondes vermehrte die Schatten auf dem Pfad zu Käthes Hütte. In der Nähe rief ein Käuzchen, und ein paar Fledermäuse flogen vorbei. Reginald fühlte sich unwohl. Ihm saß der Schrecken tief in den Knochen, und als die kleine Gruppe Käthes Hütte erreichte, wäre er am liebsten umgekehrt und davongelaufen.

Die Männer leuchteten in die Hütte. Im flackernden Schein der rauchenden Fackeln sah die Leiche der alten Frau seltsam verzerrt und unwirklich aus. Der Doktor kniete sich neben die

Tote, untersuchte sie eher flüchtig und sagte dann: »Sie ist wohl gestürzt und hat sich dabei den Schädel zerbrochen.«

»Aber weshalb, glaubt Ihr, herrscht ein solches Durcheinander in der Hütte?«, wagte Reginald zu fragen.

Der Doktor warf ihm einen kurzen tadelnden Blick zu. »Beim Sturz wird sie einiges umgeworfen haben, und vielleicht hat sie ja selbst zuvor diese Unordnung verursacht.«

»Das glaube ich nicht«, widersprach Reginald. »Ich meine, dass jemand die Hütte durchwühlt hat.«

»Mag ja sein, dass ein Strauchdieb in die Hütte gekommen ist und sie durchsucht hat, als er Käthe tot auf dem Boden sah. Leider sind die Menschen nicht vor der Verführung gefeit, auch wenn es ein Zeichen von niederer Gesinnung ist, das Haus einer Toten zu durchwühlen«, räumte der Doktor ein. »Aber sicher hat ihr niemand mit Absicht geschadet. Käthe war sehr alt und nicht mehr ganz sicher auf ihren Beinen. Zudem hat sie allein in dieser Einsamkeit gelebt. Da ist es nicht erstaunlich, wenn jemand stürzt und stirbt, weil ihn niemand rechtzeitig findet.«

Reginald fand das Salbadern des Arztes unerträglich, aber er hielt sich mit seinem Verdacht, dass vielleicht jemand Käthes Tod verschuldet haben könnte, zurück. Er war ein Fremder, auf ihn würde niemand hören.

Die beiden Meiers dagegen sahen sich bedeutungsvoll an, und Fritze flüsterte: »Das war Piet. Das war der Moormann. Er hat sich gerächt, weil Käthe immer durchs Moor gegangen ist und ihn gestört hat. Sie hat nach den Schätzen geschaut, die er hütet.«

»Ach, Unfug«, sagte der Doktor. Er war mit einem lauten Schnaufen aufgestanden und wandte sich an Reginald. »Was hattet Ihr denn in der Hütte zu suchen?«

»Käthe wollte mir ein paar Sachen zeigen und mir einen Kräutertee gegen meinen Husten geben«, flunkerte Reginald, der nicht einmal den Ansatz eines Hustens hatte. Aber er würde Behrens sicherlich nicht die Wahrheit auf die Nase binden.

Der sah ihn tadelnd an. »Nicht gegen jeden Husten ist ein Kraut gewachsen. Vielleicht würde Euch ein ordentlicher Aderlass besser helfen.« Dann wandte er sich den anderen zu. »Wir müssen Käthe aus der Hütte schaffen, und der Pfarrer muss benachrichtigt werden«, entschied er. Damit schien die Angelegenheit für ihn erledigt.

»Und wenn sie jemand erschlagen hat?« Nun war ihm doch sein Verdacht über die Lippen gekommen. Dass der legendäre Moormann sie getötet haben sollte, wie die Männer raunten, war in Reginalds Vorstellung gänzlich absurd. Zudem konnte und wollte er nicht hinnehmen, dass der arrogante Doktor Käthes Tod fast wie eine Lappalie abtat. Doch Behrens zuckte nur mit den Achseln und trat aus der Hütte in den fahlen Mondschein.

Jetzt, fast auf den Tag genau drei Monate nach jenem 27. August, kam Reginald der Tod Käthes, der abendliche Gang zu ihrer Hütte, das spärliche Mondlicht, die Reaktion des Doktors und alles, was danach folgen sollte, wie ein gespenstischer Traum vor.

Käthes Leiche war aus der Hütte geholt worden, deren Tür der in Geestermoor lebende Gesetzesvertreter verschloss. Die Beerdigung auf dem kleinen Friedhof bei der schönen Kirche von Brester Holz fand drei Tage später statt. Eva und Fritze Meier kamen dazu, Reginald war da, und aus den umliegenden Dörfern waren Leute gekommen, denen die alte Kräuterfrau mit ihren Tränklein und Salben geholfen hatte, darunter etliche Frauen, die dank Käthes Hilfe gesunde Kinder entbunden hatten. Der Gesetzesvertreter hinterfragte Käthes Tod nicht, da die Meinung des Doktors, es sei ein Unfall gewesen, dem hohen Alter Käthes geschuldet, außer von Reginald und Fritze, der ständig von »Piet« redete, nicht angefochten wurde.

Als der Pfarrer das Vaterunser am Grab sprach, blickte Reginald von der Trauergemeinde hinüber zum Moor. Irrte er sich, oder bewegte sich dort eine große Gestalt, die jäh in den Schatten verharrte und schon wenig später hinter den Büschen verschwand? Es konnte aber auch eine Täuschung gewesen sein, da Reginald Tränen in den Augen hatte und alles ein wenig verschwommen sah. Aber selbst bei diesem eher flüchtigen Blick schien es ihm, als sei die Erscheinung in seltsame Gewänder gehüllt, die aus der Ferne wie eine Ansammlung aus zottigen

Fellen wirkten. Später sollte er sich noch daran erinnern und an seinen Eindruck, dass diese Schattengestalt eine Art von Keule in der Hand gehalten hatte. Doch als er kurz darauf wieder in die Richtung sah, waren da nur Büsche, die der Wind wiegte.

Wenige Tage nach Käthes Tod wurde ihre ohnehin baufällige Hütte abgerissen und das Wenige, was sie besessen hatte, unter den Bewohnern von Brester Holz verteilt, hauptsächlich Tiegel und Töpfe. Reginald hatte sich das Kästchen gesichert, in dem der Stein gelegen hatte, und dorthin tat er ihn zurück, als Erinnerung an Käthe.

Doch er fand keine Ruhe. Im Traum sah er Käthe durchs Moor streifen, hörte ihre Stimme, verstand aber nicht, was sie auf Plattdeutsch sagte. Er war sich sehr sicher, dass sie keinen Unfall erlitten hatte, sondern von jemandem niedergeschlagen worden war, der glaubte, dass sie etwas wusste oder besaß, was wertvoll war. In diesen Momenten vermisste Reginald die Bow Street Runners, die in London auf Verbrecherjagd gingen. Ein Mann namens Henry Fielding hatte diese Truppe 1739 ins Leben gerufen, und unter seinem Bruder John hatten die Männer, die sich an die Fersen von Verbrechern hefteten, schon zahlreiche Erfolge gefeiert. Aber hier auf dem Land, zwischen Moor und Meer, gab es keine Gesetzeshüter, die den Verdacht ernst nahmen, dass die alte Frau ermordet worden sei.

Reginald sah sich in der Londoner Gaststube um, in der er seit dem späten Vormittag über seinen Notizen saß. Außer ihm hockte nun nur noch ein älterer Seemann in der Stube und seit einigen Minuten auch John Marlowes Stiefsohn Gerald, der sich intensiv mit einem bärtigen Mann unterhielt und dabei seine Stimme zu einem Flüstern senkte. Gerald war Reginald äußerst unsympathisch, während er dessen Schwester Charlotte immer mehr mochte. Gerald lungerte oft bereits tagsüber im »The King's Men« herum, da er offenbar keiner Arbeit nachging.

Reginald seufzte. Morgen würde er sich aus dieser Höhle hinauswagen, um endlich Sir Albert Demphurst aufzusuchen und ihn zu bitten, ihm irgendwo eine ruhige Unterkunft zu verschaffen, wo er dann seine Arbeit vollenden würde. Glücklicherweise hatten die Einbrecher ihm nur die ersten Entwürfe entwendet, die er in Ansätzen in Brester Holz gezeichnet hatte. Auf den ausgearbeiteten Karten vom Brester Moor würde er seine Entdeckungen nicht vermerken. Sie sollten ein Geheimnis bleiben, bis er Zeit und Ruhe fand, die Objekte zu bergen und danach zu sehen, was er mit ihnen tun würde. Doch zunächst musste er versuchen, seinen offiziellen Auftrag zu erledigen und seine Moorkarten abzuliefern. Er würde sie in zweifacher Ausfertigung herstellen, einmal als originalgetreue Abbildung des Moores, zum zweiten als eine etwas stilisierte Schatzkarte. Er hatte seine ursprüngliche Idee verworfen, Weight einzuschalten. Der Weg zu dessen Landhaus erschien ihm zu mühsam bei diesem kühlen, stürmischen Wetter. Und er ahnte nicht, wie sein einstiger Förderer reagieren würde. Er musste sich deshalb andere Lösungsmöglichkeiten ausdenken.

Reginald griff wieder zur Feder und fuhr mit seinen Aufzeichnungen fort. Was nun folgte, fiel ihm nicht leicht zu schildern.

Einen Tag nach Käthes schmuckloser Beerdigung, auf der dem Pfarrer nicht viel zu Leben und Tod der alten Kräuterfrau eingefallen war, die er wohl insgeheim für eine Hexe gehalten hatte, beschloss Reginald, noch einmal ins Moor zu gehen. Seine Zeit lief ab. Inzwischen war es September, Jonathan wurde allmählich unruhig, weil er endlich nach London zurückkehren wollte. Zudem hatten sie ausreichend Skizzen und Entwürfe, um die Royal Society zu befriedigen und somit König Georgs Wünsche zu erfüllen. Die Entwürfe mussten nun zu Hause sorgfältig gezeichnet, gestochen und schließlich gedruckt werden. Reginalds Vorbilder waren hierbei Thomas Jeffery und William Faden, der nur elf Jahre älter war als er, aber schon als einer der großen Kartographen und Verleger von Kartenwerken galt. Reginalds jüngster Traum war es, bei Faden vorzusprechen und anzufragen, ob er ihn als Assistenten gebrauchen könne.

Die Tage begannen trüber zu werden. Morgens lag ein erster

Hauch von Nebel über dem Moor, der sich zwar im Laufe des Tages auflöste, aber Reginald daran erinnerte, dass ihm nicht mehr viel Zeit blieb, seine letzten Erkundungen im Moor zu unternehmen. Das Kästchen mit dem »Frauenstein«, wie er Käthes Fund nannte, versteckte er unter seinen Kleidern. Den schwarzen Stein, dessen Herkunft ihm nach wie vor ein Rätsel war, legte er dazu. Die Antworten auf seine Fragen mussten warten. Er glaubte zwar nach wie vor nicht, dass Käthes Stein wertvoll sein könnte, aber er hielt ihn allein schon deshalb in Ehren, weil er der alten Kräuterfrau so viel bedeutet hatte.

Am Morgen des 6. September, einem Samstag, beschloss Reginald, noch einmal einen längeren Erkundungsgang ins Moor zu unternehmen. Vielleicht entdeckte er ja noch etwas, was ihm bisher entgangen war. Jonathan war an diesem Tag nach Stade geritten, um dort einige Besorgungen zu erledigen, und würde erst gegen Abend zurückkehren.

Er ging den Knüppelpfad entlang, der ein Stück weit ins Moor führte, aber irgendwann im Nichts endete. Danach wurde das Moor tückisch und für unkundige Fußgänger schwierig. Die Einheimischen kannten sich aus. Sie wussten, an welchen Zeichen sie die Gefahren erkennen konnten, und hielten sich von bestimmten Abschnitten fern. Die ersten Wochen hatte ein Torfstecher namens Klaas ihn und Jonathan auf ihrem Gang ins Moor begleitet und darauf geachtet, dass die beiden jungen Herren aus dem fernen London nicht vom Weg abkamen. Klaas war eine große Hilfe gewesen, und dank seiner Führung hatten sie die rein geographischen Elemente ihrer Karten gut in den Griff bekommen. Aber inzwischen brauchte Reginald Klaas nicht mehr, um sich zurechtzufinden, und er wollte heute weiter in das Innere des Moores vordringen, das er auf seinen Karten nicht ganz genau gezeichnet hatte. Denn nicht jedes Detail war für seine Kartenentwürfe wichtig, bei denen es vor allem um die Strukturen und Abgrenzungen des Moores ging.

Gelegentliche Vogelrufe unterbrachen die morgendliche Stille. Der leichte Wind, der kurz nach Sonnenaufgang den Morgendunst verweht hatte, raschelte im Wollgras und zerrte an den Blättern der kleinwüchsigen Erlen und Weiden. Die Luft war angenehm frisch, aber nicht kühl, getränkt von der Feuchtigkeit des vom Wasser gesättigten Moorbodens. Reginald kam gut voran und drang immer tiefer ins Moor vor. Quer hindurch betrug der Weg gute drei Stunden. Die Landschaft wurde immer karger. Hie und da schimmerte eine teichgroße Wasserfläche im Morgenlicht, an deren Rand Schilf wuchs. Vereinzelte Bäumchen streckten dünne Äste zum Himmel.

Reginald fragte sich, ob die alte Käthe ihre Kräuter auch tiefer im Moor in dieser an Pflanzen nicht sehr reichen Landschaft gefunden haben konnte. Er wusste wenig über die alte Frau, die selbst ein wenig ausgesehen hatte wie einer der runzeligen Bäume an den Ufern der Wasserflächen im Innern des Moores. Während Reginald durch die Morgenlandschaft wanderte, fragte er sich nicht das erste Mal, weshalb Menschen ausgerechnet in dieser kargen Gegend schon vor Urzeiten gesiedelt haben sollten. Angesichts dieser grünbraunen Flächen mit den vereinzelten Wasserlöchern, den von Blitzeinschlägen gespaltenen Baumstämmen und verknoteten Sträuchern empfand er ein Gefühl der absoluten Einsamkeit. Er fühlte sich wie der erste Mensch im Moor.

Reginald hatte sich wesentlich weiter ins Moor gewagt, als er es eigentlich geplant hatte, und war vom Pfad abgekommen. Er näherte sich einer kleinen Gruppe von Erlen, als vor ihm plötzlich ein Schwarm Wildtauben mit heftigem Flügelschlag aufflog und ihn zusammenzucken ließ. Und dann sah er es: Vor ihm in einer Kuhle stand etwas, das aussah wie eine Behausung, errichtet aus Ästen und bedeckt mit Laub und Fell. Reginald beschlich ein unangenehmes Bauchgrimmen. Er duckte sich. Nichts regte sich in dieser notdürftig zusammengebauten Hütte. Die Ruhe wirkte plötzlich bedrohlich. Ein großer Schatten schien sich auf das Moor zu senken.

Diese bleierne Stille raubte ihm fast den Atem. Kein Vogelruf, selbst die Mücken schienen verschwunden zu sein. Er konzentrierte sich so sehr auf den Anblick der Hütte, dass er die leisen Schritte hinter sich nicht hörte. Der Schlag gegen seinen Kopf, der ihn zu Boden warf, kam wie aus dem Nichts. Reginald traf mit einem dumpfen Geräusch auf dem Moorboden auf und glaubte das Bewusstsein zu verlieren. Doch dann gelang es ihm, sich umzudrehen und die Arme schützend vors Gesicht zu halten. Die Gestalt, die vor ihm aufragte und einen dicken Ast in der Hand hielt, machte Anstalten, erneut zuzuschlagen.

»Nicht, nein!«, rief Reginald mit krächzender Stimme. Der Mann, den er nur als verschwommenen Schatten erkennen konnte, hielt inne.

»Bitte schlag nicht zu!« Reginalds Deutsch musste eigenartig geklungen haben, denn er sah, wie sich das Gesicht des Fremden zu einem Grinsen verzog; zumindest öffnete er den Mund, sodass Reginald meinte, einige Zahnstummel zu erkennen, was auf ein Lächeln schließen ließ. »Ich bin nur spazieren gegangen und vom Weg abgekommen«, versuchte er zu erklären. Der Mann gab einige Laute von sich, die Reginald nicht verstand. Aber er schlug nicht noch einmal zu.

Mühsam rappelte Reginald sich auf. Der Mann mit dem knüppeldicken Ast in der Hand war ein Riese, der ihn um einen Kopf überragte. Mit dem grauen Haar, das ihm vom Kopf abstand, und dem gleichfalls grauen Bart, der ihm struppig und wirr bis auf die Brust hing, erinnerte er Reginald an eine Märchenfigur. Er trug Kniehosen, die offenbar aus Kaninchenfell geschneidert waren, und ein zerschlissenes, fleckiges Hemd aus einer Art Leinenstoff. Um den Bauch hatte er ein Stück Strick gewunden. Nein, keine Märchenfigur, korrigierte sich Reginald. Eher eine Art Robinson Crusoe des Moores.

Der Mann verharrte. Reginald betrachtete sein Gesicht, soweit es nicht der zottelige Bart verdeckte. Er hatte eine große, breite Nase und sehr helle Augen, von zahlreichen tiefen Falten umgeben. Reginald kamen diese hellen Augen bekannt vor. Der Mann holte Luft und fragte dann mit einer Stimme, die klang, als sei sie eingerostet: »Wer bist du?«

Immerhin konnte Reginald sein Deutsch verstehen. »Ich heiße Reginald Fitzgibbon«, sagte er. »Ich komme aus London und bin seit zwei Monaten hier in der Gegend, um Karten zu zeichnen, Karten vom Moor.« Irgendwie kam ihm diese Beschreibung seiner Tätigkeit plötzlich albern vor. Karten vom Moor – wie das klang. Belanglos und für diesen Mann sicherlich völlig unverständlich. Dessen Haltung wirkte nicht feindselig, sondern eher abwartend. Auf Reginalds Erklärung zeigte er keine Reaktion, sondern schwieg.

»Ich habe im Moor vor einiger Zeit eine alte Frau getroffen«, fuhr Reginald fort. »Sie hat Kräuter gesammelt und mir einen seltsamen Stein gezeigt, den sie im Moor gefunden hat. Sie hat mir viel vom Moor erzählt, und deshalb wollte ich heute mehr davon sehen.«

Reginald bemerkte, wie sich das Gesicht des Mannes veränderte. Er konnte den Ausdruck nicht genau deuten, sprach aber weiter. »Kennst du die Frau?«, fragte er.

Der Mann sah ihn durchdringend an, antwortete jedoch nicht.

»Sie hieß Käthe«, sagte Reginald und benutzte zum ersten Mal die Vergangenheitsform. »Käthe war Kräuterfrau und hat in einer Hütte am Rand des Moores gelebt.« Das Gesicht des Moormannes, wie ihn Reginald insgeheim nannte, verdüsterte sich.

»Warum war?«, fragte er dann.

Reginald schluckte. »Käthe ist vor einigen Tagen tot in ihrer Hütte aufgefunden worden.« Er hielt inne. Denn in die Augen des Mannes trat ein Ausdruck von Entsetzen und Schrecken, der unbeschreiblich war.

Der Schrei, den er einen Moment später ausstieß, traf Reginald wie ein Axthieb. Er war unfassbar laut und schmerzerfüllt.

»Nein, nein!«

Verwirrt starrte Reginald den Fremden an. Der hatte sich umgedreht und verschwand mit drei großen Sprüngen in seiner baufälligen Behausung. Reginald stand wie vom Donner gerührt da. Und plötzlich überkam ihn eine dumpfe Ahnung. Diese hellen Augen, die ihm so bekannt vorgekommen waren … Aber konnte das sein? War dieser Moorbewohner ein Verwandter von Käthe? Bei ihrer Beerdigung war niemand gewesen, der mit ihr verwandt zu sein schien, und so hatte Reginald angenommen, dass sie keine Verwandten besaß. Oder hatte er diesen Mann als

Schattenumriss an jenem Tag im Gebüsch in der Ferne gesehen? Er hatte die Erscheinung im Nachhinein für eine Sinnestäuschung gehalten. Doch nun erschien es ihm wahrscheinlich, dass es dieser seltsame Moorbewohner gewesen war. Vielleicht war er auf dem Weg zu Käthes Hütte gewesen und hatte aus der Ferne die Beerdigung beobachtet, ohne zu ahnen, wer da zu Grabe getragen wurde?

Aus der Hütte drang ein trockenes Schluchzen, das Reginald unter die Haut ging. Er stand unschlüssig und hilflos davor. Nach einigen Minuten trat der Moormann wieder aus seinem Unterschlupf. Er musterte Reginald mit einem traurigen Blick.

»Komm morgen wieder!«, sagte er dann. Er schien sich gefasst zu haben, aber seine Augen schimmerten feucht. »Komm morgen wieder«, wiederholte er eindringlich, wandte sich um und marschierte mit großen Schritten ins Moor.

Reginald sah ihm verwundert nach und machte sich auf den Heimweg. Es drängte ihn plötzlich, das Rätsel des Moormannes zu lüften, der so inbrünstig um Käthe trauerte. In welcher Beziehung stand dieser Wilde zu ihr, und weshalb lebte er tief im Moor und nicht im Dorf? Um der Lösung des Rätsels näher zu kommen, würde Reginald zur Kirche gehen. Vielleicht gaben die alten Kirchenbücher Auskunft auf die Frage, die ihn umtrieb.

Fast hätte er sich auf dem Rückweg verirrt, aber glücklicherweise konnte er sich am Stand der Sonne orientieren und kam verschwitzt und atemlos bei der Kirche an.

Der Küster, ein Onkel Fritze Meiers, der mit seinen fast siebzig Jahren zu den ältesten Dorfbewohnern zählte, schloss gerade die schwere Tür ab, als Reginald auf das Gotteshaus zusteuerte. Er grüßte den alten Mann, der seit vielen Jahren die Kirche betreute, und machte keine Umschweife.

»Ich würde gerne einen Blick in die Kirchenbücher werfen, um zu ergründen, welche Familien in dieser Gegend gelebt haben. Mich faszinieren alte Chroniken.«

Der Küster sah ihn verwundert an. Es schien sich schon lange niemand mehr nach den Büchern erkundigt zu haben. Aber er stellte keine Fragen. Er wusste ja, dass dieser junge Mann aus England gekommen war, und über die Engländer und ihre kuriosen Eigenheiten munkelte man viel im Dorf. Wenn schon der König als verrückt galt, dessen Familie ursprünglich sogar aus Hannover stammte, was sollte man dann von den Menschen erwarten, die jenseits des Kanals in diesem Land lebten?

»Sie liegen in der Sakristei«, sagte er knapp in seinem plattdeutschen Dialekt, den Reginald aber halbwegs verstand. Bei dieser Auskunft blieb es, aber immerhin führte er Reginald durch die kühle Kirche in die Sakristei.

Wenig später saß Reginald in dem dämmrigen Raum im hinteren Teil der Kirche. Vor ihm auf einem Eichentisch stapelten sich staubige Bücher, deren Einträge bis zur Gründung der Kirche im Jahr 1670 zurückreichten. Vorher hatte an dieser Stelle bereits eine Kirche gestanden, die aber von dänischen Truppen während des Dreißigjährigen Krieges geplündert und niedergebrannt worden war. Aus dieser frühen Kirche, die wiederum auf eine mittelalterliche Kapelle zurückging, stammten noch zwei hölzerne Kerzenleuchter, die den Dänen nicht zum Opfer gefallen waren und seit 1670 den Altar zierten. Im unteren Geschoss der Kirche lagerten zudem zwei steinerne Särge, denen keine Brandschatzung etwas hatte anhaben können. Warum man ausgerechnet in diesem kleinen Dorf eine so schöne Kirche errichtet hatte, blieb Reginald ein Rätsel. Aber immerhin war dies das Gotteshaus für mehrere Siedlungen am Rand des Moores und deshalb sonntags stets gut besucht.

Er blätterte in den alten Chroniken, in denen Geburten und Todesdaten vermerkt waren. Die Eintragungen ließen sich nicht immer leicht entziffern. Jeder Band umfasste drei Jahre. Zunächst nahm er sich das jüngste Buch vor. Der Pfarrer hatte ordentlich und korrekt das Todesdatum von Käthe eingetragen. Die Tinte sah noch recht frisch aus. Zum ersten Mal sah Reginald nun ihren vollen Namen: »Käthe Klara Brunkhorst, geboren am 6. Juni 1703 in Osterheide, getauft am 10. Juni 1703, gestorben am 27. August 1788 in Brester Holz«.

Reginald ging ein Stück weiter zurück in der Zeit, ließ mehrere Jahrzehnte außer Acht, durchstöberte die Bücher um die

Jahre 1730 bis 1735 und kam schließlich zum Jahr 1728. Viele Seiten hatten unter der ständigen Feuchtigkeit gelitten und wellten sich. Die Tinte war verblichen und stellenweise verlaufen. Das schwache Licht, das durch das einzige kleine Fenster der Sakristei sickerte, erschwerte die Suche zusätzlich. Anfang des Jahres 1728 häuften sich plötzlich die Todesdaten. Offenbar hatte eine Epidemie die Siedlungen heimgesucht. Mehr Tote als Geburten waren auf den vergilbten Seiten aufgelistet. Doch dann entdeckte er es. In leicht verwaschenen Lettern stand geschrieben, dass eine »Frauensperson« namens Käthe Brunkhorst am 17. September 1728 einen Sohn zur Welt gebracht hatte, der am 20. September auf den Namen Piet getauft worden war. Vater unbekannt.

Reginalds Ahnung, dass der Mann im Moor mit Käthe verwandt war, hatte ihn nicht getrogen: Er war sogar Käthes Sohn. Käthes lange Wanderungen ins Moor hatten nicht allein der Kräutersuche gegolten, sondern auch ihrem Sohn Piet, der dort in einer Hütte hauste, ein Stück weit entfernt von ihr. Lag der Grund dafür darin, dass das Dorf sonst schlecht über sie geredet und sie noch stärker als Außenseiterin gegolten hätte? Doch die Geburt lag sechzig Jahre zurück. Reichte das Gedächtnis der Menschen so lange? Käthes Alter übertraf das der meisten Bewohner in diesen kleinen Gemeinden, und viele würden sich nicht mehr an jene »Frauensperson« erinnern, die ein »vaterloses« Kind geboren hatte. Wusste man in Brester Holz überhaupt etwas von diesem Sohn? Käthe hatte viele Jahre als Kräuterfrau ein zurückgezogenes Leben am Rande des Dorfes geführt. Und niemand hatte je erwähnt, dass sie ein eigenes Kind zur Welt gebracht hatte. Vielleicht aber wollte Piet selbst gar nicht in der Dorfgemeinschaft leben? Die Sagen um den Roten Piet und andere Spukgestalten konnten ihm als Schutz dienen, in der wilden Natur ein ganz eigenes Leben zu führen, unbehelligt und in selbst gewählter Einsamkeit.

Reginald nahm sich vor, der Aufforderung Piets, ihn am nächsten Tag zu besuchen, zu folgen und ihm diese Fragen zu stellen. Möglicherweise wusste er sogar einiges über die Schätze, von denen Käthe gesprochen hatte. Er kannte das Moor gewiss wie kein Zweiter, und obgleich sie getrennt lebten, hatten Mutter und Sohn sicherlich gemeinsame Geheimnisse gehabt. Reginald hoffte, dass Piet, wie seine Mutter, Vertrauen zu ihm fassen würde.

Er klappte die Bücher zu und legte sie zurück auf die Regale. Er fühlte ein Kribbeln im Rücken. Morgen würde er dem Geheimnis des Moormannes näher kommen. Er fürchtete sich nicht vor diesem Mann, in dem wohl viele den Roten Piet sahen. Eines wusste er sicher: Dieser Mann trug keine Schuld am Tod von Käthe. Allzu gerne hätte er das Fritze Meier erzählt, aber erst musste er selbst erkunden, ob dieser einsame Mensch, der tief im Innern des Moores hauste, der Hüter der Schätze war, von denen seine Mutter erzählt hatte. Reginald konnte den nächsten Tag kaum erwarten.

SIEBEN

Ganz Bresterholz und Osterheide standen Kopf, als die Nachricht vom Tod von Harm Willems die Runde machte. Aus Bremervörde eilte ein Reporter herbei, aus Stade kamen zwei Fotografen und zwei weitere Polizisten, darunter ein Kommissar namens Hans Schumann, den, wie Anna hörte, seine Kollegen »Schumanski« nannten. Anna bekam ansonsten von dem Trubel wenig mit, da sie sich, nachdem sie kurz ihre Aussage gemacht hatte, mit dem Segen von Kommissar Schumann zurückziehen durfte. »Aber verlassen Sie Bresterholz bitte nicht. Ich komme später noch einmal zu Ihnen, wenn wir hier fertig sind«, gab ihr der Polizist mit auf den Weg. Anna fühlte sich in einen Kriminalfilm versetzt oder in eine Serie mit dem Titel »SoKo Moor«. Alles wirkte fast surreal.

Als sie ihr Haus betrat, hörte sie in der Ferne noch immer Polizeisirenen. So etwas hatte es, wie ihr Anke Kück versicherte, noch »nie in unserer Gegend gegeben«. Dabei war noch gar nicht geklärt, wie Willems gestorben war. Doch schon kursierten wilde Gerüchte. Es sei ein Unfall gewesen, sagten die einen. Er sei wohl über eine Wurzel gestolpert und mit dem Kopf aufgeschlagen. »Den haben se kaltgemacht!«, behaupteten dagegen andere. Aber wer sollte den armen Willems »kaltgemacht« haben?

Anna konnte zwar den Ausdruck des Entsetzens nicht verdrängen, der in den Augen von Willems gestanden hatte. Aber auch sie glaubte eher an einen Unfall. Wer sollte Interesse am Tod eines Sonderlings haben, der bloß seinem Hobby nachging, nach imaginären Schätzen zu suchen? Allerdings – vielleicht hatte er bei seinen Streifzügen etwas entdeckt, das seine These untermauerte, dass das Brester Moor Schätze barg. Sie betrachtete den seltsamen Stein. Er sah aus wie eine Scherbe und zeigte mehrere Striche, die, wie sie schon bei ihrem ersten, eher flüchtigen Blick darauf bemerkt hatte, nicht natürlichen Ursprungs waren. Die Striche ergaben ein Muster oder auch die Andeutung einer Figur.

Genau vermochte sie das nicht zu entschlüsseln. Das wäre etwas für Knut Dierksen oder einen seiner Fachkollegen. Wie war Willems darangekommen? Hatte er ihn im Moor gefunden oder ihn schon länger besessen und als eine Art Talisman betrachtet? Sollte sie den Stein der Polizei aushändigen? Viele Fragen, auf die Anna keine Antwort fand.

Sie machte sich eine Tasse Tee und setzte sich vor die Haustür. Wenig später hielt ein Polizeiwagen vor ihrer Tür. Hans Schumann stieg aus und steuerte auf sie zu. Anna bot ihm eine Tasse Tee an, die er aber dankend ablehnte. Sie forderte ihn auf, sich neben sie auf die Bank zu setzen. Er folgte mit einem leichten Lächeln ihrer Aufforderung und bat sie, ihm noch einmal zu berichten, wie sie Harm Willems gefunden hatte. Das erste Mal hatte sie Schumann nur knapp umrissen, dass sie im Moor spazieren gehen wollte und dabei auf die Leiche gestoßen war. Jetzt wollte er mehr dazu erfahren.

»Kannten Sie ihn näher?«, fragte er.

»Nein, ich bin ihm erst einmal an einem meiner ersten Tage hier im Moor begegnet. Aber ich hätte ihn gerne näher kennengelernt, weil ich ihn zu ein paar markanten Stellen im Moor befragen wollte. Er kannte sich ja sehr gut aus, da er wohl schon seit einigen Jahren hierhergekommen ist und das Moor mit seinem Detektor durchwandert hat. Ich hatte gehofft, dass er mir eventuell bei der Klärung einiger Ungereimtheiten hätte helfen können.«

Kommissar Schumann sah sie fragend an. »Welche Ungereimtheiten?«

»Auf einigen der Karten, die ich für eine Ausstellung sichte, sind eigenartige Markierungen, und ich dachte, dass er vielleicht wegen seiner vielen Streifzüge durchs Moor eine Ahnung davon hätte, was sie bedeuten könnten.«

Der Kommissar nickte nachdenklich. »Harm Willems war offenbar ein richtiger Schatzsucher«, sagte er dann. »Seit vielen Jahren gehörte er einer Gruppe von Leuten an, die gut organisiert sind und mit Hilfe von Metalldetektoren versuchen, verborgene Altertümer zu finden, Münzen oder Waffen, was auch immer.

Meistens ist das alles legal, aber Willems hat vor zwanzig Jahren in der Nähe einer alten Kapelle in einem Wäldchen im Harz eine Schüssel mit mittelalterlichen Münzen entdeckt. Den Fund hat er nicht gemeldet. Als das durch Zufall aufflog, weil ein Händler, dem er die Münzen anbot, dies der zuständigen Behörde vom Denkmalschutz meldete, bekam er einigen Ärger. Seitdem allerdings hielt er sich an die Gesetze. Vor zwei Jahren hat er in der Nähe der Leine bei Sarstedt ein Wikingerschwert gefunden. Das hat er brav abgeliefert. Bis heute weiß man nicht, woher dieses Schwert stammt und wie es ans Leineufer geraten ist. Aber es ist tatsächlich fast tausend Jahre alt.« Schumann seufzte. »Wir wissen nicht, ob er bei seinen Recherchen hier etwas entdeckt hat. Der Mann war ein Außenseiter und hat mit niemandem geredet. So viel darf ich Ihnen verraten: Wir haben in seinem Zimmer, das er in Osterheide gemietet hat, keine interessanten Objekte oder auch nur Hinweise auf irgendwelche Entdeckungen gefunden.«

»Wie, glauben Sie, ist er gestorben?«, fragte Anna und hatte wegen des Steins nun doch ein schlechtes Gewissen. Er schien durchaus eine Entdeckung zu sein.

»Das ist noch unklar. Ich tippe auf natürliche Ursachen, aber das wissen wir erst nach der Autopsie.«

Schumann stand auf. Er war ein groß gewachsener Mann von Anfang fünfzig mit grauen Haaren und einem offenen, sympathischen Gesicht. »In den nächsten Tagen sollten Sie nach Stade kommen, um Ihre Aussage zu unterschreiben. Falls Ihnen doch noch etwas einfällt, was Sie vielleicht gerade aufgrund des Schocks verdrängt haben, melden Sie sich bitte sofort. Vor allem falls Sie etwas bemerkt haben, das darauf hinweist, es sei jemand außer Ihnen dort gewesen. Sie haben bei der ersten Vernehmung zu Protokoll gegeben, es sei plötzlich Wind aufgekommen, und Sie hätten ein Rascheln im Busch vernommen. Ich will Sie nicht beunruhigen, aber vielleicht war das der Täter oder ein möglicher Zeuge.« Schumann sah sie freundlich, aber zugleich forschend an. »Alles kann helfen, den Fall zu klären.«

Anna dachte kurz nach. Schließlich schüttelte sie den Kopf. »Ich habe keinen anderen Menschen gesehen und auch nicht gehört. Das Rascheln im Busch lag wohl eher an dem plötzlichen Wind.«

Seltsamerweise war sie sich da nun nicht mehr ganz sicher. Doch andererseits glaubte sie, dass die Frage des Kommissars ihre Phantasie geweckt haben könnte und sie eventuell etwas bemerkt zu haben glaubte, was so nicht gewesen war. Deshalb schwieg sie. Schumann verabschiedete sich und stieg in seinen Wagen. Anna fühlte sich plötzlich hundemüde. An diesem Abend verspürte sie merkwürdigerweise Lust auf einen spannenden Film und sah den »Tatort« im Fernsehen, aber der spielte in Köln und hatte nichts mit dem Moor zu tun.

Am nächsten Morgen musste sie einkaufen, und selbstverständlich wurde sie im Laden von Birthe Hoffmann auf ihr gestriges Erlebnis angesprochen. Nach wie vor schwirrten wilde Gerüchte. Aber die polizeiliche Durchsuchung des Zimmers, das Willems bewohnt hatte, schien, wie Schumann Anna ja schon erzählt hatte, nichts ergeben zu haben. Kleidungsstücke, Fotoapparat, Handy, ein alter Laptop, ein kleines Buch mit Notizen, aber keine geborgenen Schätze, die Harm Willems verheimlicht hätte. Das Notizbuch sollte nun ausgewertet werden. Bisher, so Birthe, habe man aber wohl darin nur Daten und Wetterbeschreibungen entdeckt. Woher sie diese Details wusste, konnte Anna nur raten. Wahrscheinlich hatte Rolf Peters, der fast jeden Tag in ihrem Laden Kaffee und Kuchen genoss, aus dem Nähkästchen geplaudert.

Ehe Birthe sie weiter zu ihrem Moorerlebnis löchern konnte, flüchtete Anna zurück an ihren Schreibtisch und kam an diesem Morgen mit ihrer Arbeit erstaunlich gut voran, obwohl in ihrem Hinterkopf ständig etwas rumorte. Schumanns Bemerkung, es habe sich jemand in den Büschen versteckt halten können, beschäftigte sie. Doch da war noch etwas anderes. Schließlich kochte sie sich einen Kaffee und versuchte ihre Gedanken zu ordnen.

Sie nahm den kleinen Stein in die Hand und sah ihn gedankenverloren an. Und da klickte es. Dieser Stein mit seinen

Strichen oder Einritzungen erinnerte sie an einen Fund aus dem Jahr 2011 bei einer Grabung in Bierden im Landkreis Verden. Dieser Fund, der als »Venus von Bierden« bezeichnet wurde, hatte heftige Diskussionen darüber ausgelöst, ob es sich dabei tatsächlich um eine Frauendarstellung handeln könne. Für den Laien war es nicht einfach zu erkennen, doch die Archäologen interpretierten die konvergierenden Ritzlinien auf dem Stein, die eindeutig von Menschenhand stammten, als die Gravur von stilisierten Umrissen einer Frauenfigur mit breiten Hüften und sogar einem Nabel. Mehr als neuntausend Jahre alt war dieser Sandstein, der wohl einst in den Wesermarschen abgelegt worden war. Konnte es sein, dass der Stein aus dem Moor sozusagen ein Verwandter des Steins von Bierden war? Sollte Harm Willems tatsächlich einen prähistorischen Schatz entdeckt haben? Hier im Moor oder schon früher bei einem seiner vielen anderen Streifzüge in Niedersachsen? War er wieder seiner alten Neigung verfallen, Funde nicht zu melden, oder hatte er den Stein gerade erst entdeckt und hätte ihn nicht für sich behalten? Darauf würde es keine Antwort mehr geben.

Anna starrte auf den so unauffällig wirkenden Stein. Was für eine Geschichte verbarg sich dahinter? Eigentlich müsste sie diesen Fund unverzüglich im Landesmuseum in Hannover abliefern, wo seinerzeit die »Venus von Bierden« in einer Sonderausstellung präsentiert worden war und noch immer dazu geforscht wurde. Ehrlich gesagt benahm sie sich genauso wie Harm, als er damals den Münzfund für sich behalten hatte. Ihr alter Bekannter Knut Dierksen, der Moorexperte, gehörte dem Forscherteam an, das sich mit der »Venus von Bierden« befasste. Wieder nahm sie sich vor, ihn in nächster Zeit zu informieren. Er war ein verlässlicher und eher introvertierter Wissenschaftler, der mit Elan, aber ohne übertriebenen Ehrgeiz forschte. Aber erneut hinderte sie irgendetwas daran, ihrem Gewissen zu folgen. Behutsam wickelte sie den Stein in ein weiches Küchenhandtuch und legte ihn in eine alte Keksdose.

Gegen Mittag machte sie dann endlich einen länger geplanten Anruf. Und tatsächlich erreichte sie ihren englischen Kollegen

Harold Kingsley in seinem Büro in der British Library. Sie kannte ihn seit vielen Jahren und hatte ihn immer wieder auf Seminaren und Kongressen getroffen. Harold war ein paar Jahre älter als sie und galt als einer der besten Kenner der Karten aus dem 17. und 18. Jahrhundert. Seine Doktorarbeit hatte er über die Seekarten der drei Expeditionen von James Cook geschrieben.

Er klang erfreut, als Anna sich bei ihm meldete. Meist sprach er mit ihr in einem Mischmasch aus Englisch und Deutsch, heute versuchte er es nur auf Deutsch.

»Wie geht es dir? Ich habe gehört, dass du das Katalog für den Ausstellung in Hannover machst mit die Karten von unserem George III.« Harolds Deutsch war erstaunlich akzentfrei, allerdings kam er nie mit den Artikeln zurecht. Diese deutsche Eigenheit der drei unterschiedlichen und nicht immer ganz logisch verwendeten Artikel bedeutete einen riesigen sprachlichen Stolperstein für den Kurator, der neben Englisch und Deutsch recht gut Italienisch und Französisch beherrschte, eine Ausnahmeerscheinung unter Annas britischen Kollegen. Aber schon Mark Twain hatte sich ja über diese Fallstricke der deutschen Sprache ironisch geäußert, und Harold schien das lebende Beispiel zu sein, wie recht Twain mit seinen Anmerkungen über »Die schreckliche deutsche Sprache« aus dem Jahr 1897 hatte.

»Mir geht es gut, Harold. Ich bin derzeit in einem Dorf in der Nähe eines Moores mit Namen Brester Moor, und unter anderem gehören zu den Karten, die ich für den Katalog sichte, einige Karten eines gewissen R. F., von dem ich noch nie gehört habe. Da diese Karten Besonderheiten aufweisen, interessieren sie mich besonders.«

»Besonderheiten?«, fragte Harold. »Verfärbungen oder so etwas?«

»Nein. Dieser R. F. hat auf seinen Karten kleine Markierungen eingetragen, winzige Kreuze, die auf irgendetwas hindeuten.«

Einen Augenblick herrschte Stille in der Leitung. Dann räusperte sich Harold und sagte: »Seltsam. Vor ein paar Wochen hat mich ein Londoner Antiquitätenhändler kontaktiert. George W. Stafford, ein recht bekannter Mann in die Szene. Hat ein schönes

Laden in Westbourne Grove in Notting Hill. Und auch er hat sich nach Karten erkundigt, die von dieses Moor in Niedersachsen sind, und gefragt, ob wir in unser Archiv Karten von 18. Jahrhundert haben. Die Name Brester Moor habe ich mir gemerkt. Komische Name.« Harold lachte.

»Hat er auch nach den Initialen R. F. gefragt?«

»Nein, er schien zu wissen, wer sich hinter die Buchstaben versteckt.«

»Und was hast du ihm gesagt?«

»Dass er kommen kann. Wir haben große Bände mit viel Karten aus dem Kurfürstentum Hannover zu Zeiten der Georges. Aber auch in Hannover sind viel Karten, weil George III. der Stadt seiner Vorväter viele Karten vermacht hat. Hast du da schon mal gefragt?«

Anna verneinte. »Das werde ich noch prüfen. Aber du kennst dich ja besonders gut mit dieser Epoche aus. Deshalb habe ich dich kontaktiert. Ist dieser Stafford denn schon bei euch vorbeigekommen?«

»Noch nicht.« Anna glaubte ein leises Kichern zu hören. Dann räusperte sich Harold und sagte: »Ich weiß auch, wer diese mysteriöse R. F. ist.« Er machte eine bedeutsame Pause. Gerade als Anna ungeduldig nachfragen wollte, fügte er hinzu: »Es ist Reginald Fitzgibbon, in Dublin geboren. Er war eine sehr gute junge Kartenmacher. Hat gelernt bei Thomas Kitchin bis zu dessen Tod 1784. Und hat dann viel in Deutschland gelebt. Aber 1789 ist er verschwunden und nie mehr aufgetaucht. Man sagt, er ist auf einer Reise gestorben.«

»Woher kennt Stafford diesen Fitzgibbon?« Der Name Stafford kam Anna irgendwie bekannt vor. Vielleicht hatte sie seinen Laden mal besucht, als sie in London war.

»Oh.« Harold holte tief Luft. »Er hat mir nicht gesagt, was er weiß über Fitzgibbon. Er hat allerdings wohl Karten von ihm zu verkaufen, die aber in England entstanden sind und englische Regionen zeigen. Ihn interessiert Norddeutschland. Warum, hat er mir nicht verraten. Kann sein, dass er Kunden hat, die nach dieser Gegend fragen. Was auch immer.«

»Das ist aber schon sehr eigenartig«, sagte Anna. Und da fiel es ihr siedend heiß ein, woher sie den Namen kannte. Richard Bernhard hatte ihn erwähnt. Dieser Stafford war der Händler aus London, der sich mit Richard in Verbindung gesetzt, ihn in Hannover aufgesucht und nach den Karten aus der Umgebung von Stade gefragt hatte – also eindeutig schien er nicht an Fitzgibbons englischen Karten interessiert zu sein. Ihr kam es komisch vor, dass ein englischer Antiquar nach bestimmten Karten eines Kartographen fragte, der für kurze Zeit hier gearbeitet hatte. Natürlich mochte Harolds Annahme stimmen, dass er diese Karten für bestimmte Kunden suchte, und da Fitzgibbon offensichtlich kein großes Werk hinterlassen hatte, war es natürlich möglich, dass seine Karten unter Sammlern einen bestimmten Wert hatten, vor allem wenn sie andere Regionen zeigten als Essex oder Yorkshire.

»Wo könnte ich mehr Informationen über Fitzgibbon bekommen?«, fragte sie schließlich.

»Ich kann bei uns im Archiv schauen und vielleicht bei die Royal Society. Wie gesagt, er ist plötzlich verschwunden. Wir wissen das, weil nach 1789 keine Karten von ihm mehr gedruckt worden sind. Die letzte war ein Skizze von die Küste bei Cuxhaven, von die Unterelbe. Von dort gingen schon Schiffe nach Great Yarmouth zu der Zeit von Fitzgibbon. Die Fahrt dauerte damals so um die fünf bis vierzehn Tage, je nach Wind und Wellen. Und dann London ist hundertneununddreißig Meilen davon entfernt. Das war eine der gängigen Reiserouten zwischen Norddeutschland und England in jene Zeit.« Harold war ein wandelndes Lexikon, insbesondere für Orte und Regionen Englands. Es war gut möglich, dass Fitzgibbon damals wirklich diese Route genommen hatte und nicht die Strecke von Elsfleth nach London. Denn warum sonst hätte er noch eine Karte der Umgebung von Cuxhaven gezeichnet?

Anna war in Gedanken ganz woanders und hörte nur mit halbem Ohr, wie Harold sagte: »Warum kommst du nicht mal hierher für ein oder zwei Tage? Du kannst sehen unsere Karten, von denen wir aber euch viele leihen werden für die Ausstellung in der Leibniz-Bibliothek und die du hast als Fotos für die

Katalog. Und du kannst selbst zu Stafford gehen und ihn fragen, warum er so sehr interessiert ist an Fitzgibbons Karten.«

»Das ist eine gute Idee. Ich komme gerne. Aber das kann noch etwas dauern.« Anna erklärte Harold, dass es einen mysteriösen Todesfall im Moor gegeben und dass ausgerechnet sie den Toten entdeckt hatte. »Aber wenn der Fall geklärt ist beziehungsweise ich nicht mehr gebraucht werde, kann ich sicher für zwei Tage nach London kommen. Von Bremen oder Hamburg gibt es mehrere günstige Flugverbindungen. Mit dem Schiff werde ich nicht reisen.«

Harold lachte. »Das war in unserer Studentenzeit gut. Mit der Bahn und dann mit der Fähre von Calais nach Dover. Ich muss manchmal nach Köln, wo meine Schwiegermutter lebt. Da fahre ich jetzt immer mit dem Zug über Brüssel.«

Anna musste daran denken, dass Harold mit einer Deutschen verheiratet war, die aus Köln stammte und die er bei einem Besuch des Kölner Doms kennengelernt hatte. Eine romantische Geschichte. Harold war damals Ende Januar im Dom gewesen und hatte sich über die große Weihnachtskrippe gewundert. Er sprach eine junge Frau an, die neben ihm stand, und fragte sie nach dem Grund, weshalb die Krippe noch nicht abgebaut war. Rita Förster, Studentin der Geschichte und Germanistik an der Universität Köln, beantwortete ihm nicht nur seine Frage (»Das hat mit dem alten katholischen Jahreszyklus zu tun. Offiziell dauert die Weihnachtszeit bis zum 2. Februar, Mariä Lichtmess.«), sondern ging mit ihm im Brauhaus Früh ein Kölsch trinken. Ein Jahr später waren sie verheiratet. Ihre beiden Kinder waren inzwischen zweiundzwanzig und neunzehn Jahre alt und studierten beide in Saint Andrews in Schottland. Harold hatte durch seine Frau seine Zuneigung zur deutschen Literatur entdeckt. Er war ein entschiedener Gegner des Brexit und hatte sogar verlauten lassen, dass er sich vorstellen könne, nach Deutschland zu übersiedeln.

»Und wenn du kommst, musst du mir alles über dieses Moor erzählen«, sagte Harold zum Abschied. »Ich schicke dir eine Mail, wenn ich mehr über Fitzgibbon weiß.«

Anna legte nachdenklich auf und konzentrierte sich wieder auf ihre Arbeit. Immer wieder aber schob sich der Gedanke an Harm Willems in den Vordergrund. Nach wie vor unsicher, ob sie sich einen Ruck geben und Dierksen bald den Stein zeigen und ihn um seine Beurteilung bitten sollte, erledigte sie endlich ein anderes wichtiges Thema: Sie bestellte online ein solides Fahrrad. Es sollte in wenigen Tagen geliefert werden. Erleichtert lehnte sie sich auf ihrem Bürostuhl zurück. So langsam bekam sie festen Boden unter den Füßen, zumindest, was das Alltägliche betraf.

Fast hätte sie bei all ihren Überlegungen vergessen, dass sie heute verabredet war. Doch um kurz nach vierzehn Uhr klingelte ihr Handy, und Agnes Fichte meldete sich mit ihrer zarten, fast dünnen Stimme: »Sie haben doch über die Aufregung um Harm Willems nicht vergessen, dass wir heute zusammen Tee trinken wollten?« Konnte die Frau Gedanken lesen?

Eine Stunde später machte sich Anna zu Fuß auf den kurzen Weg zu Agnes Fichte. Wie schön, dass sie in wenigen Tagen mit dem Fahrrad durch die Gegend fahren könnte, auch wenn sie gegen ihre Überzeugung, möglichst wenig online zu bestellen, nun doch im Internet gekauft hatte.

Das Eingangstor zu dem großen Grundstück öffnete sich fast lautlos, und Anna ging über den sorgfältig geharkten Kiesweg zum Haus. Agnes Fichte begrüßte sie an der Haustür und führte sie durch eine opulente Eingangshalle und durch ein riesiges Wohnzimmer mit offenem Kamin, Marmorboden und alten Möbeln hinaus auf eine Terrasse. Dort stand auf einem Eisentisch mit Marmorplatte ein Tablett mit einer silbernen Teekanne und hauchdünnen Teetassen. Auf einer Silberschale lag Gebäck und auf einem Meißen-Teller eine Auswahl an Kuchenstücken. Alles vom Feinsten. Agnes Fichte selbst sah eher blass aus. Sie hatte ihre Audrey-Hepburn-Sonnenbrille auf ihre kunstvoll getönten Haare geschoben und trug helle Leinenhosen und eine gelbe Bluse. Keine High Heels, sondern flache Sandalen, die den Blick auf ihre dunkelrot lackierten Fußnägel freigaben.

»Das ist eine furchtbare Sache mit dem armen Harm«, sagte sie einleitend und goss Tee in die zarten Tassen.

Anna stimmte ihr zu und verrührte drei Zuckerwürfel mit einem kleinen Silberlöffel. Sie saß auf einem großen Korbstuhl und hatte einen Blick auf den Garten mit seinen gepflegten Beeten, Ziersträuchern und einem Swimmingpool, auf dessen glitzerndem Wasser einsam eine gelbe Luftmatratze dümpelte.

Agnes bemerkte ihren bewundernden Blick und lächelte. »Ich liebe Gartenarbeit. Reiten und Blumen, das sind meine Hobbys.« Sie trank einen Schluck und fragte dann: »Wie kommen Sie mit Ihrer Arbeit voran angesichts all dieser Ereignisse in den letzten Tagen?«

»Es geht ganz gut. Auch wenn es kein schönes Erlebnis war, dass jemand in mein Haus eingebrochen ist, und mich die Geschichte mit Harm Willems natürlich belastet.«

»Ja, furchtbar. Gleich sind da wieder Gerüchte im Umlauf, dass Harm die Ruhe im Moor gestört und der Moormann ihn deshalb getötet habe. Seltsamerweise gibt es hier immer noch Menschen, die an Spukgeschichten glauben, allen voran Steffen Steffens, unser lokaler Spökenkieker. Haben Sie ihn schon mal getroffen?«

Anna verneinte.

»Das ist ein echter Sonderling, der Schwiegervater von Beate Steffens. Sie kann ihn nicht leiden, was aber auf Gegenseitigkeit beruht. Er wohnt in einem kleinen Haus zwischen Bresterholz und Kleinhammdorf, direkt am Moor. Und er glaubt fest an die Existenz des Moormannes. Mal ist das bei ihm der Rote Piet, mal eine namenlose dunkle Gestalt mit wildem Bart. Aber die Leute hören auf ihn, denn er soll den sechsten Sinn haben und hat schon einige Male geholfen, verlaufene Kälber oder verirrte Hunde aufzuspüren. Zudem träumt er oft von Dingen, die dann wirklich passieren, wie vor drei Jahren von einem Brand im Moor, bei dem eine windschiefe Hütte, in der schon ewig niemand mehr wohnte, abgebrannt ist. Und er hat den Tod von Harm prophezeit.«

»Wie das?« Anna horchte auf.

»Nun, er hat Harm gewarnt, mit seiner modernen Ausrüstung nicht zu tief ins Moor vorzudringen. Vor drei Wochen hat er ihm wohl vor Zeugen gesagt, dass das Moor Eindringlinge strafe und er über ihm eine finstere Wolke sehe. Harm hat das natürlich nicht ernst genommen. Doch die Polizei hat Steffens daraufhin verhört. Aber der war bis gestern Abend bei seiner Schwester in Oldenburg und ist mit seinen fast achtzig Jahren wohl kaum mehr zu einem Mord fähig, nur um zu beweisen, dass er mit seinen Unkenrufen richtigliegt.«

Agnes Fichte lachte. Dann wurde ihr Blick ernst. »Zu mir hat er auch vor ein paar Monaten gesagt, er habe im Traum gesehen, dass ich in einem schwarzen Nebel verschwinden würde. Klingt ziemlich unheimlich. Der Aberglaube, der hier herrscht, steckt irgendwie an. Und dann dieses Gerede, dass der Moormann der Hüter alter Schätze gewesen sei. Erstaunlich, dass der alte Steffens nicht selbst auf die Suche geht. Aber er unkt ja herum, dass ein Fluch auf diesen Schätzen liegt. Wer sie findet, schwebe in Gefahr.«

Agnes Fichte rührte in ihrem Tee. »Ich glaube das alles natürlich nicht wirklich, dennoch rechne ich insgeheim ständig damit, dass ich bei meiner Gartenarbeit irgendwann einmal etwas Aufregendes entdecke. Ich habe in Köln studiert, und da kann es durchaus passieren, dass man bei Bauarbeiten oder beim Blumenpflanzen auf römische Scherben stößt.« Sie lächelte und entblößte ihre makellosen Zähne. »Scherben habe ich noch nicht gefunden, aber beim Umgraben meiner Beete bin ich im vergangenen Jahr auf ein paar Knochen gestoßen. Die waren allerdings nicht von einem Menschen, sondern von einem Tier. Aber immerhin hat ein Moorarchäologe aus Hannover vor einiger Zeit hier geforscht, begleitet von einem Historiker.«

»Ich glaube, ich kenne die beiden«, sagte Anna. »Waren es Knut Dierksen und Harald Frostauer?«

»Ja, genau. Sie haben mich gefragt, ob mein Garten nicht mal Teil des Moores war. Und es stimmt, ich habe hier etwa zweitausend Quadratmeter Moor als Garten. Aber wie gesagt, trotz meiner Buddelei habe ich noch nichts gefunden, was annähernd von Interesse für die Forscher sein könnte.« Agnes Fichte goss Tee nach. Die Sonne flimmerte auf dem azurblauen Wasser des

Swimmingpools, und die knallgelbe Luftmatratze hatte inzwischen in einer Ecke des Pools angedockt.

Eine Weile blickte Anna auf das schimmernde Wasser und wagte sich dann an die Frage, die ihr auf der Seele brannte. »Woher kennen Sie Richard Bernhard?« Trog ihr Eindruck, oder errötete Agnes?

Agnes Fichte knabberte an einem Keks, legte ihn auf die Untertasse und antwortete zögernd: »Nun ja, ich habe ihn in Hannover kennengelernt. Ich habe in seinem Geschäft nach einem Stich von Göttingen als Geschenk für meinen Mann gesucht, der dort studiert hat, und kam mit ihm ins Gespräch. Wissen Sie, einer meiner Vorfahren war Kartograph, beziehungsweise er war wohl königlicher Bauingenieur in Diensten der hannoverschen Könige auf dem englischen Thron. Er hat um 1780 auch in dieser Gegend gearbeitet, ist dann aber nach London gegangen und bei einer Expedition 1789 verschollen. Seine beiden Söhne sind in London aufgewachsen, aber der jüngere ist zum Studium nach Göttingen gegangen und in Deutschland geblieben. Das ist mein Ururgroßvater. Ich besitze sogar ein kleines Porträt meines Ahnen, nicht sehr wertvoll, aber recht hübsch.«

»Ach, Sie stammen von Johann von Stocker ab?«, fragte Anna. Es überraschte sie, dass sie ausgerechnet in Biesterholz auf eine Frau traf, die mit einem Mann verwandt war, von dem die Bibliothek einige Werke in der hannoverschen Ausstellung zeigen würde.

Agnes blickte sie verwundert an. »Sie kennen den Namen?«

»Ja, Stocker hat viele Karten gezeichnet. Ich weiß sogar einiges über ihn. Trauriges Geschick, erst verliert er seine Frau, dann geht er mit seinen beiden Söhnen nach London, und dann stirbt er wohl bei einer Expedition in Gambia, und man weiß nicht einmal Genaueres über seinen Tod.«

Agnes nickte. »Stocker ist zwar mein Vorfahre, aber er hat seiner Familie wenig hinterlassen. Ein Porträt, das bei uns im Wohnzimmer hängt, eine Zeichnung seiner beiden Söhne, die ich leider noch immer nicht habe rahmen lassen, ein Medaillon mit dem Bildnis seiner früh verstorbenen Frau. Das ist es auch schon. Seine Karten liegen zum Teil in der British Library, einige werden in Berlin und in Hannover aufbewahrt, und einige sind auf dem freien Markt gelandet.«

Sie hielt kurz inne, trank einen Schluck Tee, hustete leicht und fuhr dann fort: »Durch einen befreundeten Kunsthändler habe ich erfahren, dass Richard in seinem Geschäft einige Karten besitzt, die Stocker in den frühen achtziger Jahren des 18. Jahrhunderts von Hannover und Umgebung hat drucken lassen. Er hat sie auf einer der großen internationalen Auktionen ersteigert. Eine hat er mir später verkauft, eine sogar geschenkt. Die Karte, die ich gekauft habe, zeigt ein Stadtbild von Stade, das Geschenk ist der Druck einer Karte von Herrenhausen. Sehr gefällige Farben und sehr schön gezeichnet. Den Stich von Göttingen für meinen Mann, weswegen ich ja ursprünglich in Richards Geschäft gegangen bin, habe ich zwar damals gekauft, aber der hängt in unserer Hamburger Wohnung.«

»Und seitdem sind Sie mit Richard Bernhard befreundet?« Anna kam sich sehr neugierig vor. Aber es interessierte sie wirklich, was diese kühle, elegante Ehefrau eines reichen Großbauern und Unternehmers mit dem Antiquitätenhändler aus Hannover verband.

»Ja, wir sehen uns, wenn ich meine Verwandten in der Gegend von Hannover besuche, und er kommt gelegentlich hier vorbei. Aber selten. Richard ist kein Landmensch. Er findet es hier einsam und langweilig.« Agnes seufzte und sah auf einmal sehr verletzlich und ein wenig melancholisch aus. Anna konnte sich des Eindrucks nicht erwehren, dass die beiden vielleicht einmal mehr verbunden hatte als eine lockere Freundschaft mit gelegentlichen gemeinsamen Essen und der Erwerb von Karten des längst verblichenen Johann von Stocker. Aber sie wollte nicht weiter drängen.

Es war merkwürdig. So offen sich Agnes ihr gegenüber auch zu verhalten schien, irgendetwas störte Anna an der Frau. Und was wollte Agnes von ihr? Doch nicht nur Tee trinken und über Belanglosigkeiten plaudern. Sie sah die Farbenpracht des Gartens und entdeckte dabei an einer Ecke der begrünten Mauer, die den Garten vom Moor dahinter trennte, eine Grube.

»Legen Sie ein neues Beet an?«, fragte sie und deutete auf die ausgehobene Erde in der Gartenecke.

»Da hat unser Hund gebuddelt«, antwortete Agnes sehr schnell und sah Anna dabei nicht an. Einen Hund hatte Anna noch nicht gesehen, aber wer weiß, wo das Tier in dem großen Haus stecken mochte. Die berüchtigte streunende Katze der Fichtes war auch noch nicht aufgetaucht. Ohnehin wirkte das große Haus im Sonnenlicht wie eine verlassene Festung mit Agnes Fichte als ihrer alleinigen Hüterin. Auch ihre Haushaltshilfe, die öfter in Birthes Laden kam, schien Ausgang zu haben oder irgendwo im Hintergrund zu wirken.

»Richard hat mir erzählt, dass er Ihnen einige Karten gegeben hat. Sind sie denn etwas wert oder besonders interessant?«

Agnes versuchte neutral zu klingen, aber Anna spürte einen nervösen Unterton. Aha, jetzt endlich kam Agnes zum Punkt. Sie interessierte sich, aus welchem bisher unerklärlichen Grund auch immer, für die mysteriösen Moorkarten.

»Die Karten sind ungewöhnlich, aber ich weiß leider nicht, wer sie ursprünglich gezeichnet hat«, antwortete sie und schämte sich nicht einmal für diese Lüge. Sie wollte Agnes auf keinen Fall auf die Nase binden, dass offenbar ein junger Kartograph aus London um 1780 einige interessante Entdeckungen im Moor gemacht und diese auf den Karten markiert hatte. »Auf jeden Fall stammen sie nicht von Ihrem Ahnen«, fügte sie hinzu.

»Es würde mich für Richard freuen, wenn Sie seine Karten in der Ausstellung zeigen würden. Darf ich sie mal sehen?«

»Aber gerne. Wie wäre es mit morgen Nachmittag gegen sechzehn Uhr?«

»Da bin ich vom Reiten zurück. Das ginge. Dann komme ich zu Ihnen ins Moorhaus, wenn ich darf.«

Anna nickte. Damit hatte Agnes vorsichtig ihr eigentliches Ansinnen vorgebracht, nämlich einen Blick auf Richards Moorkarten zu werfen. Was auch immer dahinterstecken mochte. Vielleicht hatte sie gleichzeitig auch die Frau kennenlernen wollen, die mit ihrem alten Freund Richard ein, wenn auch bislang rein berufliches, Verhältnis hatte.

Während der nächsten Stunde plauderten sie über dieses und jenes. Agnes erzählte von ihren Kindern Herbert und Andrea, von einem Theaterbesuch in Hamburg, von einer Veranstaltung mit regionalen Krimiautoren, die sie für den November plante, und von einer Reise nach Griechenland im September. Nur über ihren Mann verlor sie kein Wort. Anna schilderte ihr ein paar harmlose Details ihrer Arbeit als Kunsthistorikerin und wartete mit einigen Anekdoten zur Bewertung von Objekten auf, die ihre Besitzer für wertvoll gehalten und die sich als billige Imitate entpuppt hatten. So verging der Nachmittag im warmen Sonnenschein gemütlich und friedlich. Dennoch wurde Anna das leichte Störgefühl nicht los, und als sie gegen achtzehn Uhr nach Hause kam, sah sie unwillkürlich nach, ob während ihrer Abwesenheit wieder jemand im Haus gewesen war. Natürlich nicht. Die Abendsonne schien in ihr Wohnzimmer, die Staubflocken tanzten in der warmen Luft, und in ihrem Arbeitszimmer waren weder der Laptop verschoben noch die sorgfältig gestapelten Karten verrutscht.

Doch kaum hatte sie sich an den Schreibtisch gesetzt, klingelte ihr Handy. Es war Richard Bernhard.

»Ich möchte gerne vorbeikommen«, verkündete er ohne lange Umschweife. »Ich habe ohnehin in Bederkesa zu tun und könnte Sie besuchen, auch um zu erfahren, was Sie über meine Karten herausgefunden haben.«

Anna mochte Richards warme, tiefe Stimme, und sie freute sich über seinen angekündigten Besuch. Sie war ihm auch nicht mehr böse, dass er ihr seine Bekanntschaft mit Agnes Fichte verschwiegen hatte. Warum sollte er ihr auch solche privaten Details erzählen? Er sagte sich für den frühen Abend des nächsten Tages an.

»Dann könnten wir irgendwo essen gehen«, sagte er noch, ehe er das Gespräch beendete.

Als sie wenig später erneut einen Blick auf eine der Karten von Reginald Fitzgibbon warf, sah sie etwas, das sie stutzen ließ. Das eine Kreuz, das dort eingezeichnet war, wo heute der Garten der Fichtes lag, befand sich ungefähr an der Stelle, wo angeblich der

Hund gebuddelt hatte. War Agnes doch unter die Schatzsucher gegangen? Aber woher sollte sie wissen, welche Stellen R. F. markiert hatte? Anna hatte ihr die Karten noch nicht gezeigt. Es konnte natürlich auch Zufall sein, denn Agnes schien mit Leidenschaft in ihrem Mustergarten zu graben und zu pflanzen.

Anna beschloss am nächsten Tag, sich selbst auf die Suche zu begeben. Sie würde die Stellen zu finden versuchen, an denen Reginald Fitzgibbon damals ein Kreuz auf seine Karten gesetzt hatte. Angst vor einem Treffen mit dem Moormann hatte sie nicht. Höchstens vor einer Begegnung mit dem Spökenkieker Steffen Steffens, denn nichts hasste sie mehr als dumpfe Andeutungen und gruselige Prophezeiungen. Trotz all ihrer wissenschaftlichen Ausbildung war sie ein wenig abergläubisch. Agnes' Besuch sagte sie kurzerhand ab und ließ sich auch nicht umstimmen, als Agnes alles andere als verständnisvoll reagierte. Sie war es eindeutig nicht gewöhnt, dass man ihr einen Korb gab. Anna vertröstete sie auf einen anderen Tag, und schließlich beugte sich Agnes dieser Terminverschiebung mit einem »Na denn man tau!«.

Die geplante Schatzsuche war aber nicht der eigentliche Grund dafür, dass Anna der neugierigen Agnes Fichte abgesagt hatte. Sie verspürte plötzlich keinerlei Bedürfnis mehr, Fremde einen Blick auf diese Karten werfen zu lassen, ehe sie sich nicht selbst näher damit befasst hatte. Wobei sie insgeheim ohnehin befürchtete, dass Richard seine alte Freundin entweder schon längst eingeweiht hatte oder das bald tun würde. Doch gerade als sie ins Moor aufbrechen wollte, fuhr Richard schon sehr viel früher als verabredet mit seinem feuerroten Auto vor, und der Rest des Tages stand plötzlich unter anderen, sehr viel privateren Prioritäten.

ACHT

Die nächsten Tage wurden unerwartet hektisch. Agnes Fichte rief noch einmal an und entschuldigte sich für ihre unfreundliche Reaktion. Im Grunde sei es ihr recht, dass Anna den Besuch abgesagt habe, da sie einen überraschenden Ausflug nach Hamburg unternehmen müsste. Sie werde sich aber wieder melden.

Eine Aufheiterung in jeder Hinsicht war der kurze Besuch Richard Bernhards gewesen, dem Anna versprach, ihren Einfluss geltend zu machen, damit zumindest zwei seiner Karten in der Ausstellung gezeigt werden würden. Über die Kreuze sagte sie ihm nichts. So verlief Richards Besuch sehr angenehm mit einem Essen in Stade und einem regen Gedankenaustausch. Er erzählte ihr, dass sich George W. Stafford noch einmal bei ihm gemeldet habe, dem er aber nichts von den Karten erzählen wollte.

Richards Charme wirkte auf Anna wie Sekt. Er brachte sie immer wieder zum Lachen mit seinen zum Teil haarsträubenden Erzählungen von Kunstauktionen und dem gelegentlich recht exaltierten Gebaren einiger seiner Kunden. Ihr Leben kam ihr im Vergleich dazu geradezu langweilig vor, zumal sie nicht halb so viele schräge Typen kannte wie er. Zum Abschied hatte er sie herzhaft auf beide Wangen geküsst und versprochen, bald wiederzukommen. Er müsse nun aber rasch zurück nach Hannover und sei die nächsten Tage dann in Berlin und München.

Einen Tag nach seinem Besuch unterschrieb Anna in Stade ihre Aussage im Fall Harm Willems. Kommissar Schumann ließ sich nicht auf ihre Frage ein, ob denn die Todesursache inzwischen geklärt sei. Höflich vermittelte er ihr, dass die Untersuchungen noch nicht abgeschlossen seien. Er würde sich bei ihr melden, wenn es dazu noch etwas Wichtiges zu berichten gebe. Um seine harsche Absage ein wenig abzumildern, lud er sie in der Kantine zu einem Kaffee ein, der überraschend gut schmeckte. Während der kurzen Zeit, die er mit ihr Kaffee trank, entpuppte sich der Kommissar als ein guter Unterhalter und noch besserer Zuhörer. Gerne hätte Anna sich die hübsche Hansestadt noch eingehender angeschaut, aber es drängte sie, endlich auf Schatzsuche zu gehen.

Diese ließ sich zunächst enttäuschend an. Mit Fotografien der Karten von Reginald Fitzgibbon in der Hand streifte sie nach ihrer Rückkehr aus Stade durchs Moor. Aber die Markierungen auf den Fotos waren zu ungenau. Sie konnte zu wenig erkennen, geschweige denn einschätzen, welche Stellen die Kreuze markierten. Frustriert kehrte sie ins Moorhaus zurück und lenkte sich durch einige Anrufe ab. Ihre Mutter, ihre Schwester und eine alte Freundin waren längst überfällig. Das eher harmlose Plaudern am Telefon ließ sie bis zum späteren Abend ihre hochfliegenden Schatzsucherpläne vergessen.

Der nächste Morgen war feucht, und über dem Moor lag eine Dunstglocke, denn es hatte in der Nacht heftig geregnet. Anna hatte sich vorgenommen, ihre Suche dennoch fortzusetzen, und sich schon früh auf den Weg gemacht. Immer tiefer wanderte sie ins Moor, ohne einem Menschen zu begegnen. Nach einer guten Stunde stieß sie auf die verkohlten Überreste jener Hütte, die laut der Erzählung von Agnes Fichte vor drei Jahren abgebrannt war. Doch außer einigen geschwärzten Holzresten gab es nicht mehr viel zu sehen. In der Hütte selbst lagen überall Holzstücke und Splitter, das Dach war halb eingestürzt, und die Tür hing schief in den Angeln.

Hinter den Wolken tauchte die Sonne auf und verwandelte den Dunst in schwüle Wärme. Ein Freudentag für die unzähligen Mücken, die sich als wahre Plage erwiesen. Tapfer marschierte Anna weiter durch diese tropisch anmutende Atmosphäre, die ihr den Schweiß auf die Stirn trieb. Eines der Kreuze auf Reginalds Karte lag nahe einem Gewässers mit einer Fläche von ungefähr hundert Quadratmetern. In der Nähe standen einige Erlen und eine der zerzausten Weiden, die so typisch für diese Landschaft waren. Erschöpft ließ sich Anna darunter nieder. Bleierne Müdigkeit überkam sie. Wie dumm von ihr, dass sie kein Wasser mitgenommen hatte. Die Zunge klebte ihr am Gaumen, und die Luft hüllte sie wie ein feuchter Mantel ein. In dem Moment, als ihre Augen zufielen, sah sie es: eine Mulde, die auf keinen Fall von der Natur geschaffen worden war. Als ob dort jemand gegraben und dann hastig wieder Erde daraufgeworfen hätte.

Mühsam rappelte Anna sich auf und ging die wenigen Meter zu dem Loch. Halb verdeckt von der Erde sah sie etwas, das an dünne Äste erinnerte. Zögernd bückte sie sich und hob einen der Äste auf. Ein jäher Schock durchzuckte sie, und vor Schreck ließ sie ihn sofort wieder fallen. Dieser Ast war ein Knochen, aber kein Tierknochen, sondern, wie Anna erkannte, Teil eines menschlichen Arms. Sie war bei genügend Grabungen dabei gewesen, um das beurteilen zu können.

Als sie sich wieder gefasst hatte, schaufelte sie mit den Händen die Erde beiseite. Was sie sah, verschlug ihr den Atem: Da lag etwas in der Erde, das einer Kokosnuss mit einem Büschel rotem Gras glich. Anna erkannte sofort, was es war: Sie hatte den oberen Teil eines menschlichen Schädels gefunden. Wie sie wusste, hatten alle Moorleichen rotes Haar, geschuldet den mineralischen Stoffen im Moorboden. Konnte es wahr sein? Hatte sie eine Moorleiche entdeckt? Sie rieb sich die Augen. Es war keine Einbildung. Tatsächlich! Auch das Brester Moor hatte seine Leiche! Sie konnte sich gut vorstellen, dass der unermüdliche Harm Willems diese Stelle gefunden, die Knochen entdeckt und seinen Fund erst einmal wieder verborgen hatte, um später nähere Untersuchungen vorzunehmen.

Anna kramte ihr Handy aus ihrer Jeanstasche und versuchte Anke Kück anzurufen, deren Nummer sie eingespeichert hatte, aber es kam keine Verbindung zustande. Das Netz schwächelte gerne und oft im Moor. Es blieb ihr nichts anderes übrig, als ins Dorf zurückzulaufen. Schnaufend erreichte sie den Rand des Moores, wählte Anke Kücks Nummer noch einmal und erzählte ihr atemlos von dem Fund. Anke versprach, sofort das Kommissariat in Stade zu informieren.

Zwei Stunden später war nicht nur Kommissar Schumanns Assistent Dieter Müller, den Anna schon von der Entdeckung der

Leiche von Harm Willems kannte, an der Fundstelle, sondern auch Professor Arnim Fedderking. Er war von der Gerichtsmedizin als Spezialist mit archäologischen Kenntnissen, der zudem als forensischer Pathologe ausgebildet war, hinzugezogen worden. Anna kannte ihn vom Namen; er hatte erst vor wenigen Jahren in Cuxhaven eine große Ausstellung zum Thema »Zwischen Meer und Moor« kuratiert, in der Funde aus der Gegend, darunter Teile einer Moorleiche aus einem der Moore in der Nähe von Elsfleth, gezeigt worden waren. Fedderking hielt sich glücklicherweise gerade in Bederkesa auf, wo er im Museum an einer Studie über altsächsische Funde in der Region Cuxhaven arbeitete, und war nun mit einem kleinen Team angerückt. Er sagte kaum Guten Tag, sondern übernahm sofort die Führung. Anna tat Dieter Müller leid, der von dem Professor, der sie an den Gerichtsmediziner aus dem »Tatort Münster« erinnerte, kurzerhand beiseitegeschoben wurde.

Fedderking, der mit seinem kahlen Schädel und der dicken Brille wie das Klischee eines weltfremden Professors wirkte, warf einen raschen Blick auf Annas Fund und konstatierte: »Jawohl, das scheint tatsächlich eine Moorleiche zu sein. Ob alt oder jung, das weiß ich natürlich nicht.« Die Bezeichnung »alt« bedeutete in diesem Fall, dass die Moorleiche älter als fünfhundert Jahre sein musste, der Begriff »jung« dagegen umschrieb menschliche Überreste aus dem 20. Jahrhundert. Er beugte sich zu den Knochen und Schädelresten hinab, um sie näher in Augenschein zu nehmen.

»Was für ein Glück, dass in diesem Moor kein maschineller Torfabbau stattgefunden hat, der die Knochen hätte beschädigen können, so wie bei Nienburg«, sagte er, nachdem er sich wieder aufgerichtet hatte. Dann wollte er von Anna wissen, wie sie denn diese »Sensation im Moor« entdeckt habe.

Anna verschwieg, dass sie sich eigentlich auf den Spuren eines Kartographen aus dem 18. Jahrhundert auf einer Art Schatzsuche befunden hatte, sondern erzählte, dass sie einen langen Spaziergang hatte machen wollen, um sich von der täglichen Schreibtischarbeit zu erholen. Dass sie den stillen Verdacht hegte, der verstorbene Harm Willems könne bei seinen vielen Streifzügen durch das Moor eventuell auch auf diese »Sensation« gestoßen sein, erzählte sie dem eitlen Moorexperten nicht. Wahrscheinlich wusste Fedderking gar nichts von dem Toten.

Der Professor lächelte wohlwollend. »Dass ausgerechnet ein Laie diesen Fund gemacht hat, ist wieder mal typisch«, sagte er. »Es war doch sogar schon dieser Moorarchäologe aus Hannover vor einiger Zeit hier. Dieser Knut Dierksen, den ich flüchtig kenne. Der hat aber nichts entdeckt. Hat wohl nicht sehr gründlich gesucht. Na ja, ein bisschen Glück gehört ja auch dazu, um Moorleichen zu finden. Man kann sie ja nicht mit Metalldetektoren oder anderem technischen Krimskrams entdecken.«

Anna schwieg wieder. Dass Knut Dierksen nichts gefunden hatte, wunderte sie nicht. Wer weiß, dachte sie, ob er überhaupt darauf aus gewesen war oder nicht andere Interessen verfolgt hatte. Sie traute Dierksen eher zu, nach Spuren eiszeitlicher Siedlungen oder bronzezeitlicher Opferstätten gesucht zu haben. Sie hätte diese Skelettteile ja auch nicht gefunden ohne die Vorarbeit von vermutlich Harm Willems und ohne die Karten von R. F. Sie hegte den Verdacht, dass nicht weit von der Moorleiche entfernt noch etwas anderes im Boden gewesen sein musste oder noch war. Eine der Markierungen auf der Karte wies darauf hin, und sie glaubte nicht, dass Reginald Fitzgibbon damit eine Moorleiche bezeichnet hatte.

Mit großem Aufwand bargen Fedderking und sein Team von drei Mann die Reste aus dem weichen Untergrund, dann beschied der Professor Dieter Müller, dass dies auf keinen Fall Leichenteile aus neuerer Zeit seien.

»Diese Knochen liegen seit mindestens hundert Jahren in der Erde. Das lässt sich jetzt schon sagen«, erklärte er mit großer Autorität. Müller versuchte gar nicht erst, mit Fedderking zu diskutieren, sondern nickte nur. Wenig später rückte sein Chef Hans Schumann aus Stade an, der durch einen privaten Termin aufgehalten worden war. Ihm gegenüber äußerte Fedderking ebenfalls im Brustton der Überzeugung, dies sei keine neuere Leiche und wohl auch kein »Cold Case«.

»Wir haben es hier mit einer historisch relevanten Moorleiche zu tun«, konstatierte er mit selbstgefälliger Überzeugung. »Das erkenne ich an dem Zustand der Knochen.«

Schumann sah Anna mit einem merkwürdigen Blick an. »Sie sind wohl so eine Art Moordetektivin«, sagte er mit ironischem Unterton. »Erst entdecken Sie eine frische Leiche, dann eine steinalte. Bin gespannt, was Sie noch alles ausgraben.«

Die Dorfbewohner, denen Anna in den Stunden danach begegnete, waren außer sich, als sie von dem Fund erfuhren. Endlich hatte das Brester Moor eine eigene Moorleiche! Das würde natürlich Touristen anlocken, und es würden gewiss Forscher kommen, und endlich, so Anke Kück, würde »ihr« Moor wahrgenommen werden. »Vielleicht wird jetzt das ganze Moor umgegraben«, sagte sie mit einer Mischung aus Begeisterung und leichter Skepsis. Die Vorstellung behagte ihr dann wohl doch nicht so ganz.

Anna beruhigte sie. »Bis dahin versickert noch viel Wasser im Moor.«

Ihr war das alles sehr unangenehm. Sie hätte gerne noch in Ruhe in der Nähe des Fundes recherchiert, aber schließlich war sie selbst es gewesen, die Anke Kück von ihrer Entdeckung informiert hatte. Es war keine Überraschung, dass es in den nächsten beiden Tagen von Journalisten, Fotografen und Neugierigen aus der Umgebung nur so wimmelte. Und am dritten Tag stand plötzlich Knut Dierksen vor ihrer Tür, Niedersachsens renommiertester Moorarchäologe, Entdecker der Bohlenwege bei Emden und eine Kapazität auf dem Gebiet früher Moorbesiedlungen.

»Du hast gefunden, was ich vergebens gesucht habe«, stellte er ohne Umschweife fest.

Aha, hatte er also doch, wie der neunmalkluge Fedderking vermutet hatte, tatsächlich nach einer Moorleiche geforscht, und Anna hatte sich geirrt. Sie schätzte Knut Dierksen, der zwar manchmal ein wenig ruppig wirkte, aber nicht so berechnend wie Harald Frostauer, der es sich nicht nehmen ließ, gleichfalls an diesem Tag aufzutauchen. Er nahm Anna sofort in Beschlag und wollte alles über ihren »Spaziergang mit Folgen« wissen. Sie entzog sich ihm mit Mühe und flüchtete an ihren Schreibtisch zurück.

Gerne hätte sie die Gelegenheit genutzt, um Knut Dierksen den sonderbaren Stein zu zeigen, aber sie wollte vermeiden, dass Harald Frostauer ihn auch sah, der sich meist in der Nähe seines Kollegen aufhielt. Die ganze Aufregung um den Fund im Moor kam Anna wie eine Bühnenfarce vor mit Leuten, die alle durcheinanderlärmten und jeweils von ihrer eigenen Meinung überzeugt waren. Fedderking erklärte, dies sei die älteste Moorleiche in der gesamten Region, Dierksen widersprach und meinte, sie sei höchstens zweihundert Jahre alt, und so ging es weiter hin und her. Inzwischen waren die Relikte zum Gerichtsmedizinischen Institut nach Hamburg, nicht ins Landesdenkmalamt nach Hannover, gebracht worden, was Fedderking wurmte. In Hamburg hatte er nur wenig zu melden, da er dort keine Kompetenz besaß. Aber er musste sich dieser Entscheidung beugen.

Zwei Tage nach der von der Presse als »Sensationsfund« gefeierten Entdeckung entfloh Anna der Hektik und reiste nach London. Sie hoffte, dass sich bei ihrer Rückkehr in drei Tagen die Wogen wieder geglättet hätten. Frostauer und Dierksen versprachen ihr beide, sie über den neuesten Stand der Erkenntnisse zu informieren – falls sich so rasch etwas ergeben würde. Von Knut Dierksen verabschiedete sie sich herzlich und schwor sich endgültig, ihm bei nächster Gelegenheit den Stein zu zeigen.

Anna liebte London. Seit sie mit neunzehn Jahren das erste Mal in England gewesen war, um Freunde ihrer Mutter in der Nähe von Canterbury zu besuchen und auch einen Abstecher nach London zu machen, zog es sie immer wieder hierher zurück. Mochte London auch schmutzig, teuer und chaotisch sein, Anna fühlte sich wohl in diesem Getriebe. Sie tauchte am liebsten in der National Gallery ab, wo einige ihrer Lieblingsgemälde hingen, darunter Paolo Uccellos »Sankt Georg und der Drache« und das Porträt des niederländischen Künstlers Anthonis van Dyck vom unglücklichen Stuartkönig Karl I. auf seinem Streitross. Wenige Jahre nach Entstehung dieses Porträts ließ Oliver Cromwell den König köpfen.

Sie kam am frühen Abend in ihrem Hotel an, das in der Nähe der Portobello Road lag. An diesem Abend war sie zu erschöpft, um noch jemanden anzurufen, geschweige denn sich mit Harold Kingsley zu treffen. Sie hatten sich zum Abendessen am nächsten Tag verabredet. Sie ging früh ins Bett, sah sich einige Folgen von »Lewis« an, die als Wiederholung im Fernsehen liefen, eine Serie, die sie mochte, da sie in Oxford spielte. Am nächsten Morgen frühstückte sie in einem der vielen kleinen Cafés an der Portobello Road und fühlte sich auf einmal wie im Urlaub. Gegen elf Uhr machte sie sich auf den Weg zu George W. Staffords Laden an der Westbourne Grove.

Im Schaufenster hingen einige sehr schöne Stiche von London aus dem 19. Jahrhundert und ein paar Landkarten, darunter eine von London um 1790. Als Anna den Laden betrat, erklang eine diskrete Glocke. Gedämpftes Licht, spiegelnder Parkettboden, alles sah gediegen und teuer aus. Eine junge Frau begrüßte sie freundlich. Sie fragte nach George W. Stafford. Die junge Frau verschwand durch eine Tür und kam wenig später mit der Auskunft zurück, dass Mr Stafford gerade in einer Besprechung sei, aber in einer halben Stunde gerne zur Verfügung stünde. Anna schlenderte die nächsten dreißig Minuten durch die Westbourne Grove, bewunderte die schicken Geschäfte und schönen alten Häuser und war sogar kurz versucht, in einem der Läden einen königsblauen Pullover zu erwerben. Aber zweihundertfünfzig Pfund erschienen ihr dann doch als zu teuer.

George W. Stafford erwies sich als geborener Gentleman. Er war groß, schlank, etwa Mitte sechzig, hatte ein schmales Gesicht und auffallend grüne Augen hinter runden Brillengläsern. Er begrüßte Anna herzlich, und als sie ihm sagte, dass sie eine Bekannte von Richard Bernhard sei, zeigte er sich geradezu begeistert. Anna wunderte sich kurz über diese überbordende Reaktion, hatten sich die beiden Herren doch angeblich erst einmal ganz kurz getroffen. Aber wahrscheinlich war Staffords Strahlen rein geschäftsmäßig. Er bat sie in sein Büro und fragte, nachdem er ihr Tee angeboten hatte: »Was genau führt Sie zu mir?«

Anna räusperte sich. »Wie mir Richard Bernhard berichtet hat, sind Sie interessiert an Karten von der Gegend bei Stade und der umliegenden Moore. Ich recherchiere gerade zu dem Thema und wüsste gerne, was Sie nach Deutschland geführt hat, um sich nach Karten von dieser Region aus dem 18. Jahrhundert zu erkundigen. Meist findet man solche Dinge doch auf Auktionen und übers Internet. Aber vielleicht haben Sie ja noch andere Quellen, die mir bei meiner Arbeit nützen könnten.«

Stafford zeigte keinerlei Reaktion.

Anna fuhr fort: »Und offenbar ist Ihnen der Kartenmacher Reginald Fitzgibbon ein Begriff, der um 1780 in einem kleinen Moordorf Karten im Auftrag der Royal Society für das Projekt der Erschließung von Moorgebieten für die Landwirtschaft unter der Regierung Georgs III. erstellt hat. Ich selbst habe diesen Kartographen bis vor Kurzem nicht gekannt, weiß aber jetzt etwas mehr über ihn. Da seine Karten interessant sind, habe ich mir erhofft, dass Sie mir mehr dazu erzählen könnten.«

»Deshalb sind Sie extra nach London gekommen? Das hätte man auch per Mail oder am Telefon klären können.« Staffords gepflegter Oxford-Akzent klang weiterhin freundlich, aber Anna meinte dahinter eine Spur von mühsam unterdrückter Ungeduld zu hören.

»Nein, ich wollte ohnehin nach London kommen, um in der British Library zu recherchieren. Aber dennoch wüsste ich gerne, ob Sie mir etwas zu Reginald Fitzgibbon erzählen können.«

Stafford rührte in seiner Tasse, legte dann den silbernen Löffel mit einer energischen Bewegung auf die Untertasse und sagte: »Gestern habe ich gelesen, dass in dem Moor, für das ich mich aus bestimmten Gründen interessiere, eine Moorleiche gefunden wurde, deren Alter noch nicht feststeht. Ich gehe jede Wette mit Ihnen ein, dass sie nicht älter als ungefähr zweihundertfünfzig Jahre ist.«

Als er Annas überraschten Blick sah, lächelte Stafford. »Sie sollen erfahren, weshalb ich dieser Meinung bin. Sie sind offenbar eine engagierte und beherzte Frau, die ihre Aufgabe ernst nimmt und auch eine gehörige Portion Neugierde mitbringt. Die Karten aus der Gegend, in der Reginald Fitzgibbon vor gut zweihundertdreißig Jahren für einige Wochen gelebt hat, bergen ein Geheimnis. Eigentlich wollte ich selbst diesem Rätsel auf die Spur kommen. Aber leider bin ich nicht mehr dazu in der Lage, da ich Großbritannien aus privaten Gründen in der nächsten Zeit nicht verlassen kann. Und so habe ich meine Ambitionen aufgegeben, als eine Art Indiana Jones der Antiquitätenwelt bekannt zu werden.«

Er stand auf und ging zu einem Regal, auf dem sich Stapel von Büchern türmten. Aus einem davon zog er eine schmale schwarze Mappe, sorgsam bedacht, dass der Bücherturm nicht zusammenstürzte. »Vor etwa einem halben Jahr kam ein älterer Mann in meinen Laden, offenbar ein Australier. Er wollte diese Mappe verkaufen, die, wie er mir erzählte, Aufzeichnungen und Briefe eines seiner Vorfahren enthält. Ich war skeptisch, aber bei näherer Prüfung der Dokumente habe ich festgestellt, dass sie wirklich gut und gerne zweihundert Jahre und älter sind.« Stafford schlug die Mappe auf, und Anna sah einige mit schwarzer Tinte eng beschriebene lose Seiten. »Ich bin neugierig geworden und habe ihm die Dokumente für hundertfünfzig Pfund abgekauft. Diese Blätter sind kein richtiges Tagebuch, aber der Verfasser erzählt darin in Briefform, weshalb es ihn nach Australien verschlagen hat. Und das, liebe Anna, hat mit ebenjenen Karten zu tun, die Ihr Kartenmacher Reginald Fitzgibbon vor mehr als zweihundertdreißig Jahren in der Gegend um diesen kleinen Ort Bresterholz gezeichnet hat.« Stafford sprach »Bresterholz« wie »Breschteholz« aus, aber Anna verstand ihn dennoch.

»Und? Was verbindet den Autor dieser Briefe mit Bresterholz?«

Stafford trank genüsslich einen Schluck Tee und schien ihre Neugierde steigern zu wollen. Dann antwortete er: »Sehen Sie, der Verfasser ist ein Mann namens Jeffrey Morgate, der 1790 nach Australien kam. Er war wohl so etwas wie ein früher Emigrant, kein verurteilter Übeltäter, der eine Chance sah, sich in Australien ein neues Leben aufzubauen, nachdem er in England beim Prince of Wales offenbar in Ungnade gefallen war. Man hatte ihm wohl nahegelegt, England zu verlassen. Eine sonderbare Geschichte, die er in seinen Briefen an seine Mutter schildert. Diese Briefe aber hat er nie abgeschickt. 1794 hat er eine Irin geheiratet, die er in Sydney kennengelernt hat, und einer der Nachkommen fand die Briefe in einer alten Kiste. Geradezu ein klassischer Fall, wie solche Zeitdokumente in die Nachwelt gelangen, und der Stoff für einen Roman.«

Stafford hustete trocken und sah Anna mit einem wehmütigen Blick an. »Wenn ich mehr Zeit hätte, dann würde ich dieser Geschichte selbst nachgehen. Aber die Ärzte geben mir nur noch ein knappes Jahr, und ich habe noch sehr viel zu erledigen.«

Anna erschrak. Dass Stafford schwer krank war, konnte man ihm nicht ansehen. Er war zwar sehr schlank, wirkte aber nicht ausgezehrt.

Er lächelte, als er ihre Reaktion bemerkte. »Keine Sorge. Ich leide nicht, und alles geht seinen Gang. Doch die Geschichte, die Morgate da erzählt, hat mich auf die Spur von Fitzgibbon gebracht, und ich wollte mehr über die Ereignisse in den Jahren 1788 und 1789 erfahren, in die Morgate verwickelt war. Denn sie haben auch mit dem späteren Georg IV. zu tun, und auf dem Gebiet bin ich Spezialist. Ich besitze eine der größten Privatsammlungen mit satirischen Zeichnungen, die sich mit diesem ewigen Kronprinzen beschäftigen. Ich werde die Sammlung einigen Museen in England und dem Wilhelm-Busch-Museum in Hannover vermachen.«

Anna hatte ihre Tasse geleert. »Sie spannen mich ganz schön auf die Folter, Mr Stafford«, sagte sie. »Denn ich weiß immer noch nicht, was dieser Jeffrey Morgate mit Reginald Fitzgibbon und dem Moor von Bresterholz zu tun hat.«

Stafford lächelte. »Jeffrey Morgate war offenbar vom Prince of Wales gemeinsam mit einem Kumpan beauftragt worden, ein Auge auf Ihren Kartenmacher zu haben. Der scheint bei seinen Gängen durchs Moor einiges entdeckt zu haben, was die

Begehrlichkeit des ständig in Finanznöten steckenden späteren Georg IV. geweckt hat.«

Stafford blickte zum Fenster hinaus. Draußen hatte ein sanfter Regen eingesetzt. »Soweit ich den Briefen entnommen habe, hat Jeffrey Morgate später bereut, dass er sich zusammen mit einem höchst unangenehmen Mann namens Peter Shaffer auf diesen Deal eingelassen hat. Er geht nicht ins Detail, aber bei Ihnen im Moor ist es wohl damals recht dramatisch zugegangen, sogar einen Toten hat es gegeben. Morgate aber schreibt nicht, wer das war. Deshalb nehme ich an, dass Ihre neu entdeckte Moorleiche entweder Reginald Fitzgibbon oder der Kumpan von Morgate oder noch eine dritte Figur aus dieser Zeit ist und nicht irgendein Mensch aus einem weit zurückliegenden Jahrhundert.«

Stafford zog die Mappe heran und holte einen Brief heraus. »Am 6. Dezember 1798 hat Morgate geschrieben, dass er sich danach sehnt, nach London zurückzukehren. Ob er diesen Wunsch in die Tat umsetzen konnte, weiß ich nicht. Seine letzte Aufzeichnung, diesmal kein Brief, sondern eine Art Statement, stammt vom 2. Januar 1799. Da schreibt er, ich zitiere: *›Wenn ich meine Sünden mit einer Beichte loswerden könnte, würde ich das mit Freuden tun. Doch der Schatten der Vergangenheit ist einfach zu mächtig. Ich werde aber in den mir noch verbleibenden Jahren dafür sorgen, dass meine liebe Frau Colleen mich achten kann und meine Kinder anständige Menschen werden und nicht wie ihr Vater einst für Geld lügen und stehlen.‹*«

»Könnten Sie mir diese Briefe und Notizen von Jeffrey Morgate bis morgen leihen?«, fragte Anna. »Vielleicht helfen sie mir, den Geschehnissen von damals näher zu kommen und damit Reginald Fitzgibbons Karten besser einordnen zu können.«

»Ich leihe sie Ihnen gerne bis morgen aus, aber ich möchte sie weder verkaufen noch verschenken. Es sind immerhin Handschriften aus dem 18. Jahrhundert, und da ich selbst Sammler bin, werde ich sie aufheben und mir als Zeitvertreib einen Reim auf diese Andeutungen zu machen versuchen. Sozusagen als Detektiv am heimischen Schreibtisch. Nach meinem Tod gehen diese Briefe an die British Library«, sagte Stafford. »Nach ersten

Recherchen habe ich herausgefunden, dass Reginald Fitzgibbon besondere Karten hinterlassen hat. Von ihm liegen zwei offizielle Karten vom Brester und vom Bremervörder Moor aus dem Jahr 1788 in der British Library, aber ich hatte nach der Lektüre von Morgates Bemerkungen das Gefühl, dass es andere Karten gab, die nicht in allen Details mit den Karten in der British Library übereinstimmen. Dass es da irgendein Komplott gab. Ich weiß aber nicht, was genau geschehen ist, denn Morgate schildert das nicht im Einzelnen, vielleicht weil er es nicht wagte, die Hintergründe in vollem Umfang darzulegen. Wenn er beim Prinzen von Wales in Ungnade gefallen ist, dann mag das damit zusammenhängen. Da ich dieser spannenden Geschichte ja nun leider nicht selbst werde nachgehen können, wäre ich dankbar, wenn Sie mir vielleicht zu den Ereignissen etwas berichten könnten?«

Anna nickte und begann ihre Versuche zu schildern, die Markierungen auf den Karten zu entschlüsseln. Sie erzählte von Harm Willems und von seinem Tod im Moor. Aber sie zögerte, Stafford von ihrer Vermutung zu erzählen, dass in der Nähe der Moorleiche noch etwas anderes vergraben gewesen sein müsse, das Willems entdeckt haben könnte. Harm Willems hatte zwar Fitzgibbons Karten nicht gekannt, aber irgendetwas schien ihn auf die richtige Spur gebracht zu haben.

Staffords Bemerkung, dass die Moorleiche vielleicht Fitzgibbon sein könnte, hatte sie erschüttert. Doch es kamen ja noch einige andere Männer in Frage, und sie hoffte, in Morgates Briefen und Notizen Einzelheiten darüber zu erfahren, die sie eher zu entschlüsseln vermochte als Stafford. Er hatte ihr fast regungslos zugehört, aber etwas in seinem Blick störte Anna, sodass sie ihm eine Reihe von Details vorenthielt.

Wenig später verabschiedete sie sich und versprach ihm, die Mappe am nächsten Morgen zurückzubringen und ihm von ihren Erkenntnissen zu berichten. Stafford schien fast erleichtert zu sein, als sie ging.

Als sie abends nach einem gemütlichen Abendessen mit Harold Kingsley und seiner Frau Rita müde und sehr satt in ihr Hotel zurückkam, war sie eigentlich zu schläfrig, um sich mit Morgates Notizen zu befassen. Aber dann begann sie doch darin zu lesen.

Die drei ersten Briefe an seine Mutter Helen, die in einem Dorf in Essex lebte, schilderten seinen Alltag in Australien und drückten sein Bedauern aus, dass es ihn in dieses »verlorene Land« verschlagen hatte. *»Wäre ich doch nie nach Deutschland gereist, um den Auftrag des Prinzen zu erfüllen«*, klagte er an einer Stelle. Im vierten Brief bemerkte er: *»Peter war ein echter Halunke. Aber ich habe ihn schon so viele Jahre gekannt, dass ich ihm leider vertraut habe. Und wäre W. nicht aufgetaucht, dann hätten wir Fitzgibbon wahrscheinlich dazu gebracht, uns seine Funde auszuliefern, und ich wäre nach England zurückgekehrt und hätte von dem Lohn für unseren Auftrag gut leben können. Aber das Erscheinen von W. hat uns zu Eile und überhasteten Entscheidungen gezwungen. Shaffer hat dabei Grenzen überschritten.«* Morgate erklärte nicht weiter, wer dieser ominöse W. war, aber im siebten Brief schrieb er: *»Was im Moor geschehen ist, hängt wie eine dunkle Wolke über mir. Ich konnte fliehen. Was aus den anderen geworden ist, weiß ich nicht.«*

Morgate hatte diese Briefe offenbar als eine Art Confessio oder Tagebuch vor allem für sich selbst geschrieben und vielleicht nie wirklich daran gedacht, sie seiner Mutter zu schicken. Was Anna störte, war der selbstmitleidige und weinerliche Unterton Morgates. Interessant dagegen fand sie die Beschreibungen seines Lebens in Australien und die Schilderung der Familie seiner Frau Colleen, deren Vater mit Frau und sieben Kindern »wegen rebellischer Worte gegen den König« aus Irland nach Australien verbannt worden war. Morgates Erwähnung seiner beiden eigenen Kinder John und Rose zeigte, dass dieser Mann offenbar zu wahren Gefühlen fähig gewesen war.

Nur noch eine Bemerkung wies auf die Ereignisse im Moor hin. Und diese Eintragung in den Memoiren des einstigen Ganoven Morgate ließ Anna zusammenzucken. Sie passte zu all den Ereignissen der letzten Tage und ihren eigenen Gefühlen in Bresterholz, auch wenn sie sich innerlich immer gegen diesen ganzen Aberglauben gewehrt und für alles eine möglichst nüchterne Erklärung gesucht hatte: *»Es scheint, als laste der Fluch des*

Moormannes noch immer auf mir. Alle Schätze des Moores könnten das nicht ändern. Vor allem, da ich nie wieder nach England zurückkehren kann, weil ich beim Kronprinzen in Ungnade gefallen bin, und mich freuen sollte, dass ich das Land verlassen durfte.«

Langsam fügte sich für Anna dank dieser Notizen ein Teil des Puzzles zusammen. Fitzgibbon war von zwei Halunken im Auftrag des Kronprinzen ins Moor verfolgt worden, die es auf seine Entdeckungen abgesehen hatten. Aber irgendetwas war aus dem Ruder gelaufen, und ein gewisser W. hatte ihre Pläne durchkreuzt. Ärgerlich, dass Morgate dessen vollen Namen nicht verraten hatte. Anna schätzte, dass diese Ereignisse irgendwann im Frühjahr 1789 stattgefunden hatten, da Fitzgibbon wenig später von der Bildfläche verschwand.

Plötzlich drängte es sie, nach Bresterholz zurückzukehren. Das Geheimnis um die Karten, um die Moorleiche und um das Schicksal des Kartenmachers ließen sich eher dort lösen als hier in London, selbst wenn sie sich erhoffte, am nächsten Tag in der British Library einen Blick auf einige von Reginald Fitzgibbons Karten werfen zu können. »Moordetektivin«, hatte Kommissar Schumann sie spaßeshalber genannt. Sie würde dieser Bezeichnung gerecht werden, und wenn es nur sei, um zu erfahren, wer die Moorleiche war und welche Rolle der Moormann in dieser Geschichte spielte.

1788

Reginald begann sich bei John Marlowe sicher zu fühlen und eine zarte Freundschaft zu dessen kluger Stieftochter Charlotte aufzubauen. Er mochte ihr Lachen, ihren schlagfertigen Witz und ihre Freundlichkeit – das genaue Gegenteil ihres hübschen, aber boshaften Bruders Gerald, der in obskuren Spelunken an verbotenen Glücksspielen teilnahm und seiner Mutter Mary und seinem Stiefvater John wenig Freude machte. Seine Eltern überlegten schon, ob sie ihn nicht in die Kolonien schicken könnten, damit er dort irgendetwas Nützliches erlernte.

Doch Gerald war nicht Reginalds Problem. Immer häufiger fand er Muße, seine Erinnerungen an die letzten Tage in Brester Holz weiter aufzuschreiben.

Als er an jenem Tag im September wie verabredet zur Hütte gekommen war, wartete Piet bereits auf ihn. Reginald hielt nicht lange hinter dem Berg mit seinem Wissen über Piets Herkunft: »Ich weiß, dass Käthe deine Mutter war.«

Piet nickte und antwortete mit seiner rauen Stimme, die wie ein selten benutztes Instrument klang: »Meinen Vater habe ich nicht gekannt. Käthe hat mir erzählt, dass er der Sohn eines reichen Bauern gewesen sei und sie nach meiner Geburt mit mir ins Moor geflüchtet ist, weil ihre Familie sie verstoßen hat und mein Vater nichts mit mir zu schaffen haben wollte.«

Er stockte, sein Blick schweifte ab. Erst nach einer geraumen Zeit sprach er weiter. »Sie hat sich liebevoll um mich gekümmert, aber dann ist sie zurück zu den Menschen, und ich wollte im Moor bleiben. Ich habe in unserer alten Hütte gelebt, die jedoch in einem regenreichen Winter im Moor versackte, und da habe ich mir eine neue Hütte gebaut. Ich habe genug zum Leben, und meine Mutter hat mich oft besucht und mir Äpfel oder Gemüse mitgebracht und im Winter eine dickere Decke. Niemand ist je so tief ins Moor vorgedrungen, dass er mich gefunden hätte.

Selbst die Torfstecher sind nur selten bis in die Nähe meiner Unterkunft gekommen. Und irgendwann hat meine Mutter die alte Sage vom Moormann aufgegriffen und zu meinem Schutz verbreitet. Ein paarmal haben mich Menschen gesehen, aber sie hatten Angst vor mir und ließen mich in Ruhe. Keiner hatte den Mut, dem Moormann zu begegnen.«

Reginald war trotzdem verwundert, dass Piet so viele Jahre ungestört im Moor hatte leben und vor allem überleben können, selbst wenn seine Mutter ihn mit Kleidung und Nahrungsmitteln versorgt hatte. Offenbar war Piet ein geschickter Jäger und Fallensteller. Auf Gesellschaft, außer der von seiner Mutter, schien er keinen Wert zu legen. Und jetzt war seine Mutter tot. Seine einzige Brücke in die Welt der Menschen schien damit zerbrochen zu sein.

»Vor ein paar Tagen wollte ich meine Mutter besuchen, zum ersten Mal nicht erst abends, weil ich ihr Kräuter bringen sollte, die sie zu einem Heiltee verarbeiten wollte«, fuhr Piet fort. »Sie war nicht in ihrer Hütte, und da bin ich wieder weggegangen. Auf meinem Rückweg sah ich bei der Kirche Menschen und habe erkannt, dass das ein Begräbnis ist. Doch ich habe mich nicht näher herangetraut. Hätte ich gewusst, dass dies die Beerdigung meiner Mutter war …« Tränen rannen ihm über das Gesicht, und Reginald empfand tiefes Mitleid mit ihm.

Piet erzählte Reginald, dass er weder lesen noch schreiben könne, aber um die Geheimnisse des Moores wisse. Als Reginald ihn wenige Tage nach dem ersten Besuch wieder aufsuchte, sagte er: »Ich bin nicht mehr jung. Wenn ich sterbe, dann weiß keiner mehr um das Geheimnis, das meine Mutter und ich entdeckt haben.«

Reginald hatte ihm von dem seltsamen Stein erzählt, den ihm seine Mutter gezeigt und den er nun in seinen Besitz genommen hatte. Piet hatte nur genickt und dann in einer Ecke seiner Hütte gewühlt. Unter einem Haufen von Fellen zog er einen in Tierhaut gehüllten Gegenstand hervor, den er Reginald reichte.

»Ich habe diese Figur gefunden, als ich nach essbaren Wurzeln gegraben habe«, sagte er.

Reginald schlug das Leder zurück und erblickte eine merkwürdige Gestalt, die aus einem leicht verwitterten Knochen geschnitzt war. Sie stellte ein Wesen dar, das wie die Verschmelzung von Mensch und Raubtier, wie eine Mythengestalt aus ferner Zeit aussah. Fasziniert betrachtete er die kleine Statue, die etwa zwölf Zoll maß. Der Kopf der Figur glich dem Haupt eines Bären, der Körper war menschenähnlich. Allerdings besaß die Figur weder Hände noch Tatzen, sondern Stümpfe. Das Gesicht glich nicht denen der Bären, die noch gelegentlich in den Wäldern Norddeutschlands umherstrichen und erbarmungslos gejagt wurden, sondern hatte eine lang gezogene Schnauze und auffallend große Ohren.

Vorsichtig strich Reginald über die Figur. Ihre Oberfläche fühlte sich rau an. Dieses Wesen aus dem Moor musste uralt sein. »So eine seltsame Figur habe ich noch nie gesehen«, sagte er. Viele glaubten ja noch, dass es die Menschheit erst seit wenigen tausend Jahren gab, da die Erde selbst, nach Meinung einiger sogenannter Gelehrter, vor wenigen Jahrtausenden entstanden sei. Aber inzwischen hatten einige Archäologen und Wissenschaftler die Entstehung der Menschheit in einer weiter entfernten Vergangenheit angesiedelt, was zugleich bedeutete, dass die Erschaffung der Erde weitaus länger zurückliegen musste.

Piet lächelte, als er Reginalds Verwunderung bemerkte. Es war das erste Mal, dass Reginald ihn ganz bewusst lächeln sah. Er besaß nur noch einige braune Zähne, dennoch verwandelte dieses Lächeln sein Gesicht in erstaunlicher Weise. Reginald hatte plötzlich eine vage Ahnung, wie Piet hätte aussehen können, würde er nicht als Moormann sein Dasein fristen, sondern sauber und gepflegt in der zivilisierten Welt leben. Ein durchaus attraktiver Mann.

Er reichte Piet die Figur zurück. Der aber schüttelte den Kopf. »Ich habe sie viele Jahre gehabt«, sagte er. »Ich gebe sie jetzt dir. Hüte du sie und bewahre sie auf. Sie ist nicht das Einzige, was ich im Moor gefunden habe. Meine Mutter wollte nur den kleinen Stein mit den Strichen mitnehmen, den nicht sie, sondern ich entdeckt habe und den jetzt du besitzt. Sie wusste, dass dieser

Stein wichtig ist. Aber er ist kein Goldschatz, wie ihn die Menschen draußen jenseits des Moores besitzen möchten. Sie wissen nicht, dass dies die wahren Schätze des Moores sind. Denn sie zeigen, dass es schon lange vor uns hier Menschen gegeben hat, die wunderbare Dinge geschaffen haben.«

Reginald war überrascht. Woher konnte Piet, der seit so vielen Jahren im Moor hauste, weit weg von der Welt und ihren Bedürfnissen, vermuten, dass diese Entdeckungen wichtiger und damit mehr wert sein könnten als Gold und Silber?

Er nahm die in Leder gewickelte Figur an diesem Tag mit in sein Haus und versteckte sie unter seinen Kleidern. Genau wusste er noch nicht, was er mit dem Bärenmenschen anfangen sollte und wer ihm Auskunft über dessen wahren Wert geben könnte. Aber er ahnte, dass diese Figur tatsächlich einen Schatz bedeutete.

Piet glaubte nicht an einen Unfalltod seiner Mutter. Er hatte erwähnt, dass er denjenigen finden und bestrafen wolle, der am Tod seiner Mutter schuld sei. Auf Reginalds Frage, wen er denn für schuldig hielt, ging er nicht weiter ein. Er murmelte nur, sie sei eine Hüterin von Geheimnissen gewesen und habe gewusst, was er bei seinen Streifzügen durch das Moor gefunden hatte. Vielleicht glaubte Piet, dass irgendjemand davon Kenntnis hatte und die alte Käthe zwingen wollte, ihr Wissen preiszugeben.

Bei einem seiner Besuche brachte Reginald auf Bitten Piets eine seiner Karten mit und erklärte ihm, wie sie strukturiert war und wo die Himmelsrichtungen lagen. Piet malte mit dem Stück eines verkohlten Astes ein paar Kreuze auf die Karte und sagte: »Hier habe ich auch Dinge gefunden. Aber ich habe sie nicht mitgenommen. Sie liegen noch dort, geschützt durch das Moor.«

»Und weshalb zeigst du mir das?«, wollte Reginald wissen.

Piet lächelte wieder. »Wie ich dir schon gesagt habe, bin ich ein alter Mann. Ich möchte, dass du dich um diese Dinge kümmerst. Sie gehören nicht mir, sondern dem Moor.«

»Willst du mich nicht hinführen und mir deine Entdeckungen selbst zeigen?«, fragte Reginald, doch Piet schwieg. Reginald überkam ein seltsames Gefühl, eine dumpfe Vorahnung, die seine irischen Vorfahren als den sechsten Sinn bezeichnet hätten. Aber er konnte dieses Kribbeln nicht genau einordnen. War es Furcht, Piet nicht mehr wiederzusehen, wenn er das Moor verlassen würde, oder die Ahnung einer drohenden Gefahr? Auch der Gedanke, die Schätze des Moormannes zu bergen, machte ihm Angst. Doch Piet schien Reginalds Empfindungen entweder nicht zu bemerken oder sie nicht wahrnehmen zu wollen.

»Das ist jetzt deine Aufgabe«, sagte er nur. »Ich habe sie lange genug bewacht. Die Zeit ist gekommen, dass das Moor sie hergibt. Ich weiß, du musst jetzt fort. Aber komm bald wieder und vollende diese Aufgabe, ehe andere es versuchen.«

Reginalds Abreise stand kurz bevor, aber er schwor sich, so bald wie möglich zurückzukommen, um Piets Wunsch zu erfüllen. Er bedauerte, dass er das nicht gleich machen konnte, aber er hatte Verpflichtungen, die dies nicht zuließen.

Als er einige Tage später zur Hütte kam, um sich von Piet zu verabschieden, weil er zunächst nach Hannover reisen musste, ehe er nach London zurückkehrte, fand er die Hütte leer. Reginald suchte in der näheren Umgebung nach Piet, konnte ihn aber nicht entdecken. Sicherlich streifte er gerade auf der Suche nach Nahrung durch das Moor, das der frühherbstliche Nebel morgens schon in weiches Grau tauchte.

Er war traurig, als er das Moor verließ und nach Hannover aufbrach. Sein Assistent Jonathan wollte noch ein paar Tage bleiben und dann über Bremen die Heimreise nach London antreten. Beide Männer hatten ihre Taschen mit Entwürfen, Zeichnungen und Geräten gefüllt. Reginald hatte die Kreuze, die Piet mit dem verkohlten Ast auf seine Karte gezeichnet hatte, auf eine seiner anderen Karten übertragen. Spätestens im nächsten Frühling würde er wiederkommen, auch um den Moormann wiederzusehen.

Er hatte vor seiner Abreise Pastor Fritz Peters noch einmal gefragt, ob man denn nun sicher sei, dass die alte Käthe eines natürlichen Todes gestorben war, da doch ihre Wunde am Hinterkopf nicht unbedingt von einem Sturz herzurühren schien. Der Pastor aber wiederholte bloß die Aussage von Doktor Behrens, dass Käthe sehr alt gewesen und es deshalb nicht verwunderlich sei, dass sie so unglücklich stürzte. Reginald fragte darauf vorsichtig, ob Peters denn wisse, dass Käthe einen Sohn gehabt habe.

Der Pastor verzog das Gesicht. »Das Kind ist nicht lange nach der Geburt gestorben. Käthe hat damals fast den Verstand verloren und das Kind im Moor begraben. Sie hat sich danach jahrelang ins Moor zurückgezogen. Keiner weiß, was sie da gemacht hat. Irgendwann ist sie dann wiederaufgetaucht, hat sich in der Hütte niedergelassen, und niemand hat gefragt, wo sie all die Zeit über war. Manche haben sie für eine Hexe gehalten, aber sie war eine sanfte Frau mit vielen Kenntnissen der Natur. Also haben sie die Menschen hier freundlich behandelt und sie in der Hütte leben lassen. Wer sollte dieser armen alten Frau denn etwas antun wollen?«

Reginald fragte sich, ob Käthe selbst das Gerücht vom Tod ihres Sohnes gestreut hatte, damit er in Ruhe im Moor leben konnte und sie selbst den Vorurteilen ihrer Mitmenschen zu entgehen vermochte.

Als er schließlich nach Hannover aufgebrochen war, lag in seiner Satteltasche, fest in ein wollenes Tuch verpackt, der Stein, den er in Käthes Hütte gefunden hatte. Den schwarzen Stein, den er im Wurzelgeflecht der kleinen Weide entdeckt hatte, verpackte er in alte Socken, legte ihn in eine der Satteltaschen und nahm ihn ebenfalls mit. Den Bärenmenschen aber hatte er aus Furcht, er könne auf dem langen Ritt zerbrechen, an einem sicheren Ort versteckt. Er markierte dieses Versteck auf einer seiner Karten, aber nicht mit einem Kreuz, sondern mit einem winzigen roten Punkt, im Gewirr der anderen Farben kaum sichtbar. Er war fest entschlossen, die Figur bald dem British Museum zu übergeben. Eigentlich gehörte diese Statue ja nach Deutschland, doch Reginald fühlte sich England gegenüber verpflichtet, war er doch im Auftrag der Royal Society hier und gehörte nicht zum Corps der hannoverschen Ingenieure wie Johann von Stocker.

Reginald war drei Tage in Hannover geblieben, hatte in einem kleinen Gasthof an der Leine gewohnt und versucht, seine Tagebuchnotizen auf den neuesten Stand zu bringen. Aber er fand die innere Ruhe nicht, die er dazu gebraucht hätte. Vielleicht war einfach zu viel in den letzten Wochen auf ihn eingestürmt und hatte sein eher beschauliches Dasein erschüttert. Stattdessen schaute er kurz bei seinen Kollegen vorbei, denen er einige seiner Kartenentwürfe zeigte, und informierte sich über deren Projekte, bei denen es vor allem um die Wiedergabe der Poststraßen von Hannover zum Meer ging.

Das Gefühl der Unruhe, das ihn seit den letzten Tagen im Moor beherrscht hatte, verstärkte sich in Hannover. Er fühlte sich beobachtet und verfolgt. Dabei war niemand in seiner Nähe, der ihn zu bedrohen schien. Auch Johann von Stocker hielt sich nicht in Hannover auf, wie man ihm versicherte. Dennoch wurde er das Gefühl nicht los, dass jemand jeden seiner Schritte überwachte. Er schalt sich selbst als ängstlich und abergläubisch, war aber froh, als er beim ersten Morgengrauen des vierten Tages nach Göttingen aufbrach und auf der Poststraße gut vorankam. Insgesamt brauchte er mit kurzen Unterbrechungen jedoch fast acht Stunden für die Strecke, da die Landschaft recht hügelig war und sein Pferd kein Pegasus.

Als er Göttingen am Nachmittag erreichte, fühlte er sich wesentlich wohler. Er mochte die kleine Stadt. Die Universität, gegründet von Georg II. im Jahre 1734, zählte längst zu den renommiertesten Einrichtungen ihrer Art. Wissenschaftler aus ganz Deutschland zog es dorthin, Studenten aus anderen Teilen des Landes, und sogar britische Adlige schickten ihre Söhne nach Göttingen, wo man vor allem Naturwissenschaften, Rechtswissenschaften und Philosophie studieren konnte. Als Reginald vor einigen Jahren das erste Mal hier gewesen war, lernte er einige berühmte Gelehrte kennen, darunter Georg Christoph Lichtenberg, der sowohl 1770 als auch 1774 für längere Zeit in England gelebt hatte, und den Direktor der Universitätsbibliothek, Christian Gottlob Heyne. Diesen Mann wollte er aufsuchen, denn Heyne interessierte sich für Relikte aus der Vergangenheit und für alles, was mit Altertumsforschung zu tun hatte. Reginald war gespannt, ob er ihm etwas Neues zu den beiden Steinen sagen konnte oder ihn abweisen würde.

Göttingen empfing ihn mit blauem Himmel, und Reginald hatte Glück. Professor Heyne, auch mit neunundfünfzig Jahren noch eine imposante Gestalt, saß in seiner Arbeitsstube und nahm sich Zeit für den Besucher aus dem fernen England. Nach einem kurzen Gespräch über das Wetter und die Schwierigkeiten, bei den immer kühleren Temperaturen zu reisen, kam Reginald zur Sache. Er legte die beiden Steine vor Heyne auf den wuchtigen Schreibtisch, an dem dieser wohl gerade wieder an einer Rezension für die »Göttingischen Gelehrten Anzeigen« arbeitete. Heyne nahm zunächst den glatten schwarzen Stein in die Hand und drehte ihn behutsam hin und her.

»Woher habt Ihr diesen Stein?«, wollte er wissen.

»Ich habe ihn im Moor bei Brester Holz in der Nähe von Stade gefunden. Er lag dort halb vergraben zwischen den Wurzeln einer kleinen Weide. Es schien, als habe er sich durch das Erdreich nach oben gearbeitet.«

Heyne lächelte. »Steine haben das so an sich. Jeder, der bei einem Bauern auf dem Feld gearbeitet hat, weiß das. Es ist ein interessantes Stück, und sicherlich wurde es von Menschenhand bearbeitet. Zwar sind Kieselsteine von Wind und Wasser oft ähnlich geglättet, aber dies ist ein Stein von besonderer Härte. Und seine Kanten sind nicht ganz glatt, sondern die eine Seite leicht schartig und scharf, als sei er als Werkzeug benutzt worden. Es mag in der Tat sein, dass dieser Stein so geschliffen wurde, um als Waffe oder Werkzeug zu dienen. Und das vor langer Zeit.«

Nachdenklich musterte er den Stein noch eine Weile, dann legte er ihn vorsichtig auf den Schreibtisch. »Habt Ihr noch mehr solcher Steine im Moor entdeckt?«

Reginald holte den sorgfältig in das wollene Tuch eingewickelten Stein hervor, den er aus Käthes Hütte mitgenommen hatte. Heyne zog überrascht die Augenbrauen hoch.

»Das ist ja höchst faszinierend! Ein Stein mit Markierungen, die bei genauer Betrachtung eine Zeichnung sein könnten.« Er nahm eine Lupe und betrachtete den Stein lange und gründlich. »Ich vermag zwar diese Zeichen nicht zu deuten, aber ich bin sicher, dass dieser Stein ein uraltes Beweisstück für die Fähigkeit der Menschheit ist, etwas darzustellen, das einen tieferen Sinn hat, vielleicht als Kultgegenstand.«

Reginald hielt den Atem an. Genau diese Antwort hatte er sich erhofft. Er räusperte sich und sagte mit leicht zitternder Stimme: »Es scheint, als ob dieses kleine Moor, das ich in den vergangenen Wochen detailliert kartographiert habe, noch mehr solcher Zeugnisse aus der menschlichen Frühgeschichte birgt. Ein Mann, der seit vielen Jahren als Einsiedler dort lebt, hat mir einige Stellen verraten, wo er selbst Dinge aus alter Zeit entdeckt hat. Er hat sie nicht an sich genommen, weil er, wie er sagt, dem Moor nichts rauben möchte. Aber sicherlich wären diese Gegenstände wertvoll für die Erforschung der fernen Vergangenheit.« Er verschwieg, dass er bereits einen dieser Gegenstände, den Bärenmenschen, besaß.

Heyne blickte von dem kleinen Stein auf, den er noch immer in der Hand hielt. »Wir stehen erst am Anfang der Erforschung unserer Menschheitsgeschichte. Dieser Stein mag wertvoll und wichtig sein, aber vielleicht ist er auch nur eine Spielerei und hat nicht viel zu bedeuten. Ich kann sein Alter nicht bestimmen, doch wenn er lange im Moor gelegen hat, könnte er noch aus der Zeit vor den ersten germanischen Siedlungen stammen, also aus der Zeit vor Christi Geburt.« Er reichte Reginald den Stein. »Was gedenkt Ihr mit Eurer Entdeckung nun anzufangen? Wollt Ihr den Stein mit nach London nehmen und dem British Museum übergeben oder ihn behalten als Andenken an Eure Arbeit im Moor? Oder möchtet Ihr ihn der Universität Göttingen schenken?« Er lächelte.

Reginald zögerte einen Moment. »Ich weiß es noch nicht«, gestand er dann. »Zunächst will ich nach den anderen Gegenständen suchen, die der Moormann entdeckt hat.«

»Was könnten diese anderen Dinge sein? Eine Schatzkiste oder ein Grab mit Beigaben?«

Reginald schüttelte den Kopf. »Das werde ich erkunden. Mir war es wichtig, von Euch zu erfahren, ob diese beiden Steine tatsächlich aus einer fernen Vorzeit stammen könnten und von Menschen vor langer Zeit im Moor abgelegt wurden.«

»Warum seid Ihr so daran interessiert?«, fragte Heyne.

»Ich mag zwar nur ein Kartenmacher und Kupferstecher sein, doch ich will mehr über die Vergangenheit wissen«, antwortete Reginald. »Das Moor fasziniert mich. Auch in meiner Heimat Irland gibt es geheimnisvolle Moore, und sicherlich würde man, wenn man danach suchte, dort ebenfalls Relikte aus ferner Zeit entdecken.«

Heyne nickte. »Mein Interesse gilt vor allem den Griechen und Römern. Aber ich verstehe Euren Eifer. Ich wünsche Euch viel Glück bei Eurer Suche und werde niemandem etwas von den Steinen sagen. Denn das könnte Begehrlichkeiten wecken und Schatzsucher anlocken, die das Moor zerstören. Aber falls Ihr an den Stellen, die Euch Euer Moormann angegeben hat, nichts von Wichtigkeit entdeckt, seid nicht enttäuscht. Es ist ein sehr langer Weg, den wir zur Erforschung unserer Geschichte vor uns haben. Diese Steine aber haltet in Ehren. Vielleicht wird eine spätere Generation mehr über sie herausfinden, als wir das derzeit können.«

Damit entließ Christian Gottlob Heyne seinen Gast und begleitete ihn bis zum Eingang der Bibliothek. Reginald fühlte sich durch den kurzen Besuch gleichzeitig ermutigt und enttäuscht. Offenbar hatte der große Gelehrte kein gesteigertes Interesse an der Erforschung der Moore, aber immerhin glaubte auch er, dass diese seltsamen Steine ein frühes Zeugnis menschlicher Handwerkskunst waren. Vielleicht hätte er doch den Bärenmann mitbringen sollen, der durchaus Ähnlichkeit mit mythischen Darstellungen aus der Antike aufwies.

Reginald wäre gegen alles bessere Wissen und Gewissen am liebsten sofort wieder ins Moor geeilt, aber er musste dringend nach London zurück. Sein Vorhaben musste, obgleich ihm das wenig behagte, bis zum kommenden Frühling warten. Er hatte die Kreuze als Markierungen der vom Moormann angegebenen Fundorte längst auf den Entwurf einer seiner Karten übertragen. Aber die Vorsicht trieb ihn dazu, die Kreuze auch auf den anderen Karten einzutragen, hier jedoch zusammen mit solchen an falschen Stellen, die nur er von den echten unterscheiden konnte.

Er versah sie mit einem winzigen Haken, kaum mit dem bloßen Auge erkennbar. Vier Karten würde er stechen und drucken, aber nur eine von ihnen würde die genauen Stellen zeigen, die ihm Piet aufgezeichnet hatte. Das alles bedeutete viel Aufwand und Zeit, doch er wollte kein Risiko eingehen.

Am nächsten Tag brach er wieder nach Hannover auf. Er verbrachte die Nacht in einem Gasthaus, in dessen Gaststube eine Horde Göttinger Studenten bis spätnachts sang und vor allem trank. Dennoch fielen ihm irgendwann gegen Mitternacht die Augen zu, und er schlief fest, bis ihn der Straßenlärm am frühen Morgen weckte. Das Wetter hatte sich verschlechtert, vom Harz wehte ein schneidender Wind, und die Reise würde beschwerlich sein.

Vom frühherbstlich kühlen Regen völlig durchnässt, kam er nach mehr als neun Stunden, nur kurz unterbrochen durch ein Mittagessen in einem kleinen Landgasthaus und eine weitere Ruhepause für sein Pferd, in Hannover an. Hier übernachtete er wieder in dem vertrauten Gasthof und ließ sich am Abend ein gutes Mahl mit mehreren Humpen Bier schmecken, ehe er am nächsten Tag den langen Ritt zur Küste antreten wollte.

Reginald konnte nicht ahnen, dass sein Instinkt ihn nicht getrogen hatte. Johann von Stocker, der angeblich in England weilte, war ihm fast die ganze Zeit auf den Fersen gewesen und hatte ihn nur in Göttingen kurz aus den Augen verloren, als er im Gebäude der Universität verschwunden war. Stocker konnte sich keinen Reim darauf machen, was der Kartenmacher dort zu suchen hatte. Aber er wollte die Zeit nutzen, ritt zurück nach Hannover und gelangte, ohne von Reginalds Wirtin gesehen zu werden, in dessen Schlafkammer. Zwischen den eher armseligen Habseligkeiten entdeckte er einige Kartenentwürfe, die Reginald ihm während seiner Wochen in Brester Holz nicht gezeigt hatte. Allzu gerne hätte er sie eingesteckt und per Kurier nach London zu seinem Auftraggeber geschickt. Aber das wäre zu simpel gewesen. Und wer wusste, ob Reginald nicht noch andere Skizzen besaß. Er wollte ihm lieber weiter auf der Spur bleiben. Stattdessen machte er sich also Notizen und würde später erst einmal für sich selbst eine Kopie anfertigen und danach seine Erkenntnisse per Depesche nach London schicken mit der zusätzlichen Information, dass Reginald Fitzgibbon im Brester Moor sehr wahrscheinlich einen Schatz entdeckt, ihn aber noch nicht geborgen hatte. Jonathan, den er mit einigen Goldguineas bestochen hatte, war nur allzu willens gewesen, ihm von Reginalds Streifzügen durch das Moor zu berichten. Er hatte Reginald auf einer seiner Wanderungen verfolgt und sein Treffen mit dem Moormann beobachtet. Stocker war sich sicher, dass die Aufzeichnungen des jungen Kartenmachers interessante Hinweise zu möglichen Fundorten enthielten. Der Prince of Wales würde zufrieden sein.

Stocker faltete seine Notizen zusammen und steckte sie in seine Tasche. Er hatte doch geahnt, dass diese seltsame Alte, die er unter anderem in Begleitung von Reginald gesehen hatte, dem nie der Verdacht gekommen war, dass seine Moorwanderungen nicht unbeachtet blieben, mehr über das Moor und dessen Geheimnisse wusste, als sie preisgeben wollte. Sie kannte das Moor bis in seine dunkelsten Ecken und hatte, da war Stocker sich sicher, einiges bei ihren Streifzügen auf der Suche nach Heilkräutern entdeckt, was die Gier des Kronprinzen befriedigen könnte.

In Stocker rangen zwei Seelen. Zum einen die Loyalität gegenüber seinem königlichen Auftraggeber, die ihn dazu verpflichtete, den Fall nunmehr George darzulegen, der dann andere beauftragen würde, Reginald die möglichen Schätze abzunehmen, sobald er sie geborgen haben würde. Zum anderen war da die eigene Gier nach Reichtum. Er hegte insgeheim die Hoffnung, selbst etwas in diesem Moor zu entdecken, was ihm, dem Adligen aus guter, aber nicht wohlhabender Familie, die ersehnte finanzielle Unabhängigkeit schenken und seinen Traum erfüllen könnte, mit seiner Familie in London in wohlsituierten Umständen zu leben, weit weg von der kleinen Stadt Hannover.

Unwillkürlich fuhr seine Hand in seine Rocktasche. Dort verbarg er seit einem seiner Besuche im Moor eine kleine goldene Fibel, die er gefunden hatte. Er drehte sie zwischen den Fingern.

Davon gab es im Moor gewiss noch mehr. Nur wo, das war die brennende Frage.

Was auch immer er tun würde, sein großes Ziel hieß London. In Gedanken sah er sich schon am Hof des künftigen Königs Georg IV., der ihn sicher für seine treuen Dienste belohnen würde – und lange konnte es nicht mehr dauern, bis der Prince of Wales König sein würde. Niemand würde erfahren, dass Stocker sich still und heimlich an den Schätzen des Moormannes bedient hatte – als, wie er fand, gerechter Lohn für seine Dienste und Mühen.

Als Johann von Stocker an diesem regnerischen Abend den Gasthof in Hannover durch die Hintertür verließ, lag ein selbstgefälliges Lächeln auf seinen Lippen, und er spürte fast so etwas wie Mitleid mit dem jungen Kartenmacher, der von seinem kurzen Besuch in Göttingen hungrig und durstig zurückgekehrt war und sich in der Gaststube in Hannover sorglos und zufrieden sein Bier schmecken ließ.

NEUN

Anna schloss die Tür zum Moorhaus auf und stellte mit einem erleichterten Seufzer ihren Koffer ab. Der Rückflug von London hatte ihre Angst vorm Fliegen wieder einmal bestätigt. Kurz vor dem Sinkflug geriet das Flugzeug in heftige Turbulenzen. Es landete dann zwar sicher auf dem kleinen Bremer Flughafen, aber Anna steckte der Flug noch in den Knochen. Glücklicherweise hatte sie sich auf der Bahnfahrt über Bremerhaven nach Bresterholz von dem Schrecken erholen können. Und jetzt brauchte sie erst einmal einen Tee.

Am Tag zuvor hatte sie das Notizbuch Stafford persönlich zurückgeben wollen, doch seine Assistentin hatte ihr erklärt, er sei überraschend für ein paar Tage nach Schottland gereist. Sie ließ die Mappe in der Obhut der Assistentin zurück. In der British Library hatte sie sich später einige wunderbare Karten des großen Kartographen John Cary angesehen, der auch das in Personalunion vereinigte Königreich Großbritannien-Hannover verewigt hatte. Sie würden mehrere Karten von Cary in der Ausstellung zeigen, darunter Ansichten von Südengland, den Niederlanden und dem heutigen Niedersachen. Fitzgibbon hatte Cary sicherlich auch gekannt; Cary erlangte damals zusammen mit einem Geologen namens William Smith, mit dem er einige der geographisch genauesten Karten seiner Zeit anfertigte, viel Ruhm und verdiente sogar gutes Geld.

Leider konnte ihr Kingsley nicht sehr viel mehr über Fitzgibbon erzählen. Auch er wusste nur, dass Reginald offenbar 1789 auf einer Reise nach Deutschland spurlos verschwunden war und die letzten von ihm geschaffenen Karten posthum von der Royal Society herausgebracht wurden. Erst kürzlich hatte die British Library einen frühen Fitzgibbon aus dem Jahr 1785 auf einer Auktion erworben. Kingsley zeigte ihr diese Karte von Essex, die der junge Kartenmacher gezeichnet, gestochen und gedruckt hatte. Was für ein Talent!

Etwas enttäuscht hatte sich Anna auf den Heimweg gemacht. Aber immerhin wusste sie jetzt ein wenig mehr über Fitzgibbon, wobei es sie seltsamerweise schmerzte, dass er offenbar seit dem Frühjahr 1789 nicht mehr gesehen worden war. In der Zeit war ja auch Johann von Stocker verschwunden, allerdings in Gambia, also etliche tausend Kilometer von Brester Holz entfernt. Nur ein Zufall? Anna verdrängte diese Überlegung, da sie sich nicht in Spekulationen ergehen wollte.

Zu ihrer Freude hatte sich Anke Kück in den drei Tagen, die sie in London zugebracht hatte, gründlich um das Haus gekümmert. Inzwischen hatte der Paketservice das kürzlich bestellte Fahrrad geliefert, das vor der Tür durch eine dicke Kette gesichert am Zaun stand. Auf ihrem Schreibtisch lag ordentlich ein kleiner Stapel von Briefen, darunter ein Umschlag mit der genauen Liste der Karten, die nun endgültig für die Ausstellung ausgewählt worden waren, zusammen mit biographischen Ergänzungen und neueren Fotos. Anna freute sich insgeheim, dass nicht alles immer übers Internet an sie geschickt wurde. Außerdem lagen zwei Einladungen zu Geburtstagsfeiern von Freundinnen auf dem Stapel, die an ihre hannoversche Adresse geschickt und von ihrer Vermieterin an sie hierher weitergeleitet worden waren, zudem die Geburtsanzeige für die erste Enkelin einer um einige Jahre älteren Freundin und eine Verlobungsanzeige des Patensohnes ihres Ex-Mannes, ein aufstrebender junger Anwalt, der seine langjährige Freundin im kommenden Juni heiraten wollte. Save the date.

Unter all diesen Kuverts befand sich ein länglicher Umschlag, auf dem ihr Name in krakeligen Buchstaben stand. Es gab keinen Absender, was ihre Neugierde weckte, aber gleichzeitig auch ihr Misstrauen. Sie riss den Umschlag auf, in dem ein einzelnes Blatt Papier lag. Die Schrift war genauso zitterig wie die auf dem Umschlag, aber lesbar:

Liebe Frau Bentorp! Wie ich erfahren habe, leben Sie in dem Moorhaus in Bresterholz, in dem ich auch einige Zeit verbracht habe. Inzwischen wohne ich in einem Altenstift in Hannover. Während meiner Jahre

in Bresterholz habe ich zum Teil seltsame Dinge erlebt, die ich aber niemandem richtig erzählen konnte, denn keiner wollte mir glauben. Man hielt mich ohnehin für etwas sonderbar, da ich viele Stunden im Moor zugebracht habe. Mein Interesse galt eigentlich den Vögeln dort, aber das hat sich dann durch ein bestimmtes Ereignis geändert. Gerne würde ich mit Ihnen über all das reden, da ich glaube, dass es an der Zeit ist, dass ich mein Wissen über bestimmte Vorkommnisse weitergebe und helfe, die Geheimnisse des Moores zu enträtseln. Sie scheinen mir die richtige Person dafür zu sein, zumal Sie sich dank des Studiums der Karten mit der Geschichte des Brester Moores eingehender beschäftigen. Deshalb bitte ich Sie, mich möglichst bald zu besuchen.
Mit freundlichen Grüßen
Greta Haverkamp

Greta Haverkamp – war das die angeblich seltsame Verwandte von Anke Kücks Mann Heiner? Besagte Greta, die immer wieder behauptet hatte, dass es im Keller des Moorhauses spukte, und die laut Heiner Kück ständig vom Moormann sprach? Und die in der Tat keiner ernst genommen hatte? Annas Interesse war durch diesen kurzen Brief geweckt. Sie musste in diesen Tagen ohnehin nach Hannover, um nach ihrer Wohnung zu schauen, sich in der Bibliothek mit dem Kurator der Ausstellung zu treffen, ihm die bisher erstellten Texte für den Katalog zu übergeben und mit ihm noch einmal die endgültige Auswahl der Karten abzusprechen. Außerdem wollte sie Richard Bernhard besuchen, der sie jetzt schon mehrmals auf dem Handy zu erreichen versucht hatte und dessen Stimme auf der Mailbox zwar noch immer freundlich, aber von Mal zu Mal, so jedenfalls Annas Eindruck, etwas ungeduldiger klang.

Im Internet suchte sie die Telefonnummer des Altenheims heraus, in dem Greta Haverkamp lebte, und erfuhr, dass die Besuchszeiten immer zwischen fünfzehn Uhr und achtzehn Uhr lagen, am Wochenende zwischen elf Uhr und sechzehn Uhr. Sie bat die Dame an der Rezeption, Greta Haverkamp ihren Besuch für den übernächsten Tag anzumelden, und schrieb Richard Bernhard eine SMS, in der sie ihm mitteilte, dass sie aus London zurück sei und ihn treffen wolle. Seine Antwort kam prompt: »Freue mich. Bitte Zeit für ein Abendessen mitbringen!«

Anschließend rief sie bei Kommissar Schumann in Stade an, um sich nach den bisherigen Ergebnissen im Fall Harm Willems zu erkundigen. Der Kommissar kam selbst ans Telefon und war sogar recht auskunftsfreudig.

»Es kann durchaus ein Unfall gewesen sein. Nichts weist darauf hin, dass Willems angegriffen wurde. Keine Abwehrverletzungen, keine fremde DNA unter den Fingernägeln, keine Hämatome. Möglicherweise ist er über eine der Wurzeln gestolpert, die aus dem Moorboden ragen, und rückwärts auf den großen Stein gestürzt. Auch bei der Moorleiche sind wir noch nicht sehr viel weitergekommen. Wenn ich mehr darüber erfahre, melde ich mich.« Mit einem freundlichen »Lassen Sie es sich gut gehen – und bitte keine Leichen mehr!« verabschiedete sich Schumann, dessen Spitzname »Schumanski« eigentlich gar nicht zu diesem zurückhaltenden, höflichen Kommissar passte.

Anna hatte in London keine deutschen Nachrichten gesehen, deshalb rief sie im Internet die Stichworte »Moorleiche im Brester Moor« auf. Erstaunlich, wie viele auch überregionale Zeitungen sich auf diese Entdeckung gestürzt hatten. Eine Zeitung stellte die Frage, ob die Moorleiche vielleicht die ältesten in Niedersachsen entdeckten menschlichen Überreste in einem Moor sein könnten, eine andere wies darauf hin, dass Leichen im Moor erstaunlich lange konserviert blieben und stets rote Haare hatten. Ein Lokalblatt spekulierte, man habe wohl nun endlich die Überreste von Gerda Bötjer gefunden, einer jungen Pastorenfrau, die um 1920 im Moor verschwunden war. Der zuständige Rechtsmediziner in Hamburg war befragt worden, der erklärte, dass die Skelettteile seiner Meinung nach älter als hundert Jahre und jünger als fünfhundert Jahre seien. Soweit er habe feststellen können, handele es sich bei den Knochen um die eines Mannes. Noch sei zwar nicht jeder Zweifel ganz ausgeräumt, aber er sei sich ziemlich sicher.

Anna hielt inne. Also tatsächlich eventuell Reginald Fitzgibbon? Denn wenn es sich um die Knochen eines Mannes handelte, die dazu noch mehr als hundert Jahre im Moor gelegen hatten, dann konnte es sich nicht um die mysteriös im Jahre 1920 verschwundene Gerda Bötjer handeln. Man wusste ja damals nicht einmal mit Sicherheit, ob Gerda in Wirklichkeit nicht einfach auf und davon gegangen war – ihre Ehe hatte offenbar schon länger im Argen gelegen. Aber noch hieß es geduldig sein, selbst wenn Anna das zunehmend schwererfiel.

Als sie am nächsten Tag nach Hannover aufbrach, nieselte es leicht. Sie ließ sich Zeit, fuhr über die Landstraße und erreichte die Landeshauptstadt gegen Mittag. Zunächst fuhr sie zu ihrer Wohnung. Dort war alles in Ordnung, da ihre Haushaltshilfe jede Woche nach dem Rechten schaute und verhinderte, dass die Wohnung verstaubte und sich Wollmäuse unter den Möbeln versammelten. Im Briefkasten lagen noch ein paar Werbeprospekte für Möbel und Elektrogeräte und die Postkarte einer Freundin aus Griechenland. Nichts Wichtiges also.

Um Punkt fünfzehn Uhr erreichte Anna das Altenheim in der Nähe einer schön gepflegten Parkanlage. Sie stellte sich Greta als wirre alte Frau mit verstrubbelten Locken und abwesendem Blick vor, obwohl ihr Brief, wenn auch schwer entzifferbar, klar formuliert gewesen war. Doch ihre wilde Phantasie hatte ihr wieder mal einen Streich gespielt. Greta Haverkamp entpuppte sich als eine kräftige Frau mit adrett geschnittenen kurzen weißen Haaren, einem festen Händedruck und einem klaren, forschenden Blick hinter großen Brillengläsern. Sie blickte Anna einige Sekunden unverwandt an, was sie ziemlich nervös machte.

Offenbar hatte Anna den intensiven Test bestanden, denn Greta Haverkamp lächelte plötzlich und sagte: »Schön, dass Sie hier sind. Lassen Sie uns in die Cafeteria gehen.« An einem der Tische mit Blick auf den Park ließ sie sich etwas schwerfällig auf den Stuhl fallen und sagte nur: »Arthrose. Aber es geht noch ohne Stock.« Es gab Apfelkuchen, eine reiche Auswahl verschiedener Teesorten oder, wie Greta es formulierte, »guten alten Filterkaffee, nicht dieses neumodische Kapselzeug«. Anna bestellte den

»guten alten Filterkaffee«, während Greta die junge Kellnerin bat, ihr einen Darjeeling zu bringen.

»Ich habe mich über Ihren Brief gefreut«, sagte Anna schließlich. »Es ist interessant zu erfahren, was Sie im Moorhaus erlebt haben und offenbar auch im Moor.«

Greta Haverkamp sah sie einen Augenblick versonnen an. »Ich habe mehrere Jahre in dem Moorhaus gelebt. Mein entfernter Vetter, der Heiner Kück, hat es mir zu einem guten Preis vermietet. Anke mochte mich nie besonders, und als ich dann immer wieder ins Moor gegangen bin, um Vögel zu beobachten, hat sie ihrem Mann weisgemacht, ich sei sonderbar.« Sie seufzte. »Vielleicht bin ich das auch. Am Anfang fand ich es einfach nur schön, durch das Moor zu streifen, Tiere zu beobachten und alles, was in einem Moor lebt und überlebt. Vor allem Füchse und Vögel. Tja, und eines Tages habe ich mich verirrt. Ich bin viel zu weit ins Moor hineingegangen, weg von den Knüppelpfaden. Das hatte außer mir in den letzten Jahren davor nur ein Kind geschafft, sich in dem Moor zu verlaufen. Und das war wohl eine missglückte Mutprobe. Jedenfalls wurde es langsam dunkel, und ich bekam Panik.«

Greta hielt inne. Die Erinnerung schien ihr zuzusetzen. Ihr Gesicht rötete sich, ihr Atem ging stoßweise.

Anna nickte. »Diese Panik kann ich gut verstehen. Das Moor ist ganz schön unheimlich, wenn es dunkel wird. Da denkt man doch automatisch an den Knaben im Moor.«

Greta Haverkamp fuhr sich mit der Hand durch ihre kurzen Haare und holte tief Atem. »Ja, schaurig ist's, übers Moor zu gehen. Plötzlich stand ich vor einer kleinen Hütte. Natürlich war ich überrascht, denn wer lebt so weit im Inneren des Moores? Wahrscheinlich eine Notunterkunft für die ehemaligen Torfstecher bei schlechtem Wetter, dachte ich mir. Doch in der Hütte schien Licht, und als ich die Tür öffnete, saß da ein alter Mann mit grauen Haaren und einem weißen Bart. Er trug schlecht geflickte Kleider, und an seiner Hüfte baumelte ein großes Messer. Ich bin fürchterlich erschrocken. Aber bei näherem Hinsehen wirkte er eigentlich ganz freundlich. Ich fragte ihn, ob er mir den Weg aus dem Moor weisen könnte, und er sagte mit einer tiefen Stimme, die so klang, als würde er sie selten benutzen: ›Ich helfe dir. Du streifst oft durchs Moor, wie ich gesehen habe. Was suchst du? Schätze?‹ Ich musste lachen und sagte: ›Schätze, oh nein! Wo sollen denn hier Schätze sein? Ich beobachte Tiere, vor allem Vögel.‹«

Greta trank einen Schluck Tee, strich sich wieder durch ihre kurzen weißen Haare und fuhr dann fort: »Da stand der Alte auf und sagte: ›Ich werde dir ein Geheimnis verraten. Viele Jahrzehnte habe ich die Schätze dieses Moores gehütet. Schon einmal, vor langer Zeit, hat jemand diese Schätze gefunden, sie aber dem Moor gelassen. Er wollte sie eines Tages bergen, doch er ist nie zurückgekehrt, deshalb liegen sie noch immer verborgen in dieser Einsamkeit. Doch ehe das Moor zerstört wird und immer mehr Menschen durch diese Gegend laufen, sollen sie gerettet werden und Zeugnis ablegen von einer fernen Zeit.‹«

Greta sah Anna an. »Ich muss ihn wohl angestarrt haben, als hielte ich ihn für total verrückt. Er aber störte sich nicht daran, sondern sagte: ›Jetzt ist es zu dunkel. Aber wenn du morgen noch einmal hierherkommst, dann werde ich dir die Orte zeigen, wo die Schätze liegen. Denn du siehst aus, als ob du nicht nach Geld und Macht strebst, sondern nach Wahrheit.‹ Die Art, wie er sprach, schien mir merkwürdig altmodisch. Aber ehe ich ihn nach seinem Namen fragen konnte und warum er hier mitten im Moor in dieser Hütte wohnte, hatte er mich am Arm genommen, hinausgeführt und in eine bestimmte Himmelsrichtung gezeigt. Ich solle immer auf den Stern zugehen, der gerade am Horizont erschienen war. Dort liege Bresterholz. Dann verschwand er in der Hütte, und ich ging in die angewiesene Richtung und kam eine gute Stunde später tatsächlich im Dorf an.«

»Und?«, fragte Anna, als Greta nicht weitersprach. »Sind Sie am nächsten Tag wieder ins Moor gegangen und haben den Mann noch einmal getroffen?«

Greta lachte auf. »Sehe ich so aus, als hätte ich irgendwelche Schätze gefunden? Als ich am nächsten Vormittag wieder loszog und ungefähr da angekommen war, wo ich am Tag zuvor auf die Hütte gestoßen war, fand ich nur die Reste einer alten Kate und keinen alten Mann mit Bart. Er hatte sich in Luft aufgelöst.« Greta senkte ihre Stimme zu einem Flüstern. »Wahrscheinlich war dieser Mann kein Mensch aus Fleisch und Blut, sondern der Geist des Moormannes, der vor mehr als zweihundert Jahren im Moor gelebt haben soll. Piet hieß er, und er erschien gelegentlich den Moorbewohnern, verschwand aber immer wieder, ehe man ihn fassen konnte. Er soll Kinder erschreckt und auch Erwachsene in Panik versetzt haben. Die Sage berichtet, dass er der Hüter der Schätze des Moores gewesen sein soll, der alle vertrieben hat, die nach diesen Schätzen suchten. Nur er wusste, wo sie verborgen lagen. Und als er verschwand, nahm er sein Geheimnis mit.«

Nicht ganz, dachte Anna. Denn in ihr keimte schon lange der Verdacht, den sie aber noch nicht belegen konnte, dass der ursprüngliche Moormann wahrscheinlich Reginald getroffen und ihm sogar selbst die Verstecke gezeigt hatte. Woher sonst sollte der junge Kartograph Hinweise auf versteckte Schätze im Moor bekommen haben? Anna wünschte sich in diesem Moment eine Zeitmaschine, mit der sie in die Vergangenheit hätte reisen können, um im Brester Moor des Jahres 1788 Reginald Fitzgibbon aufzusuchen und mit ihm gemeinsam die Geheimnisse des Moormannes zu enträtseln. Welch ein reizvoller Traum! Stattdessen aber nickte sie der alten Dame freundlich zu, die sie erwartungsvoll ansah, und sagte: »Ich glaube nicht unbedingt an Geister. Könnte das nicht ein Mann gewesen sein, der sozusagen in die Rolle des Moormannes der Sage geschlüpft ist? So eine Art Schabernack? Oder tatsächlich ein Verrückter? Weshalb war er denn am nächsten Tag nicht mehr da?«

Greta schüttelte energisch den Kopf. »Das weiß ich nicht. Irgendetwas hat ihn vertrieben. Aber das war kein Mummenschanz. Diese Hütte existiert ja, wenn sie auch eine ziemlich verfallene Kate ist. Nein, ich glaube an Geister. Im Moor trifft das Wort von Shakespeare allemal zu, dass es mehr zwischen Himmel und Erde gibt, als unsere Schulweisheit lehrt.« Ihre Augen leuchteten bei diesen Worten auf.

Anna schwieg. Es hatte keinen Sinn, der alten Dame ihren

Glauben an übernatürliche Phänomene austreiben zu wollen. Deshalb ließ sie das Thema ruhen und fragte stattdessen: »Und was ist dann geschehen?«

Greta lächelte. »Von da an bin ich als Sondengängerin durchs Moor gezogen, um die Schätze zu finden, von denen der Moormann erzählt hat. Genau wie Sie wollte mir keiner glauben, dass ich ihn wirklich gesehen habe. Viele hielten mich für verrückt, vor allem natürlich Heiner und Anke. Nur Steffen Steffens, der den sechsten Sinn hat und ein echter Spökenkieker ist, hat mir geglaubt und auch gemeint, ich wäre dem Geist des alten Piet begegnet. Eine Zeit lang ist er mit mir zusammen auf die Suche gegangen, aber als wir nichts gefunden haben, hat er es am Ende doch als Legende abgetan und aufgehört, mir zu helfen. Irgendwann wurde ich es auch müde, vergeblich herumzulaufen, zumal dann noch dieser Mann aus Hamburg auftauchte und das Moor gezielt Stück für Stück abgesucht hat. Der hat das Moor wie sein Eigentum betrachtet, aber wohl auch nichts gefunden. Das war dieser Harm Willems, den sie jetzt tot aufgefunden haben. Und dann bin ich nach Hannover gezogen und lebe jetzt hier im Altenheim ganz gut. Aber ich denke noch oft an die Begegnung im Moor und an die sagenumwobenen Schätze. Vielleicht ist es ja kein Gold, sondern etwas anderes, was wertvoll sein könnte. So wie diese alten Steinfiguren in Süddeutschland, diese rundlichen Venusdarstellungen.«

Greta blickte Anna fast entschuldigend an. »Sie müssen mir verzeihen, aber ich habe seit Längerem nicht mehr über meine Zeit in Bresterholz gesprochen. Nur diesem netten Herrn, der mich vor drei Monaten besucht hat, habe ich erzählt, dass ich Sondengängerin war. Er hat mich sehr interessiert nach meinem Aufenthalt im Moorhaus gefragt, weil er, wie er sagte, einen Artikel über alte Dörfer in der Gegend schreiben wollte. Vielleicht habe ich auch von meiner Begegnung mit dem Moormann geredet, aber das weiß ich nicht mehr genau. Ich vergesse dann doch manchmal Dinge.«

»Wie hieß denn der nette Herr?« Annas Aufmerksamkeit war neu geweckt.

»Das weiß ich nicht mehr. Er war groß und schlank und gut angezogen und stellte sich mir als Journalist für eine archäologische Zeitschrift vor. Er hat mir auch eine Visitenkarte in die Hand gedrückt, die habe ich aber verloren. Er hat sich danach nicht mehr bei mir gemeldet. Und der Artikel ist wohl auch nie erschienen. Das habe ich im Internet recherchiert.«

Anna war erstaunt. Es erschien ihr sonderbar, dass sich jemand aus heiterem Himmel an die alte Greta gewandt haben sollte, um sie zu »ihren Erfahrungen in Bresterholz« zu befragen. Wer konnte das gewesen sein? Richard Bernhard? Knut Dierksen, Harald Frostauer oder tatsächlich ein Journalist? Wie war er auf Greta gekommen?

Als sie die alte Dame danach fragen wollte, merkte sie, dass Greta, die vor einem Moment noch völlig klar gewirkt hatte, plötzlich leicht abwesend schien. Sie sah auf ihren Kuchenteller und schwieg. Irgendwann blickte sie auf und sagte: »Ja, und dann waren da noch diese beiden Männer, die mir im Moor ein paarmal begegnet sind. Sie haben behauptet, sie seien Wissenschaftler und würden nach Beweisen für eine Besiedlung des Moores vor Urzeiten suchen. Ein komisches Paar. Ach ja, das hätte ich fast vergessen. Einer davon hat mich vor einiger Zeit noch mal hier besucht und gesagt, ich sollte ganz ehrlich sein, falls ich bei meinen Sondengängen etwas entdeckt hätte. Das könnte nützlich für die Wissenschaft sein. Ein ziemlich dreister Kerl war das. Aber ich konnte ihm nichts erzählen. Ich habe ja nichts gefunden.«

Anna war sich ziemlich sicher, wer die beiden Männer gewesen waren, nämlich Harald Frostauer und Knut Dierksen. Und der »dreiste« Besucher konnte nur Frostauer gewesen sein. Doch dass ausgerechnet er so versessen auf das Moor war, kam ihr sonderbar vor. Nicht er war der Moorarchäologe, sondern Dierksen. Damit schieden diese beiden schon einmal aus der Liste derer aus, die sich als »Journalist« bei Greta eingeschlichen haben könnten. Richard Bernhard passte besser ins Bild.

»Und weshalb haben Sie sich jetzt an mich gewandt?«

Greta zerbröselte den Apfelkuchen auf ihrem Teller, schob die Krumen mit der Gabel hin und her und blickte schließlich mit einem leisen Lächeln auf. »Das Moor lässt mich nicht in Ruhe. Ich habe erfahren, dass Sie sich mit den alten Karten beschäftigen, die dort vor mehr als zweihundert Jahren entstanden sind. Da Sie jetzt in dem Moorhaus wohnen, wollte ich Ihnen meine Erfahrungen schildern und Sie eigentlich vor allem fragen, ob Sie im Keller unheimliche Geräusche gehört haben oder ob seltsame Dinge geschehen sind, die Sie sich nicht erklären können.«

Ehe Anna antworten konnte, fuhr Greta fort: »Ich habe gehofft, dass Sie vielleicht etwas entdeckt haben könnten. Etwas, das mir bestätigt, dass ich nicht verrückt bin oder zumindest ein Körnchen Wahrheit in meinen Vermutungen steckt.«

Anna empfand die Unterhaltung allmählich als leicht surreal. Ein Geist im Moor und unerklärliche Phänomene im Keller – dabei wirkte Greta Haverkamp auf den ersten Blick wirklich nicht wie eine Frau, die an solche Mythen glaubte. Aber sie wollte die alte Frau nicht enttäuschen, die sie erwartungsvoll ansah.

»Ich gebe zu, dass mir dieser Keller unheimlich ist«, sagte sie. »Aber Gespenster?«

Greta wirkte auf einmal sehr aufgeregt. »Oh ja! Im Keller habe ich mehr als einmal seltsame Geräusche gehört, Schritte, Knarren, dann etwas, als würde jemand da unten die alten Weinregale verrücken. Aber als ich am nächsten Tag nachgeschaut habe, wirkte alles ordentlich. Nur die Staubschicht auf den wackeligen Regalen sah verwischt aus. Ich bin dann nur noch selten in den Keller gegangen. Dieses alte Haus macht ohnehin dauernd unheimliche Geräusche. Ich habe dem Heiner immer wieder gesagt, er soll mal die Leitungen überprüfen und sehen, ob Ratten im Gebälk sitzen. Aber diese Geräusche im Keller – die stammten nicht von Tieren. Welche Ratte rückt schon Regale?« Sie kicherte bei dieser Vorstellung.

»Was könnte denn außer einem Geist im Keller diese Geräusche verursacht haben?«, fragte Anna, die verstohlen auf ihre Uhr spähte. Sie wollte noch in die Bibliothek und vor allem pünktlich bei ihrer Abendessenverabredung mit Richard Bernhard sein.

Greta Haverkamp sah sich in alle Richtungen um. Doch in der Cafeteria saßen nur eine uralte Frau mit einem jungen Mann, wahrscheinlich ihr Enkel, und eine Pflegerin, die sich erschöpft an ihrer Kaffeetasse festhielt.

»Vielleicht liegt dort unten im Keller die Lösung für das Geheimnis des Moores. Und jemand hat danach gesucht!«

Also doch keine Gespenster, sondern eher ein Mensch aus Fleisch und Blut, dachte Anna. Immerhin hatte ja auch während ihrer ersten Tage im Moorhaus jemand das Haus unbefugt betreten. Noch immer war nicht geklärt, wer das gewesen sein könnte, ob es ein gezielter Einbruch oder ein Dummejungenstreich war. So ganz aus der Luft gegriffen erschien ihr Gretas Verdacht nicht. Vielleicht sollte sie sich doch noch einmal in den Keller wagen, am besten in Begleitung. Im nächsten Augenblick umklammerte Greta ihre Hand.

»Seien Sie vorsichtig, wenn Sie in den Keller gehen! Geister sind ja meist weniger gefährlich als Menschen. Falls da unten ein Mensch etwas gesucht hat, dann ist das sicherlich nicht nur eine harmlose Angelegenheit, und wenn er nicht gefunden hat, was er suchte, kommt er vielleicht wieder«, flüsterte sie. »Ich war froh, als ich das Haus verlassen habe und wieder in der Stadt gelandet bin. Selbst wenn ich die Moorschätze nicht gefunden habe.«

»Das Haus ist inzwischen übrigens renoviert worden«, sagte Anna. »Es knackt zwar noch manchmal im Gebälk, aber ich glaube, Geistern würde es da nicht mehr recht gefallen.«

Greta schob sich den letzten Happen Apfelkuchen in den Mund. Sie wirkte auf einmal sehr müde. »Passen Sie auf sich auf! Und falls Sie doch noch etwas finden, sagen Sie es mir bitte. Manchmal träume ich noch vom Moor, und dann sehe ich den alten bärtigen Mann vor mir und bekomme Angst, auch wenn er mir nichts getan hat. Aber da lauert etwas Böses! Und selbst in meinen Träumen quält mich noch die Frage, ob es den alten Mann womöglich nie gegeben hat, denn warum war er plötzlich weg, wenn er mir doch sein Wissen anvertrauen wollte? Wirklichkeit und Traum geraten bei mir manchmal durcheinander.« Ihre Stimme wurde immer leiser, was sie sagte, klang immer wirrer. In ihren Augen lag ein Ausdruck von Verzweiflung.

Anna tat die alte Frau leid. »Ich werde die Wahrheit herausfinden«, sagte sie. »Und Sie werden sie als eine der Ersten erfahren.«

Auf dem Weg in die Bibliothek ließ Anna die Begegnung mit Greta Haverkamp Revue passieren. Gretas Überzeugung, sie sei dem Geist des Moormannes begegnet, war natürlich pure Phantasie. Interessant schien jedoch, dass auch der Junge, der im Moor verschwunden und wiederaufgetaucht war, den Moormann erwähnt hatte. Dessen Beschreibung des »Moormannes« hatte aber eher nach irgendeinem Wanderer geklungen, der sich länger im Moor aufgehalten hatte. Vielleicht war auch Greta so einem Sonderling begegnet, den sie nun in ihrer Erinnerung zum Moormann stilisierte.

Einiges an Gretas etwas wirren Erzählungen passte allerdings zu dem, was sie in den alten Legenden und in dem Gerücht um die Schätze im Moor gehört hatte und was vielleicht auch Reginald Fitzgibbon entdeckt hatte. Der Stein, den sie in der Nähe der Leiche von Harm Willems gefunden hatte, gehörte möglicherweise zu diesen Entdeckungen. Aber wesentlich wichtiger schien zu sein, dass die von ihr entdeckte Moorleiche etwas mit jenen Ereignissen um 1788 zu tun hatte. Falls der Hamburger Gerichtsmediziner jetzt noch feststellte, dass es sich um ein Mordopfer handelte, war das in der Tat ein »Cold Case« mit geringen Aussichten, den Täter zu entlarven.

Annas Phantasie schlug Purzelbäume. Schumann »Schumanski« war sicherlich ein guter Polizist, aber sie würde sich als Miss Marple des Moores selbst auf Spurensuche begeben. Mord im Moor! Das klang doch wirklich lohnend.

Die beiden nächsten Stunden saß sie mit dem Kurator der Ausstellung zusammen, ging mit ihm die letzten Details für die Texte und Karten durch, wählte noch einige zusätzliche Abbildungen aus und bekam nach den bisher eher vagen Zusicherungen nun die endgütige Zusage, dass zwei der Karten aus dem Besitz von Richard Bernhard zu den Ausstellungsobjekten gehören sollten. Der Kurator, Rüdiger Meister, hatte erst vor wenigen Monaten sein Studium in Göttingen beendet und begeisterte sich für die

Organisation seiner ersten eigenständig kuratierten Ausstellung. Seinem scharfen Auge waren die kleinen Kreuze auf Reginald Fitzgibbons Karten nicht entgangen. Anna erklärte ihm, dass der Kartograph damit wohl irgendwelche Besonderheiten habe kennzeichnen wollen. »Erdverschiebungen, besondere Bäume oder so«, behauptete sie.

Meister nickte und fügte hinzu: »Dieser Reginald Fitzgibbon ist mir übrigens nicht unbekannt. Leider hat er nur wenige Jahre gewirkt. Er wäre einer der ganz großen Kartographen geworden.«

Er war zufrieden mit Annas Arbeit. »Das wird ein schöner Katalog«, sagte er. »Ich hoffe, dass wir ein paar Jahre später eine Folgeausstellung machen können mit Karten von Norddeutschland zwischen 1650 und 1866.«

Seine Begeisterung steckte an, und Anna fühlte sich erleichtert und beschwingt, als sie die Leibniz-Bibliothek verließ und in Richtung Maschsee ging. Ein mildes Lüftchen wehte, viele Menschen wanderten am Ufer des in den dreißiger Jahren des 20. Jahrhunderts künstlich angelegten Sees entlang. Segelboote glitten über die Wellen, und ein kleiner Dampfer brachte Ausflügler von einem Ende des Sees zum anderen. Auf der Terrasse vor dem Sprengel-Museum saßen Leute, die einen Cappuccino oder ihr erstes Glas Wein genossen, und über allem kreisten laut kreischende Möwen. Ein typischer Sommernachmittag in Hannover.

Anna freute sich auf ihr Abendessen mit Richard. Schön wäre es, mit ihm über ganz andere Dinge plaudern zu können als über die Ausstellung und ihre Arbeit. Im Grunde hätte sie viel lieber mit ihm über die Moorleiche und die Schätze im Moor gesprochen. Mal sehen, was der Abend bringen würde.

Sie bog in die Karmarschstraße ein, in der auch das schöne Alte Rathaus von Hannover unweit der vorwiegend aus rotem Backstein erbauten Marktkirche lag, die, schon im Mittelalter gegründet, eine wechselvolle Geschichte durchlebt hatte und nach den Zerstörungen im letzten Krieg in voller Pracht wiedererstanden war. Das Geschäft von Richard Bernhard befand sich an der Ecke der Karmarschstraße zur Osterstraße, eine Gegend mit vielen schönen Geschäften und ideal zum Flanieren.

Anna sah auf ihre Armbanduhr. Sie hatte noch etwas Zeit und überlegte, ob sie in ein nahe gelegenes Bettengeschäft gehen sollte, um für das Moorhaus etwas nettere Bettwäsche zu besorgen, die besser zu den hübsch gestreiften Vorhängen der Schlafzimmer passte als Anke Kücks vorwiegend in Brauntönen gehaltene Bezüge. Als sie um die Ecke bog, an der Richard Bernhards Laden lag, sah sie einen Mann den Laden verlassen. Er überquerte die Straße mit schnellem Schritt und sah weder links noch rechts.

Anna blieb wie erstarrt stehen. Der Mann, der da in einem hellen Regenmantel flott in Richtung Marktkirche eilte, war niemand anderer als George W. Stafford. Was trieb der Antiquitätenhändler aus Notting Hill, der die Britischen Inseln aufgrund seines schlechten Gesundheitszustandes angeblich nicht verlassen konnte, auf einmal in Hannover? Das lag mehr als tausend Kilometer entfernt vom schottischen Hochland, wohin er sich nach offizieller Information zurückgezogen hatte. Und weshalb war er im Geschäft von Richard Bernhard gewesen? Vielleicht doch, um die Notizen von Jeffrey Morgate an ihn zu verkaufen oder mit ihm über den Verkauf der Karten zu verhandeln? Waren die beiden in regerem Kontakt, als Richard ihr erzählt hatte?

Anna überkam plötzlich das Gefühl, als ob sie auf wankendem Boden ginge und nicht mehr wüsste, wem sie trauen konnte. Hatte ihr Richard noch mehr verheimlicht? Warum sollte er ihr nicht offen sagen, dass er Stafford kannte? Und auch Stafford hatte sie eindeutig angeschwindelt. Vielleicht waren diese beiden Herren nicht die Einzigen, die Geheimnisse hüteten und sie mit Halbwahrheiten und Lügen abspeisten. Ihre Euphorie verpuffte. Sie wünschte sich auf einmal, sie hätte diese Karten mit den kleinen Kreuzen nie gesehen. Ihr Vorhaben, sich selbst auf Schatz- und Spurensuche zu begeben, kam ihr auf einmal lächerlich und naiv vor.

Eine Welle des Ärgers über sich selbst und ihre Leichtgläubigkeit durchflutete sie. Es trieb ihr die Schamesröte ins Gesicht, wenn sie daran dachte, wie viel sie Stafford anvertraut hatte, der offenbar sein eigenes Spielchen spielte und sie geschickt ausgetrickst hatte mit seinem wehmütigen Geständnis, er könne leider nicht mehr selbst nach Deutschland reisen und dem Kartengeheimnis auf die Spur kommen. Sollten doch diese alten Geheimnisse ruhen und der alte Moormann gleich mit ihnen.

Mit energischen Schritten betrat sie das Bettengeschäft und erstand vier Laken und vier Bettbezüge in hübschen Farben. Wie wohltuend shoppen doch sein konnte!

ZEHN

Richard Bernhard schien nicht zu merken, dass Anna an diesem Abend in dem italienischen Restaurant in der hannoverschen Altstadt nicht ganz bei der Sache war. Als Erstes schlug er ihr vor, sich doch zu duzen, »damit unsere Treffen nicht immer so feierlich wirken. Das schätze ich an den Süddeutschen. Die sind schneller beim Du«. Anna nickte nur. Eigentlich duzte sie sich nicht so rasch mit Menschen, die sie erst wenige Male gesehen hatte. Aber Richard hätte ein Nein wahrscheinlich als Beleidigung empfunden. Also, warum nicht duzen?

Er nahm ihr Nicken mit einem strahlenden Lächeln auf und plauderte vergnügt über neue Kunden und gute Geschäfte, bestellte auf die Nachricht hin, dass zwei seiner Karten nunmehr vertraglich bestätigt in der Ausstellung gezeigt würden, Champagner und wirkte so gelassen, charmant und witzig wie schon die Male zuvor. Anna dagegen kämpfte gegen den Drang, ihn zu fragen, weshalb der angeblich todkranke Antiquar George W. Stafford aus London bei ihm gewesen war und was er bei ihm gesucht hatte. Vermutlich würde Richard ihr bloß wieder eine Halbwahrheit auftischen oder sogar leugnen, dass er Stafford doch besser kannte, als er ihr das bisher vorgegaukelt hatte. Schließlich konnte sie nicht an sich halten und berichtete ihm von ihrem Besuch bei Stafford in Notting Hill und erwähnte so nonchalant wie möglich einige ganz interessante Notizen eines gewissen Jeffrey Morgate, der 1789 auch in Bresterholz gewesen sei.

»Es ist doch sonderbar, wie viele Leute es in dieser Zeit ins Moor verschlagen hat«, bemerkte sie und betrachtete Richards Gesicht sehr aufmerksam. Doch der zuckte nicht mit der Wimper, sondern trank gelassen sein Glas Rotwein.

»Was wollten die alle zu der Zeit dort?«, fragte er nach einer Weile.

Anna ging noch einen Schritt weiter. »Wenn du mich fragst, waren sie auf Schatzsuche.«

Richard sah sie verwundert an und lachte dann laut. »Wie? Ein Schatz im Brester Moor? Versteckt vom legendären Moormann? Weisen die Kreuze auf den Karten, die du entdeckt hast, tatsächlich auf verborgene Schätze hin? Ich hatte das nicht ganz ernst genommen, denn wenn es da etwas zu holen gäbe, hätten doch die Torfstecher oder dieser Moorarchäologe aus deinem Bekanntenkreis längst etwas finden müssen.«

Anna mochte sich das einbilden, aber sie fand, dass Richards Ausdruck auf einmal etwas Lauerndes bekam. »Auf jeder Karte sind die Kreuze an anderen Punkten angebracht«, sagte sie. »Aber wahrscheinlich geht es dabei wirklich nicht um Schätze, sondern der Kartograph hat damit irgendwelche landschaftlichen Merkmale gekennzeichnet, die er persönlich interessant fand, zum Beispiel einen Felsen oder einen Baum, vielleicht auch eine alte Torfstecherhütte.«

Es machte ihr insgeheim Spaß, die Naive zu spielen, die liebe Kunsthistorikerin, die sich nicht vorstellen konnte, dass diese Markierungen etwas anderes anzeigen sollten als Varianten der Moorlandschaft. Denn sie war sich sicher, dass Richard durchaus längst ahnte, dass die Kreuze mehr als nur kleine landschaftliche Besonderheiten markierten. Vielleicht konnte sie ihn aus der Reserve locken.

»Vielleicht wusste ja deine Großmutter mehr zu dem Thema, als du ahnst. Man müsste wirklich mal grundsätzlich recherchieren, woher genau sie diese Karten hatte. Das wäre auch für die Ausstellung und für meinen Katalog ganz spannend«, versuchte Anna ihr Glück.

Aber Richard ging nicht darauf ein. Er winkte dem Kellner und bestellte noch ein weiteres Glas Rotwein für sich und für Anna einen trockenen Weißwein.

»Meine Großmutter hat sie wie gesagt von irgendwelchen irischen Vorfahren geerbt. Das ist alles, was ich dazu weiß.« Er lächelte sie an. »Was sind jetzt deine weiteren Pläne?«

Anna kaute bedächtig ein Stückchen Brot und sagte dann: »Morgen fahre ich zurück und schreibe die Texte fertig und schaue mir noch mal die Abbildungen und Fotos an. Glücklicherweise habe ich keinerlei Fälschungen oder schlechte Kopien kostbarer Originale entdeckt. Es sind viele wunderschöne Karten darunter, und deine gefallen mir besonders gut. Wann willst du die beiden zurückhaben, die nicht in die Ausstellung kommen? Du könntest sie ja dann doch vielleicht an diesen Antiquitätenhändler in London verkaufen.«

»An Stafford? Nein, der bietet mir nicht genug dafür. Er ist in der Branche als Knauser bekannt.«

»Ach, dann kennst du ihn doch näher? Ich hatte den Eindruck, dass du gar nichts über ihn wusstest, ehe er im Frühjahr kurz mal bei dir aufgetaucht ist.«

Richard senkte für einen Augenblick den Kopf, dann sah er sie mit seinem charmanten Lächeln an. »Nach seiner Stippvisite habe ich mich über ihn erkundigt. Er führt einen der besten Läden in ganz London. Sein Spezialgebiet sind Stiche und Karten aus dem 17. bis 19. Jahrhundert. Du hast den Laden ja selbst gesehen. Seine Kundschaft ist weit gestreut, und er kennt jeden Auktionator und Privatsammler. Als er im Frühling bei mir vorbeigeschaut hat, war er mir noch nicht bekannt, aber jetzt weiß ich etwas mehr über ihn.«

»Und? War er in letzter Zeit wieder mal bei dir oder hat sich bei dir wegen deiner Karten gemeldet? Ich weiß jetzt, wer ihr Kartograph ist, und die Karten könnten in der Tat einiges wert sein, weil es nicht sehr viele Werke von ihm gibt.« Es erschien ihr seltsam, dass Richard sie nicht ausführlicher nach ihrem Besuch bei Stafford gefragt hatte. Aber vielleicht wusste er das ja alles schon längst aus erster Hand.

Sie wartete gespannt auf Richards Antwort. Doch der ließ sich nicht aus der Ruhe bringen.

»Nein, er hat mir vor einer Woche eine Mail geschickt, in der er mich noch mal nach Karten aus der Zeit Georgs III. gefragt hat. Ich habe ihm gesagt, dass die wenigen Karten, die ich aus der Zeit besitze, wahrscheinlich demnächst in der Leibniz-Bibliothek zu sehen sein würden und deshalb erst einmal unverkäuflich seien. Da wusste ich nicht einmal, dass dies der Wahrheit entspricht. Warum sollte er noch mal nach Hannover kommen? Heute geht doch fast alles per Internet. Bei mir gibt es nichts zu holen, was er nicht auch schon besitzt.«

Anna staunte. Was für ein geschmeidiger Lügner Richard Bernhard doch sein konnte! Er klang überzeugend ehrlich. Wenn sie es nicht besser gewusst hätte, wäre sie glatt auf sein Lächeln und den treuherzigen Ausdruck in seinen Augen hereingefallen. Oder sollte Stafford Richard nicht in seinem Geschäft angetroffen haben und dann wieder seiner Wege gegangen sein? Aber das erschien ihr unwahrscheinlich. Warum also verheimlichte ihr Richard Staffords Besuch?

Sie sagte nichts, trank ihr zweites Glas Wein, und der Rest des Abends verlief friedlich und freundschaftlich. Richard brachte sie nach Hause, küsste sie auf beide Wangen und versprach ihr, sie demnächst noch einmal in Bresterholz zu besuchen.

»Dann werde ich auch bei Agnes vorbeischauen«, sagte er zum Abschied. »Sie ist zwar eine alte Freundin, aber wir haben viel zu wenig Kontakt.«

Wahr oder auch gelogen? Anna fühlte sich plötzlich, als ob jeder in ihrem Umfeld eine Maske trug, hinter der er sein eigentliches Gesicht geschickt verbarg. Das verunsicherte sie, doch sie wollte nicht alles, was Richard sagte, auf die Goldwaage legen. Sie sagte ihm, dass sie sich auf seinen Besuch freue, schloss die Wohnungstür hinter sich zu und verkroch sich mit einem Roman von Friedrich Ani in ihr Bett.

Als Anna am nächsten Tag zurück nach Bresterholz fuhr, ging ihr Richards Lüge wieder durch den Kopf. Was sollte das Theater? Geschäftsgeheimnis? Aber sie würde seine Gründe dafür vielleicht nie erfahren. Sie wollte sich auf jeden Fall endlich weiter auf die Suche nach den mit Kreuzen markierten Orten machen.

Als sie knapp zwei Stunden nach ihrer Abfahrt in Hannover die Tür des Moorhauses aufschloss, fiel ihr im Hausflur ein sonderbarer Geruch auf, den sie nicht einordnen konnte. Vor ihrer Abreise gestern hatte sie den Müll noch entsorgt. Aber der muffige Geruch kam nicht aus der Küche, sondern, wie sie plötzlich erkannte, aus dem Keller. Sie stieß die Kellertür auf und knipste das Licht an. Der Geruch wurde intensiver. Und dann sah sie es.

An der Wand hinter den leeren Weinregalen zeichnete sich ein großer Fleck ab. Ein Rohrbruch! Dabei waren doch angeblich alle Leitungen erneuert worden. Anna tastete sich an die feuchte Stelle heran. Es roch wirklich ekelerregend nach brackigem Wasser und Moder. Und nach irgendetwas anderem, was noch widerlicher stank.

Anke Kück meldete sich nach dem zweiten Klingelton. »Ach du lieber Himmel«, sagte sie nur. Und dann: »Ich rufe sofort einen Klempner. Der muss aber aus Bremervörde kommen. Unserer vor Ort geht ja nicht mehr in diesen Keller. Wird eventuell ein gutes Stündchen dauern.«

Anderthalb Stunden nach dieser Ankündigung tauchten zwei kräftige Burschen bei Anna auf, die sich als Jussuf und Luigi vorstellten und mit ihr in den Keller stiegen. Beide rümpften die Nase.

»Das stinkt ja wirklich nicht schlecht!«, sagte Jussuf, der mit »nur« etwa einem Meter fünfundachtzig der kleinere der beiden war.

Luigi deutete auf die Wand. »Kein Wunder. Altes Gemäuer und dann das Moorwasser, das da reingesickert ist. Wäre erstaunlich, wenn das nicht stinken würde.«

»Wieso Moorwasser?«, fragte Anna. »Das ist doch eine Wasserleitung aus dem Haus?«

»Nee, junge Frau. An dieser Stelle liegt ein totes Rohr, das wahrscheinlich voll mit Moorwasser war. Die anderen Leitungen im Haus haben wir ja vor gut einem Jahr erneuert«, erklärte Jussuf.

»Gehen Sie mal ruhig wieder nach oben. Das dauert hier eine Weile und wird 'ne ziemliche Sauerei werden«, fügte Luigi hinzu und zog mit einem kräftigen Ruck das Regal beiseite. Dahinter bröselte das alte unverputzte Mauerwerk.

Anna verzog sich in die Küche, machte eine Kanne Kaffee für die jungen Männer und setzte sich an ihren Schreibtisch. Aus dem Keller drangen laute Geräusche, Klopfen und Hämmern, Knarren und Schieben.

Sie puzzelte gerade an einem kurzen Text zu einer Karte mit Ausschnitten von Südirland des schottischen Kartographen William Roy, als sie von unten laute Rufe hörte: »Junge Frau, kommen Sie mal schnell her!« So schmeichelhaft es auch sein mochte, als »junge Frau« bezeichnet zu werden, so sehr nervte es sie, ihre Arbeit unterbrechen zu müssen, da Roys Karte sie faszinierte und sie sich gerade mit seiner Biographie befasste. Die Karte war eine Leihgabe der British Library und ein Schmuckstück für die Ausstellung. Seufzend schob sie die Karte beiseite und stieg in den verhassten Keller.

Die beiden jungen Männer standen inmitten einer großen Pfütze voller Mörtel und Dreck. Luigi hielt etwas in der Hand, das nicht wie ein Werkzeug aussah. Vielmehr war es ein dickes Stück Leder, in dem sich etwas Viereckiges verbarg. Das Leder war vom schlammigen Moorwasser rötlich verfärbt.

»Schauen Sie mal, das war hinter einem der Steine in einer Mauernische.« Luigi reichte ihr das Lederbündel.

»Wir hatten schon gehofft, eine Geldkiste zu finden.« Jussuf grinste. »So wie auf einem Hof bei Hemmoor, da haben wir tatsächlich eine Schachtel mit Geldscheinen aus den zwanziger Jahren und ein paar Münzen entdeckt. Etwa hundert Millionen Mark in Geldscheinen, was aber wohl damals in den Zwanzigern nicht viel wert war. Der Großvater des jetzigen Hofbesitzers hatte die Schachtel in einer Mauerritze versteckt in der Hoffnung auf bessere Zeiten. Der meinte, die würden mal so viel wert sein, wie die Zahlen auf den Scheinen zeigen. Immerhin hat der Fund Museumswert.«

Anna bedankte sich für das Paket. »Ich schaue mir das mal in Ruhe an. Vielleicht haben Sie ja tatsächlich einen Schatz gefunden.« Die beiden Handwerker hielten das für einen Scherz, denn das Lederbündel sah eindeutig nicht so aus, als ob sich darin Silberbestecke oder Münzen befanden.

Sie trug das feuchte Bündel in ihr Arbeitszimmer und setzte sich an ihren Schreibtisch. Das Herz schlug ihr bis zum Hals, als sie das Leder vorsichtig auseinanderschlug. Darin lag ein schwarzes Notizbuch.

Anna öffnete das Heft. Glücklicherweise hatte die Feuchtigkeit nur die schützende Lederhülle angegriffen und nicht den Inhalt. Auf den ersten Blick und beim ersten Blättern konnte sie allerdings nur wenig entziffern. Sie erkannte aber, dass der Text in Englisch verfasst sein musste: Auf der ersten Seite stand in großen Lettern »DIARY«. Ein Tagebuch also, und seltsamerweise überraschte es sie nicht wirklich, als sie das Kürzel »R. F.« unter diesem Wort entdeckte.

Reginald Fitzgibbons Tagebuch! Wie lange es wohl da unten in der kleinen Mauernische gelegen hatte? Offensichtlich hatte Reginald Fitzgibbon es dort vor irgendjemandem verborgen, gewiss in der Absicht, es eines Tages wieder zu holen. Aber dazu war es nie gekommen. Das sah nach einer überstürzten Flucht aus, bei der es möglicherweise um sein Leben ging und die Notizen im Vergleich dazu keine Rolle spielten. Anna lief ein Schauder über den Rücken. Und auf einmal kümmerte es sie nicht mehr, dass sie am Tag zuvor den Plan einer Schatzsuche und den Versuch, hinter das Rätsel der Moorleiche zu kommen, zornig verworfen hatte. Ein glücklicher Zufall hatte ihr dieses Tagebuch zugespielt. Vielleicht würde sie nun mit Hilfe von Reginalds Aufzeichnungen endlich erfahren, wo die Schätze verborgen waren, die er bei seinen Gängen durchs Moor entdeckt haben musste. Und sie würde durch diese Notizen womöglich Hinweise auf die Identität der Moorleiche bekommen, wenn auch wahrscheinlich eher durch das Ausschlussverfahren, falls nicht Reginald der Tote im Moor war, was sie hoffte. Ihre Stimmung, die manchmal recht rasch wechselte, bewegte sich schlagartig wieder im oberen Bereich.

Gerne hätte sie sich mit dem Buch zurückgezogen, um es in Ruhe zu studieren; jetzt blieb ihr erst einmal nur die Zeit für ein erstes Durchblättern und den Versuch, möglichst viele Stellen ohne großen Aufwand zu enträtseln.

Sie blieb bei einem Eintrag im zweiten Teil des Notizbuches hängen. Das Datum war leicht zu erkennen: London, 28. November 1788. Was dann folgte, forderte Annas Englischkenntnisse, aber vor allem ihre Entzifferungskünste bis an die Grenzen heraus. Soweit sie dem mit schwarzer Tinte geschriebenen Text entnehmen konnte, drückte Reginald in dieser Eintragung seine Furcht aus, dass er verfolgt werde und sich in »The King's Men« nicht mehr sicher fühle. Weshalb der junge Mann in einem Pub sein Tagebuch schrieb, würde Anna sicher den früheren Eintragungen entnehmen können. Sie las weiter: *»In den letzten Tagen hat sich Gerald sehr seltsam benommen. Er war sogar freundlich zu mir, was mir verdächtig erscheint. Und er wollte wissen, wie lange ich noch im Gasthaus der Familie bleiben wolle.«*

Die nächsten Zeilen konnte Anna nur mühsam lesen. Da stand etwas von »Verrat« und »Gefahr«. Doch dann fiel ihr ein Name ins Auge: »Brester Holz«. Da stand es schwarz auf weiß. Reginald hatte in diesem Büchlein seine Erlebnisse in Bresterholz aufgeschrieben. Sie musste nur Geduld haben, um zu diesen Erinnerungen vorzudringen, oder vielmehr die Eintragungen im ersten Teil gründlicher studieren, die auf den ersten Blick ziemlich hingeschmiert aussahen oder vom Wasser verwischt waren. Den Rest der Eintragung vom 28. November übersprang sie, weil es darin vor allem um eine gewisse Charlotte ging, die dem jungen Kartographen eindeutig sehr gut gefiel und die er als *»sweet«* und *»lovely«* bezeichnete. Sie war offenbar die Schwester des schon erwähnten Gerald, denn Reginald schrieb an einer Stelle: *»Wäre Gerald doch nur halb so angenehm wie Charlotte! Man könnte meinen, die beiden seien keine Geschwister!«*

Anna blätterte weiter zurück. Sie entzifferte, was Reginald über seine Begegnung mit einer Frau namens Käthe geschrieben hatte. Das musste die alte Frau vom Moor sein, von der ihr Rolf Peters erzählt hatte. Also hatte Reginald sie getroffen, ehe sie unter unerklärlichen Umständen gestorben war. Der Tod der alten Käthe war auch so ein »Cold Case«. Ein bisschen erinnerte er sie an das Schicksal von Harm Willems. Gestolpert und mit dem Kopf unglücklich aufgeschlagen. So lautete die offizielle Erklärung sowohl bei der alten Frau, deren Tod in den Kirchenchroniken vermerkt war, als auch bei dem Sondengänger. Was für ein eigenartiger Zufall. Anna kam zu einer Stelle, an der Reginald schilderte, wie ihm Käthe einen Stein mit Strichzeichnungen gezeigt hatte. Ihr wurde mulmig zumute. Konnte das der Stein sein, den sie bei Harm Willems' Leiche entdeckt hatte? Aber wie war dieser Stein in dessen Besitz gelangt?

Während im Keller die beiden Handwerker hämmerten und klopften, zwischendurch ein Liedchen summten oder miteinander scherzten, wühlte sich Anna weiter durch die Notizen von Reginald Fitzgibbon. Sie musste gelegentlich ganze Seiten überspringen, weil seine Schrift zwischendurch für sie unleserlich wurde. Immer wenn er unter Druck geriet, sich verfolgt und gejagt fühlte – und das schien bei dem armen jungen Mann ein häufiger Zustand gewesen zu sein –, geriet seine Schrift in Schräglage. Manchmal benutzte er auch einige Kürzel, deren Bedeutung Anna nicht kannte. Im Großen und Ganzen aber ließen sich die Abenteuer des Kartenmachers recht deutlich verfolgen, und damit kam sie seinem Geheimnis Seite um Seite näher. Und eine üble Rolle in der Geschichte schien ausgerechnet Johann von Stocker zu spielen, der Ahne von Agnes Fichte. Kein sehr liebenswerter Vorfahre, wie es schien, sondern ein kalter, karrieresüchtiger junger Mann, wie Anna Reginalds Anmerkungen über ihn entnahm. Darin wirkte er besserwisserisch, überheblich und zudem wenig hilfsbereit oder gar bemüht um eine gute Zusammenarbeit mit seinem Londoner Kollegen. Aber das mochte ein eher einseitiges Bild sein, das Reginald von Stocker zeichnete. Sie würde Agnes Fichte noch einmal zu diesem Vorfahren befragen. Vielleicht war Johann von Stocker gar kein Bösewicht, sondern ein emsiger Kartograph gewesen, der in Reginald einen Konkurrenten gesehen und ihm deshalb Steine in den Weg gelegt hatte. Nicht sehr freundlich, aber kein Verbrechen.

An der Stelle, an der Reginald die Gründe aufführte, weshalb er London im Dezember des Jahres 1788 verlassen musste, rief einer der beiden Klempner, wohl Luigi, sie zurück in den Keller. Der üble Geruch hing noch immer in der Luft, aber die Mauer war abgedichtet.

»Wir haben das Rohr aus der Wand geholt«, sagte Jussuf. »Es hatte sowieso keinerlei Funktion mehr. Das Moorwasser muss da schon ewig drin gewesen sein. Deshalb auch dieser Gestank, als das Rohr wegen Rost gerissen ist und das Wasser austrat.« Auf dem Boden stand noch eine Pfütze, die Jussuf jetzt mit einem Lappen aufzuwischen begann.

»Haben Sie noch mehr in der Mauer entdeckt? Silberlöffel oder so etwas?«, fragte Anna eher scherzhaft.

Die beiden Männer tauschten einen kurzen Blick.

»Na ja«, antwortete diesmal Luigi, ein Riese von etwa einem Meter achtundneunzig, der mit dem Kopf fast an die Kellerdecke stieß. »Ein paar Knochen haben wir entdeckt. Sicherlich von einem Marder oder einer Ratte. Aber irgendwie gruselig.« Es klang drollig, wie dieser riesige Kerl das mit einem leichten Schauder in der Stimme sagte.

Anna nickte. »Das erklärt dann wohl die sonderbaren Geräusche, von denen meine Vormieterin gesprochen hat. Tiere in der Kellerwand, also keine Gespenster oder finsteren Gesellen, die im Keller Möbel rücken.«

Sonderbarerweise lachten die beiden Klempner nicht. Jussuf räusperte sich. »Wissen Sie, es kann durchaus sein, dass da jemand außer Ihnen oder Frau Kück im Keller war. Das muss aber einige Zeit her sein. Hinter den Regalen haben wir im Staub Fußspuren gesehen, und jemand hat die Regale hin und hergerückt. Das sieht man an den Kratzspuren und dem verwischten Staub auf dem Boden.« Er stockte einen Augenblick. »Das ist aber noch nicht alles. Da war dann noch ein Kerzenstummel, ziemlich heruntergebrannt, unter dem Regal. Die Glühbirne hier funktioniert zwar, in den Ecken ist es aber trotzdem düster. Hier muss man schon 'ne Taschenlampe dabeihaben, um was zu sehen. Oder eben 'ne Kerze.«

Wieder hielt Jussuf einen Augenblick inne. »Und dann haben wir Abdrücke von Handschuhen und zwei Abdrücke von Händen auf einem der Regale gefunden. Da wir beide im letzten Jahr den anderen Rohrbruch repariert haben, können die nicht von uns stammen. Wir haben die Regale damals zwar beiseitegeschoben, aber nicht hin- und hergerückt und auch nur an der Seite angefasst.«

Das musste alles nichts heißen. Vielleicht hatte Anke Kück oder irgendein anderer Handwerker diese Spuren hinterlassen. Doch dann fielen Anna Greta Haverkamps Bemerkungen über ihr Gefühl wieder ein, dass im Keller jemand die Regale auf der Suche nach etwas mehrfach verrückt habe. Aber was erhoffte man sich in diesem Keller zu finden und dann auch hier herumzustöbern, während zwei Stockwerke darüber eine alte Dame schlief? Noch immer hoffte Anna, dass Tiere die Geräusche verursacht hatten und die Fuß- und Handabdrücke von irgendwelchen Handwerkern stammten, die im vergangenen Jahr außer den beiden Klempnern im Haus gewesen waren. Aber die Vorstellung, dass irgendwelche Fremden im Keller gewesen waren, machte sie trotz aller Zweifel unruhig, vor allem der Gedanke, es könnte derselbe gewesen sein, der während ihres Besuchs in Worpswede im Haus gewesen war. Sie hatte damals im Keller nicht nach Spuren gesucht. Doch sie ließ sich nichts anmerken, sondern bedankte sich bei den beiden netten Klempnern mit einem breiten Lächeln und einem großzügigen Trinkgeld, auch als Dank für den spannenden Fund im Mauerwerk.

»Und? Haben wir eine Schatzkarte entdeckt?«, wollte Luigi mit freundlichem Augenzwinkern wissen.

»Nein, es ist ein altes Schulheft«, flunkerte Anna, überzeugt, dass die beiden Burschen bei nächster Gelegenheit, spätestens bei einer abendlichen Runde Bier, von ihrem Fund berichten würden. Und dann wüsste bald die ganze Gegend von Bremervörde bis Stade, dass im Keller des Moorhauses ein in Leder gebundenes Büchlein aufgetaucht sei, was gewiss wieder einmal Anlass zu wilden Spekulationen geben würde.

»Schulheft?« Jussuf blickte sie skeptisch an.

»Ja, ein Heft mit Aufsätzen. Aus welchen Gründen auch immer wollte wohl jemand das Heft loswerden und hat es in der Mauer verschwinden lassen. Sicher ist es nicht viel wert, aber die Aufsätze scheinen ganz unterhaltsam zu sein. Ich schätze, sie sind so um 1920 geschrieben worden. Ich werde das Heft einer Schule schenken.«

Anna hatte schon überzeugender gelogen, aber es fiel ihr nichts Besseres ein. In dem Moment klingelte Jussufs Handy.

»Der nächste Rohrbruch. Diesmal in Osterheide. Scheint ja in dieser Gegend wie ein Virus umzugehen«, sagte Luigi, und wenig später waren die beiden mit einem freundlichen »Tschüüß!« verschwunden.

Anna brannte darauf, sich weiter mit Reginald Fitzgibbons Notizen zu beschäftigen. Vergnügt kochte sie sich noch eine Kanne Tee und setzte sich wieder an die Lektüre des Tagebuchs. Sie kam recht flott voran mit den Notizen, und was sie nicht gleich entziffern konnte, übersprang sie kurzerhand. Solange sie die Zusammenhänge verstand und auch die Chronologie der Ereignisse, war sie zufrieden.

Als sie die Eintragung vom 27. August 1788 erreichte, klingelte ihr Handy. Das Display zeigte Anke Kück. Anna nahm das Gespräch an und wollte ihrer Vermieterin gerade berichten, dass der Rohrbruch beseitigt war und die Klempner die Knochen von Tieren entdeckt hatten, die wohl die Ursache für jene Geräusche gewesen waren, die Greta für die »Kellergeister« gehalten hatte. Doch ehe sie etwas sagen konnte, hörte sie die aufgeregte Stimme von Anke Kück durchs Telefon schrillen: »Agnes Fichte ist tot! Vom Pferd gestürzt, auf der Moorwiese hinter ihrem Garten.« Und schon hatte sie wieder aufgelegt.

Anna starrte fassungslos auf ihr Handy. Agnes Fichte? Noch ein Todesfall im Moor? Seltsamerweise dachte sie als Erstes an Steffen Steffens, der sicher behaupten würde, ihr Tod sei die Strafe des Moormannes gewesen, so wie schon bei Harm Willems, der durch seine Sondengängeraktionen die Ruhe des Moores gestört habe. Hatte Agnes ihr nicht erzählt, dass Steffen Steffens sie ebenfalls gewarnt hatte? Sie würde »in einem schwarzen Nebel verschwinden«, so hatten seine unheimlichen Worte gelautet. Aus der Sicht des Spökenkiekers hatte vielleicht auch sie mit ihren Ritten durchs Moor und ihrer intensiven Buddelei in ihrem Garten den Frieden des Moores gestört. Ein bisschen weit hergeholt, aber Steffen Steffens sah sich wohl auch als eine Art Hüter dieser Gegend.

Anna schämte sich fast für ihren nächsten Gedanken: Jetzt konnte sie Agnes nicht weiter zu ihrem Vorfahren Johann von Stocker befragen, der offensichtlich eine wichtige Rolle im Leben von Reginald Fitzgibbon gespielt hatte. Arme Agnes! Was würde wohl Richard zum Tod seiner alten Freundin sagen? Das friedliche Moor schien sich immer mehr in einen Dauer-Tatort zu verwandeln. Aber wenigstens hatte diesmal nicht sie die Leiche entdeckt. Ein schwacher Trost.

1788

Die beiden Männer, die eines Abends in »The King's Men« auftauchten, wirkten wenig vertrauenerweckend. Sie trugen zwar ordentliche Kleidung, aber irgendetwas störte den Wirt John Marlowe an den beiden. Marlowe hatte sich während seiner Jahre zur See und als Kneipenwirt eine recht gute Menschenkenntnis angeeignet. Vielleicht war es die Art, wie die beiden ihre Köpfe zusammensteckten und sich zwischendurch im Schankraum umschauten, als warteten sie auf jemanden. Vielleicht störte ihn aber auch, dass der eine der beiden einen verschlagenen Ausdruck in seinen zusammengekniffenen Augen hatte. Marlowe hatte diese Männer noch nie zuvor gesehen, und das irritierte ihn zusätzlich. Sein Pub wurde vor allem von Stammkunden besucht oder von Seemännern auf ihrem kurzen Landaufenthalt. Diese Männer zählten zu keiner dieser beiden Kategorien.

Marlowes Unruhe verstärkte sich, als Reginald wenig später in den Raum trat, um, wie jeden Tag, weiter an seinen Notizen zu arbeiten. Marlowe wusste nicht, wie lange der junge Mann noch bei ihm wohnen wollte. Er drängte ihn nicht zu einer Entscheidung; das kleine Zimmer, in dem der Junge hauste, brauchte er anderweitig nicht. Es war inzwischen eiskalt in London, und Marlowe wollte Reginald, der offenbar zu seiner Stieftochter Charlotte zarte Bande geknüpft hatte, nicht vertreiben. Aber irgendwann musste der Junge ja wieder zurück in sein eigenes Leben. Er hatte ihm geraten, doch bei seiner Mutter in Irland zu überwintern. Aber Reginald hatte etwas davon gemurmelt, dass er so bald wie möglich zurück nach Deutschland wolle und nur den richtigen Zeitpunkt abwarte. Wann immer der sein würde, aber sicherlich nicht ausgerechnet im kalten Winter.

Als Reginald sich an einen der hinteren Tische im Gastraum setzte, beobachtete Marlowe, dass die beiden Männer ihre Köpfe hoben und ihn unverhohlen anstarrten. Doch der dumme Junge schien es nicht zu bemerken.

»Noch ein Bier!«, rief der Mann mit dem unangenehmen Ausdruck, den Marlowe insgeheim »Frettchengesicht« taufte.

Als er das Bier an den Tisch brachte, beugte sich der andere, der einen Hauch weniger unangenehm wirkte, zu ihm und fragte mit leiser Stimme: »Herr Wirt, der Bursche da drüben. Wohnt der hier?«

»Weshalb wollt Ihr das wissen?«

»Wir sind auf der Suche nach einem Verwandten meiner Schwägerin, der vor Kurzem mit dem Schiff aus Amerika zurückgekommen sein muss. Wir wissen nicht genau, wie er aussieht und wo er untergekommen ist, deshalb suchen wir ihn überall in der Hafengegend. Meine Schwägerin ist gestorben, und nun geht es ums Erbe«, antwortete der Mann.

Du hast sicher auch schon besser gelogen, dachte Marlowe. Laut sagte er: »Dieser junge Mann ist erst vor zwei Tagen aus Holland gekommen. Vielleicht sucht Ihr Euren Verwandten an einem anderen Ort.«

Frettchengesicht lächelte dünn. »Da mögt Ihr recht haben. Wir werden wohl auch noch die anderen Hafenkneipen abklappern müssen. Aber wir werden ihn schon finden. Und wenn nicht, dann fällt das Erbe eben an andere. Mich würde es freuen.« Er grinste und entblößte dabei ein lückenhaftes Gebiss. Nach einem weiteren Bier verließen die beiden das »The King's Men«.

Reginald, versunken in seine Aufzeichnungen, hatte nichts davon mitbekommen. Marlowe trat an seinen Tisch, räusperte sich, dann beugte er sich nach unten und sagte leise: »Ich habe das Gefühl, dass du nicht mehr länger hierbleiben solltest. Da waren gerade zwei wenig vertrauenswürdig wirkende Männer, die sich nach dir erkundigt haben. Ich weiß, dass du in Schwierigkeiten steckst, auch wenn du keine Schuld daran trägst. Es wäre wirklich besser, du würdest für einige Zeit aus London verschwinden, damit sich deine Spuren verwischen.«

Reginald durchlief es eiskalt. Wie konnten seine Verfolger ihn entdeckt haben? Aber London war voller Spitzel, die selbst in die tiefsten Schlupflöcher vordrangen. Es hatte deshalb wenig Sinn, sich länger mit dieser Frage aufzuhalten. Ohnehin hatte er geahnt, dass sein Unterschlupf bei John Marlowe nicht ewig sicher sein würde. Es war eine Art Gnadenfrist gewesen, aber nun musste er so schnell wie möglich weiter. Er zögerte nicht lange, sondern nickte.

»Du hast sicher recht, John. Ich werde meine Sachen packen und verschwinden. Am besten nach Dublin, das ist weit genug weg von London. Vielleicht tut es mir gut, wieder einmal nach Hause zu kommen. Meine Mutter hat mich lange nicht gesehen.«

Insgeheim graute ihm vor der langen Reise von London nach Dublin und der Überfahrt über die Irische See zu dieser Jahreszeit. Wie sehr er diesen Tag gefürchtet hatte. Aber letztlich war es naiv gewesen zu glauben, in London auf Dauer einen sicheren Ort zu finden. Ein Grund für sein Bleiben war sicherlich eine gewisse Lethargie, der wichtigere Grund aber lag darin, dass er in der Nähe von Charlotte bleiben wollte. Doch das nützte alles nichts. Er musste zumindest für eine Weile aus England verschwinden.

Dabei hatte alles so gut für ihn ausgesehen. Er hatte endlich seine Kartenentwürfe bei der Royal Society abliefern können. Demphurst war nicht da gewesen, aber ein alter Freund von Reginald, Stephen Markham, nahm ihm die Karten ab und versprach ihm, sie an Demphurst weiterzuleiten. Reginald bat ihn, der Royal Society auszurichten, dass er für einige Zeit zu seiner verwitweten Mutter nach Dublin reisen müsse. Damit wollte Reginald verhindern, dass jemand erfuhr, wo er sich wirklich aufhielt, und er wieder verfolgt würde.

Demphurst ließ ihm über Markham ausrichten, dass man im Frühling einen neuen Auftrag für ihn habe. Da er nun als »Moorkartograph« galt, wollte ihn die Royal Society in die Gegend von Dartmoor schicken. Dort sollte er nicht nur Karten erstellen, sondern die Moore, die bisher niemand so recht erkundet hatte, gemeinsam mit zwei Geologen erforschen. Eine durchaus reizvolle Aufgabe, wenn auch aufgrund der Einsamkeit dieser Region und der schlechten Wetterverhältnisse nicht der Ort seiner Träume. Er wäre dann allerdings genügend weit von London entfernt. Doch vor Juni musste er nicht dorthin aufbrechen, da die Winter in den Hochmooren lang und rau waren. Dass er nun wirklich nach Irland reiste, was er in Wahrheit erst für den kommenden Sommer geplant hatte, wirbelte alles durcheinander. Dennoch hoffte er, dass er bis Mai alles erledigt haben könnte – seinen letzten Besuch im Brester Moor und seine Vorbereitungen für den Aufenthalt in Dartmoor. Langsam gewöhnte er sich daran, dass seine Planungen durch überraschende Wendungen aus dem Lot gebracht wurden. So auch diesmal.

Sein Abschied von John und seiner Frau fiel kurz und herzlich aus. Der Abschied von Charlotte dauerte dagegen sehr viel länger. Es war nicht zu übersehen, dass sie seine Gefühle erwiderte. Sie schien auf die Frage zu warten, die er ihr so gerne gestellt hätte. Aber er war noch zu unsicher, obgleich sie ihm schon seit geraumer Zeit auf der Seele brannte. Erst wollte er bestimmte Dinge klären, ehe er Charlotte zu tief in sein Leben hineinzog. Nach seiner Rückkehr aus Brester Holz im kommenden Frühling würde er sie fragen, ob sie seine Frau werden wollte. »Warte auf mich«, sagte er zum Abschied, und sie nickte unter Tränen. Dann verschwand er im dichten Londoner Regen.

Am Nachmittag desselben Tages kehrten die beiden Männer in »The King's Men« zurück. Diesmal gaben sie sich keine Mühe, einen freundlichen Ton anzuschlagen. Mit lauter Stimme forderte Frettchengesicht, John solle Reginald rufen, da sie ein wichtiges Geschäft mit ihm zu klären hätten. Zu Marlowes Entsetzen tauchte hinter den beiden Männern sein Stiefsohn Gerald auf und sagte grinsend: »Dein Schützling muss wohl etwas ausgefressen haben. Die beiden Männer haben ihn überall gesucht. Ich habe sie zufällig in ›The Red Lantern‹ getroffen. Da haben sie auch nach ihm gefragt, wobei der anständige Reginald in einer solchen Spelunke ja wohl nie auch nur ein Bier trinken würde. Ich konnte ihnen mit der Auskunft helfen, dass er seit Wochen hier untergekommen ist, und da haben sie sich erkenntlich gezeigt. Immerhin hat mir das zwei goldene Guineas eingebracht, mehr Geld, als du mit deiner Kneipe in einem ganzen Monat verdienst!«

Wäre in diesem Augenblick nicht seine Frau Mary in die Gaststube getreten, Marlowe hätte seinen missratenen Stiefsohn wahrscheinlich geschlagen. Was für ein Mistkerl! Ein Verräter, ein käuflicher Taugenichts der schlimmsten Art. So aber blieb Marlowe ruhig, wenn er auch innerlich vor Zorn kochte, und erklärte Frettchengesicht und seinem Gefolgsmann, dass Reginald nicht mehr bei ihm wohne.

»Falls Ihr mir nicht glaubt, sucht ruhig überall im Haus nach ihm«, sagte er.

Das ließen sich die beiden nicht zweimal sagen und folgten Gerald in das Zimmer, in dem Reginald gewohnt hatte. Dort fanden sie aber nur noch ein altes Taschentuch und einen Fetzen Papier, an dem Reginald seine Feder abgewischt hatte. Enttäuscht und mit kaum verhohlenem Zorn mussten sie erkennen, dass der Kartograph ihnen entkommen war. Gerald sah auch nicht gerade glücklich aus. Sein Verrat würde, das wusste er, nicht nur in seiner eigenen Familie ein böses Nachspiel haben. Doch der Ärger der beiden Männer richtete sich zunächst gegen Marlowe, von dem sie die Auskunft verlangten, wohin Reginald aufgebrochen sei. Marlowe spielte den Ahnungslosen, sagte, er wisse nicht, wohin Reginald geflüchtet sein könnte. Er habe ein paarmal von Deutschland gesprochen. Vielleicht sei er ja dorthin zurückgereist.

Während Marlowe die beiden Kerle mit Lügen abspeiste, saß Reginald bereits in einer Kutsche, die ihn nach Holyhead brachte. Von dort ging die Reise mit dem Schiff weiter nach Dún Laoghaire bei Dublin. Vierhundert Meilen lagen vor ihm; wenn er Glück hatte, würde er in einer Woche in Dublin sein. Hoffentlich gelang es ihm, seine Verfolger abzuschütteln, und hoffentlich konnte er im nächsten Jahr noch einmal zurück nach Brester Holz, um endgültig die Schätze des Moormannes zu bergen. Vor allem aber sehnte er sich jetzt schon nach Charlotte und hoffte inständig, dass sie während seiner Abwesenheit nicht einen anderen Mann kennenlernen und ihn vergessen würde.

Während die Kutsche durch das Land in Richtung Westküste und Irische See rumpelte, versuchte Reginald seine Ängste zu verdrängen. Es gelang ihm sogar, zwischendurch zu schlafen, obgleich außer ihm noch vier recht füllige Mitreisende in der Kutsche saßen, von denen zwei lautstark schnarchten und die anderen zwei wild über die politischen Missstände in Irland diskutierten. Reginald schaffte es, ihre Stimmen in den Hintergrund treten zu lassen und irgendwann einzuschlafen. In seinem Traum vertrieb Charlotte die Geister der Vergangenheit, die seine Gedanken in letzter Zeit so oft beherrschten, und das tote Gesicht der alten Käthe wich Charlottes spitzbübischem Lächeln.

Als George Augustus Frederick am selben Nachmittag von Sir Henry in einer kurzen Privataudienz von der Flucht des Kartographen erfuhr, tobte er.

»Dann sollen die beiden Nichtsnutze eben trotz winterlicher Stürme nach Brester Holz aufbrechen, um ihn dort zu suchen«, rief er wütend. Dann hielt er kurz inne und besann sich. »Oder Johann von Stocker soll von Hannover aus diese Aufgabe übernehmen.«

Durch eine Depesche Stockers, der seit fünf Jahren als Agent für ihn arbeitete und ihm von Reginalds Aufenthalt in Hannover und Göttingen berichtet hatte, wusste der Prince of Wales nun sicher, dass es einen Schatz im Moor geben musste, der alle Mühen wert war. Der junge Kartograph hatte sogar den Weg nach Göttingen nicht gescheut, um dort, wie durchsickerte, den berühmten Gelehrten und Altertumsforscher Heyne aufzusuchen und um Rat zu fragen. Um was es dabei genau gegangen war, hatte allerdings selbst der schlaue Stocker nicht in Erfahrung bringen können. Aber es war wohl mehr als ein Gerücht oder eine Legende, dass im Brester Moor ein Schatz wartete. Und wie Shaffer und Morgate bei ihrem Einbruch in Reginalds Unterkunft festgestellt hatten, schien Reginald ihn nicht nach London gebracht zu haben.

John Waterstone, den der Kronprinz sozusagen mit der Oberaufsicht über das Unterfangen beauftragt hatte, war den beiden Kerlen zwar auf den Fersen geblieben, aber auch er hatte trotz seiner guten Kontakte zu diversen Kreisen den jungen Kartographen nicht vor Shaffer und Morgate entdeckt. Als er endlich durch einen Gewährsmann von Reginalds Zufluchtsort erfahren hatte, machte er sich umgehend zu Marlowes Kneipe auf. Doch der Wirt hatte ihm dieselbe Auskunft wie Shaffer und Morgate erteilt. Deutschland sei wohl Reginalds Ziel. Waterstone glaubte allerdings kaum, dass der junge Mann mitten im Winter ins Moor reisen würde. Waterstone wollte nicht Teil dieser sinnlosen Unternehmung sein, die er als *»wild goose chase«* bezeichnete. Da gab es gewiss andere Orte, an denen Reginald über den Winter Zuflucht suchen konnte.

George Augustus Frederick befand sich in einer immer prekäreren Lage und griff nach jedem Strohhalm, denn er brauchte dringender denn je Geld. Seinem Vater schien es zu seinem Entsetzen langsam wieder besser zu gehen, was bedeutete, dass er selbst noch einige Zeit auf den Thron oder zumindest auf die Regentschaft verzichten musste. Seine Beziehung zu Maria Fitzherbert verschärfte seine Spannungen zu seinen Eltern immer mehr, die inzwischen offen darüber sprachen, ihm demnächst eine »reizende deutsche Braut aus bestem protestantischen Haus zuzuführen«. Das bedeutete, dass es eine seiner vielen Cousinen sein würde, die noch nicht unter die Haube gekommen war. Ihm graute davor, auch wenn, wie er laut verkündete, »eine deutsche Prinzessin so gut oder schlecht wie die nächste« sei. Der Ärger seiner Eltern über sein »Lotterleben« schlug sich auch in seiner finanziellen Situation nieder. Da half es wenig, dass er jüngst am Spieltisch eine Glückssträhne gehabt hatte. Ein Tropfen auf dem heißen Stein!

George hatte sogar mit dem Gedanken gespielt, den jungen Kartographen, falls er sich noch in London aufhielte und Waterstone ihn finden würde, höchstpersönlich zu sich zu bitten und ihm zu befehlen, ihm die Funde aus dem Moor auszuhändigen – natürlich gegen einen Lohn und mit dem Versprechen, dem British Museum einen Teil abzugeben. Aber da er nicht genau wusste, was es im Moor zu holen gab, und er sein Versprechen wahrscheinlich nicht halten würde, könnte sich das für ihn als künftigen König zu einer peinlichen Situation auswachsen. Also sollten lieber seine Männer die Funde auf irgendeine Weise an sich bringen.

Das Ganze musste geheim bleiben, und selbst wenn der Kartograph ahnte, wer der Auftraggeber dahinter war, würde er nicht offen darüber sprechen können. Wer sollte ihm schon glauben? Solche schwerwiegenden Vorwürfe gegen den Thronfolger zu erheben grenzte an Hochverrat. Dennoch ärgerte sich George, dass sich alles so lange hinzog und kein Land in Sicht kam. Zumal er auch noch andere Dinge zu tun hatte, als sich mit diesen Versagern herumzuärgern.

Sir Henry versuchte den noch immer aufgebrachten Prinzen zu beruhigen. »Stocker kann ja schon jetzt in Brester Holz Nachforschungen anstellen, und falls der junge Kartenmacher nicht dort ist, wird er sicher wieder dorthin zurückkehren, wenn das Wetter besser ist. Er hat zwar seine offizielle Aufgabe erfüllt, aber er scheint ja noch nicht fertig mit dieser Gegend zu sein.«

George beruhigte sich langsam und entließ Sir Henry mit der Aufforderung, seine beiden Männer spätestens im Frühling über den Kanal zu schicken und bis dahin weiterhin alert zu bleiben. »Der junge Mann stammt ja wohl aus Irland. Da könnte er auch bei seiner Familie Unterschlupf gesucht haben. Ich werde dort unauffällig jemanden auf ihn ansetzen, damit wir rechtzeitig erfahren, wann er ins Brester Moor zurückkehrt. Shaffer und Morgate müssen dann bereitstehen.«

Sir Henry verbeugte sich und verließ seinen Auftraggeber, der jetzt wieder etwas besser gelaunt zu sein schien.

Der Prinz trank einen großen Schluck Wein. Das entspannte ihn. Auch um sein Gewissen zu entlasten, würde er John Waterstone beauftragen, weiterhin ein Auge auf den Fall zu haben. Nun war es wichtiger denn je, dass er die nächsten Schritte begleitete, um im Notfall einzugreifen, vor allem falls die beiden Handlanger bei der Durchführung ihres Auftrags zu unüberlegter Gewalt griffen. Leider konnte er Waterstone nicht direkt mit der

Beschaffung der mysteriösen Schätze aus dem Moor betrauen. Als Wächter im Hintergrund eignete er sich vorzüglich, aber nicht als Vollstrecker, da Waterstone zu Skrupeln neigte.

George zweifelte dagegen weniger, wenn es um sein Wohl ging. Als König durfte er sich später solche Eskapaden nicht leisten, doch sein Vater hatte offenbar vor, noch ewig zu regieren. Da musste er eben handeln, selbst wenn es nicht unbedingt moralischen Prinzipien entsprach. Solange niemand dabei umkam, war alles in bester Ordnung. Zudem schadete er ja letztlich niemandem, wenn er sich diese »besitzlosen« Relikte aus der Vergangenheit aneignete, redete er sich heraus.

Er seufzte und leerte sein Weinglas in einem Zug. Es ärgerte ihn, mit solchen Burschen wie Sir Henry und seinen zwielichtigen Helfern zu tun zu haben. Manchmal sehnte er sich danach, weitab von den Londoner Palästen ein anderes Leben zu führen. Aber dann schalt er sich einen sentimentalen Narren, der in diesem Punkt dem eigenen Vater ähnelte. Die einzige wahre Freude in seinem jetzigen Zustand des Wartens war seine Ehe mit der zauberhaften Maria. Aber ihm schwante, dass dieses Glück nicht ewig währen würde.

Für Reginald bedeutete die Rückkehr ins Moor nach drei Monaten in Dublin im Kreis seiner lauten, manchmal überschäumend herzlichen und gelegentlich nervtötenden Verwandtschaft fast einen Schock. Wobei er nicht ganz unglücklich war, seiner liebevollen Mutter zu entkommen, deren Hauptsorge einer künftigen Ehefrau für ihren einzigen Sohn galt. Dennoch hatte er die Zeit in Dublin genossen. In Brester Holz erwarteten ihn ein klammes Haus, die Schatten im Dorf und die Einsamkeit, die ihm unter die Haut ging.

Charlotte und er hatten sich Briefe geschrieben, und so erfuhr er, dass Gerald London inzwischen verlassen und auf einem Schiff nach Indien angeheuert hatte. Marlowe hatte ihm den Verrat nicht verzeihen können, und auch seine Mutter Mary verspürte kein Bedürfnis mehr, sich immer wieder schützend vor ihren Sohn zu stellen. Die beiden Halunken waren noch einmal in

»The King's Men« erschienen und versuchten John mit harschen Drohungen dazu zu bringen, ihnen Reginalds Aufenthaltsort zu verraten. Aber er spielte weiter überzeugend die Rolle des Ahnungslosen.

Allerdings hatte Charlotte ihm nicht von dem hochgewachsenen Mann berichtet, der wenig später aufgetaucht war. Sie hatte es vergessen, weil der Mann im Gegensatz zu den beiden anderen nur kurz blieb und keine Drohungen ausstieß. Charlotte hatte ihn nur von Weitem aus der Küche gesehen. Mit seiner eleganten Kleidung passte er nicht in diese Umgebung. Auch auf seine höflich formulierte Frage nach Reginald schwieg John Marlowe. Der Fremde sagte darauf lächelnd: »Ich weiß Loyalität zu schätzen. Wahrscheinlich ist Reginald Fitzgibbon inzwischen schon auf dem Weg nach Dublin. Dort braucht er mich nicht. Ich kann warten.« Mit diesen kryptischen Worten, die Marlowe nicht bedrohlich klangen, verließ er die Kneipe. John Marlowe fragte sich nicht zum ersten Mal, welches Geheimnis dieser harmlos wirkende Reginald Fitzgibbon hütete.

Auf seiner Reise von Dublin nach Brester Holz hatte Reginald kurz in London Station gemacht, zur Freude von John und Mary Marlowe und natürlich zur übergroßen Freude von Charlotte. Vor lauter Wiedersehensfreude vergaß allerdings auch John, ihm von dem gut gekleideten Fremden zu berichten. Jetzt zählten erst einmal andere Dinge, zumal Reginald sich entschieden hatte, vor seiner Reise nach Deutschland um Charlottes Hand anzuhalten und nicht noch länger damit zu warten.

Charlottes begeistertes »Ja« und die offensichtliche Freude ihrer Mutter und ihres Stiefvaters klangen noch in Reginalds Erinnerung nach, als er sich an die mühevolle Weiterreise machte. Die anstrengende und gefahrvolle Seereise von Great Yarmouth nach Cuxhaven dauerte zehn Tage. Das Schiff, auf dem er fuhr, war ein altes Fischerboot mit einem friesischen Kapitän, der Reginald für billiges Geld mitgenommen hatte. Außer ihm befand sich nur ein einziger anderer Passagier an Bord, ein hochgewachsener Gentleman, dessen Kleidung auf Wohlstand hinwies. Umso erstaunlicher, dass er auf einem solchen Kutter mitfuhr, da er sich gewiss eine bessere und bequemere Überfahrt hätte leisten können. Der Fremde, dessen Gesicht ein großer Hut fast ganz verdeckte, nickte Reginald zwar stets freundlich zu, hielt sich aber während der Überfahrt meist in seiner Kabine auf, sodass er ihn nicht kennenlernte. Reginald war im Grunde dankbar, seine Ruhe zu haben und nicht in irgendwelche Gespräche verwickelt zu werden. Bald ließen ihn die Abenteuer der Seefahrt nicht mehr an den Mitreisenden denken.

Im März von England nach Deutschland überzusetzen barg einige Gefahren, da die ersten Frühjahrsstürme genauso bösartig wüten konnten wie die Winterstürme. Schon am zweiten Tag kam der erste von insgesamt vier Stürmen auf, die der Segler mit dem schönen Namen »Marie« überstehen musste. Doch Kapitän Brontje erwies sich als wackerer Seemann, und am Morgen des elften Tages erreichten sie Cuxhaven. Reginald litt selten unter Seekrankheit, aber diesmal hatte es auch ihn erwischt. Taumelnd betrat er festen Grund und schwor sich, Schiffe in Zukunft so selten wie möglich zu betreten. Der Kapitän verabschiedete sich mit einem Schmunzeln von der »Landratte« und meinte, dass diese »kleinen Stürme« ja eine Lappalie gewesen seien. Reginald wollte dem wackeren Seebären nicht widersprechen.

In Cuxhaven fand er einen Mietstall, wo er sich ein Pferd für den Ritt nach Brester Holz aussuchte. Seinen guten alten Gaul, den er im Jahr zuvor besessen hatte, hatte er bei seiner Abreise nach England im vergangenen Herbst verkaufen müssen. Er hatte Windbag nicht mitnehmen können.

Das Pferd, ein kräftiger Wallach namens Siegfried, trug ihn sicher durch Graupelschauer und scharfen Wind nach Brester Holz. Als er dort ankam, herrschte in den wenigen Hütten des Ortes tiefe Stille. Kaum ein Licht flackerte hinter den trüben Scheiben. Auch die Kirche lag dunkel und verlassen da. Das kleine Haus am Rande des Brester Moores wirkte im verlöschenden Licht dieses kalten Märztages abweisend. Als Reginald die Tür aufschloss, schlug ihm klamme, kühle Luft entgegen, die ihn schaudern ließ. Sein dunkler Wollmantel hatte schon bessere

Tage gesehen, und die Feuchtigkeit kroch ihm unter die Haut. Vorsichtig trat er ein. Noch war es hell genug, dass er sich ohne eine Kerze oder Öllampe durch den schmalen Flur bewegen konnte.

Er zündete eine dicke Kerze an, die er bei seiner Abreise im Herbst in der Küche zurückgelassen hatte. Offenbar hatte Eva das Haus in der Zwischenzeit notdürftig von Staub und Spinnweben gereinigt. Als er die Stiege zum Schlafraum hinaufstieg, sah er zu seiner Überraschung, dass sein Bett aufgeschüttelt und die Fensterläden verschlossen waren. Wenig später schlief er auch schon, ohne sich lange mit dem Abendessen aufzuhalten.

Die Kirchturmuhr schlug drei, als er aus einem wirren Traum erwachte. Darin waren die Ereignisse der vergangenen Wochen wie Schemen aus der Tiefe der Nacht aufgetaucht, und vor allem der Anlass zu seiner Flucht aus »The King's Men« hatte ihn bis in den Schlaf verfolgt. Die Furcht, dass er weiter beobachtet und verfolgt wurde, war jäh zurückgekehrt. In Dublin hatte er sich sicher gefühlt.

Es hieß, dass um drei Uhr morgens die Stunde des Wolfs sei und alle Sorgen, die man hegte, an die Oberfläche drängten und wie eine große Last auf der Seele lägen. Genau so erging es Reginald, der sich schwor, so rasch wie möglich Piet aufzusuchen, den Bärenmann aus seinem Versteck zu holen und die anderen Orte abzusuchen. Und dann würde er umgehend nach London reisen und so bald wie möglich seine Charlotte heiraten. Er überlegte sogar schon, wo er mit ihr während seiner Arbeit in Dartmoor leben würde. Plymouth lag nicht weit entfernt. Eine schöne kleine Hafenstadt mit langer Tradition. Immerhin war von hier die »Mayflower« 1620 mit den Pilgrim Fathers an Bord zu ihrer großen Reise über den Atlantik in die Neue Welt aufgebrochen. Irgendwann schlief Reginald dann doch wieder ein, während draußen die ersten Vorfrühlingsstürme um das Haus pfiffen und an den Fenstern rüttelten.

Als ihn wenige Stunden später das Gurren der Wildtauben weckte, kam es ihm so vor, als habe er kaum geschlafen. Die Tauben schien der kühle Wind, der von der See her übers Moor wehte, nicht zu stören. Sie spürten wohl schon das allmähliche Nahen des Frühlings.

Reginald stieg schlaftrunken aus dem Bett und wusch sich eher notdürftig mit dem kalten Wasser, das er am Abend zuvor noch aus dem Brunnen in dem kleinen Garten hinter dem Haus geschöpft hatte. Es roch immer etwas moderig und schmeckte nach Schwefel. Appetit hatte er nicht, wollte aber später am Tag ins nächste größere Dorf reiten, um sich mit Lebensmitteln einzudecken. Er fütterte und tränkte Siegfried, klopfte dem guten Gaul den Hals und versprach ihm, ihn am Nachmittag zu striegeln und seine Hufe zu säubern. Er hätte auch bis zum Rand des Moores reiten können, aber der Weg war nicht weit, und in das Moor hinein ging er ohnehin lieber zu Fuß.

In seiner Umhängetasche trug er die Karte mit den Kreuzen, die er nach Piets Angaben eingefügt hatte. Als Erstes aber würde er den Bärenmenschen bergen, den er in der Nähe der Kirche in der Friedhofsmauer versteckt hatte. Bei einem seiner Spaziergänge war ihm aufgefallen, dass sich dort ein Stein aus der Mauer gelöst hatte. Er hinterließ eine Lücke, groß genug, um den sorgfältig in ein Stück Leder verpackten Bärenmenschen hineinzulegen. Nachdem er die Lücke wieder mit dem Stein verschlossen hatte, verschmierte er die Ritzen mit Erde, damit der Stein fest in der Mauerlücke verankert blieb. Er hoffte, dass sein Bärenmann dort ein sicheres Versteck gefunden hatte.

Als er sich dem Friedhof näherte, sah er mehrere frische Gräber. Sein Blick fiel auf einen Grabstein, und er erkannte den Namen. Pastor Fritz Peters war am 1. März, also vor knapp zweieinhalb Wochen, im Alter von sechsundfünfzig Jahren verstorben. Mit ihm hatte er sich kurz vor seiner Reise nach Hannover unterhalten, da schien er noch recht gesund und munter. Aber die Winter im Moor waren hart, und die alte Käthe mit ihren Kräutertränklein konnte ja nun auch nicht mehr helfen. Reginald sah sich um, ob er noch mehr Namen auf den neuen Gräbern kannte. Doch da es vor allem die Gräber von Kindern waren, was ihn sehr berührte, kannte er diese Verstorbenen nicht. Er hatte schon befürchtet, dass vielleicht eines der Kinder von

Eva darunter sein würde, aber zu seiner Erleichterung fand er keinen Grabstein mit Mitgliedern aus Evas Familie.

Er wandte sich der Friedhofsmauer zu und stellte erfreut fest, dass der Stein noch immer fest an seinem Platz saß. Behutsam löste er ihn heraus und schlug das Stück Leder vorsichtig beiseite. Einmal mehr bestaunte er voller Ehrfurcht die kleine Statue, die den rauen Winter in ihrem Versteck gut überstanden hatte. Das Bärenantlitz der Figur erinnerte ihn an den bärtigen Kopf des Moormannes und dessen Fellkleidung. Er brachte den Bärenmann zurück in das Moorhaus und versteckte ihn im Keller in der Wand hinter einem Regal, in dem ein paar völlig verstaubte Flaschen lagen.

Reginald betrat den niedrigen Keller nur ungern, weil die Luft unangenehm nach fauliger Erde und abgestandenem Wasser roch. Aber hier gab es ebenfalls einen lockeren Stein in der Wand, hinter dem sich eine Vertiefung befand. Auch die hatte Reginald durch Zufall entdeckt, als er in dem düsteren Kellerraum aus Versehen erst gegen das wackelige Regal und danach gegen die Wand gestoßen war und sich dadurch der Stein gelöst hatte. Die Weinflasche, die dabei aus dem Regal gefallen und zerplatzt war, vergoss ihren Inhalt auf dem Boden und vermengte den Geruch nach schalem Rotwein mit den übrigen Düften in diesem viel zu engen Raum. Seither mied Reginald den Keller erst recht.

Nachdem er seinen Schatz versteckt hatte, schob Reginald den überfälligen Besuch bei Piet nicht länger auf. Der Weg ins Moor erwies sich als schwierig. Überall Matsch, Pfützen und zwischendurch vereiste Grasflächen. Mochten die Wildtauben auch an den nahenden Frühling glauben, so ließ der sich hier auf dem Moor bisher nur erahnen. Reginald zog sich zitternd den Kragen bis zu den Ohren. Sein Mantel nützte kaum gegen den beißenden Wind, aber immerhin hatte ihm seine Mutter zum Abschied noch ein Wams aus Aran-Wolle gestrickt, das ihn vor den Wetterkapriolen in England schützen sollte und nun im Moor gute Dienste leistete.

Mühsam kämpfte er sich weiter. Der Wind bog die Gräser und Sträucher, rüttelte an den Erlen und Weiden und wühlte das trübe Wasser in den Tümpeln auf; irgendwann setzte auch noch Regen ein. Nach gut anderthalb Stunden näherte er sich der Hütte des Moormannes, die wie bei seinem letzten Besuch vor gut einem halben Jahr still und dunkel im grauen Licht des Märzmorgens lag.

Reginald beschlich ein ungutes Gefühl. An der Hütte angelangt, sah er jedoch Reste eines Feuers. Der Anblick der glimmenden Asche beruhigte ihn. Also war Piet wieder einmal unterwegs, wahrscheinlich um seine Fallen zu kontrollieren. Er beschloss, auf ihn zu warten. In der kargen Hütte gab es nur einen einzigen Schemel als Sitzgelegenheit. Eine Feuerstelle, eine Bettstatt aus Stroh und Fellen, ein Tisch mit drei Beinen und eine mächtige Truhe vervollständigten die Einrichtung. Neben der Feuerstelle standen mehrere Teller eines irdenen Geschirrs, zwei verbeulte Töpfe und ein Kessel. Erstaunlicherweise war es nicht kalt in der Hütte. Piet hatte die Ritzen in den Wänden mit Torf abgedichtet und das einzige Fenster mit einem Stück Fell zugehängt. Der Wind pfiff zwar um die Hütte, aber drang nicht in sie hinein.

Reginald setzte sich auf den Schemel, den er an die Wand rückte, lehnte sich zurück und schloss die Augen. Ihn überkam eine Welle der Müdigkeit. Seine Augen fielen zu. Im Halbschlaf vernahm er, dass jemand in die Hütte trat, kurz innehielt, dann aber sofort wieder verschwand. Reginald öffnete mit einiger Anstrengung die Augen. Hatte er sich den Besucher nur eingebildet?

Er rappelte sich auf. Draußen regnete es unermüdlich weiter. Keine Menschenseele war zu sehen, alles erschien ruhig und gedämpft unter der Glocke des gleichmäßigen Regens. Reginald war unschlüssig, ob er zum Moorhaus zurückgehen und später noch einmal herkommen sollte, in der Hoffnung, Piet anzutreffen. Er wagte sich nicht noch tiefer in das Moor hinein, um nach Piet zu suchen, insbesondere nicht bei diesem Wetter. Er entschloss sich, zurückzugehen. Gerade als er die Hütte verlassen wollte, tauchte am Horizont eine große Gestalt auf, die er trotz der vielen Felle, die den Mann in ein unförmiges

Wesen verwandelten, erkannte: Es war Piet. Über der Schulter trug er einen Sack, in der Hand hielt er einen Gegenstand, der wie eine Mischung aus Speer und Keule aussah. Piet blieb einen Augenblick stehen, dann aber erkannte er Reginald, winkte ihm zu und näherte sich mit großen Schritten.

Er ließ seinen Sack und die merkwürdige Waffe fallen und umarmte Reginald wie einen alten Freund. Reginald überkam erneut der starke Eindruck, dass der Bärenmensch aus dem Moor ein Ahne von Piet sein könnte. Dessen bärenstarke Umarmung raubte ihm fast den Atem.

Kurze Zeit später saßen sie in der Hütte zusammen, und Reginald berichtete Piet von den Erlebnissen der vergangenen Monate. Piet lauschte angespannt. Als Reginald sagte, er wolle sich nun auf die Suche nach den verborgenen Gegenständen machen, schien er vergessen zu haben, dass er Reginald eigentlich allein auf die Suche hatte schicken wollen.

»Lass uns rasch damit beginnen, die Schätze zu bergen«, sagte er mit seiner tiefen, rauen Stimme. »Du bist nicht allein gekommen. Gestern stand nicht weit von deinem Haus entfernt ein großer Mann in einem schwarzen Umhang, der das Haus beobachtete. Ich war zufällig in der Gegend, weil ich einen Hasen bis ins Dorf verfolgt habe, der mit gebrochener Pfote meiner Falle entkommen ist und den ich von seinem Leid befreien wollte.« Piet fing zwar Tiere in seinen Fallen, aber er bemühte sich darum, sie so wenig wie möglich leiden zu lassen.

Reginald lief eine Gänsehaut über den Rücken. Hatten die beiden Spießgesellen, derentwegen er London verlassen musste, ihn aufgespürt? War er seine Beobachter selbst in Irland nicht losgeworden? Doch die Beschreibung »groß« traf auf die beiden Burschen nicht zu. Wer auch immer dieser hochgewachsene Mann war, Reginald musste Brester Holz so schnell wie möglich wieder verlassen.

Er stand auf. »Dann lass uns gehen!«

Das Lächeln des Moormannes war hinter seinem zottigen Bart kaum zu sehen, aber um seine hellen Augen zeichnete es einen Kranz vieler Fältchen. »Hast du die Karte dabei? Das Moor wandelt sich ständig, und selbst ich weiß nicht mehr genau, wo die Orte sind. Einige von ihnen habe ich vor langer Zeit entdeckt. Zudem vergesse ich immer öfter Dinge, sogar manche meiner Fallen finde ich nicht mehr wieder. Ich werde alt.«

Der Regen hatte ein wenig nachgelassen, als die beiden Männer in den dämmrigen Tag hinausgingen. Piet schritt voran. Trotz seines Alters war er wesentlich schneller als Reginald, der jetzt schmerzlich spürte, dass er sich in London und auch in Dublin in den vergangenen Monaten viel zu selten zu Fuß bewegt und zu viele Stunden erst im »The King's Men«, dann im Haus seiner Mutter an seinen Notizen gesessen hatte. Ein paar Bier zu viel hatten auch ihre Spuren hinterlassen. Zudem hätte er ohne Piet schon nach kurzer Zeit jede Orientierung in diesem miteinander verschmelzenden Grau von Moor und Himmel, Regenschwaden und trostlosem Wintergras verloren. Selbst seine Wollweste schützte ihn nicht ausreichend vor dem Wind, und er fror jämmerlich.

Piet dagegen, gehüllt in Beinkleider aus Fell und in ein Sammelsurium von Pelzen, die seinen Körper in mehreren Schichten in Farben von Rotbraun bis Schwarz bedeckten, schien die feuchte Kälte nicht zu stören. Mit kraftvollem Schritt steuerte er auf einen Teil des Moores zu, in dem Reginald nur für einen ersten Überblick über die Bodenbeschaffenheit ganz am Anfang seines Aufenthalts hier einmal kurz gewesen war. Es erschien ihm immer noch rätselhaft, dass Piet zwar wusste, wo die »Schätze« lagen, aber offenbar nie den Drang verspürt hatte, sie zu bergen und sie entweder selbst aufzubewahren oder jemandem zu übergeben. Er hätte auch den Mantel des Vergessens darüberlegen können, und vielleicht wären »seine Schätze« dann viele Jahrzehnte später beim Torfstechen oder bei der landwirtschaftlichen Kultivierung des Bodens entdeckt worden. Doch Piet fühlte offenbar Verantwortung gegenüber dem Moor und seiner Vergangenheit. Er wollte selbst entscheiden, wem er seine Geheimnisse offenbarte, und sich damit von seiner Bürde befreien. Reginald spürte eine wachsende freudige Erwartung und sah vor seinem inneren Auge schon die erstaunten Gesichter der

Gelehrten im British Museum, wenn er ihnen den Bärenmann, den geritzten Stein und noch mehr Funde aus dem Moor überreichen würde.

Piet riss ihn aus seinen wohligen Gedanken. »Hier«, sagte er nur und deutete auf einen Steinbrocken, der auf einer mit Gras bewachsenen Erhebung lag. Dann zeigte er auf eines der Kreuze auf der Karte und nickte zufrieden. »Hier«, wiederholte er.

»Wann hast du das denn entdeckt?«, wollte Reginald wissen.

Piet sah ihn erstaunt an. »Entdeckt? Ich habe davon geträumt, und meine Mutter hatte an dieser Stelle schon oft nach Kräutern gegraben. Ich gehe nicht durchs Moor und suche. Ich weiß es einfach und spüre es. Das meiste davon lag im Umkreis meiner Hütte. Es mag dort einst eine Siedlung gegeben haben oder eine Stätte zur Verehrung alter Götter. Meine Mutter hat mir geraten, alles an möglichst unterschiedlichen Stellen zu verstecken, bis jemand kommt, der den wahren Wert sieht. Meine Mutter war eine weise Frau, die in das Herz der Menschen sehen konnte und Habsucht verabscheute. Dich mochte sie, aber einer deiner Begleiter ist böse. Das hat sie gespürt, als er sie im Moor ansprach.«

Wen konnte Piet meinen? Reginald durchzuckte jäh ein Verdacht, den er schon lange unterschwellig gehegt hatte und der nun konkrete Formen annahm. Aber er konnte ihn nicht beweisen. Zögernd fragte er Piet: »Glaubst du, dass dieser Mann deine Mutter getötet hat, weil sie ihm die Verstecke eurer Schätze nicht verraten wollte? Weißt du denn, wie dieser Mann aussah?«

»Nein, meine Mutter hat nur gesagt, dass er etwas Böses in seinen Augen habe.«

Reginald erinnerte sich wieder an jenen Abend, als er zu Käthes Hütte gegangen war, und an sein Gefühl, dass jemand in der Nähe der Hütte lauerte, vielleicht hervorgerufen durch ein Geräusch, ein Atmen, ein Rascheln, einen Schatten. Doch die Erinnerung zerfloss, ehe er sie einfangen konnte. Aber wenn seine Vermutung stimmte, konnte es nur einen geben, der in jener Nacht bei der alten Käthe in der Hütte gewesen war, kurz bevor er selbst auftauchte. Dieser eine könnte ihr Mörder sein.

Seinen Assistenten Jonathan schloss er aus, denn der wäre nie in der Lage gewesen, auf eigene Faust loszuziehen, um nach Schätzen zu suchen. Er war ein Feigling, ein Mitläufer und Verräter, aber er neigte nicht zu Gewalt. Es blieb also nur einer übrig: Johann von Stocker! Der Mann, in dessen Anwesenheit er sich immer unwohl gefühlt hatte, dessen Arroganz und Selbstsicherheit ihn verstört hatten und dem er nicht über den Weg traute. Plötzlich sah er das Geschehen vor seinem inneren Auge in kurzen, bruchstückhaften Szenen ablaufen: Stocker in der Hütte, seine Hände auf die schmalen Schultern der alten Frau gepresst, laute drohende Worte, mit denen er versucht, sie dazu zu bringen, ihm ihr Wissen um die Geheimnisse des Moores zu verraten, Käthes Widerstand, ein heftiges Schütteln, ein Sturz, Käthe auf dem dunklen Boden der Hütte, den Kopf aufgeschlagen, hilflos, blutend. Und Stocker, der sich nicht um die alte Frau kümmert, sondern seinem eigenen Ziel nachgeht und in der Hütte nach Hinweisen auf die Schätze sucht, deren Verstecke er Käthe nicht hatte entlocken können. Deshalb die zerbrochenen Teller, die am Boden verstreuten Scherben. Und während Stocker auf der Suche nach kostbaren Gegenständen die Hütte durchwühlt, stirbt Käthe vor seinen Augen. Was Stocker aber nicht entdeckt, ist der Stein mit den eingravierten Ritzen, den Käthe selbst im Tod fest umklammert. Enttäuscht und zornig verlässt er die Hütte, nur knapp vor Reginalds Auftauchen, der dann die tote Käthe findet.

So musste es gewesen sein! Wahrscheinlich stand Stocker noch im Schatten der Bäume hinter der Hütte, als Reginald die tote Käthe fand. Damit fügte sich das Mosaik aus Fragen zu ihrem Tod endlich zu einer schlüssigen Antwort zusammen. Aber er würde Stocker diese Tat niemals nachweisen können.

Eine Welle von Zorn überschwemmte Reginald. Das war Mord, selbst wenn Stocker eine solche Tat ursprünglich sicher nicht geplant hatte.

Mit einem verzweifelten Seufzer wandte er sich an Piet. »Ich glaube, ich weiß, wer deine Mutter getötet hat.«

Piet sah ihn nachdenklich an. Aber anstatt ihn nach dem Namen des Verdächtigen zu fragen, nickte er nur und sagte: »Wer immer es war, er wird seine Strafe finden.« Mit diesen lakonischen Worten schob er den Stein mit einem gewaltigen Schwung beiseite. Reginald bewunderte einmal mehr die Kraft dieses Mannes, der vermutlich so alt war, wie Reginalds Vater jetzt gewesen wäre, hätte ihn nicht vor fünf Jahren vor dem Trinity College in Dublin ein hochbeladener Wagen überfahren, dessen Pferde durchgegangen waren. Piet mochte sogar noch einige Jahre mehr zählen.

Der Stein rollte von der kleinen Graserhebung herunter. An der Stelle, wo er gelegen hatte, klaffte eine längliche Spalte im Boden. Piet griff hinein und zog mit einem Ruck etwas daraus hervor, das Reginald auf den ersten Blick für Stöcke hielt. Doch als Piet ihm die »Stöcke« hinhielt, erkannte er, dass es sich um drei schwarz angelaufene Schwerter handelte. Hie und da schimmerte es grünlich unter der dunklen Schicht, die das Metall der Klingen überzog.

Andächtig nahm Reginald die Schwerter in die Hände. Sie waren lang und schmal und eindeutig sehr alt. Piet löste ein Stück Fell aus seinem vielschichtigen Umhang und reichte es ihm ebenfalls.

»Hülle sie damit ein«, sagte er.

Die Schwerter erschienen fast federleicht. Reginald ahnte, dass sie aus einer Zeit lange vor der Römerzeit stammten, vielleicht sogar noch aus der Zeit vor der keltischen Besiedlung weiter Teile Europas. Wie viel sie wert sein mochten, konnte er nur schätzen.

»Morgen gehen wir zu einem anderen Versteck an einem anderen Ort«, sagte Piet, der auf einmal erschöpft wirkte.

Schweigend gingen sie den Weg zurück. Der Regen verwandelte sich allmählich in ein leichtes Nieseln, und hinter den Wolken tauchte für wenige Augenblicke die Sonne auf. Auch Reginald fühlte sich ausgelaugt, als sie bei der Hütte des Moormannes anlangten. »Hüte diese Schwerter gut«, sagte Piet mit leiser Stimme. »Und komm morgen früh wieder zu mir. Der Weg zum nächsten Versteck dauert länger und ist sehr viel schwerer zu beschreiten.«

Auf dem Rückweg durchs Moor kam Reginald etwas schneller voran, da der bittere Wind ihm nicht länger ins Gesicht blies, sondern ihn von hinten vorantrieb wie ein Hund die Schafherde. Völlig durchnässt betrat er eine gute Stunde später sein Haus und entzündete als Erstes ein Feuer im Kamin der kleinen Wohnstube. Er überlegte lange, wo er die drei Schwerter verstecken sollte. Das ihm bekannte Kribbeln im Nacken warnte ihn. Dieses Kribbeln, angeblich Erbe hellseherischer irischer Vorfahren, nahm er ernst. Er spürte, dass ihm nicht viel Zeit blieb, vor allem nachdem ihm Piet von dem Fremden vor seinem Haus erzählt hatte. Er würde die Schwerter aus Vorsicht so verbergen, dass ein Fremder bei einem eventuellen Versuch, sich ihrer zu bemächtigen, scheitern musste. Andererseits durfte er sie nicht zu weit entfernt von seinem Haus verstecken, um sie rasch aufsammeln zu können, wenn er in den nächsten Tagen die Gegend verlassen würde. Ihn trieb die Furcht vor den Männern an, die ihn in London gejagt hatten. Falls sie ihm bis hierher gefolgt waren, würde er ihnen die Schatzsuche nicht leicht machen.

Mit grimmiger Entschlossenheit nahm er die Schaufel, die er in einer Ecke des Stalles gefunden hatte, verließ das Haus und ging bis zum Rand des Moores. Er begegnete niemandem auf dieser kurzen Wegstrecke, doch als er die Schwerter unter einer kleinen Eiche vergrub, blickte er immer wieder angstvoll über die Schulter. Die Abenddämmerung tauchte die Hütten und das Moor in ein fahles Grau voller trügerischer Schatten.

Reginald eilte zu seinem Haus zurück und vermerkte auch dieses Versteck auf einer Karte mit einem kleinen Kreuz, dem er einen winzigen Haken als zusätzlichen Hinweis hinzufügte. Die Besitzer des Hauses, die er während seines längeren Aufenthaltes im Brester Moor nur wenige Male getroffen hatte, mussten von seiner Rückkehr erfahren haben. Eigentlich hatte er ja ins nächste Dorf reiten wollen, um Vorräte zu kaufen. Doch nun lagen auf dem Küchentisch ein Laib Brot, ein Stück Käse, eine Schale mit Butter; außerdem stand dort eine Flasche mit Wein. Reginald empfand Dankbarkeit für diese Gaben, denn es dunkelte schon, und er wollte das Haus nur ungern verlassen.

Er versorgte sein Pferd und setzte sich mit seinem bescheidenen Mahl und einem Glas Wein an den Küchentisch. An diesem Abend des 18. März beschrieb er im Licht der Kerze in seinem Notizbuch die Erlebnisse im Moor. Später in der Nacht begann er eine neue Karte zu zeichnen, da er selbst die vielen unterschiedlich positionierten Kreuze auf seiner ursprünglichen Skizze kaum mehr auseinanderhalten konnte. Falls er diesmal nicht alle Funde mitnehmen konnte, so sollten die anderen drei Karten im Falle eines Diebstahls Verwirrung stiften und die Schatzsuche für Unbefugte aussichtslos machen.

Die Kirchturmuhr schlug Mitternacht, als Reginald sein Notizbuch schloss und die neue Karte mit einem Gefühl der Zufriedenheit beiseiteschob.

Er vermochte in dieser Nacht kaum zu schlafen, nicht nur, weil er immer wieder in die Nacht lauschte, ob sich Schritte dem Haus näherten, sondern weil er sich voller Spannung fragte, was ihm Piet am nächsten Tag zeigen würde. Der schweigsame Moormann verlor kein Wort zu viel über seine Entdeckungen.

Am Himmel kämpfte sich eine dünne Mondsichel hinter den Wolken hervor. Der Regen ließ nach, und selbst der Wind verstummte. Reginald lag in seinem Bett und grübelte. Ostern war in diesem Jahr am 12. April, und bis dahin wollte er längst auf dem Heimweg, wenn nicht gar schon in London sein und sich offiziell mit Charlotte verloben. Mit den angenehmen Gedanken an eine Hochzeit im Sommer auf einer irischen grünen Wiese schlief er endlich ein.

Die Suche der nächsten Tage vermerkte Reginald nur mit Stichworten in seinem Notizbuch. Piet sprach wie immer nicht viel auf diesen Wanderungen. Es schien Reginald, als ob nun auch er von einer inneren Unruhe getrieben wurde, so als fürchte er, dass ihm die Zeit davonliefe. Reginald folgte ihm schweigend. Diese Wanderungen über das einsame Moor, unter dessen grauem Himmel die ersten heimkehrenden Wildgänse mit lauten Schreien in Dreiecksformationen flogen, die dunkle Erde, die letzten auftauenden Pfützen und die Stille, nur unterbrochen vom Ruf der Wildgänse, dem Plätschern der Wasserstellen und dem gelegentlichen Schrei einer Möwe, die sich vom Meer aufs Moor verirrt hatte, prägten sich tief in Reginalds Gedächtnis ein. Auch diese Vertrautheit mit Piet, die keiner Worte bedurfte, brannte sich in seine Seele ein.

Am anderen Ende des Moores, dort, wo sich schon der Salzgeruch des Meeres mit dem Torfgeruch des Moores mischte, lag in einer Mulde unter einer Wurzel eine zweite Statuette, aus Knochen geschnitzt, genauso groß wie der Bärenmann. Piet zog die kleine Figur aus der Erde und legte sie vorsichtig in Reginalds Hände. Er betrachtete sie fasziniert. Es war die Darstellung eines eindeutig weiblichen Wesens, auf dessen menschlich geformtem Körper ein Wolfsgesicht saß. Was aber Reginald vollends in den Bann zog, war, dass diese aus Knochen geschnitzte Gestalt eine noch kleinere Figur in ihren pfotenähnlichen Händen hielt: ein Kind, dessen Gesicht menschliche Züge trug. Das Versteck, das Reginald für die Wolfsfrau in der Nähe des Moorhauses auswählte, vermerkte er mit einem neuen Kreuzchen auf seiner besonderen Karte.

Als Letztes wartete auf Reginald eine besondere Überraschung. Es war der Morgen des 20. März, in diesem Jahr der Frühlingsanfang. Das Wetter hatte sich schlagartig verändert. Über den blassblauen Himmel jagten Federwölkchen, die Sonne wärmte die Erde, und die Vögel zwitscherten schon in den frühen Morgenstunden. An den Sträuchern und Bäumen platzten die ersten Knospen auf, und über das Moor strich ein milder Wind, gewürzt mit Blumenduft. Am Tag zuvor hatte Reginald den neuen Pastor getroffen, der aus Bremen kam und nun eine große Gemeinde von mehreren Moorsiedlungen übernehmen sollte, zu der die schöne alte Kirche von Brester Holz zählte. Pastor Thorbens, ein jüngerer Mann, beklagte sich bei Reginald über den schlechten Zustand des Unterbaus der Kirche, der, wie er sagte, römischen Katakomben glich und von der Feuchtigkeit des nahen Moores allmählich zerstört werde. Risse in den Wänden, lockere Steine im Gemäuer, ein Geruch von Moder und Torf machten diesen unterirdischen Teil der Kirche zu einem düsteren und gefährlichen Ort.

»Wie gut, dass es dort unten nur noch zwei Sarkophage gibt, in denen wohl schon lange keine menschlichen Überreste mehr zu finden sind. Alle anderen Toten sind würdig auf unserem Friedhof bestattet«, schloss er. Reginald grinste bei der Erinnerung an die Friedhofsmauer, in der er den Bärenmann versteckt hatte. Wenn der Pastor wüsste, was der Friedhof da einige Monate beherbergt hatte – ein sehr heidnisches Symbol. Der freundliche Pastor lud Reginald ein, am Sonntag zum Gottesdienst zu kommen.

»Ihr werdet sicher den einen oder anderen wiedersehen, dem Ihr im vorigen Jahr schon begegnet seid. Nicht jeder aber hat den vergangenen Winter überlebt, eine Seuche hat in der Gegend gewütet«, sagte Thorbens. »Pastor Peters ist gestorben, und wir hatten etliche weitere Tote zu beklagen. Der kleine Sohn der Meiers hat die Krankheit überlebt, ein zähes Bürschlein. Der Winter hier ist immer eine böse Zeit. Aber jetzt kommt endlich der Frühling, und das Leben beginnt neu.«

Mit diesen frohgemuten Worten schritt Thorbens in Richtung Osterheide, wo er im alten Pfarrhaus mit Frau und Kindern lebte. Reginald fühlte sich erleichtert, dass der Sohn der Meiers die Krankheit überstanden hatte. Er mochte Eva und ihre Kinder mehr als ihren mürrischen Mann. Lange sah er dem Pastor nach. Er hätte gerne gewusst, wie dieser Mann aus Bremen mit den Sagen und Legenden umgehen würde, die zum Leben seiner Gemeindemitglieder gehörten. Reginald schmunzelte, als er nach Hause ging. Wenn Thorbens wüsste, dass er mit dem Moormann befreundet war, der als Roter Piet durch die Sagen der Gegend spukte …

Piet erwartete ihn bereits in der Nähe seiner Hütte. Der Weg zum letzten Schatz des Moormannes führte durch hohes Gras und vorbei an mehreren Tümpeln, in die Winterstürme Äste und Sträucher geweht hatten. Piet ging geradewegs auf eine höhlenähnliche Ausbuchtung am Ufer eines der kleinen Moorgewässer zu. In der Uferböschung davor lagen Steine und gesplitterte Baumstämme. Piet sprach kein Wort, als er mit wenigen Griffen den Eingang zu dieser Vertiefung im Ufer freiräumte. Schließlich wies er auf die Höhle und sagte nur: »Da ist es. Es gehört dir.«

Reginald trat näher. Was er erblickte, ließ ihn an seiner Wahrnehmungsfähigkeit zweifeln. Piet lächelte, als er Reginalds Verwirrung sah, und mit einer ausholenden Geste räumte er die kleine Höhle aus und übergab ihren Inhalt dem fassungslosen Reginald.

Stammelnd fragte er Piet: »Wo hast du das gefunden?«

Piet lächelte. »Dort, wo der Bärenmann und die Wolfsfrau lagen. Dies hier mag zwar nicht so alt sein wie die Figuren, aber der Ort, an dem ich all das entdeckt habe, könnte eine Opferstätte oder ein Gräberfeld gewesen sein, das immer wieder von Menschen aufgesucht und benutzt wurde.« Er hielt kurz inne und atmete tief durch, ehe er fortfuhr: »Damit ist meine Aufgabe erledigt. Von jetzt an hüte ich nur noch das Moor selbst. Du, Reginald, musst nun all das an einen sicheren Ort bringen, wo es für die Nachwelt bewahrt wird. Vor allem schütze den Bärenmann und die Wolfsfrau, die, genau wie der kleine Stein meiner Mutter, kostbarer sind als die Schwerter und sogar als das, was wir heute aus der Höhle geholt haben. Sie sind Zeugen einer längst vergangenen Kultur.«

Dieser letzte Fund, das wusste Reginald, würde das Herz des Prinzen von Wales höherschlagen lassen, und einen Augenblick spürte er die Versuchung, ihn dem Prinzen anzubieten und eine Belohnung zu fordern, die ihn selbst zum reichen Mann machen würde. Doch dann sah er den Blick des Moormannes auf sich ruhen, und die Versuchung schmolz wie der Schnee in der Frühlingssonne. Er hatte eine Verpflichtung und eine Verantwortung auf sich genommen, die wesentlich weitreichender und reizvoller war als alle materiellen Verführungen. Vor allem durfte er das Vertrauen der alten Käthe, die für ihr Wissen gestorben war und deren Mörder noch immer frei herumlief, und ihres Sohnes nicht missbrauchen.

Den Bärenmann hatte er bereits an einen anderen Ort gebracht, da ihm sein Haus nicht mehr das ideale Versteck zu sein schien. Die anderen Gegenstände würde er bis zu seinem Aufbruch an ähnlich sicheren Orten verstecken.

Mit dem Versprechen, Piet noch einmal aufzusuchen, ehe

er seine lange Heimreise antreten würde, verabschiedete sich Reginald von seinem Freund. Der Moormann stand in seine vielfarbigen Felle gehüllt vor seiner Hütte und winkte ihm nach.

Reginald spürte bei dem Anblick des einsamen alten Mannes, der ihm so viel Zuneigung und Vertrauen entgegengebracht hatte, jäh einen dumpfen Schmerz, den er sich nicht erklären konnte. Er würde ihn doch noch einmal sehen. Dennoch, sein Herz tat ihm seltsam weh.

Ein Schatten lag über der Landschaft, als Reginald zu seinem Haus kam. Der Ruf einer Eule in der Ferne klang in seinen Ohren wie ein Klagelaut, der ihm wie ein böses Omen erschien.

ELF

Kommissar Schumann wirkte erschöpft und übernächtigt, als Anna ihm die Tür öffnete. Mit dem kernigen Schimanski, dem er seinen Spitznamen verdankte, hatte er nicht die geringste Ähnlichkeit, wie er da so ausgelaugt und mit leicht hängenden Schultern vor Anna stand.

»Diesmal haben die Leiche wenigstens mal nicht Sie gefunden.« Er rang sich ein Lächeln ab. »Diesmal war es der getreue Haushund, der seine Herrin gesucht hat, sie auf der Wiese fand und wie verrückt bellend zum Haus gelaufen ist. Sie lag auf dem Boden, und ihr Pferd graste in aller Ruhe in der Nähe.«

»Soweit ich weiß, war Agnes Fichte eine erfahrene Reiterin. Wie konnte das passieren?« Anna stand noch immer unter Schock. Am frühen Morgen hatte Anke Kück sie noch einmal angerufen und ihr erzählt, dass das Gerücht kursierte, Steffen Steffens habe Agnes kurz vor ihrem Ausritt angerufen und vor einer »dunklen Wolke« gewarnt, nachdem er ihr ja Tage zuvor schon etwas von einem »dunklen Nebel« erzählt hatte.

»Meine Kollegen führen gerade die ersten Zeugenvernehmungen durch. Noch wissen wir nichts Konkretes. Der Ehemann ist derzeit in New York, fliegt aber natürlich heute zurück, und die Kinder sind schon gestern Nacht angekommen.«

Anna konnte nicht begreifen, dass Agnes Fichte tot war. Erst vor wenigen Tagen hatte sie Agnes mit der Bitte angerufen, ob sie das Porträt ihres Vorfahren Johann von Stocker, das im Wohnzimmer der Fichtes hing, für die Ausstellung ausleihen dürfe. Agnes hatte sofort zugesagt und schien stolz zu sein, dass Anna sie um diese Leihgabe gebeten hatte. Sie wollte ihr das Bild »in den nächsten Tagen« vorbeibringen.

»Falls es Sie angesichts der aktuellen Geschehnisse noch interessiert«, sagte Schumann, schon fast im Gehen begriffen, »die Moorleiche ist laut Bericht der Hamburger Gerichtsmedizin ein Mann zwischen dreißig und fünfzig, der durch einen heftigen

Schlag auf den Kopf getötet wurde. Also tatsächlich ein Mord im Moor, und das vor ungefähr zweihundertdreißig Jahren.«

Anna war froh, von Agnes Fichtes Tod abgelenkt zu werden. Fast fühlte sie sich erleichtert. Wer aber konnte der Tote im Moor sein? Reginald Fitzgibbon, Peter Shaffer oder der mysteriöse W.?

Sie räusperte sich. »Ich könnte Ihnen zu diesem Fall vielleicht eine Information geben.«

Schumann sah sie erstaunt an. »Zu diesem ›Cold Case‹? Wie das?«

»Nun«, sagte Anna, »es hat wohl um 1789 herum hier im Moor ein ziemliches Drama gegeben. Jedenfalls habe ich das bei meinen Recherchen herausgefunden. Und es gab mindestens einen Toten, wenn nicht mehr. Ich weiß zwar nicht, wer den Mann erschlagen hat, aber eventuell lässt sich der Name des Toten mit Hilfe einiger alter Dokumente herausfinden. Ich habe da so meine Verdachtsmomente, bin aber noch nicht ganz sicher. Es könnte ein Mann namens Peter Shaffer sein, der damals ins Moor gekommen war, um zusammen mit einem Kumpel ein krummes Ding zu drehen, oder ein irischer Kartograph namens Fitzgibbon, der in dem Jahr im Moor verschwunden ist. Sicher bin ich mir natürlich nicht.« Anna kam sich auf einmal lächerlich vor in ihrer selbst gewählten Rolle als Moordetektivin.

Schumann war für einen Moment sprachlos. Dann fasste er sich wieder und fragte: »Und woher wollen Sie das alles wissen?«

Anna berichtete ihm in wenigen Worten von ihrem Besuch bei George W. Stafford, von den Notizen von Jeffrey Morgate und vor allem von der Entdeckung des schwarzen Notizbuches in ihrem Keller.

»Der Fall hat zwar heute keine Relevanz mehr, aber es ist auch für uns interessant zu wissen, wer dieser Tote war. Hätten Sie uns demnächst an Ihren Spekulationen und Ihrem Verdacht teilhaben lassen?« Schumanns Stimme klang konsterniert.

»Ich lese dieses Notizbuch erst seit gestern und habe versucht, darin Informationen für den Katalog zu entdecken«, verteidigte sich Anna. »Und als ich gerade an einer möglicherweise aufschlussreichen Stelle angelangt war, rief Frau Kück wegen Agnes Fichte an.«

Sie verschwieg dem Kommissar Reginalds Schatzsuche und seine Entdeckungen und entschuldigte sich vor sich selbst damit, dass es jetzt viel zu lang dauern würde, die Zusammenhänge zu erklären. Wahrscheinlich hing zwar Harm Willems' Tod mit den verschollenen Schätzen zusammen, immerhin hatte er ja den gravierten Stein gefunden, aber Agnes Fichtes Sturz vom Pferd hatte damit gewiss nichts zu tun.

Schumann wandte sich zum Gehen. »Danke für diesen wichtigen Hinweis. Falls Sie dank der Notizen mehr herausfinden, geben Sie bitte Bescheid. Vor allem, wenn Sie auf noch mehr Personen stoßen, die in Ihren Augen die Moorleiche sein könnten. Ich werde bei Gelegenheit die Namen und das wahrscheinliche Todesjahr an die Kollegen von Scotland Yard weitergeben. Die können dann recherchieren, ob es Nachfahren gibt und ob irgendwo in den britischen Archiven etwas zu dem Fall zu finden ist. Dann hat das Brester Moor eine Moorleiche, die auch noch ein Kriminalfall aus dem späten 18. Jahrhundert ist, den Sie gelöst haben.« Sein ironischer Unterton ärgerte Anna, aber er hatte ja recht. Sie mischte sich in Dinge ein, die sie nichts angingen, und konnte dabei sogar in den Verdacht geraten, Polizeiarbeit zu behindern. Der Tag war ihr gründlich verdorben.

Anke Kück, Annas beste Quelle für jedweden Tratsch, rief eine Stunde später erneut an. »Es war ein Unfall«, wusste sie zu melden. »Das Pferd hat wohl gescheut, und Agnes ist unglücklich mit dem Kopf auf einen Stein gestürzt. Trotz Helm war der Aufprall tödlich.«

Also schon wieder ein Unfall im Moor. Steffen Steffens würde ganz groß herauskommen, hatte er doch bereits Harm Willems und nun auch noch Agnes vor dem »Fluch des Moormannes« gewarnt.

Kaum saß Anna wieder an ihrem Schreibtisch, klingelte es Sturm. Richard Bernhard stand völlig aufgelöst vor der Tür. Er stürzte an Anna vorbei in ihr Wohnzimmer und warf sich in einen Sessel.

»Ich habe es heute Morgen im Radio gehört. Es wurde gemeldet, dass im Brester Moor eine Frau einen Reitunfall gehabt habe und tödlich verunglückt sei. Und als es dann noch hieß, Agnes F., Alter einundfünfzig, wusste ich Bescheid. Oh Gott, die arme Agnes! Und ihre arme Familie.« Richard schnäuzte sich in ein großes kariertes Taschentuch. Anna bot ihm ein Glas Wasser an. Zu ihrer Überraschung aber fragte er nach »etwas Stärkerem«. Anna hatte eine Flasche mittelprächtigen Cognac und eine Flasche Whisky, einen exzellenten Laphroaig, den ihr Vater ihr vor einigen Jahren zu Weihnachten geschenkt hatte, in ihren Vorräten. Richard griff zum Laphroaig und stürzte ein Glas Whisky herunter. Dann seufzte er tief auf und fragte mit leicht zitternder Stimme: »Weißt du mehr über den Unfall?«

»Nur, dass offenbar ihr Pferd gescheut hat, sie aus dem Sattel geschleudert wurde und unglücklich auf einen Stein gefallen ist.«

»Wann ist sie denn ausgeritten?«

»Das muss wohl am späten Nachmittag gewesen sein. Gesehen hat sie aber anscheinend niemand, weil es um diese Uhrzeit in der Gegend eigentlich immer eher ruhig ist. Sie hat wohl auch Frau Remmers, der Haushälterin, nicht Bescheid gegeben, dass sie noch mal ausreiten wollte, hat zumindest Anke Kück erzählt.«

Langsam beruhigte sich Richard wieder. Er atmete tief ein. »Und niemand hat den Unfall gesehen?«, fragte er nach.

»Nein. Ihr Hund hat sie am Abend gefunden. Aber da war schon alles zu spät. Der brave Kerl hat so laut gebellt, dass die Haushälterin, die irgendwo in dem großen Haus gewirkt hat, zu der Unfallstelle gelaufen ist und Agnes im Gras liegen gesehen hat. Ihr Pferd graste in der Nähe.«

Richard starrte kummervoll in sein leeres Glas. Ehe Anna ihn fragen konnte, wann er sich zuletzt mit Agnes getroffen hatte, sagte er tonlos: »Eigentlich wollte ich sie und natürlich dich in diesen Tagen besuchen. Und nun ist sie tot. Wie schrecklich …« Er schluckte. »Was für eine Tragödie. Ist denn ihr Mann im Lande?«

»Nein, er war wohl in New York und ist jetzt auf dem Rückflug.« Anna wusste nicht recht, was sie mit Richard anfangen sollte. Auch wenn sie Agnes nicht gut gekannt hatte, spürte sie einen leisen Hauch von Trauer um die Ururureknkelin Johann von Stockers, die so stolz auf ihren Vorfahren gewesen war. Aber sie konnte in diesem Fall nichts tun. Es war ein tragischer Unfall gewesen, schrecklich, aber Agnes wusste als erfahrene Reiterin selbst um die Gefahren ihres Hobbys. Im Grunde wollte Anna Reginalds Aufzeichnungen weiterlesen, sodass sogar Richard sie störte.

Richard bemerkte ihre Unruhe. »Entschuldigung! Ich komme wohl ungelegen. Dürfte ich mich einen Augenblick bei dir hinlegen? Mir steckt der Schreck in den Gliedern. Ich werde dann am Nachmittag zurück nach Hannover fahren und zur Beerdigung wieder herkommen. Ich bin ziemlich durch den Wind.«

Anna nickte. »Du kannst dich oben ins Gästezimmer legen.«

Richard lächelte dankbar. Er musste in der Tat aus Hannover hergerast sein, denn es war gerade mal zehn Uhr, und die Nachricht über den Tod von Agnes Fichte konnte frühestens in den Sechs-Uhr-Nachrichten gesendet worden sein. Offenbar ging ihm der Tod seiner alten Freundin sehr zu Herzen.

»Leg dich hin. Ich mache schnell ein paar Einkäufe. Danach muss ich allerdings arbeiten«, sagte Anna. Sie kam sich fast unfreundlich vor. Sonst hatte sie sich immer gefreut, wenn Richard sich meldete oder vorbeikam. Aber heute nervte er sie. Sie wollte ihn zwar nicht verscheuchen, doch es drängte sie, möglichst rasch mit Reginalds Notizen fortzufahren – dann hoffentlich ohne weitere Unterbrechungen. Sie hatte das Gefühl, dass sie kurz vor der Lösung einiger Fragen stand. Das machte sie kribbelig, aber sie zwang sich zur Geduld.

Als sie hörte, wie Richard die Tür des Gästezimmers schloss, ergriff sie ihren Einkaufskorb und eilte zu Birthe Hoffmanns Laden.

Dort ging es erwartungsgemäß hoch her. Eine der Kundinnen versteifte sich auf die Behauptung, Agnes Fichte habe insgeheim ein Doppelleben geführt und sei von einem Liebhaber ermordet worden. »Wahrscheinlich hatten sie einen Streit, er hat das Pferd scheu gemacht, und dann ist sie gestürzt.« Die anderen Damen schüttelten die Köpfe. Zum einen trauten sie Agnes Fichte keinen Liebhaber zu, da das in dieser kleinen Gemeinde sicherlich sofort publik geworden wäre, zum anderen hatte an diesem Nachmittag niemand eine verdächtige Person in der Nähe des Hauses der Fichtes gesehen.

»Und die Agnes war eine echt gute Reiterin. So schnell wäre sie nicht vom Pferd gefallen«, sagte Birthe.

»Ja, aber warum hat das Tier denn gescheut und sie abgeworfen?«, beharrte die Kundin, die lautstark die Liebhaber-Theorie vertrat. Das führte zu einem großen Hin und Her der Meinungen, und auch der Mann von Agnes, Karl Heinz, blieb nicht verschont. »Wäre der öfter zu Hause gewesen, hätte sie nicht immer diese Ritte ins Moor gemacht.«

Anna wurde länger aufgehalten, als sie geplant hatte. Man sprach sie auf Kommissar Schumann an, der die Untersuchungen im Fall Agnes Fichte wie auch im Fall Harm Willems leitete. Im Dorf wusste man natürlich, dass Anna ihn schon mehrfach getroffen hatte. Birthe fragte sie, ob man denn inzwischen wisse, wer die Moorleiche sei.

»Vielleicht die vermisste Pastorenfrau?«

»Nein, es ist definitiv ein Mann, und er hat vor mehr als zweihundert Jahren gelebt«, erklärte Anna, ohne weitere Details preiszugeben.

Birthe schien enttäuscht zu sein. »Na denn«, sagte sie. »Dann haben wir zumindest auch eine Moorleiche. Das kurbelt den Tourismus an. Aber es wäre schon auch klasse gewesen, wenn die nun endlich Gerda Bötjer gefunden hätten. Vielleicht hätte das Fernsehen ja einen Film daraus gemacht. Vermisste Pfarrersfrau nach fast hundert Jahren entdeckt. Na ja, man kann nicht alles haben.«

Nach einer guten halben Stunde stand Anna wieder auf der Straße. Sie warf einen Blick in Richtung des Fichte-Hauses und sah dort zwei Autos, eines mit hannoverschem und eines mit Bremer Kennzeichen. In diesem Augenblick näherte sich vom Moor her ein alter Bekannter: Harald Frostauer. Aber er war nicht allein. An seiner Seite ging niemand anderer als George W. Stafford.

Anna blieb wie angewurzelt stehen. Die Männer kamen schnurstracks auf sie zu, Frostauer setzte sein übliches unangenehmes Lächeln auf, das charmant wirken sollte, und Stafford sah ein wenig verlegen aus. Ehe Anna etwas sagen konnte, fragte Frostauer sie ohne einen Gruß: »Ist Richard Bernhard bei Ihnen gewesen?«

»Wie kommen Sie denn darauf?«

»Nun, er kennt Sie, und Sie haben seine Karten für die Ausstellung begutachtet. Und er war mit Agnes Fichte befreundet. Könnte mir gut vorstellen, dass er erst mal bei Ihnen aufschlägt.«

Anna ging nicht auf seine Frage ein. Es ging Frostauer nichts an, ob Richard sie besuchte oder nicht. Stattdessen fragte sie: »Was bringt Sie hierher?«

»Ich zeige meinem alten Freund George das Brester Moor, das ja nun aufgrund des Fundes der Moorleiche berühmt ist. Wer weiß, ob es nicht noch mehr zu holen gibt. Knut Dierksen möchte demnächst eine Grabung für das Moor beantragen. Allerdings habe ich gehört, dass die hiesige Moorleiche nicht besonders alt ist, so um die zweihundert Jahre. Klingt aber auch nach einer guten Geschichte.«

»Wenn Sie nach Deutschland reisen und sich das Moor anschauen können, geht es Ihnen wohl doch nicht so schlecht? Ich dachte außerdem, Sie wären in Schottland?«, wandte sich Anna an den Londoner Antiquar.

»Da war ich nur einen Tag. Mein Arzt hat mir erlaubt, wieder zu reisen. Ich wollte schon lange in diese Gegend, wie ich Ihnen ja erzählt habe. Und nun kann ich es trotz meiner Krankheit«, antwortete Stafford kurz angebunden. Erstaunlicherweise sprach er sogar recht gutes Deutsch. In London hatte er mit Anna nur Englisch gesprochen.

»Eine Tragödie, dieser Unfall«, sagte Harald Frostauer. »Die arme Agnes Fichte. Ihr Vorfahre, dieser Kartograph Johann von Stocker, ist ja wohl auch einen tragischen Tod gestorben. Allerdings anscheinend im fernen Afrika. Tja, so kann's gehen.«

Weshalb Frostauer Johann von Stocker ins Gespräch brachte, war Anna ein Rätsel. Als ob tragisches Sterben vererbbar sei! Woher wusste er überhaupt von diesem fernen Ahnen der Verunglückten? Andererseits hatte Agnes offenbar gerne von ihrem Vorfahren erzählt, der für Georg III. Karten erstellt hatte. Und eines musste man Frostauer lassen: Er war immer sehr gut informiert. Zu gerne hätte sie gewusst, woher Frostauer den englischen Antiquar kannte. Aber ehe sie ihn fragen konnte, sagte er grinsend: »Na, dann wollen wir mal. Ein Bier nach all den Aufregungen tut uns jetzt gut!« Er packte Stafford am Arm und zog ihn mit sich. Anna fühlte sich erleichtert, als die beiden Männer zum Gasthof weiterzogen. Sie mochte Frostauer immer weniger und traute auch Stafford nicht über den Weg. Immerhin hatte er behauptet, schwer krank zu sein, und dann tauchte er, obwohl offiziell in Schottland, plötzlich erst in Hannover und dann in Bresterholz auf. Seine Ausrede, dass der Arzt ihm erlaubt habe, wieder zu reisen, klang unwahr.

Sie drehte sich um und machte sich auf den Heimweg. Ob Richard noch immer schlief? Als sie sich dem Haus näherte, bemerkte sie, dass sein Auto nicht mehr vor der Tür stand. Wie ärgerlich. Nun hatte sie ihn wegen all dieses Geschwätzes in Birthes Laden nicht mehr getroffen. Sie hatte ihm noch einen Tee anbieten und sich für ihr ablehnendes Verhalten entschuldigen wollen. Zudem fühlte sie sich etwas gekränkt, dass er einfach so verschwunden war.

Ein wenig sanfter stimmte sie das mit fast unleserlicher Handschrift beschriebene Stück Papier auf ihrem Schreibtisch: »Sorry, musste nach Hannover. Melde mich und komme bald wieder. Gruß, Richard«.

Mit einem Seufzer setzte sich Anna an den Schreibtisch und zog das Notizbuch zwischen den Karten hervor, die immer auf dem Tisch lagen. Nur noch sechs Stück mussten kommentiert werden, dann wäre ihre Arbeit geschafft.

Als sie das Notizbuch aufschlagen wollte, irritierte sie irgendetwas. Hatte sie es nicht unter eine der letzten Karten geschoben? Jetzt hatte es ziemlich weit oben gelegen.

Ich glaube, ich leide allmählich an Verfolgungswahn, dachte Anna und schlug es auf. Reginalds Flucht aus London, seine Reise bei stürmischer See nach Irland und dann seine Rückreise von Dublin über London nach Deutschland füllten nur wenige Seiten. Anna musste unwillkürlich lächeln, als sie seinen Eintrag von Ende Februar 1789 las:

»Endlich habe ich mich getraut und Charlotte gefragt, ob sie mich, einen armen Kartenmacher aus Dublin, zum Mann nehmen möchte. Sie hat mich umarmt, und ihr lautes ›Ja!‹ hat alle meine Zweifel zerstreut. Wir werden im Sommer heiraten, wenn diese Geschichte im Moor weit hinter mir liegt und ich ein neues Leben beginnen kann.«

Wenig später war Reginald nach Deutschland aufgebrochen, obgleich er die Überfahrt fürchtete. Doch es drängte ihn, endlich die Schätze des Moormannes aus ihren Verstecken zu holen und mit ihnen das Moor zu verlassen. Die Aufzeichnungen nach seiner Ankunft in Bresterholz waren knapp. Etwas schien ihn bedrückt und beunruhigt zu haben.

»Ich wage es nicht, den Bärenmenschen, die Wolfsfrau und all die anderen Dinge aus ihren Verstecken zu holen«, schrieb er am 21. März. *»Erst muss ich mir sicher sein, dass keine Gefahr lauert.«* Ausführlicher beschrieb er seinen Abschied vom »Moormann«, den er als einen guten Freund betrachtete und dem er *»unendlich viel verdanke. Auch über das Moor hat er mich viel gelehrt, über die Pflanzen und Tiere, über die dunkle Erde und den großen Himmel darüber«*. Reginald schien eine poetische Ader besessen zu haben.

Am Sonntag, dem 22. März, ging Reginald, wie Anna dem Büchlein entnahm, in die Kirche. Dort traf er mehrere Menschen, die er vom letzten Jahr kannte. Sie grüßten ihn höflich, doch sie blieben auf Distanz. Er war und blieb ein Fremder. Seine einstige Flamme, Hildegard Vitting, die den Bauernsohn Christian Großkort geheiratet hatte, warf ihm dafür umso wärmere Blicke zu. Sie erwartete ganz offensichtlich ein Kind, was sie aber nicht daran hinderte, Reginald liebevoll anzulächeln. Er wunderte sich zwar darüber und grüßte sie freundlich, doch berührte ihn ihr Lächeln nicht. Er dachte an seine Charlotte und wähnte sich glücklich, dass er sich damals nicht weiter auf eine Brautwerbung um Hildegard eingelassen hatte. Nach der Kirche verabschiedete er sich rasch und ging auch nicht auf die Versuche des Pfarrers ein, mit ihm ins Gespräch zu kommen. Er wollte nur noch fort von hier. Dabei zeigte sich an diesem Märztag unmittelbar nach Frühlingsbeginn das Moor in einer ungewohnten, wilden Schönheit, als wolle es Reginald locken. Doch es zog ihn nicht mehr dorthin. Er war zudem damit beschäftigt, Reisevorbereitungen zu treffen. Am Abend wollte er seine Schätze einsammeln und am nächsten Morgen aufbrechen. *»Ich hoffe und bete, dass nun alles schnell geht«*, schrieb er an jenem Tag in sein schwarzes Büchlein.

Anna sah von den Notizen auf. Reginalds Moorabenteuer näherte sich seinem Ende. Wie gebannt hatte sie seine Aufzeichnungen gelesen und sich im Geist in diese Region vor mehr als zweihundert Jahren zurückversetzt gefühlt.

Als sie den Blick über den Schreibtisch schweifen ließ, fiel er auf den Zettel, den Richard ihr hinterlassen hatte. Beim ersten Lesen hatte sie bereits etwas daran gestört. Sie nahm den Zettel in die Hand. Offensichtlich hatte Richard ein Blatt aus dem Drucker gezogen und quer darübergeschrieben.

Sie kannte Richards Schrift zwar nicht, da er ihr bisher bloß SMS geschickt hatte, aber diese wenigen nichtssagenden Worte wirkten irgendwie unecht, gestellt, allzu hektisch hingekritzelt. Wahrscheinlich machte sie sich lächerlich, aber sie spürte den Drang, ihn anzurufen und nach seinem Befinden zu fragen. Immerhin schien ihm der Tod seiner Freundin sehr unter die Haut gegangen zu sein.

Als sie seine Handynummer wählte, meldete sich nur die Mailbox. Vielleicht war er noch auf der Fahrt nach Hannover. Doch soviel sie wusste, konnte er sein Handy auf das Autotelefon umschalten.

Anna fühlte sich plötzlich sehr allein. All diese Toten in der Vergangenheit und in der Gegenwart. Sie war da in etwas hineingeraten, das sie weder überblicken noch steuern konnte. Wen konnte sie in dieser Situation anrufen? Nach freundlichem Geplauder mit ihrer Mutter oder Schwester oder einer Freundin stand ihr nicht der Sinn. Am besten rief sie Knut Dierksen an. Er hatte sich ihr gegenüber immer freundlich und höflich verhalten und würde ihr sicherlich einen Rat geben. Sie wollte ihn nicht nur anrufen, sondern auffordern, sie zu besuchen, um ihm alles zu erzählen und ihm endlich den Stein zu zeigen.

Aber auch bei Knut Dierksen sprang nur die Mailbox an. Sie hinterließ ihm eine Nachricht, dass sie ihn dringend sprechen müsse, und versuchte, sich wieder auf Reginalds letzte Notizen zu konzentrieren. Doch der Gedanke, dass sie Richard nicht erreichte, nagte an ihr. Wahrscheinlich gab es dafür eine simple Erklärung. Vielleicht war ihm Stafford begegnet, und die beiden waren ins Plaudern geraten.

Sie schob das schwarze Buch auf ihrem Schreibtisch unruhig hin und her. Und da begann sich in ihr ein Gedanke zu regen. Das Notizbuch! Vielleicht hatte Richard sich nur unter dem Vorwand bei ihr einquartiert, er sei durch die Nachricht vom Tod seiner Freundin Agnes zutiefst erschüttert und erschöpft, in Wahrheit aber plante er, die gute Gelegenheit zu nutzen, im Haus ein bisschen herumzustöbern. Das Notizbuch hatte nach ihrer Rückkehr anders auf ihrem Schreibtisch gelegen als vorher. Natürlich! Wie hatte sie so naiv und blind sein können! Er hatte in dem Notizbuch gelesen, als sie einkaufen ging, und sicherlich mit seinem Smartphone Fotos von den Notizen gemacht.

Seltsam, dass Stafford genau zu dem Zeitpunkt in Bresterholz auftauchte, als auch Richard hier ankam. Steckten die beiden tiefer, als sie gedacht hatte, in dieser undurchsichtigen Geschichte? Hatte Richard womöglich etwas mit dem Tod von Agnes Fichte zu tun? Hatte sie um Richards Mauscheleien gewusst und ihn zur Rede gestellt? Hatte sie ihn erpresst? Sicherlich wollte sie kein Geld von ihm, aber vielleicht wollte sie ihren Mann verlassen und mit Richard zusammenleben, der, wie Anna vermutete, eine größere Rolle in ihrem Leben gespielt hatte, als beide zugeben wollten. Annas Gedanken wirbelten durcheinander. Und was hatten Frostauer und Stafford im Sinn? Weshalb kamen sie alle plötzlich in dieses verschlafene Moordorf?

Anna griff zum Handy. Sie musste mit Kommissar Schumann

Kontakt aufnehmen und über ihren Verdacht sprechen, selbst wenn sich das alles nur als Hirngespinst erweisen würde. Sie hatte sich zu dem Entschluss durchgerungen, den Kommissar in das Geheimnis des Moormannes einzuweihen. Ihr wuchs das alles über den Kopf. Sollte Knut Dierksen sich melden, könnte er den Kommissar mit seinen Kenntnissen über das Moor unterstützen. Sie aber wollte diese Last endlich loswerden, selbst wenn es reizvoll war, den Ruhm zu ernten, das Geheimnis des Brester Moores gelöst zu haben.

Gerade als sie Schumanns Nummer wählen wollte, sagte eine ihr wohlbekannte Stimme von der Tür des Arbeitszimmers her: »Das würde ich lassen. Leg das Handy weg.«

Als Anna sich umdrehte, sah sie in die kalten Augen eines Mannes, der zu allem entschlossen schien und den sie völlig falsch eingeschätzt hatte. In der Hand hielt er eine zwar kleine, aber tödlich aussehende Pistole.

»Die liebe gutgläubige Anna«, sagte er mit einem leichten Lächeln. »Da hast du dich wohl selbst überschätzt. Du hättest brav an deinem Katalog weiterarbeiten und dich nicht in Sachen einmischen sollen, die eine Nummer zu groß für dich sind. Aber es ist, wie es ist. Jetzt komm brav her zu mir. Wir beide gehen jetzt gemeinsam auf Schatzsuche. Das wolltest du doch, oder?«

Er richtete die Mündung der Pistole auf sie. »Sei ein gutes Mädchen und nimm das Notizbuch und die Karte mit. Und versuch nicht, mich reinzulegen, sonst ergeht es dir wie diesem alten Trottel Willems und der neugierigen Millionärsgattin Agnes Fichte. Ach so, den alten Geizkragen Stafford als Dritten im Bunde hätte ich dabei fast ganz vergessen.«

Anna starrte den Mann an, der sie mit einer Pistole in Schach hielt. Der Ausdruck von Wahnsinn in seinen Augen, den er bisher stets hinter einer Maske der Liebenswürdigkeit verborgen gehalten hatte, verschlug ihr den Atem.

1789

John Waterstone war ein Mann von Ehre. Er entstammte einer wohlhabenden Familie, die zwar keinen Adelstitel trug, aber durch Fleiß und einen Hauch von Glück vor allem in den amerikanischen Kolonien zu Geld gekommen war. Der junge Waterstone war zwar in Dublin geboren worden, aber in Boston aufgewachsen, studierte dann später in Oxford und ging zum Militär, wo er sich eines Tages in Amerika wiederfand. Er gehörte bald zum engsten Kreis des wegen seiner Brutalität wenig geliebten Offiziers Banastre Tarleton, dem er zwar loyal diente, den er aber persönlich nicht schätzte. Dieser dagegen mochte ihn umso mehr und führte ihn in die englische Gesellschaft ein.

An seine erste Begegnung mit dem Kronprinzen dachte Waterstone ungern zurück, hatte er doch an dem Abend in Gesellschaft Tarletons und seiner Kumpane, zu denen häufig auch Prinz George zählte, gegen besseres Wissen zu viel getrunken und mit dem trinkfreudigen Prinzen damit eher unfreiwillig Schritt gehalten, der das zu schätzen wusste. Hinterher war ihm dies ungemein peinlich, doch der Prince of Wales schien ihn zu mögen und zog ihn enger in seine Kreise.

Wahre Freunde wurden sie zwar nicht, da George zu tiefer Freundschaft kaum in der Lage war, aber er vertraute Waterstone fast blindlings. Die Aufträge, die er ihm gab, erfüllten Waterstone nicht immer mit Stolz, aber zumindest glaubte er, damit der Krone und seinem Land zu dienen. Deshalb nahm er auch den Auftrag ernst, den irischen Kartographen zu beobachten und notfalls zu beschützen. Allerdings behagte ihm die Vorstellung wenig, dass es hier um einen Diebstahl ging, bei dem er nur dafür sorgen sollte, dass der Bestohlene nicht ernsthaft zu Schaden kam. Wie man es drehte und wendete und egal, dass der britische Thronfolger den Auftrag erteilt hatte, um dem finanziellen Ruin zu entkommen, es blieb ein Delikt, was Waterstone in ein Dilemma stürzte und ihm den Auftrag vergällte.

Waterstone mochte Sir Henry nicht, den er flüchtig kannte. Er sah in ihm einen Emporkömmling und Ganoven, doch hätte er nie gewagt, dem eigenwilligen Prinzen seine Abneigung zu gestehen. Was hätte das auch genützt? Warum Waterstone trotzdem dem Befehl des Prinzen folgte, war ihm selbst schleierhaft, vielleicht weil ihm Reginald Fitzgibbon sympathisch erschien, er ihn schützen wollte und es ihm letztlich egal war, was mit den angeblichen Schätzen aus dem Moor geschah. Ob diese nun in einem Museum zur Schau gestellt würden oder das private Geldsäckel seines Herrn füllten, bedeutete ihm wenig. Ohnehin plante er, nach der Rückkehr von dieser Reise alles hinter sich zu lassen und auf Dauer ein Leben weit entfernt von London und den Intrigen des Hofes zu führen. Es zog ihn zurück nach Irland, in das Land seiner Geburt.

Der Auftrag des Kronprinzen, den jungen Kartographen im Auge zu behalten, erwies sich als weniger schwierig als gedacht. Waterstone besaß ein enges Netzwerk von Menschen, die »ihm etwas schuldeten«, was hieß, dass er Männer kannte, meistens ehemalige Soldaten, denen er eine Gefälligkeit erwiesen hatte und die sich nun dafür revanchierten. Darunter war ein Deserteur, den Waterstone hätte hinrichten lassen können. Er ließ ihn aber laufen, da er Mitleid mit dem jüngsten Sohn eines irischen Bauern empfand, den sein Vater an die Armee verschachert hatte, damals nicht unüblich. Sean Murray wurde ihm ein treuer Gehilfe, der für ihn in den dunkleren Vierteln Londons Nachforschungen anstellte. Murray meldete ihm, dass Reginald wieder im »The King's Men« aufgetaucht war. Ein Freund von ihm, ein alter Seemann, hatte ihm diese Nachricht zukommen lassen. Von ihm erfuhr Murray für ein paar Münzen auch, was den jungen Mann zu einem kurzen Zwischenaufenthalt nach London geführt hatte: Offenbar hatte Reginald der Stieftochter des Gastwirtes einen Heiratsantrag gemacht. Obwohl Waterstone beileibe kein Romantiker war, rührte ihn diese Nachricht, und er beschloss, jetzt erst recht auf Reginald aufzupassen.

Er wollte nicht abwarten, bis sich Sir Henrys Helfershelfer

Shaffer und Morgate an die Fersen von Reginald hefteten, sondern würde unauffällig in Reginalds Nähe bleiben und abwarten, was geschehen würde. Laut Murrays Erkundigungen hatte George während der letzten Wochen, die sich der junge Mann bei seiner Familie in Dublin aufhielt, Reginald von einem seiner irischen Agenten beobachten lassen. George wollte wissen, wann Reginald Dublin wieder verlassen und nach Deutschland zurückkehren würde. Ein Grund mehr für Waterstone, der diese irische Aktion des Prinzen für überflüssig hielt, sich nun wieder selbst ins Spiel zu bringen.

Die Überfahrt über den Kanal erwies sich, wie um diese Jahreszeit nicht anders zu erwarten, als wenig angenehm, zumal es Waterstone nicht gewohnt war, auf einem so kleinen und unbequemen Schiff zu reisen. Aber er beabsichtigte, in Reginalds Nähe zu sein, allerdings ohne diesem die Gelegenheit zu geben, ihn wahrzunehmen. Auf dem Schiff hielt er sich meist in seiner Kabine auf, wobei Reginald in seinen Gedanken offenbar ohnehin anderswo weilte und wenig von seiner Umgebung mitbekam.

Nach der Ankunft in Cuxhaven hatte Waterstone seinem Schützling eigentlich sofort nach Brester Holz folgen wollen. Aber ein heftiger Anfall von Schmerzen, die Folgen einer Kriegsverletzung, zwang ihn zu einem Tag Pause, den er im bequemen Bett eines ordentlichen Gasthofs zubrachte. Sosehr es ihn ärgerte, musste er doch seine Ungeduld zügeln. Er konnte sich in diesem Zustand kaum in den Sattel eines Pferdes hieven. Die raue Schiffsreise hatte das Ihre dazu beigetragen, dass er vor Schmerzen kaum seine Beine bewegen konnte. Diese »Erinnerung« an seine Zeit als Offizier im Amerikanischen Unabhängigkeitskrieg quälte ihn zwar selten, dann aber dafür umso heftiger. Glücklicherweise fühlte er sich schon nach einer guten Nachtruhe wieder besser und brach auf. Das Pferd, das er mietete, war ein prächtiger Hannoveraner mit dem Namen King's Knight und stammte aus der von Georg II. gegründeten Zucht im Landesgestüt Celle. Mit diesem starken, schnellen Pferd brauchte er nur wenige Stunden von Cuxhaven nach Brester Holz.

Die Unterkunft, die er am Rande des Moores fand, war ein kleines Haus mit drei Räumen, einer Küche und einem kalten Keller, in dem es modrig roch. Das störte ihn nicht, zumal er nur mit einem kurzen Aufenthalt im Moor rechnete. Zwei Tage nach seiner Ankunft, am 19. März, tauchten Peter Shaffer und Jeffrey Morgate auf. Die beiden hatten wohl auch ihre Gewährsleute in der Gegend um die Kneipe »The King's Men« und erfahren, dass sich Reginald nach seinem kurzen Aufenthalt bei John Marlowe auf den Weg in Richtung Yarmouth und Deutschland gemacht hatte. Waterstone blieb in Deckung und beobachtete aus der Ferne die Ankunft der beiden, die sich in einem Zimmer bei einem Bauern in Osterheide einquartierten.

Besorgt hatte ihnen dieses Quartier Johann von Stocker. Auch wenn Stocker selbst noch nicht aufgetaucht war, so fungierte er immer noch als Mittelsmann, der nach außen perfekt seine Rolle als Agent des Kronprinzen spielte. Dass er dabei eigene Interessen verfolgte, ahnte niemand. Geduldig harrte er im Hintergrund.

Auch für die drei Männer aus London begann das Warten, da keiner den ersten Zug zu machen wagte, ehe Reginald nicht alle seine Schätze zusammengetragen hatte.

Reginald verbrachte die Tage im Moor und bemerkte nicht, dass er beobachtet wurde. Erstaunlicherweise reagierten die Bewohner der Gegend sehr verhalten auf das Erscheinen der vier Männer, die innerhalb weniger Tage ins Moor gekommen waren. Zwar redete man in der Dorfkneipe darüber, doch dieses Gerede drang weder an Reginalds Ohren, noch störte es die Kreise der anderen. Reginald kannte man vom Jahr davor, und es wunderte niemanden, dass er noch einmal zurückgekehrt war, weil er, wie man in der Kneipe munkelte, noch nicht mit seinem Auftrag fertig geworden sei. Die drei anderen beäugte man skeptisch, doch da sie sich im Hintergrund hielten, gab es auch bald nichts mehr über sie zu sagen. Nur das schöne Pferd, das Waterstone ritt, führte noch zu gelegentlichen Kommentaren. Zudem begann in diesen ersten Vorfrühlingstagen die Arbeit im Moor und auf den Feldern. Da blieb nicht viel Zeit für Tratsch und Klatsch.

Während Reginald ahnungslos durchs Moor wanderte, hielt

Waterstone die Augen offen. Reginald hatte nicht einmal gemerkt, dass er kurz in die Hütte des Moormannes gekommen war, als er dort schlummerte. Er hatte sich vergewissern wollen, dass es seinem Schützling gut ging. Nachts ging er das eine oder andere Mal zum Haus, in dem Reginald schlief, und hielt Wache. Er ahnte, dass die Ganoven aus London nicht ewig warten würden. Doch der junge Kartograph unternahm gemeinsam mit dem seltsamen Moorbewohner ausgedehnte Streifzüge durchs Moor und schien zwar zügig, aber nicht hektisch dessen Schätze zusammenzusammeln. Waterstone hielt sich auf Distanz, und da er in den amerikanischen Kolonien von einem Fährtenleser mit indianischen Vorfahren gelernt hatte, wie man unauffällig seine Beute verfolgt, fürchtete er auch nicht, entdeckt zu werden.

Als Reginald am Morgen des 20. März ins Moor aufgebrochen war, verschaffte sich Waterstone Einlass in das Moorhaus und entdeckte dort auf einem wackeligen Tisch ein schwarzes Notizbuch. Er schlug es auf, blätterte hin und her, las einige Aufzeichnungen über Reginalds Tage in London und seine Zeit im »The King's Men«. Schließlich kam er zum 19. März, an dem Reginald vermerkt hatte: *»Die Schwerter sind von großer Schönheit und sicherlich wertvoll. Das British Museum soll sie bekommen. Ich würde gerne den Bärenmann und die Wolfsfrau behalten. Doch das wäre Diebstahl und vor allem ein Vertrauensbruch gegenüber dem Moormann. Morgen will Piet mir das letzte seiner Geheimnisse anvertrauen. Danach werde ich so rasch wie möglich diese Gegend verlassen, nach England reisen und allen Ballast abwerfen. Möge niemand von diesen Funden erfahren, denn sie wären eine allzu kostbare Beute für gierige Hände.«*

Als Waterstone dies las, fühlte er sich fast peinlich berührt. Denn diese »gierigen Hände« waren vor allem die des Kronprinzen. Er schob das Notizbuch beiseite und überlegte seine nächsten Schritte. Shaffer und Morgate hatten Reginald und den Moormann sicherlich beobachtet, selbst wenn sie den beiden nicht folgten. Das war zu gefährlich, denn sie kannten die Tücken des Moores nicht. Doch wann würden sie zuschlagen? Planten sie, Reginald noch vor seinem Aufbruch zu berauben oder erst unterwegs? Die beiden hatten nicht gerade die besten Pferde gemietet und wohl bisher kaum je im Sattel gesessen. Deshalb würden sie Reginald auch nicht verfolgen können, dessen Wallach sich zwar nicht mit Waterstones Pferd vergleichen konnte, aber dennoch ein ordentliches Ross war.

Waterstone war sich deshalb sicher, dass sie das Haus beobachteten und noch hier im Moor versuchen würden, an ihre Beute zu gelangen. Er fragte sich, ob der Prinz an alten Schwertern und an den Figuren, die Reginald als Bärenmann und Wolfsfrau bezeichnete, überhaupt interessiert sein würde. Andererseits gab es immer begeisterte Sammler alter Objekte, die gewiss einen guten Preis für diese Gegenstände bezahlen und sie dann in ihren Kuriositätenkabinetten unterbringen würden. Sir Henry hatte seine Gewährsleute, die diese Dinge veräußern konnten. Waterstone wusste, dass es in London einen großen Schwarzmarkt für Kunst gab. Gemälde aus Italien, antike Statuen und Münzen aus römischer Zeit, ja sogar ägyptische Mumien und griechische Vasen wurden dort verkauft. Da ließe sich gewiss jemand finden, der sich für uralte Figuren und Schwerter aus grauer Vorzeit begeistern konnte.

Waterstone verließ das Haus durch den Hintereingang. Falls einer der beiden Männer Wache hielt, wollte er nicht gesehen werden. Aber sicherlich hatten sie nur den Vordereingang im Visier. Heute schien sich, wenn er die Notizen Reginalds richtig deutete, etwas Großes anzubahnen. Piets »letztes Geheimnis«, so interpretierte es Waterstone, musste der eigentliche Schatz des Moores sein, den sich der geheimnisvolle Moormann als krönenden Abschluss bis zuletzt aufbewahrt hatte. Wenn er diesen Schatz geborgen hatte, hielt Reginald sicherlich nichts mehr hier.

Nachdenklich ritt Waterstone zu seinem Haus zurück, an das ein kleiner Stall angebaut war. Er versorgte King's Knight und machte sich zu Fuß auf in Richtung Moor. Hinter einem dichten Gebüsch verborgen, sah er, wie Reginald am Horizont auftauchte. Er trug etwas, das er unter einem dicken Stück Fell verborgen hielt. Was es war, konnte Waterstone nicht erkennen. Es musste jedoch ein beträchtliches Gewicht besitzen, denn Reginald ging leicht gebeugt, und als er wenige Fuß entfernt an

Waterstones Versteck vorbeikam, hörte dieser ihn leise schnaufen. Aus der Nähe schien der Gegenstand ziemlich groß zu sein, etwa ein Kessel oder ein Eimer. Waterstone verfolgte Reginald nicht, sondern suchte mit Blicken die Umgebung nach Shaffer und Morgate ab.

Die zwei Burschen ließen sich nicht sehen, doch er war sich sicher, dass sich zumindest einer der beiden irgendwo im dichten Gestrüpp versteckt hielt.

Am nächsten Tag machte Reginald keinerlei Anstalten, Brester Holz eilig zu verlassen. Allerdings schien er sich auf seine Abreise vorzubereiten. Waterstone beobachtete, wie er sein Pferd ausgiebig striegelte, seine Reisetaschen bereitlegte und mehrmals zwischen Haus und Stall hin- und herlief.

Und dann kam der Sonntag, der 22. März. Waterstone sah, wie Reginald in die kleine Kirche ging, die er nach dem Gottesdienst wieder verließ, ohne sich danach mit den anderen Besuchern oder dem Pfarrer zu unterhalten, und geradewegs zu seinem Haus eilte. Was Reginald den Rest des Tages machte, konnte Waterstone nicht erkunden. Er bereitete rasch seine eigene Abreise vor, um gewappnet zu sein, wenn Reginald im Laufe der nächsten Stunden den Ort verließ. Shaffer und Morgate glaubte er nur ein einziges Mal aus der Ferne zu sehen. Sie hielten sich auf Distanz zu Reginalds Moorhaus und verschwanden rasch wieder in Richtung Moor. Was planten die beiden Kerle?

Als Reginald an diesem Abend sein bescheidenes Mahl, bestehend aus Brot, Käse, einem Stück Schinken und einer Zwiebel, einnahm, kam Wind auf. Deshalb meinte er, dass die Geräusche, die er wahrnahm, vom Wind herrührten. Ein Klappern hier, ein Klappern da, ein Rascheln, ein Wispern. Dennoch trieb ihn einmal mehr das wohlvertraute Kribbeln im Nacken dazu, sein Notizbuch nicht offen auf dem Tisch liegen zu lassen, sondern es für die Nacht an einen Ort zu bringen, der ihm sicher erschien. Am nächsten Morgen wollte er vor Tagesanbruch das Haus verlassen. Seine Taschen waren gepackt, außer einem großen Beutel, in dem er die Schätze des Moormannes, sorgfältig in Felle und

Leder gehüllt, verstauen wollte. Es würde ihn etwa eine Stunde Zeit kosten, die kleineren Gegenstände einzupacken und dann noch rasch den großen Schatz zu holen. Er bereute inzwischen, dass er nicht alles im Haus aufbewahrt hatte, spürte, dass er allzu lange gezögert hatte und er die verlorene Zeit am nächsten Morgen in aller Frühe würde aufholen müssen.

Als er ins Bett stieg, fiel ihm ein, dass er außer einem Messer keinerlei Waffen besaß, um sich auf seinem Ritt zum Meer vor möglichen Strauchdieben zu schützen. Er hatte noch nie eine Pistole besessen, was eigentlich töricht in diesen gefährlichen Zeiten war; auch ein Degen würde ihm bessere Dienste leisten als sein lächerliches Jagdmesser. Mit diesen beunruhigenden Gedanken schlief er ein und träumte von einer wilden Seefahrt auf einem Schiff, das mit zerrissenen Segeln direkt auf eine Klippe zusteuerte.

Ehe das Schiff in seinem Traum zerschellte, wachte Reginald mit einem Ruck auf. Ein Geräusch hatte das dünne Gespinst des Schlafes zerrissen. Da war jemand vor dem Haus. Schlaftrunken tastete sich Reginald aus dem Bett und schob vorsichtig die Vorhänge am Fenster beiseite.

Im schwachen Licht des zunehmenden Mondes sah er unten vor dem Haus zwei Männer. Er konnte in dem blassen Licht erkennen, dass es die beiden Kerle waren, die seine Wohnung durchwühlt und ihn verfolgt hatten. Nie würde er das hagere Gesicht mit den schmalen kalten Augen des einen Mannes vergessen. Es erinnerte ihn an ein Frettchen, wobei ihm das fast schon wieder wie eine Beleidigung für das Tier erschien. Der andere sah aus wie aus einem Stück Ton geformt, plumpe Gesichtszüge auf einem vierschrötigen Körper.

Sie hatten ihn also die ganze Zeit auch nach seiner Abreise aus London im Auge gehabt. All seine Versuche, ihnen zu entkommen, waren vergeblich gewesen. Wie er aus Charlottes Briefen wusste, waren sie nach seinem überstürzten Aufbruch nach Dublin im »The King's Men« gewesen. Offenbar hatten sie von seinem Besuch in London und seinem Aufbruch nach Deutschland erfahren. Sie hatten nicht lockergelassen, und jetzt war ihre große Stunde gekommen. Reginald schalt sich einen

Narren. Er hätte längst über alle Berge sein sollen, er hätte eine Pistole haben müssen, er hätte, er hätte, er hätte. Aber damit lösten sich seine Probleme nicht mehr.

Er musste irgendwie aus dem Haus schleichen, sein Pferd satteln und so schnell wie möglich davonreiten. Er würde keine Zeit haben, sein Notizbuch aus dem Versteck im Keller zu holen. Was ihm bitter aufstieß, war, dass er erneut alle Schätze des Moormannes zurücklassen musste. Selbst den Bärenmann und die Wolfsfrau würde er nicht mehr holen können. Allerdings würden die Gauner die Verstecke ohne seine Aufzeichnungen niemals finden, denn die dafür wichtige Karte steckte zusammengerollt in seiner Satteltasche im Stall. Die Kreuze auf den anderen Karten gaben nur die früheren Fundorte an.

Leise zog er sich an und lauschte in die Nacht, hörte aber nur den Wind. Vielleicht konnte er es schaffen, hinten aus dem Haus zu schleichen, während die Männer am Vordereingang standen. Fast lautlos stieg er die Treppe hinunter. Hie und da knackte das Holz der Stufen kaum hörbar. Draußen schien sich nichts zu rühren. Mit zitternden Knien brachte er die beiden letzten Stufen der Holzstiege hinter sich. Jetzt nur schnell den kurzen Gang entlang zum hinteren Teil des kleinen Hauses, von dort in den Stall und, ehe sich die Männer besannen, auf und davon. Doch als er am Fuß der Treppe anlangte, sprang die Haustür mit Wucht auf, und im Türrahmen stand ein hämisch grinsender Mann, in der rechten Hand eine Pistole.

»Du möchtest doch nicht etwa ausfliegen?«, sagte er mit rauer Stimme und winkte seinen Kumpan herbei, der Reginald den Weg ins Freie vollends versperrte.

Waterstone war an diesem Abend zeitig zu Bett gegangen, da er am nächsten Morgen schon bei Sonnenaufgang in der Nähe von Reginalds Haus sein wollte. Er ahnte, dass der junge Mann sehr früh seine Funde zusammenpacken und ohne weitere Verzögerung aufbrechen würde. Und ganz gewiss war das der Augenblick, in dem Shaffer und Morgate zuschlagen würden. Sir Henry hatte zwar Waterstone gegenüber noch einmal betont, dass die beiden dem Kartographen nur seine Schätze abnehmen, ihn aber unbeschadet lassen sollten. Doch Waterstone fürchtete, dass sie anderes im Sinn hatten und sich nicht scherten, ob ihr Opfer verwundet wurde oder gar starb. Wer vermisste schon einen Kartographen, der in einem deutschen Moor verschollen war? Man wusste doch, dass Moore gefährlich sein konnten, und da gab es immer noch die Sagen vom Moormann, dem man einiges an Ungemach zuschreiben konnte.

In diesem Moment verfluchte Waterstone den Kronprinzen. Was für ein böses Spiel und was für eine Farce! George würde sich zwar niemals selbst die Hände schmutzig machen, neigte er doch nicht zu Gewalt, aber er nutzte andere Menschen geschickt für seine Zwecke aus. Sie erledigten für ihn die Drecksarbeit, und er, Waterstone, hatte sich auch vor diesen Karren spannen lassen. Er fürchtete zudem, dass die beiden Gauner ihre eigenen Pläne haben könnten, die nichts mit ihrem ursprünglichen Auftrag zu tun hatten. Die Verführung könnte für die beiden zu groß sein, und er vermutete, dass sie entweder nur einen Teil der Moorschätze abgeben oder sogar mit dem gesamten Raub verschwinden würden. Das wäre zwar ein großes Wagnis, aber Gier macht bekanntlich blind.

Die stechenden Schmerzen in seinem Rücken hielten ihn noch eine Weile wach. Endlich schlief er ein, träumte aber unruhig von irgendwelchen halb vergessenen Erlebnissen während der Kämpfe in den amerikanischen Kolonien. Was ihn genau weckte, konnte er nicht sagen. Vielleicht der Nachklang seines Traumes, vielleicht der Ruf einer Eule, das Bellen eines Hundes, das kurze Wiehern seines Pferdes im Stall neben dem Haus. Er fuhr aus seinem Bett hoch und lauschte angespannt in die Nacht. Das kleine Haus lag im bleichen Schein eines noch schwachen Mondes. Aus der Ferne hörte er die Kirchturmuhr von Brester Holz. Waterstone zählte die Schläge. Es waren elf.

Er rollte sich mühsam von seiner Lagerstätte. Sein linkes Bein machte ihm wie bei seiner Ankunft in Cuxhaven erneut Beschwerden. Er vollführte ein paar Bewegungen, um das Bein zu lockern. Als die Taubheit schließlich nachließ, beschloss er, zum

Moorhaus zu reiten. Sein Instinkt, der ihm selbst schon manches Mal das Leben gerettet hatte, sagte ihm, dass Reginald in Gefahr sein könnte und er besser nicht bis zum Morgen warten sollte, um nach dem Rechten zu sehen. Er zog sich hastig an, steckte seine Pistole ein und gürtete seinen Degen um, da er für alle Fälle gerüstet sein wollte. Mit wenigen Handgriffen sattelte er sein Pferd und ritt hinaus in die kühle Märznacht.

Als er wenig später beim Moorhaus ankam, stand die Tür weit offen. Er zögerte einen Moment, ehe er das stille, dunkle Haus betrat. Das fahle Mondlicht reichte nicht aus, um das Innere zu erhellen. Rasch entzündete er die Kerze auf dem Tisch, dann sah er sich vorsichtig um. Das gesplitterte Holz des Türrahmens zeugte von einem gewaltsamen Eindringen. Doch weder im Eingangsbereich noch in der Kammer daneben waren irgendwelche Anzeichen von Zerstörung zu sehen. Glücklicherweise entdeckte er auch keine Blutspuren, was ihm Hoffnung gab, dass Reginald zumindest noch unverletzt sein könnte.

Wahrscheinlich hatten sie Reginald mit vorgehaltener Waffe gezwungen, sie zu den Verstecken zu führen. Was sie mit ihm vorhatten, wenn sie erst einmal im Besitz ihrer Beute waren, ahnte Waterstone. Und genau hier musste er eingreifen. Einmal mehr verfluchte er im Stillen die Geldgier des Kronprinzen. Längst glaubte er auch den zweiten Grund dafür zu wissen, weshalb er zum Leibwächter des Kartographen ernannt worden war: George wollte sichergehen, dass die beiden Ganoven sich nicht am Ende selbst mit der Beute aus dem Staub machten.

Er verließ das Haus und lauschte. Wieder klagte ein Käuzchen, ein Hund jaulte den Mond an, und die Kirchturmuhr schlug die Viertelstunde vor Mitternacht. Die Kirche! Waterstone hatte Reginald ein paarmal in der Nähe der Kirche gesehen, sich aber nichts dabei gedacht. Dabei eignete sich die Kirche durchaus als Versteck. Könnte Reginald einen Teil des Schatzes dort versteckt haben?

Er führte sein Pferd rasch hinter das Haus zu dem kleinen Stall, in dem auch Reginalds Wallach stand, und machte sich zu Fuß zur Kirche auf, die Schatten der Sträucher am Wegesrand als Schutz nutzend. Hoffentlich kam er nicht zu spät.

Die Stille der Nacht lag wie ein schwarzes Tuch über der Kirche und dem kleinen Friedhof. Eine Wolkenbank hatte den Mond und die Sterne verschluckt, doch Waterstone vermochte nachts sehr gut zu sehen.

Der Griff, mit dem der Mann seinen Nacken umklammerte, raubte Reginald fast den Atem. Die beiden Halunken hatten ihn aus dem Haus gezerrt und schleppten ihn in Richtung Kirche.

»Wir haben dich beobachtet, Bürschchen«, grinste der eine. »Du bist heute Nachmittag noch einmal in die Kirche gegangen, als der Gottesdienst längst vorüber war. Wir sind ziemlich sicher, dass du da versteckt hast, was wir haben möchten.«

Reginald keuchte. Seltsamerweise fürchtete er mehr um die beiden aus Knochen geschnitzten kunstvollen Figuren des Bärenmannes und der Wolfsfrau als um die Dinge, die die beiden Männer offenbar im Sinn hatten.

»Du wirst uns das Versteck in der Kirche zeigen, dann lassen wir dich gehen«, sagte der mit dem Frettchengesicht.

Reginald glaubte ihm kein Wort. Wahrscheinlich würden sie gegenüber ihrem Auftraggeber später behaupten, er habe sich gewehrt und sei dabei leider zu Tode gekommen oder, besser noch, er sei ihnen entkommen und im Dunkel des Moores auf Nimmerwiedersehen verschwunden. Wahrscheinlich habe ihn der legendäre Moormann erschlagen. Wenn sie mit ihrer Beute überhaupt zu ihrem Auftraggeber nach London zurückkehren würden!

Offensichtlich wussten sie nichts von den Schwertern und den Figuren, sonst hätten sie ihn sicherlich erst einmal auszuhorchen versucht. Also hatten sie ihn nicht die ganze Zeit beobachtet. Oder es interessierte sie nur das, was er in der Kirche verborgen hatte, an einem Ort, auf den er durch Zufall gestoßen war bei seiner Suche nach einem vorübergehenden Versteck. Aber wenn diese beiden zusammenarbeiteten, wer war dann der große Mann, der laut Piet in der Nähe seines Hauses gestanden hatte? Offenbar kein Kumpan dieser beiden Gauner.

Viel Muße zum Nachdenken gönnten ihm die beiden Burschen nicht, vor allem keine Gelegenheit, sich einen Fluchtplan auszudenken. Je näher sie der kleinen Kirche kamen, desto mehr steigerte sich Reginalds Panik. Er war kein Held und auch kein tapferer Soldat, der das Kämpfen gelernt hatte. Er war ein Junge aus Dublin, der sein bisheriges kurzes Erwachsenenleben mit dem Erstellen von Karten verbracht hatte, der zeichnen, aber nicht fechten, schreiben, aber nicht schießen, reiten, aber nicht mit der Faust kämpfen konnte. Sollte er hier sterben, an diesem einsamen Moor? Wegen eines Schatzes, den jemand um jeden Preis besitzen wollte und nach dem er so sehr strebte, dass er vor nichts zurückschreckte?

Reginald war sich sicher, dass diese beiden Männer im Auftrag des Kronprinzen handelten, der sich selbst die Hände niemals schmutzig machen würde. Er besaß die Macht, Spione auf ihn anzusetzen, Männer zu verdingen, die ihm seine Entdeckungen entreißen sollten, und dabei stets im Hintergrund zu bleiben. Anfangs hatte er geglaubt, dass vielleicht einer seiner eigenen Auftraggeber von der Royal Society den Plan gehabt hatte, sich seine Entdeckungen anzueignen und eigenen Profit daraus zu schlagen. Es gab dunkle Kanäle in London, und Reginald wusste von gewissen schwarzen Märkten, auf denen Kunstwerke, die angeblich als verschollen galten oder aus unbekannten Quellen stammten, für viel Geld in private Hände kamen. Aber schnell hatte er diesen Verdacht beiseitegeschoben. Ihm war in tiefster Seele klar, auch wenn er es immer wieder verdrängte, dass dahinter ein anderer stecken musste, dessen Geldnot schon in bösen satirischen Zeichnungen in der englischen Presse thematisiert wurde: George Augustus Frederick, der Prince of Wales.

Nur eines glaubte Reginald nicht, als die beiden Männer die schwere Kirchentür öffneten und ihn in den kühlen Raum stießen: dass dieser Kronprinz seine Ermordung in Auftrag gegeben haben könnte. Denn George mochte ein Schwerenöter und ein Lebemann sein, aber ein Mörder war er nicht. Und bei aller Leichtlebigkeit und trotz der Intrigen gegen seinen Vater besaß dieser Kronprinz durchaus auch gute Eigenschaften, die sich unter anderem in seiner Leidenschaft für die Künste und für die Mode widerspiegelten. Man sagte ihm sogar einen gewissen Sinn für Humor nach, und noch nie hatte ihn jemand mit Gewalt oder Mord in Verbindung gebracht. Er hatte andere Mittel, seine Ziele zu erreichen, wozu politische Ränkespiele und Intrigen zählten. Leider schien er keine sehr gute Menschenkenntnis zu besitzen. Denn sonst hätte er niemals diesen beiden Männern getraut, die, wie Reginald ahnte, auf eigene Faust handelten.

Er wurde brutal aus seinen Gedanken gerissen. Die Luft in der Kirche roch abgestanden und nach welkenden Blumen. »Und jetzt sagst du uns ganz brav, wo du den Schatz versteckt hast, mein Junge«, forderte ihn das Frettchengesicht auf.

Der andere Mann, der vierschrötige Bursche mit dem seltsam flachen, teigigen Gesicht, schwieg. Allerdings bemerkte Reginald, dass er unruhig wirkte und weitaus weniger entschlossen, ein Verbrechen zu begehen. Ob er ihn retten würde? Darauf durfte er nicht hoffen. Protestieren würde er vielleicht, doch eindeutig hatte der mit dem Frettchengesicht das Sagen. Reginald versuchte sich dem Griff zu entziehen, doch der Mann hielt ihn fest.

»Wo ist er?«, fragte er. »Hier im Kirchenraum, hinter dem Altar, unter der Kanzel? Wir haben nicht viel Zeit. Also los!« Inzwischen hatte der andere eine Kerze entzündet, die den Kirchenraum in ein schattiges Halbdunkel tauchte.

Reginald konnte die Umrisse der beiden Männer nun besser erkennen, auch ihre Gesichter. Nein, er würde keine Gnade erfahren, und der Teigkopf wäre sicherlich zu schwach, um sich gegen seinen Kumpan zu stellen. Reginald fühlte sich verloren. Er dachte an Charlotte, an seine Mutter, an Piet, an Käthe, die wegen dieser Schätze gestorben war. Für die Schätze des Moormannes war vielleicht auch früher gemordet worden. Er wäre nicht der Erste und sicher nicht der Letzte. Was sollte er tun? Den Schatz ausliefern, was ihm wohl wenig nützen würde, oder bis zum letzten Augenblick versuchen, den Helden zu spielen?

Er flüsterte: »Der Schatz ist nicht hier, sondern im Keller meines Hauses.« Er hegte die vage Hoffnung, dass er, falls sie ihm glaubten, den beiden auf dem Weg dorthin entkommen könnte. Wenn er erst einmal das Moor erreichte, bestand die Chance, dass er es bis zu Piets Hütte schaffen könnte.

»Du lügst, Söhnchen«, sagte Frettchengesicht. In diesem Augenblick öffnete der andere zum ersten Mal den Mund. Im Vergleich zu seinem Kumpan wirkte er weitaus weniger aggressiv.

»Vielleicht hat er die Sachen ja wirklich im Keller versteckt, Peter.«

»Du bist zu dumm, Jeffrey! Im Keller? Ach was! Ich habe ihn heute Nachmittag bei der Kirche gesehen. Da schleppte er etwas unter seinem Mantel. Als er aus der Kirche herauskam, da war er das Zeug ganz offensichtlich los. Im Keller können wir später immer noch nachschauen.« Peter stieß Reginald ein Stück weiter in die Kirche. »Jetzt mal los. Wir haben nicht ewig Zeit, und du willst ja diese Nacht überleben, oder, mein Junge?«

Reginald gab auf. Er schimpfte sich einen Feigling. Doch falls sie ihn nicht töten würden, so hoffte er, wenigstens die Schwerter und die Figuren retten und sie dem British Museum schenken zu können. Sollte doch der Kronprinz den Schatz bekommen, wenn er selbst bloß diese Nacht überlebte! Es lohnte nicht, für Gold sein Leben zu opfern, auch wenn er allzu gerne den Mut aufgebracht hätte, den Schatz seines Freundes Piet gegen diese beiden Schurken zu verteidigen. Vielleicht ließen sie ihn ja wirklich laufen. Für einen Augenblick klammerte er sich an diesen Gedanken. Aber als er in Peters Gesicht sah, wusste er, dass dies eine Illusion bleiben würde. Der Mann hatte längst eine Entscheidung gefällt.

Sie standen im dunklen Kirchenraum, in dem der steinerne Boden die nächtliche Kühle abstrahlte. Die beiden entzündeten eine Fackel, die der Mann namens Jeffrey mitgebracht hatte. Deren zuckendes Licht malte schwarze Ungeheuer an die Wände und vertiefte den Schatten im Altarraum. Reginald fröstelte. Kaum zu glauben, dass er erst vor knapp vierzehn Stunden inmitten anderer Menschen in diesem Raum einen Gottesdienst erlebt und Hildegard ihn angestrahlt hatte. Er sehnte sich plötzlich nach diesem warmen Lächeln, auch wenn er längst in Charlotte die

Frau fürs Leben gefunden hatte – wenn es überhaupt noch ein Leben für ihn gab, was er bezweifelte.

Er fühlte einen Stoß im Rücken. »Ich glaube, ich weiß, wo du das Zeug versteckt hast«, sagte Peter plötzlich und setzte wieder sein grässliches Lächeln auf. »An einem Ort, wo auch der Pastor nie freiwillig hingeht.«

Mit diesen Worten zog er Reginald, der in einem letzten Aufwallen von Trotz wie eine Puppe Arme und Beine steif hängen ließ, um sich möglichst schwer zu machen, in Richtung der Katakombe links vom Eingang zur Kirche. Die schmalen Stufen waren glitschig, und der Geruch, der ihm entgegenschlug, bestand aus einer Mischung aus abgestandenem Wasser und Schimmel. Peter irrte nicht. In dieses feuchte Untergeschoss ging niemand freiwillig. Mancher Bewohner von Brester Holz hätte diesen Teil der Kirche längst zuschütten lassen, aber noch hatte sich der Pfarrer, der selbst fast nie die schmalen Stiegen hinabstieg, dagegen gewehrt: Dieses Untergeschoss gehörte zur Kirche, und als solches dürfe man es nicht zumauern.

Dort unten in der Dunkelheit, die Jeffreys Fackelschein nur wenig durchdrang, standen die beiden Sarkophage. Wehmütig dachte Reginald daran, wie er am Nachmittag den uralten Bronzekessel mit den wunderschönen Goldgegenständen, diesen lange gehüteten Schatz, den Piet und er aus der kleinen Höhle geborgen hatten, in einem der beiden steinernen Särge abgelegt hatte. Es war ihm nicht leichtgefallen, hier hinabzusteigen, aber er hatte geglaubt, dass dies ein sicherer Ort sei, zumindest für eine kurze Übergangszeit. Er hatte es geschafft, den Deckel vorsichtig und langsam beiseitezuschieben, und ihn hineingestellt, den alten Bronzekessel, angefüllt mit goldenen Spiralen, Nadeln, Halsketten, Armreifen und Fibeln.

Wie viele Jahre dieser Schatz im Moor gelegen hatte, war ein Rätsel, aber gewiss schon viele Jahrhunderte. Piet hatte Reginald erzählt, dass Käthe ihn eines Tages fand, als sie am Ufer eines Moorteiches unter einem Baum nach Wurzeln grub. Sie hatte den Kessel ihrem Sohn anvertraut, der ihn in der kleinen Höhle am Ufer, nicht weit von der Fundstelle, versteckte. Beide hatten sie erkannt, wie wertvoll dieser Schatz war, und beide waren sie sich einig gewesen, dass Piet ihn hüten sollte, bis jemand käme, dem man ihn anvertrauen könne. »Vielleicht wäre dieser Jemand nie gekommen«, hatte Piet zu Reginald gesagt. »Dann wäre der Schatz weiterhin im Moor geblieben. Aber meine Mutter und ich haben gesehen, dass du der Richtige bist.« Doch das war alles umsonst gewesen. Denn er, dieser Jemand, dem sie den Schatz anvertraut hatten, würde ihn jetzt nicht mehr retten können. Die Gier hatte gesiegt.

Im flackernden Licht der Fackel sahen Peter Shaffer und Jeffrey Morgate, dass der Deckel auf dem einen Sarkophag nicht ganz dicht auf dem steinernen Untergrund saß. Über Shaffers Gesicht strich ein zufriedenes Grinsen. Er nickte Jeffrey zu, und mit vereinter Kraft zogen sie an dem Sargdeckel, wobei Shaffer weiterhin mit eiserner Hand Reginalds Arm umklammert hielt. Zu zweit gelang ihnen sehr viel rascher, was Reginald allein nur mit Mühe geschafft hatte. Der schwere Deckel glitt von der Sargöffnung. Peter leuchtete in das Dunkel des Sarkophags und spähte hinein, Jeffrey tat es ihm gleich. Als sie auf dem Boden des steinernen Sargs den bis zum Rand gefüllten Kessel erblickten, stockte ihnen für einen Moment der Atem. Dann hoben sie den alten Kessel gemeinsam heraus und stellten ihn behutsam auf den Fußboden.

Dann brach es aus ihnen heraus. »Unglaublich!«, rief der wortkarge Jeffrey und rieb sich die Augen, als könne er ihnen nicht trauen.

»Wahnsinn!«, entfuhr es Peter Shaffer. In seinen schmalen Augen glitzerte ein gieriges Leuchten, das Reginald eine Gänsehaut über den Rücken jagte.

Die beiden warfen einen Blick auf den Bronzekessel und sahen sich dann an. Auf ihren Gesichtern, die das Licht der Fackel in tanzende Schatten tauchte, lag jäh ein hinterhältiger Ausdruck. Sie zuckten mit den Achseln und wandten sich zu Reginald um, der diese kurze Zeitspanne, da Peter Shaffer seinen Arm nicht mehr ganz so fest umklammert hielt, nicht genutzt hatte, um zu entkommen. Er war selbst zu sehr von dem Goldhort geblendet, der im Licht der Fackel sprühte und funkelte, trotz der Spuren von Jahrhunderten, die einen Teil des Goldes mit einer grünlich schwarzen Schicht bedeckten. Doch einige der Fibeln und Armreifen leuchteten im schummrigen Licht in ungebrochenem Glanz.

Das Letzte, was Reginald spürte, war ein Schlag auf den Kopf, der ihn taumeln ließ, und das Letzte, was er hörte, war das Schaben des schweren Deckels, den Peter und Jeffrey gemeinsam auf den Sarg schoben. Dann wurde es finster um ihn.

ZWÖLF

Anna starrte fassungslos den Mann an, den sie seit Jahren kannte und in dem sie einen integren Forscher und einen Menschen gesehen hatte, dem sie vertrauen konnte. Bei all ihren Begegnungen war er ihr gegenüber immer höflich gewesen und hatte sich mit ihr über Kunst und Kultur, über Archäologie, aber auch über ganz andere, triviale Dinge unterhalten. Niemals wäre ihr der leiseste Verdacht gekommen, dass ausgerechnet dieser Mann sich als Killer entpuppen könnte. Für den Bruchteil einer Sekunde glaubte Anna, dass alles bloß ein böser Scherz sei, dass er sie veralbern wollte, weil er wusste, dass sie Krimis mochte. Die Pistole in seiner Hand wirkte eher wie ein Spielzeug, aber Anna sah seinen entschlossenen Blick und erkannte, dass dies bitterer Ernst war. Sie machte nicht den Fehler, herausfinden zu wollen, ob der Eindruck täuschte.

»Wir werden jetzt einen netten kleinen Spaziergang machen«, sagte er. »Wie gute Freunde. Sind wir ja auch irgendwie.« Er schmunzelte. »Wie ich dem Notizbuch dieses Kartographen entnehmen konnte, muss er seinen Schatz ja wohl in der Kirche versteckt haben.«

Anna rang nach Luft. »Aber er ist sicher längst nicht mehr da«, stotterte sie. »Das Ganze liegt doch mehr als zweihundert Jahre zurück.«

»Über so einen Fund hätten die Medien berichtet oder die Chroniken aus früheren Zeiten. Und in schwarze Kanäle ist er auch nicht verschwunden, das habe ich alles genau recherchiert. Schließlich beschäftige ich mich nicht erst seit gestern mit den Mooren. Nirgendwo stand etwas von einem gehobenen Schatz im Brester Moor. Und ob dieser Schatz noch da ist, werden wir gleich selbst überprüfen. Du hättest die Notizen dieses Morgate gründlicher lesen sollen. Da stand nämlich zwischen all dem Gekritzel ein wichtiger Satz: ›Ich glaube nicht, dass W. den Schatz an sich genommen hat.‹ Wer auch immer dieser W. war, er wollte offenbar nicht, dass der Goldhort aus Bresterholz verschwindet. Schöner Trottel, aber umso besser für mich.« Er rieb sich die Nasenspitze. »Du bist ihm ganz schön nahe gekommen, diesem Schatz aus dem Moor. Aber du hast leider einige Fakten bei deiner Recherche übersehen. Wie gut, dass ich die Gelegenheit hatte, ein bisschen nachzulesen, was dein irischer Kartograph an Hinweisen hinterlassen hat. Das erleichtert die Sache doch ungemein. Falls meine Theorie stimmt, dann ist dieser Goldhort noch prächtiger als der von Gessel. Übrigens war ich 2011 dabei, als er geborgen wurde.« Er lachte selbstgefällig.

Anna hörte kaum zu. Zu sehr stand sie unter Schock. Sie konnte es immer noch nicht glauben. Vor wenigen Minuten noch hatte sie versucht, diesen Mann zu erreichen, weil sie ihm ihr Geheimnis in der Hoffnung anvertrauen wollte, dass sie damit gemeinsam das Rätsel des Moores lösen könnten. Und jetzt entpuppte sich ausgerechnet Knut Dierksen, ihr Kollege, der bekannte Moorarchäologe, als Mörder?

»Knut, sag mir, dass das nicht wahr ist! Weshalb willst du diesen Schatz denn um jeden Preis? Du als anerkannter Wissenschaftler hast es doch nicht nötig, einen Schatz aus dem Moor zu stehlen! Wenn du diese Funde einem Museum übergibst, würde das dir als Mitentdecker doch zur Ehre gereichen, und wenn du dann noch darüber publizierst, hast du auch noch internationalen Ruhm und Anerkennung.«

Knut Dierksen grinste. »Du bist so naiv, meine liebe Anna! Seit Jahren suche ich nach versunkenen Schätzen. Und gelegentlich habe ich mal das eine oder andere gefunden, nichts Großes, aber auf dem Schwarzmarkt gab es für römische Münzen aus der Gegend von Kalkriese oder goldene Spangen aus dem Umfeld von Harzhorn schon den einen oder anderen Euro. Mich hat natürlich keiner je verdächtigt, etwas abgezweigt zu haben.« Er lachte auf. »Als die alte Greta noch hier wohnte und durch das Moor zog, hatte ich die Idee, dass sie vielleicht etwas gefunden haben könnte, was mich auf die Spur bringt, und es in diesem Haus versteckt hat. Ich habe ja mit Harald im anderen Haus gewohnt, wo heute der brave Herr Pfarrer lebt. Also bin ich im

Keller des Moorhauses auf die Suche gegangen, um irgendeinen Anhaltspunkt für meinen Verdacht zu finden. Es war gar nicht schwer, in das Haus hineinzukommen. Die alte Greta hat immer vergessen, die Haustür abzuschließen. Sie hat doch tatsächlich geglaubt, dass es bei ihr spukt.«

Dierksen kicherte. »Die Dummheit der Menschen ist schon manchmal nur noch komisch. Wie du vielleicht schon ahnst, suche ich diese Dinge nicht für irgendwelche Museen oder Landesämter für Denkmalpflege, die mir dankend die Hand schütteln und mir nachher höchstens eine Plakette widmen. Das alles ist zu viel Geld wert. Na gut, das eine oder andere Lorbeerblatt habe ich mir mit meiner Moorarchäologie auch schon geholt. Tut dem Image und dem Selbstwertgefühl auch ganz gut. Aber sag mal ehrlich, was nützt einem so ein Ruhm auf Dauer? Davon kann ich mir nichts kaufen, jedenfalls nicht das, was ich gerne hätte. Der gute Harald hat mir sogar unfreiwillig geholfen, als wir damals im heutigen Pfarrhaus gewohnt haben. Er meinte doch tatsächlich, dass es mir wie ihm dabei um die Wissenschaft gehe. Du magst ihn zwar nicht besonders, Anna. Aber im Grunde ist er ziemlich ehrlich und integer. Doch was nutzt einem das heutzutage?«

Sein Blick verlor sich kurz, dann fuhr er fort. »Wir sind oft durchs Moor gewandert, aber unser Eifer war leider umsonst. Ich wollte nicht mit einer Sonde durch die Gegend laufen wie die alte Greta oder Harm Willems. Das ist etwas für Laien. Harald hat gemeint, ich solle einen Forschungsantrag einreichen, um hier Grabungen durchzuführen. Aber dazu hätte man irgendetwas finden müssen in diesem verdammten Moor. Man bekommt Geld für größere Forschungsprojekte nicht einfach auf Verdacht hin und weil man einen guten Ruf hat. Die Moorleiche, die du gefunden hast, hätte mir genügt. Aber wir hatten kein Glück.«

Er fuhr sich mit der Hand durch die Haare, die ihm verschwitzt in die Stirn hingen. Sein Gesicht war gerötet. »Deinen Freund Richard kenne ich übrigens auch schon eine Weile. Wir spielen im selben Verein Tennis. Und der gute Mann hat auch Dreck am Stecken. Gefälschte Stiche, aufpolierte Möbel und die eine oder andere Landkarte oder Stadtansicht, die nicht authentisch ist. Damit hat er recht gut gehandelt, aber wer so viele Schulden hat wie unser lieber Richard, der gerne mal bei Pferderennen wettet oder in Baden-Baden beim Blackjack verliert, der braucht ein bisschen mehr fürs Glücklichsein.«

Anna schluckte. Ihre Menschenkenntnis hatte sie offenbar völlig im Stich gelassen.

Dierksen kicherte. »Als er mir vor ein paar Monaten seine geerbten Karten gezeigt hat und dann zusammen mit diesem Stafford überlegte, ob man vielleicht mit deiner Hilfe herausfinden könnte, wo diese angeblichen Schätze versteckt sind, tja, da habe ich angefangen, meine eigenen kleinen Pläne zu schmieden. Es tut mir leid, dir das sagen zu müssen. Aber diesen kleinen Deal haben Richard und der Engländer erst einmal unter sich ausgehandelt. Du warst sozusagen die Kartenleserin. Ich war zunächst auch nicht eingeplant. Aber ich habe Mittel und Wege, um Dinge herauszufinden, und dann war ich der Dritte im Bunde. Und ich hatte ja schon lange diese Ahnung, dass es in dieser Gegend mehr zu entdecken gibt als eine Moorleiche. In einem Dokument aus dem späten Mittelalter, das ich in einer Klosterbibliothek während meiner Recherchen zu den Bohlenpfaden im Geester Moor gefunden habe, stieß ich auf einen Satz, der lautete: ›Im Moor bei Breste hütet ein Wesen aus alter Zeit die Relikte der Vergangenheit.‹ Das habe ich erst als Sage abgetan, aber irgendwann kam mir das doch wie ein nützlicher Hinweis vor. Sagen kommen bekanntermaßen nicht von ungefähr und haben oft einen wahren Kern.«

Dierksen strich sich erneut über die Haare, die, wie Anna vorher nie bemerkt hatte, am Hinterkopf einer Mönchstonsur gewichen waren. Aber wenn irgendjemand keinerlei Ähnlichkeit mit einem Geistlichen hatte, dann Knut mit seinen kalten Augen. Nun fuhr er sich mit der Zunge über seine trockenen Lippen. Auch dass er einen recht schmalen Mund mit spröden Lippen hatte, war Anna nie aufgefallen. Sie hatte in ihm tatsächlich immer nur den netten, kompetenten Archäologen gesehen, eifrig und hilfsbereit, stets zur Stelle, wenn es im Moor etwas zu entdecken gab, ein Mann ohne auffallende Eigenschaften und, wie es schien, ohne ein besonderes Eigenleben. Jedenfalls schien er keine Familie zu haben und sein Berufsleben über alles Private zu stellen. Es überraschte sie schon, dass er Tennis spielte.

Dierksen hüstelte. »Auch Richard und Stafford kennen sich übrigens schon sehr lange, was du vielleicht nicht weißt. Gemeinsam haben sie ein paar nicht ganz koschere Sachen gemacht, immer elegant an der Steuer vorbei. Stafford, der so seriös wirkt und ja auch ein wunderbares Geschäft in Notting Hill besitzt, ist auch kein Kind von Traurigkeit.«

Anna schüttelte den Kopf. Ihr Bild von Richards Charakter hatte ja schon einen Knacks. Es überraschte sie nicht wirklich, dass er illegale Geschäfte machte. Mit seinem Charme und seiner liebenswürdigen Freundlichkeit überdeckte er sehr geschickt seine dunklen Seiten. Was sie aber wütend machte, war ihre späte Erkenntnis, dass er sie ausgenutzt hatte, um an die Schätze des Moormannes zu gelangen. Es tat ihr besonders weh, weil sie ihn trotz allem irgendwie mochte. Schon als Kind hatte sie literarische Helden geschätzt, die ambivalente Eigenschaften aufwiesen, so wie etwa Long John Silver in Stevensons »Die Schatzinsel«. Aber im wahren Leben entzückten sie diese Charakterzüge dann wohl doch nicht wirklich.

Dierksen bemerkte ihren zornigen Blick und fuhr mit offensichtlicher Genugtuung fort: »Die beiden hatten vor, sich den Schatz unter den Nagel zu reißen und zu verhökern. Der Schwarzmarkt ist groß genug für solche Raritäten. Wobei ich ehrlich sagen muss, dass dein Richard schon ein paar Skrupel hatte. Aber die Aussicht, dass das Erbe seiner Großmutter der Schlüssel zum Reichtum sein könnte, war dann doch zu verführerisch, und er hat nun mal ziemliche Schulden. Selbst seine Fernsehauftritte haben ihm nicht viel genutzt. Und diese akute Geldnot hat dann doch über sein Gewissen gesiegt.«

Er hielt einen Augenblick inne. »Schade für dich, dass dein gut aussehender Antiquitätenhändler kein Saubermann ist. Klar, dass er dir auch nicht die Wahrheit über seine Beziehung zu Agnes gesagt hat. Sie hat ihn im Übrigen erpresst. Agnes wusste um Richards Geschäfte und seine Schulden, weil die beiden früher mal ein Verhältnis hatten, als Agnes längst schon mit ihrem Karl Heinz verheiratet war. Geld wollte sie aber nicht von Richard. Davon hat sie selbst genug. Sie hatte vor, ihren Mann zu verlassen und mit Richard zu leben. Doch der wollte nicht. Der hatte wohl ein Auge auf dich geworfen, liebe Anna. Das hat natürlich eine ziemliche Wut bei Agnes hervorgerufen. Für mich dann geradezu ideal, dieser Streit zwischen Richard und Agnes ausgerechnet am Tag ihres Unfalls.« Er kicherte wieder.

»Wie? Richard war da schon in der Gegend?« Es dämmerte Anna, weshalb er am Morgen so rasch in Bresterholz sein konnte. Und sie hatte sich noch verwundert gefragt, wie rasant er von Hannover hierhergebraust war.

»Er ist gestern Nachmittag bei ihr aufgekreuzt und hat dann die Nacht wohl irgendwo in Zeven oder Buxtehude verbracht. In dem Zustand nach dem Streit ist er nicht mehr zurück nach Hannover gefahren, und heute früh ist er gleich wieder hergekommen.«

Dierksen seufzte, als fiele es ihm schwer, weiterzusprechen. Doch dann trat erneut ein selbstgefälliger Ausdruck in seine Augen. »Agnes ist nicht vom Pferd gestürzt, das heißt, dieser Sturz war nicht der Grund für ihr Ableben. Ich kam gerade dann am Fichte-Haus an, als Richard heftig mit ihr stritt. Ich habe mich nicht gezeigt, Richard sollte mich nicht sehen. Aber als er dann davonrauschte, ohne nach links oder rechts zu schauen, habe ich Agnes einen Besuch abgestattet. Sie war allein zu Hause, sehr günstig für mich. Und sie hat mich um meinen fachlichen Rat gebeten.«

Dierksen massierte sich den Nasenrücken, bevor er fortfuhr. »Sie hatte in ihrem Garten, da, wo ihr dummer Köter gebuddelt hat, ein bisschen nachgegraben und eine sonderbare Figur ans Tageslicht geholt, eine Knochenstatuette, die wie ein Tiermensch aussieht, eine kuriose und sicherlich außerordentlich seltene Darstellung eines Mischwesens aus Mensch und Bär. Und diese sensationelle Rarität hat sie mir gezeigt nach dem Motto: ›Sie als Wissenschaftler haben ja Sinn für solche alten

Schätze.‹ Ich habe ihr nahegelegt, diese Figur mir anzuvertrauen, damit sie ins Museum kommt. Doch sie wollte diesen Bärenmenschen mit großem Theater eigenhändig dem hannoverschen Landesmuseum überreichen, um eine Plakette zu bekommen: ›Gestiftet von Agnes Fichte‹. Von mir wollte sie wissen, was so ein Gegenstand wert ist. Das kann man gar nicht so leicht in Zahlen bewerten, habe ich ihr gesagt. Verschwiegen habe ich ihr natürlich meine eigenen Gedanken. Was soll diese Sensation im Museum herumstehen, wenn irgendein russischer oder arabischer Sammler Hunderttausende dafür hinblättern würde?«

Wieder hielt er inne. Anna ahnte, dass er ihr das alles aufgrund seines übertriebenen Hanges zu Eitelkeit und Selbstgefälligkeit erzählte, bevor er sie dann auch loswerden würde. Man musste nicht wie Anna Krimiliebhaberin sein, um zu erkennen, dass Dierksen ihr gegenüber prahlte, weil er schon längst den Plan gefasst hatte, sie zu beseitigen. Doch wenn sie schon sterben sollte, wollte sie alles wissen. So wenig ihr das nutzte.

»Weshalb hast du die arme Agnes getötet?«, fragte sie.

»Es war, ähnlich wie bei dem alten Sturkopf Harm Willems, der mir partout nicht erzählen wollte, was er an dem Tag im Moor entdeckt hatte, eigentlich ein Unfall. Na ja, nicht so richtig, aber es ist eher spontan geschehen. Ich habe ihm im Moor praktisch aufgelauert. Er lief ja fast jeden Tag dort herum. Und an dem Tag hatte er etwas entdeckt, da war ich sicher. Es war nicht schwierig, ihn zu finden. Aber anstatt auf meine Fragen zu antworten, hat er sich geziert und geplappert, dass der Moormann noch immer Schätze hüte und er seine Entdeckungen demnächst an offizieller Stelle melden wolle. Er sah sich schon als gefeierten Entdecker. Da bin ich ihn halt ein bisschen kräftiger angegangen. Er war ohnehin nicht so richtig fest auf seinen Beinen. Wohl auch tagsüber dem Schnaps nicht abgeneigt. Ein kleiner Schubs, und schon fiel er hin und stand nicht mehr auf. Ist mit dem Kopf auf diesen Stein gefallen. Das war's dann.«

Anna schloss für einen Moment die Augen. Knut Dierksens Gefühlskälte machte sie sprachlos.

»Ich habe seinen Rucksack ausgeleert«, erzählte er wie beiläufig weiter. »Es sollte so aussehen, als ob bei seinem Sturz alles auf den Boden gepurzelt sei. Ein paar Sachen sind dabei weggerollt, aber ich hatte nicht ewig Zeit, sie zu suchen. Weil ich nämlich dich von Weitem kommen sah. Ich habe es gerade noch geschafft, mich in Willems' Zimmer bei Jan Swartjebroek umzusehen, ehe die Polizei kam. Aber ich habe nichts entdeckt. Ein paar Notizen in seinem Kalender, alles eher belanglos außer einer Bemerkung. Laut der hat er wohl in den Überresten dieser verbrannten Kate eine kleine Kiste mit einem seltsamen Stein gefunden. Einem Stein mit Strichen. Das klang nicht gerade spannend, wobei ich jetzt anderer Meinung bin. Der Stein könnte interessant sein. Wahrscheinlich ist er sogar sehr wertvoll, wenn er so alt ist, wie ich inzwischen annehme. Aber der Stein ist weg, jedenfalls lag er nicht in der Bude von Harm.«

Wieder rieb er sich die Nase. »Na ja, es tut mir leid um ihn, wenn dich das tröstet.« Er sah sie mit einem verschlagenen Grinsen an. »Ach, weißt du eigentlich, wer damals bei dir im Haus war? Als du mit Richard unterwegs warst? Ich war das. Aber ich bin viel zu früh gekommen, denn du hattest die Karten ja gerade erst von ihm gekriegt und noch nicht angeschaut. Ich bin kurz in den Keller hinuntergegangen, aber da sah es nicht viel anders aus als zu Gretas Zeiten. Regale und kahle Wände. Enttäuschend. Und in deinem Schlafzimmer habe ich mich nur über deinen Büchergeschmack gewundert. Drei Krimis auf dem Nachttisch!«

Dierksen sah Anna lächelnd an. Doch in seinen Augen lag ein lauernder Ausdruck. »Tja, war nicht gerade ein erfolgreiches Unterfangen, mein kleiner Besuch bei dir. Aber zurück zu Agnes Fichte und deiner Frage. Also, Agnes und ich standen in ihrem Garten. Wir waren allein, die Haushälterin weg, ihr Mann wie immer nicht da, Richard abgehauen, selbst ihr Hund war nicht in der Nähe. Ich wollte diese verdammte Figur, von der sie mir erzählt hatte und die sie in ihrem Schlafzimmer aufbewahrte. Aber sie fing an zu erzählen, dass einer ihrer Vorfahren vor mehr als zweihundert Jahren als Kartograph im Moor gearbeitet habe, und sie sei so stolz, dass sie etwas so Wunderbares entdeckt habe, das sie als eine Art Vermächtnis an das Landesmuseum in Hannover übergeben würde. Ich versuchte wieder, sie zu überreden, es mir anzuvertrauen. Aber Agnes blieb stur. Sie wollte mir ihren Fund nicht anvertrauen. Da habe ich sie wohl etwas zu heftig geschüttelt, und da ist sie ausgerutscht und auf einen dieser teuren Steine am Rand ihres Blumenbeetes gefallen. Steine aus Carrara-Marmor im Blumenbeet, so was Lächerliches!«

Dierksen sah verärgert aus. Die Marotten der Reichen, zu denen er selbst gehören wollte, schienen ihn zu enervieren. Erneut schauderte Anna angesichts seiner Gefühllosigkeit.

»Sie hat sich beim Sturz gedreht und ist mit der Stirn daraufgeknallt«, fuhr er fort. »Wahrscheinlich wäre sie davongekommen, wenn ich den Krankenwagen gerufen hätte. Aber sie wusste zu viel. Und da kam mir diese geniale Idee, einen Reitunfall zu türken. Das ging alles ganz flott. Ich habe sie in den Stall getragen. Viel gewogen hat sie ja nicht. Das Pferd schnell gesattelt, ich kenne mich mit den Viechern aus, weil ich von einem Bauernhof stamme. Dann habe ich Agnes in den Sattel gehievt, ihr sogar noch einen Reithelm aufgesetzt, das Pferd aus dem Stall geholt und bin ein Stück ins Moor gegangen. Dort habe ich dem Gaul auf den Hintern geklopft. Der ist losgaloppiert, sie ist nach ein paar Metern heruntergefallen. Sie saß ja auch nur locker im Sattel. Der Helm ist ihr vom Kopf gepurzelt. Das war's dann. Ich musste gar nicht mehr weiter nachhelfen. Der Stein, auf den sie dann bei ihrem Sturz vom Pferd gestürzt ist, machte das alles authentisch. Von mir könnten Krimiautoren noch was lernen! Und dann bin ich verschwunden. So einfach kann es gehen. Am Abend hat ihr Hund sie gefunden. Du musst zugeben, das hat was.«

Dierksen lachte laut. Der Mann war offenbar total durchgedreht. »Diese Figur ist allerdings nicht mehr in ihrem Schlafzimmer gewesen. Das habe ich noch schnell gecheckt. Also eigentlich alles umsonst. Ich habe keine Ahnung, wer sie genommen haben könnte. Vielleicht der clevere Richard? Vielleicht ist sie auch schon im Landesmuseum gelandet. Agnes konnte man viel zutrauen.«

Anna räusperte sich mühsam. Der Kloß in ihrem Hals, eine

Reaktion auf den Schock und die Angst, die in ihr hochkroch, wuchs mit jeder Sekunde. Fast flüsternd fragte sie: »Was ist mit Stafford und Richard?«

»Der alte Engländer war einfach zu neugierig und zu gierig. Er wollte Richard loswerden, weil der nicht so richtig mitgespielt hat. Ohne sein Wissen hatten Stafford und ich einen ganz guten Deal abgeschlossen. Richard hatte seinen Anteil zu unserem Plan beigetragen, aber ehrlich gesagt hatte ich nie vor, ihn auszuzahlen. Ich habe ihm nicht mehr getraut. Und als er dann bei dir war und du einkaufen gegangen bist, hat er die Chance genutzt, die Seiten aus dem Notizbuch zu fotografieren. Er hat mich sogar angerufen, und ich war ohnehin in Bresterholz, um Stafford zu treffen. Ich bin vorbeigekommen. Richard hat mich ins Haus gelassen, weil er mir ja stolz zeigen wollte, dass er Informationen über die Funde aus dem Moor entdeckt hatte.«

Dierksen schüttelte den Kopf. »Was er nicht richtig kapiert hat, war, dass Stafford und ich uns längst abgesprochen hatten, wie wir die Sache angehen. Er hat ehrlich gedacht, dass ich ihm mit meiner Kenntnis als Wissenschaftler helfen und ihn beraten könnte, und hat mir zugesichert, mir ein paar der Gegenstände zu Forschungszwecken zu überlassen, damit ich als Moorarchäologe auch etwas von dieser Schatzsuche hätte. So ein dummer, arroganter Idiot! Erst hält er mich für einen braven Wissenschaftler ohne materielle Ambitionen, dann versucht er mich zu bestechen. Allein deswegen hätte ich ihm schon eine überziehen sollen!« Er ballte die Hände zu Fäusten. »Es hat ein bisschen Überzeugungsarbeit gekostet, damit er verstand, dass er mit mir mitkommen und mir die Fotos von den Notizen überlassen musste. Gerade noch rechtzeitig fiel mir ein, dir diesen Zettel auf den Tisch zu legen. Dann habe ich ihn unter Anwendung von leichtem Druck ins Moor mit genommen, wo Stafford schon auf uns wartete.«

Er schob die Pistole von einer Hand in die andere. »Es hat ihn fast umgehauen, dass sein alter Spießgeselle Stafford nun nicht mehr mit ihm, sondern mit mir, dem ehrbaren Experten, dem berühmten Fachmann für Bohlenwege durchs Moor, zusammenarbeitete.«

Er sah Anna mit einem süffisanten Lächeln an und wedelte mit der Pistole vor ihrem Gesicht herum. Es sah eher lächerlich aus, aber Knuts Blick wirkte so irre, dass Anna zurückschreckte.

Als er fortfuhr, klang seine Stimme heiser und angespannt. »Wir sind ziemlich weit ins Moor gegangen. Ich hatte bei meinen Streifzügen vor einiger Zeit eine halb verfallene Hütte entdeckt, die fernab der normalen Wege liegt. Dort soll der Moormann gelebt haben, und es soll dort spuken, weswegen sich kaum jemand in diese Gegend verirrt.« Er lachte auf. »Wie abergläubisch die Menschen heute noch sind! Aber für unsere Pläne war das nur nützlich.«

Anna erstarrte. »Was habt ihr mit Richard gemacht? Ist er tot?« Am liebsten hätte sie laut geschrien, aber ihre Stimme versagte.

»Nein, aber er wird selbst dann nicht reden, falls sie ihn finden sollten. Er hatte einen sehr dummen Unfall. Die Hütte ist ziemlich chaotisch. Der arme Richard ist gestolpert und unglücklich auf ein spitzes Stück Holz gefallen. Das kommt davon, wenn man auf eigene Faust durchs Moor zieht und ganz allein in halb verfallenen Hütten herumstochert.«

»Warum hätte Richard ausgerechnet in diese Hütte gehen sollen?«, fragte Anna, die mit den Tränen kämpfte.

»Er hat eine SMS von dir bekommen, in der du ihn bittest, ihn dort zu treffen, weil du etwas Spannendes entdeckt hast.« Dierksen zeigte auf Annas Handy. »Du hast es vorhin, als du einkaufen warst, geradezu mundgerecht auf deinem Schreibtisch liegen gelassen.«

Anna wandte sich ab. Ihr war schwindelig. Aber selbst wenn Knut alles noch so genau geplant hatte, so wies sein perfekter Plan doch einige gehörige Lücken auf.

»Kommissar Schumann wird garantiert nicht daran glauben, dass schon wieder jemand im Moor verunglückt ist.« Anna spürte, wie trotz der Bedrohung geballter Zorn in ihr hochstieg. »Und warum sollte Richard nicht auspacken?«

»Er liegt jetzt in dieser verfallenen Hütte, hat ein Stück Holz in der Brust, und wenn sie ihn nicht bald entdecken, wird er wohl nicht überleben.« Knut räusperte sich und fuhr fort: »Aber auspacken wird unser guter Richard wohl kaum, jedenfalls nicht über den Deal mit Stafford. Und die anderen Sachen? Fälschungen, Schwarzmarkt, Steuerhinterziehung, das sind keine Kavaliersdelikte. Das würde das Ende seiner Karriere als Antiquitätenhändler bedeuten. Er wird versuchen, alles unter den Teppich zu kehren, um da irgendwie heil herauszukommen. Sonst verliert er seine noble Kundschaft endgültig. Das kann er sich bei den Schulden nicht leisten. Er ist es ja gewohnt, auf großem Fuß zu leben.«

Dierksen klang plötzlich verbittert. Beneidete er Richard darum, dass er in gesellschaftlichen Kreisen der Stadt bekannt und beliebt war und sogar auf der Marienburg beim hannoverschen Erbprinzen zu einem Sommerfest eingeladen gewesen war, wie er Anna stolz erzählt hatte? Trotz aller beruflichen Anerkennung fühlte Knut Dierksen sich offenbar nicht ausreichend bezahlt, nicht ausreichend geehrt und gesellschaftlich als ein »Underdog«, als der kleine Moorexperte, der Fachmann für jahrtausendealte Bohlenwege, der aber kein akademischer Star oder gar ein zweiter Schliemann war.

Eine Woge von Abscheu überflutete sie. »Und gegen dich wird er auch nichts sagen?«, fragte sie. »Du hast ihn gezwungen, ins Moor zu gehen, und ihn in diese Hütte gelockt.«

»Ich bin bis dahin über alle Moore.« Dierksen kicherte. »Und er kann mir nichts beweisen. Von meiner Rolle beim Tod von Harm und Agnes weiß er nichts, und was dich betrifft, werde ich mir noch etwas ausdenken.«

Dierksen konnte offenbar nichts erschüttern. Er war sich seiner Sache sehr sicher. Aber Anna quälte noch ein weiterer Gedanke. »Was ist mit Stafford passiert?«, fragte sie.

»Der war nicht so richtig froh wegen der Sache mit Richard. Er mochte ihn wohl recht gerne und hat Skrupel bekommen. Er wollte tatsächlich anonym bei der Polizei anrufen und melden, dass im Moor ein Schwerverletzter liegt. Schon mal ein Minuspunkt für den alten Engländer. Aber dann sagte er, wenn wir den Goldhort finden, dann will er mindestens die Hälfte. Die Hälfte! Für was denn? Ein Drittel wäre schon sehr großzügig gewesen! Ich habe mich zum Schein darauf eingelassen. Na ja, jetzt liegt er in einem der beiden Sarkophage in der Kirche, und bis man ihn da findet, wird viel Wasser im Moor versickert sein.«

Anna schauderte. Dierksen demaskierte sich als wahrer Psychopath. Hätte sie das früher erkennen können? Nein, die meisten Menschen waren gute Schauspieler, wenn es darum ging, die eigenen Abgründe zu verbergen. Und wen kannte man schon wirklich? Sie hatte sich ja auch in Richard geirrt.

»Aber Stafford wird doch in England als vermisst gelten.«

»Nein, offiziell befindet er sich allein im schottischen Hochmoor auf einer kleinen Wandertour. Ohne Handy und Tablet. Er kannte sich da offenbar gut aus, hat das jedes Jahr gemacht, egal, ob krank oder fit. In den nächsten Tagen wird also keiner nach ihm suchen. Und dort oben im schottischen Hochland sind auch schon Leute verschwunden. Das Moor holt sich seine Opfer, hier und in Schottland!« Dierksen lächelte zynisch.

Anna überlief eine Gänsehaut bei der Vorstellung, dass in der Kirche von Bresterholz die Leiche des ermordeten Engländers lag, die man vielleicht erst bei den anstehenden Restaurierungsarbeiten der Katakombe im kommenden Frühjahr entdecken würde. Kein unangenehmer Geruch würde die Kirchenbesucher irritieren und somit Nachforschungen auslösen, woher diese Ausdünstungen stammten. Denn Steinsärge waren hermetisch abgeschlossen und dadurch geruchsdicht. Zudem überlagerten die Gerüche nach Moor und Bracke in dem unterirdischen Gemäuer jeden Gestank.

»Diesmal kein Unfall?«, wisperte sie.

»Nein, diesmal eindeutig kein Unfall. Diesmal geplanter Schlag auf den Hinterkopf und – aus! Ich hätte ihn auch erschossen, aber das war nicht nötig. Die Pistole ist bisher noch nicht zum Einsatz gekommen. Eigentlich schade.«

Dierksen schien sich zu amüsieren. Doch plötzlich wurde sein Ausdruck starr, seine Augen glitzerten kalt. »Genug mit dem Geplauder«, sagte er. »Wir gehen jetzt zusammen zur Kirche. Wenn uns jemand sieht, dann kann ich später sagen, dass du mir dort etwas zeigen wolltest, unsere Wege sich danach getrennt haben und du weggegangen bist. Du wolltest eine Spritztour machen, ans Meer. Und ich werde nach einem kleinen Urlaub bei passender Gelegenheit einen Antrag für einen Forschungsauftrag stellen. Für Grabungen im Brester Moor!«

Er lachte schallend. Die Absurdität seiner Worte schien ihm gänzlich unbewusst zu sein. Mit einem energischen Ruck zerrte er Anna von ihrem Stuhl und zog sie zur Tür. Das Klingeln ihres Handys lenkte ihn eine Sekunde lang ab, doch nicht lang genug, um ihr eine Chance zu geben, sich ihm zu entreißen. Den Namen auf dem Display konnte sie nicht mehr lesen; Dierksen stieß das Handy unter den Stapel der unbearbeiteten Landkarten.

»Was glaubst du, was passiert, wenn ich plötzlich verschwunden bin?«, versuchte Anna ihn verzweifelt zu stoppen.

Dierksen grinste nur. »Um deine Sachen kümmere ich mich noch. Wie gesagt, du bist irgendwohin gefahren. Vielleicht hast du ja auch was entdeckt und mitgehen lassen, was eigentlich nicht dir, sondern dem Staat gehört.« Er kicherte. »Ich sehe schon die Schlagzeilen vor mir: ›Die renommierte Kunsthistorikerin Anna B., 46, mit Schatz aus dem Moor verschwunden‹. Mal sehen, das überlege ich mir später noch, wenn ich in Hannover an meinem Schreibtisch sitze, um den Forschungsauftrag zu erstellen. Witzig wäre die Vorstellung, dass du im Moor spazieren gegangen und dem Moormann begegnet bist, der dich im Moor versenkt hat. Steffen Steffens würde das sicher glauben! Du bist seiner Meinung nach zu oft dort herumgelaufen und hast den Moormann bei seiner Arbeit als Hüter des Moores gestört!«

Dierksen betrachtete Anna plötzlich mit einem sonderbaren Ausdruck, den sie beinahe als Mitleid interpretierte. »Weil ich dich aber eigentlich immer gemocht habe, werde ich deine Unterlagen alle wohlgeordnet auf dem Schreibtisch lassen. Dann können sie den Katalog in deinem Angedenken posthum veröffentlichen. Viel ist nicht mehr daran zu machen, wie ich gesehen habe. Ist doch nett überlegt, oder?«

Dierksen musste völlig übergeschnappt sein, dass er seinen wilden Thesen glaubte. Kommissar Schumann würde sie suchen, und selbst wenn er ihre Leiche nicht finden würde, gäbe es dieses Mal keinen Zweifel wie bei Harm oder Agnes, dass dies kein Unfall gewesen war. Außer Dierksen würde ihren Tod als Selbstmord inszenieren, aus Reue über unterschlagene Funde im Moor oder aus Schmerz über den Verlust von Richard. Genügend Phantasie hatte er.

Er stieß sie zur Tür und auf die Straße. »Du hattest deine Chance bei mir«, sagte er plötzlich mit einem larmoyanten Unterton. »Ich fand dich wirklich klasse. Aber du warst zu mir genauso arrogant wie zu Harald. Du hast in mir immer nur den netten Kollegen gesehen, den man um Gefälligkeiten bitten kann. Und der natürlich immer gerne hilft! Du hast immer über mich weg- oder durch mich hindurchgeschaut. Zu gut für den Moorexperten, was? Lieber Moormann als Moorarchäologe, haha!«

Gekränkte Eitelkeit also, ein Klassiker. Im Grunde wirkte Knut wie die lächerliche Karikatur eines Killers, was ihn aber in diesem Moment nicht weniger gefährlich machte.

Auf der Straße war es menschenleer. Die feuchte Wärme dieses Sommertages zwang die Bewohner von Bresterholz in ihre Häuser. Auf dem Weg zur Kirche begegnete ihnen nur ein kleiner Hund, und eine schwarze Katze lief von links nach rechts über die Straße.

Das hatte noch gefehlt, dachte Anna. Der Aberglauben ihrer Kindheit, der sie stets daran gehindert hatte, nach Schafen auf Weiden rechts von Straßen zu schauen – Schafe zur Rechten wird Unglück dir fechten – oder Spinnen am Morgen zu beachten, drang ausgerechnet jetzt in ihr Bewusstsein. Verzweifelt sah sie sich um. Hund und Katze waren die einzigen Lebewesen auf der Straße. Sie wollte laut um Hilfe rufen, aber die Pistole, die Dierksen in ihre Seite presste, hinderte sie daran.

Sie erreichten die Kirche, und in Anna keimte die Hoffnung, dass vielleicht irgendjemand auf dem Friedhof mit Grabpflege beschäftigt war. Aber auch hier ließ sich keine Menschenseele blicken.

Dierksen holte einen Schlüssel aus seiner Jackentasche und öffnete die Kirchentür. Der dämmerige Raum war, wie Anna trotz ihrer Angst bemerkte, sogar angenehm kühl. Sie rutschte auf den Fliesen aus, als Dierksen sie in Richtung der Treppe stieß, die in Eingangsnähe hinunter in die sogenannte Katakombe führte. Die Glühbirne, die dort unten von der Decke baumelte, spendete nur spärlich Licht. Hier standen die beiden Sarkophage. Die steinernen Särge erinnerten Anna an die Geschichten von Edgar Allan Poe. Lebendig eingemauert oder lebend begraben – diese Erzählungen hatte sie in ihrer Kindheit mit angenehmem Grauen gelesen. Doch nachts hatte sie gelegentlich davon geträumt, dass eine düstere Schattengestalt sie lebendig einmauerte, und sie war schreiend aufgewacht. Das lag mehr als dreißig Jahre zurück. Dennoch kam ihr die Situation wie in ihren Träumen völlig unwirklich vor, und sie hoffte immer noch verzweifelt, dass alles bloß ein böser Traum war oder Dierksen sein Vorhaben im letzten Augenblick nicht durchführen würde.

»So, mein Mädchen«, sagte er. »Nun sag mir, wo dein Kartograph den Goldhort versteckt hat. Ich weiß, dass er hier in diesem Raum sein muss. In den Sarkophagen ist er leider nicht. Sonst hätte ich ihn längst entdeckt, und das wäre besser für dich gewesen.«

Anna blickte sich um. Reginalds Angaben hatten auf die Kirche hingewiesen, auf »ein Versteck in heiligem Umfeld«. Annas Interpretation nach musste das einer der steinernen Särge sein, da diese Katakombe zu der Zeit, da Reginald in Bresterholz weilte, bereits nicht mehr genutzt und selten betreten wurde. Zu intensiv roch es wohl schon damals nach Feuchtigkeit und Moder, und die alten Steinsärge eigneten sich vorzüglich als Versteck.

Anna schauderte es bei dem Gedanken, dass in einem der Särge Stafford lag. Aber sie zweifelte daran, dass sich der Schatz noch in der Kirche befand. Falls der mysteriöse W. ihn an sich genommen und ihn tatsächlich, wie Morgate andeutete, nicht aus Bresterholz mitgenommen hatte, dann konnte er wer weiß wo liegen.

Sie schaute sich in dem düstern Gewölbe um. Pastor Burmeister hatte recht. Dieser Teil der Kirche musste dringend renoviert werden. In den Wänden zeigten sich Risse, einige der Bodenfliesen waren zerbrochen. In den Mauernischen standen drei vom

Zahn der Zeit angenagte Heiligenfiguren, darunter gut erkennbar der heilige Antonius von Padua und eine Madonna mit Kind. Selbst in nachreformatorischer Zeit hatten diese beiden Statuen hier unten noch eine Art Heimat gefunden. Allerdings waren sie inzwischen längst vergessen und ihrem Schicksal überlassen worden. Ihr würde es bald ähnlich ergehen. Anna schluckte. Ihr Kopf schmerzte.

»Ich glaube nicht, dass der Schatz noch hier ist«, sagte sie mit zitternder Stimme. »Wahrscheinlich hatte ihn Reginald Fitzgibbon ursprünglich in einem der Sarkophage versteckt. Aber da ist er nicht mehr. Das hast du ja sicherlich selbst festgestellt, als du Stafford entsorgt hast. Wer immer den Schatz damals geholt hat, wird ihn ganz woanders versteckt haben.«

Dierksen ignorierte ihren sarkastischen Unterton. Er sah sich in dem schattigen Verlies um. »Ich glaube, dass der Schatz noch hier sein muss. Denn sieh mal, was ich in einer Ecke gefunden habe!« Grinsend zog er einen kleinen Gegenstand aus der Hosentasche. Das Stück eines Armreifens, mit einer dunklen Schicht überzogen, sodass das Gold kaum durchschimmerte. »Dieser mysteriöse W. hat sich darum gekümmert und den Hort wahrscheinlich hier wieder versteckt. Jedenfalls erscheint mir das logisch.«

»Er könnte den Schatz doch auch ganz woandershin gebracht oder selbst genommen haben«, erwiderte Anna. »Morgate kann sich geirrt haben.«

Dierksen schien einen Moment lang verunsichert. Dann aber sagte er: »Nein, dies hier ist ein idealer Ort, vor allem, falls dieser W. geplant hatte, den Schatz später doch noch zu kassieren. Er hat ihn garantiert nicht mehr ins Moor zurückgetragen, und in deinem Moorhaus ist der Goldhort auch nicht. Da hätte ich ihn gefunden oder spätestens die Handwerker nach dem Rohrbruch. Also, streng dein Gehirn an. Ich möchte nicht ewig hier unten bleiben. Ich hab's ein bisschen eilig!«

Anna schloss die Augen. Wo würde sie einen Kessel mit Gold verstecken? Sie hatte keine Ahnung, was damals in der Nacht vom 22. auf den 23. März 1789 geschehen war, da Reginalds

Aufzeichnungen an diesem Sonntag abrupt endeten. Und dann sah sie es vor ihrem inneren Auge.

Welche wunderbare Ironie! Direkt vor ihr in seiner Wandnische stand der Schutzheilige für verlorene Gegenstände, ein Hüter auch von Geheimnissen. Ihre katholische Großmutter hatte den heiligen Antonius oft bemüht, weil sie ständig etwas verlor. Sie versprach ihm eine Kerze, falls der verlorene oder meist verlegte Gegenstand wiederauftauchte, und siehe da – Antonius erhörte sie fast immer. Wenig später fand ihre Großmutter die Brille wieder, die in der Küche hinter den Brotkasten gefallen war, oder die Ohrringe, die sie im Bad vergessen hatte, oder auch das Portemonnaie mit sämtlichen Kreditkarten, das unter das Sofakissen gerutscht war.

Dierksen waren ihr Blick und das leichte Lächeln nicht entgangen, als sie den heiligen Antonius betrachtete. Er schubste sie zur Nische, in der die knapp einen Meter hohe Figur stand, und leuchtete in die dahinterliegende Mauervertiefung. Es sah tatsächlich aus, als ob dort ein großer Stein nicht ganz fest in der Wand saß und an den Rändern vorstand.

»Donnerwetter! Das nenne ich eine gute Idee! Der Schutzheilige verlorener Gegenstände als Schatzhüter.« Er kicherte. »Dieser W. hat Sinn für Humor gehabt. Dann wollen wir mal.«

Er rüttelte mit aller Macht an der Heiligenfigur. Das wäre nicht nötig gewesen, denn Antonius stand nicht fest auf seinem Sockel. Mit einem furchtbaren Knall stürzte er auf den unebenen Steinboden und zerbrach in tausend Stücke. Anna hielt entsetzt den Atem an. Dierksen fasste in die Nische und ruckelte an dem rußgeschwärzten Stein. Wahrscheinlich hatten selbst in dieser lutherischen Kirche Menschen früher aus Dankbarkeit für wiedergefundene Gegenstände dem Heiligen Kerzen aufgestellt, die die Steine geschwärzt hatten.

Knirschend löste sich der Stein aus seinen Fugen. Was dahinter auftauchte, versetzte selbst Dierksen für einen Moment in ehrfürchtiges Schweigen. Dort stand ein grün angelaufener Bronzekessel, das auf den ersten Blick fast unscheinbare Objekt der Begierde, einst geschützt vom Moormann und nun seit mehr als zweihundert Jahren vom heiligen Antonius. Dierksen zerrte den Kessel mit einem heftigen Ruck aus der Nische und taumelte zurück, als er in seine Arme fiel. Offensichtlich wog er einige Kilo. Behutsam stellte er ihn auf den Boden. Dann wandte er sich mit einem fast liebevollen Lächeln an Anna.

»Vielen Dank, meine Liebe!«, waren die letzten Worte, die Anna hörte, ehe Dierksen ihr mit dem Pistolenknauf auf den Kopf schlug und sie zu Boden fiel. Halb benommen nahm sie wahr, wie er den Deckel eines der beiden Sarkophage wegschob und sie mit beträchtlicher Kraft hineinhievte. Sie stieß sich die Stirn an dem rohen Stein und hörte, wie der schwere Deckel wieder auf seinen angestammten Platz glitt. Dann umhüllte sie tiefste Dunkelheit. Der schlimmste Albtraum ihrer Kindheit war Realität geworden: Dierksen hatte sie lebendig begraben.

1789

John Waterstone hatte um eine Audienz beim Kronprinzen gebeten und sie sofort gewährt bekommen. George saß wie immer, wenn er privat Hof hielt, auf einem mit buntem Seidenstoff bezogenen Sofa in einem seiner Salons in Carlton House. Lange würde er in diesem Palast allerdings nicht mehr leben können. Sein Vater, der sich zum Erstaunen aller von seiner Krankheit weitgehend erholt hatte und die Amtsgeschäfte wieder wahrnahm, hatte ihm angedroht, dass er sich demnächst nach einem anderen Domizil umsehen müsse.

Noch im Februar hatte alles großartig für ihn ausgesehen. Dank des Regency Bill war ihm vom House of Commons die Prinzregentschaft zugesichert worden. Das hätte das Ende aller seiner Sorgen bedeutet. Doch dann kam sein Vater nicht nur wieder zu Kräften, sondern auch zu Verstand. Der alte Tanz ging von vorn los. Die Wünsche des Vaters blieben immer die gleichen: Der Sohn solle endlich eine würdige Braut finden, seinen Lebensstil ändern und die Fitzherbert in die Wüste schicken. Für den Prinzen von Wales alles unmögliche Forderungen. Kein Wunder, wenn Englands Kronprinz wenig frühlingshafte Laune verbreitete, selbst wenn er sich Mühe gab, sich zu beherrschen und sogar ein wenig verkrampft zu lächeln.

Als Waterstone den Prinzen besuchte, lag das Osterfest knapp zwei Wochen zurück. An diesem Freitag, dem 24. April, erstrahlte London im Glanz einer milden Aprilsonne, die alle Gärten der Stadt in blühende Wiesen verwandelte.

Beim Betreten des Salons fiel Waterstone wieder einmal auf, wie sich der einst so gut aussehende Prinz von Wales wegen seines exzessiven Lebenswandels in den vergangenen Jahren zu seinem Nachteil verändert hatte. Wie immer stand ein Krug mit Wein auf dem Tisch neben ihm, und wie immer musste sein treuer Diener Alistair dafür sorgen, dass der Wein nie zur Neige ging.

»Nun, was für Neuigkeiten bringt Ihr mir?« Der Kronprinz bemühte sich um heitere Gelassenheit.

Waterstone verneigte sich. Er trug einen Gehrock aus feinster dunkelblauer Seide, dazu elegante Kniehosen in einem etwas dunkleren Blau und schwarze Schnallenschuhe. Seine dezente Kleidung stand in starkem Kontrast zur farbenfrohen Aufmachung des Prinzen, der eine purpurrote Weste zu einer gelben Kniehose trug und goldene Schuhe mit recht hohen Absätzen.

»Hoheit«, sagte Waterstone. »Ich habe meinen Auftrag erfüllt, aber leider zeigt sich das Ergebnis nicht so, wie Ihr es erhofft habt.«

Das Gesicht des Prinzen verfärbte sich gefährlich rot. »Was soll das heißen?«

»Nun, Hoheit, es kam im Moor zu einem furchtbaren Drama, dem zwei Menschen zum Opfer fielen.« Waterstone zögerte. Wie viel sollte er dem Prinzen erzählen, der offenbar kurz davorstand, zu explodieren?

»Was ist geschehen, Mann! Lasst mich nicht zappeln.« George rutschte unruhig auf dem Sofa hin und her. »Wer sind die Opfer, aber vor allem, wo ist der Goldhort, von dem Stocker mir berichten ließ? Am 22. März hat er noch eine Depesche abgesetzt, dass der junge Ire mehrere alte Objekte und vor allem einen Kessel mit Gold in diesem vermaledeiten Moor ausgegraben und vor seiner Abreise versteckt habe. Er wollte diese Objekte wohl erst kurz vor Antritt seiner Heimreise an sich nehmen. Also, Waterstone, wo sind diese Schätze geblieben?«

Waterstone nickte. »So war es in der Tat. Aber Eure beiden Männer, Peter Shaffer und Jeffrey Morgate, haben durch ihre blinde Gier alles zerstört. Sie haben Fitzgibbon zwar gezwungen, sie zu dem Ort zu führen, wo der Bronzekessel mit Goldgegenständen versteckt war, aber als sie ihn mit seiner Hilfe gefunden hatten, haben sie ihn ermordet und im Moor versenkt. Ich kam zu spät. Der eine der beiden, Shaffer, ist vor mir ins Moor geflüchtet, der andere, Morgate, hat Fitzgibbons Pferd gestohlen und ist damit auf und davon.«

»Und was zum Teufel ist mit dem Schatz geschehen?« Den

Prinzen schien die Nachricht vom Tod des irischen Kartographen nicht besonders zu erschüttern.

»Nun, Shaffer hat den Kessel mit sich genommen. Es war eindeutig, dass er und sein Geselle nicht die Absicht gehabt haben, Euren Auftrag zu erfüllen, sondern den Schatz zu stehlen und sich damit abzusetzen. Als ich nach ihm suchte, fand ich ihn erschlagen. Der Bronzekessel war verschwunden.«

»Wer hat ihn denn getötet?«

Waterstone lächelte ein wenig wehmütig. »Hoheit, ich glaube, dass es der Moormann war, der Shaffer mit dem Schatz überrascht und im Kampf getötet hat. Er hat dann wohl auch den Kessel wieder an sich genommen und ist seither spurlos verschwunden.« Er zog eine goldene Fibel aus seinem Wams. »Das ist das Einzige, was von dem Schatz übrig ist. Ich habe diese Fibel in der Nähe der Leiche von Shaffer gefunden.« Er reichte sie dem Prinzen.

»Und was habt Ihr mit der Leiche getan?«

»Im Moor vergraben«, antwortete Waterstone, der selbst überrascht war, wie mühelos ihm all diese Halbwahrheiten über die Lippen kamen. Was er dem Prinzen gerade berichtet hatte, war nur ein Bruchteil der tatsächlichen Vorkommnisse in jener Märznacht.

George drehte die goldene Fibel zwischen den Fingern. Er war tief enttäuscht, versuchte jedoch, seine Gefühle unter Kontrolle zu halten. Dann straffte er die Schultern.

»Es tut mir leid um den jungen Kartographen«, sagte er. »Er war ein anständiger Mensch und, wie Demphurst mir anvertraute, ein großes Talent auf seinem Gebiet. Glücklicherweise hat er einige Karten hinterlassen, die der Nachwelt beweisen werden, dass Reginald Fitzgibbon einen wichtigen Beitrag zum Ruhm des Britischen Weltreiches geleistet hat. Ich werde diese Fibel dem British Museum schenken. Diese eine goldene Fibel befreit mich nicht von meinen Geldsorgen. Eine großzügige Geste dagegen könnte sich als nützlich erweisen.«

Nach diesen salbungsvollen Worten nahm er einen Schluck Wein und fuhr fort: »Bedauernswert, dass Ihr dieses Mal versagt habt. Um die Ganoven ist es nicht schade. Vielleicht findet ja irgendwann einmal ein glücklicher Bauer oder Torfstecher im Moor den verschollenen Schatz. Das hilft nur mir leider nichts mehr.« Er seufzte und hob erneut den Becher zum Mund.

Waterstone wollte sich diskret zurückziehen. Doch der Prinz ließ ihn noch nicht gehen. »Was sind jetzt Eure Pläne?«, fragte er mit einem Unterton, den Waterstone richtig zu interpretieren glaubte: George hatte das Interesse an ihm verloren, da er weder Reginald geschützt noch, was viel wichtiger war, ihm den Schatz gebracht hatte. Die mit so viel Aufwand geplante und durchgeführte Mission war in jeder Hinsicht gescheitert. George konnte von Glück reden, dass alle diese Ereignisse niemals an die Öffentlichkeit dringen würden und vor allem wohl kein Mensch Peter Shaffer und Jeffrey Morgate vermissen würde. Auf Sir Henrys Schweigen konnte der Prinz sich verlassen.

»Mit Verlaub, Hoheit«, antwortete er. »Ich werde England verlassen und mich auf das Anwesen meiner Familie südlich von Dublin zurückziehen. Schon lange hatte ich vor, Pferde zu züchten und vor allem eine Familie zu gründen. Ich breche Anfang Mai nach Irland auf.«

Der Prinz nickte. »Ihr wart mir ein treuer Diener, Waterstone. Ich wünsche Euch Erfolg und dass Ihr nie wieder in den Krieg ziehen müsst. London wird Euch nun wohl sicher länger missen müssen!«

Waterstone hatte verstanden. Für ihn gab es keine Zukunft am Hof des Prinzen von Wales mehr. Umso mehr freute er sich deshalb, dass er dem Prinzen nicht einmal die Hälfte der Wahrheit erzählt hatte. Mit einer tiefen Verbeugung verließ er den Salon, mühsam seine Erleichterung verbergend. Er würde den Hof nicht vermissen, aber niemand könnte ihn daran hindern, gelegentlich privat nach London zu reisen, eine Stadt, die ihm ans Herz gewachsen war.

Der Prinz sah ihm lange nach. Waterstone würde ihm fehlen. Der Mann hatte ihm loyal gedient, aber er wusste zu viel. Es war gut, dass er in seine Heimat zurückkehren und dort weitab vom Hof ein eigenständiges Leben führen würde. George seufzte. Viele Freunde blieben ihm nicht. Er hob das Glas zum Mund und tröstete sich mit dem Gedanken, dass sein Vater nicht ewig leben und er irgendwann dieses stetig wachsende Weltreich regieren würde. Und heute Abend wartete seine reizende Frau auf ihn.

Waterstone regelte seine Angelegenheiten in London. Er traf Sir Albert Demphurst, Reginald Fitzgibbons Auftraggeber, zu einem Gespräch unter vier Augen. Diesem ehrlichen, aufrechten Mann vertraute er einen weitaus größeren Teil der Ereignisse in Brester Holz an als dem Prinzen. Am Ende des Gespräches versprach Demphurst, diese Informationen für sich zu behalten, auch um das Andenken des jungen Kartographen zu ehren.

An einem sonnigen Tag Anfang Mai brach John Waterstone nach Irland auf. Die Besitztümer seiner Familie lagen in den Wicklow Mountains und in County Meath. Dort wollte er seine Pferdezucht aufbauen. In den Hügeln von Wicklow besaß er ein stattliches Herrenhaus, nicht so prächtig wie das Schloss von Powerscourt, das der Viscount of Powerscourt vor gut sechzig Jahren hatte errichten lassen und das seinen Ruhm vor allem seinen wunderschönen Gärten verdankte. Doch auch Waterstone House besaß einen gewissen Charme und eignete sich gut für die Gründung einer Familie. Waterstone wusste seit drei Jahren, wen er als Herrin von Waterstone House an seiner Seite wünschte. Als er damals nach Irland gereist war, traf er bei einem festlichen Abendessen in Powerscourt eine kluge und durchaus attraktive junge Frau. Lady Annabelle MacBride hieß seine Auserwählte, die er im September zu heiraten gedachte.

Doch ehe er sich um sein Privatleben kümmern konnte, drängte es ihn, noch eine wichtige Angelegenheit zu erledigen. Und so ritt er am Montag, dem 1. Juni 1789, die rund zweiunddreißig Meilen von seinem Anwesen nach Dublin. Sein Ziel war Trinity College, die im späten 16. Jahrhundert von Königin Elisabeth gegründete Universität von Dublin, ein großer Gebäudekomplex mit schönen Gärten, nicht weit vom Fluss Liffey entfernt. Sein Pferd stellte er im Stall eines Gasthofes am Fluss unter und ging ein Stück an der Liffey entlang auf die Anlagen der ehrwürdigen Universität zu.

Als er durch das Tor schritt, fühlte er sich ein wenig beklommen. Die Ereignisse vom März zogen vor seinem inneren Auge vorbei. Er sah die alte Kirche im fahlen Mondlicht vor sich, er roch wieder die dumpfe Luft im Untergewölbe, fand den blutüberströmten Peter Shaffer im Moor liegen und neben ihm einen hünenhaften Mann, der selbst ihn noch um fast einen Kopf überragte.

Ihn, der in seinem Leben nur selten Furcht verspürt hatte, befielen ein ungewohntes Gefühl der Beklommenheit und ein leichtes Unbehagen bei dem Gedanken an die Begegnung mit dem Mann, der vor dem Hauptgebäude der Universität auf einer Bank saß, das Gesicht der wärmenden Junisonne zugewandt. Waterstone trat näher und räusperte sich. Der Mann auf der Bank drehte sich ihm zu. Sein Gesicht war blass, und auf seiner Stirn zeichnete sich eine noch frische Narbe ab. Ansonsten aber wirkte Reginald Fitzgibbon, den der Kronprinz aufgrund von Waterstones Bericht unter den Toten wähnte, überaus lebendig.

»Mr Waterstone, nehme ich an?«, fragte Reginald und betrachtete den Mann, der in seinem Leben eine entscheidende Rolle gespielt, den er aber nie richtig zu Gesicht bekommen hatte. Waterstone war für ihn im wahrsten Sinne des Wortes eine Schattenfigur gewesen, die er selbst auf der gemeinsamen Schiffsreise nur schemenhaft gesehen hatte. Auch während der Ereignisse jener Nacht war er ein Phantom geblieben, und Piet hatte von diesem Mann nur als dem großen Fremden in einem dunklen Mantel gesprochen.

Waterstone nickte ein wenig verlegen und setzte sich neben Reginald. Eine Welle der Erleichterung durchflutete ihn, als er erkannte, dass der junge Mann die Schrecken der Nacht vom 22. auf den 23. März offensichtlich gut überstanden hatte.

»Wie geht es Euch?«, fragte er dennoch und ärgerte sich über diese Floskel.

Reginald lächelte. »Mir geht es gut, zumal ich in wenigen Wochen Charlotte Stonewarren heiraten werde, die Stieftochter des Kneipenwirtes John Marlowe. Ich habe eine Arbeit in der Bibliothek des Trinity College gefunden und werde nun wohl nur noch selten Karten herstellen und dann auch nur unter dem Namen O'Brian, dem Mädchennamen meiner Mutter. Doch dafür werde ich einen wahren Schatz an Büchern und Karten verwalten. Ich trete in die Fußstapfen meines Vaters. Er wäre wohl zufrieden mit mir, vor allem, da er nie sehr glücklich mit meiner Entscheidung gewesen ist, Irland zu verlassen. Aber Ihr habt sicherlich aus einem bestimmten Grund um dieses Treffen gebeten.«

Waterstone hatte einige Wochen benötigt, um Reginalds Dubliner Adresse herauszufinden. Er hatte alle seine Beziehungen spielen lassen, hatte aber eines Reginald Fitzgibbon nirgends habhaft werden können. Doch dann hatte ihm ein alter Freund, der am Trinity College unterrichtete, einen entscheidenden Hinweis auf einen jungen Mann gegeben, der vor Kurzem in Dublin aufgetaucht war und offenbar große Kenntnisse auf dem Gebiet der Kartographie besaß. Waterstone forschte weiter, stieß auf Reginalds Adresse, der in einer ruhigen Seitenstraße nicht weit vom Trinity College wohnte, und schickte Reginald einen kurzen Brief mit der Bitte um ein Treffen.

»In der Tat bat ich Euch aus mehreren Gründen um diese Begegnung. Zum einen wollte ich Euch von der Nacht berichten, die Ihr mit Mühe überlebt habt, zudem möchte ich Euch etwas geben, das ich für Euch aufbewahrt habe.« Waterstone zog einen in Leder gehüllten Gegenstand aus seiner Tasche hervor.

Einen Augenblick lang schlug Reginalds Herz höher. War das eine der Figuren, die er bei seiner überstürzten Flucht aus Brester Holz vor mehr als zwei Monaten in ihren Verstecken hatte zurücklassen müssen? Diese beiden Zeugen einer fernen Vergangenheit waren für ihn der größte Schatz gewesen, wertvoller als der Inhalt des Bronzekessels. Als er das Lederstück zurückschlug, fühlte er fast so etwas wie Enttäuschung. Darunter verbarg sich statt der Figuren ein goldener Becher. Doch er fasste sich schnell.

»Weshalb gebt Ihr mir das? Der Becher stammt nicht aus dem Goldhort im Bronzekessel. Darin befanden sich Fibeln, Armreifen, Nadeln und Spiralen, aber kein Becher.«

Waterstone lächelte. »Nein, diesen Kelch hat mir Euer Moormann, Piet, in jener Nacht anvertraut, in der Ihr fast gestorben wärt. Ihr selbst habt sicherlich kaum mehr Erinnerungen an diese Nacht.«

Das war leider allzu wahr. Der heftige Schlag auf den Kopf, der Reginald betäubt hatte, ehe ihn Shaffer und Morgate in den steinernen Sarg hievten, hatte einen Großteil seiner eigenen Erinnerungen an diese Nacht ausgelöscht. Er erinnerte sich, dass ihn jemand kurz vor dem Ersticken aus dem Sarkophag gezerrt hatte, ihn an die kühle Nachtluft trug, ihn auf ein Pferd setzte und ihm die Zügel in die Hand drückte. Das Blut aus seiner Stirnwunde erschwerte ihm das Sehen, und er konnte nicht deutlich erkennen, wer sein Retter war. Er sah nur eine große, dunkle Gestalt, die Teil der nächtlichen Dunkelheit zu sein schien. Dieser Fremde sagte: »Ihr müsst so schnell wie möglich fort. Die Gefahr ist noch nicht vorüber.« Damit gab er dem Pferd einen Klaps aufs Hinterteil. Das Pferd, ein wesentlich edleres Ross als Reginalds guter alter Siegfried, stob davon. Er hielt sich mit Mühe im Sattel, klammerte sich am Hals des Pferdes fest und jagte durch eine Landschaft, in der im Osten zögernd das erste ferne Morgengrau aufleuchtete, während im Westen schwarze Wolken am Himmel klebten.

Als sich der Nebel in seinem Gehirn einige Stunden später langsam zu lichten begann, stellte er fest, dass der Fremde die Satteltaschen mit Nahrungsmitteln gefüllt und obendrein noch einen Beutel mit Münzen dazugelegt hatte.

Die beiden nächsten Wochen verflogen wie im Traum. Überfahrt von Cuxhaven nach Yarmouth mit einem wesentlich größeren und stabileren Schiff als wenige Wochen zuvor, auf dem er sogar das Pferd mitnehmen konnte, Ritt nach London, Besuch bei seinen künftigen Schwiegereltern und vor allem drei Tage in Charlottes Obhut im »The King's Men«, die liebevoll seine Stirnwunde versorgte, die er sich beim Sturz in den Sarkophag zugezogen hatte. Allmählich schwanden seine nächtlichen Alpträume, in denen er verzweifelt versuchte, dem steinernen Sarg zu entkommen, und seine Hilferufe vom Stein geschluckt wurden. Immer wieder sah er Shaffers zynisches Lächeln und seinen Gehilfen Morgate vor sich, aber irgendwann verließen die beiden seine Träume, und er konnte wieder durchschlafen und frei atmen.

Er ließ viel Vorsicht bei seinem Besuch in London walten, und allzu gerne hätte er Demphurst aufgesucht. Doch er wusste nicht, was mit den beiden Ganoven geschehen war. Er vermutete, dass sie sich mit dem Goldhort davongemacht hatten. Wie er die beiden einschätzte, würden sie dem Prinzen wahrscheinlich nichts von ihrer Beute abliefern, sondern versuchen, damit irgendwo fern von England ein neues Leben zu beginnen. Fast fürchtete er, dass die beiden wiederauftauchen könnten. Doch niemand schien ihn zu suchen, kein Fremder kam in den Gasthof, um sich nach ihm zu erkundigen.

Und dann berichtete ihm John Marlowe von dem Gerücht, dass man ihn für tot hielt, verschollen im Moor, »wohl ein Opfer dieses mysteriösen Moormannes«. Diese Nachricht, so sonderbar das klang, freute Reginald, da er nun in Frieden leben konnte, wobei ihn der Gedanke betrübte, dass ausgerechnet sein Freund Piet ihn erschlagen haben sollte. Er bat John und Mary, die Wahrheit für sich zu behalten und ihn als Toten zu betrauern. Still und heimlich brach er eines Morgens Ende April nach Dublin auf, wohin ihm Charlotte im Juli folgen sollte. Die Ereignisse im Brester Moor hatte er hinter sich gelassen, wobei er den Moormann schmerzlich vermisste und auch den Verlust seiner Karten und einiger seiner Funde wie den Bärenmann bedauerte. Doch irgendwie verschwammen diese Ereignisse und alles, was damit zusammenhing, immer mehr zu einem fernen Traum, der gar nicht mehr Teil seines eigenen Lebens zu sein schien.

Waterstone hatte einen Moment geschwiegen, als er sah, dass Reginald sich bemühte, die Ereignisse jener Nacht heraufzubeschwören. Seinem angespannten Gesicht sah er an, dass Reginald darauf brannte, Einzelheiten zu erfahren und seine Gedächtnislücken zu füllen. Deshalb wollte er ihn nicht länger auf die Folter spannen.

»Ich hatte Euer Haus schon länger unter Beobachtung, weil ich wusste, dass sich die beiden Gauner irgendwo in der Nähe versteckten, um den richtigen Augenblick abzuwarten. Fast aber wäre ich zu spät gekommen, denn als ich Euer Haus erreichte, hatten Euch die beiden Männer schon mit Gewalt entführt. Ich näherte mich der Kirche, von der ich ahnte, dass dort das Objekt ihrer Begierde versteckt sein könnte, habe ich Euch doch mehrmals in der Nähe des Gotteshauses gesehen. Als ich nur wenige Fuß davon entfernt war, öffnete sich die Kirchentür mit einem lauten Knall, und die zwei Männer stürmten heraus. Mit gezückter Pistole sprang ich ihnen entgegen, um sie aufzuhalten. Ich muss wohl ›Halt!‹ gerufen haben, aber sie hörten nicht auf mich. Daraufhin gab ich einen Schuss ab, der die Kirchenmauer traf.«

Waterstone hielt einen Augenblick inne, ehe er fortfuhr. »Der eine der beiden Männer, den ich selbst in diesem trüben Licht als Shaffer erkannte, trug etwas halb verdeckt unter seinem Mantel. Er schlug einen Haken wie ein Hase und rannte in Richtung Moor. Jeffrey Morgate dagegen wandte sich in die andere Richtung und preschte an mir vorbei. Seine Ausdünstungen raubten mir fast den Atem. Ihn würde ich mir später vornehmen. In ihm sah ich das kleinere Übel. Den Bruchteil einer Sekunde zögerte ich. Sollte ich Shaffer verfolgen, der, wie ich vermutete, den Bronzekessel mit dem Schatz bei sich hatte, oder erst in die Kirche gehen, um nach Euch zu suchen?«

Waterstone lächelte etwas gequält. Er verspürte noch jetzt Gewissensbisse, dass er überhaupt gezaudert hatte. »Ich entschied mich für die Kirche. Es war dort düster und kalt, aber in einer Ecke beim Altar fand ich Kerzen, von denen ich eine entzündete und damit die schmale Treppe in das untere Kirchengewölbe hinabstieg.«

Waterstone erinnerte sich an jeden Augenblick jener Nacht, die sich ihm tief eingeprägt hatte. Schatten tanzten im flackernden Kerzenlicht. Es roch nach fauligem Wasser, und an den Wänden zeigten sich feine Risse als Folgen der ständigen Feuchtigkeit. Die zwei mächtigen Sarkophage standen wie zwei graue Felsblöcke im Raum. Er bemerkte, dass der Deckel des einen leicht verschoben schien. Mühsam versuchte er, ihn ganz von der Öffnung des Sarkophags zu lösen. Als er ihn ein Stück bewegt hatte, hörte er aus dem Inneren ein leises Stöhnen. Das verlieh ihm die Kraft, weiter an dem schweren Stein zu zerren. Endlich war die Öffnung groß genug, um hineinzuleuchten. Da lag Reginald mit blutüberströmtem Gesicht, kaum atmend und bewusstlos. Waterstone gelang es mit einiger Anstrengung, den Deckel noch ein weiteres Stück beiseitezuziehen, und er hob den fast regungslosen Reginald heraus. Das war kein leichtes Unterfangen, und Waterstone würde nie vergessen, wie ihn jäh ein Anflug von Verzweiflung überkam, den jungen Mann nicht aus seinem Gefängnis befreien zu können. Doch dann glitt Reginald über den Rand des Sarkophags und plumpste auf den Boden des Gewölbes. Trotz aller Dramatik entbehrte dieser Anblick nicht einer gewissen Komik, auch wenn Waterstone in diesem Moment nicht der Sinn nach Lachen stand.

Die nächsten Minuten vergingen rasend schnell. Es gelang ihm, Reginald die glitschigen Stufen hinauf und aus der Kirche zu schleifen, ihn gegen die Kirchhofsmauer zu lehnen, rasch hinüber zum Stall von Reginalds Haus zu laufen, sein Pferd zu holen und den halb Bewusstlosen auf den geduldigen Gaul zu hieven. Die Satteltaschen waren mit Nahrungsmitteln gefüllt, eigentlich für seine eigene Heimreise gedacht, doch es war wichtig, dass Reginald möglichst schnell aus dieser Gegend verschwand, selbst wenn das bedeutete, dass er all seine Habe im Moorhaus zurücklassen musste.

Wenig später galoppierte der von dem Schlag auf den Kopf noch immer benommene Reginald hinein in die dunkle Nacht. Im Osten zeigte sich ein erster grauer Streifen, doch noch stand der schmale Mond über dem Moor. Waterstone wünschte ihm von ganzem Herzen, dass er heil die Küste erreichte und das Brester Moor weit hinter sich ließ. Ihn quälte der Gedanke, dass er den jungen Kartographen nicht ausreichend hatte schützen können. Auch deshalb musste er noch hierbleiben und einiges erledigen.

Sein nächstes Ziel war das Moor. Morgate erschien ihm weniger gefährlich, zudem hatte Shaffer den Schatz an sich gerissen.

Mit gezücktem Degen und der Pistole im Anschlag erreichte Waterstone den Rand des Moores. Er kam nur schwer voran. Das noch winterbraune Gras klebte an seinen Beinen, und der Moorboden, gesättigt vom Regen der vergangenen Wochen, schmatzte unter seinen Füßen. Seine Stiefel schützten ihn vor der Nässe, doch seine Füße blieben immer wieder in dem morastigen Grund stecken. Da tauchte plötzlich aus dem Dunkel ein Hüne vor ihm auf.

Waterstone durchfuhr es siedend heiß. Seine Hand fuhr an seinen Degen, aber er zog ihn nicht aus der Scheide. Vorsichtig näherte er sich der großen Gestalt. Das musste der sagenumwobene Moormann sein. Der Riese, der, wie Waterstone sah, noch um einiges größer war als er selbst, beugte sich über eine leblose Gestalt, die vor ihm auf dem Boden lag. Als er sich aufrichtete, entdeckte er Waterstone. Drohend hob er seine Waffe, eine gefährlich aussehende Mischung aus Speer und Keule.

Doch Waterstone rief ihm zu: »Keine Angst! Ich bin ein Freund von Reginald!« Sein holpriges Deutsch klang ihm in den eigenen Ohren recht sonderbar, doch der Moormann schien ihn zu verstehen.

Mit seiner Waffe deutete er auf den Toten und sagte in seinem Dialekt, den Waterstone wegen vieler dem Englischen ähnelnden Wörter recht gut verstand: »Dieser Mann hat mich angegriffen. Ich habe ihn niedergestreckt.«

Waterstone trat näher. Shaffer lag zusammengekrümmt auf dem dunklen Torf, die Augen weit aufgerissen. Der Moormann hatte ihm den Schädel zertrümmert. Shaffers Gesicht, aus dem die Augen ins Leere starrten, ähnelte einer roten Maske. Ein grausamer Anblick, aber auch der Moormann war nicht ungeschoren davongekommen. Er blutete stark aus einer Schulterwunde, die sein Fellgewand kaum bedeckte. Neben dem Toten lag der Bronzekessel, der Shaffers Händen entglitten war. Ein Teil seines Inhalts war um ihn herum verstreut, Fibeln, Armreifen, eine Gewandnadel. Waterstone sah nur kurz zum Schatz hin, dieses Objekt der Begierde, das so viel Blut gekostet hatte. Der Moormann bemerkte Waterstones Blick, zuckte mit den

Achseln, bückte sich und sammelte die Sachen ein. Fast achtlos warf er sie in den Kessel und reichte ihn Waterstone.

»Die Gier der Menschen ist ihr Untergang«, sagte er leise. »Nehmt den Kessel und tragt ihn weit fort aus dieser Gegend. Es ist zu viel Blut für diesen Schatz geflossen, der, wie ich glaube, vor langer Zeit als Opfer an die Götter im Moor vergraben wurde. Er ist zum Fluch geworden, der auf dem Moor lastet.« Dann blickte er Waterstone mit einem sanfteren Ausdruck an. »Aber sagt mir, wo Reginald ist. Ich fürchte um sein Leben.«

Waterstone nahm den Kessel, der ihm plötzlich unendlich schwer erschien. Er war an Gold noch nie besonders interessiert gewesen, wusste er doch selbst, was Habgier bewirken konnte. Er hatte genug Tote gesehen, die der Drang nach Reichtum niedergestreckt hatte, hatte genügend Plünderungen und blinde Habsucht erlebt. Der Schatz übte auf ihn keinerlei Reiz aus. Er spürte, wie sehr der Moormann darauf brannte, vom Schicksal seines Freundes zu erfahren. Er lächelte ihn beruhigend an und antwortete ihm ohne große Umschweife oder gar den Versuch, ihm alle Details der Ereignisse zu schildern.

»Reginald ist fort«, sagte er. »Er wäre heute Nacht fast gestorben, aber er hat überlebt. Ich habe ihn auf mein Pferd gesetzt und ihm gesagt, er solle diese Gegend verlassen. Denn die Gefahr für ihn ist noch nicht gebannt. Abgesehen von einer Stirnwunde ist er unversehrt. Er wird überleben.«

Der Moormann nickte erleichtert. Dann sah er auf den Toten hinab. »Das ist gut. Reginalds Leben und Wohlsein liegen mir am Herzen. Diesen Mordgesellen hier werde ich im Moor begraben. Er ist nicht der Erste und wird nicht der Letzte sein, der hier verschwindet. Das Moor war schon das Leichentuch für viele.«

Waterstone betrachtete den seltsamen Mann mit dem wirren Bart und den hellen Augen. Ihm brannte eine Frage auf der Seele. »Weshalb seid Ihr eigentlich zu dieser späten Zeit im Moor unterwegs?«

Der Moormann zögerte kurz, ehe er antwortete: »Ein Traum hat mich aus dem Schlaf gerissen. Ich träumte, dass Reginald im Moor versinkt und ich ihn retten muss. Deshalb wollte ich zu ihm. Ich habe gespürt, dass er in Gefahr ist. Doch dann stürzte dieser Mann auf mich zu und griff mich an.«

Er hob den toten Shaffer langsam auf und nahm ihn auf seine Arme. Trotz seiner blutenden Schulterverletzung schien der Tote für ihn kaum Gewicht zu besitzen. Dann wandte er sich noch einmal um. »Ich werde heute Nacht meine Hütte verlassen und weiterziehen. Aber ich werde dort etwas zurücklassen. Kommt morgen vorbei. Was Ihr dort findet, sollt Ihr Reginald geben, wenn Ihr ihn wiederseht. Ich vertraue Euch. Es ist etwas, was ich vor vielen Jahren aus dem Moor geborgen und aufbewahrt habe. Ich wollte es nicht aus der Hand geben, aber meine Zeit ist gekommen. Ich brauche all diese Dinge nicht mehr. Der Junge hat heute Nacht alles verloren, was ich ihm gegeben hatte, alle Schätze dieses Moores. Dann soll er zumindest das Letzte bekommen, was ich noch mein Eigen nenne. Er war mein Freund, vielleicht der einzige, den ich je hatte. Dieses Geschenk soll ihn an Piet erinnern, den Moormann. Versprecht mir, dass Ihr meine Bitte erfüllt!«

Er lächelte plötzlich, und dieses Lächeln verwandelte sein zerfurchtes, bärtiges Gesicht. Waterstone blickte ihn erstaunt an und vermochte, wie einst Reginald, sich vorzustellen, was für ein gut aussehender Mann Piet hätte sein können, wäre er nicht selbst ein Teil dieses Moores geworden, ein in Felle gehüllter Einsiedler ohne Familie und Heim, ruhelos und aus der Zeit gefallen.

Waterstone nickte. »Ich werde Reginald aufspüren und ihm Euer Geschenk geben. Das schwöre ich.«

Piet straffte seine breiten Schultern, wandte sich um und verschwand mit Shaffers Leiche im dunstigen Moor, über dem langsam die tiefschwarze Nacht dem ersten noch schwachen Licht des frühen Morgens wich.

Waterstone betrachtete nachdenklich den Bronzekessel, den ihm der Moormann anvertraut hatte. Sein Inhalt würde den Kronprinzen von allen Geldsorgen befreien. Es gab genügend Sammler solcher Kostbarkeiten, die George mit Hilfe von Sir Henry auftreiben konnte. Aber Waterstone empfand angesichts all der dramatischen Ereignisse der Nacht und auch der Monate davor den größten Widerwillen, diesen Teil des Auftrages zu erfüllen und dem geldgierigen Prinzen den Kessel zu überbringen. Nein, er wollte nicht auch noch dem Prinzen diesen Blutzoll liefern. Stattdessen trug er den Kessel zurück zur Kirche. Doch er legte ihn nicht mehr im Sarg ab, sondern suchte ein anderes Versteck. Vielleicht würde er ja selbst eines Tages wiederkommen, um ihn zu bergen, auch wenn er weniger am materiellen Wert als vielmehr an der Geschichte dieses Bronzekessels und seines Inhalts interessiert war. Und wer wusste, ob nicht Reginald noch einmal zurückkehren würde. Der Schatz konnte warten, vielleicht auch auf eine ferne Generation. Er selbst wollte sich zu diesem Zeitpunkt nicht mit diesem Goldhort belasten.

Waterstone blickte sich in dem engen Gewölbe unter der Kirche um und entdeckte nach kurzer Suche ein Versteck, in dem er den Kessel abstellte. Er schmunzelte unwillkürlich über seine Wahl. Der Schatz wurde nun statt vom Moormann von einem Heiligen gehütet.

Waterstone fühlte sich erleichtert, als er die kleine Kirche verließ und in die morgendliche Kühle trat. Sein nächster Gang führte ihn zu Reginalds Haus. Dort sah es chaotisch aus. Die beiden Entführer hatten offensichtlich alle Karten auf dem Tisch durcheinandergewirbelt, ehe sie mit Reginald zur Kirche aufgebrochen waren. Reginalds Pferd stand nicht mehr in dem kleinen Stall. Waterstone ahnte, dass Morgate damit geflüchtet war. Sollte er doch! Er könnte auch die Bow Street Runners auf ihn ansetzen, aber dann kämen die Geheimnisse des Moores und vor allem auch die Verstrickung des Prinzen in diese Affäre irgendwann ans Licht. Waterstone sah darin keinen Sinn. Morgates Schicksal war ohnehin besiegelt. In England würde er seines Lebens nicht mehr froh werden. Er konnte ihm insgeheim nur raten, das Land zu verlassen und möglichst weit weg von England ein neues und hoffentlich besseres Leben zu beginnen.

In einer Satteltasche, die in dem aus wenigen Brettern gezimmerten Stall auf dem Boden lag und die Morgate bei seiner Flucht übersehen hatte, entdeckte Waterstone eine der von

Reginald gezeichneten Moorkarten. Er betrachtete sie kurz im Licht der qualmenden Fackel, die er im Stall entzündet hatte, und steckte sie ein. Er nahm auch die vier Karten, die Reginald auf dem Tisch im Haus hatte liegen lassen, und rollte sie zusammen.

Er ahnte, dass die Karte im Stall die endgültige Version der Fundstellen für die anderen Gegenstände darstellte, die der Moormann Reginald überlassen hatte. Ihm gefielen aber auch die anderen Karten, die eigentlich Entwürfe waren und noch gestochen und gedruckt werden mussten. Er würde das in Dublin in Auftrag geben und die Karten als Erinnerung an die Abenteuer im Moor bewahren. Falls er je eines Tages nach Brester Holz zurückkehren würde, wollte er sich auch nach den anderen Schätzen umschauen. Auch hier nicht um des Besitzes willen, sondern um zu ergründen, was der Moormann Reginald noch alles geschenkt hatte. Waterstone interessierte sich für alte Artefakte, von denen er einige bereits bei seinen früheren Reisen nach Italien erworben hatte. Er besaß ein paar Vasen, einige Öllämpchen und eine kleine Bronzestatue des Apoll. Und es wäre doch spannend, nachzuschauen, ob der heilige Antonius den Goldhort gut bewacht hatte. Man konnte ja nie wissen. Waterstone lächelte bei diesem Gedanken.

Als er sich wenig später zu Fuß seinem eigenen kleinen Haus näherte, sah er ein Pferd in der Nähe an einen Baum gebunden. Aus dem Haus drangen Geräusche. Er stieß die Tür zu seiner Stube auf, und da stand Johann von Stocker mit vor Wut gerötetem Gesicht vor ihm. Waterstone hatte schon längere Zeit das dumpfe Gefühl gehabt, dass Stocker nicht in London weilte, sondern nach Deutschland zurückgekommen war. Sein Gewährsmann Murray hatte ihm berichtet, dass man ihn in der Gegend des Londoner Hafens gesichtet habe, wohl auf der Suche nach einem Schiff mit dem Ziel, auf den Kontinent überzusetzen. So hielt sich seine Überraschung über Stockers Anwesenheit in Grenzen.

Ohne große Vorreden sprang dieser auf Waterstone zu. »Ich weiß, dass Ihr den Schatz an Euch genommen habt!«, brüllte er.

»Shaffer und Morgate sind verschwunden, der junge Fitzgibbon auch. Sagt mir, wo der Schatz ist! Habt Ihr ihn?«

Waterstone blieb ruhig. »Woher wisst Ihr von dem Schatz?«

Stockers Gesicht verzerrte sich zu einem kalten Lächeln, das eher einer Grimasse glich. »Ich bin seit drei Tagen in dieser Gegend, habe aber in Aspe übernachtet, nur zwei Meilen von hier. Mir ist wenig entgangen von dem, was hier geschehen ist. Und ich weiß, dass Shaffer und Morgate ihren eigenen kleinen Plan hatten.«

»Und was wollt Ihr mit dem Schatz?«, fragte Waterstone den aufgebrachten Agenten seines Kronprinzen. Er wusste über Stockers Tätigkeit für George Bescheid, der geschickt in allen Teilen des aufblühenden Empire seine Leute für sich arbeiten ließ, um immer gut informiert über jedes Ereignis zu sein. Damit war er seinem Vater oft einen Schritt voraus. Als königlicher Kartograph hatte Johann von Stocker Zugang zu vielen Dokumenten in unterschiedlichen Archiven und zu Menschen, die nicht ahnten, dass dieser Mann mit dem eher harmlosen Beruf seinen eigentlichen Auftrag geschickt hinter der Maske des tüchtigen Ingenieurs im königlichen Dienst versteckte.

Stocker schnaubte. »Natürlich will ich ihn meinem Herrn abliefern. Ich bin kein gemeiner Dieb wie die beiden Halunken, die der unsägliche Sir Henry auf Reginald gehetzt hat.« Er zog seinen Degen aus der Scheide und fuchtelte damit vor Waterstone herum. Der blieb weiterhin gelassen, hatte er doch genügend ähnliche Situationen als Soldat erlebt. Dieser wütende Mann und sein Degen vermochten ihn nicht zu erschrecken.

»Shaffer ist tot. Der Moormann hat ihn erschlagen, als Shaffer ihn angegriffen hat. Morgate hat mit Fitzgibbons Pferd das Weite gesucht, der junge Mann ist in Sicherheit, und Ihr werdet den Schatz gewiss nicht bekommen, egal, ob Ihr ihn für Euch selbst wollt oder wirklich George übergebt. Ich traue niemandem mehr. Die Versuchung ist zu groß. Zu viel Blut klebt an diesem Gold, und George trägt Schuld daran.«

»Was Ihr da sagt, ist Hochverrat«, rief Stocker, dessen Augen aus ihren Höhlen zu treten schienen. Zu seinem Zorn gesellte sich die beschämende Erkenntnis, dass Waterstone offenbar seine tiefsten Gedanken gelesen hatte. Denn er war sich selbst noch immer nicht sicher, ob er den Schatz wirklich seinem Herrn abliefern oder, wie er schon in Hannover überlegt hatte, zumindest einen Teil selbst behalten wollte. Loyalität rang in seinem Innern mit Gier, ein Dilemma, das Stocker aufwühlte und in Rage versetzte. Egal, wie er sich entschied, er würde daraus Profit schlagen, zumal George ja nicht ahnte, wie groß der Schatz aus dem Brester Moor war. Dieser Waterstone würde ihn aber auf keinen Fall hindern, endlich sein Ziel zu erreichen – Ruhm und Reichtum. Koste es, was es wolle. »Verdammter Verräter! Ich will meinen Lohn für all die Mühen und die Arbeit, die ich für den Kronprinzen auf mich genommen habe. Ich habe sogar getötet, um das Geheimnis des Moores zu enträtseln.« Einen Moment lang tauchte vor seinem inneren Auge das Gesicht der alten Frau auf, die in ihrer Hütte mit blutüberströmtem Kopf auf dem kalten Boden lag. Er schüttelte das Bild ab. »Ich fordere Euch ein letztes Mal auf, mir zu verraten, wo Ihr den Schatz versteckt habt!«, schrie er.

Als Waterstone nur mit den Schultern zuckte, warf sich Stocker mit gezücktem Degen auf ihn.

Waterstone riss im letzten Augenblick seinen Degen aus der Scheide und parierte die kopflose Attacke. Es wurde ein kurzes Duell, das Waterstone mit dem Vorteil einer guten Ausbildung und seiner langjährigen Erfahrung als Offizier in königlichen Diensten für sich entschied. Eigentlich wollte er Stocker nicht töten, doch als dieser nach einem Kratzer, den Waterstone ihm als Warnung zugefügt hatte, erneut wie ein wilder Stier auf ihn zustürmte, konnte er den tödlichen Stoß nicht vermeiden. Johann von Stocker sank zu Boden, der Degen entglitt seiner Hand.

Seine letzten Worte galten seinen beiden Söhnen, die er in England zurückgelassen hatte. »Versprecht mir, meinen Namen für meine Kinder in Ehren zu halten …« Dann starb er.

Fast tat es Waterstone leid um den Mann. Die Gier nach Ruhm hatte ihn verblendet. Waterstone empfand Stockers persönliches Schicksal durchaus als tragisch. Er wusste um den frühen Tod von dessen Frau und seinen Versuch, seinen Söhnen in England eine neue Heimat zu geben. Was für ein sinnloser Tod!

Als er sich zu ihm hinunterbeugte, um ihm die Augen zu schließen, sah er eine goldene Fibel, die dem Toten aus der Westentasche geglitten war. Er hob sie auf und steckte sie ein. Woher Stocker diese Fibel hatte, die denjenigen im Kessel glich, war ein Rätsel, das sich nun aber wohl nicht mehr lösen ließ. Um die Ehre des Agenten des Kronprinzen zu wahren, was vor allem für die Zukunft seiner beiden Söhne wichtig schien, und das Geheimnis des Schatzes zu hüten, musste Waterstone ihn verschwinden lassen und später das Gerücht streuen, Stocker sei bei einem Einsatz als Kartograph umgekommen. Es war nichts Ungewöhnliches, wenn Menschen in den Urwäldern Afrikas, in den Mooren Schottlands oder in den Sümpfen Asiens verschwanden. Niemand würde nachforschen, zumal Stockers Reise nach Norddeutschland wohl eher eine Geheimmission war, von der er gewiss keiner Seele etwas erzählt hatte. Er war auf eigene Faust ins Moor zurückgekehrt. Genauso gut hätte er längst auf einem Schiff nach Afrika oder Asien sein können, um für die Royal Society zu arbeiten. Waterstone kannte genügend Mitglieder der ehrenwerten Akademie, um das Gerücht um Stockers Tod zu streuen.

Im Morgengrauen ging Waterstone zur Hütte des Moormannes, die verlassen im Frühnebel dalag. Auf dem Tisch in der winzigen Stube stand ein goldener Becher, Piets Abschiedsgeschenk an seinen Freund Reginald.

»Am nächsten Tag habe ich auf Johann von Stockers Pferd Brester Holz verlassen. Vom Moormann hat man nichts mehr gehört oder gesehen. Seine Verletzung war nicht so schwer, dass er daran gestorben sein wird. Doch er ist im Moor verschwunden, und ich bin sicher, dass er als Sagengestalt ewig weiterlebt.«

Damit beendete Waterstone seinen Bericht, ohne Reginald von seiner Audienz beim Kronprinzen zu erzählen, dem er Stockers Fibel überbracht hatte. Heimlich amüsierte er sich über

Georges Idee, die Fibel dem British Museum als großzügige Gabe zu überlassen. Aber dieses Detail der Ereignisse behielt er lieber für sich.

Gerührt betrachtete Reginald den Becher, und ihm traten die Tränen in die Augen. Das letzte Geschenk des Moormannes würde er für immer aufbewahren, als Andenken an einen Mann, der ihm sein Geheimnis anvertraut hatte. Doch Reginald fühlte sich als Versager. Er hatte die Schätze des Moormannes nicht retten können. Und er selbst würde wohl nie wieder in das Brester Moor reisen. Dieses Kapitel seines Lebens war für ihn abgeschlossen.

Er dankte Waterstone herzlich und versprach, mit ihm in Verbindung zu bleiben.

Einen Moment lang spürte Waterstone ein schlechtes Gewissen, weil er Reginald nicht gestanden hatte, dass er seine Karten aus dem Moorhaus an sich genommen hatte. Er hatte sie inzwischen stechen und drucken lassen und in seine Bibliothek gelegt. So lagen die Schätze des Moormannes noch immer in Brester Holz und warteten darauf, irgendwann geborgen zu werden oder für immer verschollen zu sein. Ohne die Karten blieb dies dem Zufall überlassen.

Auch Waterstone sollte nie wieder ins Brester Moor kommen. Und er konnte nicht ahnen, dass mehr als zweihundert Jahre später eine seiner Urenkelinnen ihrem Enkel jene Karten vererben würde. Ebenso wenig konnte er ahnen, dass dieser ferne Nachfahre Richard Bernhard mit Hilfe dieser Karten selbst den Schatz des Moormannes zu finden hoffte, den Waterstone versteckt hatte, um ihn vor der Begehrlichkeit des Kronprinzen und späteren Königs zu schützen. Aber die Gier nach Gold ist nicht das Privileg von Herrschern.

DREIZEHN

Anke Kück wollte sich einen gemütlichen Nachmittag auf ihrer Terrasse machen. Heiner war mit seinen Stammtischfreunden nach Wremen ans Meer gefahren, und sie konnte in Frieden ihren Kaffee genießen. Mit einem wohligen Seufzer ließ sie sich auf ihrem Lieblingsgartenstuhl nieder und schloss die Augen. Endlich Ruhe! Doch da klingelte es an ihrer Haustür Sturm. Widerwillig erhob sie sich und ging grummelnd zur Tür. Draußen stand Steffen Steffens, der aussah, als sei er vom Winde verweht worden. Seine ohnehin selten ordentlich gekämmten Haare standen zu Berge, sein Blick hinter den dicken Brillengläsern flackerte.

»Anke, du musst sofort mit mir kommen!«, stieß er hervor.

»Was ist denn los, Steffen? Was machst du denn für einen Aufstand?« Ihr Verhältnis zu Steffen war nie besonders gut gewesen. Vor vielen Jahren hatte ihr der Spökenkieker einmal prophezeit, dass ihre Schwester Hanna in Gefahr sei, und sie davor gewarnt, an einem bestimmten Tag mit dem Bus von Osterheide nach Cuxhaven zu fahren. Natürlich hörten weder Anke noch Hanna auf den Sonderling. Der Bus verunglückte tatsächlich, doch Hanna kam mit leichten Verletzungen davon. Seither mied Anke den Mann, der ihrer Ansicht nach nur Unglück brachte.

Aber Steffen ließ sich nicht so einfach verscheuchen. »Du musst mitkommen, Anna Bentorp ist in Gefahr!«, rief er aufgeregt.

»Wieso? Woher willst du das denn wissen?«

»Ich habe geträumt, dass sie ins Moor geht und versinkt. Ganz deutlich habe ich gespürt, dass sie in Gefahr ist. Du musst mir glauben, Anke. Sie braucht Hilfe!«

»Und was soll ich da jetzt machen?« Anke glaubte Steffen kein Wort. Dass er einen Alptraum gehabt hatte, nahm sie ihm ab. Aber nicht, dass ihre Mieterin in Gefahr schwebte. Wenn sie jeden ihrer eigenen Alpträume immer ernst nehmen würde, dann käme sie zu gar nichts mehr.

»Lass uns doch erst mal bei ihr anrufen«, schlug sie vor und zog ihr Handy aus der Tasche. Sie wählte Annas Nummer; nach wenigen Klingeltönen meldete sich die Mailbox. »Vielleicht ist sie im Garten«, sagte sie. »Man muss ja nicht immer und überall das Handy mitschleppen.«

Steffen aber zog so heftig an ihrem Arm, dass sie endlich nachgab.

»Na gut«, sagte sie, schloss die Haustür hinter sich und folgte Steffen, der mit Riesenschritten in Richtung Bresterholz marschierte. Anke hätte sich lieber aufs Fahrrad geschwungen, doch Steffen ließ ihr dazu keine Zeit.

Eine Viertelstunde später erreichten sie atemlos das Moorhaus. Anke klingelte. Nichts. Ein zweites Klingeln. Wieder nichts. Kein Geräusch, keine Bewegung hinter der Haustür. Annas Wagen stand auch nicht vor der Tür, was Anke aber beruhigte.

»Siehste, Steffen, sie ist weggefahren, vielleicht rüber nach Bremervörde oder so. Also mach dir keine Sorgen.«

Schon wollte sie sich umdrehen und wieder nach Hause gehen, um endlich ihren heiß ersehnten Terrassennachmittag zu haben, aber Steffen zog sie energisch am Ärmel und deutete auf das kleine Fenster, das zur Straße führte.

»Was soll denn sein?« Anke hatte die Nase voll von Steffens Unkenrufen.

»Das Fenster steht offen, und das ist doch ungewöhnlich. Da kann jeder einsteigen. Und nach der Erfahrung, die sie gemacht hat mit diesem unliebsamen Hausbesuch kürzlich, wird sie doch nicht das Fenster auflassen, wenn sie wegfährt.«

Anke musste Steffen recht geben. Ihre Mieterin hätte in der Tat nie das Fenster zur Straße offen gelassen. Sie stieß es ganz auf und spähte in das Arbeitszimmer. Als Erstes bemerkte sie, dass auf dem Tisch ein heilloses Durcheinander von Karten und Notizen herrschte. Und dann erblickte sie das Handy, das halb unter den Karten hervorlugte, als habe es jemand absichtlich daruntergeschoben. Da stimmte in der Tat etwas ganz und gar nicht. Sie zückte ihren Hausschlüssel, und gemeinsam mit Steffen betrat sie das Arbeitszimmer. In diesem Augenblick klingelte das Handy. Die Titelmusik von »Star Wars«, wie ihre Mieterin Anke, die nie ins Kino ging, erklärt hatte, als sie sich über diesen ungewöhnlichen Klingelton gewundert hatte. Anke riss das Handy an ihr Ohr und drückte den kleinen grünen Hörer, um das Gespräch anzunehmen.

»Hallo?«, rief sie.

»Ja, hallo. Anna, bist du das? Hier ist Knut. Knut Dierksen. Du batest um Rückruf.«

»Nein, hier ist Anke Kück. Ich habe Annas Handy auf ihrem Schreibtisch gefunden. Sie ist nicht da. Ich bin etwas besorgt, weil ich keine Ahnung habe, wo sie sein könnte.«

Knut Dierksen schwieg einen Augenblick. »Das kommt mir komisch vor«, sagte er schließlich. »Hoffentlich ist ihr nichts passiert. Ich hatte das Gefühl, dass sie dringend mit mir sprechen wollte. Ich wollte heute ohnehin vorbeikommen, weil ich mit ihr reden muss. Vielleicht taucht sie bald wieder auf. Aber trotzdem. Da ich jetzt noch in Hannover bin, kann ich in etwa zwei Stunden da sein. Versuchen Sie doch in der Zwischenzeit, Kommissar Schumann zu erreichen.« Damit legte er auf.

Eigentlich war es viel zu früh, um die Polizei zu alarmieren. Aber Steffens Unruhe steckte Anke an, und auch Knut Dierksen, der, wie sie wusste, ein guter Bekannter ihrer Mieterin war, schien besorgt zu sein. Sie griff nach ihrem Handy. Schumanns Büronummer war bei ihr eingespeichert; er hatte sie ihr gegeben für den Fall, dass ihr noch etwas zu Harm Willems oder Agnes Fichte einfiel. Sie erreichte ihn aber nicht, und seine Mitarbeiterin, die den Hörer abnahm, erklärte ihr: »Der Chef ist gerade bei Ihnen im Moor. Er müsste schon eine gute Stunde vor Ort sein. Falls es dringend ist, gebe ich Ihnen seine Handynummer.«

Anke, sonst die Ruhe in Person, verspürte wachsende Anspannung. Die Todesfälle im Moor, Annas unerklärliche Abwesenheit – das alles machte sie ungewohnt nervös.

Die Mücken im Moor machten Hans Schumann rasend. Es surrte und sirrte um ihn herum, während er durch das Gras stapfte. Gerade hatte er sich noch einmal den Ort angesehen, an dem Agnes Fichte gestorben war. Er glaubte nicht an die These, dass sie bei einem Reitunfall ums Leben gekommen war; eine Meinung, die er mit Karl Heinz Fichte, dem Mann der Toten, teilte. Fichte war ein sehr beherrschter Mann, doch seine Stimme hatte gebebt, als er sagte, dass Agnes eine viel zu gute Reiterin gewesen sei und zudem das Moor und die Reitwege in diesem Gebiet wie ihre Westentasche gekannt habe. Niemals hätte sie so einen, wie er es nannte, »lächerlichen Unfall« gehabt.

Aber wer sollte ein Motiv haben, Agnes Fichte aus dem Weg zu räumen? Schumann war eine Reihe von Namen durchgegangen, die er mit Agnes in Verbindung brachte. Ihr eigener Mann besaß das perfekte Alibi, war er doch zum Zeitpunkt des Todes seiner Frau nachweislich in den USA auf Geschäftsreise gewesen. Agnes Fichte hatte sich zwar in Bresterholz nicht allergrößter Beliebtheit erfreut, da ihre unterkühlte Art bei den Dorfbewohnern als Hochmut eingestuft wurde, doch es gab niemanden, der sie zu hassen schien. Er hatte unter anderem Birthe Hoffmann befragt, die in ihrem kleinen Laden an der Quelle des Dorftratsches saß, doch auch sie konnte ihm nicht weiterhelfen. »Agnes Fichte war angesehen bei uns im Dorf, aber sie hat sich immer sehr zurückgehalten, ist nur in die Kirche gekommen, aber am Dorfleben wollte sie nie richtig teilnehmen. Vielleicht hing das auch damit zusammen, dass ihr Sohn Herbert damals mitschuldig war am Tod meines Mannes. Nein, ich kenne niemanden, der ihr den Tod gewünscht hätte.«

Dennoch suchte Schumann weiter nach Hinweisen, die auf einen möglichen Täter deuteten. Vielleicht war es insofern ein Unfall gewesen, als irgendjemand Agnes Fichte bei ihrem Ritt aufgelauert, das Pferd daraufhin gescheut und seine Reiterin abgeworfen hatte. Aber wenn jemand den Unfall mitverschuldet oder gesehen hatte, warum hatte dieser Jemand nicht den Notruf betätigt? Agnes Fichte hätte vielleicht noch gerettet werden können, falls man sie rechtzeitig gefunden hätte, wobei das Ergebnis der Gerichtsmedizin eher darauf hinwies, dass der Sturz tödlich gewesen war.

Allerdings hatte Schumann einen anonymen Anruf erhalten,

in dem ihm der Anrufer mitteilte, Richard Bernhard, den er einmal kurz vernommen hatte, sei seit Jahren ein guter Bekannter von Agnes Fichte gewesen und habe mit ihr wohl am Tag ihres Sturzes einen Streit gehabt. Woher er das wusste, verriet der Anrufer nicht, der auflegte, ehe Schumann ihn danach fragen konnte. Inzwischen hatte auch die loyale Haushälterin Frau Remmers gestanden, dass Richard Bernhard öfter zu Besuch gewesen sei, wenn Karl Heinz Fichte auf Dienstreisen war. In dem Kalender, den Schumann auf dem Schreibtisch von Agnes Fichte entdeckt hatte, standen mehrmals unter bestimmten Daten die Initialen R. B. mit Ausrufezeichen. Ihr Handy allerdings ließ sich nicht auffinden, und in ihrem Laptop entdeckte die Spurensicherung nichts Verdächtiges.

Schumann grübelte bei seinem Gang ins Moor darüber nach, ob Richard Bernhard als Verdächtiger in Frage kam. Er wusste zu wenig über ihn, würde aber der Sache noch nachgehen. Er war dankbar für jeden Tipp, da er tatsächlich im Dunkeln tappte.

Der Kommissar war zwar ein guter Ermittler, aber zu seinem Leidwesen besaß er keinen ausgeprägten Ortssinn. Und so wanderte er in die falsche Richtung, zumal ihn der warme Dunst, der sich wie eine Glocke über das Moor gelegt hatte, irritierte. Er nahm die Erlen, Birken und Weiden nur verschwommen wahr und geriet immer tiefer ins Moor. Als er sein Handy zückte, um sein GPS zu aktivieren, musste er feststellen, dass er kein Netz hatte. Ärgerlich wandte er sich nach rechts, wo er in der dunstigen Ferne die Umrisse einer Hütte zu erkennen glaubte. Wahrscheinlich unbewohnt, aber doch ein Orientierungspunkt.

Die Hütte entpuppte sich als eine Art Fata Morgana. Schumann hatte das Gefühl, dass er ihr nicht näher kam, sondern sie ihn nur immer tiefer ins Moor hineinzog. Gerade wollte er umdrehen und in die andere Richtung gehen, als er einen Mann durch den feuchtwarmen Nebel auf sich zukommen sah. Er war groß, trug ein merkwürdiges Gewand, das aussah, als habe jemand lauter Fellstücke zusammengenäht, und sein Gesicht umrahmte ein struppiger grauweißer Bart. Ein Naturfreak? Oder ein Althippie? Auf jeden Fall sah der Fremde ungewöhnlich aus. Schumann hob die Hand zum Gruß. Der Mann blieb einige Meter von ihm entfernt stehen.

»Guten Tag«, sagte Schumann. »Könnten Sie mir helfen? Ich habe die Orientierung verloren. In welcher Richtung liegt Bresterholz?«

Der Mann schwieg einen Augenblick. Dann sagte er mit einer tiefen Stimme, die in Schumanns Ohren so klang, als habe er sie länger nicht mehr benutzt: »Da vorn, wo die kleine Weide steht, musst du rechts gehen und dann immer geradeaus. Etwa eine Viertelstunde in dieselbe Richtung.«

Schumann bedankte sich und wandte sich in die ihm gewiesene Richtung, als der Fremde sagte: »Als ich vorhin bei der kleinen Hütte dort hinten vorbeigegangen bin«, er deutete in die Richtung einer kleinen Ansammlung von Erlen, »da habe ich merkwürdige Geräusche gehört.«

Und so plötzlich, wie er aus dem Dunst aufgetaucht war, schien sich der bärtige Hüne in Luft aufzulösen. Schumann blinzelte. Eine Gänsehaut kroch ihm den Rücken hinunter. Es war natürlich pure Einbildung, aber dieser Mann erinnerte ihn an die Beschreibung des legendären Moormannes, von dem seine Großmutter in seiner Kindheit gerne und oft Schauergeschichten erzählt hatte. »Wenn du nicht brav bist, holt dich der Moormann und schleppt dich in seine Hütte«, hatte sie gedroht, wenn er als kleiner Junge über die Stränge geschlagen hatte. So ein Quatsch! Dieser verdammte Dunst vernebelte seine Sinne. Moormann! Ein einsamer Wanderer, wenn auch ein wenig seltsam gekleidet, aber das war es dann auch schon.

Es wunderte ihn allerdings, weshalb der Fremde nicht selbst in der Hütte nachgeschaut, sondern ihn auf die »merkwürdigen Geräusche« hingewiesen hatte. Vielleicht hatte der Mann, wer immer er auch sein mochte, es eilig oder keine Lust, in etwas verwickelt zu werden, das ihn persönlich nicht betraf.

Obwohl Schumann eigentlich so rasch wie möglich das Moor verlassen wollte, ehe ihn die Mücken auffraßen, beschloss er, zu der Hütte zu gehen. Falls die Hütte, von der dieser eigenartige Mann gesprochen hatte, dieselbe war, die ihn genarrt hatte, so blieb sie auf einmal stehen und entzog sich ihm nicht länger. Als sich Schumann ihr näherte, vernahm er tatsächlich ein Stöhnen.

Die Hütte sah baufällig aus. Ein Teil des Daches fehlte, und überall lagen Holzpfähle und Schindeln herum. Die Eingangstür hing schräg in den Angeln. Aus dem Inneren erklang wieder deutlich ein schmerzerfülltes Seufzen.

Rasch stieß Schumann die Tür auf. Auf dem Boden der Hütte, die das schwache Tageslicht kaum erhellte, lag ein Mann auf dem Bauch. Als er sich über die Gestalt beugte, erkannte er mit Schrecken Richard Bernhard. Er war nur halb bei Bewusstsein. Schumann versuchte ihn vorsichtig umzudrehen. Bernhard blutete aus einer tiefen Wunde im oberen Brustbereich. Neben ihm lag ein spitzes Stück Holz, mit Blut bedeckt.

»Herr Bernhard!«, rief Schumann. »Hören Sie mich? Ich hole so schnell wie möglich Hilfe.« Eilig trat er aus der Hütte. Der Dunst hatte sich ein wenig gelichtet, und zu seiner Erleichterung hatte er wieder Netz, wenn auch nur einen einzigen Strich. Aber immerhin. Es gelang ihm, einen Krankenwagen zu rufen, wobei man ihm sagte, es würde eine gute halbe Stunde dauern und man könne nicht so tief ins Moor hineinfahren.

»Beeilen Sie sich einfach«, sagte Schumann und beschrieb, so gut er konnte, die Position der verfallenen Hütte.

Zurück in der Hütte versuchte er die Blutung Bernhards mit seiner Krawatte und einem Taschentuch zu stillen und positionierte den Verletzten in der stabilen Seitenlage. Mehr vermochte er nicht zu tun.

Schumann trat wieder vor die Hütte und entdeckte auf seinem Handy unter »verpasste Anrufe« Anna Bentorps Nummer. Rasch drückte er die Rückruftaste. Aber nicht Anna Bentorp antwortete, sondern Anke Kück. Sie rief atemlos: »Anna ist spurlos verschwunden! Ihr Auto ist weg, aber sie hat ihr Handy liegen gelassen, was sonderbar ist, und wir wissen nicht, wohin sie gefahren sein könnte. Ihre Handtasche liegt auch in der Küche. Kommen Sie bitte schnell!«

Schumann versprach es, sagte aber, dass er Richard Bernhard schwer verletzt in einer alten Torfstecherhütte entdeckt habe und erst einmal auf die Sanitäter warten müsse.

Es dauerte fast vierzig Minuten, bis die Sanitäter eintrafen. Sie hatten ihren Wagen mehrere hundert Meter entfernt parken müssen und die Trage mühsam über den Knüppelpfad geschleppt, der glücklicherweise bis kurz vor die Hütte führte. Der Notarzt versorgte Richard Bernhard, dessen Wunde immer noch stark blutete, und wandte sich dann an Schumann.

»Er wird durchkommen. Gut, dass Sie ihn noch rechtzeitig gefunden haben. In ein paar Stunden wäre es bei diesem Blutverlust zu spät gewesen.«

Damit verschwanden die Männer mit Bernhard, der dank einer Spritze in einen Dämmerschlaf gefallen war, und Schumann machte sich schleunigst auf den Weg zurück nach Bresterholz.

Anke Kück empfing ihn bleich und sorgenvoll an der Tür des Moorhauses und berichtete ihm von Steffen Steffens' Alptraum und ihrer Entdeckung, dass Anna Bentorp verschwunden war.

»Das hätte keiner gemerkt, wenn Steffen nicht bei mir vorbeigekommen wäre. Wir wissen ja nicht immer, was sie macht. Sie geht ihre eigenen Wege, und ohnehin will sie in der kommenden Woche nach Hannover zurück, weil sie mit ihrer Arbeit fast fertig ist. Ich hätte sie heute Abend angerufen, aber nicht über Tag. Da wird sie nicht gerne gestört.«

»Wo kann sie denn hingegangen oder hingefahren sein?« Noch war Schumann nicht wirklich beunruhigt. Vielleicht machte Anna Bentorp einen größeren Spaziergang und hatte Handy und Handtasche einfach nicht mitgenommen.

»Steffen hat überall im Dorf gefragt, aber keiner hat sie gesehen.«

Schumann dachte nach. Sollte er ein Aufgebot von Polizisten ins Moor schicken, um Anna zu suchen? Das erschien ihm wenig sinnvoll und übertrieben. Dass Steffen Steffens einen Alptraum gehabt und eine erwachsene Frau ihr Handy und ihre Handtasche im Haus liegen gelassen hatte, rechtfertigte noch keinen Einsatz der

Polizei. Doch seit dem Tod von Agnes Fichte lag eine gedämpfte Stimmung über Bresterholz. Die Nerven der Bewohner waren angespannt. Die früher so idyllische Ruhe des kleinen Ortes schien einer beängstigenden Unsicherheit gewichen zu sein.

Aber Schumann neigte nicht zu überstürzten Reaktionen. Er nahm Annas Mobiltelefon zur Hand und scrollte ihre letzten Anrufe durch. Sie hatte versucht, Knut Dierksen zu erreichen, der zurückgerufen hatte und sich, wie Anke Kück ihm berichtet hatte, auf dem Weg von Hannover nach Bresterholz befand, weil auch er sich besorgt wegen Annas plötzlichem Verschwinden gezeigt hatte. Schumann legte das Handy wieder auf den Schreibtisch. Noch bestand für ihn kein Anlass, nach Spuren im Haus zu suchen oder das Handy von seinen Technikern auseinandernehmen zu lassen. Um besser nachdenken zu können, beschloss er, ein paar Schritte zu gehen. Das sollte ihn auch von den zahlreichen juckenden Mückenstichen ablenken, die er sich im Moor geholt hatte.

Er ging die Straße hinunter, vorbei an der Kirche. Einen Moment lang war er versucht, einzutreten, doch die Tür schien verschlossen. Also wanderte er weiter und bemühte sich, eine Erklärung für Anna Bentorps Verschwinden zu finden. Hoffentlich war sie nicht ins Moor gegangen und fand wieder einen Toten, egal, ob frisch verstorben oder seit mehr als zweihundert Jahren tot. Er musste bei dem Gedanken grinsen. Bei seinem Gang vorbei am Dorfladen kam er zum Ortsrand und ging weiter in Richtung Osterheide. Plötzlich stand er vor dem kleinen Haus von Pastor Burmeister. Davor parkte der Wagen einer Klempnerfirma aus Bremervörde. In dieser Sekunde wurde die Haustür aufgestoßen, und Pastor Burmeister erschien im Türrahmen. Er wirkte aufgeregt und geradezu hektisch.

»Kommissar Schumann, welch ein Zufall! Wobei ich nicht an Zufälle glaube«, rief er.

Schumann sah ihn erstaunt an. »Guten Tag, Herr Burmeister. Weshalb Zufall? Wollten Sie mich sprechen?«

»Ja, genau das. Ich habe gerade bei Ihnen im Büro angerufen. Da sagte man mir, Sie seien hier in der Gegend, und schon sehe ich Sie die Straße herunterlaufen. Als ob Sie es geahnt hätten. Rolf Peters habe ich auch angerufen. Der kommt gleich.«

Schumann kannte seinen pensionierten Kollegen von Weihnachtsfeiern in Bremervörde und Stade. »Worum geht es denn?«

»Sie werden es nicht glauben! Aber kommen Sie herein und sehen Sie selbst.« Mit einer großen Geste scheuchte Burmeister ihn vor sich her durch das Haus in Richtung Keller.

»Das sind Luigi und Jussuf«, sagte Burmeister, als sie unten angelangt waren, und zeigte auf zwei große, kräftige Burschen, die gerade emsig Staub und Mörtel zusammenkehrten. Sie hoben stumm ihre Hände zum Gruß und schienen ein wenig verstört zu sein. Burmeister führte Schumann durch den Keller in einen kleinen, verliesartigen Raum, zu dem eine mit einem Vorhängeschloss gesicherte Tür führte. Allerdings lag jetzt ein Teil des Schlosses auf dem Boden, die Tür lehnte an der Wand.

»Also …«, sagte Burmeister und hustete. »Zu viel Staub in der Luft«, entschuldigte er sich. »Also«, begann er erneut. »Heute Morgen hatte ich den zweiten Wasserrohrbruch innerhalb von zehn Tagen. Das Haus ist ziemlich marode, was die Leitungen betrifft. Na, und als die beiden jungen Männer hier im Keller die Wand aufgestemmt haben, haben sie entdeckt, dass unter der Tür zu dem kleinen Nebenraum Wasser durchsickerte. Ich habe keinen Schlüssel für das Vorhängeschloss, und so mussten die beiden die Tür gewaltsam aufbrechen. Im hinteren Teil des Kellers ist durch die Feuchtigkeit die Wand sehr bröckelig geworden, und ganze Stücke sind herausgefallen.«

Burmeister wischte sich mit einem hellblauen Taschentuch über das Gesicht. »Die beiden haben die Mauer aufgebrochen, um nach einer weiteren geplatzten Leitung zu schauen – und da haben sie das hier gefunden! Es ist ihnen praktisch entgegengepurzelt.« Er wischte sich wieder über das Gesicht und wies auf einen Haufen, den Schumann auf den ersten Blick für eine Ansammlung von kleinen Stöcken hielt. Darauf lag allerdings etwas, das er eindeutig identifizieren konnte: ein Totenkopf. Der Haufen, das sah Schumann beim Herantreten, bestand nicht aus Stöcken, sondern aus Knochen und Stoffresten.

Die Knochen sahen sehr alt aus. Das Gebiss des Schädels schien fast vollständig zu sein. Schumann durchlief ein Schauer. Wer war nun dieser Tote schon wieder, dessen Grab in der Wand die beiden Klempner bei ihrer Arbeit geöffnet hatten? Er fühlte sich unwillkürlich an die Moorleiche erinnert, die, wie die Untersuchungen in Hamburg ergeben hatten, etwa zweihundertdreißig Jahre im Moorboden geruht hatte. Stammten diese Knochen aus derselben Zeit? Gab es einen Zusammenhang? Schumann stöhnte. Bresterholz und Umgebung begannen ihn zu nerven. Jahrelang geschah hier rein gar nichts, dann gab es auf einmal innerhalb weniger Wochen zwei Tote und zwei Skelettrelikte aus älterer Zeit. Irritiert kratzte er sich am Arm. Verdammte Mücken!

Er zückte seufzend sein Handy, rief in seinem Kommissariat an und orderte ein Team nach Bresterholz.

Zusammen mit Burmeister und den Klempnern stieg er aus dem Keller zurück ans Tageslicht. Burmeister sah sehr nachdenklich aus, die beiden Klempner gaben zu Protokoll, wie und wo sie die Knochen gefunden hatten, und Schumann geriet ins Grübeln. Irgendetwas, was Anna Bentorp ihm vor einiger Zeit gesagt hatte, spukte in seinem Hinterkopf herum. Aber er kam nicht darauf, was es gewesen war. Er fluchte leise. Jetzt bräuchte er sie dringend! Was war das nur, was sie erzählt hatte? Etwas mit alten Karten, mit einem Drama im Moor. Er gab auf. Das musste warten.

Damals wie heute – immer wieder Unglücksfälle, für die keiner zur Verantwortung gezogen wurde oder werden konnte, dachte Schumann. Da er genau wie Burmeister nicht an Zufälle glaubte, versuchte er einen Zusammenhang zwischen den Ereignissen zu erkennen, aber es gelang ihm nicht. Und Anna Bentorp war und blieb verschollen, was ihm nun doch zu schaffen machte.

Der »Stahlnetz«-Klingelton seines Handys tönte. Es war das Krankenhaus in Stade. Am Apparat erklang die Stimme einer Ärztin, die ihm mitteilte, dass Richard Bernhard dringend mit ihm reden wolle, obwohl er gerade erst aus der Narkose aufgewacht sei und kaum sprechen könne. Es ginge »um Leben und Tod«.

Ein paar Sekunden später vernahm Schumann eine sehr heisere und matte Männerstimme. »Sie müssen Anna finden«, flüsterte Bernhard. »Sie ist in großer Gefahr …«

»Wie kommen Sie darauf? Anna Bentorp wird seit einigen Stunden vermisst«, sagte Schumann.

»Was?«, sagte Bernhard entsetzt. »Ich habe keine Erinnerung mehr daran, wie ich in die Hütte kam, aber ich habe so ein schreckliches Gefühl, dass ihr Verschwinden etwas mit meinem Unfall dort zu tun hat. Ich weiß nur noch, dass Dierksen und Stafford bei mir waren. Dierksen hat mich aus Annas Haus geholt, und ich hatte eine SMS von ihr, dass ich zu dieser Hütte kommen sollte. Aber Dierksen hat mich geradezu gezwungen, mit ihm zu gehen. Und Stafford war auch seltsam. Plötzlich war ich dann in dieser Hütte, mein Kopf brummte, meine Brust tat scheußlich weh, alles drehte sich.«

Richard Bernhard hustete und sog keuchend die Luft ein. Seine Stimme war nur noch ein Krächzen. »Hätte mich dieser Mann, der mir das Holzstück aus der Wunde gezogen hat, ein großer bärtiger Kerl mit seltsamer Fellkleidung, nicht rechtzeitig gefunden, dann wäre ich jetzt tot. Es kann sein, dass ich mir das nur einbilde, aber ich glaube, dass er gemurmelt hat, Anna sei in Gefahr. Irgendwie hängt das alles zusammen. Suchen Sie bitte nach ihr!«

Damit verstummte Bernhard. Stattdessen kam die Ärztin wieder an den Apparat. »Herr Bernhard hat viel Blut verloren, er muss jetzt schlafen. Morgen können Sie eventuell mit ihm reden.«

Schumann kam Bernhards Gerede vollkommen wirr vor. Der Fremde, der ihn im Moor auf die Hütte hingewiesen hatte, schien nicht gerade darauf erpicht gewesen zu sein, den Lauten in der Hütte nachzugehen. Es mochte Bernhards Zustand geschuldet sein, dass er Traum und Realität verwechselte. Was aber sollte sein Sturz in der Hütte mit Annas Verschwinden zu tun haben? Und weshalb war sie angeblich in Gefahr?

Der kurze Anruf beunruhigte ihn mehr, als er zugeben wollte. Er war noch ganz in Gedanken, als Rolf Peters um die Ecke kam.

»Habe es nicht früher geschafft«, keuchte er. »Habe von einer Leiche in der Wand gehört.« Er holte Luft, und Schumann nutzte die Gelegenheit, ihn zu fragen, ob er denn wisse, wie der legendäre Moormann angeblich ausgesehen habe.

»Groß, bärtig, gekleidet in Felle und meist mit einer Waffe, die eine Mischung aus Speer und Keule gewesen sein soll. Wieso fragen Sie mich das?«

Zögernd erzählte Schumann von seiner Begegnung im Moor. Peters sah ihn fasziniert an. »Donnerlüttchen«, entfuhr es ihm. »Das ist ja Wahnsinn. Der Moormann lebt!«

»Quatsch«, knurrte Schumann. Dieser Peters lebte wohl auch in einer Spökenkieker-Welt! »Da läuft doch offensichtlich jemand in der Maskerade des Moormannes herum. Werde mal nachfragen, ob da irgendeine Touristenagentur dahintersteckt. Wäre ja gar keine schlechte Idee, den Moorbesuchern den Moormann zu präsentieren. So eine Art Kölner Karneval im Moor. Und so ein Kostüm kann nützlich sein, wenn man unerkannt bleiben möchte. Bart und Fell – geradezu genial!« Schumann klang genervt. »Die Leute kommen auf sonderbare Ideen. Angeblich hat dieser Bursche Richard Bernhard in einer Hütte mehr tot als lebendig gefunden und gebrummelt, dass Anna Bentorp in Gefahr sei.«

Peters sah ihn an und sagte nachdenklich: »Lassen Sie uns doch einfach nach ihr suchen. Wo könnte sie denn sein, falls sie nicht ins Moor gegangen ist? Vielleicht in der Kirche?«

»Und was sollte sie dort suchen? Die Kirche ist außerdem abgeschlossen. Wie soll sie denn da hineingekommen?« Schumann blieb skeptisch.

Peters kaute an seiner Unterlippe. »Kann ja sein, dass sie sich die Steinsärge im Untergewölbe anschauen wollte, ehe sie nun schon bald wieder abreist. Ich glaube, sie interessiert sich sehr für die Kirche. Und wenn sie allein hingegangen und verunglückt ist? Es könnte jemand hinter ihr abgeschlossen haben, weil er nicht mitbekommen hat, dass sie in der Kirche ist. Sicher ist sicher. Ich gehe hin!« Und ehe Schumann reagieren konnte, preschte Peters mit energischen Schritten davon.

Schumann wandte sich an Burmeister. »Ich war vorhin bei der Kirche. Wie gesagt, sie ist abgeschlossen. Haben Sie einen Schlüssel?«

»Natürlich«, sagte Burmeister. »Der hängt an einem Brett in der Küche.« Als er nach kurzer Zeit wiederkam, war er blass. »Der Schlüssel ist weg. Ich habe ihn heute Morgen noch gesehen.«

»Wer könnte ihn denn genommen haben?«

»Mein Haus steht tagsüber jedem offen. Da kann sozusagen jeder, der sich hier etwas auskennt, rasch in die Küche gehen und den Schlüssel vom Brett nehmen«, erwiderte Burmeister sichtlich erschüttert.

»Es wird sicher einen Zweitschlüssel geben. Wer hat den?«, fragte Schumann.

»Die Küsterin. Aber die ist bis Sonntag verreist.«

Schumann wurde ungeduldig. »Dann werden wir die Kirchentür zur Not aufbrechen müssen.«

Die beiden jungen Klempner Luigi und Jussuf lungerten noch bei ihrem Wagen herum, unschlüssig, ob sie abfahren oder bleiben sollten, als Schumann ihnen zurief, sie möchten mit zur Kirche kommen. Ganz überzeugt war Schumann nicht, dass diese Aktion nötig sein würde, aber er wollte sich nicht vorwerfen lassen, dass er nicht gründlich genug nach Anna gesucht habe.

Als sie an der Kirche ankamen, stand Peters schon da. Er wandte sich an die beiden jungen Männer. »Die Tür hängt etwas schief in den Angeln, als ob da jemand herumhantiert hätte. Aber sie ist verschlossen. Sie muss aufgebrochen werden.«

Burmeister sah nicht sehr glücklich aus. »Und wer zahlt den Schaden?«

Schumann reagierte unwillig. »Keine Sorge. Das ist ein Fall für die Versicherung. Wir brechen die Tür ja nicht zum Vergnügen auf. Es könnte Gefahr im Verzug sein, also los!«

Die beiden Klempner begutachteten die Tür und schüttelten die Köpfe.

»Na ja, versuchen können wir es ja. Aber wir können nicht garantieren, dass sie dabei nicht zu Bruch geht«, sagte Luigi.

Es dauerte zehn Minuten, dann hatten sie die Kirchentür aufgestemmt, die dabei nur marginal beschädigt wurde. Ein wenig Holz splitterte aus dem Rahmen.

Schumann hatte Anke Kück kurz darüber informiert, dass sie die Suche nach Anna ausgeweitet hätten und in der Kirche nachsehen wollten. Nicht nur sie tauchte bei der Kirche auf, als Luigi und Jussuf gerade mit einer letzten Anstrengung die Tür aufhebelten, sondern in ihrem Gefolge kamen Steffen Steffens und ein Mann, den Schumann kurz vorher als Harald Frostauer kennengelernt hatte, ein Bekannter von Anna Bentorp, den er nicht sehr sympathisch fand. Schumann, ein recht guter Menschenkenner, glaubte gespürt zu haben, dass Frostauer hinter seiner eher groben Art Gefühle für Anna verbarg, die aber nicht darauf einging. Auch er schien ehrlich besorgt zu sein und schnäuzte sich mehrmals mit einem großen Taschentuch die Nase.

Schumann und Peters traten als Erste in die Kirche, deren Kühle die schwüle Hitze des Sommertages verdrängte. Am Altar brannten keine Kerzen, alles lag in einen tiefen Halbschatten getaucht. Die Kirche wirkte verlassen, unbenutzt, und selbst der Blumenschmuck am Altar hing matt in den Vasen.

Nach einem kurzen Blick auf den leeren Kirchenraum hasteten Schumann und Peters die steinerne Treppe hinunter in das Gewölbe, das einen intensiven Geruch nach Moder und Moor verströmte. Die Glühbirne, die von der gewölbten Decke der kleinen Krypta baumelte, spendete gerade genügend Licht, um den Raum überblicken zu können. Und da standen die beiden Steinsärge, riesige Sarkophage aus dem 17. Jahrhundert, verziert mit Reliefs, die Szenen aus der Bibel zeigten. Der Zahn der Zeit hatte sie jedoch schon arg benagt.

Der kleine Raum schien leer zu sein. Schumann sah die zerschmetterte Statue eines Heiligen auf dem Boden liegen und in der Mauer die gähnende Leere der Nische, wo sie vermutlich gestanden hatte.

Es war der heilige Antonius, wie Schumann erkannte. Wer hatte die Figur aus der Nische gerissen und zu Boden geworfen?

Es sah wie ein sinnloser Akt von Vandalismus aus und beunruhigte Schumann.

Fast automatisch rief er: »Anna! Sind Sie hier?« Als keine Antwort kam, befahl er Luigi und Jussuf, die ihm gefolgt waren, den einen der beiden Sarkophage aufzustemmen. Es war ein Instinkt, ein Bauchgefühl, das ihn dazu trieb.

Langsam schoben sie den schweren Deckel zur Seite, der mit einem gewaltigen Poltern zu Boden fiel und in zwei Teile zerbrach.

Schumann leuchtete in den Sarg und sprang mit einem Aufschrei zurück. In dem Sarkophag lag ein Mann mit einem Loch in der Stirn. Seine toten Augen starrten mit einem Ausdruck von entsetztem Staunen ins Nichts.

Schumann sammelte sich und bat Peters, in Stade anzurufen und das Einsatzteam zu alarmieren, vor allem seine Kollegin von der Rechtsmedizin und sicherheitshalber einen Krankenwagen.

Dann ging er zum zweiten Sarkophag. Das Herz schlug schwer in seiner Brust, ihm wurde schwindelig vor Anspannung. Auf das Schlimmste gefasst stellte er sich an den Sarkophag und gab Luigi und Jussuf ein Zeichen. Mit geballter Kraft schoben sie den Deckel beiseite, der zu Boden glitt, aber nicht zerschellte.

Schumann wagte kaum, in den engen Steinsarg hineinzublicken. Vor seinen Augen tanzten schwarze Flecken, und er glaubte sich einer Ohnmacht nah. Er leuchtete in den Sarg und spürte, wie sein Herz für einen Moment aussetzte. Dann erblickte er auf dem Grund des schattigen Gehäuses Anna Bentorps kalkweißes Gesicht mit einer blutigen Wunde an der Schläfe. Mühsam schnappte er nach Luft und beugte sich zu Anna hinunter.

»Atmet sie noch?«, rief Anke Kück, die Jussuf und Luigi aus dem Weg und sich neben ihn gedrängt hatte, mit sich überschlagender Stimme.

Schumann sah, dass sich Annas Brust ganz leicht hob und senkte, ihr Atem war kaum mehr zu spüren. Er bückte sich tiefer hinab und hob Anna sanft aus dem Sarg. Fast hätte er vor Freude laut aufgeschrien, als sie plötzlich nach Luft schnappte und für den Bruchteil einer Sekunde die Augen öffnete. Dann glitt sie wieder zurück in ihre Ohnmacht.

Die Fahrt zum Krankenhaus nach Stade dauerte für den ungeduldigen Schumann viel zu lange. Er saß wie auf glühenden Kohlen. Einmal öffnete Anna noch die Augen, schien aber den Kommissar, der an ihrer Trage wachte, nicht zu erkennen.

Im Krankenhaus warteten schon mehrere Ärzte auf sie. Die Untersuchungen zeigten, dass sie durch einen Schlag auf den Kopf eine schwere Gehirnerschütterung, aber keinen Schädelbasisbruch erlitten hatte. Die blutende Wunde an der Schläfe stammte offensichtlich vom Sturz in den Sarkophag.

»Sie hat gewaltiges Glück gehabt, dass sich in der Wand des Sarkophags ein paar durch Erosion entstandene Risse und Löcher befanden, durch die etwas Luft eindringen konnte«, erklärte der Oberarzt. »Aber sehr viel länger hätte sie darin nicht überleben können. Irgendwann wäre sie ins Koma gefallen, wahrscheinlich noch ehe sie verdurstet wäre.« Schumann wurde ganz blass bei diesen Erklärungen. Erstickt, verdurstet, verhungert – lebendig begraben zu werden klang nach den schrecklichsten Horrorgeschichten aus dem 19. Jahrhundert. Wie aus Edgar Allen Poes »Der Fall des Hauses Usher«.

Anna kämpfte sich Stück für Stück ins Bewusstsein zurück. Immer wieder glitt sie zurück in die Ohnmacht. Doch schließlich schlug sie die Augen auf, zwar etwas benommen, aber erstaunlich klar im Kopf. Ihr behandelnder Arzt eilte in das Wartezimmer, in dem Schumann, Anke Kück, Pastor Burmeister, Harald Frostauer und Rolf Peters saßen. Schumann trieb die Erleichterung Tränen in die Augen, und Anke Kück schluchzte hemmungslos. Selbst Frostauer erlaubte sich ein erleichtertes Lächeln, und Pastor Burmeister sagte nur: »Gott sei Dank.« Die Gruppe durfte zu Anna ins Krankenzimmer, wenn auch nur, wie der Arzt anordnete, »um schnell Hallo zu sagen«. Anna war immer noch kreideweiß und trug ein dickes Pflaster auf der Stirn, aber sie sah die an ihrem Bett versammelten Menschen mit einem dankbaren kleinen Lächeln an. Dann schloss sie die Augen wieder und sank in einen tiefen Schlaf.

Als Schumann sie am Abend erneut besuchte, ging es ihr wesentlich besser. Sie hatte sogar etwas gegessen und eine große Flasche Wasser geleert. »Ich wusste gar nicht, wie gut Wasser schmeckt«, erklärte sie mit einem leichten Lächeln.

Allmählich kehrte die Erinnerung an den Tag zurück. Als Schumann ihr erzählte, dass sie einen Mann namens Stafford tot in dem anderen Sarkophag gefunden hätten, erstarrte sie, dann berichtete sie ihm stockend von ihren Stunden mit Knut Dierksen, von seinen Wahnsinnstaten und von seinem umfassenden Geständnis, das er ihr gegenüber aus purer Prahlerei gemacht hatte. Damit schien alles geklärt zu sein, aber Schumann, dessen Instinkt sich bewahrheitet hatte, dass Agnes Fichte nicht verunglückt, sondern getötet worden war, wollte letzte Sicherheit zu diesem Fall mit Hilfe genauerer forensischer Untersuchungen gewinnen.

»Wie gut, dass er Sie nicht auch erschossen hat«, sagte er. Anna sah ihn fassungslos an. Knut hatte ihr doch gesagt, er habe Stafford nicht erschossen. Warum diese gänzlich überflüssige Lüge?

Schumann veranlasste umgehend die Fahndung nach Dierksen, dann sagte er kopfschüttelnd: »Der hat Nerven, der Kerl. Er hat auf Ihrem Handy angerufen, so getan, als wäre das sein Rückruf auf einen Anruf von Ihnen, und gesagt, er wäre in zwei Stunden hier. Guter Versuch, sich ein Alibi zu verschaffen.«

Anna war trotz des Erlebten erstaunlich gefasst. Der Tod von Stafford aber ließ sie nicht los. »Mir hat Knut gesagt, er hätte Stafford erschlagen. Weshalb er in diesem Fall gelogen hat, weiß ich nicht. Es beruhigt mich nur, dass Stafford nichts mehr davon mitbekommen hat, wie Knut ihn in dem Sarkophag ablegte.«

Auch Schumann konnte sich nicht erklären, weshalb Knut Dierksen, der offenbar keine Hemmungen gehabt hatte, Anna von seinen Taten zu berichten, im Fall von Staffords Ermordung die Tatsachen verfälscht hatte. Aber er war sich sicher, dass sie Dierksen bald fassen würden, dann musste er auch diese Frage beantworten. Der Mann hatte hinter seiner wohlanständigen bürgerlichen Fassade jahrelang Abgründe seelischer Zerrüttung verborgen.

Als Schumann aufbrechen wollte, fasste Anna nach seiner Hand. »Ich habe vorhin von einer Schwester gehört, dass Richard Bernhard auch hier liegt. Wie geht es ihm? Kommt er durch?«

Schumann spürte einen leisen Stich Eifersucht. Hing Anna etwa an diesem Richard Bernhard, der ja auch nicht gerade ein edler Ritter war? Aber er nahm sich zusammen und antwortete wahrheitsgetreu: »Es geht ihm den Umständen entsprechend recht gut. Er wird wieder auf die Beine kommen. Die Wunde war zwar sehr tief, und er hat viel Blut verloren. Aber wir haben ihn noch rechtzeitig gefunden. Wie glücklicherweise auch Sie.« Dann ging Schumann und verließ Anna mit den aufmunternden Worten, dass sie schnell wieder gesunden möge, woran er aber nicht ernsthaft zweifele, da sie zäh sei und sich in guten Händen befinde.

Anna selbst versuchte sich in den nächsten Tagen an die Stunden im Sarg zu erinnern, an das Auf und Ab zwischen Verzweiflung und Hoffnung, das Gefühl von Kälte, das mühevolle Atmen in der zunehmend dumpferen Luft, die immer mehr zu einer kleinen Blase schrumpfte. Wie ihre Stimme allmählich ermattete, ihre Hilfeschreie sich in ein heiseres Krächzen verwandelten, bis ihre Stimme schließlich ganz versagte. Die Wände des Sarges rückten immer näher, und ihr Leben glitt an ihr vorüber. Sie glaubte ihre Familie zu sehen, ihre Eltern, ihre Schwester, den Bruder. Die Neffen und Nichten, ihre Freunde, ihren Ex-Mann. Alles zog an ihr wie ein bunter Bilderbogen vorbei.

Sie meinte in diesem Zustand zwischen Wachsein und Ohnmacht Reginald Fitzgibbons Karten vor sich zu erblicken, den Moormann und den fahlen Mond über den Krüppelweiden im Moor zu sehen und den Wind zu spüren, der nachts über das Gras strich. In diesen schrecklichen Stunden ihrer Gefangenschaft sank sie immer tiefer in eine Zwischenwelt aus Visionen und Träumen, von denen einige sogar tröstlich wirkten. Und seltsamerweise tauchten in diesen Träumen Kommissar Schumann und Richard auf, der ihr seine Hand entgegenstreckte, ehe sie in Ohnmacht fiel.

VIERZEHN

Ein Camper entdeckte vier Tage später Annas Wagen auf einem Parkplatz bei Wremen an der Nordsee. Dem Mann, der seine Ferien auf einem Campingplatz in der Nähe verbrachte, fiel auf, dass der Wagen dort schon mehrere Tage stand und ihn offenbar niemand benutzte. Er rief die Polizei, die den Wagen als den von Anna Bentorp identifizierte. Der Wagen war abgeschlossen. Da Anna keinen Zweitschlüssel besaß, schleppte man das Auto ab und brachte es zu einer gründlichen Untersuchung nach Stade. Doch außer Annas Fingerabdrücken, verwischten Spuren am Lenkrad und einigen Gegenständen, die Anna gehörten, darunter eine neue Landkarte der Gegend, fand man nichts. Kein Hinweis auf Dierksen. Beim Überprüfen seines Bankkontos stellte sich heraus, dass er kurz nach seinem Verschwinden mehrere tausend Euro an verschiedenen Bankautomaten in Cuxhaven und Umgebung abgehoben hatte. Seitdem schien er vom Erdboden verschluckt. Schumann fürchtete, dass er längst über die holländische Grenze geflüchtet und nun weiß Gott wo untergetaucht war.

Am Tag darauf machte sich Günther Herboltz, ein rüstiger Rentner aus Bielefeld, zu einer Tour durchs Moor auf. Er hatte bereits mehrere Moore durchwandert und wollte nun das Brester Moor besuchen, um den Ort zu sehen, an dem man kürzlich eine Moorleiche gefunden hatte. Er war ein gutes Stück ins Brester Moor vorgedrungen, als er einen großen bärtigen Mann erblickte, der im Morgendunst dieses trüben Sommertages in der Nähe eines kleinen Gewässers stand. Herboltz ging auf den Mann zu, um ihn nach einem schnelleren Weg durchs Moor zu fragen, da er sich ein wenig mit der Zeit vertan hatte und rechtzeitig zum Mittagessen mit seiner Frau, die ihn nie auf seinen Wanderungen begleitete, in Worpswede sein wollte.

Doch als er sich dem Gewässer näherte, war der Mann verschwunden. Herboltz sah sich suchend um, weil er nicht glauben konnte, dass sich dieser bärtige Hüne einfach in Luft aufgelöst haben sollte. Als er an dem Tümpel anlangte, entdeckte er im Gras am Ufer eine reglose Gestalt, die mit dem Kopf im brackigen Wasser lag. Man musste kein Experte sein, um zu erkennen, dass er tot war.

Herboltz neigte nicht zur Schreckhaftigkeit, aber der Anblick des Toten, der einen Rucksack umklammert hielt, ließ ihn dann doch erschauern. Durch das graue Wasser schimmerte geisterhaft dessen Hinterkopf mit einer Mönchstonsur, umgeben von Haaren, die sich wie Algen bewegten.

Herboltz rührte die Leiche nicht an. Da er mitten im Moor keinen Handyempfang hatte, eilte er den ganzen langen Weg zurück, den er gekommen war, und alarmierte die Polizei. Er wagte es nicht, nach einer Abkürzung zu suchen, da er fürchtete, sich zu verirren.

Kommissar Schumann traf zwei Stunden später im Moor ein. Er hatte sein Team dabei, das augenblicklich das Areal absicherte. Die Gerichtsmedizinerin, eine noch junge Ärztin namens Ruth Merker, hob vorsichtig den Kopf der Leiche aus dem morastigen Wasser. Schumann traute seinen Augen nicht. Die Gerichtsmedizinerin sah ihn erstaunt an, als er auffällig zusammenzuckte.

»Kennen Sie den Mann?«, fragte sie dann.

Schumann wischte sich den Schweiß von der Stirn. »Ja«, sagte er leise. »Das ist Knut Dierksen, der seit einer Woche zur Fahndung ausgeschrieben ist.« Das Gesicht, das unter Wasser gelegen hatte, war zwar aufgedunsen, doch es war eindeutig Dierksen.

Die Gerichtsmedizinerin wandte sich der Leiche zu und erklärte nach der ersten Untersuchung, der Mann sei vermutlich nicht länger als drei Stunden tot. »Ich sehe keine auffallenden Verletzungen außer dieser hier.« Sie zeigte auf eine Platzwunde an der Stirn. »Es könnte sein, dass er über eine halb aus dem Erdreich ragende Wurzel gestürzt, mit dem Kopf auf diesen Stein hier am Ufer geprallt, ins seichte Wasser gefallen und ertrunken ist.«

Schumann machte »Hmm«. Er glaubte nicht recht an diese Theorie und vor allem nicht daran, dass schon wieder jemand im Moor gestolpert, gestürzt und durch den Sturz gestorben sein sollte. Zu viele Unfälle, zu viele Zufälle. Schumann hatte da eine ganz andere Vermutung, die er aber nicht laut äußerte. Wahrscheinlich war Dierksen in dieser abgelegenen Gegend von einem bisher unbekannten Täter überfallen worden, der durch das Auftauchen von Herboltz jäh unterbrochen wurde, ehe er sich mit dem Rucksack des Toten davonmachen konnte. Wahrscheinlich hatte sich Dierksen heftig gewehrt und den Rucksack verteidigt. Schumann hielt den Hünen für den Täter, der beim Anblick von Herboltz geflüchtet war. Eigentlich ein klarer Fall. Er würde ihn zur Fahndung ausschreiben.

Was ihn viel mehr wunderte, war Dierksens Anwesenheit im Moor. Was hatte den Mann, der bereits über alle Berge hätte sein können, noch einmal ausgerechnet hierher geführt? Seine Überlegung wurde von Herboltz unterbrochen, der darauf bestand, dass der Hüne nicht wie ein Räuber ausgesehen habe.

»Und er benahm sich auch nicht wie einer. Er ist nicht rasch weggelaufen, wirkte nicht verunsichert, sondern eher gelassen. Ich kann den Mann beschreiben. Groß, breitschultrig, bärtig. Er ist zwar sehr plötzlich verschwunden, aber er war weder eine Fata Morgana noch einer, der schuldbewusst wirkte!« Herboltz regte sich auf, als Schumann an seiner Aussage zweifelte und ihn fragte, ob er sich sicher sei, dass er diesen Mann wirklich gesehen habe. »Ich bin doch nicht mitten am Tag betrunken und sehe im Moor Gespenster«, sagte er empört.

Gespenster sicher nicht, dachte Schumann, aber vielleicht einen Räuber, der sich als Moormann maskiert hat. Das schien seine These zu bestätigen, dass jemand sehr geschickt in das Kostüm des Moormannes schlüpfte, um als Täter unerkannt zu bleiben. Sein Anruf bei einer Touristenagentur, die für die Moore in dieser Region warb, hatte ergeben, dass es tatsächlich vor einigen Jahren einmal eine Aktion gegeben hatte, im Rahmen derer als Moormann verkleidete Laiendarsteller bei Führungen durch das Moor für einen gewissen Gruseleffekt bei den Moorbesuchern sorgen sollten, indem sie mit wilden Gebärden und sonderbaren Grunzlauten, die eher an Höhlenmenschen erinnerten, auf die Moorwanderer zugesprungen und dann nach einigem Getöse und Gefuchtel mit einer Keule wieder verschwunden waren. Man hatte diese »Attraktion« aber nach einer Saison wieder abgeblasen, da die Aktion eher lächerlich als gruselig gewirkt hatte. Aber ein Moormannkostüm als Verkleidung zu erstellen bedeutete keine große Mühe. Und vielleicht glaubten ja Moorbesucher bei eventuellen Begegnungen mit so einem Moormann, dass dies ein sorgfältig geplanter Gag der örtlichen Fremdenverkehrsbüros sei, geschuldet der Legende vom »Roten Piet«. War diese Theorie stimmig? Schumann seufzte. Märchen und Legenden waren nicht sein Ding.

In diesem Augenblick fiel ihm seine eigene Begegnung mit dem Mann im Moor an dem Tag ein, als Richard Bernhard schwer verletzt in der verfallenen Hütte lag und sie Anna Bentorp einige Stunden später aus dem Sarkophag retteten. Der Mann entsprach genau der Beschreibung, die Herboltz von dem sonderbaren Hünen lieferte. Handelte es sich dabei um denselben Mann? Er hatte auf Schumann damals nicht gefährlich gewirkt, wenn auch ein wenig eigenartig. Und auch er war sehr plötzlich verschwunden. Immerhin verdankte Richard Bernhard diesem Mann sein Leben.

Sollte dieser Mensch ein Dieb sein, der durchs Moor strich und auf mögliche Opfer lauerte? Einmal ein Lebensretter, das nächste Mal ein Mörder? Schumann bekam die losen Enden nicht zusammen. Und er fürchtete, dass der Fall doch komplizierter lag, als er geglaubt hatte. Er war frustriert und müde. Plötzlich hatte er das Moor mit seinen Spukgestalten, Hünen, verfallenen Hütten und dem ewigen Dunst satt. Wenn er doch rasch wieder nach Stade fahren und sich an seinen Schreibtisch setzen dürfte, möglichst weit weg von diesem Moor mit seinen Rätseln.

Schumann wandte sich dem immer noch aufgebrachten Rentner zu und versprach ihm, den Mann suchen zu lassen und ihn, wenn möglich, Herboltz gegenüberzustellen. Herboltz beruhigte sich und drängte darauf, dass er nun endlich zu seiner Essensverabredung in Worpswede aufbrechen durfte. Schumann hatte nichts dagegen, und Herboltz ging davon und wünschte ihm noch leutselig viel Glück bei seiner Suche.

Irgendwie glaubte Schumann selbst nicht ganz an den Erfolg der Suchaktion. Wenn hier einer verschwinden wollte, dann gab es genügend Schlupfwinkel. Falls sich der Räuber als Moormann verkleidet hatte, würde ihn ohne seine Maskerade kaum jemand wiedererkennen. Allein der struppige Bart verdeckte das Gesicht fast zur Hälfte.

Erneut wurde er bei seinen Überlegungen jäh unterbrochen, als ihn sein Assistent Dieter Müller rief und ihm den großen Rucksack überreichte, den der tote Moorarchäologe in seinen verkrampften Händen gehalten hatte. Schumann öffnete mit einiger Anstrengung den fest zugeschnürten Rucksack. Seine Hände zitterten ein wenig, als er die dicken Tücher auseinanderschlug, die darinlagen. Er ahnte, was er finden würde. Und tatsächlich! In den Tüchern steckte der Bronzekessel, gefüllt mit Gegenständen, die nicht nur den Restauratoren und Wissenschaftlern in Hannover Jubelschreie und ungläubiges Staunen entlocken würden. Fibeln, Nadeln, Armbänder und Ketten, kleine Dolche und runde Scheiben von wenigen Zentimetern Durchmesser, die zwar teilweise durch die sie bedeckende dunkle, grünschwarze Schicht unscheinbar wirkten, aber in Wahrheit unendlichen Wert besaßen.

Schumann schwindelte bei dem Anblick, und er rief Professor Fedderking in Bederkesa an, dem er mit bebender Stimme von dem Fund berichtete. »Wir haben den Goldhort vom Brester Moor sichergestellt.«

Fedderking wollte sich sofort auf den Weg ins Moor machen. Als er eine Stunde später eintraf, fiel er beim Anblick des Bronzekessels fast in Ohnmacht. In seinem langen Berufsleben hatte Arnim Fedderking so etwas noch nie erlebt. Der sonst eher kühle und arrogant anmutende Mann strahlte wie selten und wäre Schumann fast um den Hals gefallen.

Außer sich vor Entzücken und mit großer Ehrfurcht nahm er den Bronzekessel entgegen. »Was für ein Glückstag für die Forschung!«, rief er, und es schien ihn nicht weiter zu kümmern, dass der Bronzekessel bei einem Toten gelegen hatte und zudem Belastungsmaterial mehrerer Verbrechen war. Immerhin hatte

Dierksen für diesen Schatz mehrfach gemordet. Doch würde man wohl kaum den Bronzekessel »gerichtlich vorladen«.

Schumann bat den beseelten Fedderking, zusammen mit dem Bronzekessel in einem Polizeiwagen nach Hannover zu fahren. Dort erwartete man Fedderking und den Schatz, der zunächst vom hannoverschen Landesarchäologen kurz begutachtet und dann der zuständigen Restauratorin für eine erste Expertise übergeben wurde. Schon nach den ersten Untersuchungen stand fest, dass der Goldhort vom Brester Moor ebenso kostbar war wie der einige Jahre zuvor geborgene Goldhort von Gessel. Und genau wie dieser war der Schatz aus dem Moor mehr als dreitausend Jahre alt. Zur gleichen Zeit hatten frühe Siedler dieser Landstriche ihre Schätze vergraben, was auch immer der Grund dafür gewesen sein mochte, als Grabbeigaben oder als Versuch, das Gold vor Invasoren und Räubern zu schützen.

Knut Dierksens Tod im Moor und die Bergung des Schatzes war zehn Tage lang Thema in fast allen Zeitungen. Eine Bremer Journalistin interviewte unter anderem Steffen Steffens, der langatmig erklärte, dass dies der Schatz sei, den der Moormann, »keine Legende, sondern Realität«, einst gehütet habe. Unter dem Titel »Der Schatz des Moormannes« ging die Zeitung ellenlang auf Steffen Steffens Theorien ein, und diesen Namen erhielt der Bronzekessel auch in der Werkstatt des hannoverschen Landesamtes für Denkmalschutz, wo er restauriert werden sollte.

»Berühmter Moorforscher stirbt bei Unfall im Moor«, »Was trieb Knut D. ins Moor?« und »Tragischer Unfall eines Moorexperten« betitelten andere Zeitungen ihre Berichte und erwähnten gleich noch einmal die Moorleiche und die Knochen in der Wand des Hauses von Pastor B.

Niemand fragte danach, ob Dierksen vielleicht selbst einem Verbrechen zum Opfer gefallen sein könnte. Als wenig später offiziell bekannt gegeben wurde, dass Dierksen drei Menschen getötet hatte, um sich an dem Goldhort vom Brester Moor zu bereichern, ging zwar eine Welle der Empörung durch die Medien, die aus dem Moorexperten rasch den »Moormörder« werden ließen und ihn als den Serienmörder von Bresterholz bezeichneten. Aber dennoch stellte keiner außer Kommissar Schumann die Frage, weshalb Knut Dierksen sich noch im Moor aufhielt, als er starb. Seine Taten lieferten viel Stoff für schaurige Artikel, sein Werdegang wurde durchleuchtet und ein ehemaliger Kommilitone zitiert, der kryptisch sagte: »Knut war immer schon anders.« Die Medien stellten immer wieder die Frage, was einen seriösen Wissenschaftler zum Mörder hatte werden lassen. Der ebenfalls von den Medien interviewte Frostauer brachte es auf den Punkt: »Geldgier.« Ob jemand den »Serienmörder vom Brester Moor« selbst ermordet haben könnte, war für die Medien weiterhin kein Thema.

Schumann jedoch war sich sicher, dass Dierksen ermordet worden war. Zumindest hatte jemand bei diesem Unfall nachgeholfen so wie Dierksen beim Tod von Harm Willems und Agnes Fichte, deren Tod nun offiziell eindeutig als Mord eingestuft werden konnte. Bei erneuten und gründlicheren Recherchen hatten seine Leute am Sattel und am Helm der toten Agnes halb verwischte Fingerabdrücke entdeckt. Sie ließen sich als Dierksens Fingerabdrücke identifizieren, der bei seiner Tat keine Handschuhe getragen, sondern nur hinterher versucht hatte, mit einem Tuch, von dem ein Faden in einer Ritze des Helms klemmte, seine Spuren zu entfernen. So schlau also war der selbstgefällige Dierksen nun auch wieder nicht gewesen. Zumal sich seine Fingerabdrücke im System befanden, da man ihn als Student bei einer Hamburger Hausbesetzung verhaftet und dabei seine Daten erfasst hatte. Schumann war insgeheim froh, dass er Richard Bernhard nicht ernsthaft des Mordes an Agnes Fichte verdächtigt hatte, obgleich er sogar ein Motiv gehabt hätte, falls er tatsächlich von ihr erpresst worden war. Der anonyme Anrufer, der versucht hatte, Richard zu belasten, war, wie die Polizeitechniker feststellten, von einem Prepaid-Handy gekommen, das, wie Schumann annahm, Knut Dierksen benutzt und später entsorgt hatte.

Mochten die drei Morde, die Dierksen begangen hatte, auch geklärt sein, so beunruhigte Schumann seine Befürchtung, dass Dierksens eigener Tod vielleicht nie aufgeklärt werden könnte.

Steffen Steffens, der anscheinend alles mitbekam und von dem unbekannten Mann im Moor gehört hatte, hielt mit seiner Meinung nicht hinterm Berg. »Herr Kommissar, das liegt doch auf der Hand! Es war eindeutig der Moormann, der Dierksen den Schatz wieder wegnehmen wollte. Dabei kam es zu einem Handgemenge, Dierksen ist gestürzt, und das war's.«

Die Suche nach dem Hünen, den Herboltz in der Nähe des Leichenfundortes gesehen hatte, wurde nach drei Tagen eingestellt. Der bärtige Unbekannte schien sich tatsächlich in Luft aufgelöst zu haben. Schumann blieb bei seiner Meinung, dass jemand in der Maske des Moormannes den Überfall begangen hatte und dass derselbe Mann vielleicht schon öfter in diese Rolle geschlüpft war. Seufzend akzeptierte er am Ende die These, dass Dierksen bei seinem Gang durchs Moor tatsächlich gestürzt und verunglückt war. Doch an ihm nagte die Frage, weshalb Dierksen gerade an diesem Tag ausgerechnet in diesem Teil des Moores mit seiner Beute unterwegs gewesen war. Er kam mit dieser Frage nicht weiter. Gerne hätte er mit Anna darüber gesprochen. Doch die war abgetaucht, vor allem, um der Presse zu entgehen.

Als Anna nach einer Woche aus dem Krankenhaus entlassen wurde, schlüpfte sie bei einer Freundin in München unter und wartete darauf, dass der Sturm sich legte. Allmählich verflüchtigten sich die Erinnerungen an die Stunden im Sarkophag, und sie konnte wieder halbwegs normal den Alltag bewältigen. Aber nachts überfielen sie die Ereignisse wie ein dunkler Schatten und bescherten ihr Alpträume, aus denen sie schwitzend und manchmal schreiend aufwachte.

Während Anna versuchte, in München zur Ruhe zu kommen, und bei ihren Ausflügen an den Starnberger See und an den Tegernsee das Moor weit hinter sich ließ, gab es für Schumann noch ein Nachspiel mit der englischen Polizei, die einen Inspector von Scotland Yard nach Bresterholz schickte, um im Fall George W. Stafford zu recherchieren. Seine Familie hatte ihn als vermisst gemeldet, ging aber davon aus, dass er bei seiner Wanderung in den schottischen Hochmooren verunglückt sein könnte. Die

Erkenntnis, dass er viele hundert Kilometer entfernt von seiner schottischen Heimat in einem kleinen Moor in Niedersachsen umgekommen war, bedeutete für sie einen Schock.

Chief Inspector Michael Scott war vertraut mit der Akte des Antiquars, der schon seit geraumer Zeit im Verdacht gestanden hatte, unlautere Transaktionen durchzuführen. Scott, der mit seinem deutschen Kollegen bestens zurechtkam und bedauerte, dass nach dem Brexit die Zusammenarbeit wahrscheinlich weniger leicht über die Bühne gehen würde, kam schließlich zu dem Schluss: »Wir werden jetzt diese Nachforschungen ruhen lassen. Stafford hatte viele Jahre einen sehr guten Ruf in der Branche. Ob und wie weit er sich auf zwielichtige Geschäfte eingelassen hat, ist nicht eindeutig zu klären. Das Geschäft erbt seine Tochter, die bisher eine kleine Filiale ihres Vaters in Edinburgh betreut hat. Sie besitzt einen einwandfreien Leumund.«

Staffords Leiche wurde nach Großbritannien überführt und im Familiengrab auf einem kleinen Friedhof bei St. Andrews in Schottland beigesetzt. Die englische Presse erwähnte seinen tragischen Tod im niedersächsischen Moor eher beiläufig, auch wenn der renommierte Antiquar eines gewaltsamen Todes gestorben war. Nur Harold Kingsley veröffentlichte einige Wochen später in der Zeitschrift »Archeology Today« einen Artikel mit dem Titel »The Moorman's Secret«, in dem er den Tod Staffords mit der Suche nach den Schätzen des Moormannes verknüpfte und jene Landkarten besonders erwähnte, die um 1790 in dieser Gegend Norddeutschlands im Auftrag König Georgs III. entstanden waren. Auch auf Reginald Fitzgibbons Arbeit wies er hin und kündigte die geplante Ausstellung in Hannover an.

Dierksens Kollege Harald Frostauer hatte der Polizei inzwischen berichtet, dass er mit seinem Kollegen einige Jahre zuvor mehrmals auf Erkundungsgängen im Moor gewesen war und auch von der Verbindung zwischen Dierksen, Stafford und Richard Bernhard gewusst hatte, nichts jedoch von deren genauen Plänen. »Ich habe geglaubt, es seien rein geschäftliche Verbindungen, wobei die beiden Antiquare gerne die Expertise von Dierksen in Anspruch genommen haben. Dierksen war immer ein zuverlässiger und tüchtiger Kollege.« Er schien ehrlich schockiert über Dierksens mörderische Umtriebe, führte es aber dann auf den »Fluch des Goldes« zurück. Abgesehen von dieser pathetischen Bemerkung hielt Schumann seine Ausführungen für realistisch.

Frostauer war so betroffen angesichts der Taten seines früheren Kollegen Dierksen, dass ein Teil seiner Arroganz abblätterte. Hinter dieser lange sorgfältig gehegten Fassade des »coolen« Wissenschaftlers kamen sogar angenehme Züge zum Vorschein wie Empathie und die Fähigkeit, sein Wissen in unterhaltsamen Vorträgen mit einem Hauch von Humor darzustellen. Als Anna ihm einige Wochen nach ihrer Rückkehr aus München begegnete, konnte sie sich mit ihm endlich auf Augenhöhe unterhalten, und selbst wenn Frostauer wohl nie ein enger Freund werden würde, so fand sie in ihm doch einen vielseitig interessierten Gesprächspartner.

Als Anna sich nach zwei Wochen in München wieder nach Bresterholz wagte, um ihre Arbeitsunterlagen und ihr Hab und Gut einzusammeln, machte sie sich endlich auf, den anderen Kreuzen auf Reginalds Karten nachzuspüren. Glücklicherweise stand ihr dabei Fedderking zur Seite, der mit ihr gemeinsam die Orte absuchte, die Reginald auf seiner endgültigen Karte verzeichnet hatte. In seinen Notizen fand Anna dazu wichtige Ergänzungen. Dennoch hatte sie es sich einfacher vorgestellt, da sie sich sicher war, dass laut der eingefügten Kreuze und Anmerkungen diese Verstecke nicht tief im Moor, sondern in der Umgebung des Hauses und der Kirche sein mussten.

Es war nicht immer leicht, den Anweisungen des irischen Kartographen zu folgen, da seither mehr als zweihundert Jahre vergangen waren und sich die Landschaft beträchtlich verändert hatte. Selbst Fedderking mit seinem Wissen um die Strukturen des Moores und um die Verwandlung der Landschaft in den vergangenen Jahrzehnten hatte einige Mühe, die richtigen Orte aufzufinden. Er setzte schließlich eine Sonde ein, die jedoch bei den aus Knochen geschnitzten Statuetten nichts nützte. Allerdings stieß er auf diese Weise auf die Bronzeschwerter, die nicht weit vom Moorhaus entfernt versteckt lagen. Auch dies ein Fund, der den Wissenschaftler begeisterte. »Diese Schwerter sind viel älter als die Waffen aus der Wikingerzeit, die im Teufelsmoor oder am Ufer der Weser gefunden worden sind. Sie sind aus der gleichen Epoche wie der Goldhort, also an die dreitausend Jahre alt – welche Sensation!«

Anna las noch einmal im schwarzen Notizbuch nach, was Reginald über die Verstecke der beiden Figuren vermerkt hatte. Der Bärenmensch und die Wolfsfrau waren eindeutig die Lieblinge des Kartographen gewesen. In dem Büchlein entdeckte sie einen Satz, der sie auf die richtige Fährte brachte: *»Gemeinsam liegen sie in einem warmen Bett, umgeben von toten Seelen und geschützt durch eine Mauer.«*

Die beiden Statuetten lagen in der Tat dicht beieinander unterhalb der Friedhofsmauer in einer kleinen Grube, die einem Grab ähnelte und die Reginald geschickt mit einer alten Grabplatte abgedeckt hatte. Dennoch erschien es Fedderking fast wie ein Wunder, dass die Figuren nie gefunden worden waren. »Aber der Friedhof wird ja nicht mehr für frische Gräber genutzt«, lautete dann seine Erklärung.

Es erging Fedderking ähnlich wie Reginald: Für ihn war die Bergung der aus Knochen geschnitzten Figuren und der drei Bronzeschwerter fast noch aufregender als der Fund des bronzezeitlichen Goldhorts. Liebevoll hielt er die Figuren in seinen Händen und sorgte persönlich dafür, dass sie im hannoverschen Landesmuseum Aufnahme fanden. Ein bisschen schmerzte es ihn wohl, dass er sie nicht in das archäologische Museum in Bederkesa bringen konnte, aber dieser Fund hatte internationale Bedeutung. »Der Bärenmann vom Brester Moor – eine Urzeitsensation«, hieß es nach einer Pressekonferenz im Museum in den Medien, und unter dem Titel »Bärenmann und Wolfsfrau – Götterbilder ferner Ahnen im Moor« zeigte sogar das Fernsehen Aufnahmen der Figuren. Die drei Bronzeschwerter wurden gar als Beweis eines vorzeitlichen Handels zwischen den Kelten im Süden und den Stämmen im norddeutschen Raum angesehen.

Als Anna dann schweren Herzens den Stein mit den eingeritzten Strichen herausrückte und ihn dem Landesmuseum in Hannover übergab, überschlugen sich die Archäologen geradezu vor Begeisterung. Woher Harm Willems den Stein hatte, ließ sich nicht mehr feststellen. Dierksen hatte etwas von einer Hütte erzählt, in der Willems diesen Stein entdeckt hatte. Aber weshalb er dort lag und ob Reginald ihn selbst in der Hütte versteckt hatte, blieb eines der vielen Rätsel des Moores. Vielleicht hatte Reginald den Stein, den er in Göttingen Heyne gezeigt hatte, tatsächlich in dieser Hütte abgelegt, als Andenken an Käthe, als eine Art Opfergabe in der Tradition der ersten Siedler im Moor.

Als »älteste Frauendarstellung Norddeutschlands, älter noch als die ›Venus von Bierden‹«, bezeichnete Fedderking den Stein in einem Artikel in der Zeitschrift »Archäologie im Wandel.« Nach der Veröffentlichung dieses Aufsatzes im Spätherbst erhielt er den Auftrag, versehen mit einer stattlichen Summe Fördergeld, im Brester Moor und in den umliegenden Mooren nach weiteren Zeugen der fernen Vergangenheit zu forschen. Es wurde eine Ausstellung im hannoverschen Landesmuseum geplant mit dem Titel »Schätze aus dem Moor – das Geheimnis des Moormannes«. Im Mittelpunkt sollten der Bärenmann, die Wolfsfrau, die Schwerter, die »Venus vom Brester Moor« und natürlich der bis dahin restaurierte Goldhort stehen. Anna erhielt den Auftrag, den Katalog dafür zu erstellen. Etliche Museen wollten Leihgaben nach Hannover schicken. Das British Museum bot aus seinem Fundus eine goldene Fibel an, die der damalige Kronprinz, der spätere König Georg IV., dem Museum im Jahr 1789 geschenkt hatte. Die Fibel, so Experten, ähnelte erstaunlicherweise den Fibeln aus dem Goldhort vom Brester Moor. Eine weitere archäologische Sensation, die nicht geklärt werden konnte.

Schumann war glücklich, dass Anna die Ereignisse offenbar gut überstanden hatte. Nachdem sie das Krankenhaus verlassen hatte und nach München gereist war, hoffte er, sie einmal privat zu treffen. Als sie gemeinsam mit Fedderking ihre Schatzsuche beendet hatte, lud er sie zum Essen in den Stader Ratskeller ein.

Ihm lag an ihrer Meinung – ganz inoffiziell – zu Dierksens Tod im Moor.

Anna lächelte. »Sie sind ganz schön raffiniert, Herr Kommissar! Soll das eine Art Verhör unter anderen Umständen werden?«

Schumann errötete erstmals seit Jahren. Er hüstelte und sagte: »Nein, natürlich nicht. Aber Sie haben doch sicher eine Theorie, oder?«

Anna sah nachdenklich in ihr Weinglas. »Mit dieser Geschichte hängen eine Menge Rätsel zusammen, und vor allem diese Legenden um den Moormann sind nicht von der Hand zu weisen. Also, wenn Sie meine ehrliche Meinung wissen wollen, ist Dierksen sozusagen noch einmal zurück zum Tatort gegangen und dem Moormann begegnet. Und der hat mit ihm einen Streit begonnen, der für Dierksen tödlich endete.«

Sie warf einen schrägen Blick auf Schumann. »Wenn nicht wahr, so doch gut erfunden«, zitierte er ein italienisches Sprichwort, nahm einen großen Bissen von seinem Entrecote und sagte dann mit einem gewissen Hauch von Selbstzufriedenheit: »Ich will Sie nicht länger auf die Folter spannen und zu noch mehr Moormannlegenden anregen. Ich weiß nämlich inzwischen, warum wir Dierksen im Moor gefunden haben beziehungsweise weshalb er überhaupt immer noch in der Gegend war.«

Anna sah ihn erwartungsvoll an. Er machte eine Kunstpause, trank einen Schluck Wasser und betrachtete amüsiert ihren gespannten Gesichtsausdruck. Dann räusperte er sich und sagte: »Er hat das Moor gar nicht verlassen.«

»Wie bitte?«, sagte Anna überrascht. »Er war die ganze Zeit bis zu seinem Tod hier in der Gegend? Ich dachte, er wäre getürmt und längst über alle Berge.«

Schumann nickte. »Genau den Eindruck wollte er uns vermitteln. Doch das hat mich alles nicht überzeugt. Deshalb bin ich vor ein paar Tagen noch einmal in diesem Abschnitt des Moores herumgegangen und habe mich umgeschaut. Es kommen wenige Leute dorthin. Keine Schulklassen, selten mal ein Wanderer. Dass Herboltz sich da aufgehalten und deshalb Dierksens Leiche entdeckt hat, war eher ein Zufall. Er hatte eigentlich eine andere

Route einschlagen wollen und ist etwas von seinem ursprünglichen Weg abgekommen.«

Er zupfte an seiner Serviette, was die nach einer Erklärung fiebernde Anna aufregte. »Und?«, fragte sie ungeduldig.

»Nun, einige hundert Meter entfernt vom Fundort bin ich auf eine dieser längst verlassenen Torfstecherkaten gestoßen. Von Weitem sah sie ziemlich verfallen aus. Aber dann konnte ich sehen, dass sie offenbar benutzt wurde. Jemand hatte das Dach notdürftig ausgebessert, und die Eingangstür ließ sich schließen, allerdings nicht abschließen.« Schumann hielt inne und schien sich über Annas Ungeduld zu amüsieren. Dann fuhr er fort: »Ich bin hineingegangen und habe mehrere Decken, zwei Einkaufstüten mit haltbaren Lebensmitteln, einige Flaschen Wasser, Kerzen, Streichhölzer und Kleidungsstücke gefunden. Zudem eine Luftmatratze, die Dierksen offenbar als kärgliches Bett benutzt hat. Dass er dort gehaust hat, war leicht festzustellen. Es lagen ein paar Bücher mit seinem Namen herum. Zudem habe ich ein Handy von ihm entdeckt, das er aber offenbar entsorgen wollte, um nicht geortet werden zu können. Jedenfalls fehlte die SIM-Karte.«

Schumann nahm noch einen Schluck Wasser, bevor er weitersprach. »Unser Techniker hat es wieder zum Leben erweckt. Viele Anrufe hat Dierksen in der Zeit nicht getätigt. Einen bei einer Autovermietung in Cuxhaven, eine Hotelbuchung für eine Nacht, die er aber nicht mehr wahrnehmen konnte, da er zu dem Zeitpunkt bereits ein paar Tage tot war. Ich glaube, dass er vorhatte, noch einige Tage im Moor zu bleiben, bis sich die größte Aufregung gelegt hat, und dann versuchen wollte, das Moor zu verlassen. Wir haben ja alle geglaubt, er sei längst über die holländische Grenze geflüchtet. Die Cuxhavener Hafenpolizei hat uns vor wenigen Tagen gemeldet, dass sie auf einem Parkplatz in Hafennähe das von Dierksen gemietete Auto gefunden habe. Offenbar hatte er das noch vor seiner Attacke auf Sie und Richard Bernhard bei der Autovermietung abgeholt, wie uns bestätigt wurde, und auf dem Parkplatz abgestellt, um nach seiner Flucht aus dem Moor rasch verschwinden zu können. Für den

Wagen wurde die Miete für zwei Wochen überwiesen. Einem aufmerksamen Polizisten fiel der Wagen auf, der da schon seit einer guten Woche stand.« Schumann zupfte wieder an der Serviette. »Im Handschuhfach lagen zwei Pässe, eindeutig gefälscht, auf unterschiedliche Namen ausgestellt und mit Fotos versehen, auf denen Dierksen einen Bart trägt. Er hat das alles gut vorbereitet, wobei er sicher ursprünglich sogar einmal geglaubt hat, er käme davon und könnte in aller Gelassenheit seinem alten Leben nachgehen und sich dann vielleicht irgendwann nach Verkauf des Goldhortes in ein Paradies zurückziehen. Das hat er ja Ihnen gegenüber angedeutet. So ein weltfremder Narr!« Schumanns Lächeln wirkte eher wehmütig als belustigt.

»Aber weshalb war er dann an jenem Tag mit dem Bronzekessel im Rucksack im Moor unterwegs?« Anna sah Schumann verwirrt an.

»Vielleicht eine Kurzschlusshandlung. Er war ja schon etliche Tage allein in dieser gottverlassenen Gegend. Da kann man schon ganz schön nervös werden. Er hat alles in der Hütte zurückgelassen. In dem Rucksack, den er bei sich hatte, befanden sich in einer Seitentasche seine Brieftasche und ein Autoschlüssel. Er hätte sich durchs Moor bis zur Hauptstraße durchgeschlagen und wäre schon irgendwie nach Cuxhaven gelangt.«

Anna nickte. Eigentlich ein einfacher Plan, der hätte aufgehen können. Aber dann war etwas aus dem Ruder gelaufen, und Knut Dierksen starb im Moor. Der Schatz des Moormannes hatte ihm kein Glück gebracht. Einen Moment spürte Anna so etwas wie Mitleid mit diesem Mann, den sie jahrelang für einen klugen und integren Wissenschaftler und sogar fast für einen Freund gehalten hatte.

Das restliche Essen verlief in entspannter Atmosphäre, auch wenn Anna sich gedanklich nicht völlig von Schumanns Erkenntnissen lösen konnte. Beim Nachtisch sagte er plötzlich: »Ein Rätsel gibt es aber immer noch. Doch vielleicht haben Sie eine Idee für die Lösung.«

Anna sah ihn überrascht an. »Noch mehr Rätsel?«

Schumann seufzte abgrundtief. »Ach, es gibt noch etliche

Fragen in dieser Geschichte. Vor allem die nach dem Hünen im Moor wird wohl nie geklärt werden.« Er rührte seine Mascarpone-Creme um, ehe er fortfuhr. »Etwas liegt mir noch im Magen. Nicht dieses köstliche Essen. Nein, es geht um den Toten in der Kellerwand von Burmeisters Haus. Wir haben verschiedene Quellen angezapft, haben recherchiert, aber wir konnten bisher nicht herausfinden, wer dieser Mann gewesen sein könnte. Wer der Tote im Moor war, das wissen wir ja nun. Zu Ihrer Freude ist es nicht der irische Kartenmacher, sondern dieser Ganove Peter Shaffer. Der Mann im Keller wurde offenbar, wie unsere Spezialisten festgestellt haben, um dieselbe Zeit getötet, und zwar durch einen Degenstich. Erstaunlich, was man noch so viele Jahre später den Knochen eines Skeletts alles entnehmen kann. Doch das bringt uns der Beantwortung der Frage nicht viel näher, wer dieser Mann ist und warum er in der Kellerwand eingemauert wurde.«

Anna fühlte sich geschmeichelt, dass Schumann sie mit ins Boot holte. Sah er in ihr auch eine Art Miss Marple des Moores? Sie grinste, schob ihr Tiramisu beiseite und sagte: »Vielleicht kann ich Ihnen in diesem Fall wirklich helfen. Es hat in der Zeit, als Reginald Fitzgibbon als Kartograph in Bresterholz gearbeitet hat, einen Ingenieur und Kartographen aus Hannover gegeben, der offenbar, wie Reginald in seinen Notizen schildert, ein ehrgeiziger und eher unangenehmer Mann war, aber wohl ein sehr begabter Vertreter seiner Zunft. Sein Name war Johann von Stocker. Angeblich ist dieser Johann von Stocker, der nach dem Tod seiner Frau mit seinen beiden Söhnen nach London gezogen war, bei einer Expedition in Afrika ums Leben gekommen. Doch es könnte ja sein, dass er in Wahrheit im Brester Moor starb und man durch diese Legende von seinem Tod in Afrika etwas vertuschen wollte. Oder vielleicht wusste man es damals nicht besser.«

»Und warum sollte er im Moor gestorben sein?« Schumann sah Anna zweifelnd an.

»Nun, ich glaube, er war irgendwie in diese Schatzsuche involviert. Immerhin war er eine Zeit lang in Bresterholz, genau dann, als auch Reginald dort arbeitete und seine ersten Begegnungen mit der alten Käthe und später ihrem Sohn, dem Roten Piet, hatte. Wäre es denn nicht möglich, dass er davon erfahren hat und auch von diesem Goldfieber ergriffen wurde? Oder dass er aus irgendeinem Grund Reginald auf den Fersen geblieben ist und im März 1789 in Bresterholz auftauchte, als laut den Aufzeichnungen von Jeffrey Morgate der mysteriöse W. in das Geschehen eingegriffen hat? Vielleicht hat ja sogar dieser W. Stocker getötet?«

Schumanns Zweifel schien noch nicht ganz verflogen. Aber Anna hatte noch ein Ass im Ärmel. »Im Übrigen war Agnes Fichte eine Ururenkelin von diesem Johann von Stocker. Das hat sie mir selbst erzählt. In ihrem Wohnzimmer hängt ein Porträt dieses Mannes, das ich gerne für unsere Ausstellung in Hannover hätte. Aber leider ist es nicht mehr dazu gekommen, dass sie uns das Bild ausleiht. Da lässt sich doch sicherlich noch irgendetwas mit DNA herausfinden?« Anna war stolz auf ihren Tipp, zugleich schwor sie sich, in Zukunft weniger Krimiserien zu schauen, denen sie all ihr kriminalistisches Halbwissen entnahm.

Schumann sah Anna mit einer Mischung aus Bewunderung und Skepsis an. »Donnerwetter«, sagte er. »Wenn das so wäre! Es klingt zumindest nicht unlogisch. Die Frage ist allerdings weiterhin offen, wer ihn umgebracht hat und vor allem, warum. Mord oder Kampf? Vielleicht liegen Sie richtig und der mysteriöse W. hat ihn im Duell getötet. Das würde doch gut zum 18. Jahrhundert passen! Vielleicht können unsere Zauberkünstler im Labor einen DNA-Abgleich vornehmen, falls diese Knochen das noch hergeben. Wird ein bisschen dauern, aber es wäre schon schön, wenn wir dem Toten einen Namen geben könnten. Dann wären fast alle Fragen geklärt.«

Am nächsten Tag machte sich Anna auf den Weg ins Krankenhaus, um endlich Richard zu besuchen, dem es nach harten Wochen auf der Intensivstation und einem zusätzlichen bösen Infekt langsam besser ging. Allerdings sah er immer noch elend aus. Als er sie sah, ging ein schüchternes Lächeln über sein Gesicht. Seine Stimme klang ungewohnt brüchig, als er ansetzte, sich bei ihr zu entschuldigen.

»Hätte ich gewusst, dass Knut Dierksen sein eigenes Ding drehen wollte und nicht einmal vor Mord zurückschreckt, wäre ich natürlich lange vorher abgesprungen und hätte alles getan, um dich vor ihm zu schützen. Das musst du mir glauben. Er hat mich mit dieser wie eine harmlose Spielzeugpistole aussehenden Waffe gezwungen, mit ihm zu gehen. Und ehrlich gesagt bin ich kein Held. Ich bin mitgegangen, ohne mich zu wehren. Was danach passiert ist, weiß ich nicht mehr genau. Ich erinnere mich noch an die Hütte im Moor, an eine schemenhafte große Gestalt, die sich über mich beugte und wieder verschwand, dann kam dieser Kommissar, und danach tauchten die Sanitäter auf. Alles liegt wie in einem dichten Nebel. Auch die Schmerzen. Aber was dir passiert ist, das ist ein noch viel größerer Alptraum. Lebendig in einem Sarkophag begraben! Das ist ja wie in einem Horrorfilm!«

Richard holte tief Luft. Seine Augen glänzten fiebrig. Anna überkam eine Welle des Mitleids. Es tat ihr leid, ihn so schwach und unglücklich zu sehen. Sie nahm seine Hand, die er dankbar drückte.

»Ich habe ehrlich nicht geahnt, dass er Willems getötet hat und dann auch noch die arme Agnes. Der Mann muss völlig verrückt geworden sein. Entweder er hat jahrelang eine Maske getragen, hinter der er sein wahres Ich versteckt hat, oder es hat ihn eine Art Goldrausch gepackt, der seinen Verstand aushebelte. Die Geschichte mit Stafford ist auch schrecklich. Um ihn tut es mir sehr leid. Er hat sich zwar mir gegenüber nicht gerade edelmütig verhalten, doch soll er ja, wie ich gehört habe, dann doch Schuldgefühle bekommen haben. Diesen elenden Tod hat er wirklich nicht verdient.«

Richard lächelte wehmütig und hielt Annas Hand fester. »Ich werde Schumann von meiner Rolle in diesem Komplott berichten. Er wird mir sicher glauben, dass ich bei dem wahren Plan der beiden nie mitgemacht hätte. Ich mag ja gelegentlich einige Gesetze nicht so ernst nehmen, aber ein Mörder bin ich niemals! Und ich hoffe, dass man gnädig mit mir umspringt. Vielleicht hilft ja, dass ich als Zeuge aussagen werde.« Er sah Anna mit einem etwas schrägen Lächeln an. »Und vielleicht können wir beide ja irgendwann wieder Freunde werden.«

Sein Blick war so treuherzig wie der des Katers in den »Shrek«-Filmen, und Anna war bereit, ihm zu verzeihen. Sie entzog ihm sanft ihre Hand und stand auf. »Ich hoffe, dass wir uns irgendwann in Ruhe über alles austauschen können. Jetzt werde erst einmal gesund.« Sie konnte Richards Dankbarkeit regelrecht spüren. Seine blassen Wangen hatten sogar wieder etwas Farbe bekommen.

»Ich möchte meine Schatzkarten der Bibliothek stiften, auch die beiden, die nicht in der Ausstellung gezeigt werden sollen«, sagte er zum Abschied.

Nach dem Besuch im Krankenhaus fuhr Anna noch einmal nach Bresterholz zurück, um einen letzten Gang ins Moor zu machen. Der nahende Abschied erfüllte sie mit leichter Nostalgie. Sie hatte diese Landschaft und ihre Bewohner lieb gewonnen. Anke Kück versicherte ihr, dass sie jederzeit Ferien im Moorhaus machen könne. »Und den nächsten Katalog müssen Sie selbstverständlich auch im Moorhaus schreiben. Dann aber bitte ohne Leichen im Keller und in der Kirche«, lautete ihr frommer Wunsch.

Wieder lag dunstiger Nebel über dem Moor. Kein Windhauch rührte sich, kein Vogelgezwitscher ertönte. Das Gras knisterte leise unter Annas Schritten. Als sie sich der verfallenen Hütte im Moor näherte, blieb sie stehen. Vielleicht war es nur ihr Wunschdenken, vielleicht aber auch jene Art von realer Wahrnehmung, die sich mit Phantasie vermischt. Denn sie sah ihn ganz deutlich neben der Hütte, den großen bärtigen Mann in seinem Fellgewand. In der linken Hand hielt er seine seltsame Waffe, halb Speer, halb Keule. Anna hob die Hand zum Gruß. Der Moormann erwiderte ihn mit einem leisen Lächeln und einem kurzen Winken mit der rechten Hand. Dann verschwand er im Dunst, der sich wie ein magischer Mantel um ihn legte und ihn unsichtbar machte. Später fragte sich Anna oft, ob sie die seltsame Gestalt wirklich gesehen hatte. Doch nicht alle Geheimnisse des Moores mussten eine logische Erklärung haben. Ob nun ein Mann im Kostüm des Moormannes oder ein Geist aus der Sagenwelt des Moores – letztlich war das nicht wichtig. Ein Hauch von Traum passte gut an diesen Ort. In diesem Fall hielt Anna sich auch gerne an das berühmte Wort des dänischen Prinzen Hamlet, das schon Greta Haverkamp bei ihrem Besuch zitiert hatte: »Es gibt mehr Ding' im Himmel und auf Erden, als Eure Schulweisheit sich träumt, Horatio.«

Epilog

Die junge Frau, die sich unsicher in der Eingangshalle der Leibniz-Bibliothek umsah, schien etwas oder jemanden zu suchen. Der diensthabende Pförtner bemerkte sie und trat auf sie zu. Ihr Blick heftete sich auf die großen Plakate an den Wänden mit der Aufschrift »Aufbruch in die Zukunft – Karten aus der Zeit Georgs III.«.

»Heute ist die Eröffnung«, erklärte der Pförtner, ein freundlicher älterer Mann, der seit vielen Jahren in der Bibliothek arbeitete.

Die junge Frau lächelte und antwortete: *»Sorry, I don't speak German.«*

Der Pförtner nickte und versuchte es auf Englisch: *»Today is opening of exhibition. Upstairs. But only for guests.«*

Die junge Frau kramte einen Zettel aus ihrer großen Handtasche hervor. *»I must see Anna Bentorp, please«,* sagte sie.

»Do you know her?«

»No, but it is very important that I see her.«

Der Pförtner zögerte. Doch etwas an der jungen Frau rührte ihn. *»Okay«,* sagte er. *»I look for her.«*

Damit ließ er sie in der Halle zurück und stieg in den ersten Stock, wo der Bibliotheksleiter gerade seine Begrüßungsansprache beendet hatte und Kurator Rüdiger Meister ein paar Worte sprechen sollte.

Anna stand neben ihm und Arnim Fedderking, der in diesen Wochen mit seinen Moorgrabungen beginnen würde. Den Katalog, den Meister in der Hand hielt, zierte eine der vier Karten Reginald Fitzgibbons vom Brester Moor, eine Hommage an den jungen irischen Kartographen, der dem Geheimnis des Moormannes auf die Spur gekommen war.

An diesem Sonntag waren zahlreiche Gäste in der Bibliothek versammelt. Dazu zählten neben Annas Familie, die aus ganz Deutschland angereist war, auch Greta Haverkamp, die mit strahlenden Augen jedem, der es hören oder nicht hören wollte, erzählte, sie habe ja immer schon gewusst, dass das Brester Moor Schätze berge und der Moormann keine Legende sei. Sie habe ihn schließlich selbst gesehen. Fast die gesamte Bevölkerung von Bresterholz und Osterheide war in einem großen gemieteten Bus angereist, sogar Heiner Kück hatte sich dazugesellt. Selbst Steffen Steffens zählte zu den Gästen, und seine Schwiegertochter schien erstmals nach langer Zeit mit dem sonderbaren alten Mann zu reden.

»Da sind ja nicht nur Karten von unserem Moor«, stellte Anke Kück mit einer Mischung aus Staunen und Enttäuschung fest, als sie die Seekarten von James Cook, die Karten von London und Hannover, von englischen Grafschaften und von den neuen Kolonien des wachsenden Weltreiches England im 18. Jahrhundert betrachtete. Georgs Sammelleidenschaft für Karten hatte eben nicht beim Brester Moor haltgemacht, wie Anke Kück geglaubt hatte.

Am meisten freute Anna sich darüber, dass Hans Schumann ihre Einladung zur Ausstellungseröffnung angenommen und sich dafür in Schale geworfen hatte. Sie hatte ihn seit den Ereignissen im vergangenen Jahr nicht mehr gesehen. Er hatte inzwischen auch das Rätsel um den Mann in der Kellerwand dank der Hinweise von Anna klären können. In der Tat war es den Forensikern gelungen, einigen Zähnen eine Substanz zu entnehmen, die zur Feststellung der DNA ausreichte. Sie verglichen diese mit der DNA von Agnes Fichte. Die Verwandtschaft zwischen Johann von Stocker und Agnes ließ sich dadurch – für Schumann ein modernes Wunder – auch nach fast zehn Generationen nachweisen. Fast zweihundertdreißig Jahre nach seinem Tod wurde Johann von Stocker beigesetzt. Er bekam ein schlichtes Grab auf dem schönen alten Engesohder Friedhof in Hannover. Auf dem 1864 eingeweihten Friedhof befanden sich auch noch Gräber einiger seiner Nachfahren aus dem 19. Jahrhundert.

Agnes Fichte dagegen fand ihre letzte Ruhe in Bresterholz. Karl Heinz Fichte hatte dank seiner Beziehungen erreicht, dass seine Frau dort doch noch ein Grab auf dem kleinen Friedhof im Schatten der alten Kirche bekam, nicht weit von ihrem Zuhause in Bresterholz entfernt. Durch eine großzügige Spende, die der Sanierung des Unterbaus der Kirche zugutekommen sollte, übersprang er alle bürokratischen Hürden und konnte Agnes in der Nähe der alten Friedhofsmauer bestatten lassen. Das Grab lag zufällig fast an derselben Stelle, an der Anna und Fedderking das Versteck des Bärenmannes und der Wolfsfrau entdeckt hatten. Unweit des Grabes von Agnes Fichte hatte sich auch die Mauernische befunden, in der Reginald den Bärenmann das erste Mal versteckte, ehe er im Herbst 1788 Bresterholz für einige Monate verließ. Das Gemälde von Johann von Stocker schenkte Fichte dem Niedersächsischen Landesmuseum, das es wiederum für die Ausstellung in der Leibniz-Bibliothek als Leihgabe zur Verfügung stellte.

Schumann wirkte an diesem Tag der Ausstellungseröffnung entspannt und heiter. Das letzte Rätsel um den Moormann würde er zwar nie lösen können, aber alles andere hatte sich nun auf das Beste gefügt. Anna umarmte ihren Lebensretter, der daraufhin errötete und sie leise fragte, ob sie denn mal wieder mit ihm in Stade essen gehen wolle.

»Gerne«, sagte Anna.

Auch Richard Bernhard war zu Annas Freude erschienen. Sie hatte ihn in der Zwischenzeit einige Male zum Essen getroffen. Aber mehr war nicht daraus geworden, wobei sie spürte, dass Richard durchaus Interesse an ihr hatte. Doch Anna blieb zurückhaltend. Sie konnte Richard nicht vertrauen. Da bot sich der liebenswerte Kommissar aus Stade eher als Freund an. Er hatte ihr geschrieben, dass er demnächst versetzt würde, aber noch nicht wisse, wohin. Vielleicht Hannover?

Anna beobachtete Richard aus der Entfernung und amüsierte sich insgeheim. Er war wieder völlig genesen und fast ganz der Alte, zumindest ließ er wieder seinen Charme spielen. Ihm drohte zwar noch ein Verfahren wegen diverser Delikte wie Fälschung und Schwarzhandel. Der Vorwurf der Steuerhinterziehung hatte sich jedoch zerschlagen, da Richard sich selbst angezeigt und bereits eine hohe Summe an den Staat gezahlt hatte. Sein Anwalt, ein Star seiner Zunft, versicherte ihm, er werde wohl mit Bewährung davonkommen, dafür aber eine weitere erhebliche Geldstrafe zahlen müssen. Richards Aussagen im Fall Dierksen und zur Rolle Staffords in diesem Komplott halfen hier auch. Hinzu kam, dass er dank seiner schweren Verletzung ein weiteres Opfer des dreifachen Mörders geworden und dem Tod nur knapp von der Schippe gesprungen war. Sein Anwalt schlachtete das zu seinen Gunsten aus.

Seltsamerweise hatten die Ereignisse im Brester Moor Richards Ruf zumindest geschäftlich nicht geschadet. Im Gegenteil, ihm liefen immer neue Kunden zu, vor allem als bekannt wurde, dass es seine von der Großmutter geerbten Karten gewesen waren, die zur Entdeckung der Schätze geführt hatten. Inzwischen wusste er auch, dass der Buchstabe W in den Aufzeichnungen Morgates, die ihm Stafford gezeigt hatte, für »Waterstone« stand, den fernen Vorfahren seiner Großmutter.

Waterstone kehrte nie mehr ins Moor zurück, sondern lebte bis zu seinem Tod im Jahre 1832 in Irland. Es hatte einige Zeit und Mühe gebraucht, um diesem geheimnisvollen Vorfahren Richards auf die Spur zu kommen. Doch irische Archive, ein sehr gutes Rechercheprogramm im Internet und ein Auftrag an einen Ahnenforscher führten schließlich zu diesem Ergebnis. So erfuhr Richard auch von der Verbindung seines Ahnen zu dem Kronprinzen und späteren König Georg IV., den Waterstone noch einmal kurz im Jahr 1821 in Dublin bei einem Empfang für die Honoratioren der Stadt gesehen hatte. Damals befand sich der frisch gekrönte König auf einer Reise nach Schottland, Irland und schließlich nach Hannover. In einem Brief an seine älteste Tochter Victoria, den der Ahnenforscher entdeckte, vermerkte John Waterstone, dass man sich freundlich zugenickt habe und dann jeder seines Weges gegangen sei. Allein diese Geschichte der Verbindung zwischen seinem Urahnen und dem damaligen britischen König Georg IV., die Richard in einem Werbeprospekt für sein Geschäft ausführlich schilderte, brachte ihm Kunden aus ganz Deutschland.

Als Meister gerade seine Ansprache mit einem großen Lob

auf Annas Katalog beendete, bemerkte Anna den Pförtner, der ihr unauffällig zuwinkte.

»Da ist eine junge Dame im Foyer, die Sie unbedingt sehen möchte und die nur Englisch spricht«, flüsterte er ihr zu.

Da sie ohnehin gerne eine kleine Pause in dem Begrüßungsmarathon vor der nächsten Sektrunde einlegen wollte, folgte sie dem Pförtner in die Halle. Dort stand die junge Frau vor dem Plakat und schien sichtlich gerührt. Eine erstaunliche Reaktion, fand Anna, als sie herantrat und sie ansprach.

Die junge Frau streckte ihr die Hand entgegen und sagte: *»I am Deirdre O'Brian.«*

Anna ergriff die Hand und fragte auf Englisch: »Was führt Sie hierher?« Ihr war der Akzent der jungen Frau aufgefallen. Eindeutig irisch.

Deirdre lächelte. Sie hatte strahlend blaue Augen und dunkle Haare, die typisch keltische Mischung. *»I am Reginald Fitzgibbons great-granddaughter«,* sagte sie.

Anna starrte sie an. Reginalds Ururenkelin?

Deirdre sah ihren erstaunten Blick. »Ja, mein Vorfahre ist Reginald, der sich nach seiner Rückkehr nach Irland nicht mehr Fitzgibbon nannte, sondern den Namen seiner Mutter annahm. Sie hieß O'Brian. Durch deutsche Freunde und dann das Internet habe ich erfahren, dass heute diese Ausstellung eröffnet wird, in der auch Karten von Reginald gezeigt werden. Da habe ich mich auf den Weg hierher gemacht.«

»Kommen Sie«, sagte Anna. »Wir setzen uns dort in die Ecke, und dann erzählen Sie mir bitte alles, was Sie über Ihren Vorfahren wissen.«

Deirdre lächelte. »Ich könnte dabei sehr weit zurückgehen in der irischen Geschichte. Meine Familie stammt vom ersten irischen Großkönig Brian Boru ab, der im 10. Jahrhundert lebte und Irland vereinigte. Aber ich glaube nicht, dass Sie Zeit und Lust haben, unsere aufregende Familienchronik zu erfahren. Nein, ich wollte Ihnen etwas ganz anderes zeigen.«

Die junge Frau kramte in ihrer Handtasche und zog einen in ein weiches Tuch gehüllten Gegenstand hervor, den sie Anna überreichte. »Dies ist ein Erbstück meines Ururgroßvaters, das bis zum heutigen Tag in unserer Familie hochgehalten wird. Damit verbindet sich eine alte Sage, die mit diesem norddeutschen Moor zu tun hat, in dem Reginald 1788 gelebt und gearbeitet hat.«

Anna schlug das Tuch zurück. Darunter verbarg sich ein kunstvoll ziselierter goldener Becher, der in einem fast unwirklichen Glanz strahlte. Sie hielt den Atem an. Das Alter des Bechers vermochte sie nicht zu schätzen, aber sein Wert musste immens sein.

Deirdre strich liebevoll darüber und sagte: »Reginald hat noch viele Jahre nach seiner Rückkehr nach Irland in Dublin gelebt. Er und meine Ururgroßmutter hatten sechs Kinder, zwei Töchter, vier Söhne. Eine wohl glückliche Ehe. Gestorben ist er am 6. Mai 1838, also heute vor hundertachtzig Jahren. Es ist ein seltsamer Zufall, dass gerade an seinem hundertachtzigsten Todestag diese Ausstellung eröffnet wird. Als Kartograph hat er nur noch gelegentlich gearbeitet. Dafür aber war er in der Bibliothek des Trinity College für Bücher und vor allem Karten zuständig. 1810 übernahm er sogar die Leitung der Bibliothek. Nach seinem Tod fand einer seiner Söhne, von dem ich abstamme, seine Tagebücher. Und darin steht, woher er den goldenen Becher hat. Er hat wohl immer Tagebücher geführt, aber die frühen, die er um 1785 begonnen hat, sind verschollen. Er hat sie anscheinend irgendwo verloren und –«

Anna unterbrach die junge Frau. »Nein, das hat er nicht. Zumindest nicht alle. Wir haben das schwarze Notizbuch gefunden, das er von Frühjahr 1788 an geführt und das er bei seiner Flucht aus Bresterholz 1789 in einem Kellerversteck zurückgelassen hat. Darin sind sehr wichtige Hinweise auf die Schätze im Moor und auf seine Arbeit in der Zeit vom Sommer 1788 bis zum März 1789. Es liegt inzwischen in der British Library in London, die es dort zusammen mit einigen seiner frühen Karten aufbewahrt. Es ist also glücklicherweise nicht für immer verloren gegangen.«

Deirdre lächelte. »Das ist ja wunderbar! Dann kann ich dieses Tagebuch demnächst einsehen. Nach seiner Rückkehr nach

Irland hat Reginald diese gute alte Gewohnheit wieder aufgegriffen und fast alles, was er erlebt hat, notiert. Einige seiner späteren Eintragungen verweisen ganz eindeutig auf ein Notizbuch aus der Zeit um 1788, als er in Deutschland war, und in dem er damals für ihn wichtige Erlebnisse und Eindrücke aufgeschrieben hatte. Bei seinem Tod hat er sehr viele dieser schwarzen Notizbücher hinterlassen, die wir bis heute in Ehren gehalten haben. Die Tagebücher sind unser Familienschatz, den mein Vater als direkter Nachkomme von Reginald nicht hergeben wird, obwohl auch schon die Bibliothek des Trinity College diese Tagebücher erwerben wollte.«

Deirdre strich wieder über das glänzende Metall. »Laut den Notizen meines Ururgroßvaters hat ihn ein Mann namens John Waterstone, der ihm damals im Brester Moor bei einem Mordkomplott das Leben rettete, im Frühsommer 1789 in Dublin aufgesucht und ihm diesen Becher gegeben. In seinem Tagebuch steht dazu: ›*Der Becher ist ein Geschenk meines guten Freundes Piet, bekannt als der Moormann. Ich werde ihn in Ehren halten in treuer Erinnerung an einen Mann, der als Hüter des Moores viele Jahre lang die Schätze bewahrt und sie mir anvertraut hat. Ich bin nun nicht traurig, dass ich diese Schätze nicht mehr selbst bergen kann, das mögen spätere Generationen tun. Doch dieser Becher ist Lohn genug für all meine Arbeit und alle Gefahren, die ich überstanden habe.*‹ Ich habe diese Stelle auswendig gelernt«, fügte Deirdre mit sichtlichem Stolz hinzu.

Deirdre sah noch einmal auf den Becher und wandte sich dann mit entschlossener Miene an Anna. »Behalten Sie den Becher. Er gehört zu den Schätzen aus dem Moor und sollte in ein Museum. Reginald hat ihn als Erinnerung und Andenken an den Moormann geschätzt. Bitte nehmen Sie jetzt dieses Geschenk des Moormannes an sich. Ich habe gehört, dass im nächsten Frühjahr eine Ausstellung zum Thema ›Schätze aus dem Moor‹ im hiesigen Museum gezeigt wird. Stellen Sie den Becher bitte dort als ein Vermächtnis des Moormannes und meines Ururgroßvaters Reginald Fitzgibbon aus.«

Anna nahm die junge Frau in die Arme. »Danke«, flüsterte

sie. »Wir werden den Becher ausstellen, aber als Leihgabe Ihrer Familie. Er war das Geschenk des Moormannes an Reginald Fitzgibbon, und deshalb gehört er für immer Ihnen.«

Deirdre stand auf. »Ich danke Ihnen. Ihre Ausstellung werde ich mir vor meiner Rückreise nach Irland am kommenden Dienstag in Ruhe anschauen. Ich selbst arbeite auch im Trinity College als Kuratorin und verwalte dort unter anderem die große Kartensammlung. Ich werde im Übrigen demnächst die Tagebücher meines Ururgroßvaters auswerten und möchte über ihn schreiben. Das bedeutet eine Menge Arbeit, denn seine Schrift ist nicht immer sehr leserlich, aber ich lasse mir Zeit. Und sein Notizbuch vom Brester Moor werde ich selbstverständlich noch einmal gründlich durchforsten. Ich setze mich dazu in die British Library. Eine gute Ausrede, wieder einmal nach London zu reisen. Doch ehe ich damit anfange, muss ich noch einen wichtigen Besuch machen.«

Sie lächelte Anna an. »Ich fahre noch heute zum Brester Moor. Ich glaube, dass ich erst wenn ich diesen Ort gesehen und die Atmosphäre in dem Moor gespürt habe, das meinem Ururgroßvater so viel bedeutet hat und für sein Leben so wichtig war, auch über ihn schreiben kann. Und wer weiß, vielleicht begegne ich ja auch dem Moormann! Denn ich bin sicher, dass es ihn immer noch gibt.« Sie schmunzelte. *»Trust the Irish when it comes to ghosts! We know that they are real.«* Mit diesen Worten stand Deirdre O'Brian auf und umarmte Anna zum Abschied.

Anna schlug den goldenen Becher des Moormannes vorsichtig wieder in das Tuch ein und trug die kostbare Trophäe hinauf zur Ausstellung im ersten Stock der Bibliothek. Ihre Gedanken waren in diesen Minuten bei den beiden Männern, die ihr nicht mehr aus dem Kopf und aus dem Herzen gingen: Piet, der Moormann, und Reginald Fitzgibbon, der junge Ire, dessen Karten vom Brester Moor ihr Leben entscheidend und auf besondere Weise verändert hatten, auch wenn dies fast ihren Tod bedeutet hatte. Ein tiefes Gefühl der Dankbarkeit überflutete sie, als sie die Glastür zum Ausstellungsraum aufstieß und in die Gesichter all derer blickte, die sie dort erwarteten. Und es schien einen winzigen Augenblick, als seien auch Piet und Reginald mitten unter ihnen. Sie lächelte. Offenbar hatten Deirdres Worte, dass Geister real seien, sie tiefer berührt. Anna seufzte glücklich und zugleich ein wenig wehmütig.

Nachwort

Georg III. von England und Hannover war ein großer Freund von Karten jeder Region aus seinem stetig wachsenden Weltreich. Er trug den Spitznamen »Farmer George«, weil er im Zeitalter der Industriellen Revolution durchaus den Wert der Landwirtschaft erkannte und sich dafür einsetzte. Die Satiriker seiner Zeit machten sich darüber in vielen Zeichnungen lustig, was Georg aber nicht beirren konnte.

Während seiner langen Regierungszeit von 1781 bis 1820 hatte der an der Stoffwechselkrankheit Porphyrie leidende König immer wieder Phasen, in denen er nicht aktiv an der Regierung teilnehmen konnte, insbesondere im Sommer 1788. Sein Sohn Georg August Friedrich, der zu seinem Vater ein sehr schlechtes Verhältnis hatte, versuchte diese Krise für sich zu nutzen. Doch Georg III. kehrte 1789 in sein Amt zurück und regierte noch bis zu seinem Todesjahr 1820, wenn auch in den letzten Jahren seiner Regierungszeit sein Sohn und Nachfolger als sein Stellvertreter auftrat. Im Übrigen zwang Georg III. seinen Sohn im Jahre 1795, seine Cousine Caroline von Braunschweig zu heiraten, nachdem seine Ehe mit Maria Fitzherbert für ungültig erklärt worden war. Mit Caroline hatte Georg die Tochter Charlotte Augusta, geboren 1796, die Prinz Leopold von Sachsen-Coburg heiratete, den späteren König von Belgien. Charlotte starb 1817 im Kindsbett, nachdem sie eine Totgeburt erlitten hatte. Die Ehe zwischen Georg und Caroline endete in einer Katastrophe.

Die Regierungsjahre Georgs III. waren nicht nur innen- und außenpolitisch sehr wechselvoll, da England in dieser Zeit seine amerikanischen Kolonien verlor, dafür aber weltweit neue Kolonien hinzugewann. Es war auch kulturell eine spannende Epoche mit einer Vielzahl an Künstlern wie Thomas Gainsborough und Joshua Reynolds, Schriftstellern wie Henry Fielding, Tobias Smollett, William Blake und in Schottland Robert Burns und Walter Scott. Der junge Mozart spielte am königlichen Hof vor dem Herrscherehepaar. James Cook erforschte die Weltmeere und Wilhelm Herschel das Universum. Die Karikatur blühte mit Künstlern wie William Hogarth, James Gillray und Thomas Rowlandson, und zahlreiche Besucher aus Deutschland wie Johann Christoph Lichtenberg priesen die britische Pressefreiheit im Vergleich zu der eher strengen Zensur in ihrer Heimat.

Viele der im Buch erwähnten Kartographen haben tatsächlich gelebt, darunter John Rocque und John Cary. Reginald Fitzgibbon ist eine fiktive Figur, genau wie sein Gegenspieler Johann von Stocker oder sein »Schutzengel« John Waterstone.

Bresterholz ist auch ein fiktiver Ort, der aber mehrere Vorbilder in der Realität hat, darunter Brest-Aspe, Kutenholz und Hesedorf, die alle auf der Bahnstrecke zwischen Bremervörde und Buxtehude liegen. An Mooren mangelt es Niedersachsen nicht: Es gilt als das an Mooren reichste Bundesland mit dreizehn Prozent Anteil von Mooren an der Gesamtfläche. So findet man auch Moore im Umkreis von Bremervörde und Cuxhaven. Vom Bremervörder Moor existiert eine Karte aus dem 18. Jahrhundert, die im Auftrag Georgs III. angefertigt wurde. Heute ist diese Gegend Agrarland.

Und natürlich bringen Moore mit ihrer einmaligen Landschaft auch viele Sagen und Legenden hervor. Vor allem die Moorleichen, die immer wieder gefunden werden – zuletzt »Mora« im Bereich Nienburg –, geben Anlass zu spannenden Theorien und Geschichten. »Der Moormann« ist eine kleine Hommage an diese Landschaft und ihre Bewohner, in der Vergangenheit ebenso wie heute.

Wer sich für Archäologie in diesem Raum interessiert, dem sei das Museum in der malerischen Burg Bederkesa empfohlen, wo unter anderem der legendäre, mehr als tausendfünfhundert Jahre alte sogenannte Sachsenthron aus der Marsch steht. Lehrpfade durchs Moor wie bei Gifhorn gibt es etliche und einige sehr schöne Moormuseen wie in Wiesmoor in Ostfriesland, das Moormuseum Moordorf bei Südbrookmerland und das Moor- und Fehnmuseum bei Elisabethfehn im Landkreis Cloppenburg, um nur einige zu nennen. Auch der Moorexpress zwischen Bremen und Stade, der zwischen Mai und Oktober fährt, bringt viele Einblicke in die Geschichte der Moore in dieser Region. Er hält in Orten wie Hesedorf, Basdahl, Gnarrenburg und Worpswede.

Das Moor oder besser die Moore sind einen Besuch wert. Und sie haben ihre letzten Geheimnisse noch lange nicht preisgegeben …

Dank

Mein besonderer Dank gilt der Gottfried Wilhelm Leibniz Bibliothek in Hannover und ihren für die Kartenabteilung zuständigen Mitarbeitern, allen voran dem Leiter Matthias Wehry und Björn Schneider, der für alte Drucke verantwortlich ist. Auch dem ehemaligen Kurator der Kartensammlung der British Library, Peter Barker, gilt mein Dank: Er hat mir bei einem Besuch im Mai 2014 einige Karten der Moore im Umfeld von Bremervörde aus dem 18. Jahrhundert gezeigt und dadurch die Idee zu diesem Buch »getriggert«.

Mein Dank auch an das Niedersächsische Landesmuseum in Hannover und an das Niedersächsische Landesamt für Denkmalschutz, dessen Mitarbeiter mich mit vielen spannenden Informationen versorgt haben.

Zu guter Letzt ein Dank auch an meine Lektorin beim Emons Verlag, Stefanie Rahnfeld, die dieses Buch betreut hat. Ich hoffe auf eine weitere Zusammenarbeit!